公安局长日记

李传芳 著

群众出版社
中国人民公安大学出版社

图书在版编目（CIP）数据

公安局长日记/李传芳著. —北京：群众出版社，2018.5
ISBN 978 - 7 - 5014 - 5821 - 9

Ⅰ.①公… Ⅱ.①李… Ⅲ.①纪实文学—中国—当代 Ⅳ.①I25

中国版本图书馆 CIP 数据核字（2018）第 105916 号

公安局长日记

李传芳 著

出版发行：群众出版社
地　　址：北京市丰台区方庄芳星园三区 15 号楼
邮政编码：100078
经　　销：新华书店
印　　刷：天津盛辉印刷有限公司

版　　次：2018 年 6 月第 1 版
印　　次：2018 年 6 月第 1 次
印　　张：27.25
开　　本：787 毫米×1092 毫米 1/16
字　　数：400 千字

书　　号：ISBN 978 - 7 5014 - 5821 - 9
定　　价：58.00 元

网　　址：www.qzcbs.com
电子邮箱：qzcbs@sohu.com

营销中心电话：010 - 83903254
读者服务部电话（门市）：010 - 83903257
警官读者俱乐部电话（网购、邮购）：010 - 83903253
文艺分社电话：010 - 83903973

目 录

C卷 琼山风暴

D卷　都市法网

E卷 警察宗旨

序一

记录了作者经历，记录了时代

黄宏地

我读书的习惯是这样，随便拿起一本杂志，找到篇目，翻开了，先看第一句，第一句可看，就看完第一段。第一段可看，则看下去，直至看到不好的地方，就停下不看了。如果是一本书，也许仍用上面的方法，也许是任意翻开一页，可看，就看下去，一直到结尾，再翻回去看开头。如果任意翻开看看觉得不好，就停下不看了。

那天，传芳给我一部《公安局长日记》的书样，让我给写个序，我当时就说好。好的意思是，除了写序，这下肯定有好的书读了。

传芳很早就给省报副刊写散文了，写得并不多。他是基层公安局的局长，一定很忙。这么多年来他和别人合著出版过一部散文集《集合在南海边》，也有散文作品获过奖。传芳给我的印象：温文儒雅，文质彬彬，像个书生，是教书的那种书生，笑貌谦谦而无厉色，但言谈举止间，还是能感觉得出那种英雄的气度来。

和传芳初次认识记得是在南渡江边的一次活动。大家在江边的树荫底下说话，传芳的话少，甚至是没听到他说过一句话，他更愿意一个人对着江水凝神。传芳想说什么呢，只有他自己知道。

记得传芳发表的一篇散文，标题是《一张发黄的革命军人证明书》，写他父亲的。他说在他母亲家的客厅里，常年挂着一幅放大了镶在镜框里的革命军人证明书；他父亲是一九四二年参加革命的军人，落款处是中国人民解放军第四野战军军政首长的署名。军人家庭出身，血管里流淌着军人的血脉，这在他的文字里可以感觉得到，他外表儒雅低调，但他的文字性格里挟着一股英气。

这部《公安局长日记》，数十万字的日记，一则一则之中，无穷细节，事件连连，状写了他在五个市县担任公安局长期间所目睹的各式各样人物，颇多鲜为人知的案件，弥足珍贵的历史回忆，和第一手资料。以人物而论，有贩夫走卒，有草寇流氓，形形色色。以记事而论，或涉谋杀，或涉抢劫贩毒，或涉诈骗，光怪陆离。传芳以他非凡的直觉、敏感，不疾不徐的表达节奏，让人觉得好看不累。在生活中，很多人集中注意力于眼前热闹明白，红灯映照里的人生，并不知道还有很多人，为了这些，常常是要出生入死的。传芳经历过这些，所写的也是这些。

一部好的作品随处都会有好的质感，就像美人，可以从任何一点开始欣赏。艺术是一种过程，这个过程，增一分则嫌长，减一分则嫌短，都要张弛得恰到分寸。常常看到传芳叙述到紧要处，有时候会自觉或不自觉地荡开去，随手写出一些闲笔来。看他描写的一次追捕："夜色浓重，星光闪烁，山岗田野村庄都在沉睡中，公路在朦胧的月光下往前延伸。15 辆警车载着 120 多名民警驶出府城，挟着一路夜风向云龙派出所呼啸而去。""村庄沉寂，溪水静流，一两只青蛙不知藏在哪个旮旯，呱呱直叫。几棵椰树屹立在村头，那摇曳的身影疑惑地打量着我们这些不速之客。""村庄还是被我们惊醒了，几只狗不安地狂吠起来。这里是琼剧之乡，连狗的叫唤都有琼剧高腔的味儿。紧张之前的一个放松，就像开幕之前的片刻宁静，接下来是紧锣密鼓，好戏就要开场了。"

我是不太读小说而遇回忆录和日记必读的人，尤其是熟人写的回忆录和日记。它能让你知道很多史实。传芳的《公安局长日记》，是小说，也是纪实。我认为是用文学手法所写的纪实。它叙述通俗，材料好像随手拈来，其实隐藏着深厚的专业积累，无论刻画人物，叙述事件，皆意兴连绵，不温不火，细致入微。读两千年前太史公的史记，说陈涉反秦之前，在地里干活，大概常说些天下大事，别人笑他，他就感叹，你们这些小小麻雀，怎么能知道鸿雁的志向呢？这是纪实吗，不知道，但历史活起来了，好看了。

传芳在他的后记中说："我看过一些描写警察题材的文艺作品，老实说，大多数感到不真实。特别是一些电视剧，感觉到是作家、导演闭门造车，天马行空编造出来的，情节离奇曲折，警察像穿上盔甲的侠客，一身是胆，除暴安良，案件扑朔迷离，警察神奇侦破，而现实中警察工作办案真不是那么回事。""前几年搬办公室，我整理分类一万多册藏书和几十本工作日记。当我翻开这些纸面发黄的日记本，一件件熟悉的案件，一个个熟悉的人物像电影的镜头一幕幕地展现在我的眼前。我想起那位朋友对我说的话，我决定写一本纪实文学书。”我想，在那些旧武侠悬疑侦探小说的作者都成了大师之后，总要有新人抖擞一下吧，想不到这个人竟是李传芳。

我以为，《公安局长日记》这部作品记录了传芳的生活经历和思想经历，工作和奋斗的经历，记录了时代。其中没有虚妄，因此也没有狂诞。这部作品，是朴实的，含有作家的激情和理想。作家对人民是忠诚的，谦虚的，是知道一尺布、一升米来之不易，是知道天高地厚的。因此，可以断言，这部作品将被读者所接受和记住，也会被今天的生活所承认、证实。

在读这部书的时候，我的建议是，慢一点，不要赶，浇水的时候，慢，才能渗得透。

（本序作者系《海南日报》文艺副刊部主任、海南省作家协会副主席、中国作家协会会员）

序二

书之论事，昭如日月

古广祥

“梦想”是人生当中最为值得拥有的东西。但凡有血性之人都有梦想，尽管他初期的梦想有些异想天开，有些遥不可及，但它总是潜伏在有志者的心底。在人生的道路上，每一个人都是用两条腿走路，惟步伐各有不同，有志者事竟成也。事实证明，李传芳的人生路就是对“梦想是未来真实的投影”的最好诠释。

1978 年，李传芳与余曾在儋县师范进修英语班，彼此都是恩师卢光雄、陈垣光老师的得意学生。传芳学兄天性稳重，凡事用心，是同学当中对前途最懂规划、最有目标的人。鉴于余与传芳学兄同属好读书、善思考之人，彼此交流的话题从人文到政治，从故乡到他乡。1979 年余移居香港，此后虽各忙各的事业，但彼此仍能隔岸关注。

立志是事业的大门，奋斗则是出人头地的旅程。男人作为社会的一员，他的本性、天职就是勇于为家国增添光彩，故曰，担纲之事乃大丈夫的生命主题，油盐酱醋副主题也。

贤者在位，能者在职。传芳学兄 20 多岁任派出所所长，是全省最年轻的所长。1995 年先后在海南省琼中县、陵水县、琼山市、海口市琼山区、龙华区任公安局长。2007 年任海口市司法局局长，三年前调任海南省监狱管理局任副局长至今。传芳学兄虽有骁将性格，却不无菩萨心肠，其对弱势人士时有关怀，对求助者，亦多有解难，关于这一点，余有所耳闻。

法国文学家巴尔扎克说过：“一个男人应该引人注目的地方不是他的

战马，也不是他的饰物，而是他的人品才华。”传芳学兄是一位有能力把“不可能变成可能”的人，尽管其工作性质是每日与“坏人”打交道，但他很懂得为自己的形象负责。他在向社会展现公安民警勇敢、果断的同时，也借书法艺术向老百姓灌输公安民警的“温良恭俭让”。

记得八年前，正值香港新闻出版社深圳办事处审核内地书画家赴美国展出作品，恰巧传芳学兄来访。逗留时间，其逐一欣赏正在评审的作品，临别时对余说：“我喜欢书法。”从此，传芳学兄便与笔墨结缘。未几，得悉其北上师从欧阳中石及在海口成立“是是堂”书法创作室，以文会友，以友辅仁，往来无白丁。余曾为其书斋题联：“留连是是堂，几多雅士添能量；顿悟来来者，无数新知脱俗情。”好学不倦者，必成大才。李氏虽身为中国书法家协会会员、海南省书法家协会理事、海口市书法家协会副主席，但仍每日临帖不止。

发光并非太阳的专利。人的一切变化、进步，是由觉醒的思考能力为基础，并有卓越智慧作为指导胆量，方可做到“世必不可少之人，人必不可及之事”。群众出版社即将出版李传芳著作《公安局长日记》，作者来电话希望余为书写序。

书是历史的脚印，它饱含了作者对人生观、世界观、价值观的再审视过程。诚如俄罗斯作家高尔基所说：“写作就好像你是在裁决正义与非正义案件之间的一个证人。”在这物欲横流、高速发展的年代，写作无疑是成熟者对人生问题的思考及对社会和谐的祈祷。余从事新闻出版业30多年，一直认为，任何一本真正展现本质向上的书，莫过于使读者开始了内心的反省。

日前，余接到海南省司法厅潘江妹发来李传芳新著《公安局长日记》电子稿。余作通读后，对传芳学兄勤于政事，劳于读书，逸于作文有了新的认识。

写作要选自己力所能及的题目，所谓文者，务为有补于世而已矣。传芳学兄以近乎日记形式完成《公安局长日记》，书中章节绝去形容，独标真素，书中案件尽展作者处理“人民内部矛盾”的东方哲学，他的这种治安手法甚获社会认可。该书数十万字，从1995年写到2007年，跨时13年，分21章节，以5卷成册。余认为，读《公安局长日记》不仅能让读者掌握海南社情、民情，同时也能让读者潜移默化地成为“福尔摩斯”，这就是该书的真正价值。

善于发现自己的新大陆和忠于既定的目标是英雄的标志。毛泽东主席曾经说过：“看一个人的过去就知道他的现在，看一个人的过去和现在就知道他的将来。”传名于不朽，在事业，不在子孙。余相信在未来的岁月里，传芳学兄定能从正义的高处出发从胜利走向胜利。

是为序。

2017 年秋月写于深圳古公馆

（本序作者系香港新闻出版社社长、全球汉诗总会副会长）

A卷　山城查案

第一章　山城不平静

调任琼中公安局

1995 年 7 月 31 日　星期一　晴

到琼中县城——营根是上午 8 点半，车尘劳顿，但心里感到十分欣慰。自 1983 年始，我就参加了公安工作，后来因为工作需要，调国家安全部门工作。阔别数载，今天终于又回到了我魂牵梦绕的公安队伍。

根据组织安排，我调任琼中县公安局副局长，分管治安工作。

营根，一座美丽的山城，地处五指山北麓。这里天空湛蓝，白云飘忽，群山环抱，满目葱郁，清澈见底的山溪水终日涓涓流淌，像是一首永不消失的吟颂大自然的歌谣。城区，排排房屋，小巧别致，参差错落，掩映于青山绿水之中，一条条整洁的街道依山蜿蜒盘旋，宛若给群山系上了一条条漂亮的丝巾，若隐若现。琼中气候宜人，明媚的热带阳光被山影过滤之后，远不及海南其他地方那般酷热。白天，太阳虽然有些燎人，但到了晚上，却还要盖上薄被。琼中是黎族苗族自治县，全县 20 多万人口，黎族占 43%。县城小，只有 2 万多人，这就更加显现出山城生活的舒适和悠闲，而黎、苗族风情更是把琼中装扮得宛如一个温柔多情的少女，令人爱慕和陶醉。

琼中是国家贫困县，财政收入主要依靠橡胶、木薯、水稻等农林产业。又由于交通不便，商贾少往，经济较落后。与海南其他市县相比较，琼中真还算得上是穷乡僻壤。这种贫困落后，也同样体现在公安工作中。公安局处在一个山坡上，像个居民大杂院，若不是院子前悬挂公安局的招牌，很难让人认出这是全县最高公安执法单位所在。办公室是几间陈旧的民房，设施破烂简陋，桌椅板凳都是五十年代遗留下来的。全局只有一台手摇电话机，公安经费十分紧张，县财政除了保证基本的人头费，很难有专门的办案经费。

人到琼中，我立马与公安局班子成员见了面。局长郭泽友介绍了政委王礼忠，副局长王国仁、王宏贵、吴立飞，并向我介绍了琼中公安工作基本情况，说琼中治安形势还是比较严峻的，突出的是盗抢活动比较猖獗，严重影响当地治安稳定，要求我尽快熟悉琼中情况，重点扭转县城的治安状况。

下午，刑警队接到报案，在通往万宁的公路上，有一辆巴士遭劫。刑警队长林洪钦汇报说，巴士过了长征镇十几公里，上来几个小青年，挥着西瓜刀，搜了几个乘客就匆匆下车逃跑了。待刑警赶到时，人早跑得无影无踪。根据情况分析，劫匪不抢司机，专抢乘客，抢的数量也不大，只有五名乘客各自被抢了身上的数十元钱，其中损失最多的一个乘客也只是被抢去一百多元钱，这一切说明这几个劫匪仅是“毛贼”。很可能是附近村子里的吸毒人员，为了解决毒资，铤而走险当上了车匪路霸。我问刑警队长：“这样的车匪路霸案件以前发生过没有？”

林洪钦说：“这是第三起了。之前我们也派了民警前去调查，但收获不大。”听了林队长的汇报，我心里盘算着，看来打击车匪路霸应是当前琼中公安工作的重点。

下午3点，在局里小会议室参加了省厅电话会议，内容主要是总结、布置禁毒工作。晚上与局班子成员一起到武警县中队慰问并共进晚餐。

吃过晚饭，晚上8点多钟，我独自一人，漫步街头，一则熟悉环境，二则思考白天的案件。太阳早已落山了，整个县城被夜色笼罩，星星点点的灯光闪烁在山影中，给人一种超凡脱俗、远离尘世的感觉。徐徐晚风，带来几许梦幻般的清凉和惬意。毕竟是小县城，远没有大城市的繁华和喧闹，除了一忽儿有辆拉客摩托车擦身而过，街上行人不多，三三两两。街道两旁，有几家夜市，稀稀拉拉地坐着些人喝茶聊天。由于是山城，琼中的街道也是依山而建，起伏明显。沿着县委大院旁的街道，信步前行，街面还宽阔，但不到几百米便是上山的路。半山腰一幢建筑引起我的注意，是座三层楼，雕梁画栋，颇具中国古典风格。一打听才知道那是县图书馆。拐过图书馆，上去是山顶处，从这里浏览琼中夜色，江山如画，美不胜收。

县城，在我的脚下，山峦连绵。万家灯火，散落在高高低低的山峦。强劲的山风吹袭下，林叶的哗啦啦响声此起彼伏。往前六七里的地方，是百花岭。它是海南重要名胜与自然保护区，其中有千姿百态的将军榕，还有情侣秋千与连理树，古木逢春等热带植物，构成一种独特的生态景观。

据介绍，每到春天雨水季节，形成全国落差最大的百花岭瀑布，景色壮观迷人，可以说是琼中的一个绿色宝库；但是由于资金短缺，上好的资源根本没有开发，真让人有些遗憾。正沉思着，忽然，远处传来“砰”的一声巨响，过不一会儿，又是一个巨响。我辨别出，这是山猪炮的响声，这几个山猪炮声，打破了宁静的夜晚，给这座美丽的山城带来了不和谐的音符。山猪炮在海南中部山区琼中极为普遍，以前是村民用来打猎，捕杀野猪，但近年来，经常有人放山猪炮，却是一些小青年闲着没事儿，把山猪炮当作礼炮、二踢脚放着玩，由于是闹着玩，长期没有引起重视。到今天，已发现有村民与村民之间斗殴，竟然把山猪炮当成了武器，相互之间丢放山猪炮，曾经发生过多起伤人事件。

山猪炮是种杀伤力较大的民间自制炸弹，这种情况持续发展下去，对于琼中治安是个严重威胁。我想，山猪炮的问题绝不能轻视，这恐怕也和今天的抢劫案一样，必须好好整治。因为小患不除，必成大灾。所谓千里长堤，蚁穴可溃，万丈坚木，寸虫可朽。见微知著，防患未然，是每一个公安民警的重要素质。

山猪炮在深夜炸响

1995 年 8 月 21 日　星期一　阴

担心的事情终于发生了。

前天夜里 12 点钟，县城派出所接到报案，在群众食品店，有人用山猪炮炸伤了一个人，派出所赶去，对事件作了处理。但到昨天，又发生山猪炮伤人事件。也是夜里 12 点多钟，在烟酒公司的院子里，聚集着两帮小青年——不知道什么时候开始，这个地方成了一些小青年的聚集地，经常聚团成伙，抽烟、打牌、玩闹，有时也打架。昨天夜里，两帮小青年因为喝酒争个面红耳赤，一个小年轻仔忽然丢出一个山猪炮炸开，当即，一个叫王小东的小伙子倒在血泊中，小腿被炸得血肉横飞，只剩下骨头，人们把他抬往县城医院。县医院见这伤势也吓了一跳，不敢接诊。因为他们还不具备这样的医疗技术与治疗水平，吩咐紧急送海口做手术治疗。

上午，局党委在公安局会议室召开了治安工作会议，就近期治安工作进行研究，尤其对山猪炮问题，要求大家提出看法。治安股同志说，山猪炮问题发展到今天，主要是我们思想上认识不够。长期以来，放山猪炮就是民间生活的一种习俗，我们没有加以制止，也没有要求派出所加强这方面的管理，放任了山猪炮的泛滥，我们治安管理部门应对这个问题作出检讨。郭泽友同志说，现在，我们不是要追究责任，而是要解决问题，请各派出所把近来山猪炮引发的治安问题讲讲，丁是丁，卯是卯，不要藏藏掖掖，问题说清楚，要摊开来，只有这样，才能使问题得到彻底解决。长征派出所说，山猪炮在他们那里也伤过人，是村里年轻仔喝醉酒闹事，扔山猪炮，炸伤了一个人的手。黎母山派出所也反映有过山猪炮伤人事件。根据各派出所提到的情况，全县今年已发生过20多起山猪炮伤人事件，但大多乡镇的山猪炮威力都较小，是传统的制作方法，伤人一般都轻微。只有县城和长征镇，使用的山猪炮威力极大，这种山猪炮个头大，制作工艺复杂，其炸药中含有铁沙弹，爆炸开来，辐射达数平方米。王小东便是被这种山猪炮所伤。治安股黄国雄股长说，这种山猪炮琼中村民一般不会制作，倒像是从外面引进的。

那么，这种山猪炮是从哪儿“引进”的？

内保股的郑庭强说了一个情况：“前两天夜里，我从工商银行门前经过，有两帮人在打架，有的拿砍刀，有的持棍棒。我赶了过去，夺下正在打架的两个人的刀和棍子。两伙人愣了一下，有个人大叫‘砍死人，砍死人了——’那人认清是我：‘公安局的，民警来了——’一声轰喊，都四散跑了。我抓住一人，从他身上搜出几颗山猪炮，是那种个头大，威力强的山猪炮。他告诉我说，是一个叫阿龙的人卖给他的，20元钱一个，好些人的山猪炮都是从阿龙手里买的。”

这个情况引起了我们重视。我连忙追问：“阿龙是什么人？”

“是县政府机关一名干部的儿子，有个亲戚在琼山。阿龙在琼山亲戚家住了一个多月，认识一个制作山猪炮的师傅，学会了制造这种山猪炮的技术。回来之后，竟然把这门技术当作生财之道，制作了不少这种大杀伤力的山猪炮，以每个20元价格在琼中售卖。”

郭泽友说：“要对阿龙进行调查，把山猪炮的问题弄清楚，严禁销售贩卖山猪炮。如有违法犯罪嫌疑，要依法对其立案侦查……”随后，就加强对火药枪、山猪炮这些民间枪支弹药的管理和收缴，根除治安隐患工作，局党委对各股室、各派出所作了具体部署和安排。

“800轮”犯罪团伙

1995年9月25日　星期一　阴

天气预报说有台风，上班时天气正常，只是云层比较厚，天空阴阴的。

根据局里的统一部署，我来到县城派出所。在对阿龙的调查中，民警报告，又发现了一个新的情况：阿龙是一个团伙组织成员，这是一帮子年轻人纠合在一起的一个团伙，有40多名成员，为首的叫马林，年仅20岁，是个待业青年，父亲退休在家，母亲是幼儿园职工。或许是无所事事，闲极无聊，阿龙整日与这帮小青年混在一起。每到晚间，便成群结伙，骑辆单车，在县城街头嬉戏打闹，时间长了，形成一个团伙。由于其特点是每个团伙成员都骑单车活动，单车的两个车轮是个横躺的8字，于是，人们便把这个团伙称为“800轮”团伙。

公安工作的直觉告诉我，这是值得注意的治安新动向。

在县城派出所，我召开了治安工作会议，由各治安部门汇报“800”轮团伙有关情况。县城派出所同志说，全县这类团伙有好几个，都是些无业、社会闲散的毛头小伙子，看多了港台电影，闲来无聊，便臭味相投地凑合在一起，形成这类团伙。“800轮”团伙是其中之一，但这是其他团伙给的称呼，他们自己倒不承认叫“800轮”。几个团伙之间时有打架斗殴，“800轮”团伙有几名成员曾因滋事打架，被行政拘留过几次，但由于没有发生伤人的重大事件，也只好教育教育就释放了。

于是，我又想起了前几天营根派出所汇报说，7月22日晚上，“800轮”团伙在营根一队与另一个团伙打过一次架，是“800轮”的主要成员马林、黄平、阿展，和几名外号叫“瘦二”、“打烂”、“大头龟”、“海岛”的团伙成员，手持西瓜刀、钢管，在营根一队与另一个团伙进行斗殴。我们赶了去，他们就散了。几天后，马林、黄平、阿展等人又带领“800”轮的20多名成员，手持短火药枪、水果刀、钢管等工具，聚集在邮电大楼的十字路口，等候另一个团伙斗殴。不久，另一帮人来了，马林他们就追上去，但那帮人边逃边丢山猪炮，山猪炮炸了开来，吓得马林他们再不敢追了。近几个月，“800轮”团伙还发生过几次打斗，一次是追打什通村村民，一次是与长征镇的一个团伙打架，造成最大破坏的是在营根中学附近，被他们追打的团伙成员跑了，丢弃下一辆摩托车，马林他们把这辆摩托车给砸坏了。

治安股的老黄说：“对这些团伙很头痛，抓吧，他们除了有时打架斗殴，没发现犯什么罪；不抓，他们的行为又影响和危害社会治安，还真不好处理。”

我说：“不能因此就放松警惕。这些团伙很可能具有黑恶势力性质，对他们要密切观察、监视，千万不能麻痹大意。”

台风是在我们开会时来的。骤然间，天黑了下来，浓云密雨笼罩了县城，狂风呼啸，夹杂着豆大雨点，扑面而来。我们知道，这正是台风降临的前兆。我们一路小跑，刚到公安局门口，一片巨大的椰树叶被风刮了下来，正好砸在我的脚旁；匆匆跑进局办公室，大雨倾泻而下。

台风中的追捕

1995年9月26日　星期二　雨

台风刮了两天，还在持续。时不时传来窗户玻璃的破碎声、树木枝干的断裂声。傍晚6点钟，浓云密雨使夜色过早地降临到这座山城。在县公安局会议室里，一场追捕杀人凶手王小文的紧急会议正在进行。这是公安部点办的案件。根据可靠情报，杀害原琼山市教育局长吴××的犯罪嫌疑人王小文潜逃到琼中红岛乡的一个苗寨。省公安厅刑侦处与琼山市公安局组成的专案组顶着台风赶到琼中，和我们一起研究追捕方案。任务如此重大，天气如此恶劣，对能否抓住王小文大家心里都没有底，如何行动呢？大家把目光投向我，由于郭泽友同志已调走，我已被任命为新一任琼中县公安局长兼党委书记。

这是我主持公安局工作接受的第一项重要任务。

我说："既有杀人犯躲藏在我们眼皮底下，刮多大的台风我们都要去。"

兵贵神速。追捕方案研究会议结束时已是晚上8点钟，大家匆匆吃过晚饭，立即从县城出发，6辆越野车分别载着40多名民警，冒着狂风暴雨向目标方向驶去。

红岛乡离县城有40多公里，按正常情况下驱车个把小时就到了，可现在，台风、夜色成了我们行动的拦路虎。剧烈的风雨几乎要把车子掀翻，车子牛吼般在泥泞的山路上吃力爬行。不久，我们又被一条山河挡住了去路。这里原是一条两三米宽的溪涧，河上有一座桥，平时，车子可以直开过去。但台风一来，山洪从上游带着泥石、断木直泻而下，桥面被淹得无影无踪。我们不好贸然过河，只好困在车里，心里很着急却又无可奈何。曾在部队做过侦察兵的琼中县公安局副局长王国仁临时充当起水情侦察兵。他双脚趟进水中，根据平时的记忆，摸索着找到淹没在水中的路。我所乘坐的越野车由司机王南雄紧握方向盘，在王国仁的指引下率先开路，雪亮的车灯映照着湍急流动的洪水。此时，路面的水已没过膝盖，车子过河稍有疏忽就可能滑入河中。6辆越野车就这样在河中缓慢地行进了将近半个小时，总算过了河，大家不由得长长地吁了一口气，继续赶往红岛乡。路是越来越难走了，洪水泡软了土路，台风刮断的树枝、茅草把路面搅得如同烂泥塘似的，开车竟比不上步行的速度。突然，越野性能极好的“沙漠王子”陷在泥地里动弹不得，轮胎在泥浆里空转，泥水四溅。大家跳下车来，吆喝着使劲往前推。我与省公安厅的一辆越野车先行摆脱了泥浆路的纠缠，后面的车还没跟上来，于是我们停车下来，等待后面的车辆。风雨交加的夜色中，同车的几位民警顾不上斯文，就近在路边撒尿。没多久，后面的车队赶了上来，几个浑身泥浆的民警一下车就迫不及待地跑到路边的水坑洗脸。我望着他们顿时傻了眼，那可是先前民警撒的尿水，他们不是在用尿水洗脸吗？但想阻止已来不及，为了不使他们难堪，我也不好说破，只是催促他们赶快上车。

我们继续赶路。过了红岛乡，在距离目的地苗寨——长流水村还有6公里时，为避免汽车灯光和引擎声暴露行动，我们全部下车，不亮手电步行前进。山路狭窄、泥泞、湿滑，我们浑身粘缠茅草、树叶；时不时又有几棵被台风摧倒的大树，阻拦在我们面前；尤其是台风借着夜色发威，雨越发地猛了，暴雨像皮鞭似的抽打在身上。雨衣完全失去了作用，强劲的狂风暴雨肆无忌惮地把雨衣扯开，每一个人都是浑身透湿。就在黑暗的风雨中，6公里的路程，我们一步一趔趄，跌跌撞撞地走了3个多小时，直到凌晨3点才到达长流水村。这时，参加追捕的民警经过7个多小时的奔波，已经疲惫不堪，但即将投入抓捕的紧张使大家忘却了劳累，迅速进入指定位置。

沉睡中的村寨，只听见暴风雨的呼啸声和几声犬吠声。这个村寨居住着清一色的苗族同胞，他们不讲普通话，海南话也说不好，只讲苗话。我们包围了几家重点户，一户一户地敲门，对屋里的人进行查问。搜捕行为引起了村民的惊慌，民警比画着进行解释，好不容易才让村民平静下来，但搜捕的结果是没有发现王小文的蛛丝马迹。7个多小时的行动，可以说是战胜了台风，战胜了饥饿，战胜了疲劳，跋山涉水走泥丸，费尽千辛万苦来到这里，却没有抓到犯罪嫌疑人，谁的心中都不是滋味。难道是情报有误？省公安厅的同志没有气馁，不断给民警打气鼓劲，认为情报无误，村民一定知情，只要得到他们的配合，就有胜利的把握。这时，我把民警陈文找来，他是苗族，懂苗语，出发前，我估计可能遇上语言障碍，特地安排他参加这次追捕行动。我让他在尊重民俗的前提下做村民的思想工作，力争获取准确的情况，并叫他带上500元钱奖给提供线索的村民。只见他找到一个村民，用苗语说了起来。我们在这位村民的带路下，快速踏上了通往山寮的山间小路。路的两旁全是密匝匝的树丛，树枝不时从我们脸上划过，还不时碰到爬行的蛇虫。不能有任何的灯光，我们本能地手拉着手摸索着赶到一个山凹，山凹里有一间草寮。一声令下，大家迅速把它包围住，里面睡着的确是王小文。他在熟睡中被我们从梦乡拎了起来。看着不费一枪一弹落网的犯罪嫌疑人，参战的民警个个兴高采烈，完全忘记了一夜的辛苦。

按照部署，队伍在附近的农场稍事休息。民警们一进入屋里，你看看我，我看看你，个个都成了泥猴。也不知是谁惊叫一声："山蚂蟥！他妈的，爬上来这么多山蚂蟥?"只见人人身上都有几条又粗又黑又滑的山蚂蟥。琼中山区山蚂蟥多，遇到雨天，人只要走过，它们便从树上、草丛中随风跳到人身上，爬进鞋子里，钻到头发、脖子以及身体任何部位张口吸血。在吸血前它只有牙签般细小，吸血后如拇指般粗大。无奈，大家只好来了个"天体"运动，将衣服脱了精光，你帮我抓，我帮你抓，把山蚂蟥从头发里、耳朵背、腋下、腹下剥了下来。一个民警的举止引起大家哄堂大笑。有位民警的下体，居然叮上了两条滚瓜溜圆的山蚂蟥。他死劲地拽，山蚂蟥就是赖在那儿下不来，搞得他狼狈透顶。

这时，屋外的台风仍在持续，民警的笑声与呼啸的风声、雨声交织在一起。这笑声似乎在宣告，胜利永远属于人民。

"800轮"带出"181"犯罪团伙

1995年10月3日　星期二　晴

对"800轮"团伙调查有了新的发现，

根据"800轮"团伙成员的交代，与他们斗殴的大多是长征镇的农村青年，这也是一个团伙，几乎是伴随"800轮"团伙衍生来的，为首的是梁福、梁庆两兄弟和一个叫陈明的，都是长征镇人。两兄弟纠集长征镇周边的农村青年成立的团伙，因为他们住址处于省际公路181公里处，于是便称为"181"团伙。这个团伙与"800轮"是生死冤家，今天你"800轮"追着我打，明天，我"181"追着你打。他们仿照港台电影里黑社会组织模式，设立帮主，发展成员数十人，把长征镇一带作为他们的势力地盘。

这天，我来到长征镇。

长征镇离县城有20多里，派出所处于琼中通往万宁的公路边，颇像个农家小院，门前一个小操场，旁边有几棵大树，被过往汽车扬起的灰尘熏得脏兮兮的。所里办公设施极为简陋，除了两张办公桌，几张五十年代的靠背椅，别无他物。但派出所的招牌极为显目，白底红字，挂在公路边，人们远远地就能看见。一位民警解释说，看到它，老百姓心里便踏实。派出所长姓王，是个年轻小伙子。

小王说，他们抓了“181”团伙几个骨干成员，其中一个叫王木的，也是个干部子弟，当过兵，因为表现不好，被提前退伍，便回到老家长征镇旧村平村搞鱼塘。但这小子是个不安分的种，见鱼塘没有什么收入，便参加了“181”团伙，接受了陈明这个团伙头目的一个任务，回到长征镇继续发展团伙组织成员。陈明的说法是：只要把“181”队伍扩张大了，就不怕“800 轮”了，并且给他“封官许愿”，他在长征镇新发展的成员，命名为“191”，由他当老大，直接听从于陈明指挥。于是，王木便回到长征镇，积极发展团伙成员。先是在镇中学和长征农场中学串联，要求这些学生参加他们“191”团伙，如不参加，以后受人欺负，他们就不会帮忙。这些学生都是些十四五岁的少年，处于青春叛逆期，在恐吓和威逼下，陆续有 20 多名学生参加了“191”团伙。于是，王木成了隶属于“181”团伙下的“191”的“老大”。并制定了“不准抢劫；没有命令不准打架；打架时随叫随到；任何人不准逃走；被人捉住，不准泄露帮派成员和与帮派有关的事”等五条“帮规”。

“帮规”中的“不准抢劫”引起我的注意。我说：“从这些情况看来，他们纯是为打架而成立的团伙，倒也不敢有什么抢劫行为。”小王说：“都是些瞎胡闹的孩子，学校里也时有打架问题，有的学生害怕受人欺负，便抱成团，结成伙。王木抓住学生这种心理，以‘帮你打架，保你不受欺负’为由，把一些学生蒙骗到团伙里来。从目前情况看，王木成立这个‘191’团伙，没有发现犯罪行为，主要是打架斗殴，属于小流氓团伙。”

我说：“不能小看这些小流氓团伙，任其发展下去就会给社会治安造成大的危害。目前，我们要加大对流氓团伙的打击力度，同时，也要对青少年加强预防犯罪教育，在他们坐大成势之前，制止他们走上犯罪的邪路。”小王说：“是啊，我们目前正在做这方面的工作，加强对青少年的法制教育。农垦公安分局也极为重视，这些团伙成员住址大多在农场辖区，分局积极与我们联手配合，其中许多案情都是他们查出来的。”

对这些小流氓，真还有些头痛。打架斗殴属于治安范畴，依照法律，只能拘留几天就要放出来，但他们是社会上的“疮疖”，疮疖大了必然化脓，遗毒于社会。作为公安民警，一定要有认识问题的敏锐性。古老的《内经》云：“圣人不治已病治未病，不治已乱治未乱。”从终极目的来看，公安民警重要的职责不是惩戒罪犯，而是让人们不往犯罪的道路上走去。今天，这些流氓团伙还是脓肿期，通过我们教育和处罚，可以使这些“疮疖”消肿化瘀；如果等这些“疮疖”化脓，再来实施手术将它们切除干净，无论对谁都是不愿看到的结果。

琼中贩毒第一案

1995 年 10 月 22 日　星期日　阴

来过琼中县的人都说，琼中是海南的桃花源。人们在都市生活久了，到琼中会感受到山城的一种特有的恬静。山风拂面，清新凉爽，令人心旷神怡；蕉红椰绿，白云蓝天，教人乐而忘返；苍翠的崇山峻岭，更让人远离了喧嚣的红尘俗世。但琼中不是世外桃源，随着国家改革开放，经济发展，琼中与外面的世界联系越来越紧密，一些有害的东西也不可避免地渗透进来。前两天，有派出所向我汇报，琼中也有人开始吸毒，我着实吃了一惊。

琼中可谓是五指山下一片净土，民风淳朴，百姓善良，与其他市县比较，犯罪率也较低。但如今，毒品居然入侵了这块净土。

我决心建立毒品违法犯罪预防机制，不能让琼中形成吸毒的气候环境。

这几天，全局机关干部民警全部出动，街头巷尾，路边商摊，商店学校，农贸集市，在全县范围内展开大规模的禁毒宣传。县城派出所临街，是最好的宣传阵地，我带领民警刚把禁毒图片展览摊开，就立即围上来好些群众。一位老太太凑到展览图片前，指着罂粟花说：“这就是毒品啊，还生得怪鲜艳好看的。”一个民警告诉她：“别以为它好看，却是个魔鬼，一旦沾染上了，想甩掉它就不容易了。它会让人妻离子散，家败身亡。”

参观展览最多的是学生和孩子，他们在老师、家长的带领下，聚集在展览摊位前，听民警讲“白粉”的危害：“用毒品静脉注射，整个身体、头部、神经会产生一种爆发式的快感，如‘闪电’一般。2 至 3 小时内，毒品使用者沉浸在半麻醉状态，唯有快感存在，其他感觉荡然无存。心醉神迷过后，别无他念，只对白粉感兴趣，一心只想重新吸白粉。这就是‘沉醉’。由于快感很快消失，接着便是对毒品的容忍、依赖和习惯。随着使用毒品时间的迁延，需要越来越多的毒品才能产生原来的效应，不然过不了瘾。毒品耐受量不断增大。此时，一旦切断白粉进入体内，成瘾后的戒断症状十分剧烈，将处于一种痛苦难忍的折磨中。对‘闪电’的留恋，而对戒断的痛苦体验，使吸毒者身陷毒潭，身不由己，难以自拔。此时已适应了毒品的身体，产生了生理和心理上的依赖，随着时间的推移，吸毒者精神和身体慢慢开始崩溃……”

我们的宣传，重点是加强民众对海洛因危害的认识。村委会设立禁毒宣传点，学校开设禁毒教育课，民警详细地介绍和讲解了海洛因的危害：“海洛因对人体的毒性是吗啡的五倍以上，吸食海洛因两次后，大多数情况下都会使人上瘾，产生生理和心理依赖。其戒断症状表现为：焦虑、烦躁不安、易激动、流泪、周身酸痛、失眠、起鸡皮疙瘩、有灼热感、呕吐、喉头梗塞、腹部及其他肌肉痉挛、失水等。还出现神经质、精神亢奋、全身性肌肉抽搐、大量发汗或发冷。海洛因中毒的主要症状是：瞳孔缩小如针孔，皮肤冷而发黑，呼吸极慢，深度昏迷，呼吸中枢麻痹，衰竭致命。海洛因吸毒者极易发生皮肤菌的感染，如脓肿、败血症、破伤风、肝炎、艾滋病等，甚至会因急性中毒而死亡。”

宣传唤起了群众对毒品的警觉。

一天，县城派出所接到群众举报，有人躲在一间工棚里吸毒。派出所民警立即赶了去，但见一间简陋的工棚里，三个年轻仔正躺在床上吞云吐雾，民警扑了上去，吸毒人员还在“过瘾”之时，浑身无力瘫软，像是死了的蛤蟆，民警如同水里捡田螺，将这几名吸毒人员带走了，进行强制戒毒。

有人吸毒，必然有人贩毒。我要求，务必严密控制各社区，要充分调动广大群众参与的积极因素，对贩毒活动，实行严打政策，露头就打，绝不允许琼中有贩毒分子活动。

今天，一名群众在营根镇一条小巷里发现有人在做毒品交易。刑警大队迅速行动。夜里 10 点多钟，刑警队长林洪钦带领民警便衣打扮，赶赴营根镇。在一条小巷里，几个鬼鬼祟祟的黑影坐在一条石板凳上，正在进行零星散包贩毒活动，巷头巷尾各有一人探头探脑地张望，是在望风。民警装作过路行人，不动声色地靠近过去。一个女人拿出一小包毒品，开价 100 元。买毒品的是个 20 多岁的小伙子，一看就是吸毒人员，面色发灰，脸颊枯瘦，双眼呆滞无神。小伙子显然买过多次毒品，颇有经验地与那女人讨价还价：“你这货不纯，在琼中值不了一百块一包，最多给你五十元。”

女人说：“你乱讲，我在琼中还头一次卖这东西，哪有百分之百的纯货。”

小伙子说：“那……算60元一包，行不?”

“80元一包，你要就要，不要就算了。”

小伙子犹豫了一下，说：“给我两包吧。”从口袋里掏出皱皱巴巴的几张百元纸币，交给了女人。那女人蹲下身去，把脚旁边的一块石块扳了起来，从石板下取出两包海洛因。就在两人交货之时，民警们扑了上去，将那望风的和贩毒的3名犯罪嫌疑人按到了地上。这是我来琼中后破获的第一宗贩毒案件，贩毒人员分别叫金文、吴玉、黎风，从现场缴获海洛因12克。由于我们及早发现、及早治理，最终，琼中终于摆脱了毒品的魔影，还百姓一片净土。

琼中县志的启发

1995年10月27日　星期五　阴转晴

今天我叫县委办公室王乙送一本刚出版的《琼中县志》给我。翻开这本油墨飘香的书，了解到琼中境内东西宽66.7公里，南北长76.75公里。1990年辖八镇五乡，共计100个管理区，557个自然村，境内有15个省属国营农、林、茶、牧场。总人口近20万人。按民族分，黎族8.4万多人，苗族1万多人，汉族近10万人。壮、瑶、回、侗、满、土家、畲、彝、藏、白等族4600多人。这种县情，我提醒自己，在工作中要注意：

一、少数民族，特别是黎苗族已不是少数，要研究他们的风俗习惯，要依靠他们开展工作。

二、全县东西南北相距那么远，又偏僻，警力必须向基层倾斜，派出所不但承担治安管理任务，还必须承担一般的刑事案件侦查任务，尽管公安部没有这个要求。

三、要协调好与国营农场的关系。必要时把我在兰洋派出所与兰洋农场“三位一体四级联防”的做法移植过来。

车匪路霸落网记

1995年11月13日　星期一　阴

自11月11日起在全县范围内开展打击车匪路霸专项斗争，但收效不大。几天来，我们投入了不少警力在各路口和重要路段设卡，检查过往可疑车辆人员，仍然收效甚微。以前的车匪路霸仿佛人间蒸发，一个犯罪嫌疑人也没有抓到。经过研究，我们决定改变战术：撤销所有设卡检查人员，设置暗哨，发现形迹可疑人员立即进行盘查；派出便衣巡逻队，在各主要路段，尤其对以前车匪路霸猖獗的路段，进行重点巡查，严防车匪路霸案件发生；还派出民警化装成乘客，跟车监控。

昨天，刑警大队3名民警跟车，在往儋州去的班车上，从乌石镇上来两人。都只有20来岁，一个穿蓝色T恤衫，一个穿件白色衬衣，手上都搭件春秋衫。两人上车来，眼睛贼溜溜地向四周瞄着。这两人立即引起民警注意，但民警若无其事，像一般乘客，不动声色地散坐在前后三个座位上。班车内人不多，前面有几个空位，两人坐了下来，其中一人正好坐到一位民警身旁，但他俩手上搭着衣服始终没有放下，眼睛以一种紧张状态不停地往车内乘客身上打量着。班车过了阳江农场，快进儋州境内，这一带较为偏僻，这时，那两人站了起来。一人走到司机旁，两人几乎同时掀开搭在手上的衣服，露出长长的西瓜刀来。两人扬起西瓜刀，露出了疯狂的凶相，大声喝叫："谁都不许动！打劫，把钱都掏出来。"一人揪住司机，用西瓜刀敲打着方向盘，歇斯底里地叫喊："钱，卖票的钱，拿来！"另一人把刀架在一个乘客的脖子上，疯狂地叫道："快，快拿钱出来！"车厢一片惊恐，被要挟的乘客双手抖抖索索地就要掏出自己的钱包。说时迟那时快，坐在车门旁的民警一跃而起，夹手夺过歹徒的西瓜刀，一个锁喉动作，把歹徒掀翻在地，麻利地从腰间取出手铐，将歹徒擒获。同一时刻，坐在前座的民警扑到另一名歹徒旁边，把正威胁司机的歹徒抓住。坐在最后排的民警这时走到了车过道中间，向乘客招了招手，亮出了身份说："我们是县公安局的，为了打击车匪路霸，现正在跟车执行任务，请大家不要惊慌。"他吩咐司机把班车停住。

车厢内恢复了平静。骤然间，爆发出一阵欢呼，乘客噼里啪啦地鼓起掌来。一位乘客不解气地走到被擒获的歹徒面前，狠狠踹了一脚："今天要不是有民警在，我们又要被洗膀子了。"一辆巡逻车接到报告，追到了班车旁边停下。班车门开了，跟车民警押着擒获的两名歹徒带上几名愿意作证的乘客，从班车下来，上了巡逻车，胜利地踏上了返回琼中的归途。

今天上午，又有两名车匪路霸落网。在去万宁的公路上，一辆巴士抛锚，就在司机修理车子时，从路边窜过来两名歹徒实施抢劫，抢走司机身上600多元和几名乘客两千多元现金，然后乘坐一辆摩托车逃跑。恰在这时，打击车匪路霸的公安巡逻车赶了过来，闻听案情，立即向歹徒逃跑方向追去，于是在琼万公路上，上演了一出警民携手追匪记。当歹徒驾驶摩托车要下公路、往乡间一条简易公路逃窜时，民警追了上来，民警的吉普警车紧紧咬住歹徒的摩托，把摩托车逼向路边的水沟里翻倒了。歹徒跌在水沟边，爬起来又往一条田塍路上逃去。民警迅速跳下车，紧追不舍地扑向歹徒。追逃声惊动了旁边村子里的村民，十多名村民也赶了出来，“抓贼啊——捉坏人啊——”一片叫喊声响彻山间原野，无路可逃的歹徒被警民包围圈团团围住。一名歹徒跑到村旁一丘水塘旁，被一个村民扬起扁担打进水塘，另一名歹徒慌不择路，与前来抓捕的民警撞了个满怀，被民警扭翻在地。两名歹徒束手被擒，抢劫的钱物如数归还受害人手中。

也许，对于久经沙场的公安民警来说，打击车匪路霸只是一碟小菜，但是对于老百姓而言，遭遇抢劫却是一场灾难。由于我们的努力，琼中的车匪路霸终于销声匿迹，为老百姓的出行送上了一份平安。

破案竞赛全面展开

1995 年 11 月 22 日　星期三　晴

太阳懒洋洋地挂在空中，不热也不冷，这是一年中最宜人的时节。民警们都换上了秋装，一行行地排列在公安局大院内操练，那绿色的制服在阳光的映衬下熠熠闪亮，为琼中警察增添了几分警威。

至 20 日，在打击车匪路霸的专项斗争中，我们抓获犯罪嫌疑人 6 名，摧毁犯罪团伙一个 4 人，破获车匪路霸案件 7 宗。在这期间，局党委部署的破案竞赛活动也同步展开，以刑警大队为龙头，各部门、各派出所围绕各自工作，积极进行破案竞赛活动。

派出所以收缴山猪炮为突破口，在各辖区进行查破治安案件竞赛。黎母山是少数民族区域，不少村民好酒，但有的青年仔喝醉酒后，却失去控制，时常闹事，因山猪炮时有伤人案件发生。也就在几天前，下着雨，黎母山镇一家饭馆进来了三名年轻小伙子，都打着赤膊，在一张饭桌前坐下，要了酒菜。三人从上午喝到傍晚，喝着喝着，忽然发生了争执，你说我喝得少，我说他喝得不多。为了争当喝酒英雄，三人一边斗酒，一边吵架，酒精把每个人都烧得失去理智。渐渐地，吵架升级为打架。也不知是谁，先给了对手一个耳光，于是，其中一人抄起酒瓶砸了过去，另一个人把桌子掀翻开来，有人被打倒在地下，有人脸上被打出了鼻血……忽然“砰”的一声，腾起一阵烟雾，一个山猪炮炸响……饭馆里顿时乱作一团。店老板赶紧报警，派出所赶来，把三个仍然厮打成一团的醉鬼拉开，带到派出所，从三人身上一搜，居然搜缴出10多枚山猪炮。

在破案竞赛中，一系列积压的摩托车盗窃案陆续告破。

摩托车被盗案是从去年下半年开始的。有的摩托车大白天停在路边，等车主去买点东西出来，摩托车就不翼而飞。还有摩托车锁在家门口，到第二天早上无缘无故地失踪。至今年上半年，全县陆续发生多起摩托车被盗窃案件。群众对此反响极大，有的群众因此不敢买摩托车。刑警部门和有关派出所也曾派出警力侦查，但这些案件来无踪去无影，一直没有找到破案线索，便成了积案难案。到现在，时过境迁，案发现场和线索都已消失，破案难度愈益增大。围绕这些积案，局长办公会专门进行研究，成立以刑警为主力的专案组，要求攻坚克难，把这些案件拿下来，给人民群众以安全感；要求广泛发动群众，充分调动群众积极性，举报犯罪嫌疑，走专群相结合的路子，深挖细找，寻找线索，侦查案情，将犯罪嫌疑人抓获归案，绳之以法。

这几天，刑警大队民警走访被盗摩托车主，派出所民警深入到辖区找群众了解情况，交警大队民警设卡盘查，注意发现来路不明的摩托车和可疑人员……案情渐渐有了进展。根据群众举报，这一系列摩托车盗窃案有可能是外地人作案。刑警大队先后到定安、文昌、琼山、海口等地调查，侦查出这是一个摩托车盗窃团伙流窜到琼中作案，在有关市县公安机关配合下，将这个犯罪团伙一网打尽，所盗窃的摩托车也悉数追缴。

在这次破案竞赛中，“7·24”、“7·29”两起重大盗窃案也相继告破。7月间，刑满释放人员韦丰在县城连续两次入室盗窃，盗得财物价值达上万元。作案后，韦丰畏罪潜逃。几个月来，全县组织警力多次追逃，但一直没有发现他的行踪。11月23日，乌石派出所接到群众举报，韦丰潜逃回家，有人在乌石镇上看见过他。韦丰家住乌石镇乌石村。看来，韦丰在外面混不下去，这次回来，可能是作点休整，拿些吃用的，然后继续潜逃。当即，刑警大队迅速展开对韦丰的抓捕行动。

当晚11点多钟，林洪钦带领数十名民警直扑乌石镇。乌石镇离县城十几公里，民警很快就赶到乌石村。子夜时分，村子静悄悄。远处几盏灯火像是掉下的星星，稀稀拉拉地散落在山间。民警的脚步引发了几声狗吠。林洪钦迅速对村子进行了布控，安排民警在各路口警戒，防止韦丰可能逃跑。在民警团团包围中，派出所民警以查户口为名，敲开了韦丰家的门，进到屋内，却没发现韦丰，搜查他家各个角落，不见其影踪。韦丰的父母站在一旁，不安地瞅瞅这里，又看看那里。从两个老人眼神里，民警感觉到异常，把老人叫到一旁交代政策：“韦丰藏在哪里？你们应该劝他出来投案自首，争取从宽处理，逃是逃不掉的，逃得了今日，逃不了明日。他终究会被我们抓获，早一天投案比晚一天投案要好……”在民警耐心劝说下，韦丰的亲属交代：韦丰担心被公安发现抓住，从没在家落脚，每天都住在屋后山岭的草寮里。

民警立即上山。

已是深夜1点多了，海南虽然无冬天，但现时是深秋，夜里寒气重，山风吹在人身上，皮肤一阵阵发紧。山间漆黑，山影幢幢，山路坎坷不平。大家深一脚、浅一脚，趔趄地摸索前进。走了半个来小时，朦胧中，但见一堆乱草丛中掩蔽有一个草寮。民警迅速将草寮包围，林洪钦用手电筒往里照了照，见韦丰正在酣睡。民警把韦丰从睡梦里拎了起来，给他戴上手铐，押着他走上了归案的路途。

争创优秀公安局

1996年1月2日　星期二　晴

元旦的钟声把我们送到了1996年。

早上起来时，天麻麻亮，一群群鸟儿在枝头唱个不停，有几户民警家冒出了炊烟。我也住在公安局的“大杂院”里。开始有关同志要安排我住到县委招待所，但是，公安经费紧张，如果住招待所，一年下来住宿费可是一笔不小的开支。于是，我吩咐从局办公室中腾出一间，作为我的宿舍。这是一个小房间，原来可能是作仓库的，放着一些报纸办公用品，把里面杂乱的东西搬掉，可以摆放一床一桌。住宿条件虽然简陋，但与民警一起生活在公安局这大杂院里，有一种别人难以理解的家的温馨。

新的一年开始了，这将是琼中公安工作又一个新的开端。按照局党委部署，今年重点要抓这么几项工作：一是持续抓好治安，充分调动社会力量和群众积极因素参与，建立镇乡（农场）、村委会（农场连队）、自然村（农场作业区）三级治安防范机制，形成全县治安防范网络；二是对一些重特大案件要集中力量进行侦破，琼中重特大案件虽然不多，但每一起案件在群众中影响都非常大；三是抓好机关建设，改善民警工作条件，筹集一些经费，把机关办公楼建设列人议事日程。与其他市县局机关相比较，琼中可算是最差的。多少年，从领导到普通民警，都希望能够改变局机关陈旧破烂的现状，但是，县财政拿不出钱来，民警的愿望也就一直无法实现。但我想，条件是靠人创造出来的，事情是人干出来的。积极争取县委、县政府支持，争取社会力量支持，总有办法解决建设经费困难的问题。

当然，迫使我下决心建设新办公楼是基于这样的想法：通过机关面貌的改变，促使琼中公安工作从各方面走向规范化和正规化，从而把琼中公安局领入省优、国优的先进行列。

我刚任局长时，县委书记张力夫对我提了要求：一要干净，二要勤政，三要有建树；特别强调要在琼中这个国家级贫困县自加压力，负重前进，力争把公安局打造成为全省乃至全国先进单位。我暗下决心，一定按张书记要求去努力。对于争优我是有信心的，并且也有这方面的经验。1986 年，我还在儋州兰洋派出所担任所长，全国公安机关刚开始“创优争先”活动。1987 年，在全所民警共同努力下，兰洋辖区刑事发案下降为零，治安案件下降 70%，民事案件不出村，被省厅总结为“兰洋治安防范经验”。之后连续两年，兰洋派出所被国务院授予“全国先进基层单位”，成为全省唯一授予海南公安系统的先进基层单位。正是有了兰洋派出所经验，我坚信，只要全局民警齐心协力，努力奋斗，琼中公安局也一定会迈入全省优秀公安局和全国优秀公安局的先进行列。

上班时，开了个局党委会。农历新年近了，春节安全保卫是目前中心工作，研究完了春节安全保卫工作方案，我就 1996 年的工作计划提出琼中公安局的创优设想。我说：“一年打基础，两年创省优，三年四年争国优，将是我们今后的工作目标。也就是说，今后我们的工作要围绕争创全省优秀公安局、乃至全国优秀公安局而努力奋斗。”

这个意见引起大家热烈议论。有人怀疑，琼中就这么一个小县、穷县，与全省其他市县比较，长期以来，琼中公安工作就不起眼，我们的工作能够不掉车尾就不错了。现在忽然提出向优秀公安局的目标奋斗，是不是有些好高骛远？我说：“琼中虽然是小县穷县，但不能因为条件差就甘居人后。在保一方平安的公安工作中，琼中与其他市县都处于同一起跑线上。并且，琼中地小人稀，民风淳朴，在打击犯罪、确保治安稳定方面有良好的基础和优势，只要班子同心同德，共同努力，在县委、县政府正确领导下，我们有信心迈进全省公安工作先进行列。”

当然，我深深认识到，争创优秀公安局是一个艰难的过程。琼中这支公安队伍必须政治过硬、作风过硬、纪律严明、具有坚强战斗力，不能有任何违法违纪问题发生，因为打铁要靠自身硬，这是一个很通俗的道理。必须确保琼中一方平安，严厉打击各种违法犯罪活动，为琼中经济发展创造良好的治安环境；要树立良好的公安形象，使公安工作得到全县人民群众满意；要切实抓好基层基础建设，从局机关到全县各个派出所基础设施都相对落后，这种现状要在最短时间内改善……

争创优秀公安局任重道远，要做的工作太多了，我倍感肩头担子的沉重。但是，责任所在，让我不敢懈怠，让我不顾一切艰难困阻，勇敢前行。

公安工作改革进行时

1996 年 2 月 26 日　星期一　晴

春节期间比平时要忙得多。检查落实辖区安全保卫措施，到各乡镇派出所检查工作，慰问看望老干部、军烈属和孤寡老人；为让民警过上一个好年，几个局领导还分头走访民警家中，了解民警生活有些什么困难和问题，想法筹集一些钱给民警购置年货，发放福利……除夕夜，我带上几个巡警在县城巡视了一圈，听着满城的鞭炮声，看着万家喜庆的灯火，闻着从居民住宅里飘出来的年夜饭香，心里充满了踏实感。

春节我没有回家。家在儋州那大，虽然离琼中近，开车只有一个多小时路程。但我想，春节保卫工作不能有任何闪失，自己调来不到半年，对琼中情况还不是非常了解，万一有点闪失，冒出一丁半点治安问题，人们如何看你这个公安局长不说，自己也对不起组织，对不起头顶上的国徽。

整个春节，我都坚守在工作岗位上。

大年初二，我抽空回了趟儋州，给母亲拜年。坐下与母亲说了一会儿话，想陪母亲吃午饭后再回琼中。这时，电话忽然响了，是局值班室打来的，说是下午县领导要来公安局看望民警，同时了解春节安全保卫工作。没办法，我只好取消与母亲同吃中午饭的安排。母亲理解我，说："你去忙吧。"

当我走出家门，回头看看满头白发的母亲，想到父亲的不幸早逝，母亲的艰难担当。由于工作性质不同，职责所在，一年到头，很少陪伴母亲；今天，连春节陪母亲吃顿饭都身不由己，思之至此，不由得眼睛潮湿，鼻子发酸。但公务所在，唐人陈子昂《感遇》诗说："圣人不利己，忧济在元元"，我应该这样做，母亲也希望我这样去做。

我匆匆赶回琼中。

春节安全保卫工作受到县委、县政府的表扬。节日期间，全县社会治安平稳，没有发生任何大的刑事案件，人民群众在安全祥和中度过了春节。时至今日，春节的气氛仍没有消散，"欢度春节"的大红灯笼仍然挂在一些单位的门楣上，营根街头、集市仍然聚集着不少来自四乡八镇的村民，在饭馆、居民小区里，还不时有鞭炮响了开来……

春节后第一天上班时，开了个全局民警大会，要求大家把脑子里假期松弛的“发条”重新上紧。

今年是公安工作改革之年，根据公安部和省厅要求，要在公安系统内推行公安工作改革，尤其是改革旧的刑侦体制，建立适应市场经济的新的刑侦体制。这是推进公安队伍建设的一个极好契机，要乘改革之风，狠抓公安队伍建设，努力把全县公安队伍打造成一支政治过硬，作风顽强，纪律严明，具有坚强战斗力的队伍。

一支好的公安队伍是做好公安工作的基础。

尤其是刑侦队伍，它是公安机关的半壁江山，是打击违法犯罪的铁拳和利剑；这个拳头如果不够分量，这把剑如果不够锋利，就严重影响和制约公安工作。然而，我们的管理体制还沿袭计划经济时期旧的管理模式，人人吃大锅饭，干部坐铁交椅，能干的上不去，混日子的下不来，领导交代的事就做，领导没有交代的事就无人过问，民警积极主动性调动不起来，以至一些案件破不了，成了经年历久的积案和难案。目前，国家正在由计划经济向市场经济转轨，要适应这种发展趋势，公安机关必须打破现有管理模式，推行改革，引入市场竞争机制，充分激发民警的工作热情，挖掘民警的工作潜能，使全局形成“有任务抢着干，有案件争着破”的争先创优局面。

晚上8时，召开了局党委会，就公安机关改革议题请大家发表意见。不过，改革这个词虽然时髦，但对于许多人来说还很陌生，公安机关如何改？队伍管理如何改？人事任用如何改？这都是新课题，是从未有过的新事物。会议上沉默的多，讲话的少。人们抓耳挠头，似乎都在苦思冥想这个沉重的话题。

开完会已是夜里11点。回到住处，在自来水龙头前冲了个凉，洗完换下来的衣服，就到12点了。躺在床上，却没有一丝睡意，睁着眼望着窗外。黑黝黝的山影沉寂在夜空，山风送过来树叶一阵阵的哗啦声。隔壁的自来水管漏了，“嘀嗒——嘀嗒——”滴水声在静夜里仿佛催征的鼓点敲打着，使我不敢有丝毫懈怠。改革势在必行，但是，怎么改呢？多年来，人们在旧有的管理体制中过得舒舒服服，旧的观念、旧的意识在人们思想中根深蒂固，改革力度过大，完全彻底地打破过去的管理框架，人们接受得了吗？改革步子太小，是否又成了挠痒痒，戳不到旧体制的痛处，改革成了一股微风，轻风吹过，一切照旧……

第二章 “96严打”重拳

刑事案突增

1996年4月29日 星期一 晴

海南的4月进入了炎热。一早起来太阳就晃眼，然后汗水伴着你一直到晚上才干。

有人以为琼中地处海南山区腹地，治安情况比其他市县要平静些，其实不然。国家改革开放，大力发展经济，已经把各个地域拉拢到一块，琼中也不是世外桃源。近两年，琼中经济也有了较大起色，国民经济产值持续增长。致富的大门向所有人敞开着，你只要勤劳，有些技能和才干，或者头脑灵活些，致富不成问题。国家加快了发展经济步伐，群众也每日里为赚钱而忙碌。然而，“金钱”二字也刺激一些不法之徒走上违法犯罪的不归路。

去年冬季的专项打击后，琼中平静了好几个月。但近期，刑事发案又突然增多。

15日凌晨，天还没亮，一辆大客车从通什市出发，乘载20多名旅客开往海口，行至海榆中线琼中湾岭路段时，雪亮的车灯照见路旁有三人拦车。司机以为是要搭车的乘客，便停了车，车门打开，三名年轻人拥上车来。乘务员刚要向他们招呼买票，忽然惊愕地呆住了。但见三人手里各举着一支粉药枪，一人对着司机，一人对着乘务员，另一人把枪对着车内旅客，“打劫，把钱都拿出来!”遭遇劫匪！司机、乘务员和乘客都惊慌了，面对三支黑洞洞的粉药枪，大家没有选择，只有任凭三名持枪歹徒的摆布。半小时的骚动，全车人共被抢去7000多元钱和4个传呼机。歹徒抢劫得手，很快下车，消失在茫茫夜色之中。司机把乘客拉到海口，立即报案。案情惊动省公安厅，厅长胡志华亲自批示，限期破案。

接到胡志华厅长批示，我立即召集刑警队研究破案工作。但一案刚起，另案又发。就在次日，乌石镇又传来案情。一个叫小曾的姑娘来乌石打工，暂时居住在一间工棚里，这是原知青沙场的工棚，地势偏僻，住有少数几户人家。知青沙场撤离后，工棚就一直空着，她是外来人员，便以这里作临时栖身之处。16 日晚上 9 点多钟，小曾冲过凉，正准备上床睡觉，房门忽然被撬开，两个黑影冲了进来，把她打工所得仅有几百元搜刮了去，随后又将她按倒在床上强奸了。

之后，摩托车盗窃案又频发，在县城街头，一对情侣把摩托车停在商店门口，待买了东西出来，也就不到 20 分钟的时间内，摩托车不翼而飞。一居民把摩托车锁在家门口，第二天早上，摩托车被盗。

而在近几天，加钗农场胶厂连续发生柴油被盗案件。这几起案件都是发生在晚上 9 至 10 点钟左右。据胶厂报案人反映，第一次是厂房内的油罐盖被撬开，罐内的柴油被人用管吸走，损失柴油 50 公斤；另外，在胶厂配电房，连续五次被人盗走柴油共计 250 多公斤。

今天，营根派出所又接到案情。发案地在营根镇加钗鱼苗场。昨晚，鱼苗场华老板给鱼苗喂了夜食，搞到 9 点多钟才吃饭，刚拿起筷子，忽然，从外面闯进两个陌生的年轻人。夜色中，看不清两人的面容。这两个人来干吗？华老板疑惑地刚要问，那两人冲了上来，不由分说，将华老板就按倒在地。是歹徒！华老板喊了一声“救命！”嘴便被歹徒用毛巾堵上，接着，歹徒将他捆绑起来，“钱呢？钱放哪儿？把钱拿出来！”歹徒叫喊着，想起毛巾还在他嘴里，便把毛巾取出来，华老板嘴一张开就又叫了起来：“救命，有人抢劫！”歹徒气坏了，又将他嘴堵上，劈头盖脸地就是一顿拳打脚踢。完了，在工棚里翻箱倒柜地乱搜，工棚是他做工的场所，他哪会把钱放这里？歹徒什么也没搜到，只好把他身上仅有的 427 元钱抢了去，却不解气，又把他一个煤气瓶、一个煤气灶和一个不锈钢锅提走了。等到今天早上，给他打工的人上工来了，才把他解开捆绑报了案。

重拳出击

1996 年 5 月 6 日　星期一　阵雨

琼中治安形势也引起省公安厅重视。省厅派来“严打”工作组，指导和督查我县的“严打”行动。上午，我们召开了“严打”工作会议。会议气氛凝重，为什么近来案件频发？为什么犯罪分子敢于如此嚣张？对近期发生的几起重大疑难案件，我们应该采取什么对策？围绕这些问题，大家进行研究探讨。

刑警队林洪钦说到摩托车盗窃案："案件侦查工作有初步进展。这些天来，我们会同交警大队、治安股以及县城、营根派出所联合行动，拉开大网，扩大盘查范围，经走访受害人和有关群众，初步了解到这是外来流窜的一个犯罪团伙作案。作案后，他们已潜逃到屯昌，有群众在屯昌看见过其中的团伙成员。李局长，你是否给屯昌方面联系一下，我们前往屯昌抓捕，请求屯昌公安机关支持配合。"

"这个没问题，回头我就给屯昌谢局长打个电话。"我说，"你们抓紧时间，下午就去屯昌吧，希望看到你们把犯罪嫌疑人带回来。"

林洪钦颇有信心地说："保证完成任务。"

看来，破获摩托车盗窃案有眉目了，但是，其余案件却没有头绪。

分管刑侦工作的副局长王国仁谈了对这些案件的看法："'4·15'持枪抢劫案，是一起极其严重、恶劣的案件，波及通什、海口两地，在社会上造成极不好的影响。我们要贯彻胡厅长的批示精神，在上级要求的限期内，务必把案件拿下来。乌石镇的入室强奸抢劫案暴露了我们治安工作的薄弱环节。案情性质恶劣，给当地群众造成了恐慌情绪。根据受害人反映的情况来看，有可能是邻近乡镇村庄的人作案。乌石、红岛和农场派出所要与刑警大队密切配合，对辖区内有过劣迹的人员进行排查，注意发现可疑人员和对象，找出案件突破口。加钗鱼苗场入室抢劫案说明犯罪分子十分猖獗，公然闯入鱼苗场捆绑、殴打被害人。从案发现场情况判断，作案人熟悉鱼苗场情况，抢劫财物不多，有可能是当地村民，刑警队要与派出所积极配合，在周边村庄展开排查工作，尽快把嫌疑人抓获归案。"

省厅工作组同志说："近来治安情况反弹，犯罪活动猖獗，这不是孤立现象；不仅琼中，在其他市县也是如此，尤其琼山、儋州、海口发案率高。其中一个重要原因是，随着我省深化改革、扩大开放，经济形势活跃，这也刺激了违法犯罪分子，他们为攫取经济利益，不惜铤而走险，疯狂作案。在这种形势下，省厅党委决定，在全省范围内发起一场'严打'攻势，派出'严打'工作组分赴全省各市县指导和督查。关于当前治安形势，我们提出几点看法，供大家参考。一是在任何时候都不能放松对违法犯罪活动的警惕，要确保稳定这个大局。我们拳头硬，犯罪活动就不敢轻举妄动。二是要深入发动群众，调动广大群众参与治安工作积极性。群众发动起来了，我们就有了'眼睛'，有了'耳目'，各种违法犯罪活动就容易被我们发现和及时打击。三是对重大案件，要组织精兵强将和技术骨干攻坚克难。一个公安局，有破获重大案件的能力，有打击重大刑事犯罪的本领，就有了强大战斗力，就能对违法犯罪活动起到威慑遏制作用，保一方平安。”

我赞同工作组的意见，说：“目前案件频发，说明我们对当前治安形势认识不足，打击力度还不够强大。全县公安机关要紧急行动起来，以这几起案件为突破口，重拳出击，彻底严查，坚决彻底地打掉犯罪分子的嚣张气焰。全局民警要发扬一不怕苦、二不怕死的精神，树立起攻坚克难、克敌制胜的破案信心。尤其是刑警大队要发挥侦查破案主力军作用，勇于打硬仗，敢于啃硬骨头。要群策群力，一个个地咬，一个个地啃，把每起案件都啃下来，争取在最短时间内破案。”

吃过中午饭，下起了一场雷阵雨，这是入夏以来的第一场雨。雨来得很猛，瞬间，天昏地暗，雷声轰隆，挟着闪电，卷起狂风，声势凌厉，震人心魄。雨水瓢泼般从空中直泻下来。很快，院子里、街面上积满了水。雨声、水声充盈于耳。但雨来得急去得也快，暴雨仅持续了不到一个小时便云开日出，天空重又现出蔚蓝色。雨后的空气格外的清新，营根这座城市经过雨水的冲洗，显得格外明净和美丽。云卷云舒，宛若羊群在高空游走，微风带着湿润的空气，送给了人们阵阵的凉意。

这一轮“严打”也将如这场暴雨一样，以雷霆万钧之势，向各种违法犯罪活动进行重拳打击，把社会上的各种罪恶涤荡殆尽。

“严打”捷报频传

1996年6月23日　星期日　晴

尽管是星期天，但全局民警都没有休息，这是公安工作的常态，“严打”专项行动如火如荼地展开。有的民警一个多月没有回家，有的民警发烧感冒仍然坚守在战斗岗位上。“严打”形势正朝着我们预期的方向发展。

“严打”工作会议开过后的第三天，屯昌方面传来好消息，摩托车盗窃案告破。在屯昌县公安机关大力支持和配合下，刑警大队一举摧毁了常年流窜于屯昌、琼中、通什三地作案的摩托车盗窃团伙，抓获王学家等6名犯罪嫌疑人，破获了近两年在琼中作案13起、在屯昌作案2起、在通什作案1起等一系列案件。紧接着，根据犯罪嫌疑人提供的线索，刑警大队又马不停蹄，前往海口、定安、儋州等追缴被盗摩托车，共追缴回被盗摩托车11辆。当失主领取到失而复得的摩托车，一个个喜不自胜。一名失主还专程跑到公安局，送来一面锦旗感谢说：“真没想到，丢失了一年多的摩托车还能回到手中。感谢的话咱不说了，以后，你们公安有啥需要我们老百姓做的，只管开口，我们无条件支持配合。”

也正是有了群众大力支持和协助，我们的工作才能战无不胜，“严打”渐入佳境。

在群众密切配合下，刑警队民警很快查获乌石镇知青沙场小曾被强奸抢劫案的线索。红岛乡牛坡村王有文、王有方兄弟俩具有重大作案嫌疑。5月10日，侦查民警赶赴牛坡村，把王有文从睡梦中拎了起来。面对威慑，王有文汗如雨下，如实交代了对小曾实行强奸抢劫的罪行。但是，他的弟弟王有方却潜逃在外，不知去向。尽管设卡盘查，依然没有他的下落。不过，犯罪分子逃得一时，却难逃永久。今天，当惶惶如丧家之犬的王有方抱着侥幸的心理，偷偷溜回家中，想拿些钱粮继续潜逃，他一出现在村里，立刻被群众举报，很快被抓捕归案。

在加钗，侦查华老板被捆绑殴打抢劫案正在紧张进行。专案组分析了案情，刻画出犯罪嫌疑人的基本特征：第一，品质恶劣，胆大心细，有过盗窃打架斗殴劣迹；第二，年龄在18至25岁之间；第三，发案前经常在现场附近活动。根据这些条件，专案组确定周边乡村不法人员作案的侦查方向，划定以案发现场为中心，对营根镇加钗村委会所属的新村、水郎上下村、槟榔周村为重点排查范围。几天几夜，专案组同志连续作战，广泛发动群众，依靠基层组织，对所有人员进行排队摸底，犯罪嫌疑人线索逐渐浮现出来。群众反映，加钗新村的阿昆有重大作案嫌疑。阿昆年仅23岁，从小就不学好，常小偷小摸，在村里打架斗殴出了名，村民既讨厌他又怕他。案发前，这小子就行踪诡秘，经常在鱼苗场周围活动。案发当天夜里，有人见他从鱼苗场方向出来，之后几天他又不见人影了。专案组认为阿昆具有作案时间和特点，决定对他进行传讯。

阿昆被带到刑警队。这小子嘴巴十分强硬，一口一个冤枉，一口一个抓错人。专案组决定对他进行正面攻坚。

“4月28日夜里你到了哪儿？”

“一个多月前的事哪记得清楚？”

“有人见你夜里10多点钟从鱼苗场出来。”

“谁瞎眼讲乱话，鱼苗场我从也没有去过，它门朝东朝西开我都不知道。”

“可是，你的脚印、指模怎么会出现在现场？”

“现场有……我的脚印、指模？”阿昆眼睛里流露出惊恐。当专案组民警把现场照片摆在他面前，阿昆软瘫下来，照片上是他清晰的脚印和指纹。侦查人员警告说：“你不要以为抵赖就可以逃脱罪行，没有你的口供我们一样定你的罪。你还是老实把你所犯的罪行一五一十全部讲出来，我们的政策你也清楚，坦白从宽，抗拒从严，何去何从你要想清楚。”

阿昆不得不老实交代：“鱼苗场抢劫案是我做的，同去的还有阿遥，是上安乡牙代村人……”办案民警迅速赶赴牙代村，将犯罪嫌疑人阿遥捉拿归案。随着阿昆开口，阿喜、阿用、阿顺、阿胜、阿科、阿彬、阿明等 8 名王姓犯罪嫌疑人一连串地被带进了刑警大队。一系列的犯罪事实均一件件真相大白。从 1993 年开始，阿昆这一帮人就走上了犯罪道路。

1993 年 12 月 21 日，阿昆伙同阿昌、阿福窜到加钗农场橡胶加工厂，砸碎包装车间窗条，从窗户爬进去，偷窃颗粒橡胶 5 包，卖得赃款一千多元。12 月 27 日，三人再次去橡胶加工厂，以同样手法偷窃颗粒橡胶 8 包，卖得赃款两千多元。次日，阿昆伙同阿科、阿顺流窜到红毛镇什坡村，将村民放养在水田边的一头水牛偷走，卖得赃款一千多元。1994 年 1 月 26 日，阿昆伙同阿彬、阿胜又在什坡村偷窃水牛三头；但这次偷窃没有得逞，他们被村民发现追赶，只好舍弃到手的水牛仓皇逃窜。1996 年，阿昆重新把盗窃目标瞄向橡胶厂，自 2 月起，先后伙同阿会、阿能、阿明等人，作案数十次，仅 4 月份就连续作案 8 次，盗窃铝流槽、柴油价值数千元。

不久，省厅点办的“4・15”持枪抢劫案也告破。

在省汽车运输公司公安局协助下，专案组对司机和相关乘客调查取证，掌握到犯罪嫌疑人有关线索，随后，查明 3 名作案分子系儋州市松鸣乡旧地村的吴德、曾书、陈民。但是，当地村民反映，这 3 人常年不在家，时聚时散，一般都流窜在外地进行违法犯罪活动。如何抓捕这 3 名犯罪嫌疑人，这给专案组带来了难题。据反馈的信息说，海口、琼山、儋州、东方、乐东、白沙等市县他们都曾出现过，都有过他们的窝点。要抓捕他们，就需要派出专人专车前往这六个市县进行侦查搜捕，但琼中公安经费紧张，在六市县跑上一圈，仅汽油费就是不小的开支，虽然局里在财力上给予了最大的支持，但考虑到经费确实困难，本着节省开支的原则，我要求专案组能不开车去就搭乘班车前往，需要在当地过夜的，要挑最便宜的旅社住宿。

就这样，专案组同志开展了艰苦的追捕行动。为了节省住宿费，有的同志不住旅馆，找到当地的亲戚家过夜，有的同志干脆出差费也掖在口袋里“自己报销”。奔波一个多月，行程上千公里，专案组在六市县对犯罪嫌疑人任何可能落脚的窝点进行搜捕。6 月 16 日，抓捕行动终于有了战果。吴德、曾书两人在儋州落网。专案组对两人进行突审，在铁的事实和证人证据面前，两名犯罪嫌疑人不得不承认“4·15”持枪抢劫案的犯罪事实。

一系列的案件破了，可民警们一个个都瘦了。俗话说：“事非经过不知难”，不是常年战斗在确保一方平安的一线民警，真的难以体会个中艰辛，尤其是案件当破未破，那种心灵的煎熬是常人无法体会的。

“800轮”和“181”团伙

1996年6月25日　星期二　晴

在这场“严打”专项行动中，“800轮”和“181”团伙始终萦绕在我心头，像是挥之不去的阴影。我感觉到，这几个团伙不仅仅是打架斗殴般简单，他们时聚时散，聚拢来，是一堆哥们义气的猪朋狗友，散开去，似乎只是普通的喜爱捣蛋的年轻娃子，总有一天要出大问题。我觉得这两个团伙是这次“严打”的重点，叮嘱各派出所，尤其是县城、营根和长征派出所和农场公安机关，不得忽视这两个团伙，要密切注意他们动向，严防对社会治安造成大的破坏；同时要求刑警队成立专案组，对这两个团伙进行深入调查，只要掌握他们的犯罪事实，就坚决彻底地把他们打掉。

正如我担心的，这两个团伙是具有黑恶势力性质的犯罪团伙。

王木首先被抓捕归案。王木居住在旧平村，当地村民反映，这家伙自从组织了隶属“181”团伙的“191”小团伙后，极为猖狂，在村里偷鸡摸狗，胡作非为，曾爬墙偷过农场职工的钱，偷过村小学教师的鸡，威胁镇中学学生要向他交纳所谓的“保护费”。有一次，他还带着一伙人闯到长征农场二队一个谢姓的职工家中，借口谢的儿子打伤他弟弟，要求赔偿医药费，勒索了170元钱；并且多次威胁村民：谁敢惹他，“老子就用山猪炮把谁家炸了。”

尤其严重的是，4月的一天，王木约上县民族中学学生阿花、阿美、阿艳到长征镇玩。这三女生都是初一学生，由于与王木熟悉都同意去，却没想到王木约上她们另有歹意。他们嘻嘻哈哈地在长征镇玩了一整天，到晚上，王木就邀她们住到他在家里。王木与阿花同睡外间，阿美和阿艳两个女孩睡里间。第二天一早，王木板着脸对阿花说：“叫你妹妹现在出来。”

阿花的妹妹便是阿美，阿花愣了：“阿美还在睡觉，叫她出来干啥？”

“你他妈的说我叫她干啥？让她跟我啊。”

阿花吓了一跳：“阿美才……13岁……”

王木露出恶狠狠的神色，喝道：“你答不答应，不答应老子就把你废了，让你从我家里爬出去！”

阿花比阿美大不了多少，也是少不更事，见王木凶神恶煞的模样，吓坏了，只好进到里屋说：“王木让你出去一下。”阿美刚睡醒，睡眼蒙眬出来，王木二话不说就将她紧紧抱住，一手就去解阿美裤子上的腰带。阿美惊叫起来：“你想做什么？”王木淫笑着说：“你说我要做什么，你答不答应？不答应我现在就把你废了！”他把阿美按倒在床上，而旁边，阿花眼睁睁地看着阿美在哭叫……

王木是被农垦公安分局抓获的。在抓捕行动中，王木仍然十分顽固，极力反抗，居然恫吓前来抓捕的民警：“你们别嚣张，否则，老子要集合‘191帮’几十个弟兄打你们。”蚍蜉撼大树，可笑不自量。当锃亮的手铐套在他的手上，他一下子就蔫了。甚至将他带上警车的时候，一个趔趄，差点摔倒。多年的公安工作，让我切实感受到，邪不压正，在强大的正义面前，邪恶最终都是跳梁小丑，秋后蚂蚱。

通过审讯与调查，“800轮”和“181”两个团伙有关罪行也不断显现出来：多次聚众斗殴，光天化日之下，团伙成员目无法纪，殴打村民，打砸公私财物，欺压勒索群众，在街头横冲直闯，用西瓜刀、铁棍、木棒、匕首、火药枪、山猪炮互相攻击打斗，致伤多人，严重干扰正常治安秩序，在社会上留下极坏的影响。

我们展开对这两个团伙成员的抓捕行动。

在公安机关强大威力面前，犯罪分子吓得如作鸟兽散。从“严打”开始时，这些歹徒就纷纷潜逃，企图避过“严打”风头。但潜逃的日子也极不好过。“181”团伙头目梁刚、梁风两兄弟潜逃在外多日，人生地不熟，手头钱花完了，吃没吃的，找个住宿地方，又怕被公安机关发现。最后熬不下去，梁刚最先溜回到琼中。他刚在营根镇家中露面，便被群众发现举报，我们迅速出动将他抓获。不久，他弟弟梁风和“181”另外几个骨干成员也潜逃回家，相继落网。

昨天，县城派出所又破获了一起盗窃案，抓获7名犯罪嫌疑人。这是一个盗窃团伙，为首的是一个叫张勇的。在对张勇的住所进行搜查时，居然从他家中搜缴出一把“六四”式仿造手枪，这引起我们高度重视。围绕这把手枪是否用于抢劫作案，刑警队立即组织突审。没有想到的是，这把手枪暴露出了“800轮”团伙更加严重的罪行。

张勇交代，他购买手枪不是用于抢劫，而是为了对付“800轮”团伙。他说，他的女朋友阿慧先后两次被马林、李波等“800轮”团伙头目轮奸，他想报复。但是马林、李波等人有“800轮”团伙撑腰，人多势众，打架他不是对手，于是买了这把手枪，准备在合适时下手把强奸他女朋友的那帮人做了。

案情重大。我们把案情向省厅工作组作了汇报。工作组组长许国豪说：“由于案件重大，最好咱们一起到厅里向胡志华厅长作一次详细的汇报。”次日，我们专程到省厅向胡厅长作了汇报，胡厅长非常重视，指示一定要下决心彻底打掉这两个团伙，并从刑侦处抽调两名有丰富破案经验的民警加入琼中工作组。我觉得组织的力量是强大的，不管有多重大多复杂的案件，我们都不会惧怕，因为正义永远在人民一边。

盗窃案曝出“800轮”罪行

1996年6月26日　星期三　晴

我们找到阿慧，这是个典型的海南姑娘，脸庞微黑，清秀标致；身材窈窕，却柔弱单薄。我们见到她，第一印象就是饱经摧残和蹂躏。这姑娘只有十八九岁，看起来却比实际年龄大了许多，额头不应该地添上一丝丝皱纹，面色憔悴蜡黄，眼圈发黑，神情呆滞。她看见我们时，立即露出惊恐和不安。我们说明来意，希望她讲出受害经过，揭发加害人的罪行。阿慧双肩耸动地抽泣起来，许久没有作声。好一阵，在一位女民警的安抚下，她才断断续续地倒出了心中苦水：她先后六次遭受多人强暴和轮奸。

案情始发于1995年。5月的一天，阿慧从县城百货大楼购物出来，迎面遇上“800轮”团伙成员李波、梁明二人。李波是个无业青年，还不满17岁，但生得身材粗壮，孔武有力，整日游手好闲，是当地人称为“烂仔”的小流氓。阿慧的姿色令李波怦然心动，便走上前去，嬉皮笑脸地要她跟他去玩。阿慧不答应，掉头就走。李波抢上前去拉住，“玩一玩嘛，何必要走呢。”不由分说地把她强扯上摩托车，疾驶而去。一旁的梁明另叫了一辆风采车（三轮摩托车），紧随其后。三人来到琼苑宾馆，李波去开了房，随后与梁明挟持着阿慧，进了304房间。两名歹徒露出恶流氓嘴脸，先后把她强奸了。

阿慧怕极了李波，想躲他，但琼中县城太小，十天后，她再次遭遇这个色魔。那是下午，太阳快下山的时候，她在百花旅社与李波不期而遇。

这一次，她被他用一辆风采车强拉到五指山自然保护区他家里，这是他父母在单位上刚分得的一套新房。李波把阿慧带进房，关上门，迫不及待扑到阿慧身上……不料，几分钟后，有人敲门，两个敲门者，一个叫陈亮，一个叫云天，也是“800轮”团伙的两条淫虫。两人在百花旅社前远远看见李波把阿慧带走，便跟了上来。敲门声中断了李波的兴头。李波把两人让进房，三人吸完了毒，李波让两人出去。云天先出了房门，陈亮却一脚把房门带上，不肯走，坐了下来。等李波发泄完，阿慧刚想穿上衣服，早等得发急的陈亮扑了上去，又一次将她奸污了。

这事过去4个月后，9月的一天傍晚，下着小雨，李波和陈亮两人闲着没事儿，在街上闲逛着。这时是吃晚饭时分，便准备找个地方吃饭去，走到新星照相馆前，两人眼前一亮，迎面见阿慧过来。李波朝陈亮使了个眼色，凑上前去，将阿慧拉住说：“好久不见，走，走，我带你吃饭去。”阿慧无法挣脱，只好随他到车站饭店坐下，但她哪有心思吃饭，喝了一点汤，趁李波两人狼吞虎咽地吃饭之时，悄悄起身出了饭店，拦住一辆风采车想逃跑。两人追了出来，把正准备上风采车的阿慧拽了回来，带到一个新的犯罪地点——陈亮借住别人的一间宿舍，强行与阿慧发生了性行为。天完全黑了，陈亮又带着两人进来，一个叫李军，一个叫梁明。四人吞云吐雾吸毒。阿慧心里一阵发空，眼睛里现出惶恐，想喊，没人能听见，想逃，逃不掉，面前的四只野兽，随时会扑上来对她撕咬蹂躏……一个多小时，惨绝人寰的四人轮奸结束了。阿慧只感到全身骨头散架般，下身痛得不行，流着眼泪向李波苦求放了她。但四只畜生毫不理会。当晚，他与陈亮再度将阿慧轮奸了。连续六次折磨，阿慧昏沉沉的，只觉得，这一夜是在地狱里度过……

然而，厄运没有结束，罪恶仍在继续。第二天一早，阿慧以为可以摆脱李波等人纠缠，从那间地狱宿舍里出来，也不理会李波等人还跟在后面。到了马路上，阿慧乘上一辆风采车，突突地很快驶远了。李波拦了另一辆风采车，追上阿慧的风采车，一个掉头，堵住阿慧搭乘的风采车，他跳了上来，坐到阿慧身旁，吩咐司机，“掉头，开往县材料厂。”他把阿慧带到黄海家中。不一会儿，马林领着同伙李军、胡青、云天、陈亮等人进来。在黄海家，李波、陈亮、云天三人先吸开了毒品，马林急不可耐，把阿慧拉到隔壁的房间。黄海的弟弟还在睡觉，马林不由分说，把其从睡梦中叫醒，将他撵了出去，随即将阿慧按倒床上强奸了。马林刚出来，云天就冲了进去。紧接着，黄海、李军轮流闯了进来，继续对阿慧轮奸。待最后胡青闯进来时，面对面色苍白、备受摧残的弱小女子，仍是不顾一切地继续发泄……

自上午9点至11多钟，阿慧经受了5人先后6次奸淫，但是，兽行还没有完结。阿慧闹着要回家，云天哄骗她说：“到中午了，要吃饭了，吃了饭送你回家。”吃过饭后，李波没有让她回家，又把她拉到了他在五指山保护区的住宅，与云天、梁明、陈亮、蔡飞等人继续对她实施轮奸。

之后，10月的一天，马林与他同伙黄凡、云展又发现了阿慧。阿慧与她一个女友在一起。马林犹如猎狗看见猎物，对同伙说：“把阿慧带到材料厂去玩玩。你们先去，我回头把她带来。”他尾随跟上了阿慧。阿慧没有察觉到灾祸又要降临到自己身上，在教育路一家商店的鞋摊前，她与女友兴高采烈地选购鞋子。马林突然从后面窜了过来，一把将阿慧抓住。阿慧惊慌失措，叫喊着：“放开我，放开我，我要回家。”她使劲挣脱了马林，拦了一辆风采车想逃离马林的魔爪。马林跟着跳上风采车。阿慧吓坏了，赶忙下车，却被马林紧紧抓住，吩咐司机：“开往材料厂。”一路上，阿慧竭力挣扎，大喊救命，但是，没有得到救援。身小力薄的她又一次被马林带进了淫魔泄欲的地方——材料厂黄海家。这时，黄凡、云展两个同伙也赶到了。黄海家门锁着，马林熟门熟路地从窗台上拿到钥匙，开了门，把阿慧推了进去。阿慧紧紧捂着衣服，但她的反抗徒劳无用。马林凶狠、快速地把她的衣服扒光，将她按倒在床上强暴了。随后，把她交给黄凡、云展两个同伙。阿慧企图阻止这两个流氓的奸污，情急中说：“马林有性病，你们两人搞会染上性病。”但没有得到反应，黄凡、云展还是不由分说将她轮奸了。

听完阿慧的哭诉，民警们无不震惊，光天化日，朗朗乾坤，岂容罪恶横行，妖孽猖狂！“坚决将这些罪犯抓捕归案！”我一拳砸在桌子上。连桌上的杯子都跳起来了。民警们个个义愤填膺，只等我一声令下。与此同时，我感到痛心，一个羸弱的女孩，面对疯狂的恶魔，她的反抗是无力的；但是她应该报警，应该寻求法律的庇护。竟然这样被暴徒一而再，再而三地凌辱伤害。我们的职责不只是惩治罪犯，还必须要对群众进行法制教育。想到这里，我感到自己肩上的担子更重了。

犯罪嫌疑人落网记

1996年7月24日　星期三　雾

早上起来，晨雾很浓，好似一层轻纱，将街道、房舍、田园、椰树遮蔽起来。昨日的青山绿水全都隐隐约约藏身于大雾之中，把整个县城装点得宛若一首朦胧诗，又似一幅水墨烟云图。而高天中脆亮的鸟鸣，山间潺潺的流水声就从这诗画里透了出来。没有谁会想到，就是这样美丽的地方，居然曝出如此恶劣的众多流氓连续摧残一个弱女子的轮奸案。案件触目惊心，罪行令人发指，犯罪手段惨无人道。这样的轮奸暴行不说在琼中少见，在全省也是骇人听闻。

省厅工作组组长许国豪与我带领专案组同志前往阿慧遭轮奸的四处案发现场勘查，由于距案发时间久，现场已遭破坏。从现场勘查中，没有提取到有价值的物证。对“800 轮”和“181”团伙成员的抓捕工作也陷入了僵局。“800 轮”团伙头目和骨干成员大多仍然潜逃在外，尽管进行过多次大规模的搜捕，尤其是对马林、李波等重大犯罪嫌疑人，民警不分昼夜，深入到各辖区，访问群众，查找线索，20 多天过去，还是没有发现他们的影踪。

一直到 7 月 15 日，案件有了进展。有群众举报，潜逃在外的李波回来了，上午，他在县城出现过。这次，绝不允许他再次潜逃漏网！我们迅速调集警力，对县城布控，在各路口设卡，对全县各街道、各小区，以及每个巷头角落进行搜捕，下午，在李波的一个同伙住处，我们将他抠了出来，对他实施了密捕。

经突审，李波交代了伙同马林、陈亮、云展、梁明、黄海、李军、胡清、蔡飞等人先后 5 次在不同地点轮奸阿慧的罪行，同时提供了部分同案犯罪嫌疑人的落脚点。李波的落网为我们彻底摧毁“800 轮”团伙提供了良好战机。

第二天凌晨 3 点钟，漆黑的夜色中，我们开始了缉捕阿慧轮奸案犯罪嫌疑人的统一行动。近百名民警集合在局大院里，我简单作了战前动员：“一切行动听指挥，各战斗小组严格按抓捕计划行事；参战人员要注意安全，没有命令不许开枪；整个抓捕过程，尽量不惊扰群众，不影响居民生活，要速战速决将犯罪嫌疑人抓捕归案。”

随着一声“出发”的命令，各战斗小组分赴各个目标地点开始行动。

抓捕行动非常成功。共有 4 名涉案人员落网。在云展的住处，我们把他从床上拖了起来。在胡清住处，他警觉到大难临头，企图从后门逃走，但门还没有来得及拉开，就被民警当场制服。从抓获的涉案人员口中，我们了解到李军、黄海潜逃在海口。23 日，专案组赶赴海口，通过省公安厅技侦手段，查明李军、黄海的窝点，顺利地将两名犯罪嫌疑人擒获。

但是，仍有多名犯罪嫌疑人在逃，“800 轮”和“181”团伙还有大部分成员没有被抓获。要把所有案情彻底搞清楚，就绝不能容许有犯罪嫌疑人漏网。

如何将犯罪分子一网打尽？我们与省厅“严打”工作组研究，决定实施两个方案，一是继续开展追逃行动，二是对在逃嫌疑人员家属开展动员投案自首攻势。

18日，在公安局会议室，我们召开了在逃人员家长动员会。当我走进会场时，不由地吃了一惊，来的人真不少，坐了满屋，有近百人参加，都是“800轮”和“181”团伙成员的家长。要知道，“800轮”团伙成员有40多名，“181”团伙成员有60多名。在会上，我讲了党的政策，讲了这次“严打”专项行动的重要性：“大家都希望琼中社会治安稳定，有了稳定的社会环境，大家就好安心工作，发展经济，提高自己的生活水平，但是，‘800轮’、‘181’团伙搅得社会不得安宁，其中少数团伙骨干成员还犯下了严重罪行，对这些人，你们家长有没有教育好的责任，但社会也有责任，公安机关也有责任，那就是挽救他们的责任。他们走上邪路，一是缺少法制意识，二是缺少社会和家庭监管。浪子回头金不换，只要他们迷途知返，从错误的道路上回过头来，退出‘800轮’和‘181’团伙，不参加团伙违法犯罪活动，他们还是前途光明的。他们都很年轻，有的才十七八岁，今后人生道路很长，何去何从，一是看他们自己，同时也要看我们这些家长，大家齐心协力，帮助公安机关，劝说你们的孩子投案自首，接受公安机关处理，我在这里保证，只要投案自首的，我们会按照党的政策从宽处理的……”

这次会议非常成功。

第二天，就有30多名家长领着孩子来向专案组投案自首，其中有少数几个骨干成员，大多是一般成员，仅参加过打架斗殴，没有涉及阿慧轮奸案，没有重大犯罪行为。进行登记后，专案组当场宣布，全部投案自首人员依法给予教育释放。随后几天，又陆续有不少团伙成员来到专案组登记，先后共有60多名团伙成员投案自首。

但是，“800轮”团伙的一些重要骨干成员仍没有动静。我们与省厅“严打”工作组决定，登门去做投案自首工作。前天晚上，我们与工作组同志一同来到马林的家。这本是个幸福的家庭，父母和两个哥哥都在政府部门工作。马林的父亲一见我们，眼泪就流了下来，说：“都怪我，从小宠他，把他惯坏了，不学好，成了造孽的害人精……”工作组同志问：“马林逃到哪里去了，你能劝他回来投案自首吗？”马林的父亲收起眼泪，眼里现出极为不安的神色，显然，他也意识到儿子罪行比较严重，说：

“他回来……要判很重的刑?”我们告诉他：“如何判，是法院的事，公安机关只是负责侦查，把案情搞清楚。但有一条是明确的，他投案自首，一定会得到宽大处理；如果继续潜逃，只会加重对他的处罚。再说，他这样长期潜逃也不是办法，只能逃得了一时，躲不了永久。他潜逃在外，终究会被我们抓住的。你做父亲的疼爱孩子，我们理解，但是，继续让他潜逃在外，只会害了他。你要为他前途着想，要真心爱他，就要尽早劝他回来投案自首。”

今天上午，马林的父亲把潜逃在海口的儿子带到公安局。马林的投案自首，我心里的一块大石头终于放下了。

打造琼中良好治安环境

1996 年 8 月 8 日　星期四　阴

随着马林投案，云展、黄凡、蔡飞等犯罪嫌疑人也相继在家长带领下，来到公安局投案自首。到今天，“800 轮”和“181”团伙的主要骨干成员和阿慧轮奸案的所有犯罪嫌疑人共 30 多人全部落网。

“800 轮”、“181”两个帮派团伙彻底灰飞烟灭。

严打，打出了公安机关的威风，打出了五指山下的平安，发案率迅速降低，两个多月来，没有发生过一桩刑事案件。琼中的社会治安得到根本好转。但我们的工作没有停止，把“严打”向纵深推进。

历年来，由于种种原因，还有少数批捕、负案的在逃人员潜逃在外，其中有重大在逃人员，这些人就是一颗颗定时炸弹，随时可能重新犯案作科，是人民群众生命财产安全的隐患。对于这些在逃人员，就是追到天涯海角，也必须把他们抠出来。为此，我们把全县划为 8 个战区，分别派出 8 个工作组，实行战区责任制，其任务是对历年来的在逃人员摸底排查，登记造册，由各派出所负责调查和摸清在逃人员去向。局里还专门成立 3 个追逃小组，对查明窝点的在逃人员进行专程追逃。

追逃工作十分艰苦。

有一名伤人致死的负案在逃人员，通缉多年，始终没有找到他行踪。前些天，一个村民进山打猎，不经意发现他在一条水溪边掬水喝。接获情报，我们迅即进山抓捕。那是五指山深处，没有路，车子开不进去。在村民指引下，追逃小组过山涧，爬悬崖，穿越原始森林，一路上，了无人烟，密匝匝的树林遮蔽了天日，长蛇出没，山蚂蟥肆虐，灌木丛把衣服扯破了，树藤上的尖刺把脸扎出了血，比人还高的茅草把手臂割伤了。一天下来，在山里转了数十公里，夜间大家只好蜷缩在野生芭蕉树下，不料半夜时又下起了雨，把大家浇成了一只只落汤鸡，但没有谁叫苦，没有谁退却。两天一夜，终于从一个隐藏在密林中的草寮里，把这名在逃人员抓获归案。

而赴外地追逃的，也是历尽千辛万苦。一名在逃人员逃往广东广宁县，躲藏在一个亲戚家中，但具体藏在哪个乡镇、哪个区、哪间房屋却一无所知。关于这个“亲戚”也仅知道姓张，具体叫什么，干什么的，无从获悉。就凭着这么一点线索，追逃小组凭着大海捞针精神，毅然追逃。在汕头，追逃小组寻求当地公安机关协助，查找到在逃人员可能藏匿的区域。那是广宁远郊的一个村庄，对外地人比较排斥。由于人地生疏，追逃工作难于得到当地群众支持。为了抓获在逃人员，只有采取蹲坑守候办法对村子情况进行监控，追逃的民警便衣化装，或伪装成打工人员，有时甚至于伪装成乞丐，在村周围足足守候了半个多月，最终发现在逃人员经亲戚帮助，在给人看养一个渔场。第二天深夜，民警以突袭方式，在渔场工棚里将在逃人员抓获。当他们把在逃人员带到县公安局时，我看见抓捕民警头发打着结儿，满面污黑，除了一双眼睛闪着亮光，肌肤上是一层厚厚的久积的污垢和尘灰。

到今天，全县共抓获登记在册负案在逃人员 53 名，其中批捕 3 名，可判无期徒刑以上的就有 4 名。全县在逃人员大部分已落网。“严打”办公室把追逃工作情况简报送到我办公桌上，看着这份简报，我如释重负，吩咐立即将简报传真给省公安厅。

下午，我向县委常委会汇报“严打”工作，汇报完毕，走出县委大院，已是下班时分。走到大街之上，熙熙攘攘，车水马龙，摊贩叫卖声充盈于耳，有的店铺过早地亮起了霓虹灯。从我身旁，不时有上班族步履匆匆，那是要赶回家去与家人共享天伦；而街道旁，饮食业老板摆开汤锅，升起炉火，用热腾腾的小吃招揽顾客……从县委大院到公安局很近，只有四百来米，到公安局门口，有一个斜高坡。身旁，轰隆隆的混凝土搅拌机声震耳欲聋，建筑工人还没有下班，还在紧张忙碌着——这是建设琼中公安局新办公大楼，大楼已建到了三层，一层层的脚手架环绕着青砖水泥柱，显现出大楼的基本轮廓——年初，经我们努力争取，民警们期盼多年建设新办公大楼的愿望成了现实。县委、县政府和社会各界给公安机关的基本建设给予了大力支持，基建经费陆续到位，还有两个月，一幢新的公安大楼将耸立在这高坡上。

晚风凉爽地吹拂到脸上，我惬意地向前远眺。夕阳渐渐西沉，一排排椰子、棕榈抹上了如血的残红，整个县城浸染在紫色的霞光中。暮霭笼罩了群山，又从山里边透了出来，带着水湿的清凉。归巢的鸟儿哼着曲子从天上掠过，倏忽消失在一片墨绿色的丛林中。

这是秀美的山城，这是和平的社会，这是平安的琼中。我想，但愿人民群众永远生活在这安乐祥和中。

第三章　刑侦改革进行曲

新春强奸杀人案

1997年2月14日　星期五　晴

今天正月初八，春节虽然过去，四处仍旧洋溢着节日的喜庆，大街上散满彩纸屑儿，居民小区不时有鞭炮声响起；偶尔，空中还会飘荡起一两个气球，那是小孩玩得兴起，松脱了手中的线，让气球飞跑了。各单位、各家店铺“欢度春节”的大红灯笼、横额依然风采依旧，尤其是公安局新大楼门楣前，“欢度春节”的巨大横额格外醒目。新大楼是去年10月落成的，外墙装饰洁白瓷砖，由于地势高，四层大楼却比得上十来层楼高，在蓝天白云映衬下，显得分外雄伟、秀丽和挺拔。在新办公大楼的旁边，还有两幢新落成的民警宿舍楼。昨天，即将退休的副局长王宏贵遇见我，拍着我的肩膀说：“干了30年公安工作，才住上这样好的宿舍，这在我以前是不敢想的。老弟，你要是早来几年，有你这样的创业局长，我的父亲也不会半夜三更在公厕里摔死。”王宏贵原来的住房是间几十年前盖的平房，低矮、狭窄、潮湿、漏雨。王宏贵的父亲80多岁了，老人入夜尿频，几年前的一个夜里，他父亲出来小解找厕所，黑灯瞎火地乱摸，一个不小心，失足跌入深坑去世了。一个副局长住房条件都如此之差。也正是因为这样，我才下定决心，让这两幢民警宿舍楼盖了起来。我很欣慰，这位做公安工作多年的老同志在退休之前有了宽敞明亮的新居。

新大楼把琼中县公安局陈旧破烂的历史翻了过去，让全局民警过了一个舒心欢畅的新年，也为琼中县公安局争创全省优秀公安局硬件建设奠定了一个好的基础。

春节结束上班第一天，按惯例，我这个当局长的要往各股室走走，向民警拜个年。先到了刑警队，我刚与大家聊了几句，办公桌上的电话响了，刑警队长林洪钦接了电话："你哪里？什运乡派出所？有杀人案？你等等，我记录一下……"

我吃了一惊。从林洪钦接电话的声音中，听出是什运乡一个小女孩被人强奸杀害了。自去年"严打"以来，琼中还没有出现过杀人之类的恶性案件。春节后第一天上班，就遇上这么一起大案，问题十分严重。我皱起眉头。

林洪钦放下电话，把案情简要地向我作了汇报。受害人是什运乡什运二队村民王冲的 9 岁女儿，头天夜里在床上睡觉，晚 12 点，女孩的母亲从队长家看电视回来发现女儿不见了，当时发动好些个村民找了两个多小时都没有找到。今天早上，一个村民出村方便，无意间看见了女孩的尸体，就赶紧向什运派出所报案。破案必须争分夺秒抢时间，我吩咐林洪钦："你带上几个人，叫上王副局长，我们现在就赶赴什运乡去。"

什运乡与通什市接壤，是琼中县最偏远、贫穷的乡镇之一。我们的车抵达什运乡二队是上午 10 点多钟，停好车，远远就听见哭声。我们几乎是跑进受害人家中。好些村民围在里面，什运乡派出所一个民警也在，守在一位 30 来岁妇女身旁。她显然是受害女孩的母亲，呼天抢地的哭声叫听者心碎。派出所民警见我们来了，报告说："现场我们已作了保护。"他又把案情详细地向我们说了一遍。

受害的女孩叫王芳，母亲叫刘华。昨夜里，她带着女儿上队长家看电视，到 10 点半钟，女儿要睡觉，就把女儿带回家安排上床睡觉后，她又去队长家里看电视；到晚上 12 点钟，看完电视回来，却发现女儿不在床上。她惊慌了，喊叫开来。听说丢了孩子，村里人都急了，全村人都起来帮着寻找。但是，村里村外地找了两个多小时都没有找到。没办法，大家只好都回去睡觉了。刘华一个人还在到处找，焦躁地等，祈盼出现奇迹，女儿能够忽然出现她面前。但是，一夜过去，奇迹没有发生。大清早，村民王敏出村做早活，内急，就蹲到什运河边的一个矮树草丛里方便，忽然发现矮树丛下的一堆沙土里露出一只小手。他吓了一跳，估计可能就是昨夜失踪的刘华的女孩，慌张地跑回村去告诉了刘华。

林洪钦问："死者的父亲呢？不在家？"

"王芳的父亲叫王冲，两天前，也就是初五，出门去一个牧场打工。要过一星期才会回来，目前，还没有把女儿的死讯告诉他。"

我征询分管刑侦工作的副局长王国仁意见："你看，是不是先勘查现场。"

"好。"王国仁说，吩咐刑警队立即开始现场勘查工作。

现场有两处，一处是女孩王芳失踪的地点——刘华家中，一处是王芳死亡现场——什运河边的矮树丛。

对刘华家中的勘查很快结束，这是什运村很常见的村民宅居，两间相连相通的简易土墙瓦房，一间是里屋，另一间略小一些，是厨房，两间房都各摆放有一张床，大人睡里屋，王芳睡在厨房里的床上。厨房门是木板钉做的，年头久了，门扇开裂发黑。现场没有任何打斗、纠扯、拖拽痕迹。看来，犯罪嫌疑人是乘王芳熟睡时将她抱走杀害的。

我们离开刘华的家，顺着门前小路，走了200来米，来到什运河边，这里是小王芳死亡现场。河边沙滩平坦，生长着一丛丛低矮灌木，沙滩上留有杂乱的赤脚印迹，有一块明显滚压过、陷入泥土3公分。小王芳被犯罪嫌疑人掩埋在离什运河10米、距滚压处19米远的灌木丛下，半截小手掌从河沙土里探了出来。正是这半截小手掌让案情及时暴露出来。刑警刨开沙土，王芳惨不忍睹地出现在我们面前。小小的身子仰卧在沙土上，上身赤裸，下身一条内裤被撕烂上翻到腹部，颈脖上有一个利器刺扎的伤口，一小摊血迹渗在头部的沙土里。法医对尸体作了检验，查出女孩阴道破裂受损，内有分泌物，是男人的精液。

畜生都没有这么残忍！将一个才9岁的女孩强奸杀害！

根据现场情况，我把案件在脑海中梳理了一下。案发时间是昨天夜里10至12点之间，也就是刘华安顿女儿睡觉后去队长家看电视的两个小时内。什运乡二队地处偏僻，极少有外地人进来，作案人应该是本村或者是周边村庄熟悉刘华家中情况的人作案。从行凶手段极其残忍来看，作案人非善良之辈，秉性凶残，变态，有过劣迹，或者与受害人家中有仇进行报复杀人。从沙滩现场杂乱的足迹和草草掩埋尸体的情况来看，作案行为粗劣，犯罪嫌疑人应该是个粗人。

在现场我们召开了临时会议，对案情进行研究分析。林洪钦说："首先可以排除外地人作案的可能。深更半夜，一个外地人闯到这穷乡僻壤强奸杀害一个9岁女孩，这于情于理都说不过去。这个案件绝对是本村、最多是周边村庄熟悉环境的人作案。可以先对本村、周边村庄的村民进行排查。"我说："这是个重大案件，你从刑警队挑选几名业务精的民警，现在就成立个专案组，你任副组长，请王副局长担任组长，立即开展破案工作。"王国仁同意说："专案组现在就可以开始工作，代号就叫'2·13'专案组，目前可以进行的一是深入群众，广泛开展调查访问；二是抓紧对犯罪嫌疑人排查。现在还是春节期间，大家就辛苦些，不放过任何线索，不漏掉任何疑点，争取在最短时间内把犯罪嫌疑人找出来。"

勘查完现场，专案组同志留下继续对案件开展侦查。我们回到公安局，将案情上报给了省公安厅指挥中心。

抓捕王强

1997年2月17日　星期一　晴

“2·13”强奸杀人案件惊动了省委领导。我们头天将案情上报，第二天，省公安厅就转来省委常委、省委政法委书记、副省长王学萍对案件的批示：“琼中县公安局要组织精干力量尽快破案。”我拿着这份批示，心想，这是省领导对普通人民群众生命安全的极大关心，也是对我们基层公安工作的巨大鞭策和要求。

毫无疑问，省领导的批示给我们破案工作烧了一把火。

没有谁敢怠慢。专案组在什运二队迅速地进行破案侦查工作。勘查现场当天，王芳的母亲刘华提供了一个情况：去年秋，同村一个叫王强的小青年色迷心窍，两次跑到她家里来，看她丈夫不在，便往她胸脯上蹭，说些下流话，要跟她亲嘴。这两次调戏都被她丈夫王冲从外面进来撞见，壮实的王冲当即把王强暴打一顿赶了出去。

会不会因此结下仇怨？王强奈何不了王冲，转而对他的小女孩报复下毒手！

围绕王强这个嫌疑目标，专案组紧张地展开了调查。王强一家是1992年从乐东县三平乡国强村委会第三生产队迁移落户至什运来的，父母老实巴交，在村里务农，一个大姐嫁在琼山永兴镇，一个弟弟仍留在原籍乐东生活。王强本人，性格有些怪僻，平时都在家待着，话不多，看起来懦弱，遇上女人就来劲了，打情骂俏，下流话说个没完没了。案发当天夜里，王强在一个村民家喝酒，喝完酒出来是11点钟，之后就不知去哪里了。至12点钟，王芳就不见了。许多村民也反映，当夜全村人找寻孩子时，其中也没有王强。一直到现在，都没有人看见过王强，也就是说，王强也失踪了！

王强具备杀人动机和时间，有重大作案嫌疑。

专案组赶到王强家里，只有王强的父母在家。见民警进来，王强的父亲眼里掠过惊慌的神色。“你儿子呢？”民警问。“不知道，他出去了……”王强的父亲摇了摇头说。“他去哪儿了？”民警追问。王强的父亲把头低垂下来，再不吭声。专案组对王强的住处进行搜查，从床上搜出一件带血、沾有沙粒的长袖T恤衫。T恤衫迅速拿到公安局化验检查。经鉴定，T恤衫的血迹与王芳被杀现场提取的血迹一致，均为B型血。这个结果证实：王强是强奸杀害小王芳的犯罪嫌疑人。

立即抓捕王强！

但是，王强去了哪里？什运二队无人知道。唯一可能知道王强下落的是王强的父母。其父母显然清楚儿子犯下了杀人案。欠债还钱，杀人偿命，说出儿子的行踪，就等于把儿子的性命交给了公安机关。

专案组在王强父母那里碰壁了。一次，两次，尽管多次做工作，王强的父母始终咬紧牙关不开口，对民警的问题要么就装糊涂，要么就一问三不知。王国仁和林洪钦亲自上门，对王强的父母开展心理攻势：

“假如王芳是你们的女儿，假如你们的亲人被杀害，你能坐视被害人沉冤？让犯罪嫌疑人逍遥法外吗？”

“从你家搜出的T恤衫说明，你儿子王强作案后回到了家里，他跟你们说了什么，你们当父母的能不知道？你不向政府交代你儿子的情况，不说出他的下落，就是犯包庇窝藏罪，后果是严重的，我们可以依法对你们进行拘捕。儿子犯法，我们不希望你们当父母的受到拖累和牵连。但是，你们要做守法公民，就应该配合我们查清案情，协助公安机关，把你儿子抓获归案。”

“你儿子犯法，是你儿子不学好。摆在你儿子面前的唯一出路，就是向政府投案。投案自首，老实交代所犯罪行，还有可能得到政府的宽大处理、减轻刑罚的机会。他躲藏逃匿，这不是办法，法网恢恢，疏而不漏，他能逃过初一，逃不过十五，最终会被我们抓获的。”

情理讲透了，法律说明白了。王强父母终于开口，吐露出案发当晚的情况：深夜11点半钟的时候，王强慌慌张张地闯进家门，衣衫零乱，全身湿淋淋的。王强说他弄死了王冲的女孩，家里待不住了。他向父母要了10块钱，就急忙换了衣服，穿上鞋子，匆匆地逃出家门，逃离什运村。至于逃往何处，王强父母诅咒发誓说确实不知道。

王强会逃往哪里去呢？身上只有10块钱，不可能逃得太远，更不可能逃往岛外。我们在全县各路口、各主要路段，尤其是什运乡周边进行布控，同时向全省公安机关发出协查通报；另外，根据王强的社会关系，对他可能藏匿的地方进行追捕。王强原籍在乐东，我们先赶往乐东县三平乡王强弟弟所在的国强村，但毫无所获，王强没有来过这里。我们又赶到琼山永兴镇国任小学王强大姐的家中，王强的大姐却满脸冰霜，对民警的到来极不欢迎，一口咬定王强自春节后就没有上过她家的门。

劫匪撞上枪口了

1997 年 4 月 21 日　星期一　晴

今天上午，与县常委、政法委书记陈宗贤，县综治办公室主任刘晓乘坐越野警车去三亚开护林保胶会议。路经三亚田独镇约三公里的一个岔口时，发现一辆停在路边的丰田面包车前，有人打着手势求助。司机王南雄向我请示，根据求助人的手势和表情，很可能有人抢劫，是否停车处置。我转身请示陈书记，这位侦察兵出身的书记，平时看上去斯斯文文，话不多，可此刻只见他不假思索地说："抓！"司机加大油门冲到面包车前面，戛然拉响警笛，刹车。车一停，我们四人同时下车，箭步向那辆面包车冲去，封住车门。只见三名劫匪手持长刀四处逃窜，一位被抢的女教师向我们哭喊："一定要抓到这群匪徒，他们把我的包抢走了，里面有学生的试卷，拿不回来学生明天就无法考试。"被抢的乘客有的被打得鼻青脸肿，有的脸上还流着血，都纷纷要求一定要抓住这些穷凶极恶的劫匪。此时，发现一名劫匪正往东南方向的山路上狂奔。"追！"我带着南雄同时拔出手枪追上去。当这名劫匪逃到田独水库边时，几十名三亚监狱服刑人员正在水库周围劳动，陈书记和刘主任大声呼叫管教民警组织服刑人员形成合围，我和南雄在水库另一边不断地朝天鸣枪警告。劫匪无路可逃，跳入水库，在水中被管教民警组织服刑人员擒获。

我们将劫匪押到田独派出所，交接的所长梁起刚恰好是刘主任广东警校的师弟，交接手续非常顺利。

当我们到酒店报到时，夕阳已西下，在酒店总台办入住手续，服务员怎么都听不懂我们讲的普通话，还反复强调请我们讲普通话。陈书记幽默地说："今天怪了，枪打不准，普通话也说不准。"

追捕一波三折

1997 年 5 月 30 日　星期五　晴

抓捕王强的工作在夜以继日地进行。

但困难重重，一是不认识王强，也没有王强的照片，大家仅通过什运村民的描述，对王强的长相有个大体轮廓和概念。每次抓捕，都要带上什运村的村民一起。二是王强由于原籍乐东，关系广泛，落脚点多，全省各市县都有可能是他潜逃的藏匿处。案发后，专案组曾奔赴海口、乐东、三亚、通什等多个市县，但王强就像鬼影一样，情报说他曾在那里出现，待我们赶到，却无迹可循。

两个多月，王强仍然逍遥法外。

就在这困难中，县委、县政府给我们以大力支持，专门拨出一万元作为追捕专项经费，要求专案组克服困难，持之以恒，务必将王强抓获归案。4 月 23 日中午，我们接到一名群众举报，有人看见王强在海口秀英区一带打工，曾与一帮乐东人住在一起。

这些日子抓捕工作使专案组每个同志都非常疲累，林洪钦头天一整夜都没有睡觉，当听到这个消息，二话不说，操起枪支，立即带领专案组同志出发。到海口市是下午 3 点多钟，在海口市公安局秀英分局配合下，对王强活动过的场所进行布控、监视。然而，在海口市侦查三天，却没有发现王强踪迹。追捕民警只好返回琼中县。就在我们沮丧之时，28 日，海口又传来情报，王强在秀英区向荣村出没活动，专案组派出刑警郭仁育、吴彦再赴海口，在王强可能出现的路口、地段实行通宵守候。守候了一整天，还是没有发现王强的影踪。

吴彦是位机警的侦查员，他想这样守株待兔不是办法，秀英是繁华热闹市区，人口稠密，熙熙攘攘的人流中，即便王强从面前走过，还有可能蒙混溜走。当晚，他改变策略，叫上一位女民警，两人化装成热恋中的情人，进入到向荣村的出租屋小区。这里是外来人员集聚的地方，也是个极为复杂的小社会，人员流动性大，汇集有来自全国各地和本省各市县的外来打工人员。这些外来打工人员又按照各地籍贯结成一个个居住圈子，分别有河南人、东北人、江西人、山东人等各省区的出租屋点，其中也有一处是专门居住海南乐东打工仔的出租屋。

吴彦领着“情人”一头钻进了乐东人住的出租屋，说王强是他俩的一个朋友，听说他在这里打工，想找他来玩玩。这里人流来往多，他们的举动没有引起乐东人的怀疑，其中一人说：“你俩早来一天他还在，不巧的是，昨天，他回乐东去了。”

“是回乐东三平他老家了？”

“这可说不准，听他说好像去万冲镇，万冲镇有他亲戚朋友。”

万冲是乐东的一个镇。据此信息，我们决定，撤回其他地方的追捕力量，移师乐东县，把乐东县的三平镇、万冲镇作为抓捕重点区域。由王国仁、林洪钦两人负责，率领追捕组奔赴乐东县。在当地派出所协助下，对三平、万冲镇展开侦查。为了不惊动犯罪嫌疑人，追捕组民警与当地派出所便衣化装，访黎村，走苗寨，日晒雨淋，一天在崎岖山路上步行数十公里，走访村民上百人次，仍旧没有获得王强的确切行踪。时间一天天过去，县委、县政府时时关注着案件，省厅领导也多次过问，我的心里如同压着一块大石头，王强究竟潜逃到哪里去了呢？5 月 28 日，万冲镇二队传来消息，当地村民看见过王强。专案组火速赶到万冲镇，遗憾的是，王强确实在二队逗留过，但在前一天离开了，去向不明。

在抓捕王强未果的艰难煎熬中，值得宽慰的是，一起入室抢劫案不到两天便告破获。23 日凌晨 4 时，一伙歹徒撬开县城广昌隆药店铁门，将店主打伤，砸碎柜台玻璃，劫走现金 19000 多元。经现场勘查和访问事主，判断这是一起乐东流窜团伙作案，我要求巡逻队加强巡逻。24 日夜里，巡逻队便抓获了 2 名形迹可疑的乐东人。经审讯，两人交代了伙同另两名团伙成员作案的事实。紧接着，第二天，巡逻队又将另一名犯罪嫌疑人抓获。

因对王强多次追捕未果，有的民警有些气馁。在刑警大队，我召集专案组对追捕情况进行研究。王国仁副局长说，王强的二姐嫁在万冲二队，我们追捕重点还是要放在万冲二队。我谈了我的意见说："这些日子，大家很辛苦，希望大家继续发扬顽强拼搏、连续作战作风。王强一日逍遥法外，我们就一日不能放松。不把王强捉拿归案，我们就无法向上级领导交代，也无法向受害者、向广大人民群众交代。当前，抓捕工作处于被动，我看是由于制敌于后，跟在犯罪嫌疑人后头跑，群众举报来线索，我们赶了过去，却是扑空一场，这使我们疲于奔命，劳师无功。要扭转这种情况，必须抢在犯罪嫌疑人逃跑的前头。我同意王副局长的意见，追捕重点放在乐东万冲镇，但要制订详细的侦查预案和周密的追捕战术，要与当地公安机关密切合作，联手布设一张大网，在犯罪嫌疑人可能出现的地方安排我们的观察站点，以逸待劳。只有这样制敌于先，才能赶在犯罪嫌疑人前头，及时发现和缉拿犯罪嫌疑人。"

王强落网

1997 年 6 月 26 日　星期四　晴

王强终于落网。

昨天，王强去了万冲镇二队，当他一出现在村里，当即被我们早已布设的观察站点发现，情报迅速送到万冲派出所，反馈到我们这里。王国仁、林洪钦火速带领人马赶赴支援，顺利将王强抓获，将他押解到琼中。

在事实证据面前，王强交代了强奸杀害王芳的犯罪经过：1996 年，王强因为两次调戏刘华被王冲撞见殴打，由此怀恨在心，一直想寻机报复。春节后的正月初五晚上 11 点多钟，他从一个村民家喝酒出来，听见王冲家里传来女孩的哭声，忽然想起大前天，王冲出外打工去了，只有刘华带着女儿在家，不由地又色心大动，想这是玩弄刘华的极好机会。于是他溜到王冲家门前，推开房门，没有见到刘华，只有她 9 岁的女儿王芳醒来没有看见妈妈，坐在床上哭喊。他略感失望，当望着穿条短裤、打着赤膊、满面眼泪的王芳，顿时起了报复的恶念："王冲，你打我，老子……" 他一把揪住王芳，一拳将小王芳打昏，抱起她离开了王冲家，来到什运河边，将昏厥的小王芳扔进河中，想把她淹死。几分钟后，他又把她拖回到岸上，探了探她口中，居然还有气。小王芳赤裸的身体引发他的兽性，把昏死的王芳奸污了。完了，发现小王芳仍然没死，又到附近找了一根围篱笆的木棍，用木棍尖端狠刺她的颈部。见王芳再没有了气息，无边的恐惧也围住了王强。夜色深沉，四野无人，他用手、用木棍草草在河岸上刨了个坑，把王芳掩埋了，匆匆跑回家中，换了衣服，开始了他的亡命之旅。

"2·13" 强奸杀人案终于合上案卷。我想，今晚可以安心睡一个好觉了。吃过晚饭，我叫上同事文光和出去散步走走。这时已是 8 点多钟，虽是夏天，但琼中是山区，太阳一下山，酷热的暑气就被晚风赶进了大山里。有人把躺椅拖到椰树下纳凉，卖小吃、卖凉饮的，也把货摊摆到了人行道上。露天茶摊生意最是兴旺，客人们三三两两围在桌边，悠闲地品茶，享受夏夜的清凉。

老文似乎没有心思浏览街区夜景，一直低垂着头。我问："在想什么？"

他摸摸脑壳说："你让我写报送省公安厅的禁毒汇报材料，这材料真难搞，琼中县少有吸贩毒活动，到现在，全县也才抓了 3 名吸毒人员，没有什么成果，写起来没劲。"

我说："吸贩毒活动少，这本身就是禁毒成果，说明我们在禁毒工作上取得了成效。你要换个角度思考，今年来，我们禁毒宣传工作力度空前。在'6·26'禁毒宣传活动中，投入警力就有上千人次，社会参与人数达 8 万人次。同时，我们实行打防并举，一是对各种贩毒活动，实行露头就打，从严处置；二是调动社会力量，发动广大群众参与，组成警民联防的防范吸毒网络，使毒品在全县成了'过街老鼠，人人喊打'。正是由于这些措施，才有效地遏制了外来贩毒，遏制了吸毒活动在县里的蔓延和扩散。"

我的话引发了老文的思路。他似乎一下子轻松了许多，说："李局长，在你手底下干活有劲，思路开阔，有魄力，点子多。"

我笑了："你什么时候学会拍马屁了？"

"我可没想拍马屁，"老文认真地说，"大家也是这样认为。就说这两年吧，干的工作抵得上以前好几年的，破案率提高，犯罪率降低，治安形势稳定；公安经费比以前增加，新盖了办公大楼，还为民警解决住房，提高福利待遇，在从优待警方面办了许多实事。这些，以前是不敢想象的。"

我不同意他的观点："我们不能跟自己比，要跟文昌、琼海、屯昌这些先进市县公安局比，与他们相比还差距甚远。去年，我们提出争创全省优秀公安局，虽然有了一定基础，但是否够上省优标准？这还是问题。各股室机关化，衙门化，上班看看报纸，聊聊天，混上一天就下班了。而刑警队，能干肯干的累得要死，不会干不愿干的混日子，个别的还上班溜号，跑外面泡茶馆。"

老文说："这些情况不是现在才有，多年来就是这样。这两年抓队伍建设，抓纪律整顿，民警作风已经有了大的好转。放在以前，还有上班喝酒、打牌，个别人还穿上警服，对群众耍威风，耍特权，要吃要喝要拿的。"

我说："目前改革开放时期，经济建设朝着社会主义市场经济发展，公安工作还是沿用计划经济体制，已到了不改不行的时候，公安部已经有精神下来，公安改革势在必行。改革必然触动某些人的切身利益，也会引起一些人的不满。这些天，我们要开个全局民警大会，要求大家对公安工作改革有思想准备。"

刑侦改革重头戏

1997 年 10 月 31 日　星期五　晴

公安工作改革，既是"千呼万唤始出来"，又可谓是"山雨欲来风满楼"。

在全局民警大会上，我作了讲话，为了适应新形势下打击犯罪和治安管理的需要，公安工作必须推进改革。这场改革将是对每个民警的考验，希望大家要经受住考验，积极投身于公安改革中来。我的讲话其实是"吹风"，打招呼，虽然还没有开始实行具体改革措施，但民警普遍感受到压力，谁都不敢怠慢，生怕因为工作不积极或表现不好，将要到来的改革会把自己淘汰出局。尤其是对刑警队促动最大，也就会议开过后的第二天，刑警队人人奋勇，个个争先，仅花了一天时间就破获了一起重大刑事案件。

这是8月21日晚11点多钟，4个歹徒溜进了百花岭外贸柑果基地，他们是为一条狗来的。基地有一条狗，养得肥肥壮壮。四人想把这条狗偷来吃了，不料，那狗却也机警，闻听四人脚步，乘着黑夜里逃之夭夭。四人偷狗不成，顿时起了恶念，闯进基地，公然对凌老板进行勒索，要他拿出钱财消灾。凌老板辛辛苦苦赚得的钱哪肯这么轻易送给歹徒，一口给予回绝。歹徒便撬开凌老板的房门，操起棍子将他夫妻俩一顿暴打，凌老板被打至重伤，送医院抢救无效死亡。刑警队接到报案后，全体人员纷纷请战，赶到案发现场进行侦查。通过蛛丝马迹的线索，刑警队迅速查明营根镇百花村的王吉、王进、王发、王升有作案嫌疑，立即实施抓捕，当晚便将犯罪嫌疑人抓捕归案。

9月24日，我到文昌市参加了省公安厅召开的贯彻公安部苏州会议精神的会议，这次会议吹响了我局公安工作改革的号角。

根据公安部苏州会议和省公安厅文昌会议精神，局党委决定，以刑警工作改革为试点，制定了《琼中县公安局刑侦工作改革试行方案》，正式启动我局公安体制改革。

9月29日，我们召开了股所队长会议，传达了公安部苏州会议和省厅文昌会议精神。我说，琼中是典型的山区农业县，我们要建立起适应新时期县情的刑侦工作体制和运行机制，建立起一支政治强、业务精、作风正、执法严、特别能战斗的刑侦队伍；要打破原有的刑侦管理体制和工作体制，在用人机制上大胆改革创新，实行中层干部竞聘上岗，创造一个“公开、平等、竞争、择优”的用人环境，建立起能上能下、优胜劣汰、充满激励竞争活力的干部管理体制。结合全局实际情况，局党委决定从实行刑警大队长竞聘入手，逐步在刑警大队内部推行聘任制，确定对刑警大队、中队领导和探长一律实行双向选择，按干部管理权限，分级聘任，聘期两年，聘任时层层签订责任书。参加竞选刑警大队长人选的条件是：45岁以下，8年警龄，大专以上法律专业学历，有较高政治思想水平，较高群众威信和较强组织能力，能团结同志，政治上始终与党委保持一致。

对刑警大队长实行竞聘上岗，好似一颗炸弹，在民警中引起强烈反响。多数民警认为，这是为“骏马”提供用武之地，但也有人观望怀疑，竞聘可能走过场，人选不还是由领导“内定”？

需要打消民警对改革的疑虑。

10 月 10 日，局党委召开刑侦改革全局民警动员大会，我在会上作了动员报告，公开承诺，这次竞争上岗，完全按照“公开、平等、竞争、择优”原则进行，绝不内定，凡是自己觉得符合刑警大队人选条件的，都可以报名参加竞选。动员报告引起台下一阵嗡嗡的议论声。民警心动了，自由报名参选刑警大队长？改革要玩真的了。此后几天，“谁当刑警大队长合适？谁能当选刑警大队长”成了热门话题，在全局民警中酝酿和发酵。更有人跃跃欲试，报名参加刑警大队长竞选。经过民意测评、股所队推荐、局党委多次讨论研究，最后从 6 名参选人中确定了 3 名候选人。

今天下午，竞选刑警大队长的改革重头戏拉开了帷幕。

在会议室，举行刑警大队长竞争上岗答辩会。全局 100 多号民警身着笔挺的制服，如同过节一般参加了这次答辩会。有的激动，有的兴奋，当然也有的觉得新鲜，大家交头接耳，议论和推测这次答辩会的结果。

刑侦工作改革得到县委、县政府和省公安厅的高度重视。县委有关领导、县委组织部、人事劳动局以及县检、法、司等单位一把手和省公安厅六处的有关领导亲临指导。下午 3 时，刑警大队长竞争上岗答辩会开始，所有程序公开透明，3 名候选人分别发表了竞岗演说，然后，抽签回答了评委提出的问题。问题数十个之多，涉及公安工作方方面面，“如何处理好与派出所关系?”“如何带领刑警队员办案?”“接到报案时，作为刑警大队长首先要做什么?”……这一程序完后，便要接受民意测评投票，100 多名民警依次走近票箱，把神圣的一票投给了自己满意的刑警大队长人选。经计票亮票后，统计综合分数，结果揭晓：原县城派出所副所长陈阵以 0.66 的微弱优势分数胜出。县委常委、县组织部长陈超走上主席台，当场宣布评选结果有效，填写了陈阵担任琼中县公安局刑警大队长的任命书。接着，我与陈阵签订了《大队长目标管理责任书》。这份责任书像是一个无形的紧箍咒，套在陈阵身上，以合约方式规定，这位新任刑警大队长必须按照责任书的条款完成刑事侦查各项工作任务。

随着刑警大队长到位，刑侦体制改革全面铺开。原预审股撤销，与原刑警大队合并组成新的刑警大队，下设 3 个刑警中队、一个直属中队、一个技术中队和一个农垦刑警中队。除大队领导由局党委聘任和任命，中队长由大队长聘任，探长由中队长聘任，实行办案责任制，层层签订目标管理责任书。改革后的刑警大队素质有了明显提高，刑警人员由原来 15 名增加到 25 名，大专以上文化程度占 52%，党员占 70%。

刑侦工作新气象

1997 年 12 月 29 日　星期一　晴

入冬的琼中县显现出南国的旖旎风光。

满山郁郁葱葱，坐落在山间的房舍宛若镶嵌在绿色丝绒毯上的翡翠熠熠发亮。在路边、沟旁，三朵两朵山花从绿草丛中探露出来，那红黄紫白的花瓣随风摇曳，一缕缕清香便在空中散发开来。早上的露水，略有些寒意，但太阳一出来，气温上升，露水蒸发。秋装警服穿在身上，还感到有些燥热。

上午，我来到什运乡派出所检查工作，新任刑警大队长陈阵也在。他已坐镇什运乡两天了，是为验收“一村一图”绘制工作的。所谓一村一图，就是将各村庄的地形地貌绘制成地图，有如部队打仗要有一份军事地图，刑侦破案也应该有一份刑侦地图，当发生案情时，刑侦人员可以迅速从地图上进行破案演示，达到迅速破获案件的目的。但绘制这些地图难度不小，不仅要求绘制人员耐心、细心，还要具有一定绘图专业水平。工作量也极大，仅什运村委会就有 6 个管区 30 个自然村，需要绘制 30 幅村庄地图。陈阵见我来了，立即拿出绘制好的什运地图，向我汇报说：“什运一村一图绘制顺利，已经完成了 20 个村的地图绘制，大概还要一两个月，所有一村一图工作就可以全部完成。”

我知道绘图工作极为辛苦，尤其是什运乡，多数村庄都偏远，一大早出去，到晚上还不一定回得来，常要在村子里过夜。村子又处于山沟峡谷中，尽是羊肠小道、崎岖山路，为摸清村子每一处地势，民警要爬山越岭，每天都一身臭汗，路旁的刺藤、茅草还经常把衣服撕破戳烂。发的警服坐机关的同志穿不完，但基层民警往往不够穿。我说：“绘图同志都累坏了吧。”

“不累。”陈阵说，“就怕图绘制不准确，图上线条差之毫厘，应用起来就失之千里。”

陈阵话语不多，但务实，用心。他原是刑警大队侦查员，因工作突出，提拔到县城派出所担任副所长，35 岁，正是年富力强。这次他竞争上岗胜出，可说是局党委与民警的共同选择。我看他一张脸晒得黝黑，说：“你这个新任刑警大队长，工作干得顺吧？”

陈阵笑了笑：“大伙对我都挺支持。只要有工作，都积极出点子，抢着干。”

11 月 25 日的一起案件，对新的刑警大队就是一次很好的检验。

这天上午，加钗农场 3 队一名妇女报案，说她丈夫章蓝 11 月 20 日外出收购废品，五天过去，到现在还没有回家，怀疑失踪，请求帮助寻找。根据章蓝妻子提供的情况，说她丈夫走时，是去长征镇收购废品，刑警大队汇同长征派出所民警一道，在长征镇所有范围展开搜寻。在长征农场四队的一处胶园，发现了章蓝骑的自行车、收购废品的袋子，而旁边的泥地石头上，沾有少许血迹。刑警判断，章蓝可能遇害了。但是，谁会将一个收购废品的人杀害呢？

刑警大队分析了案情，认为可能是谋财害命。当地人都知道，废品收购人一般都带有现金。章蓝走时，身上携有收购废品用的近千元钱，这是笔不小的钱款。从案发现场来看，作案人不会离得太远，有可能就在附近。附近是长征农场四队，有近百名工人，人员情况复杂，不排除犯罪嫌疑人藏在其中的可能。刑警大队对四队所有工人进行排查，一名叫王先文的河南人进入民警视线。

前两天，王先文家中来了两个河南老乡。据农场工人反映，这两个河南老乡鬼鬼祟祟，案发前，三人整日地凑在一起，不知要干啥？刑警队立即传讯了王先文，王先文极其狡猾，任凭刑警如何审讯，要么装糊涂，要么咬紧牙关不说话。但刑警没有气馁，两天两夜，对他展开强大的心理攻势，最后，王先文心理防线垮了，交代了犯罪过程。

杀害章蓝始于王先文的两个河南老乡，一个叫刘林，一个叫刘丰。两人流窜来王先文家后，身无分文，便与王先文商量如何搞钱。王先文说这地方都穷，没有谁能有什么钱，忽然，他想起收购废品的章蓝，说收购废品的人身上都会带有不少钱。于是，三人合谋，设下一个圈套，由王先文出面，给章蓝透露消息说，他这里有许多铜线，问他要不要收购。章蓝毫无防范，被诱骗到王先文指定的地点——橡胶园里。当他一进到园中，早已埋伏的三人立即扑上前来，有的拿石头砸他头部，有的操起木棍猛烈击打。很快，章蓝没有了气息，三人抢走了他身上的 912 元现金后，慌慌张张地挖了个坑将尸体掩埋了。

刑警赶赴橡胶园，挖出章蓝的尸体，同时也将刘林、刘丰两名犯罪嫌疑人抓获归案。一件抢劫杀人的大案，让陈阵带领刑侦大队几天便完美告破。

改革后的刑警大队宛若一把磨砺锋利的尖刀，给各种违法犯罪活动以沉重打击。自 11 月以来，破获各种刑事案件 39 宗，其中重大案件 20 宗，分别比去年同期多破 8 宗和 3 宗。预审股合并后转过来 40 宗遗留的重大疑难案件，刑警大队也在一个月内全部查清消化。新的刑警大队也不像以前窝在机关，全县划分为四个责任区，每个刑警中队负责一个责任区，使刑侦力量进入治安最前沿，派出所不用负担破案工作，有效地发挥了治安防范功能，人民群众安全感普遍提升。

第四章　迈入“省优”

迈入省优公安局行列

1998 年 2 月 3 日　星期二　晴

新年钟声给我们带来了喜讯。在全省市县公安局评优活动中，琼中县公安局获得 1997 年度全省优秀公安局的殊荣。这是我局历史上第一次被评为全省优秀公安局。

全局民警无不为之振奋。那天下午下班时，几个股所队长拉上我们几个局领导要去好好喝上一杯。我虽然不会喝酒，但不愿扫了大家的兴，于是找了一家餐馆，在一个包厢里召开了“酒盅全会”，共同祝贺去年取得的工作成绩。政委王礼忠是黎族人——当地少数民族都能喝酒，副局长王国仁酒量也好，他俩与几个股所队长豪爽地先干了一大杯，我呢，只能用嘴唇在酒杯边碰了碰，意思意思。酒一喝开，话匣子也拉开了。

王礼忠感慨地说：“当初提出争创全省优秀公安局的时候，不少民警都持怀疑态度。事实证明，局党委的决策是正确的，通过争创省优，增强了全局民警凝聚力，把全县公安工作推向了一个新的历史高度。”

王国仁说：“我是琼中老民警了，就觉得这两年局里人气旺，队伍建设向规范化、正规化发展，民警作风有了大的转变，各项工作都完成得好，获得全省优秀公安局成了水到渠成的事。”

刑侦大队长陈阵说：“是公安体制改革把民警心里的火烧旺了。民警都说，这两年，有一种无形的力量在推着你往前走。”

一位股长带着几分酒意说：“关键是李局长把兵带得好，就说新办公大楼，不是李局长来了，还不知猴年马月才建得起来。还有，李局长调到琼中来后，过去两年春节都是在值班岗位上过的，这‘勤政’二字就没人能比……”

“别给我戴高帽子了。”我连忙打断这位股长的话说，“不喝酒听你们这些话就要醉了。当局长的，带好兵，领导大家做好工作，是义务和责任，没有值得夸耀的地方。对于取得的成绩，用句套话，是在省公安厅和县委、县政府正确领导下，全局民警共同努力的结果。用老百姓的话来说，那是我们领导班子成员感情深，够哥们，心思都能想到一块。民警都纯朴，听话，没有那种搞邪门歪道、跟领导过不去的人。我了解到，从我们琼中县公安局调出去的人，在外面工作都很不错，有的民警原来不显山不露水，调到海口就都得到提拔，有的当科长，有的当派出所所长。这说明琼中县公安局出人才，是藏龙卧虎的地方。大家说，我们局里这些民警都是龙啊虎的，‘省优’这块招牌能不拿下来吗?”我的话引来大家快意的笑声。我接着说：“但我要掏句实在话，今天，我们虽然达到了预期的目标，但这只是第一阶段，省优这块招牌是荣誉，也是压力，我们不能陶醉其中，要继续努力，不仅要保住这块招牌，实现今年省优，而且要向全国优秀公安局迈进。摆在我们面前的路还很艰难，任务还很艰巨。”

公安工作始终是艰巨的。

违法犯罪是社会衍生的一个常态现象，有好人就有坏人，有正义就有邪恶，这是辩证法；否则，就不成其为社会了。所谓“泥沙俱下”、“玉石杂陈”，社会之常态也。这也提醒我们，邪恶势力随时可能以各种暴力和非法手段，冲击我们的正常生活秩序，给社会造成破坏。而与违法犯罪相克的，是我们公安机关，代表正义，代表法律，任何时候我们的斗志不能松懈，勇气不能衰颓，要随时给犯罪分子以沉重打击。

春节很快又来临了，人们忙碌地购买年货，街市上一片繁闹的景象，但一起入室盗窃案惊扰了新年的欢乐。昨天凌晨4点钟，在公路局一个住宅，屋主一家沉浸在睡梦中。忽然，一个黑影蹑手蹑脚地从窗户里爬了进来，贼眼瞟了瞟，一切无动静，便将箱柜、抽屉翻开，肆意行窃，盗走手机一部，BB机两部，现金400元，得手后逃之夭夭。失主是公路局职工，400元是准备购买年货的，大清早醒来后见家里狼藉一地，大惊失色地报了案。案件虽然不大，但影响恶劣，入室盗窃案很快传遍县城，老百姓惊惶不定，睡觉被小偷溜进了家中，人们后怕，这要是行凶呢?

刑警大队立即展开破案行动，通过从现场勘查中获取作案人蛛丝马迹的线索，很快锁定作案对象，破获了案件。当晚8时，便在犯罪嫌疑人家中将其捉拿归案。案件一破，满城沸腾，人民深感公安民警的可靠，有达摩克利斯之剑高悬，些许宵小，何足道哉！

黎母山小孩中毒案

1998 年 6 月 5 日　星期五　晴

黎母山，历来被誉为黎族的圣地。相传天上七仙女曾来这里游玩，其中桃花仙女迷恋此山美丽富饶，认为可以传播人类，便化为金南蛇产下一卵，后经雷公一剑划破，跃出一少女，号称黎母，从此诞生了黎族。对于这个传说，黎母山派出所民警告诉我说，那是文人瞎编出来的，好招揽游客。但黎母山确是个适宜旅游的去处，有黎母山森林公园，是我国热带生物资源最丰富的地区之一。园内有植物 2000 种以上，其中国家重点保护的有 55 种，属国家级和省级重点保护的珍稀濒危野生物种，颇有观赏价值。

上午，我接待了来自黎母山镇的一群村民上访。

上访的村民悲愤地说：“昨天下午 6 点多钟，我们几家的 5 个孩子贪玩，爬进了新进农场一辆装胶水的胶罐车内，不料哪个天杀的，把胶罐车盖子盖上了。5 个孩子因此全部中毒。李局长，你可要给我们做主，一定要把那个盖盖子的人抓起来！”

我担心孩子的安危，连忙问：“孩子们怎么样？”

“昨晚在农场医院进行了抢救，一直昏迷不醒，到 11 点钟急忙送到县医院了。”

“不会有生命危险吧？”

“还，不知道……”

我让办公室同志对村民上访的情况作了记录，感觉这个案子事关重大，几名才十来岁的孩子，有谁会下此狠手，要致孩子于死地呢？案件发生在新进农场，我通知刑警大队、农垦公安分局、黎母山派出所和新进农场派出所，迅速赶到新进农场会议室召开紧急会议研究。案情也引起县政府领导重视，副县长陈宗贤也亲自赶来参加了我们的会议。我们对案情作了分析，一是可能有人跟这 5 名孩子的家长有仇，故意盖上胶罐车盖，企图害死孩子；二是不排除胶罐车本身技术问题，是客观原因导致这 5 名孩子中毒。但不管什么原因，我们必须对孩子负责，对新进农场负责，务必将孩子中毒原因查个水落石出，给家长和孩子一个满意的交代。如果真是有人蓄意关闭胶罐车盖，务必要将凶手抓获归案。

会上组成了由刑警大队、农垦公安分局、黎母山派出所和新进农场派出所民警参加的专案调查组。我们深入到新进农场停放胶罐车的地方，深入到新村苗寨，深入到县医院，对有关人员作了大量调查、访问和取证工作。案情很快查明，这不是人为作案，而是因为生产操作、管理上的疏忽，以及孩子不懂事误入胶罐车而发生的意外事故。

昨天下午2点半钟，新进农场机运公司司机刘建军和押车员王海洋到24队拉运胶水，回来途中，胶罐车出了毛病，熄火了。胶水是刚从橡胶树上刚割下来的生胶水，搁放久了胶水容易变质，为保护胶水质量，王海洋便按常规到连队取来5个矿泉水瓶装的氨水，倒进胶罐车内。后来公司派人来修好了车，把车开回到场部，将胶罐车内的胶水都倾倒进蓄胶池内。司机把空空的胶罐车开到汽车修理厂，停放到厂门口，但没有给胶罐车上锁和盖上盖子。农场负责人告诉我们："以前停放胶罐车都上锁或盖上盖子，但农村孩子顽皮，时常爬进胶罐内捡拾胶线胶块，如果锁上，他们就把锁撬了进去，因此以后就索性不上锁，胶罐盖子也懒得盖上了。"

这次也没防着孩子又爬进胶罐车内去。

就在司机离开胶罐车后，5名孩子又像以往一样爬进胶罐车内玩耍。一钻到胶罐里面，几名孩子就感到不适，4名孩子很快就昏迷在胶罐内。最大的一个孩子叫盘小安，11岁，体质好些，惊慌地爬了出来，吓得哭叫着救命。恰好新村村民盘爱珍路过，连忙爬到车上，让盘小安钻进胶罐，托起其中一名昏迷的小孩，盘爱珍再把这名小孩拉了出来。但这时，盘小安也昏迷在胶罐内了。盘爱珍想跳进胶罐内救人，罐口一阵浓烈的恶臭味直冲出来，熏得她头脑发晕，没办法，她只好爬下胶罐车去找人来救。农场工人陆善元先赶了来，爬进胶罐内，托起一名孩子，这孩子却太沉，拉不起来。就在危急时刻，周边农场工人和附近村民闻讯赶来，陆续将另外4名孩子拉出了胶罐，让孩子脱离了险境。

导致孩子昏迷在胶罐内的原因是，胶罐车虽然没有胶水，但空罐内的空气含有高浓度的氨水成分，别说是孩子，就是大人吸入了过量含氨水气味的空气也会中毒昏迷的。事情查清楚了，这并非刑事案件。但这个教训是深刻的，农场机运公司和胶厂没有做好安全防护措施；胶罐车停入地是农场生产作业区，却让孩子们随便闯了进来玩耍……我们把调查结果向几名孩子家长作了说明，在事实面前，家长也懊悔地拍着脑袋："都怪自己，没有教育好孩子，让孩子到不该去的地方玩耍。"

我到医院看了孩子，庆幸的是孩子们都没有大碍，此时正在熟睡，血压、呼吸、脉搏都正常，没有出现窒息的临床表现，再治疗一两天，就可以健康出院了。

从医院出来，我长长地吁了一口气。公安工作没有一件是小事，它牵涉人民的生活，甚至关系着百姓的生命。

追捕在逃人员

1998 年 7 月 30 日 星期四 阵雨

这些天，每到下午三四点钟，就有一阵大雨，晴朗的天空中骤然间乌云密布，狂风挟着滂沱大雨倾泼而下，把上午的酷热冲洗得了无踪影。一些顽皮的孩子赤脚冲进了雨地里嬉戏，甚至还有人脱光了衣服跑进大雨里冲凉……这是海南特有的天气，太阳把空气烤到一定高温时，便有雷阵雨下来，天然地消暑降温，把惬意的清凉送给了人们。

这雨给人们送来凉爽，但也给我们追逃工作带来了不便。

根据省公安厅部署，在全省范围内开展追逃专项行动。琼中是追逃重点县之一，不仅存在本县在逃人员，还有多名外地犯罪嫌疑人潜逃入境，省公安厅要求我们协助追缉。外地在逃人员选择逃至琼中县，是因为琼中山深林密，树林草丛、山崖沟坎成了他们最好的栖身之地。“绝不允许在逃人员在琼中躲藏!”这是我给全体民警下的命令。近两个月来，我们抽调精干警力，发动群众，提供线索，布置眼线，设立潜伏哨，对在逃人员进行大规模追捕。只要发现在逃人员线索，不管是白天黑夜，民警都会立即赶了去，有时要在荒山野地里蹲坑守候几个昼夜，像这种每天下午的雷阵雨让民警吃了不少苦头。

遇上我们英勇的公安民警，这雷阵雨也没有给在逃人员帮上忙。截至今天，抓捕在逃人员 40 多名，其中协助外地市县抓获在逃人员 9 名。

然而，根据情报与我们掌握的情况，还有漏网之鱼，大多是在逃多年，有潜逃经验，要抓获困难不小。尤其是两起案件的作案嫌疑人在逃，几乎成了我的一块心病。其中 1995 年的“12・14”案件，那是一起中巴抢劫案，犯罪嫌疑人王小百、王久手持凶器，在公路上摆设路障，拦车抢劫，抢得财物数千元。案发后，我们迅速派出警力侦查，很快查明作案嫌疑人的身份。但王小百、王久有一定的反侦查能力，就在我们要去抓捕时，两人逃之夭夭，至今逍遥法外。今年是他俩潜逃在外的第四个年头。还有一起是去年的“10・14”案件，松涛乡的一个村民因为一点小事，惹上了一个流氓斗殴团伙，遭到他们凶残殴打成重伤，送到医院抢救无效死亡。案发后，4 名团伙成员仓皇潜逃，躲藏了起来。

尽早把这几名在逃人员抓捕归案，是局领导班子的决心。局党委决定以刑警大队作为追逃主力，派出所协同作战，密切监控辖区在逃人员亲属情况，按人头分片，把在逃人员包干到辖区刑警中队负责，要求各刑警中队与辖区派出所密切配合，落实追逃任务。

快要过端午节了，刑警大队长陈阵说，在逃人员也是人，“每逢佳节倍思亲”，常人如此，犯罪嫌疑人尤甚，长期潜逃在外，东躲西藏，对家会格外思念，有可能这个时候溜回家中看看家人。于是，派出民警对在逃人员居住地安排内线，侦查在逃人员是否溜回家中。事实证明，这个决策是正确的。6 月 26 日，乘坡农场那边传来消息，王小百和王久回到了家中，有村民看见过。是夜，乘坡农场派出所与和平派出所兵分两路，分赴王小百和王久家中。两名在逃人员成了瓮中之鳖，终于落入了法网。

松涛乡 4 名在逃人员也在昨天归案。

这 4 人是投案自首的。落实追逃责任制后，松涛派出所感到压力极大，但根据情报，这 4 人潜逃到外地去了，只有亲属可能知道下落。派出所民警费尽口舌，日夜做这 4 人亲属工作，一次、两次、三次……不停地上门，向他们亲属讲清楚利害关系，指出唯一出路是投案自首才可能得到政府从宽处理。精诚所至，金石为开。4 名在逃人员的亲属被民警所感动，有的写信，有的打电话，劝说在逃人员回家，最终都由亲属带领到派出所投案自首。

山城交通肇事案

1998 年 8 月 18 日　星期二　晴

上午 7 时 48 分，离上班还有十几分钟，我拿着一个馒头边啃边走进办公室。这时 110 指挥中心值班民警跑过来向我报告：“国道 224 线 178 公里处发生一起特大交通肇事，4 人死亡。”

4 人死亡？琼中历史上还从未有过这么大的交通事故！

“谁报的案？”我追问。

“什运派出所，已派人保护了现场。”

“肇事司机呢？”

“现场没有任何车辆和人，司机肇事后逃逸。”

这还得了，死了 4 人，可恶的肇事司机居然还敢逃跑？我火了，馒头也顾不上吃，随手扔在桌上，把电话拨到交警大队：“陈大队长吗？国道 224 线发生交通事故……你接到 110 报案？好，你听着，第一，立即上报省交警总队；第二，立即对案件开展侦查，你这就派人赶赴现场勘查，我会同王副局长、吴副局长很快赶到。”

由于肇事司机逃逸，案件已超出交通事故范围，涉及刑事、治安责任，我叫上分管刑侦的副局长王国仁、分管治安的副局长吴立飞，让陈阵带上刑警大队骨干民警迅速赶赴案发现场。国道224线是琼中通往通什的省际公路。在178公里处，交通肇事留下的现场惨不忍睹，4具尸体散乱在公路上，有的头部被撞出脑浆，有的胸膛被车轮压扁，有的肢体被车子辗断……一只耳朵被抛在路中央，另一块带毛发的头皮挂在路旁树枝上，血凝结成一块块紫黑的斑块。从尸体情况看，像是周边的村民。现在是海南天气最热的时候，附近村民贪图凉快，夜里不回家，喜爱三五个结伴溜马路；还有的觉得夜间公路平滑凉爽，便躺到公路边一觉睡到天亮。但这几位村民究竟怎样被汽车辗死的呢？

10点多钟，省交警总队的民警也赶到现场。像这样一次死亡4人的交通事故不说在琼中县，在全省都是罕见的。案件引起总队高度重视，接到报告就立即派遣事故科人员从海口市赶来，与县交警大队一起对现场进行勘查。现场事故痕迹十分明显：路旁，一棵防风大树被撞击，撞痕离地面80厘米高；另一侧，有一堆柏油桶被撞翻，有倒车痕迹；地面上散落有9块天蓝色汽车车身油漆块，一只柏油桶有一条被猛烈撞击后留下13厘米的凹痕，右路沟上有条宽21厘米的汽车轮胎压印。经过尸体检验，确定死亡时间在8至10小时前，由此判定，事故可能发生在凌晨0至2时，从现场勘查和走访情况分析，肇事车是一辆由琼中县开往通什市方向的天蓝色空载大货车，已逃往通什市或乐东县方向。

如此大的交通肇事案件很快传遍了全县。这起特大交通事故是怎么发生的？在什么情况下发生？肇事司机是谁？许多人都在关心。要解开这些谜团，必须尽快找到肇事车辆，抓住肇事司机。

省交警总队的同志经与我们研究，决定兵分三路展开侦查，一路由省交警总队负责向全省发出协查通报；一路由刑警副大队长蔡德山带队前往通什市排查可疑车辆和人员；一路由我和王国仁、吴立飞，带领交警、刑警，对国道224线琼中县路段沿线的厂矿、农场和企事业单位进行排查，对过往车辆进行查访。

下午6时，刑警拦住了一辆由乐东县开往海口市的大客车，向客车司机询问来往通什市至琼中县路上发现过什么异常情况。这位司机积极配合，提供了一个重要情况：昨夜10点多钟，他的大客车从海口市出发，载客去乐东县，今天凌晨1时20分，客车行至国道224线180公里处，与一辆大货车相遇，那辆大货车天蓝色，像是通什市大江南水泥厂的，由于开小灯行驶，差点和大客车相撞。

车辆与我们分析的肇事车相似，客车司机提供时间与肇事时间也相吻合。我们即刻将侦查重点转到通什市，派出蔡德山带领刑警一中队会同当地派出所民警，对大江南水泥厂的所有货运汽车进行逐辆排查。一辆车号为“琼D·00237”的解放牌大货车引起我们的注意。这辆车的外形与我们分析的肇事车辆极为相似，有重大作案嫌疑。但这辆车不是大江南水泥厂所有，车主叫周利委，是大江南水泥厂雇来给他们运货的。截获这辆车成了破案的关键。不过，这辆车上午8时运载水泥去陵水，到现在仍没有回来。看来只有守株待兔了，民警静候在大江南水泥厂门口，严阵以待。

惊恐的肇事之夜

1998 年 8 月 19 日　星期三　晴

终于，我们等到了“兔子”。

今天凌晨2时，琼D·00237解放牌大货车运载了一车煤回到通什大江南水泥厂，被守候的民警逮了个正着。经检查，这辆车经过整修，但依然从一些痕迹中发现这正是肇事车辆。车上的周利委和周烈被民警带到了公安局。两人对于落网似乎有所准备，见了民警，没有作任何反抗。闻听周烈、周利委被抓，涉案的另一人周利林陷入了恐惧之中，再也沉不住气了，主动来到公安局投案自首。

民警对这三人进行了审讯，虽然周利委、周烈还想隐瞒，但纸包不住火，一起惨烈的特大交通肇事事故露出了真相。

周利委和周利林是兄弟俩。昨天下午3点钟，周利林驾驶的大货车在琼中县长征至太平路段抛锚，于是打电话叫哥哥来琼中帮忙处理。周利委便拉上表弟周烈，在大江水泥厂做汽车修理工的肖殿成、闵桂东共4人，驾驶琼D·00237解放牌大货车从通什市赶到琼中县，处理完周利林的抛锚车，已是夜晚，他们在营根镇吃饭。吃过晚饭快到12点了，便上车，要赶回通什。车子放空，没有任何载重。周烈坐上驾驶员位置，周利委、周利林两人坐在驾驶室副座。驾驶室只能容坐三人，肖殿成和闵桂东站到后面车厢上。这辆琼D·00237解放牌大货车便由周烈驾驶着，轰隆隆地向通什市方向进发。

一场惨祸由此开始。

开车的周烈没有驾驶证，仅在浙江老家跟周利林学了些日子，偶尔帮人家拉几次货，开车技术并不熟练。夜深人静之时，路上人少车少，周烈也过上了车瘾，把车开得飞快，但这段路并不好跑，弯道多。凌晨1时许，大货车行驶到178公里处，拐过一个弯道，忽然看见前边有几个人坐着、躺着在路旁。周烈心里一惊，想刹车，车速快，车子哪停得了。慌乱间，方向盘不听使唤了，黑沉沉的大货车居然迎着路边的人撞了过去，失去控制的车子往前直冲，又滑行20多米，撞翻了路左侧的柏油桶堆才停了下来。

凭感觉，路边那几个人都被大货车撞了。大家也清楚，人的肉体被这样膨大的钢铁货车辗过，还能活下来吗？这一瞬间，恐惧笼罩了全车的人。肇事的车子被前面的柏油桶堆挤挡着，动弹不了。周利委首先下车，周利林和车厢里的肖殿成、闵桂东也跟着下了车。周烈最后一个下车。没有谁提出过去看看车后压过人的现场。也许，谁都害怕见到被汽车辗过后的死人场景。也许，谁都害怕正视面前的特大交通肇事事实。大家围在车前，察看肇事后的车子损坏情况。车子留下了肇事的明显痕迹：车身几处留有人的血迹，保险杠被撞变形，排气管损坏，左前盖板油漆脱落，右前钢板断裂，上面还挂着一只人的耳朵。周烈烫手似地拾起人耳朵扔到地上，大家都惊魂不定。肖殿成惊骇地说：“我们车……压到两三个人！不得了啦！”怎么办？面对这突如其来的车祸，大家都手足无措。周烈瞅瞅黑沉沉的夜色，四野无人，死寂寂的，说：“车还能开，我们先回厂吧。”他慌张地上了车，坐回到驾驶员位置上，招呼车下几人：“快把柏油桶挪走，待会有车过来或者有人路过，叫他们发现就完了。”

周利委、周利林、肖殿成、闵桂东几人连忙动手，将车旁阻碍车子行驶的柏油桶搬开。周烈将车退了一下，把方向盘打向了右边，驾驶车子转向了路中间。周利委几人也陆续上了车。周利委迟疑了一下说：“我们还是报警吧。”他的提议没有得到回应。周烈想，他是无证驾驶压死人，报了警，少不了要坐牢。周利林沉默一会儿，说：“这事是因我引起的，是我的车翻了把你们找来。你们不来，就没有这场事。”周利委叹了口气：“算了，反正没人看见，能逃就逃吧。回去后，谁都不许和别人提及这事。我们把车整修一下，以后不跑琼中这条线了。”

周烈缓缓启动车子，加大了油门，车子向着通什市方向疾驶，逃离了肇事现场。

回到通什市大江南水泥厂后，谁都没有回家休息。当务之急是，必须毁灭车上所有肇事证据。周利委叫肖殿成去拿上汽车修理工具，让周烈把车开到厂里煤场上。开始清理车子肇事后的痕迹，他们小心地把车上血迹擦拭干净，把撞歪的保险杠校正，把掉漆的地方重新涂抹上油漆，把断裂的右前钢板换掉。但车轮胎沾有人的脑浆需要更换轮胎、排气管破裂损坏需要焊接修复，以及左前盖板需要烤漆，这些他们做不了，必须进汽车修理厂修理。不知不觉间，天大亮了。上午，周利委、周烈忐忑不安地继续给大江南水泥厂拉货，将一车水泥运往陵水县。在陵水县卸了水泥，两人又赶紧把车开到三亚市田独镇，找到一家汽车修理厂，修好排气管，把撞歪、脱漆的左前盖板恢复成肇事前的原样，之后，把车开回了通什市。这时已是晚间11时40分，两人又把车开到了一家补换车轮胎店，将沾有人脑浆的左右前轮换上翻新轮胎，直至他们认为车上再也没有肇事痕迹了，这才把车开回大江南水泥厂，也送到恭候已久的民警面前。

在不到两天时间内，案情大白。我合上案卷，心头隐隐作痛，为肇事受害的死者感到难过，为肇事者逃逸感到愤慨。犯罪嫌疑人周烈无证驾车肇事，不保护现场，不报告公安机关处理，肇事后驾车逃逸，毁灭罪证；犯罪嫌疑人周利委，身为车主和驾驶员，却将车交给无证的周烈驾驶，肇事后帮助周烈毁灭证据，抓获后又不坦白交代。行为如此恶劣，居然还想逃离，但是他们能逃得了法律的制裁，逃得了正义的审判吗？

父亲三十年祭

1998 年 9 月 28 日　星期一　阵雨

今天是父亲的忌日。

三十年前，我还不满十岁！

天是亮了，但山影笼罩着天空，四处苍茫昏暗，好像下雨了，又好像没下雨。父亲被几个人抬着上山，一行人在山地上踯躅，仿佛秋风里的几片枯叶在天际间飘零。山坡上，浅浅地挖了个土坑，父亲和着草席长眠在那里。那是一九六八年九月二十八日，一个失去法制和秩序的日子，一个疯狂与失衡的年代。这个日子烙印般深深地刻在我心中。尽管年少，尽管父亲离我们越来越远了，但父亲的音容笑貌依然清晰如昨。

在我的记忆中，当时父亲年已花甲，身材高瘦，面容慈祥又威严。他平时话不多，声音略带沙哑，说海南话时总带着儋州话口音，他把我叫作“妚凡”（妚芳），现在凡是叫我“妚凡”的，除了家人外不是童年的伙伴就是小时认识我的叔叔、阿姨。在家时，我常在父亲的身边。那是澄迈县委安排给父亲住的一个独门小院，在金江镇紧靠六山村，距离南渡江不到一百米。家里养着猪、鸡、鸭、鹅，院子里有一块菜地，父亲拎着锄头忙碌时，我们四兄妹喜欢颠着小脚丫跟在父亲身后。春去秋来，我看着南瓜藤爬上院墙，地瓜叶宛若绿色的地毯铺满了小院的空地。鸭和鹅一不留神就溜出家门到南渡江畔撒野，乐不思归。我与兄妹四处寻找……最后我找到了，父亲就在客厅的小黑板上写上这样一行字：“妚芳找回一只鸭，特此表扬”。

那块小黑板时常出现在我的梦中。五六十年代机关单位门前都挂着小黑板。我们家客厅也挂着一个。父亲在小黑板上一笔一画地写，安排我们四兄妹一天的学习、劳动。我挨在他身边仰着脖子看。很多人都说父亲的字写得好，经常有人拿着这纸笔来请父亲写标语、横幅、对联。那个时候，年幼的我根本辨别不出他的字好看与否，只知道父亲的一切是好的。长大以后我才知道父亲一九零八年生于海南儋州市排浦沙脊村一个贫苦农民家庭，从小聪明好学，能吟诗作对，村里人有惜才集资助学的传统，于是凑钱让父亲到琼台书院读书。

一九四二年父亲参加了革命。在二十三年红旗不倒的岁月里，文化人不多，父亲算是秀才了，他把知识、才华和青春全部献给了海南的抗日战争和解放事业，曾担任过琼崖纵队干部学习的第一任校长，给冯白驹将军做过秘书。海南解放后，父亲是一名正团级干部，转业到澄迈县工作。

小时候我喜欢吃荔枝。每当荔枝成熟上市时，荔枝一筐筐被摆在街边叫卖，香甜的味道诱惑着我不时吞咽着口水。几乎每天我都开口向父亲要钱买荔枝，每次父亲都给我五分钱。我买一串很快就吃完了，但荔枝的余味却更加强烈地刺激着我的味蕾。我不好再向父亲要钱，便溜进一家工厂职工集体宿舍，趁工人师傅都上班去了，就偷偷地把他们的牙膏挤出多半来。盼望着，盼望着，不出几日，师傅们就会扔掉牙膏皮，从没发现牙膏被我“修理”的痕迹。我洋洋得意地拿着“战利品”到废品收购站换钱。父亲发现了我的“作案”，脸上显露出从未有的严峻，把我关在家里，扬起扫帚，一顿猛揍，我捂着小屁股大哭起来……

我不知道父亲为什么会被别人叫作“走资派”、“当权派”……那是一个肃杀的秋夜，公鸡反常地打鸣，声声凄厉，令人恐惧，以致我后来听到公鸡打鸣就心悸。我被鸡叫声惊醒了，蒙眬中看见几个戴红袖章的人闯进家里，把父亲带了出去，从此父亲再没有回来。父亲被关在一所学校里，那是专门关押走资派、当权派和牛鬼蛇神的地方。我想起电影里看过的国民党关押共产党的集中营。每天一早，父亲就被造反派拉出去批斗……那次批斗会，我从人缝里钻进去，看见父亲被反绑双手，嘴里塞满甘蔗渣，头被一双手压得低低的，跪在一个一米高的垃圾堆上。当我还想往前靠近时，戴红袖章的人把我推搡出来。我不知道这批斗会后来怎样，但记得太阳特别毒辣，晒得批斗会上的旗子像燃烧着的大火，父亲就在大火中佝偻着身子，汗珠从头上不停地滚落下来，衣服被汗水湿透。我流着眼泪跑回了家……

母亲叫我给父亲送饭。我去关押父亲的那所学校，那是一间黑暗的小房子，有戴红袖章的人看守。熟悉的声音像是从遥远的地方传过来："叫你妈妈不要担心……我不会有事！你们四兄妹要好好学习，多读书，多努力，以后会有用的。"我要父亲多吃饭，父亲总是疼爱地看着我笑了笑，我便感觉父亲真的没事了，心里很高兴。可是，父亲没吃上一两口就不吃了，我的心情随即黯然。日子在一天天地煎熬，我看着父亲日益憔悴、苍老的脸庞，心里空落落的，极害怕，极害怕……

父亲离开我们后，三十多岁的母亲领着我们兄妹四个，走过艰辛，历尽屈辱苦难。忧患孕育智慧，苦难催人早熟。我仿佛在一夜之间长大了，我学会了替母亲分忧，在南渡江用竹篓捕鱼，上山捡柴火，到旅店向大人讨米票，好帮母亲买粮……母亲对一个家庭所能奉献的远远超过了一个女人的能力极限，母亲所能给予我们的远远超过了一个母亲的慈爱胸怀。我把对双亲的爱全部给了母亲，尽最大可能让晚年的母亲不再担惊受怕，不再受苦受累。我们四兄妹在母亲的严加管教下健康成长，成家立业，若父亲天上有知，应该感到欣慰的。

父亲在一九七八年获得平反。在春天姗姗来迟的脚步中，我们一家，随着全国人民一道摆脱了十年浩劫的噩梦。在依法治国的今天，作为一名人民警察、一名执法者，我倍感肩上责任重大，父亲的悲剧时时提醒着我：要依法行政，依法办案，严守宪法和法律尊严。父亲生前教我读过于谦的《石灰吟》："千锤万凿出深山，烈火焚烧若等闲；粉身碎骨全不怕，要留清白在人间。"这诗将永远成为我的座右铭，父亲是这样做的，我也必须这样做。

创建无毒县

1998 年 12 月 19 日　星期六　晴

时间过得很快，转眼就跨入 1999 年了，盘点今年的工作，全年受理刑事案件60宗，抓获犯罪嫌疑人69名，摧毁犯罪团伙7个。与去年相比较，案发率低了，说明治安环境一年比一年好。

年初，我们提出了创建“无毒县”的目标。所谓“无毒县”，是指全县不发生涉毒违法犯罪问题，确保琼中县“五指山下一片净土”不被毒品污染。这个目标提出时有不少争议。与此同时，全省的毒品违法犯罪情况呈发展趋势，其他市县涉毒犯罪日益猖獗，每年破获的毒品犯罪活动居高不下，吸毒人员逐年增多。提出创建“无毒县”，可谓是逆流而上。有同志说，全县即便有一个吸毒人员，也不能算是“无毒县”；全县范围这么大，任何一个角落都可能突然冒出一两个吸毒人员。去年全县抓获18名吸毒人员，今年又抓获新冒出来吸毒人员15名。即便全县目前没有任何涉毒活动，但谁知道什么时候又会有一个吸毒人员蹦出来。我们只要遏制毒品泛滥和蔓延，能够把吸毒人员控制在现有水平上就算是烧高香了。

要达到“无毒县”目标，难度太大。

全县8镇5乡，15个国营农林场，2706平方公里土地。“无毒县”便是要确保8镇5乡，15个农场、林场，总共20万人口中没有任何人吸贩毒，2706平方公里土地上没有一丁点儿毒品存在。

但是担忧归担忧，大家心中的目标还是一致的。经局党委研究，一致同意把创建“无毒县”列入全县公安工作的战略目标。在局党委会上，我说：“创建‘无毒县’是一个长期工作，不是一年两年就能够实现的，但只要我们务实，脚踏实地，一点一滴地去做，就有信心实现。当然，这是个宏大工程，也是社会工程，单靠全局一百多号民警做不过来，必须广泛发动群众。民警的任务不仅要发挥公安机关职能作用，严厉打击各种吸贩毒活动，还有一个重要任务就是发动全民参与，发动全民禁毒，让广大人民群众负起责来，在目前三级治安防范基础上，不断加强和完善治安网络，充分发挥治安网络作用，使创建‘无毒县’成为全社会的事，成为每个公民的事，形成打击涉毒违法犯罪活动的人民战争。”

前几天，我去了太平、上安乡检查禁毒工作，情况是令人鼓舞的。

上安乡位于五指山脚下，靠近吊罗山原始森林保护区，是黎族聚集地，全乡5800多人，除了汉苗族200多人，其余都是黎族。派出所长汇报说，上安乡是无毒乡镇，黎族人都本分，在乡党委镇政府政策引导下，村民一心都在忙于发展生产，橡胶、果蔗、木薯、椰子、槟榔、荔枝、龙眼等经济作物种植不断扩大。派出所长保证说，全乡不会有任何人参与吸贩毒活动。在太平乡，派出所长说：“太平乡基本没有涉毒问题，但由于太平乡与万宁、陵水、保亭相邻，很难防止外市县涉毒犯罪人员把毒品带进来。”我说：“必须筑起防范外来毒品的铜墙铁壁，这道铜墙铁壁，一是指公安机关，要常备不懈，保持对涉毒活动的高压打击态势；二是指人民群众，要不断加强对村民的禁毒宣传，提高全体民众对毒品的防范意识；三是要加强对外来人员管理，对辖区外来可疑人员的出现要及时进行盘查。只有对涉毒活动实行露头就打，有苗头就抓，这样，才能使吸贩毒人员对我们辖区望而生畏，不敢轻易涉足。”

比较起来，县城所在地营根镇创无毒区域难度最大。这里外来人口多，外来贩毒人员像老鼠，一有空子就乱窜，勾结吸毒分子，瘟疫似的播散毒品。下午，我和小李来到营根派出所。派出所是镇政府拨给的一幢简易二层楼房。门前，有一排禁毒宣传栏，围着三三两两的群众观看。派出所在这宣传栏上颇花了些功夫，标题五颜六色，配有图画。内容也丰富，有毒品知识介绍，有警察打击吸毒贩毒故事，有因染上吸毒搞得家破人亡的真实案例。营根派出所长邓运桢从里面出来，告诉我说，每个星期就要给宣传栏更新一次内容，群众反映不错，天天都有不少人驻足观看。

邓运桢是个老同志，他把我们领进派出所办公室坐下，拿出笔记本，向我汇报工作情况：“按照局里部署，今年工作主要是治安防范和为群众服务，重点抓了治安防范网络建设。全镇各村委会、自然村建立健全了村治保会、护村队组织，每个自然村设有专职或兼职治安员，治安网络发挥了重要作用。这两年，村里都搞瓜菜经济，但瓜菜成熟时节，常有人进瓜菜地里偷摘，村民不堪其扰，有了治安网络，有了护村队巡逻，瓜菜被偷摘的问题再也没有发生。治安员每三两天与我们互通一次治安情况。潮参村治安员王进轩曾当过兵，对治安工作别具慧眼。一天他在菜地忙活，3个陌生的年轻人从他菜地旁经过，那几人的行踪引起他怀疑，叫人通知我们派出所。我叫了两个民警赶了去，把这3个陌生人带回来一查，居然是曾经在湾岭拦车抢劫的在逃犯罪嫌疑人。同样，治安网络在禁毒、创建‘无毒社区’工作中发挥着重要的作用。”

谈完工作是下午4点多钟，邓运桢又领我们去了百花村委会。这是离营根镇较偏远的落后山村，交通不便，步行了一个多小时才到。村治安员是由村支书兼任的，叫欧先旭，是个退伍军人。派出所曾要他另荐一名村民做专职治安员，但他不愿意，说由村支书兼任更有利治安工作。他很热情，迎上来紧紧握手说：“哎呀，是李局长。在公安局开治安员会议我见过你。这么远，有什么事我会去派出所向你们报告，村里治安你们尽管放心。”

欧先旭把我们带到村治保会坐下，让人送上从他地里摘的香瓜，介绍了治保会、护村队建设。谈及村里治安工作，他说：“派出所民警往我们村跑得勤，民警上门，有些什么问题，民警当即就在村里解决了。禁毒方面，村里有过一个吸毒人员，是外来户，来这里投资种瓜菜的，他儿子不知怎地染上吸毒。前两天，让我给发现了，立即通知派出所把他带去强制戒毒。当天，我召开村民大会，给大家讲清楚，谁家孩子吸毒，我饶不了他，外来投资搞瓜菜，有吸毒人员就不能进百花村来。李局长，你别因为我们出过一个吸毒人员就把我们村创‘无毒社区’工作给取消了。”

和欧先旭聊着，不觉就到晚上。在百花村吃了晚饭，已是 7 点多钟。群山黑黝黝的，夜风吹来，带给人身上一丝寒意。欧先旭要留我们在村里住宿，我说明天一早还要开会。借着一点星光，摸黑赶回了县城。

网上追逃

1999 年 7 月 14 日　星期三　晴

在 1998 年度全省优秀公安局评优活动中，琼中县公安局再次被评为“全省优秀公安局”。民警都十分兴奋，说现在“二连冠”，1999 年的“三连冠”也应该不在话下，意思是今年“省优”也应该手到擒来。我提醒说，大伙儿别犯晕，第一，“省优”不是“冠”，只有全国优秀公安局或可称得上是“冠”；第二，有句话是“过二不过三”，虽然再次取得省优成绩，但不表示下一年度“省优”就是我们囊中之物，要争取 1999 度全省优秀公安局，还需要大家继续努力，要绷紧脑子中的弦，各方面工作要再上新台阶。

但看到大家情绪高涨，我也十分开心。

今年工作开局很好，在庆祝黎族“三月三”传统节日活动中，县委、县政府对安保工作给予高度评价，认为工作到位，节日期间，没有发生任何治安刑事案件，确保了节庆活动万无一失。侦查破案比去年势头更好，到目前，全县仅发生 7 起杀人、强奸、抢劫、抢夺案件，大部分告破，破案率达 89%，其中杀人、强奸等严重暴力犯罪案件破案率达 100%。近期，我们展开了网上追逃行动。所谓网上追逃，是近年冒出一个新名词。随着互联网的开通，现代科技技术运用到工作中来，公安部开辟了全国公安网络，将历年在逃的犯罪嫌疑人登录上网，实行信息共享，无论在逃人员逃到哪个地方，当地公安机关都可以通过网络立刻查证这名在逃人员的信息。

网上追逃给我们追逃斗争提供了便捷。前两天进行统一清查行动，红毛镇一个陌生人引起民警怀疑，随即将他带走。通过网上比对，发现他居然是从广西潜逃过来的特大负案在逃犯罪嫌疑人。昨天，我在省厅参加公安局长会议，这是会议的最后一天。下午会议快结束时，陈阵给我打来电话说，收到上安乡治安员情报，正在带队赶往吊罗山开展抓捕行动。治安员反映，一个村民上山打柴，发现一个山窝里新盖有一间简易寮棚，住有两名形迹可疑的青年男子。根据村民描述那两人外貌特征，正是公安机关追捕多日的网上在逃人员。两人藏身之处是吊罗山区，离村庄有 5 公里，为防止泄露风声暴露抓捕行动。离村庄还有好几里地，民警便弃车步行。晚上 8 点多钟，夜色浓重，山间小路蜿蜒曲折，道狭草长，不辨虚实。民警深一脚浅一脚，摸到村子里，治安员与提供线索的群众正在治保会等候。在治安员带领下，往山里挺进。大山在夜间格外凶险，树林密密匝匝，突又冒出一块两块突兀的巨岩拦住去路。民警打着手电，借助微弱的光亮在深山中趺趺撞撞地穿行。走了 10 多公里，抵达了那个山窝子里，那间寮棚隐隐约约出现在民警面前。这时已是凌晨 1 点钟，我住在会议安排的招待所，正与几个局长聊着大家关心的话题：今年全省公安机关基层领导要进行轮换，我们这些县局长都要挪挪窝，但挪到哪里去，这是大家都关心的事。忽然，我的手机急促地响了，是陈阵。他在电话里兴奋地告诉我："抓到了，两名在逃人员，睡得跟猪一样。我们抓住时，这两个家伙还没睁开眼睛。"

今天上午 10 点多钟，我从海口市赶回到琼中县，先到刑警大队看望战斗了一夜的民警。办公室里有些零乱，桌上摊着几个吃完了的快餐盒，刑警队员歪七倒八，或躺、或坐在木条凳和藤椅上，两名已睡着了的民警，是刑警副大队长郑廷强与中队长陈旧。一脸的疲惫挂在脸上，衣服上还沾有几片追逃时从山上带下来的枯树叶子。一个民警说："李局长，陈大队长在里屋，正在审讯刚抓获的在逃人员。要不要叫他出来？"我摇了摇手，悄声说："你们辛苦了。"但我的话还是把睡着的民警吵醒了。郑廷强揉了揉眼睛："李局长开会回来了？"我说："你们继续睡吧，昨夜干了一个通宵，太累了。"郑廷强说："没事，抓捕挺顺利，就是山蚂蟥烦人，人人都被山蚂蟥叮咬得尽是血。海南这地方要是没有山蚂蟥那就是天堂了。"

是啊，海南风景优美，气候宜人，可谓是人间天堂。我哈哈大笑："就有山蚂蟥，海南依然是天堂。山蚂蟥也只是在大山里活动，不进山，就碰不上山蚂蟥。照我看，还只有民警才享受到山蚂蟥的待遇。"

大家闲聊了几句，一个民警迟疑起来，问："李局长，你……是不是要调走?”

“你们听说了?”

“局里都传开了。我们都不舍得的。这几年大家干得红红火火，特有劲。局里旧貌换了新颜，又连续两年获得全省优秀公安局荣誉，不容易。现在，要换新一任班子，心里有点不是滋味……”

“我也不舍得你们啊。”我感慨地说，“几年来，彼此朝夕相处，都非常熟悉和了解，大家对我工作给予了极大支持。我要谢谢大家。虽然我将要去新的岗位，但干部调动是正常现象，相信新一任班子会干得比我更好。目前，我局已经有了良好的基础，省厅对我们今年工作也评价不错，只要保持这个势头，1999 年的‘省优’就可能属于琼中县公安局，到明年，琼中县公安局有了连续三年的‘省优’成绩，争创‘全国优秀公安局’也就大有希望了。”

岁月如流，时不我待，转眼间到琼中县公安局任职四年了。几年来，我不敢有丝毫的松懈，因为责任在身，不容疏忽。一个县公安局长，真不算是什么“官”，但保一方平安，却是天大的责任。我会经常记起清人郑板桥的《潍县署中画竹呈年伯包大丞括》诗句“衙斋卧听萧萧竹，疑是民间疾苦声；些小吾曹州县吏，一枝一叶总关情。”一个封建官僚能如此关切民情，作为新时代的公安局长，更应该如此。前面的路还很长，但我会义无反顾地向前走去。

B卷　海滨“严打”

第五章　遍地烽火

做好“无米之炊”

1999年7月19日　星期一　晴

在全省县市公安局长调整中，我调任陵水黎族自治县公安局长兼政委。

海口市高速公路直通陵水县，下了高速公路，一条平坦的柏油路把你送入城区。陵水黎族自治县是个海滨小城，黎安、长城、新村、英州、三才等大部分乡镇都依傍在大海边，全县海岸线长达57.5公里，与琼中的青山绿水相比，陵水给人以高远、广阔的印象。每当日出之时，霞光映红了海面，阳光宛若金色的面纱，披散在滩涂海岸。从港口码头那边，传来了此起彼伏的汽笛声和机帆船轰隆隆的出航声，海鸟追逐着一片片帆影，在波涛起伏中若隐若现。真可谓是“日出江花红胜火，四季海水碧如蓝”。而陵水西部被森林绿地覆盖，吊罗山上热带原始森林逶迤苍莽，一片片椰树、槟榔、棕榈像是一道道绿色屏障。海风吹来，树影婆娑，瓜果飘香。更有那红黄紫白的野花随风摇曳，把陵水大地装点得多姿多彩，娇娜妩媚。

这就是美丽的陵水，是30万黎苗汉族同胞的热土。

与陵水秀美风光形成反差的是，县公安局院子的地面到处是乱石杂草，一阵风来，枯枝败叶便在你脚下游走。办公楼在大门口进去约六十多米处，站在街道旁往里面望办公楼显得低矮而破旧，那是一幢有数十年历史的三层楼房，灰白的廊柱印上了一条条污黑的水渍，斑驳的墙面上留下了岁月的印记。窗棂漆色早已褪尽，露出了陈旧的木色，连窗子玻璃也是有一块没一块，有的窗页上还挂着残缺的三角玻璃，随时可能掉了下来砸伤人。尤其令我惊讶的是，局里财务十分困难，账面上居然没有一分钱。

上班第一天，办公室同志领了一个修空调的人进来，说给局里修好了两个空调，要支付300元修理费。我为难了，局里拿不出钱，摸摸身上口袋，也没有带钱，只好请那修理工回去，过几天再来。

巧媳妇难为无米之炊，没有钱怎么开展工作？当务之急是要解决公安办公经费问题。我去找县政府，县领导也为难。陵水是国家级贫困县，并且是全国唯一的沿海地区贫困县，可想而知，县财政也是捉襟见肘，除了保证民警的人头费，也没有多余的钱解决公安经费不足的问题。如何解决经费问题，一个晚上我都没办法入眠，思来想去，只有寻求社会支持解决。陵水有这样一个情况，近年来，随着改革开放，县领导出台各种优惠政策，招商引资，大力倡导和扶持地方、私营企业发展，形成了陵水“政穷民富”的特点，虽然县政府财政吃紧，但民间却发起来了。陵水田野肥沃，资源丰富，人民勤劳，在县委、县政府引导下，广大人民群众积极走发家致富之路，开发沿海滩涂，兴办各种企业，有人粗略统计，全县个人存款近10亿元。

第二天，我与其他几位局领导商量，是不是开个社会各界治安工作联谊座谈会？参加会议的人员为县委、县政府、人大、政协等有关领导，社会知名人士，全县农林场、驰名企业界代表。会议议题两个：一是就当前治安工作中请社会各界人士谈问题，谈看法，提意见，提建议，对公安工作进行评议；二是请社会各界以建公安指挥中心的名义提供支持。几个局领导觉得这点子可行，我又马上把这个想法向县领导作了汇报。县委领导也表示赞同，认为公安工作就是要发动全社会和广大群众参与。于是，我让办公室就会议人员名单和邀请书做好准备，定于今天下午召开座谈会。

不过，对这个会议我心里还是有点忐忑不安。争取社会资助，这算不算是走“邪路”？群众会怎么想呢？会不会得到群众的理解和支持？但又想，只要我们把公安工作做好，取之于民，用之于民，竭力为陵水经济发展创造一个良好的治安环境，我们这样做就问心无愧。并且，要解决目前的公安经费紧缺，除此之外，别无他途。

令我意外的是，会议非常成功，效果远远超出我的预期。

会议一开始，与会同志就争抢发言。一些企业家、投资商对治安工作提了不少意见：一是街头“两抢”案件猖獗，隔三岔五，就有案件发生，作案人大都两人骑辆摩托车，前面人开车，驾驶摩托靠近目标，由坐后面的人实施抢劫；二是流氓恶势力嚣张，一些歹徒聚众结伙，有的黑夜里拦路打劫，有的甚至明火执仗，哄抢运输瓜菜的车辆；三是民间枪支泛滥，这个问题却是由来已久，当地黎族群众有狩猎习惯，不少村民都置有火药枪，因为火药枪伤人事件时有发生，以至村民之间有矛盾，有的也持火药枪斗殴火并，使火药枪成了影响当地治安的严重隐患。有政协委员、人大代表在发言中指出公安队伍中存在一些问题，有人“一手拿枪，一手经商”；有人接受嫌犯宴请，有人要特权坐车不给钱，有人甚至于给黄赌活动当保护伞……

说得最热烈的议题是这次座谈会本身。从事香蕉种植业的唐老板说：“警民联谊活动很有意义，有利于我们与公安机关联系和沟通，有利于治安问题得以及时反映。经济发展离不开良好的治安环境，希望民警同志以后时常上我们香蕉园来走走，那些偷啊抢的，只要听见你们脚步声就不敢上我们那里来捣乱了。”一名外来投资搞海产养殖的企业家说：“搞企业的与公安民警坐在一起谈社会治安，这种形式很好。在经济活动中，我们常遇到一些治安问题，但往往没有渠道与公安机关沟通。近期，便是因为治安问题给我们造成了不小的损失，小偷时常潜入到我们海产养殖场偷盗。我们报案了，派出所也受理了，可是，案件却查处不了，犯罪嫌疑人抓获不了。”

我让工作人员记录下这些意见，郑重向企业承诺：“只要企业出现治安问题，公安机关保证立即出警办理；对于不及时出警、不依法办案的人员，是领导的免职处分，是普通民警的将严厉查处。”

令我感动的是，社会各界充分理解公安工作。电信、金融、农场等单位领导和一些民营企业家纷纷表态：“对于公安局的经济困境，企业有义务帮助解决。花钱买平安，值!”于是，有的几千，有的几万，算下来，居然为公安局资助30多万元。面对这沉甸甸的资助款，我倍感责任重大。这是群众的信任，是对我局全体民警寄予了厚望，期待我们多为社会作贡献，为陵水社会稳定、为全县经济发展创造一个优良的治安环境。

会议结束了，我依然还沉浸在兴奋中。古人云：“民为邦本，本固邦宁。”公安工作就是保一方平安，给百姓一个放心。

烽火满天

1999年7月20日　星期二　晴

“让人民放心”，说起来容易，真正做起来却不容易。

一大堆工作摆在面前，对我这个新上任的公安局长提出了严峻挑战：街头“两抢”猖獗，流氓恶势力嚣张，火药枪、山猪炮伤人事件不时发生，这是群众反映强烈的治安问题。全县历年在逃人员有数十名尚未归案，“追逃”是省公安厅下达的中心任务；执迷不悟的“法轮功”人员是影响社会稳定的严重隐患，做好“法轮功”人员控制、转化，事关社会、政治稳定，是公安工作的一个重要任务；还有，队伍中也存在纪律松懈、作风拖拉问题，个别民警违法违纪，是队伍中的害群之马，已经给陵水公安形象抹了黑，整个办公大楼到处吐嚼完剩下的槟榔渣。公安队伍亟待整肃……许多积压的问题似遍地烽火，无论哪一处的烽火都迫在眉睫，亟待扑灭。

我想，既是遍地烽火，索性烧它一个烽火满天。在局党委会上，我提议：主动出击，多点作战，拉开多条战线，形成高压严打态势，对各种违法犯罪活动进行全面开花式的打击。

这遍地的烽火口第一把火就是收缴非法枪支。局里成立了由我担任组长的“收缴非法枪支专项行动领导小组”，展开全县民间火药枪集中收缴专项行动。

收枪工作阻力不小。尽管事前发布了通告，运用电视、广播、宣传车、张贴标语、横幅等各种宣传形式，展开了收缴非法枪支的广泛宣传，但有些村民就是顶牛，任你好说歹说，不肯把火药枪交出来。有民警不耐烦，认为只有用更强硬的手段，才能把民间枪支收缴上来。我制止了这种想法。在收缴枪支工作会议上，我指出，要理解村民不愿交枪的行为，陵水是少数民族聚居区，打猎是村民多年习俗，火药枪曾经是他们赖于生活和护身的工具，虽然现在禁止了打猎，火药枪在村民手上派不上用场，但是，他们与火药枪结下的感情不会因此顷刻消退。要动员群众交枪，必须做过细的工作。

前几天，我带领一个收枪小组赶到大里乡收枪。大里乡位于吊罗山腹地，四面大山环抱，与琼中隔山相望，是陵水较偏远的乡镇。全乡只有1300多人口，历史上，家家户户都打猎，于是几乎每家都拥有一两支火药枪。我们进了一个黎族村寨，这是收缴枪支的难点村寨之一。难就难在村小组长不肯配合，当地派出所来过几次收缴枪支，但这个村一支枪也没有交。村小组长是位典型的黎族汉子，憨直，说话冲，向民警发火说：“我有枪，是我爷爷那里传下来的，凭什么要交给你们。”

我找到这位黎族汉子家中。或许因为我是公安局长，这位黎族汉子还是比较热情地把我迎进家中坐下。我说：“收缴枪支不是针对你一个人，也不是针对你一个村庄而来的，是全县的统一行动，是县委县政府下达的通告要求。我知道，要你把枪交了出来，你不舍得，不情愿，这枪毕竟跟随你数十年，对枪有深厚的感情，但我们还是希望你配合公安机关行动。第一，你留着枪没有任何用处，政府不允许打猎，野生动物受到保护；第二，枪只会给你带来麻烦和危险，因为喝酒用枪打伤人，因为邻里矛盾，枪被用作斗殴的武器，甚至枪可能被丢失、被人盗走拿去干坏事。这些年来，因为枪支发生过的流血伤人事件还少吗？”

或许因为我这个公安局长的“面子”，经过我们苦口婆心动员，这位黎族汉子终于把枪交了出来。在他带头下，全村交上来 23 支火药枪。之后，我又带领收枪小组陆续跑了几个乡镇，动员说服村民交枪，随着收枪专项行动深入，收缴枪支日有成效。

打击街头“两抢”活动同步进行。

我指示从全局民警中挑选出 15 人，在经过短期、超强度的业务训练后，组建起一支政治合格、业务过硬、快速反应的 110 巡警队。巡警队实行军事化管理，24 小时全天候在县城巡逻，专门打击街头“两抢”和现行违法犯罪活动。

大前天，一名妇女走在县城街头，身后忽然窜过来两名歹徒，抢过她手上的包就逃跑。但没跑多远，妇女一声“有人抢劫”的喊叫，被不远处巡逻的 110 巡警队听见。巡警队员急忙赶了过来，向歹徒逃跑的方向奋起直追。拐过一条小巷，追至还有几米远，一歹徒忽然掏出西瓜刀来，张牙舞爪地威胁叫嚣：“再追过来就砍了你们！”见歹徒玩命，巡警队员果断举起枪来，将这名歹徒击伤抓获。还是周一那天，晚上 9 点多钟，一名歹徒持火药枪在街头抢劫，有人拨打 110 报案。巡警队接警后三分钟赶到现场，迎面将歹徒拦截住，歹徒持枪拒捕顽抗。巡警队员当即给予还击，歹徒被击伤后俯首就擒。

110 巡警队发挥了治安稳定的磐石作用，组建不到 10 天，接处警 30 多起，抓获违法犯罪嫌疑人 23 名，吸毒人员 25 名，迅速扭转了陵城治安状况。

百日破案竞赛、追逃斗争、打击流氓恶势力犯罪活动也在全县紧锣密鼓地展开。全县划分为三个战区，局长与股所队长签订责任状，股所队长与民警签订责任状，奖优罚劣，把专项斗争的任务分解为具体指标，落实到每个战斗组和民警个人头上。昨晚晚上 9 时，全县统一行动，对全县范围内的出租屋、工棚、公共场所，以及在逃人员落脚点等地段进行清查。我负责了陵城地区战区，当晚，查获捉拿了 3 名在逃人员，侦破了两起刑事案件，打掉了一个流氓恶势力犯罪团伙。

刮骨疗毒

1999年8月2日　星期一　雨

8至10月，是海南雨季。今天，下了今年雨季的第一场雨。早上四点多钟，我被剧烈的风雨声惊醒。风刮得很急，雨下得很猛，不时有树枝断裂声，窗台上的一个花盆也被风雨掀下来，掉到楼下“崩”的一个响亮。幸好是黑夜里，楼下没有人。我连忙起了床，打着雨伞到楼下把摔碎的花盆收拾了，再也睡不着，便看书。到天亮时，雨还在下，雨水密匝匝的，打在窗户上，洒在椰树叶上，耳边充盈着哗啦啦的雨声、水声。透过窗户远望去，整个县城灰蒙蒙一片，笼罩在雨雾中。这场雨下到上午9点多钟才停。雨过后，蓝天如洗，明净如镜。地面也被雨水冲刷得分外干净，久积的灰尘、垃圾了无痕迹，街道斑马线也像新画好的那么洁白鲜明。

公安队伍的整顿工作也如这场大雨，来一番大扫除。

队伍整顿是在紧张追逃、打击“两抢”、收缴民间枪支的行动中进行的。

我把这次队伍整顿工作提高到全县公安事业总体发展的高度来进行。队伍是公安工作基础，队伍没抓好，其他工作都上不去。但队伍整顿不好搞，虽然是“年年讲、月月讲”，往往流于形式，走过场，整顿紧张一阵，过后又恢复原状。整顿必须碰硬，要把深层次的问题挖出来。从收集的情况来看，队伍中存在问题不少。在全局民警大会上，我提出：“家丑不要害怕外扬，要敢于亮丑揭丑，只有把丑陋的东西暴露出来，才有可能把丑陋的东西清除出去，才能真正纯洁我们的公安队伍，树立良好公安形象。”要求民警从群众最关心的事做起，从群众最不满意的事改起。局党委专门印发了《关于开展自查自纠工作的通知》，结合“三讲”教育，由局领导带头揭摆，做批评和自我批评，同时深入到群众中，明查暗访，查处队伍中的违法违纪问题。在街头，还设立了110信箱，对民警违规违纪行为，群众可以随时把投诉信放入110信箱，向局领导进行举报。

有群众反映，交警大队有人耍特权，坐车不给钱。副局长杜飞带人暗访，现场检查到交警大队的一名聘用人员搭乘风采车不给钱，当即给予严厉批评，解除了这名聘用人员的聘用合约。局里原有一起民警私刻公章诈骗案，迟迟没有处理。局党委把这个问题列入整改范围，抽调专人负责，限期侦查结案，最终如期结案移送检察院审查起诉。对于群众举报的“一手拿枪、一手经商”，以权谋私，接受疑犯家属宴请等违法违纪问题，全部列为专案，一一审查，查处民警违纪案件4宗6人，2名派出所长因违纪失职，局党委毫不手软，给予了撤职处理。打铁必须自身硬。“己之不正，何以正人?”养痈遗患，后患无穷。

队伍中纪律作风是整顿中的一个重点。上班迟到，下班提早回家，工作时间没有约束，民警似乎已经习以为常了。而公安机关是专政机关，如此下去怎么能行？我让办公室制定了严格的上下班工作规章制度，局里派出警务督察队，对各部门工作现场督察。有不遵守规章制度的，一律张榜公布批评。上星期一，督察队发现两名局领导上班迟到，为难了，向我请示应该如何处理。我说，用不着请示，只要违反纪律，不论是谁，包括我这个局长，全都按照督察条例处理。于是，两名局领导被督察队张榜点名批评。这件事在民警中引起震撼。自由散漫、作风拖拉的游击习气迅速得以制止，擅离职守，上班溜去外面与朋友聊天，甚至跑到茶馆打扑克的现象也立刻消失。

受当地民风影响，有的民警嗜酒如命，下班喝，上班也喝，坐在办公室接待群众也是满嘴酒气；有的民警从早到晚嘴里都含着槟榔，一张嘴嚼得像是血盆大口，鲜红的槟榔渣吐得满地都是，不仅搞脏了局机关环境卫生，而且也给公安形象造成了损害。局党委相应出台了《禁酒令》和《禁槟榔令》，以严厉的惩罚措施约束、禁止了民警嗜酒、嚼槟榔的恶习。

经过坚持不懈地抓管理、抓执行，机关大院环境整洁卫生了，办公室里，桌椅整齐，民警一律着装上班，领导一声令下，大家齐刷刷地立刻到位，一股新的风气正在形成。

今天上午召开局党委会，我在会上提出了加强民警八小时以外思想政治工作的意见。这个提法让大家感到新鲜，但也有疑惑。一位局党委成员说：“民警上班我们要管好，可民警下班了，八小时以外也管，这好像管得太宽了，管出界了，民警会不会有意见?”我说：“所谓八小时以外思想政治工作，不是要管民警八小时以外的生活，而是我们要了解民警八小时以外想些什么，做些什么，需要些什么。目前市场经济条件下，拜金主义、利己主义和享乐主义给队伍带来了一些负面影响，我们必须及时掌握民警工作以外的思想行为，关心民警业余生活，杜绝社会上不良风气的引诱，使民警在八小时以外保持公安良好形象。”副局长周以江赞同说：“以前抓思想政治工作，往往注重民警八小时以内，但当前社会上的拜金主义和各种不良风气，随时给我们民警思想上造成冲击，八小时以外民警思想表现如何，往往容易被忽视。近年来，各地出现民警违法违纪大多发生在八小时以外，发生在公安机关领导完全不知情的情况下，这是公安队伍建设中的漏洞，必须引起警惕。我认为，加强民警八小时以外思想政治工作，很有必要。这是陵水县公安工作的一个创举，对于做好新时期民警思想政治工作具有开拓性意义。”

会议出台了《关于加强民警八小时以外思想政治工作的决定》。公安队伍的建设，功夫在八小时之外，我坚信。

光天化日凶杀案

1999年8月12日　星期四　晴

陵水县治安情况比琼中县要复杂许多。目前正是打击“两抢”、追缉逃犯、百日破案竞赛等各项专项斗争的高潮期间，但仍然发生一起恶性杀人案件。8月3日上午，光天化日之下，一名歹徒居然顶风作案，在县城新华书店门口杀死一人后逃之夭夭。案件令我极为震惊，也极为恼火。我把刑警队全体民警召集到我办公室来开会，没头没脑地先把刑警队长黄良雄训斥了一顿：“你都忙什么去了？破了几个案子就洋洋得意，高枕无忧了？可就在眼皮底下，又是一起恶性杀人案发生，你给我解释一下，这起案子为什么会发生？”

当然，我知道，这起案子怪不得黄良雄。天要下雨，娘要嫁人，一些违法犯罪分子作案犯科，是谁也拦不住的。我意识到自己发火没有道理，抱歉地挤出一些笑容，缓和了口气说：“这些日子，大家都非常辛苦，既要侦查破案，又要搞队伍整顿，黄良雄同志都熬了好几个通宵，头几天患了重感冒，还坚持在侦查一线。”

黄良雄是位优秀的刑警队长，30多岁，工作踏实，为人耿直，思维缜密，业务能力强，办起案来有一股冲劲，尤其是破案到关键时，甚至忙得脸不洗，胡子不刮，头发也不理，几天几夜埋头在案子中，直待把案件破获了才狠狠地睡上一个整天。

黄良雄看出我心情不好，说：“李局长，我去看了现场，死者身份已经确定，是一个做生意的小老板。初步判断，这是一起报复杀人案，嫌疑人可能是与死者有仇，可以从死者熟悉的人周围进行排查。”

我赞成黄良雄的推理，说：“这个案子影响很大，案件发生在闹市区，众目睽睽之下，给群众带来了恐慌。案子不破获，我们对不起陵水县广大群众，也对不起这身警服。这样，你挑选几名业务精强的刑警，现在就成立一个专案组，我担任组长，谭副局长任副组长，立即进行案件侦查工作，务必争取最短时间内破案。”

局领导亲自担任专案组长，无疑给黄良雄增加了压力。他表态说：“李局长，有你亲自督阵，不把这个案子拿下来，你撤了我这个队长职务。”

案件侦查工作迅速全面铺开。

当天下午，我与黄良雄带领专案组赶赴受害者的村里展开调查。这是海边的一个黎族渔村，村头有几棵椰树，有几张渔网牵挂在椰树上，村外是一片滩涂，有一个小港湾，停泊有几条渔船。派出所同志介绍了这个村子基本情况，村里有60多户人家，除了少数人在外经商，大多数人以打鱼为生。我们访问了几户村民，村民反映，死者常年在外做生意，一年难得有几天回村里来，为人也还本份，没听说有过什么仇家。我们又问，与死者生意往来都有些什么人？村民说，那就不清楚，这要找他生意圈的人了解。

死者的生意圈都有些什么人呢？

死者做的生意广泛，搞布匹、衣服批发，也做海鲜鱼类销售。持续4天，专案组围绕死者的生意开展调查，查鱼摊上的海商鱼贩，访县城内的布商批发点，调查访问有关人员数百人次。那是令人焦头烂额的4天，民警在乡间小路跋涉，警车在椰林深处颠簸，有时一天行程200多公里，访问近百人次，却无任何收获。但我们没有放弃，也不能放弃。

继续寻找与死者相关的人员和线索。

8月，正是海南天气最热的时候。民警的衣服湿了又干，干了又湿。有的中暑，双腿发软，但没有人退缩，大伙都憋足了劲，一定要把案件攻克。终于，一个姓吴的嫌疑人进入了我们的视线，吴某与死者合伙做过生意，今年亏了十多万元，怀疑受到死者坑骗，曾扬言要把死者做了。我们把吴某抓获归案。抽丝剥茧，盘问审讯，最终吴某交代了犯罪事实，生意场上的失利使他对死者产生了极端的仇恨。为了报复，他跟踪死者多日，由于死者往往是几人在一起活动，使他无法下手，一直到8月3日，他在新华书店门前发现死者孤身一人时，便掏出身上藏的匕首，将人杀死在大街上。

今天，办公室给我送来一份《海南刑侦》简报，这是省公安厅编辑的刑侦内部资料，上面刊载了“陵水快侦快破，不到六天时间破获一起重大杀人案件”的通讯。我从头至尾地把这篇通讯看完，一种轻松和快意涌上我的心头，连忙把黄良雄叫来，说：“省厅对我们破获这起案子给予了表扬，你把破案情况给办公室说说，我让办公室搞一个材料，为你们申请立功。”

“要说立功，局领导应该记头功。”黄良雄谦虚地推辞说，“局领导始终战斗在一线，跟我们一样吃苦熬夜，蹲坑守点，这还是少见的。局领导直接指挥，亲自参与行动，对破案起到了极大的鼓舞和决定性作用。”

“对于重大杀人案件，当局长只是坐在办公室打打电话，听听汇报，不直接指挥、研究、侦破案情，那就是失职。”我感叹说，“这个案件影响太大了。你想想，群众大白天走在大街上，生命都得不到安全保障，如果破不了案，群众会怎么看？县领导会怎么想？省厅领导又会怎么评价？那我这个公安局长就是吃干饭的。你们没有辜负局领导期望，如期破获了案情，给我们公安局争了光，也等于为我们局领导记了一次大功。”

绿色通道“肠梗阻”

1999年9月8日　星期三　晴

陵水县有“天然温室”之称，气候温和，阳光充足，雨量充沛。大自然得天独厚的赐予，使这块一千多平方公里的热土成了物产富饶的风水宝地，盛产有椰子、槟榔、荔枝、龙眼、香蕉、芒果、火龙果、圣女果等各种经济作物。从沿海平原，到中部丘陵、西部吊罗山脉，一年四季绿意盎然，花果飘香。陵水还是海南重要的冬季瓜菜生产基地之一，全县种植有10万多亩反季节瓜菜。当秋天过去，我国北方进入冰天雪地的时候，内地夏天才有的西瓜、扁豆、青菜等瓜菜却在海南散发出成熟的芳香，此时，在四通八达的乡镇公路上，格外地繁忙起来，一辆辆大卡车，一条条长龙，纵横驰骋，把反季节瓜菜运往海港码头，然后出岛，销往全国各地……

这就是陵水县的绿色通道，它把平安送到祖国的大江南北。

然而，这条绿色通道却时常“肠梗阻”。尤其是到冬季瓜菜成熟时，有菜霸作乱，企图垄断瓜菜运输；有不法分子哄抢，瓜菜交易市场上，忽然窜出来一帮地痞烂仔，一股脑儿把瓜菜偷抢精光；更有车匪路霸团伙，三天两头就在路上埋设三脚钉，扎破车轮胎，或者砍倒路旁的大树，作为路障，迫使车辆停下，然后一哄而上把车上的瓜菜抢了个精光。在与企业家座谈时，有人提到了这个问题，一些瓜菜开发商还给我来信，急切要求公安机关为绿色通道保驾护航。我原计划再过一段时间，待百日破案竞赛、追逃、打击“两抢”等专项斗争结束，差不多进入冬季瓜菜运输高峰时节，再开展打击车匪路霸专项行动，将绿色通道的安全隐患一举清除。但在昨天，一起案件迫使我不得不把这一计划提前。

昨天下午6点多钟，已是傍晚，一辆满载西瓜的东风大卡车从三才镇出发，行至距陵城三公里处，忽然，车轮胎“嗤、嗤”几声，瘪了，接着车子一个剧烈颠簸，向一旁倾斜。司机心里一惊，知道遭暗算了，无可奈何停下，与货主下车，弯下腰一看，只见两个车轮胎扎上几颗三脚钉。他刚要去把三脚钉拔下来，路旁，窜上五六个人来，有的拿着明晃晃的西瓜刀，有的端着一把火药枪，把司机和货主团团围住，喝令：“把钱交出来！”也不等货主和司机掏钱，几个人蜂拥而上，有的用刀抵住司机和货主的脖子，有的往他俩身上搜去，一人要夺走货主手里的黑皮包，货主死死地攥住，里面有货款一万多元。但在如狼似虎的歹徒面前，货主和司机人单力孤，一个歹徒用刀往货主手上一拉，血喷了出来，货主痛得嗷嗷直叫，不得不松开了手里的皮包。歹徒抢得皮包，又把两人身上仅有的2000多元钱也搜了出来，却仍不罢休，听到“突突突”一阵响，一辆挂斗拖拉机开了过来，几个歹徒爬上大卡车，把车上的西瓜卸下，搬运到拖拉机上，这才将货主和司机放了，然后开上满载西瓜的拖拉机扬长而去。

上午，我在刑警大队召开紧急会议，研究这起车匪路霸案情。

会议气氛有些沉闷。一个刑警中队长挠了挠头说：“从案件性质上说，是重大刑事案件。我们也破获过多起这类案件，也打掉过不少车匪路霸团伙，但由于这类抢劫利益极为丰厚，每得手一次，抢得现金和货物一般都在一两万、乃至数万元以上，因此，我们打掉一个团伙，又有一个新的团伙出现，可说是打不胜打。”分管刑侦工作的副局长谭泽卡说：“现在还是瓜菜淡季，到冬季，反季节瓜菜成熟时，这种犯罪活动更加频繁，每回瓜菜运输出来，货主和司机都是战战兢兢，生怕遇上打劫的。我们也曾设卡路查，潜伏守候，跟车巡逻，进行过多次打击，但这些车匪路霸十分狡猾，与我们玩起了游击战，你在东边打击，他就在西边作案。甚至调动全局警力都应付不过来。”我问：“作案的都是些什么人？”黄良雄说：“有两种，一种是周边村庄的村民，有的是渔民，有的本身就是一些种瓜菜的农民，平时与其他村民一样，也还规矩本分，只是在冬季瓜菜成熟时，一车接一车的瓜菜从他们村前路过，受巨大利益诱惑，导致他们不惜铤而走险，走上犯罪道路。另外一种是社会上的流氓恶势力团伙，大都无业，有过前科，其中还有刚刚刑满释放人员，这些人穷凶极恶，不仅抢钱劫车，有时还伤人；从昨天的抢劫案件来看，是流氓恶势力团伙作案。”

我说："现在是9月份，车匪路霸团伙就出来活动，这说明他们十分嚣张，再过一个多月，就进入冬季，也是反季节瓜菜成熟时节，这类案件一定会迅速增多，我们必须抢在冬季来临之前，将这些车匪路霸团伙剿灭干净，清除绿色通道的安全隐患。"

案情引起了县委、县政府高度重视，县委书记张力夫亲自给我打来电话，要求务必破获此案，坚决打掉这些车匪路霸团伙，确保绿色通道安全畅通。张书记说，全县有10多万亩瓜菜，绿色通道不安全畅通，不仅威胁到人民群众生命财产安全，也影响外来投资商和企业家对陵水县治安环境的信心，直接影响全县经济发展。

张书记的话像一个秤砣，压得我心里沉甸甸的。我意识到这起车匪路霸案件的分量，我们不仅是要破获车匪路霸案件，而且要完全彻底地清除绿色通道上的"肠梗阻"，确保绿色通道的安全畅通。公安机关必须为县领导解除治安问题上的忧虑，为全县经济发展提供良好的治安环境。

我得好好地厘清思路，想想办法。路是人走出来的，活人还能被尿憋死?

绿色通道保卫战

1999年9月27日　星期一　晴

一场绿色通道保卫战迅速在全县打响。

是日，黄良雄等几名刑警化装成货主和跟车人员，分别上了几辆运输瓜菜的大卡车，护送车辆上了绿色通道，打算以这种形式，与车匪路霸团伙遭遇，伺机围歼，进行剿灭。但跟车三天下来，一切都太平无事。车匪路霸团伙似乎有所察觉，全部蛰伏起来，没有任何活动。有的同志耐不住了，说这样耗时耗力，如果歹徒不上钩，我们就白干了。但我觉得，要打掉那些穷凶极恶、作案频繁的重大车匪路霸团伙，这是最佳的战术。我要求大家沉住气，继续跟车侦查，只要有车匪路霸团伙，他们迟早会出来活动，只要他们出来，我们就一定会有收获。

进入9月中旬，是海南台风的多发期。为减少台风可能带来的损失，瓜菜商纷纷把地里的瓜菜采摘下来，运往外地销售。各乡镇道路上的瓜菜运输车辆骤然多了起来。9月12日，有台风来临的预报，从上午起，就有一阵接一阵的大风，吹得人难以睁眼；到下午，开始下起了小雨，雨水沙沙作响，斜斜地随风飘下。黄良雄带领2名刑警赶到三才镇瓜菜基地，帮着瓜菜商把采摘好的瓜菜搬运到大卡车上。4点多钟，三人分别上了三辆运送瓜菜的大卡车，黄良雄上的是一辆运送西瓜的东风大卡，最先出发，这是他孤身跟车第五天了。驾驶室里乘坐有三人，一人是货主，一人是司机，黄良雄化装成货主的马仔，坐在货主的身旁，车子准备经陵城，上高速公路，然后把西瓜运往海口。路面湿滑，驾驶窗前的雨刷不停地扫除窗玻璃上的雨雾。车子行至离陵城五公里地段时，雨渐渐停了，透过窗玻璃，看见前面拐弯处影影绰绰有两个人影。黄良雄不禁抓紧了口袋里的手枪，把枪塞在坐垫底下，隐隐感觉到，等待多日的时机来了。果然，在拐弯处的道路中央，一截大树横倒着，货主先惊叫起来："是劫匪!"黄良雄说："不要慌，我们的人随后就到。"他拿出手机向我报告了情况。

我正守候在110指挥中心，等待前方便衣跟车民警传来的情报。接到黄良雄报告，我立即指令110巡警队出警，迅速赶去陵城五公里处支援。

面对路障，司机用脚踩住刹车，货车尚未停稳。几个歹徒便围了上来，一个歹徒拉开驾驶室门，喝令："钱，都拿出来!"黄良雄用眼神示意货主不要反抗，让货主把手中装有六千元货款的公文包交给了歹徒，与货主、司机一起下了车。面前，车匪路霸共有六人，有的拿着长长的西瓜刀，有的手持火药枪，他们把黄良雄三人都搜查了一遍，又搜得几百元钱，却没卸运货车上的瓜菜货物，便匆匆地就要离去。黄良雄急了，好不容易等到车匪路霸出现，哪能这么让他们得手就跑了？务必将他们拖住，等待巡警到来，将这个犯罪团伙彻底摧毁。他计算着，从打电话给我已过去三分钟，警车抵达这里大概还需要两三分钟，必须拖住这么三两分钟。他拉住其中一个歹徒说："兄弟，我是跟老板打工的，我的二百块是老板刚发的工资，你还了我吧。"歹徒一愣，还头一次遇上被抢的人朝抢劫犯要钱还，他扬起西瓜刀："你他妈的找死不是，老子没要你的命算是便宜了你，你还敢朝我要钱?"黄良雄装着躲闪，一手攥住歹徒持刀的手腕，说："兄弟，我一个打工的就这么二百块钱工资，你抢了去，我还要不要吃饭?"见这里起了纠纷，那几个准备逃离的歹徒都围了过来。一个歹徒扬起了西瓜刀，照着黄良雄就是一个砍劈动作。黄良雄倏地一个闪躲，避过刀锋，接着飞起一腿，将那歹徒踢倒，另外一个歹徒端起火药枪要向他射击。说时迟，那时快，黄良雄拖过一名歹徒挡在身前，一步蹬上车门踏板，顺手掏出了坐垫下的手枪，朝天扣动扳机，"砰"的一声巨响，"公安，我们碰上警察啦——"歹徒狂叫起来，一个个吓得如丧家之犬，仓皇地四处逃窜。就在这时，一阵紧促的警笛声响起，前面公路上，两辆巡逻警车从陵城方向疾驶而来，警车还没停稳，10来名巡警就跳了下来，将6个车匪路霸团团围住。歹徒目瞪口呆，再也不敢动了。货主走到抢他公文包的歹徒身边，给了一个耳光，将公文包夺了回来。

黄良雄带领巡警，把车匪路霸押上了警车。我与副局长谭泽卡特地赶到公安局门口迎接。已是傍晚，风又刮了起来，台风快来了，天黑黄黄的，云层在空中翻滚，椰树被风吹刮得像要折断了似的，一大块椰树叶被风扯了下来，落到我的脚边，哗啦啦的雨淋到我们身上，但我们似乎没有感觉，注视着前方。很快，押送车匪路霸的警车在我们视线里出现，停在我和谭副局长跟前。黄良雄从车里出来，兴奋地说："等得久，自然有，跟了好几天车，总算逮到一个团伙。"

"还好，没给歹徒碰着哪里。"我打量着黄良雄说。他孤身一人跟歹徒周旋时，我坐镇在指挥中心挺紧张的，十分担心他在众多歹徒面前吃了亏，见他安然无恙，我轻松了，说："走，我请客，祝贺绿色通道保卫战取得首场胜利。"

黄良雄打趣说："我们打掉一个团伙，李局长就要请吃一顿。再搞出几个团伙来，李局长不是要破产了。"

我看了看天色说："恐怕不行，这几天要刮台风，跟车侦查行动暂时要停一下。"

台风是夜间来的。持续了两天，全县被台风摧残得一片狼藉，县城内外到处是水，我带领全局民警投入了抗风救灾斗争中。台风过后两天，继续开展绿色通道保卫战，利用便衣跟车的方式，又破获了两个车匪路霸团伙，抓获11名团伙成员。绿色通道似乎一时平静了，但我们都不敢就此高枕无忧，要求各派出所主动与瓜菜基地联系，开展警民共建活动，切实保护瓜菜基地的合法利益，对于哄抢、盗窃瓜菜的违法活动进行坚决打击。接着，又开展了几次统一行动，对乡镇公路周边的村庄进行清查。在军田镇，一个菜霸团伙落入法网，为首的菜霸是一个烂仔，仗着有亲戚在工商税务部门工作，便打着瓜菜销售公司的幌子，以低于市场的价格，对几个村的村民种的瓜菜进行强行收购，然后运输到海口高价销售，从中牟取暴利。根据群众举报，我们对这个所谓的瓜菜销售公司进行查处，当场查获非法强购的瓜菜数千公斤。

今天，晴空万里，一片片白云在天空中欢快的行走，阳光晒得人身上暖洋洋的。上午9时，全县在英州镇的瓜菜基地举行确保绿色通道安全畅通的仪式。在临时搭建的彩楼下，县领导发表了讲话，我向瓜菜商郑重承诺：公安机关确保绿色通道安全畅通，对破坏冬季瓜菜生产的违法犯罪活动，公安局将快侦快破，坚决保护广大瓜菜投资商的利益；在冬季瓜菜生产运输期间，公安局投入70%警力提供保护，辖区民警抽出70%的时间为瓜菜基地提供服务，公安局、派出所领导投入70%的时间精力到瓜菜基地现场办公，并打破常规，在瓜菜运输期间，将专门派出警车为瓜菜运输车队开道，安全护送出陵水县境。

仪式结束后，在喧天的锣鼓声中，两辆警车警灯闪烁，警笛长鸣，缓缓在前开道，后面，一长列瓜菜运输车队紧紧跟随。目送警车护送瓜菜运输车队远去，我听见身后一位瓜菜商颇为得意地说："以前，看到过警车给首长开道，没想到，今天警车给菜商开道，让咱们搞瓜菜生意的也过了一把首长的瘾了。"

集中销毁非法枪支现场会

1999年12月18日 星期六 晴

转眼又是冬季，全县迎来了反季节瓜菜的大丰收。乡镇公路上，整日都是络绎不绝的瓜菜运输车队，车匪路霸消遁无迹，盗抢瓜菜、拦路打劫等案件罕有所闻。而追逃、破案、打击街头"两抢"专项斗争的一百个日夜里也取得了好的战果，全局先后出动警力2360人次，清查在逃人员落脚点1200处，出租屋656间，工棚1300间，盘查可疑人员255人，网上查询比对2100人次，抓获在逃人员37名，名列全省前4名；破获刑事案件39宗，一批重大犯罪嫌疑人落入法网。

11月20日，省公安厅在陵水县召开全省集中销毁非法枪支现场会，这是近年来省一级的重大活动第一次在陵水举行，标志着陵水公安地位的提升，也说明陵水1999年的公安工作得到上级领导认可和肯定，尤其是收缴非法枪支专项行动战绩在全省20个市县公安局中名列第一。

自从8月开展收缴非法枪支行动以来，全局民警辗转跋涉，足迹遍及全县17个乡镇、114个行政村、611个自然村，深入细致做收枪动员工作，得到群众的支持和理解，主动把枪支上缴到公安机关和村委会的就有451支，向公安机关提供枪支线索的有25条，全县共收缴长短火药枪达2533支、导火索400米、雷管991枚、炸药134公斤，以及一大批危险爆炸物品。其中收缴火药枪2000多支占全省收缴非法枪支5000支的40%。

现场会上，全省收缴的5000多支非法枪支化作了熊熊大火。

全省集中销毁非法枪支现场会激励了全局民警士气。局党委趁这个势头，进一步推进公安工作改革，相继推出中层领导岗位竞争上岗、热点岗位交流、民警低分制培训、末位淘汰制、基层所队"双聘制"、岗位目标责任制等一系列改革举措，把队伍建设推向规范化管理轨道，将一批高学历、有能力、有开拓精神的年轻干部提拔到股所队的领导岗位。

根据上级精神，在全县广泛推行警务公开活动，增强公安工作在群众中的透明度，规定户籍、派出所、刑侦、监管、治安、交通管理等警务活动一律公开上墙，交通事故、治安案件一律实行公开听证、公开调解，定期邀请人大代表、政协委员和群众代表，汇报近期工作，进行开门评警、公开纳谏。我们还在全县范围内举办群众不满意派出所的评选活动，凡被群众评为不满意单位，主要领导就地免职。

这些举措不仅加快了公安队伍的自身建设，而且有效地改进了警民关系，促进了社会治安稳定。

半年来，全县查处治安案件200起，查处率99.5%；卖淫嫖娼、地下赌博等社会丑恶现象也得到有效遏制，捣毁各种黄赌场所10多处，缴获用于黄赌的工具、设备160多台件。尤其是110巡警队成了与群众密切联系的纽带，成立几个月来，为群众调解纠纷200多起，帮助群众抢险救灾、排忧解难400多件。昨天，解放路2号失火，巡警队闻讯迅速赶到现场，奋不顾身冲进火海，解救被火围困的群众，抢救被火吞噬的财产。在火场中央，一个煤气罐已被烧烤得发热，随时有爆炸可能，几个巡警队员冒着生命危险，在滚滚的浓烟中，在熊熊的火焰里，硬是摸到煤气罐，冒着生命危险又拖又拽，将煤气罐撤离了火场……

现场群众无不为勇敢的民警鼓掌，这掌声是对我们最大的奖励。

第六章　龙腾虎跃 2000

轻松的龙年春节

2000 年 2 月 18 日　星期五　晴

2000 年的龙年春节，带给陵水县的是龙腾虎跃般的欢庆。去猴岛的路上，出游的人们络绎不绝；海边渔排上，海鲜生意格外兴旺，有的食客甚至要排队等候座位。而在陵城街区，放眼望去，无不是彩旗、气球和欢乐的笑脸，欢腾的爆竹、礼花在空中炸响，不时走过要龙灯的队伍，围观的人们便把街道挤得水泄不通。去年下半年以来，社会治安明显好转，春节期间，没有发生一起刑事案件。全县春节安保工作显得有些清闲。各派出所处置了几起民事纠纷，110 巡警虽然保持高度的戒备常态，也很少接到群众报警，仅出警几次救助了几名群众：一次是两口子闹矛盾，女的吃安眠药，昏死在路旁，巡警发现送她进了医院，把她从鬼门关拽了回来；还有一次是正月初三，一名女青年喝酒过量，酒精中毒倒在路旁，巡警及时把她送进医院抢救，让她脱离了危险……

欢庆的陵水，龙年的春节充满了吉祥与幸福，但是，这种平安来之不易，也许，只有我们心里才清楚。

争创省优公安局

2000 年 2 月 21 日　星期一　晴

局党委决定在今天召开全县公安思想政治工作会议。我把今天会议看得极为重要。

局党委把思想政治工作延伸到八小时以外，解决了 40 名民警入党、提干、晋衔问题，制定了民警培训补助和民警子女助学规定，设立民警基金会，给因公受伤、患病、家庭困难的民警和考取大专院校的民警子女发放了数万元补助。有16名民警自1995年参加工作以来一直未领到工资，经多次找有关部门协调，最终解决了这个久拖未决的问题。几年前，原副局长李玉合因公牺牲，家属生活十分困难，这个问题也被提到局党委议事日程上讨论，决定将其3个子女全部安排到公安局当工勤人员。

这些做法凝聚了民警的向心力。去年，一名民警被评为全国优秀人民警察，4个集体荣立集体三等功，2名民警荣立个人三等功，74名民警受嘉奖，陵城派出所户籍室和一名民警被评为全省文明户籍室和全省优秀户籍员。前几天，《人民公安报》头版头条以《陵水公安八小时以外不放松》为题作了报道。

今天的会议，既是对前一阶段思想政治工作的总结，也是对进一步做好公安思想政治工作新思路、新方法的探索，对下一步陵水公安工作目标和奋斗进行准确的定位。

上午8时，会议开始，我在会上作了“如何做好新形势下县级公安局思想政治工作”的发言，明确提出：“2000年，将是陵水公安局龙腾虎跃的一年，要争取用一两年时间实现全省优秀公安局，五年跨入全国优秀公安局！当然，争创‘省优’、‘国优’会有不少困难，基层派出所条件差，局机关办公楼破旧，刑警、治安、巡警、督察等部门交通工具不足，全县各级公安机关通讯设施也比较落后……所有这些，软件和硬件建设都亟待改善和加强。”我提出了建设构想：“改造、装修局机关办公大楼，兴建民警宿舍大楼、民警食堂、警官俱乐部、健身房，建设覆盖全县的350兆无线基地台，局里要配置程控交换机，各股所队要安装程控电话，要结束我局各项设施落后历史，要通过创优，创造陵水公安‘优美的办公环境，优秀的工作秩序，优良的执法态度’，推进陵水公安事业现代化建设和公安工作全面发展。”

我的意见引起大家一阵轰动，因为实现这些目标正是大家久已向往的，当然，实现这些构想是要花不少钱的。

下午，周以江副局长就坐到我办公室跟我商量这个问题，皱起眉头说：“局机关大楼亟待装修改造，民警食堂和宿舍大楼更是大家盼望多年的。可我算了一下，这每一项建设少也要一二百万，局里公安经费紧张，除了宿舍大楼民警可以集资建设，其他建设资金从哪里出来？你不会画饼给大家充饥吧？”

望着周以江一脸愁容，我说：“活人还能给尿憋死？该伸手时就伸手。当然，关键一点是，我们要把工作做好。去年以来，我们工作取得一定成绩，省公安厅和县委、县政府给予了表扬。在社会治安综合治理工作上，县政府给予了强力支持，凡是综合治理没有搞好的单位，评优实行‘一票否决’，县委领导还明确表示，治安环境的改善，就是促进经济建设的发展，县委、县政府将高度重视、大力支持公安工作，切实为公安机关解决一些具体问题。我相信，只要我们把工作做得更好，我们经费困难的问题将会迎刃而解。”

在省公安厅和县委、县政府大力支持下，建设资金逐步到位，350 兆无线基地台动工兴建。电信、金融、农场等 10 多家企业也为公安局机关改造拨出了专款。今天，基建施工队开了进来，我们腾出了半边办公大楼让施工队施工，局机关大院暂时成了建设工地。无疑，这对我们工作有了一定影响，但在明天，展现在人们面前的，将是一个崭新的、环境优美的公安局。

发廊持枪抢劫案

2000 年 3 月 31 日　星期五　晴

全县公安思想政治工作会议结束后，紧接着便开展了春季“严打”专项行动，全局出动警力 210 人次，审查嫌疑人员 25 人，收缴无牌证车辆 18 辆，抓获王辉、朱小平、朱小风等 3 名犯罪嫌疑人。这 3 人曾多次在财源路和新建路飞车抢劫，是重点追缉的对象。然而，也就在这期间，仍有犯罪人员顶风作案。前天，陵城镇中山路一家“姐妹”发廊发生一起重大持枪抢劫案件。

前天下午 4 时，发廊像日常一样营业。一个姓黄的客人走了进来，是司机，开车疲倦了，便想在这里休息，让发廊小姐按摩一下。不料，他在按摩床上躺下，发廊小姐正待要给他按摩时，却听见外面呼啦啦一阵响，几名小姐一阵惊叫，有人吆喝：“都别动，给我放老实点！”黄姓客人正在惊讶，很快，按摩室门帘子掀起，两个人闯了进来，一人手持一支短火药枪，另一人拿着明晃晃的长刀。按摩小姐惊呆了：“你，你们要做什么？”一个持刀的歹徒将她拖在一边，喝道：“不许叫，不许动，不听话就杀了你！”黄姓客人知道遇上歹徒了，一阵哆嗦，急忙爬起，第一件事就赶紧拿过搁在一旁的皮包，里面有 5300 元钱。但劫匪眼尖，瞅见黄姓客人这么看重皮包，知道皮包里一定有不少油水，立即扯住皮包。黄姓客人哪肯松手，扯直嗓门大叫：“有人抢劫，快来人啊——”歹徒急了，几个乱拳打在他头上、脸上，一个歹徒一刀劈在他手上，血溅了出来，皮包被歹徒夺了过去。昏暗的按摩室里，黄姓客人手上戴的一个金戒指格外地闪亮，歹徒嘿嘿一笑："运气不错，遇上个有钱的主。"拽住他的手，将他的金戒指拔了下来，"哥们，可以啦，饶了这小子吧。"歹徒拿着抢劫来的皮包和金戒指夺门而出，瞬间便消失在大街上……

整个抢劫过程不到5分钟。

案情通过110指挥中心迅速反馈到我这里。我正在主持召开局党委会，闻听案情，暂时中断了会议，拨通了黄良雄的手机。黄良雄在英州派出所布置一个瓜菜基地的保卫工作，我说："手头工作先放一放，你立即赶到中山路姐妹发廊去。"几分钟后，黄良雄带领几名刑警赶到姐妹发廊。黄姓客人受了轻伤，躺在按摩床上哎哟、哎哟地直叫唤。黄良雄让黄姓客人和发廊小姐把案情介绍一下，黄姓客人龇牙咧嘴，一边呼痛，一边说着经过，但说得颠三倒四的；按摩小姐嘴还算伶俐，详细叙述了案情发生经过。发廊老板娘补充说："抢劫的共有三人，一人守在门口，另外两人对发廊小姐和一个洗头的客人进行搜查，幸亏我把营业款藏得快，两人在这里没搜到什么钱，就闯到按摩间，抢得了黄姓客人的5000多块钱和一个金戒指。"黄良雄问："歹徒长什么模样看清楚了吗?"

"灯光较暗，看不太清楚。"按摩小姐说，"抢劫的两人一个较胖，打着赤膊，另外一个较瘦，穿件T恤衫，都只有30岁左右。"

"他们哪里口音?"

老板娘说："听他们讲话，是陵城的流氓烂仔。较胖的脸圆些，面色黑黄，大概比我高两公分。穿T恤衫的脸尖些，两肩耸起，跟较胖的差不多高。守在门口的歹徒也瘦，眼圈黑黑的，穿件没扣的单褂，三人都像吸过毒，尤其是守在门口的还直打哈欠，流着鼻涕口水，像是毒瘾犯了。"

黄良雄对黄姓客人和按摩小姐作了笔录，叫一个刑警把黄姓客人送去医院作治疗，随后，对现场进行勘查。现场只有一些打斗痕迹，撞翻的矮柜，零乱的按摩床，地面有几个零散的脚印，其余没有什么有价值的线索。发廊老板娘是陵城人，经营一年多了，雇有一名理发师和五六名洗头、按摩小姐。黄良雄对发廊每位在场的人员一一作了询问，忙到晚上10点多钟，在电话里把调查情况向我作了汇报，说："根据现场情况分析，作案简单，粗暴，匆忙，不像经过仔细策划，属临时起意作案，但手段恶劣凶残，我判断是吸毒人员，可能因为吸毒缺少毒资，急于要钱购买毒品。"

见有些眉目，我的心放轻松了些。我知道对这名刑警队长，不需要再交代什么了，说："你们还没吃饭吧，先去把肚子填饱，养精蓄锐，明天继续作战。"

黄良雄带领办案人员在附近排档买了几个盒饭，留下两名刑警监控发廊现场，带领其余刑警又赶到陵城派出所，要求派出所配合，对陵城地区所有吸毒人员进行调查和摸排。派出所同志也忙碌开了，调出吸毒人员和有关人员档案，一个个地与发廊案发现场目击者提供的情况进行对照，检索出数十名可疑人员。第二天一早，黄良雄带领刑警对这数十名可疑人员，以及与可疑人员有关的人员进行摸排和查访，先后查访 100 多人，直忙到下午 5 点多钟，一个嫌疑人列入了重点侦查对象。嫌疑人叫龙波，30 岁，陵城镇老龙村人，曾因吸毒被公安机关抓获强制戒毒后释放。

但现在问题是，龙波藏身何处呢？

有吸毒人员交代，白天龙波匆匆忙忙的，曾在一家商店里购买过衣服和食品，又找到一个毒贩购买过两小包毒品，说回老龙村，此后就不见了影踪。黄良雄判断，龙波可能回家去收拾行李，与家人作告别后准备潜逃。事不宜迟，他带领刑警大队迅速赶到老龙村，把刑警分成三个小组，守候在来往老龙村的三条必经之路旁，对老龙村秘密监控起来。布置停当，他带了一名刑警便衣化装，进到村里，对龙波家里进行侦查。龙波家门紧闭，没有任何动静，但根据情况来看，龙波还在村里。为了不打草惊蛇，他们退出老龙村，与刑警一起蹲守在路口，等待着犯罪嫌疑人的出现。

一天一夜过去了。今天，我要去省公安厅开会，但挂念着黄良雄的行动，在去海口路上，又给黄良雄打了个电话，了解行动进展，回答是龙波仍然没有出现。龙波会不会还在村里？黄良雄判断准确吗？我不禁担心起来。9 时 40 分，我的车刚进海口，手机响了，是黄良雄。他大嗓门地告诉我："抓到龙波了，这家伙带了大包小包，要逃去海口躲藏。一出村，被我们埋伏的民警逮了个正着。他招供了姐妹发廊抢劫案的全部过程，与他一起作案的两名同伙也是吸毒人员，分别叫李云、李弟，已潜逃出陵水。"

"立即发出协查通报，组织对李云、李弟的抓捕。"我说。

"是。"黄良雄一个简洁的回答，让我完全可以放心了。

陵城缉毒

2000 年 4 月 17 日　星期一　晴

在不到 40 小时内，案件告破。破案是成功的，但这起案件也引起了我的深思。

陵水县吸毒问题严重，在破获的案件中，不少都是吸毒人员作案。毒品，是影响全县社会治安、制造罪案的一个重要隐患和源头。但历年来打击毒品违法犯罪收效不大，究其原因，一是交通便利，从高速公路下来直抵县城，全县有147条公路，形成纵横交错，四通八达的交通网络，乡与乡相连，镇与镇相通。这些，为贩毒人员提供了便于逃跑、躲避打击的条件。二是市贸繁荣，群众相对富庶，与周边市县经济联系紧密，时有外市县贩毒人员溜进陵水县，向吸毒人员兜售毒品。近年来，全县吸毒现象呈迅速蔓延之势，吸毒人员逐年递增，登记在册人员达200多人。

必须拿出有效的举措对吸贩毒活动进行严厉打击和整治！

4月初，局党委对全县毒品违法犯罪问题进行了专门研究，决定在全县范围内深入开展一场打击吸毒、贩毒活动专项行动。

这是陵水县规模空前的一场禁毒大行动。局里出动全部警力，动用一切宣传工具，利用一切宣传手段，调动一切宣传力量，开展了“不留死角、不留空白、不留余地”的禁毒宣传造势活动。民警深入到大街小巷，深入管区、居委会，对禁毒进行广泛宣讲。仅4月上旬，举办街头禁毒宣传图片展12场次，出动宣传车21辆次，悬挂张贴宣传标语数千条张，通过广播电视连续10多天不停地宣传禁毒知识。在乡镇，派出所散发禁毒宣传小册子、图片、宣传单一万多份，派出民警深入到各村委会、自然村，上门入户宣传，不使禁毒宣传漏过一人一户。

与此同时，安排警力设置路卡，控制各主要路段，组织统一清查行动，对歌厅舞厅、宾馆酒店、工棚、小区等可能隐藏吸毒人员的场所开展清查，查获吸毒人员11名。众所周知，禁毒斗争的重点是打击贩毒，所谓正本清源，源断而流必绝。根据陵水县贩毒活动特点，从各股室、刑警、派出所等部门抽调精兵强将，成立了多支打击贩毒的专业队伍，对吸贩毒人员经常活动的地点进行布控，打入吸贩毒人员圈内，监控和及时掌握吸贩毒人员各种活动。

4月12日接获情报，有两名贩毒人员从万宁市过来，准备在陵城地区进行贩毒交易。但具体交易地点不详。我要求行动小组秘密跟踪，盯紧目标，不要轻举妄动，不要打草惊蛇，不见兔子不撒鹰。于是，三名民警便衣跟上贩毒人员，玩开了猫抓耗子的游戏。贩毒人员十分狡猾，上午10点多钟到了陵城，没有任何异常，带着民警不停在陵城城区兜圈子。或走进商店逛一逛，或坐到茶艺馆没完没了地喝茶闲聊，一直到晚上11点，贩毒人员才打了个电话，走进一条步行街。这里人流密集，窄小的街道被做生意的、购物的人们挤得满满的，贩毒人员在人丛里不停地穿行，民警意识到，贩毒交易可能要进行了。但熙攘的人群阻拦在民警面前，贩毒人员的身影一会儿在民警视线里出现，一会儿又消失了。民警急中生智，买了两瓶高度白酒，往身上一淋，顿时成了“酒鬼”，路人避之不及。民警顺利向贩毒人员贴近。贩毒人员丝毫没有察觉身边的“酒鬼”就是民警。在一个布摊旁，站着3个陌生的年轻人，从他们灰黑的脸上，民警凭经验认出都是长期吸毒人员。贩毒人员与这3名陌生人搭讪了几句话，将手握到了一起。就在这握手的瞬间，两名“酒鬼”一个虎扑，将贩毒人员按倒在地；另一名“酒鬼”把枪掏了出来，喝令：“我们是警察，不许动!”掰开贩毒人员与陌生人相握的两只手，赫然出现两包“白粉”和300元钱。这可是货真价实的“一手交钱，一手交货”。

这次行动缴获毒品海洛因21克、毒资6000元，抓获贩毒犯罪嫌疑人2名，吸毒人员3名。当然，这仅是打击毒品违法犯罪的一碟小菜。陵水县贩毒十分嚣张，就在此后，又接到线索，新村海边渔排上将有一次贩毒活动。但不知贩毒的有哪些人？贩毒地点具体是哪里？什么时候举行贩毒交易？禁毒领导小组对线索进行了研究，决定全面布控，严阵待敌。

当即，30多名民警化装成渔民和游客，散布在新村海边渔排周围蹲守，严密监控。这是一次艰难的行动，不仅检验我们的智慧判断，也是对民警耐力、毅力的考验。海边上，太阳从早晒到晚，强烈的紫外线烤得人的皮肤灼热发痛，而渔排范围又大，集中有数十家网箱养鱼户和近十家海鲜大排档。这里还是陵水县旅游景区，隔着一弯浅海，猴岛近在咫尺。海鲜大排档的海鲜也非常出名，每到傍晚时，游客和品尝海鲜的食客络绎不绝。要从人海中找出谁是贩毒人员？不啻大海捞针。一天、两天过去，没有发现任何可疑人员，一直到昨天，太阳落山了，海鲜大排档生意又如往日一样开张营业，天上繁星点点，街道灯火辉煌，渔排夜市成了一个梦幻的世界。鼎沸的人声持续到11点多钟，客人们才渐渐散去。此时，渔排上灯火阑珊，只有一两家海鲜大排档还有少许客人。我们派出几名便衣民警上了渔排巡视，一切正常，网箱养鱼户收拾家什准备安歇，海鲜大排档也在关门打烊，没有陌生的外来面孔。倒是我们巡视的民警显得醒目，一个海鲜老板用怀疑的目光久久地打量他们，有些不理解，这么晚了，这几名“客人”还逗留在渔排上要干什么呢？

正在失望之际，离渔排不远处的海面上，一条渔船引起了民警们的注意。那是一条孤独的渔船，船面上没有人，像是被人遗弃，又像失去了动力，随着海浪一起一伏地飘荡。但从船舱里影影绰绰透出了手电筒的灯光。凭直觉，这不是条平常的船。事不宜迟，迅速向渔排码头借了一条过渡用的机划船，载上8名缉毒民警，朝那条可疑渔船靠近过去。相隔还有10多米远，见那渔船船舱里钻出几条慌张的人影，接着，那渔船“轰”地发动了引擎。要逃跑？迟了一步。我们的船靠了上去，缉毒民警跳上渔船，将船上所有6人控制住。经搜查，缴获毒品海因43克，毒资一万多元。抓获的6人有2人是毒贩，4人是来购毒的吸毒人员。这4名吸毒人员都是渔排上的渔家子弟，毒贩为了推销毒品，竟然把“生意”做到这大海上来了。

戒毒人员的感谢信

2000年5月28日　星期日　晴

随后不久，又接连破获了两起贩毒案件，缴获毒品海洛因60.05克，抓获贩吸毒人员38人。这4起案件是打击毒品违法犯罪专项行动中的重要战果。当然，单靠这几起破案行动还不能从根本上解决吸贩毒问题，还需要从源头上堵死毒品，杜绝毒品消费市场。但说来容易做起来却难，有一名吸毒人员存在，就有了毒品消费，每一名吸毒人员就是一个毒品消费市场。

县委、县政府对禁毒工作给予高度重视。新任县委书记李天才上任不久，就来到公安局了解禁毒情况，指示：凡是禁毒斗争需要，县委、县政府和各部门机关将全力支持配合。

我们展开了大规模的创建无毒社区活动。

在当地乡镇党委政府支持下，陵城、新村、英州、椰林、长城这五个乡镇建立了强制戒毒所，凡是吸毒人员，都必须到戒毒所接受强制戒毒。一场全民禁毒、戒毒帮教行动如火如荼进行。110巡警队加强街头巡逻，凡是抓获吸毒人员，一律送入戒毒所强制戒毒。近一个月来，抓获和强制戒毒人员36人，送劳教复吸人员12名。

我们把全县划分为5个片区，我和周以江、杜飞、谭泽卡、庞启仁5名局领导分片包干，各自负责一个片区，对吸毒人员进行普查登记，层层落实戒毒帮教责任制。我负责了陵城地区片，这里是全县吸毒重灾区之一，据不完全统计，有吸毒人员100多人。辖区民警、社区干部、吸毒人员家属结成“三位一体”的帮教团体，落实每名吸毒人员的帮教工作。对吸毒人员进行严密监控，吸毒人员每天的活动，都要向民警报告；每七天，要在民警陪同下进行一次尿检；社区干部对吸毒人员进行定期谈话，了解思想状态，关注吸毒人员是否重新与毒品有染；家属要及时与民警、社区干部沟通，密切注视吸毒人员与人交往情况，及时把吸毒人员异常举动反映上来。自这个办法实行以来，收效显著。陵城地区的吸毒人员大部分没有复吸，其中有13人彻底戒断了毒品。

新村镇也是一个吸毒重灾区，与其他乡镇不同的是，新村吸毒人员为渔家子弟，大多生活在海上，一旦买到毒品后，往往驾船溜到海上吸毒，这就使我们极难控制。对于这种实际情况，派出所民警叫难，乡镇干部也叫难。就在禁毒民警感到困难之际，一位渔民代表提出一个意见，不妨实行“海上戒毒”，让吸毒人员跟随渔民远海作业，一方面帮渔民打工捕鱼，一方面在渔民监督下进行强制戒毒。渔民远海作业出去往往几个月半年，有时甚至一年多，如果让吸毒人员跟了去，在那茫茫大海上，吸毒人员无处购买毒品，断绝了毒品来源，经过长时间的煎熬，吸毒就不得不戒断。这真是一个很好的戒毒办法，我们先与要出远海作业的渔民联系，得到了不少渔民的支持。随后，又把吸毒人员家属召集来开会，动员参与“海上戒毒”活动。这种戒毒方式得到吸毒人员家属普遍欢迎，都把吸毒子女交给警察，统一调配、安排，上了远海作业的渔船。这种海上戒毒的好方法，后来被吸毒人员戏称为“流放戒毒”。在大海上，吸毒人员犯了毒瘾，哪怕痛苦得抓耳挠首，甚至用头撞船板，但也只能望海兴叹，了无办法，根本无法得到毒品。于是，一趟出海回来，不少吸毒人员告别毒品，走向了新生。

创建无毒社区取得一定成效，陵城、新村、长城、椰林、英州等吸毒重灾区的吸毒人员明显减少，群英、田仔、文罗、祖关、大里等乡镇步入了无毒社区行列。5月26日，全省召开创建无毒社区现场会，李天才书记受邀参加了会议，并在会上表扬了公安的禁毒工作。

今天，我收到了一封地址“内详”的来信。撕开信封，却是一名曾经吸毒的青年写来的。他在信里说：我曾是个瘾君子，吸毒一年多了，因为吸毒，妻子离我而去，家产也变卖精光。因为无钱购买毒品，我还曾参与过盗窃，被公安机关拘留过。我憎恨毒品，也想挣脱毒品魔掌的控制，但太难了。每当我想戒掉毒品，毒品便如同妖魔一样紧紧缠住我不放，折磨得我生不如死，毒品把我从一个正常人变成了一只疯狂吞噬毒品的鬼，一具依赖于毒品的行尸走肉。我也曾走到海边，想寻求大海死神的解脱，但生的欲望又使我从海边走了回来。两年前，我因吸毒被派出所抓获，送进戒毒所。戒毒的日子是极为痛苦的，但庆幸的是，正是由于强制戒毒，帮助我离开了毒品，脱离毒品的依赖。今年年初，我解除了强戒，到派出所作了登记，派出所民警并不因此歧视，而是关心我的生活，帮我联系了一家酒店打工，每月有600元的工资。酒店的一名服务员爱上了我，现在我俩已经结婚，有了幸福家庭。追根溯源，是两年强制戒毒把我从鬼变成了人，是派出所民警让我走向了新的生活……

读了这封信，我感到十分欣慰。也就是说，我们的努力没有白费，我们的劳动有了丰硕的成果。

民工集体中毒案

2000年8月25日　星期五　晴

下午接到省公安厅通知，要我去省里参加一个紧急会议，连忙赶去海口市。到省公安厅已是黄昏。吃罢晚饭，急忙赶到省厅会议室，8时会议召开，主持人简单宣布了开会，便是厅长王和平讲话。王厅长分析了这几天强台风后的治安形势，就当前市县公安局的工作任务做出紧急部署。我一边听着一边记笔记。忽然，手机响了，掏出手机一看，是局里110指挥中心来的电话。没有要紧事，110是不会打电话来的。我只好起身，走到会议室外接通了电话。

电话中传来110指挥中心急促的声音，“英州镇军屯村发生民工集体食物中毒事件，有20人不同程度中毒。县委领导你要立即赶回来处置。”

我大吃一惊：“中毒民工有没有生命危险？”

“情况很危急，已送往县医院抢救。具体不清楚。”

“随时将中毒民工情况报告给我。”说罢，心急如焚，20人中毒，这可真要命啦，如此规模的集体中毒事件别说陵水县，全省都不曾有过。我立即把情况向公安厅副厅长宋泽江作了汇报，宋副厅长也十分吃惊，让我迅速赶回陵水，并随时向厅领导报告民工中毒情况。我下楼从公安厅出来，叫上司机，匆匆上车，向陵水方向疾驶而去。

海口到陵水需要将近两小时，司机也理解我的心情，把车速提到160码。车子在夜色中挟着狂风，高速公路上两旁的反射灯化作一条条黄色光线，从车窗前闪过。我拨通110指挥中心电话，了解民工中毒事件的进一步详情。110指挥中心告诉我：“有4名民工抢救无效死亡，2名民工经抢救脱离危险，14名民工轻度中毒，现在观察中。谭副局长已带刑警去现场勘查了。”110指挥中心提醒了我，黄良雄不在陵水。他正在省警校学习。

目前，刑警大队工作是副局长谭泽卡直接负责。但民工中毒案件如此重大，黄良雄办案业务熟练，经验丰富，必须把他调回来。我立即拨通了黄良雄的电话，要他迅速赶回陵水。

由于车速快，晚 9 时多一点，我返回陵水，直奔县医院看望中毒的民工，周以江、庞启仁、谭泽卡等局领导都在。周以江说："县委、县政府领导都来了，要求我们迅速组织警力破案，查明民工中毒原因。"谭泽卡刚从案发现场回来，给我介绍了民工当时中毒的情况：民工是军田乡村民，在英州镇金海丰公司虾场打工，下午 6 点多钟，下工回来吃晚饭，吃的食物一如往常，有米饭、猪肉、猪血、葱、汤菜等，同时也喝了点酒。过不多久，民工董中青首先出现中毒症状，头发晕，肚痛，两眼发黑，口吐白沫，倒在了地上。很快，其余民工也出现不同程度的不舒服，一个接一个中毒昏厥在地。金海丰公司虾场闻讯，立即组织人员把 20 名中毒民工送到县人民医院抢救治疗，除 4 名民工中毒身亡，其余民工属轻度中毒，没有生命危险。

我走进病房，中毒民工或躺、或坐在十几张病床上。有几位民工显然中毒轻微。李天才书记也赶到了医院，看望了中毒民工后，对医院领导强调尽全力抢救，并对我说："传芳，这样一起民工集体中毒案件，极为罕见，也极为严重，县委、县政府极为重视，你们公安机关责任重大，要成立专案组，在最短时间内查明中毒原因，或食物中毒，或有人故意投毒，尽快破获案件。"另一位县领导说："20 人食物中毒，影响太大了。不排除是有人故意投毒，如是有人蓄意投毒，就一定要把投毒犯罪分子找出来，就看你公安局了。"我说："请领导放心，我们一定会尽快查明案情。"

我在医院逐一向几位民工询问中毒前后过程。他们说的比谭泽卡多不了多少，至于为什么会发生食物中毒，没有人能说得清楚。我离开医院，与谭泽卡带上刑警队员，赶赴案发现场，再次对现场进行勘查。发案地在英州镇军屯村外海滩，有一条宽 7 米、东西走向的土路，土路往东接鹅仔至赤岭公路，向东通往军屯外海。土路两旁是两个被人承包的虾场。土路北侧有一个工棚，是中毒民工住宿生活所在地。工棚用木板和塑料彩布条搭制而成，周围生长有好些棵马尾松树，距工棚东端有一棵较粗的马尾松树，树头上挂着胶桶、胶盒等物。民工伙房搭在土路南边，与工棚正对面，伙房有两个灶台，灶台东侧有一个木板架，搁放有味精、食盐等做菜用的调料。木板架底下有两个胶桶，是用来装剩饭剩菜的。灶台南边 5 米处有一口水泥圈的水井。

谭泽卡说："中毒事件发生后，县防疫部门立即派人先我们一步来到现场，对民工吃的食物进行检查，现场物品、遗留物大多已被他们移动，这个现场已不是原始现场。”

这个情况令我大感意外。案件破获关键是原始现场的勘查，只有原始现场才能提供给我们案情发生的真实信息，现在，原始现场遭受破坏，无疑为破案工作增加了极大的难度。我看看时间，是晚上10点多钟，这黑夜里，摆在面前的只有这样一个不是原始状态的现场，很难勘查出什么有价值的东西。我与谭泽卡简单交换了意见，马上对侦查工作做出几点安排：一、安排警力继续加强对现场的保护，待进一步开展对现场勘查；二、对4名中毒民工的尸体进行解剖，提取胃内食物，以及提取现场与中毒事件有关的食物速送公安部研究所鉴定；三、在民工中毒事件性质上，不排除意外事故，也不排除人为投毒的可能，据此，应按投毒案程序开展侦查；四、对当天购买蔬菜的人员进行调查访问，查实购买的蔬菜是否存在问题；五、对现住院的16名轻度中毒人员逐一抽血取尿检验，排查其中有无投毒人员伪装中毒；六、重点调查伙房两名炊事人员，排查这两人是否有作案可能；七、配合县有关部门做好善后工作，安抚中毒民工家属，预防家属情绪性反应。几点布置下来，才感觉到真有点累了。但现在根本不是休息的时候，我和谭泽卡几个人驱车回到了公安局，认真梳理案情，仔细研判。

农药“特丁磷”

2000年8月27日　星期日　晴

“8·25”民工中毒案件引起省委、省政府的高度关切，副省长王琼瑛、卫生厅厅长简梁盛，以及公安厅副厅长宋泽江带领刑侦处的技侦人员亲自赶到陵水，指导案件侦查工作。民工中毒化验结果出来了，系农药“特丁磷”中毒。也就是说，昨晚民工吃的米饭蔬菜中含有剧毒农药“特丁磷”成分。那么，农药“特丁磷”为什么会进到民工吃的食物中？是意外还是有人投毒？如果意外，这意外又是怎么出现的？如果有人投毒，那么又是谁蓄意投毒杀害这20名民工呢？

公安部研究所的鉴定结果进一步证实了民工系农药“特丁磷”中毒：现场剩余的汤菜、葱含有“特丁磷”，死者胃内含有“特丁磷”。综合案件情况，省公安厅、省卫生厅领导对侦查工作做出部署：一、成立现场勘查组，针对现场物品、遗留物等人为变动情况，重新恢复原始现场状态进行勘查；二、成立外围调查组，调查发案地周围人员，了解可能造成案件的矛盾点，追查农药“特丁磷”的来源；三、重点调查民工伙房工作人员当天购买、放置、清洗、煮炒蔬菜、食物的全过程。

黄良雄是26日上午搭乘大巴赶回陵水的。

我把现场勘查工作交给黄良雄，由他负责指挥对案件的侦查，要求他立即组织勘查组，努力恢复原始现场，不漏过任何细节，不放过任何蛛丝马迹，做认真过细的现场勘查，找出破案的重要线索，查明农药“特丁磷”的来源，还原案件真实情况。

黄良雄带领刑警大队迅速组成现场勘查组，全力投入对案件的侦查。

案件关键是农药“特丁磷”。这是一种颗粒状、用于防止西瓜长虫的农药，瓜农往往把“特丁磷”农药埋设在地下防虫。“特丁磷”从何而来，又是怎么进入民工食物中？黄良雄认为，这个答案只有通过原始现场勘查才能解开。造成原始现场破坏的是县防疫站一个姓陈的医务人员。县防疫站接到民工食物中毒报案后，派出陈医生最先赶到原始现场，开展检验和采样工作，采样的物品有剩饭、剩菜、剩汤，还在工棚边上的马尾松树上发现挂有一包用黑色塑料袋包装的“特丁磷”农药，树头上放有两束汤菜，菜上沾有农药气味。但现场经陈医生检验后，原始物品都不在原位。黄良雄把陈医生请来，让他将原始物品放回原位，尤其是恢复农药“特丁磷”挂在马尾松树上的原始形状，努力使案发现场复归到原始状态。

接着，对恢复后的现场进行仔细勘查：挂有农药袋的马尾松树处于工棚北端，距工棚有两米远，农药袋挂在马尾松树上离地面有1.4米高，下面的地上，树枝、树叶，乃至沙土已成焦黑色，有浓重的农药气息。黄良雄分析，自21日起，受台风影响，连续三天连降中雨、暴雨，雨水渗入农药袋中，颗粒状的“特丁磷”溶解成液体，从农药袋中流出，滴落到地面上，以至地面上的树枝、树叶、沙土都被“特丁磷”浸染成了黑色。

通过现场勘查和大量调查访问，民工集体食物中毒的原委渐渐清晰明朗。

农药袋是被民工挖出来的。8月15日，民工阿亚在工棚旁挖水沟时，无意间从地下挖出这袋农药“特丁磷”。这片工地原种过西瓜，估计农药袋是瓜农种西瓜时埋下，无意间被挖了出来。当时，阿亚觉得这袋农药可以留着自己今后种西瓜用，便舍不得丢弃，顺手挂到了旁边的马尾松树上。8月25日上午，伙房后勤人员到英州市场买回韭菜、葱、汤菜等蔬菜，做了午饭后，剩下一部分蔬菜便留着做晚饭时用。由于工棚气温高，通风差，炊事人员担心蔬菜腐烂变质，便把剩下的蔬菜搁置到阴凉、通风的马尾松树下，但没有想到，搁放蔬菜的位置正好是在农药袋垂直的地面位置上。更没有想到，悬挂在蔬菜上头的塑料袋里，农药“特丁磷”已被雨水溶解，正在一滴一滴地往下滴落，于是，剧毒的农药落到了蔬菜里面。等到下午，炊事人员浑然不觉，把沾有农药的蔬菜像往常一样下到了锅里，做成了汤菜，以至20名民工集体食用了含有剧毒的食物，造成了集体中毒。

事件水落石出，我心里却没有任何轻松，心想那4名民工死得太冤了。就因为这袋农药，造成了4条生命无辜亡失。如果那袋农药不被挖出来，如果阿亚不图那么一点小便宜，及时将这袋农药处理了；如果炊事人员不把蔬菜放置到马尾松树下，或者在蔬菜上面覆盖一层遮盖物，所有这一切都不会发生。

这场悲剧给人们的教训是非常深刻的。

我的论文获奖了

2000年12月12日　星期二　晴

上午收到省厅办发给我的《新世纪基层公安工作全书》，本书由公安部群众出版社出版。使我惊讶的是前不久我的获奖论文《新形势下加强农村派出所基础工作探讨》也收入书中。论文中我提出一个观点：公安勤务改革后，派出所不再承担侦查刑事案件，我认为城市派出所可以，但农村派出所则不能。因为地理偏远，熟悉辖区环境等原因，农村派出所必须侦查一般刑事案件和案情简单、不需要复杂侦查过程的重大刑事案件。我是这样认为的，也是这样布置警力的，但来自各方面不同的声音使我感到压力很大。现在，公安部把我的论文收入集子，就说明我的意见还是正确的。所以这套书的出版对我来说，是一种鼓舞与鞭策。在长期的公安工作中，我一直认为，公安民警不能只是赳赳武夫，一定要能文能武。时代在发展，社会在进步，公安民警必须与时俱进，努力学习新的知识，并用之于实际，这样才能成为一个合格的公安警察。正是在这种思想指导之下，近年来我一直有意识地多读书，并结合工作实际情况写了一些加强和改进公安工作的文章。有的公开发表，有的作为会议材料。马克思主义认识论，最核心的就是从实践到理论，再由理论到实践，使人类认识产生质的飞跃。对此，个人感受颇深，自己的进步与成长，正是这样一个不断完善、不断成长的历程。

第七章　破案迅速

蒙面入室抢劫案

2000 年 12 月 18 日　星期一　晴

每天上班，走进公安局机关大院，我都喜欢在院子里停留一会儿。

经过半年多的改造装修，局机关大院已是面貌一新。一条宽阔的水泥路从大门口延伸进去，洁白路灯伫立两旁。在蓝天、绿树、阳光的映衬下，粉红瓷砖和黑色大理石装饰的外墙把大楼烘托得格外庄严和壮丽。大楼一侧，是新建成的民警综合大楼，设有民警食堂、警官俱乐部和健身房。往日那满地尘土瓦砾的景象已消失不见。婀娜多姿的椰树下，绿叶摇曳，绿草如茵，无名的花朵从绿丛中探出笑脸。海风吹拂，暗香流淌，无不让人赏心悦目，心旷神怡。

沿着洁净平整的水泥小道通往后院，是民警集资的宿舍大楼。民警告别了低矮、潮湿、漏雨的破旧瓦房，告别了祖孙三代挤在不足十平方米平房的历史，搬进了宽敞明亮的三房套间居室。办公环境也是旧貌换新颜。所有办公室换上清一色的全新办公桌椅，配备有电脑、电话、网络等各种设施。民警从昨天还是五十年代办公条件中，今天一跃进入了时尚的现代办公环境。

我在办公室坐下，翻开今天的文件，把文件读完，打算上几个开发区走走。全县有十六个大型经济开发区，是经济开发建设重点，县委、县政府招商引资来的大型项目基本都设在开发区中。这些开发区也成了我们的重点保护单位。虽然采取了各种防护措施，但为防止疏漏，每隔几天，几个局领导就要去开发区看看，了解治安防范情况。我收拾了办公桌上文件，正准备出门，忽然一声“报告”，黄良雄满脸喜色地站在门口。我说：“进来坐下，有什么好事？”黄良雄说：“刚破了一个案件，还是个大案。”

我一怔，最近刑警大队手头没有什么重要破案任务。我问：“什么案？哪来的案件。”

“今天凌晨发生了一起蒙面入室抢劫案。”黄良雄兴高采烈地向我汇报了凌晨1时到现在发生的破案故事。

案件发生在田仔乡三田农业开发公司。这是一家从事现代农业开发的公司，员工较多，开发面积广，地处偏远，电力供应不足，公司自行发电。每天都派有两名员工在发电房值班。今天凌晨1时，忽然有“突突突”一阵响，从远至近而来，似乎是一辆三轮车。值班员工有些警觉，这么深夜，怎么会有人开三轮车？他们把房门拴紧，但听得三轮车熄火，感到就停在发电房旁边。两人正暗自惊疑，突然之间，发电房门被“嘭”的一声撞开。两人还来不及做准备，五个蒙面汉子闯了进来，有的持刀，有的拿着火药枪。一名员工刚说声：“你们要干什么？”就被一名蒙面人揽紧脖子，捂住嘴巴。另一名员工想跑，门口却被蒙面人阻住，蒙面人把一柄尖刀架在他脖子上，吓得他再不敢动了。接着，5个蒙面人取出带来的细铁丝，将两名员工的双手双脚绑了起来，扔在一旁；先拆下一台柴油发动机，又将五捆水管、一条吸水管拖了出来，一股脑儿地全搬上了三轮车。随后，三轮车装载着5名蒙面盗匪和被抢得的财物消失在茫茫夜色之中……

两名员工好不容易挣脱了铁丝的捆绑，向110报警。

黄良雄是2时25分接到110指挥中心的案情报告，一听有案情，连忙起床，带领刑警队员赶赴田仔乡案发现场。与此同时，田仔派出所民警也赶了来，与刑警一起联合对案件进行侦查。先询问受害的两名员工，但两名员工提供不出有价值的破案线索，作案人蒙面，无法辨别其身份，来自哪里。黄良雄对现场进行仔细勘查，留在泥地上的三轮车印痕引起他的注意。这种三轮车是农用三轮车，应该是周边村民所有。于是决定从查找三轮车着手，刑警与田仔派出所联合对周边村庄展开调查。这里是田仔派出所辖区，对于各个村庄、各块地形，派出所了然于胸，两个小时下来，在田仔乡廖次小学的阿威家门口发现了一辆三轮车，与留在案发现场的车辙比对，正是抢劫发电机房的作案车辆。

案发时，阿威正在睡觉，没有作案时间，对于这辆车怎么出现在他家门前，他也说不清楚。倒是阿威的哥哥——廖次村村民阿福有重大嫌疑。经了解，这辆三轮车是阿福的。民警敲响了阿福的家门，许久，阿福才揉着眼睛把门打开。“你刚才到哪里了？”民警问。“睡觉啊，我一直在家睡觉。”阿福一脸睡意蒙眬的样子。但他闪烁不定的眼神掩饰不住心里的惊慌与不安，阿福被“请”到了公安机关。然而他仍然咬紧牙关不松口，说三轮车不知谁拿去开了，也不知谁把车开到阿威家门口。看来，这家伙是不拿出铁证不低头的。黄良雄带领刑警扩大勘查范围，在廖次小学教学楼前的不远处的一个草丛里，搜出了被抢劫的柴油发动机。赃物被查获，阿福底气不足了。再审讯，阿福的心理防线彻底溃败，如实交代出作案过程，是他伙同分别居住在廖次村、陆田村、母岳村的 4 名歹徒蒙面入室，抢劫了三田农业开发公司发电机房。

自发案到案件破获，仅花了不到 7 个小时。

我赞赏这次破案神速，说：“案件发生时，怎么也不跟我打个招呼？你们在第一线破案，倒让我成了局外人了。”

黄良雄说：“发案是在深夜，又不是命案或重大案件，怕影响你休息，没有向你汇报就直接出警了。迅速拿出破案成果，我觉得也是最好的汇报。”

“这有点报喜不报忧。”我笑着说，“不管发案破案，我这个公安局长都应该及时掌握。”我想这个问题应该向 110 指挥中心交代清楚。

山林大火

2001 年 1 月 12 日　星期五　晴

前两天，下基层搞年终检查，不留神把脚脖子崴了，当时并不在意。不曾想，脚却渐渐肿胀起来，走起路来痛得厉害。但年头岁尾事情多，昨天上午，召开年终工作总结表彰大会，我只得硬着头皮跟没事人似的参加。

这次大会是局里的大喜事。

2000 年度，陵水县公安局被评为全省优秀公安局，一个派出所被评为全省十佳派出所，6 个派出所被评为“全省人民满意派出所”。这是陵水县公安局历史上第一次迈进“省优”行列，实现了年初订立的目标，全局民警都很振奋。当然，新的一年不能原地踏步。在大会上，局党委对去年取得优异成绩的单位和个人进行了奖励表彰，也对今年工作做出新的计划安排，我提出了“争创全国优秀公安局”的奋斗目标，希望全局民警以此为动力，奋发进取，求真务实，争取在 2001 年取得更大成就。

会议开得喜气洋洋，但我给大家发奖的时候，左脚却不听使唤地一阵阵疼痛。周以江有些察觉，会议结束，凑到我身旁，说：“你腿怎么了?”

“倒霉。在田仔乡摔了一下，把脚脖子扭了。”我懊恼地说。

周以江看我硬撑着的样子：“还是去医院看看吧。”

“到医院看过了。”我说，对这种毛病，医生说，伤筋动骨一百天，也只能开点药片，不能很快解决问题。但医生嘱咐，要少活动，勤抹些舒筋活络的松节油之类。

下午，我坐在办公室里，哪儿也没有去。

下了班，脚仍是痛得厉害。我一瘸一拐地走到民警食堂吃饭，想吃过饭后早点休息，刚端起饭碗，手机响了，县政府办公室的电话，九所岭发生山林大火，要求公安局、武警、边防部队立即赶赴火场灭火。火情就是命令，我把饭碗一丢，通知110指挥中心，迅速集合全局民警。几分钟后，民警齐刷刷地排列在我的面前，我带着队伍赶紧向九所岭进发。

九所岭400米高，没有现成的路，山势陡峭，空手上去都要个把小时。不争气的是扭伤的左脚，一踮地面，就钻心地痛。我咬紧牙关，一步一趔趄往山上爬。周以江、谭泽卡几个局领导关心地说：“你脚伤了，由我们带队灭火就行，你就不要上去了。”我说：“没事，能行。”

这个时候绝对不能趴下，身后，是几百号民警、武警和边防民警，我忍着疼痛，一步一步往山上爬，豆大的汗珠雨点般滚落下来，受伤的脚不听使唤，触着山石，便痛得几欲摔倒。这时，天完全黑下来了，遥遥望见山上大火在燃烧，星星在山火的映衬下，也失去了明亮的光芒。眼前昏暗，我们只能打着手电筒往前探路。山路极为难行，地面坑坑洼洼，杂乱的树丫打在脸上，划破衣衫，还有那坚硬的茅草，像刀锯似的，割破脸颊……可今天对我来说，这都不是问题，最大的问题是那只被崴伤了的脚。我坚持着，炽热的火焰扑面而来，大火烧得树木发出“毕剥、毕剥”的刺耳噪声，一棵被火烧焦的树木倒了下来，发出轰的巨响……

山火使我忘记了疼痛，我指挥大家先切断火路，众人排成一长列，用树枝、铁铲围着大火扑打，一时没有找到家什的，便把身上衣服脱下扑打山火。有的民警被烟火熏得成了黑脸张飞，有的武警衣服被火舌燎着了，有的边防民警被火烧的树木砸伤了，但没有一个人退却，看到这样的队伍，我感到无比自豪。正是人多力量大，在数百名民警、武警、边防民警面前，山火收敛了淫威，火势渐渐减弱，到夜里11点多钟，山火终于被扑灭。

满天的星星从夜幕中钻了出来，仿佛就在我们头顶闪烁。九所岭恢复了往日的平静与安详。民警们发出一阵欢呼，似乎忘记了疲劳。我说大家可以打道回府了。这时，我只想找个地方躺下，剧烈的疼痛似乎苏醒，又从脚下传了上来，痛得我心头一阵阵发颤。我回到宿舍，也没洗澡，一头倒在床上，浑身散了架似的，迷迷糊糊想睡，但脚的疼痛又使我无法入眠……

抓捕 A 级通缉犯

2001 年 5 月 2 日　星期三　晴

安保工作进行一个月了，不知还要多久才会结束。

今天，公安厅给我们下达一个紧急任务，配合武汉警方抓获两名公安部 A 级通缉犯。根据情报，公安部 A 级通缉犯刘松、刘海兄弟两人潜入到陵水县。列入公安部 A 级通缉犯多数都是暴力犯罪的亡命之徒，这两兄弟尤其如此，原籍武汉，是杀人不眨眼的魔王，曾在武汉开枪打死一人，抢劫 8 万多元，犯下惊天大案，又流窜到全国各地杀人抢劫。在广西南宁持枪抢劫 6 万元；在福建省石狮镇抢劫 76 万元；在海口持枪抢劫多次，开枪打伤一人，抢劫 10 多万元，可谓血债累累，十恶不赦。通缉犯既然藏匿在陵水，哪怕大海捞针，也要将其抓捕归案。

但这是两个杀人魔头，凶狠残暴，手中又有枪。前去围捕，势必狗急跳墙，作垂死抵抗。即将开始的战斗将是复杂多变的，没有谁能够准确预测和判断。务必保证前去围捕的民警人身安全，如果造成民警伤亡，行动就不能算是成功和圆满。我们会同省公安厅、武汉市公安局派来的同志进行专门研究，制订了周密的围捕方案。根据可靠情报，刘氏兄弟躲藏在县农技招待所的 304 号客房。根据招待所地形地貌，可实施突击强攻。由陵水警方组成缉捕组，担任对刘氏兄弟的主攻。强攻的办法是，破门而入，打他一个冷不防，以生擒为上策，如果他们顽抗，就地击毙。我们从全局各股所队中挑选出一批精兵强将，组成缉捕组，与省公安厅、武汉市公安局缉捕人员一道开展抓捕行动。

凌晨时分，我穿上防弹衣，带领缉捕组、110 巡警队，以及省公安厅、武汉警方缉捕人员赶往农技招待所。夜色深沉，城区寂静，白天繁华的街道空荡荡，只有路灯尽职尽责地站在暗夜里，给过往行人带来光亮。几辆警车警笛呼啸，警灯闪烁，向农技招待所疾驶而去。几分钟后，抵达农技招待所附近的预定地点，按照缉捕方案实施抓捕行动。巡警队在外围，组成警戒包围圈，将招待所团团围住。缉捕组作为主攻力量，进入到招待所内，将304号客房外的楼梯和各条通道严密封锁起来。数名身穿防弹衣的民警执行攻坚任务，紧贴在客房门外，随时准备投入战斗。很快，各组民警到位，一切布置就绪，刘氏兄弟成了瓮中之鳖，只待进攻号令一响，这两名A级通缉犯就是插翅也难逃。

负责这次行动的省公安厅领导下达了进攻的口令。

瞬间，缉捕组民警“嘭”的撞开了304号客房的房门，房内黑黑的，有人影晃动。随着撞门声响，“砰！砰！”两颗子弹飞了出来。意外的事情发生了，第一个冲进去是三亚市公安局民警陈华。“五一”假期，三亚市公安局安排陈华轮休，当他得知抓捕公安部A级通缉犯任务后，向省公安厅领导主动请缨，随省公安厅及武汉民警赶到陵水参加这次行动。在缉捕组民警破门时刻，他喊了一声：“让我上！”不顾个人生命安危，率先进到通缉犯的房内。歹徒无情的子弹射中了他的身体，他倒下了。不容歹徒再打第三发子弹，朝着对方射来的火力点，缉捕组民警一梭子枪弹直喷出去。对方一声惨叫，哑了，如同一个沉闷的布袋摔倒地上。紧接着，缉捕组民警一拥而上，将另一名通缉犯制服在地，迅速控制了现场。在民警手电筒光亮照射下，刘松被击毙，刘海被生擒。

战斗结束，两名公安部A级通缉犯得到了应有的下场。然而，陈华中弹的情景萦绕在我心头。面对凶残的歹徒，他大义凛然，奋不顾身，将个人生死置之度外，想的只是尽快擒获歹徒。这是一名多么优秀的同志啊。我们紧急将他送进了医院。陈华伤势极为严重，一颗子弹击中他左臂肘关节，造成粉碎性骨折；另一颗子弹却是要命的，从右肩胛射入，透过胸腔，打穿了他的内脏、一根肋骨和一条肺动脉。我赶到医院看望了陈华，他周身缠满了绷带，还是处于昏迷中。看到绷带里渗出鲜红的血迹，我的心一阵绞痛，热泪盈眶，心里一遍遍地说，陈华，好兄弟，你一定要挺住！

深夜蒙面抢劫案

2001年5月24日　星期四　晴

在缉捕公安部A级通缉犯战斗中，指挥部署是成功的，打掉了这两名作恶多端、对人民群众生命财产造成重大损害的歹徒，公安部给予了表彰，缉捕组被公安部授予集体一等功，参战民警一人荣立一等功，3人荣立二等功，2人荣立三等功，110巡警队荣立集体三等功。

“非常保卫”仍在持续。

保卫工作进展顺利，没有发生任何差错。不过，我的心情好不起来。这个月的 12 日、18 日晚上，连续发生两起蒙面入室抢劫案件，至今没有破获。联想到去年，也还有两起这类案件没有破获，我觉得，这是同一个犯罪团伙所为。这个团伙都是些什么人，如此猖狂，他们藏在哪里呢？刑警大队到现在仍然没有拿出答案。

吃过晚饭，我去两个保卫岗点检查工作，回来是 9 点多钟，想到好些天没进办公室，便把车开进了公安局。机关大院比白天安静了许多，路灯下，绿草地上闪着露珠的亮光，树影斑驳，好似一个舞弄水袖的皮影戏装。强烈的射灯直上夜空，办公大楼通明光亮，宛若一座晶莹剔透的水晶宫镶嵌在漆黑的夜幕上。一旁，民警综合大楼里传来乒乓、乒乓的声响，是民警在俱乐部里打乒乓球。办公楼下有民警值班，我与值班民警打了个招呼，便上了二楼，在办公室坐下。桌上堆有厚厚一叠没有时间看的文件。打开文件夹，埋头在文件堆里，到 11 点钟才把所有文件看完，却还没有一点睡意，于是又从书架上取下一本海明威的《丧钟为谁而鸣》，读了一半，因为忙还没有读完。读书是我最大的嗜好，我尤其是爱看世界名著和经典学术著作。臧克家说：“读一本好书就像交了一位益友。”的确如此，长期大量的阅读，让我获益颇多。关于读书，我最欣赏罗曼·罗兰说的一句话：“从来没有人为了读书而读书，只有在书中读自己，在书中发现自己，或检查自己。”每读一本好书，对自己的道德修养、知识积累、工作方法等各方面都有很大的收获。故此，几十年来，我一直坚持阅读，书读得越多，就越觉得自己的无知，亦如先圣所言：“不闻先王之遗言，不知学问之大也。”登高方能望远，自然之理也。

读书使我忘记了时间，不知不觉，快 2 点钟了。忽然，“叮铃铃——”办公桌上的电话急促地响起。这么晚来电话，很可能有案情发生，我操起电话，果然是 110 来的。指挥中心民警向我报告，就在刚才，光坡镇坡尾小学附近，一家居民遭到 6 名蒙面持枪歹徒抢劫，被抢走摩托车一辆、人民币 120 元、玉手镯一个、鸡 2 只、BB 机一部。又是蒙面抢劫。

这起蒙面抢劫案件很快破获。

光坡边防派出所接警后，所长黄文雄带领全所民警快速赶到现场。受害人姓黄，向民警讲述了案发经过：半个小时前，他一家正在睡觉，房门忽然“砰”的被撞开，他惊恐地从睡梦中醒来，见闯进来 6 名蒙面人，有的手持火药枪，有的操一根钢管。蒙面人迅速将他全家控制起来，一名蒙面人用钢管抵住他脑袋，要他交出钱财。无奈，他只好哆哆嗦嗦地起身，将抽屉中仅有的120元交给了劫匪。劫匪却嫌少，扬起钢管照着他背脊就是一棍下来，接着翻箱倒柜，搜走了他的BB机、祖传的玉手镯，抢劫了他家最值钱的财产——摩托车，最后，连他家养的两只母鸡也抓走了。

“蒙面劫匪有些什么体貌特征？”黄文雄问。

“体貌特征？都蒙着面，不知道长什么样子，为头的一个约摸一米七左右，瘦，光着膀子，还有两人也打赤膊，一个满身横肉，极为凶悍；一个皮肤较黑，敦敦实实。另外三人有穿背心、短褂的，具体就说不清了。”

“他们讲话哪里口音？”

“都是光坡口音，像是本镇人。”

“他们走时往哪个方向去？”

“那，那边……”受害人站在门口，指了一个方向。

那个方向是村仔村。

黄文雄对现场作了勘查，初步判断，这帮蒙面劫匪有可能是周边村庄的。现在，离案发时只有一个半小时，如果是周边村庄的人作案，估计不会跑到哪里去。他当即决定，对周边村子进行全面搜捕，重点锁定村仔村。他带领民警迅速赶往村仔村。

这时已是凌晨3点，山丘、田野、大海、椰林全都隐没在黝黑的夜色之中。稀微的星光下，村路好像一条灰白的飘带伸往黑暗处。风，带着海水的咸湿，带着夜的清凉。远处海浪轰轰的拍岸声、路边青蛙咕咕的叫声和虫子钻在草丛里的鸣唱声，真是声声入耳！试想：如果不是歹徒作案犯科，这大自然的妙音就是一曲美妙的交响乐。当下案情紧急，谁都没有心情去欣赏这大自然的天籁。黄文雄带领民警走了几里地，渐渐靠近村仔村。逶迤起伏的村寨现出黑黝黝的轮廓，一排排椰树也化成一团朦朦胧胧的黑影。黄文雄吩咐民警放轻脚步，摸黑进到村里。村里没有什么动静，家家户户似乎都沉浸在梦乡里。只有一幢屋子里透出灯光。民警向那幢屋子靠近。亮着灯光的屋内有人喝酒，一阵阵叫喊声和划拳声传了出来，在寂静的深夜显得格外不协调。是什么人有这么高的兴致在这深更半夜喝酒？贴近窗户一看，有三个年轻人，两人光着膀子，满脸通红，晃着脑袋，扬起拳头五啊六的吆喝；一人穿件短褂，嘴里咬着一个鸡翅膀，嘟嘟囔囔不知叫喊些什么。踏破铁鞋无觅处，得来全不费工夫。黄文雄喜出望外，这三人正与受害人讲述的蒙面歹徒特征相近，而且，大啃其鸡腿，说不定就是刚才抱来的两只鸡呢。

民警冲进了屋内，三人傻了眼，一个个呆若木鸡。“你……你们怎么这么快，就找到……”鸡翅膀从穿短褂的人嘴里掉了下来，他嗫嚅地说。不打自招，这三人从被害人家里抢劫回来后，十分高兴，趁着夜深人静，拿出酒来，把抢来的鸡宰了，得意忘形地喝酒欢庆。

民警从屋内搜出了抢来的摩托车和玉手镯，给三人戴上了手铐。

连环蒙面抢劫案

2001 年 5 月 27 日　星期日　晴

昨天，这起抢劫案破了。但是我觉得这起蒙面抢劫案不能到此为止。从作案形式、手段和性质上来看，老练，无所顾忌，像是惯犯。直觉告诉我，这绝不是第一次作案。以前发生的几起蒙面抢劫案，其作案手法与他们极为相似，会不会也是他们干的？

这几起案件应该并案侦查。

我把黄良雄叫来，命令他带领民警立即赶去光坡派出所，与派出所民警一起开展对这多起蒙面抢劫案的侦查工作。黄良雄理解了我的意图，他知道，能否把这几起案子办下来的关键是审讯，通过对犯罪嫌疑人的心理分析，进行政策攻心，从而打掉犯罪嫌疑人的侥幸心理，迫使他们把所有问题竹筒倒豆子，一五一十地交代清楚。他挑选了几名善于审讯、口才好、有一定心理学知识的刑警来到光坡派出所。

这是一个艰巨的任务，是一场不亚于擒拿格斗、刺刀见红的战斗。

被抓获的三名涉嫌持枪抢劫的犯罪嫌疑人分别叫朱小亚、张武、周家卫。光坡派出所虽然将他们抓获了，但他们是茅坑里的石头，又臭又硬。黄文雄和几个民警轮番审讯，他仨就是咬紧牙关不松口，说只抢劫了一次。再追问，还有三名参与蒙面抢劫的同伙哪里去了，三人仍是口径一致，说那三个同伙作案后就分手了，没告诉去了哪里。

黄良雄告诉了朱小亚、张武、周家卫三人他的刑警大队长身份，把这三人分开关押，但没有急于讯问，只是有时走到拘押室，像看猴似地久久地盯着他们看，有时递支烟给他们抽，突然问上三两句话。大半天下来，三名犯罪嫌疑人心里莫名地感受到一种巨大的压力，这个刑警大队长要干啥？要讯问就爽快点，这样不死不活地熬着让人憋得难受。

三人巴望及早提讯。他们早听说了这么一句话：坦白从宽，牢底坐穿，抗拒从严，回家过年。只要咬定抢劫一次，熬过讯问关，送到法院去也判不了太重。不曾想，一天一夜过去，黄良雄连根毫毛也没动他们。到第二天，黄良雄仍然没有提讯，却把自己“关”到三人的拘押室中，与三人每人分别单处了半个多小时，像交朋友似地，问家里有哪些人，有女朋友没有，自己最喜欢的是什么等，都是与案件毫不相关的问题。到晚上，三名犯罪嫌疑人都睡不着觉了，每人都在想，这刑警大队长跟自己聊这些话题干什么？他与其他两人也是说这些吗，其他两人会不会把自己卖了？

到第三天，黄良雄给我打来电话，说准备对三名犯罪嫌疑人进行讯问。

首先提讯朱小亚。他一走进讯问室，心里猛地咯噔一下。但见黄良雄与另外两名刑警端直并排坐在讯问台前。黄良雄的脸色黑黑的，没有一丝笑容，威严得叫人汗毛直竖。黄良雄指了指前面的靠背椅，示意朱小亚坐下，问：“给了你两天时间，准备交代罪行了吧？”

“我，都交代了，就抢了一次。”朱小亚说。

“你是打算继续跟我们玩下去了？那我们就来玩一玩，看看是你赢，还是我们赢。但我要跟你讲清楚，你自己不说，等我们帮你说出来，你就彻底玩完了。你的态度将决定你的前途，你如果觉得我们这里好住，有吃有喝，又不花钱，不想出去，那你就闭紧你的嘴巴，顽抗到底。带下去——”黄良雄不等朱小亚回答，就让他又回了拘押室。

接着，黄良雄提讯张武。

“张武，你不用再说8·24蒙面抢劫案。你必须交代前几次的抢劫情况，这是我们给你的机会。你老实坦白地说前几次详细抢劫情况，并举报其他犯罪嫌疑人，就是重大立功表现，我们可以据此减轻对你的刑事处罚。”

张武沉默了。他们几个都是哥们兄弟，把兄弟卖了就太不够义气。他三人原来都约定好，谁要是把谁卖了，谁就是龟儿子养的。然而，世事难料，被抓进来的这两天，日子太难熬了，面前这个刑警队长的眼神就像一把匕首，直直地插进他心尖里。事情摆明了，没有谁会相信他们只抢劫一次，何况是刑警队长，到底说还是不说？他心里七上八下没个主意。说了，对不起哥们；不说，能挺得过去？刑警队长能轻易放他过关？他久久沉默着。

黄良雄他们也沉默着，讯问室死一般地沉寂。时间在一分一秒流逝，一个小时了，黄良雄挥了挥手，让人把他带下去。

犯罪嫌疑人的讯问座位换上周家卫。

这又是一场对耗。周家卫闪烁着老鼠眼，不时偷偷地瞟上一眼，不知黄良雄会拿他怎么着。他清楚，他坐在这里的目的是要从他嘴里挤出以前的抢劫案情。他想说，因为他在这几起案件都是小喽啰，跟着去望风盯梢，搬运被抢劫的财物，壮大抢劫声势，没有直接参与砍人伤人，但他不敢说，说了，他的同伙不会轻易放过，他们还有好些同伙在外头，要是知道他把他们招供出来，他的尸体很可能会被砍成七八块丢到大海里。

黄良雄似乎没有耐心与他干耗，跑到外面与黄文雄聊天去了，留下两名民警与他有一搭没一搭地说着闲话。一个小时后，放他回拘押室。

到下午，黄良雄在派出所找了个地方休息，让其他两名刑警再次提讯朱小亚和周家卫，讯问仍然没有结果。

晚上12点钟，朱小亚第二次被带进了讯问室。黄良雄与两名刑警精神抖擞地坐在他面前。“早上8点我们讯问了你一次，到现在已经过了10多个小时，我想，这么长的时间内你应该考虑清楚了，是继续跟我们捉迷藏呢，还是痛痛快快交代问题。我们不会再给你时间了，因为你的罪行我们基本掌握，你如果自觉一些，自己说出来，那你还可以自己救自己，减轻一点你的罪过。”

望着黄良雄成竹在胸的神态，朱小亚心里没底了。白天一整天，可以推测，那张武和周家卫也一定会先后被提讯几次，审了一天的时间，这两小子会不会都招供了。周家卫胆小，让刑警一吆二喝，很可能抵受不住，把以前做的案子都兜了出来。张武虽然讲义气，但被刑警久久地逼问，或者给些甜头，恐怕也熬不住。朱小亚心里发毛了，但仍硬挺着说：“我该交代的都讲了，我如果还有隐瞒了，让你们查出来，叫我吃枪子儿。”

“看来，你非要我们给你说出来。”黄良雄一拍桌子，猛喝道，“5月12日，你去了牛岭130电信站没有？5月18日，你去猪泥湾了没有？你敢说你没去？”

“你，你们都知道？”朱小亚脸色蜡黄，头上汗珠滚落下来。

朱小亚心理防线崩溃了：“是……张武、周家卫交代了？”

“我问你呐。”

“我……我说，是我——”朱小亚像要被宰杀的猪一般号叫起来，“我们在牛岭130电信站抢了200元，在猪泥湾抢了1300元……”他把蒙面抢劫的几起案件全都如实作了交代。

5月12日晚上8点多钟，他与另一名同伙蒙面窜入光坡镇130电信站，将电信站的一对夫妇打伤，搜抢了200元现金。5月18日晚上11点多钟，他伙同张武、贺仁、周家卫等5人，手持火药枪，蒙面闯入光坡镇猪湾岭一个姓黄的村民家中，用火药枪抵住受害人，抢走了1200元钱。

朱小亚还交代出去年犯下的两起蒙面抢劫案件：2000年9月24日晚8时，张武与两名同伙潜伏在光坡镇妙景桥处，拦劫路人，抢得一辆摩托车卖得赃款450元。2000年10月1日晚11时，朱小亚、张武、胡达、肖宁、周家卫等7人，蒙面持刀窜到光坡镇香水湾槟榔园，将槟榔园内的两人一人砍伤，一人用铁丝捆绑起来，抢走槟榔470斤，卖得赃款710元。

黄良雄接着又提讯了张武和周家卫，对几起案情作了供述补充。三人一共交代了另外8名涉嫌蒙面抢劫的犯罪嫌疑人。刑警大队立即分头追捕，在光坡镇港坡村将犯罪嫌疑人胡达抓获，在椰林乡东华村的一个西瓜棚里将犯罪嫌疑人肖宁抓获。其余6名犯罪嫌疑人在逃。对这6名在逃人员的缉捕令也随即发出。

公安队伍建设几点思考

2001年6月5日　星期二　雨

天阴阴的，似乎充满着无尽的忧伤。雨淅淅沥沥地下，似乎是为英雄洒下悼念的泪水。英雄离去，大地悲鸣；壮士远逝，沧海呜咽。我们又失去了一位英勇的民警。

现代先进的医疗技术都没能留住陈华。北京、上海专家赶来海南为他会诊，卫生部牵头组成的专家治疗小组对他进行全力挽救，终因伤势过重，今天，陈华永远闭上眼睛，心脏停止了跳动。

陈华的牺牲是我们心头的痛。国家培养一名警察不容易，培养一名优秀的警察更不容易。陈华的牺牲也给了我警示，民警是公安机关的最大财富，作为局领导，对民警要倍加爱惜，指挥上的任何一点失误和闪失，都可能给民警带来无法挽回的重大损失。因此，在每次行动前，我都要再三强调，务必注意安全，对违法犯罪活动，既要严厉打击，又不能蛮干，不能冲动，要动脑子，充分运用战略战术，要打得巧，打得好，打得漂亮。

当然，说是如此，做起来难。在各种违法犯罪活动中，亡命之徒不在少数，他们失去人性和理性，极其危险，极其凶狠残暴。当今社会，作案手段也日趋多样化、科技化，反侦查能力增强，所有这些，要求我们民警必须不断提高侦查破案技能，提高业务素质，提高科技含量。一支好的公安队伍，不仅政治过硬，而且要技精业强，要有“道高一尺，魔高一丈”的克敌制胜本领。

我希望陵水县公安队伍就是这样。

今年来，我组织了三次业务培训，先后选送了七批35人次民警到警校和省公安厅培训中心学习。每星期五下午还是铁定的业务学习时间。自上个月起，局党委策划举办了打击犯罪系列讲座，上星期五，是第三场讲座。民警综合大楼的会议室内，座无虚席，我与几名局领导也坐在听讲座位上。讲课的是从省公安厅请来一位专家，讲述《计算机犯罪解析》：

“随着因特网的普及与渗透，网络警察也应运而生。这种新的警察警种的任务是，进行网上搜寻，防范和跟踪犯罪嫌疑人，利用网络的便捷，快速觉察几乎不留任何痕迹的犯罪活动。因此，要成为一名合格的网络警察，就必须具有较深厚的计算机知识，熟练掌握各种计算机技能，并紧跟计算机新技术的发展。计算机犯罪是当前一种新型的犯罪，其危害主要有两方面：一是国家秘密、商业秘密等文件资料失密；二是对计算机系统进行恶意的破坏。其犯罪形式有这么几种：一是黑客非法侵入，破坏计算机信息系统；二是网上制作、复制、传播和查阅有害信息，如传播计算机病毒、黄色淫秽图像等；三是利用计算机实施金融诈骗、盗窃、贪污、挪用公款；四是非法盗用使用计算机资源，如盗用账号、窃取国家秘密或企业商业机密等；五是利用互联网进行恐吓、敲诈等其他犯罪……”

这堂课是讲座举办以来最受欢迎的。通知一贴出，除了值勤轮岗的，几乎所有民警都赶了来。我看了看课堂，大家都在认真听讲做笔记。有一位民警满头大汗，警服都透湿了，连手里的笔记本也沾满了汗水。他是祖关派出所民警。祖关镇离县城最远，他家境困难，连一辆摩托车也没有，为了赶上听课，紧赶慢赶终于赶来了。

民警都是凭工资过日子，所以局里大多数民警家境都不是很好。有的子女考上大学却没钱交学费，有的家里吃饭五六口人就靠几百元工资收入，有的子女20多岁却找不到工作仍靠老爸工资生活，还有一个民警由于经济困难，每到下班时候便去报亭领了一大堆《海口晚报》满街叫卖……民警有后顾之忧，就形成心理上的阴影。长此以往，不仅民警难以全身心投入工作，也影响公安机关的整体形象。今年来，我们努力落实公安部“从优待警”政策，成立了警察基金会，对因公伤亡、病残和困难的民警进行抚恤救济，先后给12名患病、生活上极为困难的民警和2名考取大专院校的民警子女发放救济金和补助款24500元。经局党委研究，决定在全县第一个执行国家规定的年休假制度，安排了五批民警到外地度假旅游，推行“警心工程”建设。

所谓“警心工程”，是当领导的要贴近民警。每逢周末，几个局领导都要分头上民警家里走走，嘘寒问暖，唠唠家常。今天晚上，我与周以江副局长到一个即将退休的民警家中走访。他家有三个子女，都已成年，却没有工作。他多次希望局领导帮助解决。后来，我找朋友帮忙，安排了他一个儿子到一家企业做了临时工。但由于企业效益不佳，他儿子做了几天工就又失业了。虽然如此，这位公安战线的老同志没有怨言。今晚他的一番话令我们十分感动：“领导不可能包揽民警衣食住行，也不可能解决我们所有困难，但只要领导想到民警，爱惜民警，记得到我们家走走，我们就满足了。”这就是我们的警察，博大的胸怀，无私的自律，对他们，我永远满怀深情。

第八章　让人民满意

县委书记关注的杀人案件

2001年6月7日　星期四　雨

今天发生了一起杀人案。

杀人案系重大案件，局领导必须在第一时间内赶到现场。报案是凌晨1时45分，急促的电话铃声把我从睡梦中惊醒。深夜有电话，必定有案情，多年的公安工作让我对电话铃声有一种特殊的职业敏感性，几乎是电话铃声一响，人便一跃而起。我一边穿衣服，一边通知周以江和黄良雄带领刑警队一同出发。案件发生在岭门农场。这是县里规模较大的农场，与万宁市交界。天下着雨，路面湿滑，警车向着岭门农场呼啸而去，明亮的车灯穿透黑暗，雨柱似利剑高悬。10多分钟后，我们驱车到达岭门农场的金龙甲鱼养殖场。半小时前，有4名歹徒窜到这里盗窃甲鱼，但盗窃没有得逞。因为养殖场管理较严，每天都有六七名员工值班守夜看管。盗窃行为被员工发现。歹徒慌忙逃跑。养殖场员工哪肯轻易放过？这些天，养殖场发生过好几起甲鱼被盗，好不容易守候到窃贼，都想把这几名窃贼抓获送到公安机关。于是，6名员工奋起直追。一名姓沈的保安腿快，追上一名歹徒。但是，意想不到的事情发生了，被追赶的歹徒忽然从身上抽出一把长柄刀，照着保安头上猛砍下来。保安猝不及防，“哎哟”一声大叫。还来不及抵挡，歹徒又是两刀下来。连续三刀使保安当即倒地，鲜血如同泉水一般喷了出来，与地面的雨水混合在一起。眼前的暴行令追赶歹徒的员工惊呆了。

4名歹徒趁机迅速消失在雨夜中。

我们对现场进行了勘查。歹徒砍在保安头部的三刀是致命的，保安已经死亡，脑袋如同一个血葫芦，辨不出五官形象。甲鱼池边，歹徒杂乱的足迹也被雨水冲刷干净。追赶歹徒的几名员工仅为我们提供了这样一个情况：前来偷窃甲鱼养殖场的一般是周边村子的村民，那几名犯罪嫌疑人也像是村民模样。但这个情况不能给破案带来多少帮助。

仅仅掌握“犯罪嫌疑人像是村民”这一句话的破案线索，案件如何侦破？岭门农场一带地形复杂，分界岭与牛岭将其怀抱，居住有近万名农场职工和村民。犯罪嫌疑人是不是村民？如果是村民，说明我们要对大范围、数千村民进行排查，至少要对甲鱼养殖场周边的红专、红兵、红卫三个村庄进行地毯式排查。能否从数千村民中把犯罪嫌疑人排查出来？

这是巨大的难题。

再大的难题，也要破解！近年来，陵水县发生杀人案件还是罕有的，这起案件引起县委领导高度重视。案发几小时后，县委书记李天才亲自打来电话，指示说：“加大侦查力度，尽快侦破此案。”这起案件的分量沉重。案件导致一个无辜生命死亡，严重威胁企业员工生命财产安全，严重破坏企业生产生活秩序。保护经济建设发展，为投资开发商提供良好的治安环境，是公安机关的天职。我要求，案件不破不收兵，犯罪嫌疑人不抓获，所有参战人员包括我自己不能撤！

天亮时候，雨小了。但雨点还在屋顶、树上“滴答、滴答”的滴落，低洼处形成了一条条的水沟，地上到处是积水和水流过的印迹。金龙甲鱼养殖场提供一间破案专用办公室。匆匆吃过早饭，我和周以江召集刑警大队开会，成立了“6·7”抢劫杀人案专案组，分析研究案情。从死者的伤口来看，歹徒行凶的刀具是当地村民砍柴打草的长柄镰刀，犯罪嫌疑人系周边村民的可能性最大，决定把目标锁定为周边村民，随即兵分三路。我带上一部分警力，在甲鱼养殖场周边的红专、红卫、红兵三个村子实行布控；周以江率领岭门派出所在各路口和主要地段设置路卡，盘查可疑人员；黄良雄挑选了10多名刑警，组成内部调查组，挨家挨户对三个村庄进行排查。

布控、盘查工作没有收获，来往于村子间的村民不少，经仔细盘查和询问，都排除了作案可能。排查工作也没有取得进展。刑警队员在红专村访问了数百名村民，试图从被访人的表情、谈话中发现蛛丝马迹，试图通过走访排查，寻获到作案人的作案工具或者其他涉案物品。受访的村民有的惊讶，有的茫然，没有发现可疑迹象。到下午，侦查工作继续进行，忙到傍晚，从村头到村尾，每个村民被我们过筛子般地调查问话，依然一无所获。天渐渐黑了，山川田野一片朦胧，丛林变得混沌不清，分界岭和牛岭化作巨大的黑影，紧贴在灰暗的天幕上。雨又下大了，田埂路上有三三两两返村的村民，穿蓑衣，戴斗笠，远望去，像是几个虫子在蠕动。炊烟从农舍屋顶上冒了出来，与雨雾混在一起，模糊了村庄的轮廓。一家两家亮起了灯火，即将降临的夜色仿佛要将所有秘密掩盖起来。

晚饭后，排查工作进入到红兵村，黄良雄带领刑警一家家走访，忙到深夜，仍是徒劳无功。

抓捕杀人嫌疑犯

2001 年 6 月 17 日　星期日　晴

侦查工作持续进行。

第二天，排查重点放到红卫村。这是一个数百号人口的村庄，排查进展缓慢。要搞清楚每一个村民前一天的去向，对其去向要找相关人员核实，要注意发现家中是否有可疑物件，不可漏掉可能涉案的物品线索。排查工作还要注意政策，不能冤枉好人，但又不能随便放过可疑人员。上午 11 点多钟，黄良雄与副大队长历才十、三中队长何士雄等几名刑警，来到一个姓陈的村民家中，先是例行检查，了解家中人口，与常住户口核对。发现这家少了一人，叫陈兴财，是家中的主要劳力。问他母亲，陈兴财上哪儿去了，他母亲闪烁其词，说不清楚。民警精气神上来了，立即在房前屋后展开搜查。这一搜查，疑点一个个显现。在一个柜子上，找到一件揉成一团的湿衣服，是陈兴财穿的。昨天凌晨案发时，正下着大雨，那几名作案歹徒每人都被淋得落汤鸡似的。而村民出外，一般都会带上雨具，不会在家中留有这样湿透了的衣服。接着，又在厨房找到一把镰刀，这是村民经常用于砍柴打草的镰刀，柄长，刀身短厚，刀口锋利。镰刀上还沾有暗红的血迹……

铁证如山。陈兴财列入专案组的主要犯罪嫌疑人名单。

当天作案的是 4 人，除了陈兴财，还有另外 3 人是谁？这 3 人应该是陈兴财的朋友，才会参与共同作案。我们加紧了在红卫村的排查工作，同时了解哪些人与陈兴财来往密切、交情较好。有七八个村民进入了视线。黄良雄带领刑警重点查访了其中的赵明清、杨建和钱正全 3 人。在这 3 人家中，同样搜出了沤成一团的湿衣服；而这 3 人同样不在家，逃跑了。

迅速展开对陈兴财和赵明清、杨建和钱正全四个犯罪嫌疑人的搜捕。

从地理形势分析，这 4 人不会跑远。三个村子早被布控，各条村道、各个路口都有民警守候。犯罪嫌疑人已成惊弓之鸟，不敢明目张胆地从民警眼皮底下逃跑，要逃跑的唯一路线是村后的一座山头。这山不高，范围却大，长满杂树，与周围山壑紧密相连，茂密的树林把山与山之间连成一片。我们把设卡、布控的警力撤了下来，转移到这座山下，在山下四处设点守候。不出预料，当天，有几个村民先后上山，这几人都是犯罪嫌疑人的亲属。其中一个女人是陈兴财的母亲，打着雨伞，提着一个篮子上了山。开展侦查工作以来，已有两天，村子四周被严密控制，犯罪嫌疑人躲藏在山上没有东西吃，一定饿得够呛。很有可能，这几人都是上山给犯罪嫌疑人送吃的。刑警远远跟上了这几人，企图通过跟踪，找到犯罪嫌疑人的藏身之处。但是，山上林木茂盛，道路曲折迂回，三两米之内，目标就从视线里消失，跟得太紧，又容易被发现。

跟踪无效。不过，搜查这几名上山的犯罪嫌疑人亲属，所携竹篮装的是饭菜，果然是给犯罪嫌疑人送饭。这证实了我们的判断，陈兴财他们全都躲藏在这山上。在这大雨中，近百号民警对山地展开了大范围搜捕，一个个山丘、一块块丛林挨着查找过去。老天似乎与我们作对，雨下得格外大，给搜捕增加了极大的困难。灰白的雨雾笼罩在小山上，隔上五六米远，就看不大清楚。雨下得时间长了，警用雨衣也不管用。雨水从脖子里渗进去，把内衣都浸湿了。绵延相连的树林又把山头掩护得像是一座迷宫，这一如《沙家浜》中的一句话：偌大的芦苇荡，要藏上几个人还不容易。搜捕进行一整天，没有任何收获。

只好增设明岗暗哨，把这片山地严密封锁起来。如果犯罪嫌疑人从山上下来，就必然被我们发现抓获。

一天、两天、三天……民警轮班 24 小时监控，山上没有任何动静。

在这期间，我们开始对 4 名犯罪嫌疑人的家属、朋友做思想工作，劝说动员其儿子、丈夫投案自首。重点落在赵明清、杨建和钱正全 3 人家属身上。我与周以江、黄良雄分头带领几个民警蹲点到这 3 个家庭中，向亲属指明，这 3 人虽然参与作案，但仅仅盗窃甲鱼，不一定参与杀人，投案自首将会得到政府从轻判处。在我们坚持不懈、苦口婆心地劝说下，6 月 14 日，是我们围困山头的第六天，这 3 人的家属似乎想通了，也许没有想通，但有一个事实是，山头被封锁了六天，犯罪嫌疑人如果还躲藏在山上，没有吃的，风吹雨淋，身体可扛不住。这 3 人的家属最终同意，把他们交出来。

6 月 15 日，赵明清、杨建和钱正全 3 人在家属的带领下，来到岭门派出所投案自首，交代了案情。案情并不复杂，杀害甲鱼养殖场保安的是陈兴财，这 3 人参与盗窃甲鱼，没有杀人。但是，这 3 人也不知道主要犯罪嫌疑人陈兴财的下落和去向。案发后，陈兴财也逃上了山，很快就逃散开了。3 人认为，陈兴财有可能逃离了陵水县，躲藏到亲戚朋友家中。

追捕陈兴财的重点转移到他亲戚朋友家。

6 月 16 日，黄良雄率领民警先是赶到琼海市。陈兴财的姐夫在加积镇中学工作，陈兴财与姐姐关系密切，颇得姐夫关照。但是，陈兴财没有来过琼海市，他姐夫一家说很久没有见到陈兴财。在琼海扑了空，黄良雄马不停蹄赶往万宁市，陈兴财在万宁市南宁农场有一个亲戚，却同样扑空。这位亲戚倒还配合，说陈兴财确实来过他家，不过只逗留了一会儿，吃了顿饭就走了，去向不明。但在这过程中民警查获一个线索，陈兴财可能往琼中县去了。琼中县有陈兴财一个八竿子打不着的远亲，住在和平镇万道村。

这时已是晚上 11 点多钟，从万宁市赶往琼中县，一路都是上山，车辆要开两个多小时，而和平镇离琼中县城还有数十公里，是现在去琼中县，还是回陵水县休息一晚，到明天再去抓捕？一整天的追捕行动，人困马乏。黄良雄想了想：陈兴财没有跑到琼海市、万宁市这些真正的亲戚家躲藏，而要潜逃到琼中县一个平时少有来往的间接亲戚家中，说明他狡猾多疑。他果断决定："夜长梦多，过上一晚，他就有可能得到公安抓捕他的消息。即便跑死马，累死牛，也要连夜赶赴琼中县。只要陈兴财躲藏在琼中县，就绝不能让他漏网！"他当即与琼中县警方联系，请求琼中县公安机关配合。随后，带领抓捕组上车，警车一路呼啸，披着浓重的夜色向琼中县疾驶而去。

到琼中县是深夜，时针转到了 17 日凌晨 1 点多钟。他们与迎候已久的琼中县警方会合，两县公安机关联手，紧急奔赴和平镇万道村。2 时 10 分，夜色茫茫，万籁俱寂，村庄田野山林都在沉睡中。抓捕的警车抵达了万道村，车的引擎声远远地惊起了一两只狗吠。民警下车，步行进入到村中，悄然将一家村民的住宅包围起来。黄良雄带人冲了进去，屋内人还没有反应过来，就都被控制在被窝里。陈兴财倒是第一个惊醒，但望着满屋的警察，只有一脸无奈，战战兢兢地俯首就擒。

疑心惹祸端

2001 年 6 月 26 日　星期二　雨

我把破案结果向县委作了汇报，李天才书记说："好！把案子破下来了就好，要是案子破不了，我可要拿你这个公安局长问罪。"之后，他又表扬说，“我从内心感谢我的前任县委书记张力夫，是他给陵水县选调了一个优秀的公安局长。”这个表扬倒是令我很不好意思。

案件破获也使我轻松了许多。

昨天，我与政工办两个同志去了祖关派出所。祖关镇距县城20公里，位于陵水县西北部吊罗山南麓，经济较为落后，派出所基础设施条件较差。上午，我们检查了档案管理、枪支管理、警务公开、创建无毒社区，以及“治安信息员村通村”等方面工作。下午，与派出所民警开会，就做得较好的档案管理、治安信息员工作进行总结表扬，对创建无毒社区、警务公开方面的工作，提出了几点还有待改进的意见。一天就这么过去了，从派出所吃过晚饭回来，已是晚上8点多钟，冲了个凉，刚拿起一本书，祖关派出所忽然又打来电话，说发生了一起杀人案，祖孝村一个63岁的老汉将自己的儿子杀死了。

这个案子蹊跷，父亲63岁，儿子必然是年轻力壮，年轻儿子怎么会被老父亲杀死？除非儿子没有防备，父亲是蓄谋杀人，但是，虎毒不食子，究竟有什么深仇大恨，导致父亲一定杀死儿子呢？我和黄良雄带上刑警队，赶往案发现场。

到祖孝村是20时25分，派出所民警已把现场保护起来。现场是一幢农村常见的普通民宅，一排土坯房分作三间，左侧搭有一间简易厨房。有好些村民围观，我们走到近前，见一个女人坐在门口号啕大哭。派出所民警说，这女人是死者陈川的媳妇，杀人犯罪嫌疑人叫陈玉才，把儿子杀死后就匆忙逃跑了。刑警对现场进行勘查。死者俯卧在房门口的门槛上，后脑被砍了两刀，一大摊血把门槛都染成了暗红色。门槛内，丢弃有一把村民常用的镰刀，镰刀上沾有血迹。显然，陈玉才是用镰刀把儿子砍死的。黄良雄小心地用塑料袋把这把镰刀装了起来。法医、摄像等技术工作的刑警紧张地忙碌，测量死者位置；对尸体进行检查；照相机噼里啪啦闪光不停，拍摄现场照片。

勘查完现场，我们把村干部、死者的媳妇和住隔壁的两家村民请到一起了解情况。案情渐渐明了。

陈川不是陈玉才的亲生儿子，是抱养来的。以前父子间关系都挺好，父疼子，子孝父，但自从陈川娶了媳妇后，这一家人渐渐有了龃龉，时不时听见他们争吵。陈玉才是个忠厚老实人，勤快，尽管60多岁了，一天到晚还是忙里忙外的，身体也好，下田种地，做起事来一阵风；但是口笨嘴拙，肚子里有话倒不出来，与人发生争执，急了就破口大骂。儿媳妇是去年过门的，有几分姿色，一张嘴巴尤其厉害，尖牙利齿，得理不饶人。平时，陈玉才对儿媳妇也很好，重活累活都抢着自己做，对她倒有些巴结奉承的意思。但是，儿媳妇却觉得公公不怀好意，一双眼睛总是色迷迷的。20 日晚上 9 点钟，陈川在外与村民聊天，陈玉才走进儿媳妇的睡房，拿出 20 元钱，想叫她第二天去祖关镇市场上买些稻种回来。儿媳妇却误会了公公意思，以为给 20 元钱是要她陪他上床，还不等公公把话说完，就叫了起来："你这老不死的，要脸不要脸？20 块钱就想吃你儿媳妇的豆腐，你不照照镜子，都快进棺材了！"接着是一番"死色鬼、老色鬼"地臭骂，吓得陈玉才赶紧退了出来。

不久，陈川回家，媳妇又将这事给他说了。陈川气得七窍生烟，想公公扒灰扒到自己老婆身上。接连几天，夫妻俩见了陈玉才就横眉怒眼，骂，吵。陈玉才一肚子冤屈，想辩，辩不清，想说，又找不出词儿来，越想越气，越想越火。这个儿子白养了，娶了媳妇忘了娘，忘了老爸怎么把他养大的。今天入夜时，吃过晚饭，陈川下河洗澡去了，陈玉才见儿媳妇一人在家，于是找茬儿骂了开来："你钻我甘蔗地干啥去了，想偷甘蔗？"

儿媳妇哪肯吃这个亏，接嘴就骂了过来："老疯子，谁去甘蔗地了？"

"你砍了我一根甘蔗叶！"

"我什么时候砍你甘蔗叶？"

"有人见你砍我甘蔗叶。"

"你见鬼了，神经病，老东西！老不死……"

翁媳正在吵骂之际，陈川洗完澡从外来回来，便帮上媳妇，一句话恶声恶气，朝养父顶牛过去："人家没砍你甘蔗叶，你骂什么？"见养子为儿媳妇帮腔，陈玉才瞠目结舌，憋了几天的怒火一下子爆发了，想这个儿子白养了，养大儿子成了白眼狼，有这样的儿子还不如没有。他怒从心头起，恶向胆边生，跑进自己睡的房间，取出一把镰刀，就在陈川走进自己住的房间、踏上门槛的瞬间，陈玉才冷不防地举起镰刀，照着他后脑连续两刀，当场就把陈川砍死了。见养子倒在血泊中，陈玉才愣了。一旁，儿媳妇大哭大叫："闹人命啦！公公把我老公杀了——"陈玉才慌了，眼瞅着几个村民围过来，连忙拔腿逃跑，转瞬间，消失在村外的夜色里。

老汉逃进深山老林

2001 年 6 月 28 日　星期四　晴

这是一个悲剧，一个不应该发生的悲剧。

陈玉才可怜，63岁的老汉，养儿防老得不到儿子的孝敬，得不到儿媳的照顾，得不到家庭的温暖；陈玉才可悲，含辛茹苦把儿子抚养成人，却因为咽不下一口气，成了杀人凶手，亲手要了儿子的性命。家庭问题有什么不好商量解决呢，坐下来，平心静气，把话说清楚，把疙瘩解开，再大的矛盾也能化解，再大的冲突也能平息。但在农村，文化素质低，法治观念缺乏，鸡毛蒜皮小事往往酿成滔天大祸。

犯了罪，必然要受到法律的制裁。

陈玉才逃到哪里去了呢？没有人知道。但一个孤寡老汉，没有地方可去，只有祖孝村四周的山崖、树林、草丛才是他的藏身之处。这给我们出了难题，搜捕范围太大了，方圆百十平方公里，再往里去，是吊罗山深山老林。山里不说没有大道小路，车辆进不去，就是人在里边都不容易钻出来。要进山搜捕，不仅必须要带足三五天的干粮、饮用水，还要有吃大苦，耐大劳的准备，可问题的是如此兴师动众，未必能够达到目的。

我们必须进山。一来，陈玉才是杀人犯罪嫌疑人，务必抓捕归案；二来，这老汉躲在深山里，过着野人般的生活，时间长了，不死也会成为永久失踪人口。从人道上也要找到他，即便判他死刑，也应让他死得明白。我要求黄良雄抽调得力刑警，与祖关派出所组成抓捕组，无论如何，都要想方设法把陈玉才带回来。

27日一早，黄良雄带领抓捕组12名成员，宛若野战部队，备足了干粮、饮用水和武器弹药，请了一个当地村民做向导，踏上了进山抓捕陈玉才的征途。

上午集中在村周边的山头搜寻。祖孝村是个山村，周边尽是崇山峻岭，树林密密匝匝，茅草比人还高，奇峰怪石处处可见。山地少有人迹，湿滑难行。有时，一条长长的青蛇不知从哪儿爬了出来，扬起三角脑袋，趴在青苔石上直直地瞪着你；有时，草丛里呼啦啦一阵乱响，一头野猪忽然窜了出来，“呼”的一声吼叫，奔过你脚旁，消失在一片灌木里。最令人烦恼的是山蚂蟥，尽管把衣领系紧得几乎勒断了脖子，但它从头上掉了下来，还是能从衣领里钻进到内衣里。向导对这里地形熟悉，知道哪里有山洞、山窝可以躲藏。但一个上午，只见识了几个砍柴、猎野猪的村民，没有找到陈玉才。有村民说，见过陈玉才，往吊罗山方向去了。

这就决定了抓捕行动必须深入到大山老林之中。

下午，抓捕小组进入了吊罗山。大山里面又是另一番景象，树木参天，浓荫遮住太阳，天仿佛黑了下来。一条条长藤形如巨蟒，有的盘在树身上，有的从树上垂挂下来，脚下是枯朽的、软乎乎的树叶烂草，踩在上面晃悠悠的，恍若进入了梦境。眼前难辨东西南北，手机也成了哑巴，没有一丁点信号。就这样，在山地里搜寻了20多里地，民警腿酸了，脚板也发痛了，除了偶尔遇上一两个村民，仍然没有发现陈玉才的影踪。不知不觉，天完全黑了，幸好遇见一个黎族村民，常年在山里头谋生，住的是自己搭制的草寮，吃的是山里的山菜野食。他提供了一个信息，说见过陈玉才，估计就在这一带转悠，不会再往山里边去，再往里头去，就没有人烟。于是10名民警蜷缩在他草寮里借住了一晚。

第二天，黄良雄带着抓捕组民警继续在山里头搜寻。他对搜捕行动战术作了调整，把搜捕地段划成一块块的，每块山地布设几个岗哨，在有过人迹的路段留下民警蹲守，这样一块一块山地搜寻、排除，把搜寻范围扩大了许多。然而，一上午过去，陈玉才仍然音信杳然。民警一个个累得汗流浃背，恨不得把身上扒了精光，但山蚂蟥的威胁又使他们不敢脱掉衣服。有的民警甚至失去了信心，这深山老林里，躲上个把人，就是再用现代科技侦察也不一定有效。黄良雄也有些沮丧，这样篦头似地搜捕还是找他不到，陈玉才这老家伙究竟藏在哪儿呢？但他没有下达撤退的命令，这是一名忠实执行上级指示的优秀民警，对于上级下达的任务，从来是不打折扣，坚决完成。

中午，大家取出干粮。两天搜捕把身上带的矿泉水早已喝光，大家只能凑着山涧溪水吞咽干粮，尽管溪水里浮着一片片的腐叶烂草，浮游着一条条小虫也顾不上了。填饱了肚子，艰难的搜捕行动又开始了，他们从一个山头爬上另一个山头，从一片树林绕到又一片树林，随着太阳西移，能否抓获陈玉才的问号在每个民警心中越来越大。山重水复疑无路，柳暗花明又一村。下午4时，搜寻到一个山崖下，听见不远处的树林里有响声，迅速围了过去。钻进树林，只见一个老汉坐在一棵芭蕉树下，搂着一捆野芭蕉拼命啃食。

向导指认出这就是陈玉才。黄良雄他们把他押送到了公安局。

犯罪嫌疑人成功抓获，可我们的民警一个个都脱了一层皮。

人民满意最为重要

2001年8月8日　星期三　晴

争创人民满意派出所是我们全年贯穿各项工作的轴心线。

“人民满意”这四个字分量最重，是人民警察的宗旨，是公安工作的出发点和根本目的。但要做到这四个字又是最难的，难在公安工作千头万绪，涵盖方方面面。从大处来说，案子没有及时破获，群众不满意；抓错了人，造成冤案错案，群众更不满意。从小处来说，接待群众心情不好，态度不热情，言语不礼貌，群众不满意；群众发生纠纷，调解处理和稀泥，没有把问题症结解开，群众也不满意……乃至警容不整，警风不端，与群众发生争执等，都会让群众不满意。

上午，一个叫阿龙的村民上访，说派出所调解他与邻居的纠纷不公平。起因于去年，阿龙丢了一只鸡，怀疑是隔壁邻居偷杀吃了，与邻居争吵起来。双方大打出手，邻居额头、眼角被打出血，他的手臂、小腿也见了红。派出所赶去调解，判令他赔偿邻居医疗费120元，他不服，说他也被打伤，对方也要赔他医药费。于是从去年告到今年，我曾让其他局领导调查过，结论是派出所当时处理正确，因为阿龙凭空怀疑，没有证据证明邻居偷鸡，而纠纷是阿龙引起的。但阿龙就是觉得不公平，不断上访告状，也去了县信访办，县信访办把这个问题重新转到公安局处理。没办法，我只好亲自接待，看阿龙一副不依不饶的样子。我问，你被邻居打伤治疗花了多少钱？他说89元。就为这89元，他先后上访11次，时间近一年。我想了想，自己掏出89元给了他。他欢天喜地地说，再不告状了。

就这么一桩事，我除了这样处理，再想不出其他更好的办法。村民的家长里短，有时真不是什么大的原则问题，这里的农村较为落后贫困，89元钱对村民来说，可不是个小数目。也许，他心中最在乎的根本不是这次纠纷的理在何方，在乎的是这笔“巨款”；就算他心中已经知错，但他不能损失这笔钱。所以，把钱给他应该是最好的解决问题的方法，至少对他有所感召。事实证明，这位村民回去之后，对我们公安工作表示心存感念，与邻居也慢慢和解，没有了芥蒂。

这不，这个村民走后，局信访办同志说：“李局长，你自己掏钱赔偿他医疗费，这恐怕不妥吧。像这种上访，是胡搅蛮缠，纯属‘刁民’行为，给他钱，他得了便宜，以后遇上这种情况，不就更会得寸进尺？”我说：“不给他钱，你能拿出更好的解决办法吗？”信访办同志摇了摇头。我又说：“你想想，为了89元，他上访近一年，从村里步行到县城，一趟来回60多里地，跑了11次，既耽搁他的生产生活，我们局里和县政府有关部门也要拿出精力和时间来接待处理。但这一次，只花了不到10分钟就让他满意结束了上访，这不是很好吗？”信访办同志说：“可他是刁民。”我不认同这种说法，说：“群众之中没有刁民，只有思想觉悟高低之分。在群众思想觉悟没有上来时，不能以我们的思维模式和标准来要求群众。89

元对于我们不算什么，但对于年收入只有两三千元的村民来讲，却是一个大数字，为让群众满意，我们有时要吃点亏，受点委屈。”

派出所是公安机关争创人民满意派出所的窗口，今年主要抓两项活动，一是“五百”：派出所民警要“进百家门，认百家人，知百家事，体百家情，暖百家心”；二是“三十”工程：派出所同辖区 10 位人大代表、政协委员挂钩联系，和 10 名老百姓交朋友，和 10 名违法青少年建立帮教关系。各派出所报来的工作材料对这两项活动都有反映，有的还总结了一些经验。不过，这都是写在纸面上的，具体落实如何，还得需要经常下去检查落实。

下午，我去了英州派出所。英州镇位于陵水县南端，三面环山，南临大海，是全县主要瓜菜基地之一，以冬季瓜菜生产带动其他经济发展已成为英州经济的亮点。派出所把服务对象集中在瓜菜种植户身上，与瓜菜农户交上了朋友，到瓜菜运输高峰时期，主动上门，把户籍、身份证办理等办证业务也带到瓜菜市场，为群众提供便捷服务。在一个瓜菜基地，我与一名瓜菜种植户攀谈起来。这是一个黎族村民，近两年靠种瓜菜收入盖起了三层小楼，年收入达 4 万多元。听我问起派出所印象，他讲了一大堆好话：“派出所好，民警每星期都会上我家来。不瞒局长，我家老二不听话，前些年跟一帮烂仔混，做些偷鸡摸狗的事。我一天到晚被瓜菜忙得焦头烂额，哪有时间去管。后来，他让派出所给抓起来了。没想到第二天，派出所又派民警送他回来。我说，我为这个儿子头痛得要命，你们要多关他几天才好。民警说，阿叔，你也有不是，平时老是打他，他在家中得不到温暖，才会去结识流氓烂仔。就这样，一来二去，民警与我家来往特熟，我那老二也改好了，还被派出所叫去当了联防队员。”

争创人民满意派出所换来了群众的大力支持和帮助，这正是我们目的所在。

“治安信息员村通村”工程是一个很好的实践。在群众热心支持下，治安信息员发展很快，全县已有治安信息员 720 多名，为侦查破案提供了大量线索。前不久，一名治安信息员提供情报，说是阿健潜回家了，现在文罗镇蔬菜市场活动。阿健 1998 年涉嫌抢劫杀人，我们追缉三四年了，费了大量警力财力，但一直无法将他抓捕归案。他这次栽在治安信息员手上。我们接获情报迅速赶往文罗镇，治安信息员已在等候，把我们带到蔬菜市场，将犯罪嫌疑人指认出来。几个民警缓缓向他靠拢。忽然，他抽出一把 30 公分长的大砍刀，看来我们如果上前抓捕，他会要拒捕的。这使我们为难了，蔬菜市场是人口密集地带，如果强行抓捕，不排除可能伤及无辜。又是治安信息员急中生智，挑了一担蔬菜靠到近前，猛然把蔬菜挑子推翻了，一百多斤蔬菜顿时倾翻在他身上，趁他措手不及，民警迅速扑上，将他制服在地。

严重暴力抢劫案

2001 年 8 月 10 日　星期五　晴

这几天都在下面检查落实创建人民满意派出所工作。昨天到长城乡，这是个三面临海的沿海富裕乡镇，有天然港湾，渔产丰富，当地不少人经营海水养殖发了财，各个村庄都盖有洋楼别墅。晚上，在乡政府用餐，认识乡里一个姓许的干部，他是个热情健谈的人。先对我们一通溢美之词，后又大咧咧地说："你们当公安的是不是太敏感了，现在太平盛世，哪用得着天天严打，有那么多犯罪分子让你打吗?"我提醒说，陵水这地方交通四通八达，犯罪分子作案容易逃离，还是要注意时有案件发生。他说再怎么发案也抢不到我头上。我笑了，说犯罪分子可不认你是当干部的，说不定哪天也会遭遇抢匪。他也笑，说遇上抢劫就一定直接向你公安局长报案。

没想到这竟然一语成谶。

今天晚上，老许骑一辆铃木王摩托车——这是一辆买了没有多久的崭新摩托车，平日倍加爱惜，每次骑完车，都擦洗得干干净净。他从长城乡出来，往陵城方向去。9 点多钟，经过光坡镇，上了县边防机动中队驻地附近的公路。天黑，没有路灯，路两旁是黑蒙蒙的田野，整条路上只有他摩托车的灯光。突然，一道强烈的电筒光照射到他脸上。漆黑的眼前蓦然一道强光，顿时照花了他的眼睛。紧接着，路边草丛里窜出两名光着上身的歹徒，劈头盖脸一木棍打在他头上。他"啊"的一声惨叫，连人带车栽倒。歹徒极其凶恶，窜过来操起木棍又朝他身上乱打，一边打，一边还兴奋地叫喊："打！打死！打死！"这时，老许神志还算清楚，前边不远是边防机动中队，中队指导员是他侄子，他必须赶紧逃跑，只有逃进边队中队才会安全。否则，这条命要送到这些歹徒手上。他忍着剧痛，挣扎着爬起，向边防中队方向猛跑。歹徒也不追赶，将倒地熄火的摩托车扶起，见地上还有一部手机，当然是老许摔掉下来，又捡起手机，坐上摩托车，往光坡镇方向疾驶而去。

老许跌跌撞撞地跑进县边防机动中队大院。他侄子见这副模样吓了一跳，问清缘由，连忙向公安局报案。

我带领刑警队第一时间赶到现场。从现场遗留的痕证、物证上看，这是一起精心策划的、以抢劫摩托车为目标的抢劫案。歹徒隐藏在路旁草丛，只待有摩托车经过，便以强烈的手电筒光亮刺射骑车人的眼睛，使骑车人无法继续开车，随后，以暴力实施抢劫。现场脚印杂乱，丢弃有好几根木棍，估计参与作案在四人以上。

我们也向老许询问了当时抢劫情况。老许头上、身上有不少血迹，看来伤得不轻，边防中队为他作了简单包扎。他为我们提供了几点有用的破案线索，说打他的两名歹徒身高约 1.65 米左右，叫喊"打他"，带有黎话口音。抢劫摩托车后往光坡镇逃跑，估计作案人是光坡镇的黎族青年。完了他一脸苦笑说："李局长，还真没想到，昨天我们在一起吃饭，抢劫案还就这么快找到我头上。"我说："你好好休息，早点把伤治好。你放心，这起案件一定会破获，被抢劫的摩托车一定会找回来还给你。"

这是一起重大抢劫案。刑警大队成立了"8·10"专案组，但由谁牵头具体破案呢？副政委王晓枫跃跃欲试地说："李局长，专案组由我负责吧，我坚决完成任务。"王晓枫刚从省公安厅调来，是个 30 多岁的年轻人，做过报纸编辑，搞过经侦工作，脑瓜子灵活，有些争强好胜心；不过，他没有做过刑侦工作，似乎生了点，嫩了些。但见他一脸期待，我想了想，年轻人锻炼锻炼也好，在工作中学习，从实践中提高；并且，专案组还有黄良雄这员大将。我同意了，但交代说："这起案件破案难度不小，犯罪嫌疑人抢劫完了就跑，来无影去无踪。黑夜里，受害人也无法辨识歹徒面容。现场遗留的线索不多。但这起案件是今年以来罕有的暴力犯罪案件，务必破获。否则，案子破不下来，群众夜间驾车行路失去了安全感，这可是公安机关的耻辱啊。"

也许是头一次担纲负责重大刑侦任务，王晓枫干劲颇足，很快提出侦查设想："第一，对可疑人员进行排查，把排查重点放在光坡镇，及周边乡镇黎族人聚集的村庄。第二，与现场痕证物证进行比对，调查有过劣迹的黎族青年，从中寻找可疑人员；第三，在发案现场公路设置埋伏，对可能再次发生抢劫案件进行监控与防备；第四，以物找人，寻找老许丢失的摩托车，如果找到这辆摩托车，相信案件很快可以得到破获。"

我同意他的破案思路，补充几点说："专案组不少同志都有丰富的破案经验，要发挥集体智慧，群策群力。派出所对当地情况熟悉，要与光坡、英州派出所密切配合。在排查工作中，要依靠群众，发挥治安信息员作用，争取最大范围地获取线索。另外，不要放弃老许丢失的手机线索。

歹徒抢得手机，有两种可能，一是丢掉手机卡，把手机卖得几百元钱，可对全县二手手机市场做些调查；二是歹徒将手机留着自己用。如果他继续使用老许的手机卡号，这就为我们破案提供了最大的机会。”

王晓枫却不相信：“劫匪哪有那么笨？劫匪应该知道这个常识，被偷抢的手机号一般都会被我们监控。他敢用老许的手机卡号，那不是找死吗？”

大家也觉得这种可能性太小。

狐狸与猎手的较量

2001 年 8 月 13 日　星期一　晴

接省公安厅通知，我被评为全国人民满意公务员，要我做好准备上北京参加颁奖大会。我十分高兴。我知道这个荣誉称号的分量，这是由中央组织部、宣传部、中央文明办、国家人事部共同主办的，是在全国范围内的人民满意公务员评选活动。全省只有一个名额，我有幸获得了这个荣誉。当然，我清楚，主要是省公安厅领导、县委县政府领导关怀，同时对我寄予厚望。

这次，个人获得的殊荣，不只是上级对自己工作的肯定，更重要的是对我所在公安局工作的充分肯定。重托在肩，责任在肩，我暗下决心，要一如既往地恪尽职守，兢兢业业，奋力拼搏，努力做一名优秀的公安警察。

与这件事同样令我高兴的是，在创建人民满意派出所活动中，局党委向群众发出问卷调查表 2800 份全部收回，满意率和基本满意率达 99.1%，如此高的满意率超出我的预期。说明这项活动取得成功，警民关系和谐，群众对我们信任，对近年来的公安工作成绩给予了肯定和好的评价。陵水公安形象得到较大幅度的提升，这，是最难能可贵的。

不过，一天过去，“8・10”抢劫案侦查工作没有取得进展。

王晓枫带领专案组在光坡镇一带调查摸底，干得十分辛苦，吃住都在办案现场，晚上睡不到三四个小时，先后在光坡镇排查数千人员。12 日，又将侦查重点转移到邻近的几个民族乡镇，走访村民，找黎族青年谈话，在“8・10”抢劫案现场蹲坑守候，仍然没有收获。

茫茫人海中要把那几名犯罪嫌疑人找出来，难！歹徒脸上没有贴标记，黑夜里的罪恶仅有短短几分钟。这往哪处去找？往哪处去寻呢？就在专案组一筹莫展之时，12 日上午 9 时 36 分，老许被抢的手机有了动静，有人用他的手机号打了一个电话，这是固定电话。大家没有盲目乐观，使用老许手机的人或许不是劫匪，也有可能是劫匪把手机抛掉了，被其他人捡得，捡获手机的人贪图小便宜使用了这个手机。但这次手机通话是侦查案件以来最有价值的线索。专案组很快查获到接通手机的电话地址，那是陵城镇的一间出租屋。王晓枫带领专案组迅速赶到出租屋。里面住有几个女孩，其中一个女孩承认，刚才是她接的电话，民警对她进行了传讯，她说给她打电话的是她男朋友，叫吕梁，群英镇昌旦村人。

吕梁列入“8·10”抢劫案第一号嫌疑。

专案组随即赶到群英镇昌旦村，秘密在村民群众中展开调查，了解吕梁平时表现。吕梁在村民中口碑极差，几乎没有人说他好话。一个村民说：“你问阿梁啊，村里有名的烂仔，游手好闲，好吃懒做，一般都不回家落屋的，每天与三教九流鬼混一起，常在南平农场、陵城镇一带游荡。”有见过吕梁的群众说：“昨天我在陵城见过，像是发了财，穿件崭新的T恤衫，进到一家高级酒店，一边走，一边还拿个手机打电话，像个大款老板似的。”

吕梁的犯罪疑点骤然升高。王晓枫决定，立即抓捕吕梁。

民警把吕梁的女朋友叫来，要求她给予配合。这女孩还听话，顺从民警指挥，给吕梁拨通了电话：“阿梁，你在哪儿？上我这里来一下，我烦，想你嘛……”吃过中饭，是人们午睡时间，陵城镇跟平时一样平静，太阳火辣辣的，烤得树叶都耷拉下来；街道上，行人不多，从几家店铺里传来风扇哗哗的疯转声。专案组民警守候在吕梁女朋友的出租屋旁。下午3时，一个年轻人满头大汗，手掀起衣襟扇风，像只兔儿般往出租屋里面闯了进去。民警迅速扑上，吕梁还来不及反应，便被按倒在地。

吕梁个头不高，不及1.65米，脸上轮廓分明，有点黑瘦。“为什么抓我，我犯了什么？”他叫喊着，扭动着身子，试图从民警手中挣脱出来。

“你是不是叫吕梁？”民警开始审讯。

“我是吕梁。”吕梁说，他的声音比民警声音还高，“你们凭什么抓我？我没犯法，没偷，没抢……”

“没偷没抢？”民警从他身上搜出老许的手机，“这是哪儿来的？”

“捡的。”

“给我放老实点！”民警喝道。

“手机是捡的，今早上，我在……一家店铺前捡的。”

“你运气还真好，一大早就捡得手机。你带我去捡一个。”民警嘲笑地说。

“真是冤枉。犯法的事谁敢做？”吕梁咬紧牙关拒不承认抢劫。尽管经过一番又一番交锋，至深夜3时，民警仅从他口中获得“冤枉、手机是捡到”的供述。专案组同志感到了极大压力。吕梁不开口，案情就无法突破。没有确凿的证据，拘留了超过24小时，按照新刑法规定，还必须把吕梁给放了。但从吕梁闪烁不定的眼神、从吕梁长相与老许所说的犯罪嫌疑人外貌极为相似的陈述中，吕梁应该就是“8·10”抢劫案的作案人。

第二天上午，讯问继续进行，吕梁仍然是茅坑里的石头，又臭又硬。软磨硬泡，向他摆政策、讲道理，什么招式都用尽了，吕梁就是死猪不怕开水烫。吕梁满不在乎地坐回到审讯台前，倒有几分得意，摇头晃脑地吹着口哨，被民警喝止后，居然还嘲弄起民警来了：“哥们，审我这么久了，你们累，我也累，大家一起休息一下好不好？”

王晓枫坐到了讯问桌前：“吕梁，你以为抵赖就可以脱身？就可以逃避法律的制裁？我要向你指出，这种态度将会加重你的罪行，加重对你的处罚。我们一再交代了政策，坦白从宽，抗拒从严，不要抱有侥幸心理。你以为不开口就可以蒙混过关，错了，我们会拿出你抢劫作案的证据。”

这番话让吕梁愣住了，眨巴着眼睛，心里腾腾地打起鼓来。除了这个手机，民警还掌握有他抢劫的其他证据？不会吧，他们黑夜作案，不可能有人辨认出来；再说，抢来的摩托车昨天就出手卖掉了，不会有什么证据留下来。民警可能是在唬他。他想到这里，嘴巴又硬起来：“你拿出我抢劫的证据，杀了我都行。”

“你是不见棺材不掉泪了。”王晓枫说。一会儿，两个民警进来。一个民警拿着一个文件袋，另一个民警拿着四根木棍和一双拖鞋——木棍是抢劫犯罪嫌疑人的打人凶器，拖鞋是从吕梁住处搜查出来的。王晓枫从文件袋取出几张照片——是案发现场拍摄的痕迹、证物照片，他把其中一张照片展示给吕梁看了说，“照片上的鞋印痕迹是你拖鞋上的。”他又指着民警手里的几根木棍，“这几根木棍你也认识吧，上面有你的指纹。吕梁，你能把这些给我解释一下吗？”

吕梁傻眼了。慌张、惊恐布满了他面容。“我说，我交代……”他彻底崩溃了，将8月10日如何策划、如何布置、有哪些同伙、如何实施抢劫的经过一五一十都吐了个干净。

“摩托车卖到哪里去了？”

“南平农场，一个叫赵全的职工，他花1900元钱买下了摩托车。”

随着王晓枫的一声“立即出发！”他率领着专案组民警火速赶赴南平农场，在农场合口队将销赃犯罪嫌疑人赵全抓获，缴获了他买来的赃车。接着，又马不停蹄地开始了对吕梁犯罪同伙的追捕……

C卷　琼山风暴

第九章　走进暴风雨

林小华案件

2001 年 10 月 23 日　星期二　晴

接到任琼山市公安局局长调令时，我真是有些意外。

琼山市公安局领导班子要调整，是传了很久的事，起因于一名民警违法犯罪。

今年的 5 月 31 日，琼山府城交警副中队长林小华请人吃饭。饭局设在东郊椰林酒店。这是一次严重违纪的饭局，他请吃的目的是不满足于担任交警副中队长，企图通过请吃，与一帮所谓有能耐的人拉上关系，攀上交情，求得日后升官晋爵的“进步”。晚上 6 时，林小华骑上摩托车赶到东郊椰林酒店，却感受到请客的困难。他是通过朋友邀请“关系人”来吃饭的，在酒店等了一个多小时，要请的人影儿也没有一个。他打电话与朋友联系，回音是“不在服务区”。他不耐烦了，打道回府。在龙昆南路，忽然风雨交加，一场暴雨劈头盖脸落了下来，他跑进了路边小店躲雨。如果这场风雨大些，时间再长些，搅了他的饭局，那么，以后的事情或许不会发生。然而，海南 10 月的风雨来得急，去得也快。不久，风停雨住，林小华的呼机响了。是朋友打来的，告诉他说客人全部请到了酒店就坐，怎么不见他这个东道主人影？他欣喜若狂，迅即又上了摩托车，返身往东郊椰林酒店驶去，由此引发了林小华酒后嫖娼杀人的重大事件。

林小华进了朋友定好的二楼包厢。在座的有他朋友，以及煞费苦心请来的所谓与上层有关系的三位客人。在这包厢中，林小华格外特殊，一身警服，腰间别把手枪，全副武装，显得“牛气”冲天。在吆三喝六声中，几瓶“小糊涂仙”下肚，客人们一个个都喝得有些糊涂。他喝得尤其一塌糊涂，酩酊大醉，舌头短了半截，丑态百出；一会儿摔杯子，把酒杯往客人嘴巴里灌；一会儿与朋友吵架扭打，被朋友按倒在酒桌上揍；一会儿又高举双手跪在地上，大叫大嚷地向人投降……这场酒宴闹到夜里快11点钟，林小华与他的朋友、客人才跌跌撞撞地下了楼。

从酒店出来后，被酒精烧昏了头的林小华没有回家，直接到了海口市人民公园，找了个卖淫女。就在两人完事后穿衣起来时，卖淫女一句话惹恼了他："你们也干这种事。"他恼羞成怒，顺手就把枪拔了出来："你找死……"话未毕，他想也不想就扣动扳机，而他完全忘了，在这枪膛中，有一颗前几天就上膛、没有退出的子弹。结果可想而知，随着"砰"的一声枪响，卖淫女来不及哼一声就倒下……

枪声划破了公园的夜空，震惊了警界，也震惊了各级领导。警察酒后嫖娼杀人，性质太恶劣了。虽然林小华在案发后很快落入法网，但人们在问，琼山市公安局怎么会发生这样的事？队伍是怎么管的？琼山市委迅速派出工作组进驻公安局，在公安队伍中展开教育整顿工作，查处队伍中存在的各种问题。省委、省政府也极为重视，白克明、汪啸风、王广宪、于迅等省领导多次作出重要批示，省委派出工作组进驻琼山市公安局，协助琼山市委深入开展教育整顿工作，检查落实林小华案件有关责任人的处理情况，抓好琼山市公安局领导班子建设和队伍建设。

林小华嫖娼杀人案件造成的影响太恶劣了，新闻一炒，风风雨雨，全省尽知。琼山市公安局领导班子调整势在必行。但是选谁去接任琼山市公安局长呢？在教育整顿中，工作组发现队伍中存在大量严重问题。这是一个烂摊子，要把这个摊子收拾好，需要一名好的带头人。9月4日，省委政法委、省公安厅向琼山市委推荐了三名人选，我是其中之一，另外是省公安厅的一名副处长和一名曾连续夺得国优、省优的县公安局长。我原以为，从资历、业绩上看，另两名人选都在我之上。没想到，经省委工作组、琼山市委多次考察，最终选定我接任琼山市公安局长。

明天，就要去琼山市公安局报到了。今天上午，我赶到省公安厅，厅长王和平亲自找我谈话，语重心长地说："把琼山市公安局这副担子交给你，是经省委反复研究决定的。琼山市公安局不同于陵水县公安局，基础差，人际关系复杂，尤其是林小华案件暴露出队伍许多问题。你这次去，可说是临危受命，这是一副重担。目前，省委工作组、琼山市委工作组还在公安局搞教育整顿。你要配合支持工作组，继续把教育整顿抓好，尽快使琼山公安工作走向正轨。琼山公安工作关键是队伍，希望你到任之后，在琼山市委、市政府的领导下，把这支队伍带好，管好，维护琼山社会稳定，确保一方平安，重新树立起琼山公安局的良好形象。"

这是一副沉甸甸的担子，寄托着省委、琼山市委和省公安厅对我的期望。这也是一副不容易挑的担子，我心里诚惶诚恐生怕自己能力有限，辜负了组织对我的信任。但我想，自己是共产党员，受党培养教育多年，对于领导交给的任务，必须勇于担当，坚决完成好。

问题触目惊心

2001 年 10 月 24 日　星期三　晴

琼山公安队伍内问题触目惊心，远远超出我的想象。

据省委工作组调查，林小华原来没有用枪资格。1991 年，在审批配发枪支工作中，有关人员未经局领导批准，擅自为林小华换发“六·四”式手枪，以至林小华不合法使用枪支 11 年。其所以发展到酒后嫖娼杀人也不是偶然。队伍中违法违纪数量大，可说是创了全省市县公安机关之最。1998 年以来，琼山市公安局已立案调查的违法违纪案件有 80 起 118 人之多，占民警总数 15.5%，仅民警涉枪违法案件就发生了多起，尤其是为黑恶势力充当保护伞的民警竟然达 7 人。1999 年 7 月，3 名民警在海口市大同里抓获贩毒嫌疑人 2 名，搜出毒品海洛因 23.64 克，却在拿了贩毒嫌疑人的存折提取了 23 万元后，私自将贩毒嫌疑人放跑。1999 年 2 月，一名民警抓获一名贩毒嫌疑人，勒索钱财后放掉贩毒嫌疑人。1995 年 6 月，龙发海犯罪团伙打架斗殴，砍断对方双手，被害人自杀身亡，其家属报案，至龙发海团伙被打掉的 6 年间，却无一凶手捉拿归案。1994 年 6 月，龙发海团伙为报复，将仇家双脚后根砍断致残，被害人家属报案，但案件长期无人查处，涉案人员无一人被抓，原始材料也无法查找。

民警队伍参差不齐。有的派出所长没有基本口头表达能力，思维混乱，讲话词不达意。有的民警在执法工作中，不会填写查扣凭证，连姓名、日期都会写错。个别民警不是通过努力学习、刻苦钻研来弥补，而是购买伪造学历证件，走歪门邪道来证明文化水平高。1996 年至 1999 年的四年间，3 名股所队长违反规定，赊账吃喝高达 12 万元。局里临时工之多也创了全省市县公安机关之最。历年来，通过批条子，走路子，托关系，大量非警务人员调入和聘用进来，形成畸形人事结构：在编民警 501 人，非警务人员居然达 402 名，其中除了极少数是没有入警的公务员，绝大多数是向社会招聘的。这些临时工充填公安局各部门单位。大量临时工固然减轻了民警工作量，但同时带来了大量问题。一是利用临时工担任保安，代替民警值班、出警，甚至执法，严重违反公安机关执法原则和有关规定；二是临时工素质低，大多不懂法，不知法，没有法治观念，对群众粗暴野蛮，由此衍生工作失职、违法违纪等诸多问题；三是导致公安机关出现“三类警”现象。在群众印象中，只要在公安局工作，便是警察，于是琼山公安局便有了“正式民警是一等，非入警公务员算二等，临时工只好做三等”警察的说法，群众对此讽刺说“一等警察看，二等警察干，三等警察吆喝群众干”；四是严重加重了公安经费负担，按每个临时工最低500元工资计算，全局260多名临时工，一年仅就支出临时工工资就达130多万元，使原本紧张的公安经费雪上加霜，严重冲击了公安经费业务支出。

如果说这些问题只是表象反映，那么深层次则是原领导班子管理问题。

原领导班子思想政治工作“弱”，队伍管理“松”，枪支管理“滥”，工作作风“软”，监督机制“差”，处理违法违纪问题“轻”，民主集中制等同虚设。原局领导班子成员各吹各的号，各打各的旗，缺乏沟通、协调和配合，民警不知听谁的好，形成“你分管的我不插手，我负责的你不要干涉”的畸形领导局面，对重大问题难于形成统一认识。局里民警集资600万元盖宿舍楼，历经三年盖不起来；有的领导提出抓紧解决，有的领导却认为是上任领导主持建设的，消极推诿，以至集资楼成了“烂尾楼”。在用人问题上凭关系，凭感情，不按有关规定办理，甚至部分违纪干部也被任命为股所队长。林小华在评议中排名倒数第一，在民警和群众中口碑很差，工作生活存在严重问题，却让他继续担任交警副中队长。对违法违纪案件，不敢碰硬，查处不力。1998年，一名民警枪支走火击伤群众，局领导未按有关规定办理，仅将其调动工作岗位了事。1999年，市人大在评议公安工作中，查出历年有未破获的杀人案件47宗，其中23宗竟然连档案都找不到，如此严重的问题却没能得到深入查处。就在林小华案件发生后，原领导班子还违反组织程序，临时动议，调整了20名股所队领导干部，此事幸好被市委及时发现制止。而班子不齐心，民警队伍中也便有了莫名其妙的派别和山头，说“谁是某领导的人，谁谁又是某某领导的人”之类的传言搅得人心不安，民警无所适从，以至领导班子在民警中严重丧失了威信，失去了凝聚力，便出现了阳奉阴违，各行其是，上面讲一套，下面做一套、令难行禁不止等各种问题。

领导班子问题影响是深远的。现在换上新一届领导班子，但在民警心中仍然充满疑虑和不信任。昨天下午快下班时，我走过一个办公室，里面传出对新任局领导的议论声。虽然我的脚步声使议论戛然而止，但落尾的那句话却令我一个晚上辗转难眠："琼山公安局换过多少任领导都是江山仍旧，就你一个李传芳，有通天的本事能治理好？"

我没有通天的本事。即便有通天本事，靠一个人舞拳弄腿也不可能有大的作为。但我清楚，我不是孤立的。改进琼山公安工作，加强琼山公安队伍建设，重塑琼山公安形象，这是省委、省公安厅、琼山市委的决心，是琼山市广大民警期望，是琼山广大群众民心所向。只要公正严明，依法办事，组织便是公安局新一届领导班子的坚强靠山。上级领导给予了强有力的支持。张兆腾同志调入琼山市公安局任政委，这是一名有较高政治素养、较高学识水平的公安思想政治工作者，工作踏实，作风细腻，待人温和，善于团结同志，善于体察、把握人的心理感受。他原在省公安厅宣传处任调研科长，林小华案件发生后，参加了对琼山市公安局治理整顿的省委工作组，由于工作突出，被省委、省政府授予个人二等功。我相信，有他这个好搭档，新一届班子一定能把琼山市公安局治理好，把琼山这支公安队伍带好，重新树立良好的琼山公安形象。

各种情况和问题像电影一样，一幕幕在我眼前流动，治理琼山市公安局，应该从哪里下手呢？

查处民警队伍违法违纪行为

2001 年 10 月 29 日　星期一　晴

清退临时工的工作是从乱到治的第一步，而查处民警违法违纪案件是下一步治理整顿的重点。

省委工作组进驻以来，肯定琼山市公安局多年来取得的成绩，尤其是在今年"严打"专项行动中，打击"法轮功"、治爆缉枪，以及禁毒等专项斗争走在全省前列，破获了全省有史以来最大贩毒案件，缴获毒品海洛因 45 公斤、毒资 20 多万元，打掉了公安部挂牌督办的以龙发海为首带有黑社会性质犯罪团伙，打掉了以孙标为首的恶势力犯罪团伙，为琼山经济发展创造了良好的治安环境。琼山公安队伍建设也有了一定成效，先后涌现出一批先进英雄模范人物。交警大队民警林声运不图名利，爱岗敬业，长期带病超负荷工作，晕倒在工作岗位上。还有巡警大队接到报案，府城地区有一歹徒点燃炸药包要搞爆炸，洪德武等 6 名巡警紧急赶到现场，就在导火索哧哧闪动火花、炸药包快要爆炸的千钧一发之际，洪德武他们临危不惧，奋不顾身冲上前去，夺下炸药包，掐断导火索，抓获了犯罪嫌疑人，制止了一起重大事故。

但在林小华案件面前，琼山市公安局的成绩、功绩、业绩全部显得苍白无力，全部淹没在其嫖娼持枪杀人的罪恶中。要正本清源，稳定警心，重塑琼山公安形象和在人民群众中的威望，必须纯洁队伍，查处琼山市公安队伍中的违法违纪案件。然而，这项工作涉及面广，全面整顿，不亚于一场地震，必然会给民警心理上带来巨大压力，甚至造成人人自危的负面影响。全局民警绝大多数是合格的，思想作风是过硬的，虽然有些民警素质较低，工作能力差，甚至牵扯进一些违法违纪、犯罪案件中，但也只是极少数。如何厘清犯罪与违法、违法与违纪，以至在这些违法违纪、犯罪行为中，还有主与次、主动与被动的关系呢？如何确保违法犯罪人员得到严厉查处，又不矫枉过正，不制造冤假错案，不让无辜同志受到牵连？

省委工作组准确把握了工作尺度，先后接待群众来信来访150多件，处理来信材料60多件，与有关人员谈话600多人次，阅读、汇总、撰写工作材料数百万字。这些案件历时多年，时过境迁，在调查事实来龙去脉、查找违法犯罪证据等方面有着非常大的难度。我要求全局各部门大力支持、配合、协助，对工作组提出的问题，指定专人跟踪查办，件件落实，找不到不放过，查不彻底不放过。经过大量艰苦细致的工作，工作组把各种问题一一调查核实。林小华案件得到依法查处。原公安局3名领导受到了党政纪处分。尤其是在纷繁复杂的案件线索中，工作组查实辖区极个别民警为黑恶势力充当“保护伞”的重大犯罪行为。

1996年12月23日，犯罪嫌疑人李小勇与村民王庆章发生矛盾纠纷，李小勇便纠集犯罪团伙头目龙发海，两人同骑一辆摩托车追赶王庆章。在府城镇风翔路口，两人发现王庆章与其朋友周军、陈忠聚在路旁，李小勇便拔出一支五四式手枪连开数枪，当场击毙王庆章，打伤周军。案发后，公安机关抓获了李小勇，龙发海负案在逃。然而，案件交由时任府城分局刑警队队长吴贵承接主办后，吴贵却利用职权，收受贿赂，贪赃枉法，未对案件继续作任何侦查，不对龙发海进行追捕，不对在押的李小勇移送起诉，私自将李小勇杀人案卷藏匿达3年之久，直至1999年琼山市人大评议公安机关期间，市公安局重新派人补充案卷全部材料后，吴贵才不得不把私藏的案卷原始材料交了出来。案件移送检察院起诉，李小勇被依法判处死刑。

1995年6月13日，犯罪嫌疑人冯福与市民林大弟打架结仇，便勾结犯罪团伙龙发海、王正飞、何庆顺、冯岛、沈志全等人，把林大弟强行拖拽到灵山镇儒房村渡口。冯福与龙发海两人持刀残忍地将林大弟双手齐腕砍断，把断掌扔进南渡江中。案发后受害人家属向灵山派出所报案，派出所民警迅即前去调查。然而，时任琼山市公安局江东分局刑警队长的吴良接办案件后，也曾带人看望过受害人，做了笔录材料，此后却将案件原始材料丢失，不对案件作进一步侦办，不组织警力抓捕犯罪嫌疑人，导致案件长达6年没有得到处理，犯罪嫌疑人逍遥法外。

1993年5月6日，龙发海犯罪团伙成员吴少军与一工地民工发生纠纷，便纠集犯罪嫌疑人郑宝军等20多人，闯入工地殴打民工。郑宝军用山猪炮将民工肖仁贵炸死，自己也因此被炸断左手。琼山市公安局接到报案后，将郑宝军收押审查。但此后，郑宝军仅在医院治疗被炸伤的左手时接受过两次讯问，便再无人过问案情。吴少军多次指使涉案人员进入监所给郑宝军传信，告知郑宝军不要交代任何问题。当时办案人预审股民警贺州对案件草草了事，不对案件证据材料核实和进一步侦查，而是将这起伤害致人死亡案件连同盗窃案材料一并装订移送检察机关，导致郑宝军最终以盗窃罪判刑6年，逃脱了伤害致死人命罪行，其他涉案犯罪嫌疑人无一人受到刑事追究。

1999年10月10日晚，在省公安厅治安处组织下，省边防总队海警支队在琼山帝豪花园捣毁“水仙”啤酒机赌场，抓获涉赌人员261人，查获赌场存入银行赌资169万元存折一本，移交给琼山市公安局治安股处理。但治安股指导员王文明、民警陈志威接受赌场老板宴请和歌舞厅娱乐消费后，便做出了存折存款系赌场收银员个人所有的处理意见，经主管领导同意后将存折发还给赌场老板，导致本该没收处理、收归国有的巨额赌资流失。

在确凿的证据面前，今天，局党委决定，启动司法程序，分别以涉嫌徇私枉法罪、受贿罪、玩忽职守罪，将吴贵、冯毕文、郑吉敏、吴良、贺州、王文明、陈志威7名民警移送检察院查处。

第一项整顿工作旗开得胜，我心中似乎踏实了许多。

清退临时工

2001年10月30日　星期二　阴

清退临时工迫在眉睫。早在两个月前，这个问题就由原领导班子提上了议事日程，但两个月过去，却议而不决。一是清退工作方式方法难于定案，什么人该退，什么人可以不退，临时工清退后遗留下来的空缺岗位如何解决？二是前来说情的，临时工闹意见的，有关方面打招呼等，各种情况导致清退工作阻力重重，难清难退。但临时工问题必须尽快解决，否则，琼山市公安局这辆列车拖着数百名临时工的沉重车厢就无法轻装前进。省委工作组和琼山市委也明确指出：临时工清退工作是事关琼山公安队伍建设的大事，必须尽快解决，越早解决越好。

26 日上午，在省委工作组和琼山市委支持下，局党委召开会议，对临时工清退工作进行专门研究。会上，我提出了个人的看法："清退工作进展不下去，说到底，是我们工作没有到位。要把这项工作抓好，关键是临时工之中有没有我们自己的亲朋好友，有没有局领导、股所队长的关系。如果有，首先自己要带头，要先清退自己亲朋好友的临时工。在清退工作中，必须一刀切，全面清退，公平清退，大家就不会有意见了。"经过讨论研究，会议形成决议：一是实行"谁用工，谁清退，是哪个部门单位聘用的，由哪个部门单位自行清退"的原则；二是全面、限时清退，务必于月底之前完成所有临时工清退工作。

这个决议让有的同志舒了口气，说："局党委下决心就好办了，凡是有临时工的单位，让他们开张条，通知临时工回家不用来上班就解决问题了。"政委张兆腾连忙说："这样简单处理绝对不行。临时工大多在公安局工作多年，对公安局也深有感情，现在要清退出局，心里本来就不情愿，不舒服。清退工作是政策，是硬性规定。我们既要把这项工作完成好，但不能用一个辞退通知了事，要把政策说清楚，把清退规定讲明白，对临时工要耐心地、挨个做劝说，口服心服，不要使任何一个临时工带着情绪、带着怨气离开我们公安局。"我说："政委说得很对。清退工作涉及临时工的个人切身利益，也可说是砸人饭碗的事，做起来很棘手。务必把思想政治工作做到家，确保每个临时工退得高兴，走得愉快，要把这作为一项政治工作抓好。"

局党委的决议迅速贯彻到全局各部门单位。

不出所料。清退工作一石激起千层浪。不少人想不通，有的还发牢骚："新班子第一件事就拿临时工开刀，拣临时工好欺负。"当天下午，我的手机就接到几个电话，都是说某某临时工是他什么关系，要求照顾。晚上，又有人敲响我家的房门，是我多年不见的朋友，我还在琼中县工作时，就与我熟悉。他倒直率，进门就坦承来意："李局长，很不好意思，你很忙，刚调来琼山市公安局就来麻烦你。但这事不来还不行。我一个侄子就在你局里工作，做临时工有 4 年了。他家就靠局里发给的几百元工资生活，儿子要读书，老婆又没有工作。他如果清退了，一家的饭碗就算没有了。你看，对我侄儿的辞退，可不可以暂缓……"

我请这位朋友坐下，倒了杯茶，也直言相告说："局里情况你恐怕还不清楚。全局501个民警，就有226名临时工，我这个公安局长快成临时工局长了。作为公安机关，让临时工上岗执法，这行得通吗？就说你的侄儿，在派出所搞治安管理工作，他自身文化素质不高，本身就对法律知识欠缺，你让他怎么抓治安？这种执法是明显违规的，群众会没有意见？公安机关不比其他部门，不能搞得像是商场、企业，什么人都可以进来。”

“不过，其他市县公安局也有聘用人员。琼山公安局也不是不需要人手。”朋友不死心地说。

“警力紧缺是事实，但不能滥竽充数。谁穿上警服就成了警察，这是不对的。上级要求清退临时工，你说留谁不留谁？只有一刀切，全面清退，这是唯一公平办法。当然，我不排除以后可能聘用人员，但再聘用肯定都要通过考试，经考试合格录用。现在，必须全部清退，这还得请你老兄大力支持，给你侄儿做做思想工作。”我继续做他的工作。

话说到这份上，这位朋友只好讪讪离去。

这一晚，我接待了三拨这类不速之客。

27日下午，局党委召开了全局临时工参加的清退动员会议，全面铺开了临时工清退工作。我和政委张兆腾带领班子成员分头行动，深入到各股所队，与基层领导共同做临时工的思想工作，耐心细致地解释：“清退临时工是对琼山市公安局这些年来用人机制的纠偏，是必然趋势。公安机关是执法部门，必须按照国家有关规定办事，对于临时工多年来在公安局工作表示感谢，欢迎临时工回去后仍把公安局当作自己的家，常来走动，一如既往地支持公安工作……”

话里透着温情，透着局领导的一片真情和歉意，临时工的情绪渐渐稳定下来。我心里一颗石头也落了地。几天来，所有临时工按计划、有步骤地全部顺利清退完毕。没有因清退而造成队伍混乱、管理失控、临时工闹事的问题。

第二项整顿工作也完全达到了预期的目的。可见，事在人为，只要功夫深，铁杵磨成针，思想工作做到家，问题就迎刃而解。

人民群众满意的标尺

2001年11月18日　星期日　晴

民警队伍中的犯罪是毒瘤，违法违纪是疮疖，既要割掉毒瘤，也要切除疮疖。否则，任由“疮疖”生长，都将养痈成患，祸莫大焉。公安队伍必须纯洁，绝不容许有害群之马。一个月来，局党委紧密配合工作组，以事实为根据，以法律为准绳，查处了32起滥用枪支致伤他人等违法违纪案件，将12名有徇私枉法、敲诈勒索、玩忽职守、吸毒、殴打他人等违法违纪行为、不适合做公安工作的人员清理出公安队伍；依照党纪、政纪对62名民警作了开除党籍、开除公职，以及撤职、降级、记过、通报批评等处罚。

“这回动真格了”，群众对琼山市公安局作出这样的评价，各种来信来访也骤然多了起来。昨天，江西丰城的一个村民给我们来信，反映1996年他在琼山三江镇打工期间，被人殴打致伤，住院治疗花了一万多元，当地公安机关仅抓了打人者罚款了事，对受害者却不管不问。我把来信批给江东公安分局，要求重新立案查处，给受害人一个公道。这封信也提醒了我，这种坐等群众来信来访是被动的，要让群众满意，应该将群众上访变为领导走访，主动为群众解决问题。

11月的天气渐渐凉了下来，太阳经常躲藏在云层里。虽然海南没有冬天，但依然有一片片树叶在阴阴的雨天里飘落。我带领政工、法制、纪检、督察等部门同志，拜访各机关单位，走访各个乡镇，先后跑了50多个单位和村庄，召开了50多场次村、居委会干部座谈会，发放和收回调查问卷3000多份，就如何开展公安工作广泛向群众征求意见。

从收集的情况来看，反映强烈的仍然是未立未破的案件，共有49宗之多。1999年，琼山市人大代表在评议公安工作时就曾质询过，但没有得到有效解决。我要求全局各部门务必配合省委工作组把这些案件彻查清楚。今天，省委工作组转来省委督办、群众反映强烈的两宗案件，一宗是琼山龙昆南路的中国城存在卖淫活动，一宗是府城地区有大量非法印刷私人彩票。省委领导对这两宗案件明确批示，要求彻查清楚。

对于上级指示，必须坚决贯彻执行。

中国城的卖淫活动也引起省公安厅重视。是夜10点多钟，省公安厅与琼山市公安局联合行动，100多名民警向龙昆南路进发。这时正是琼山市夜生活拉开帷幕的时候，络绎不绝的汽车在龙昆南路穿梭，一道道车灯映亮了夜空，龙昆南路被装点得五光十色。中国城处于龙昆南路中段，只有四层，楼不高，却是全省名气最为响亮的文化娱乐场所。有七八家具有一定规模的文化娱乐公司在这里经营，其档次规格在全省都算一流，还曾接待过蜚声国内外的大腕明星演出，著名歌手刀郎也是从这里走出来的。于是，这里也成了海口、琼山富翁富婆们的聚集中心，天天歌舞升平，夜夜声色犬马，卖淫、异性陪侍等涉黄活动也在这里大有市场。

民警逼近中国城，但见中国城笼罩在一片灯海中，霓虹灯、激光灯、花灯……各种灯光把一座中国城映照得扑朔迷离。明亮宽敞的中国城大厅，站立着一排排婀娜多姿的迎宾小姐，面对诸多民警的进入，一个个惊愕不已。按照预先制订的行动方案，民警分成三组，分头对二三四楼娱乐场所清查。我带领30多名民警直扑二楼。二楼以上是歌舞娱乐主要活动场所，是这次扫黄清查的重点。突袭行动引起了一些骚动。民警告诉大家，这只是例行检查，歌照唱，舞照跳，娱乐照常进行。

我们一个个舞厅、一间间包厢、一家家桑拿池挨个地查询过去。大多歌舞厅正常合法经营。但查到四楼的丽宫桑拿部时，清查行动遇到障碍。一男一女两个经理慌忙过来。男的叫王先生，女的称丁经理。两人又是递烟，又是请喝茶，企图阻拦检查。我让一个民警把这两人看住，带领其他民警闯入桑拿部。当民警推开浴池门时，赫然见迷雾般的浴池里，几对“鸳鸯”脱得赤条条的，正在打情骂俏地戏水。一问，男女双方都不知道对方名字。经审查，那些服侍男人洗浴的桑拿小姐来自湖南、四川等地，都是由丁经理和工先生组织、介绍过来，专门在这里从事卖淫活动。民警迅即查封了丽宫桑拿部，以涉嫌组织、介绍、容留妇女卖淫，将经营负责人刑事拘留。

在三楼一家舞厅，也发现有淫秽活动。舞池中央，一幅不堪入目的西洋景正在上映。那黯淡的紫红灯光下，靡靡之音在空间呻吟。聚光灯打在两个高鼻碧眼的金发女郎身上。伴随着音乐和人的喘息，两名外国舞女一边轻歌曼舞，一边把身上透明的轻纱脱下来，紧接着，内衣、胸罩、内裤也逐一甩到观众席上，引起看客的一阵口哨和尖叫。我们迅速将舞厅工作人员控制起来，打亮大灯，两名脱衣舞女的裸体像两个剥壳鸡蛋似的暴露在舞池中央，惊得人们一片慌乱，瞬间又鸦雀无声。民警来到舞池中，命令脱衣舞女穿上衣服，无奈舞女来自俄罗斯，一个叫卡丽娜，一个叫尤丽尔。言语不通，她俩傻愣一会儿，好半天才明白了，慌慌张张穿上衣服，被民警带了出来……

那一夜忙到三四点钟。我回家打了个盹，一大清早赶到局里，吩咐民警将那两个俄罗斯舞女交有关部门遣送出境，接着又展开打击私彩行动。

这是一次突袭式的大清查行动，持续了三天，查获7家非法印刷、贩卖私人彩票的印刷厂点，抓获参与非法印刷、贩卖私彩的违法人员62名。其中一家印刷厂大规模非法印刷、贩卖私彩，我们依法将其法人代表和有关责任人刑事拘留。

也就在这时，一个电话打到我手机上。是一家报刊负责人打来的。在抓获的非法印刷私彩人员中，有一个叫阿香的与这家报刊社有点关系。这位报刊负责人请求我给个“面子”，把阿香放出来。我握着电话半天没有吭声。论交情，这位报刊负责人与我颇为熟悉，我还在陵水县公安局工作时，他为陵水公安工作做了不少宣传。我也深知当前报刊舆论之威力，一旦得罪了，搞上几篇文章抹黑，你跳到黄河都洗不清。1999 年，某县公安局就曾被一家报纸的两个小记者以暗访之名，敲诈勒索了数目不小的钱，到后来还给抹了黑，搞得当时满城风雨，局领导里外不好做人。“老兄，”我想了想，哈哈一笑说，“这个阿香是刑事拘留，刑事拘留证是我签字批准的。我要把她放了，是不是想摘我乌纱帽啊。我这个公安局长当了还不到一个月呢。人，我不好放，这样吧，你晚上有空吗？我请你吃饭，算是我求你别给我出这个难题。”

对方也还知趣，也是哈哈一笑，没有再提放人的事，“你请客也行，但由我买单。”

“不，绝对不行，我请吃饭哪能让你买单？”于是，要求“卖面子放人”的复杂话题变成了明天吃饭由谁买单的简单问题。

痛苦的教训

2001 年 11 月 19 日　星期一　雨

改革开放使琼山市从一个荒僻落后的小县城变成了一个初具规模的现代都市，处处高楼林立，满目舞榭歌台，迪斯科以激烈节奏向传统挑战，在这物欲横流、举世浮躁的社会中，人们的思想观念、生活方式正在发生着急剧的变化，追逐金钱成了时尚，权力为人所艳羡和觊觎。这一切，在冲击着人们的传统观念，同时也腐蚀着公安队伍，几乎没有人敢夸口，其中的负面因素对自己丝毫没有影响。

林小华也不是与生俱来的恶人，孤儿出身，参加过自卫反击战，在坚守哨所阵地上，曾与三个战友并肩作战，打退了敌人一次又一次的进攻；战友牺牲了，他从枪林弹雨中生存下来，戴着军功章退伍到警察岗位。他也曾是个好警察，曾奋不顾身抓获过一名持枪逃犯，还荣立三等功，评为优秀共产党员，也因此很快被提拔为交警副中队长。但是，在灯红酒绿的都市生活中，在经济大潮的冲击下，他开始蜕化，坠落成公安队伍中的败类。

林小华案件振聋发聩地告诉我们，在诱惑面前，只要思想上放松改造，高官也罢，普通公务员也罢，毫无例外都会滑入腐败的泥坑不能自拔。

在教育整顿工作中，我们紧紧抓住林小华案件，以此作为反面典型，开展“三个代表”教育和警示教育活动。人人都要深刻反省，是不是符合人民警察的基本要求？是不是牢记了为人民服务的宗旨？是不是抵御了各种腐败思想的诱惑？有的民警声泪俱下，把见不得阳光的东西抖了出来；有的民警感叹，这么具体，这么实在的政治思想教育，真是刺刀见红，直指心性。

这是一场痛苦的教育，是一场触及民警灵魂深处的思想斗争。

150 多场民警民主生活会，4500 多份发给群众的调查测评表，反思出队伍中存在大量违纪和警风不正的问题亟待整肃。有派出所长坦承，曾利用职权在辖区酒店赊账吃喝，经年累月，居然积有数万元欠款；有民警羞愧地说，把警服当成个人私器，上班不穿下班穿，工作不穿办私事时穿；有民警汗颜地检查，上班泡茶店、坐酒馆打扑克，兴致上来，关掉呼机手机，一个通宵玩得天昏地黑，人仰马翻。最突出的是：一是酒，酒风盛行，闲时喝，忙时喝，几个哥们一起固然喝，偶尔一次工作餐也要喝。个中原因是当地习俗使然，但酒风长盛不衰却是管理上的放纵。如果不是酒，林小华或许不会因酒乱性。二是枪，对付犯罪分子的枪支却成了部分民警手中玩物，成了摆威风、显派头的道具，成了吓唬群众、为个人谋取私利的本钱，执勤时固然佩戴上，不执勤时也把枪亮出来招摇过市。如果当时林小华手中没有枪，就不会制造出民警枪杀卖淫女的恶性案件。

局党委重新制定和颁布了《禁酒令》：上班执勤禁止喝酒，朋友聚会禁止酗酒，公共场所禁酒，平时生活禁酒。尤其加强了枪支管理，重新制定和颁布了《琼山市公安局枪支配备管理暂行规定》，所有超范围、超标准配发的枪支，无论配发给哪位领导，或是配发给哪个老板一律收回。短短一星期，以前违规配出去的 20 支枪无一遗漏地清理收回到公安局枪械库中，实行枪支集中管理，非公务一律不准佩带枪支，非经领导批准不得擅自使用枪械。局党委还出台了《民警八小时以外活动管理的暂行规定》，要求股所队长对民警八小时外的活动进行跟踪……

教育整顿把琼山市公安队伍从严治警推向一个从未有过的深度。

公安局机关作风在逐渐发生变化：民警一律整齐着装，准时上下班；一个命令下来，民警迅速行动，再没有了坐茶馆喝茶聊天的懒散现象。窗口单位告别了“冷、硬、横”，民警用一张张笑脸和热忱的态度迎接群众。在府城镇街头，交警、巡警的目光时时关注群众有无困难，是否需要给予援助。在文庄、忠介、云露、龙昆南等各个派出所，民警上门上户，把为民服务的一片爱心送到群众心头……

就在这变化中，仍然有一个问题难以解决。多年来，由于管理混乱，进人关把不严，有关方面把公安机关当作一块肥肉，通过打招呼、批条子、走关系等各种渠道，将企业职工、商店店员、公司保安，乃至一些社会闲散人员塞进公安局，以至民警素质参差不齐，良莠难分，成了公安工作的“包袱”。省委工作组同样意识到这个“包袱”的严重性，向省委作了汇报。根据省委领导指示，确定琼山市公安局作为全省公安机关定岗分流的试点单位，对“包袱”进行“手术切除”。

不过，这个“手术”真不好下刀。

所谓定岗分流，即是把不适合做公安工作的多余人员“请”出公安机关。一旦被“请”了出去，不仅工资要减，福利待遇要降，而且从此再不能穿警服，失去了警察身份。“分流”二字重千斤，摊到谁的头上谁愿意？昨天，局党委召开了全局民警定岗分流动员大会，一石激起千层浪，民警议论纷纷。晚上，我坐在办公室批阅文件，忽然，电话铃响了，有同志反映，有18名无编人员准备集体到省委上访。所谓无编人员，大多是近年调入的，由于调入时编制已满，无法纳入局机关正式编制系列，无法领取地方财政发给的工资，属于公安局内部人员，只能领取公安局内部发给的工资。这些人原指望等待有人调出空出编制，可以补充入编，但现在要搞定岗分流，自然担心会列入第一批定岗分流对象。

我大吃一惊。有情绪有意见可以向局党委反映啊，找省委上访就能解决问题吗？这事闹到省委大院去，不仅不能解决问题，而且严重影响省委正常办公秩序，必须将事态控制下来。这时，已是晚上10点多钟，下着细雨，路灯浸染得暗沉沉的，我先打电话向市委作了汇报，市委常委、政法委书记易仁生很快赶到，召开了紧急会议，认为当务之急是做好政治思想工作，稳定群众情绪，制止上访情况发生。我们带领股所队长，连夜分头赶赴这18名无编人员家中，彻夜长谈，要求他们安心工作，正确对待，定岗分流是省公安厅的部署，是公安机关改革趋势，目前全省都在实施，全局每个人都要有定岗分流的准备。

这一夜，易常委和我们通宵未眠，直至18名无编人员思想全部稳定下来。

第十章　琼山警方新起点

法盲凶杀案

2002年1月4日　星期五　晴

庆祝2002年元旦鞭炮声还没有消散，元月2日，一起人命案给欢乐的新年投下了一个巨大阴影。

死者叫陈大兴，新坡镇月塘村村民，事件是因一餐晚饭而引起的。农村晚饭都比较晚，陈大兴家也是如此。晚上7时许，他从地里回来，干活饿了，也不等家人，先跑到厨房，盛了碗饭就吃上了。做农活，体力消耗大，他狼吞虎咽地，不料才吃了半碗，连饭菜味还没有品出，忽然眼前发黑，一阵阵晕眩，面色发青发白，腹内刀绞似的疼痛，汗珠黄豆似的从头上滚落下来，"快，快来……"他大叫一声，接着哇地大呕。他的妻子、儿子、儿媳闻声连忙赶了过来，却见陈大兴倒在地上，嘴里往外喷血，已经不知人事。家里人慌了，七手八脚，急忙把他送往新坡卫生院。虽经医院大力抢救，还是无法挽回陈大兴的生命。经医疗诊断，陈大兴死亡与中毒有关，陈大兴的儿子随即报了案。

我是11点多钟接到报案的。首先我把案情在脑海中简单过了一遍，陈大兴是中毒死亡，那么，这是什么毒？毒从哪里来，是人为投毒，还是其他缘故？由于第二天要赶去省公安厅开会，我要求刑警大队汇同新坡派出所一起前去侦查案情。

法医和技术人员对现场进行了勘查和尸体解剖，经提取死者吃剩的饭菜检查，含有大量毒鼠强，证实陈大兴系毒鼠强中毒身亡。显然，这是一起投毒杀人案件。谁是投毒犯罪嫌疑人呢？刑警对陈大兴的家人进行访问，家人的回答都没有多大价值。陈大兴生前没有与人结仇，平时即便有点小口角，也不会导致这种杀人的深仇大恨出来。只有从有毒的饭菜上面进行调查。饭菜是陈大兴的妻子煮的，会不会是他妻子投毒，这个可能性很快排除了。夫妻俩几十年，一向感情很好，妻子对丈夫无微不至的关心，平时陈大兴稍有点病痛，妻子便急得什么似的，妻子不存在任何致死陈大兴的前提条件。剩下唯一的可能是，只有接触厨房和饭锅的人才有致死陈大兴的嫌疑。

陈大兴死前，有两个人进入过厨房。一个是他儿媳妇，翁媳间曾有过争吵，但刑警很快排除了儿媳的嫌疑。儿媳虽然有点小脾气，与公公闹点小别扭，属家中正常矛盾，总的来说，儿媳对公公还是尊重和孝敬的。案发前她虽然在家里，有投毒时间和条件，却不存在作案目的与动机。剩下一个人进入了侦查视线，是村里的一个村民，叫关东平。案发前，关东平长时间逗留在陈大兴家中。

关东平会不会是投毒犯罪嫌疑人呢？

刑警围绕关东平展开侦查。关东平与陈大兴家平时往来不是很多，案发当天，却整整一个下午守在陈大兴家，与陈大兴的儿媳聊天。两人有什么话要聊一下午呢？询问陈大兴的儿媳妇，她说平时就她和婆婆在家，难得有人来说话，关东平来了，就陪着她说闲话儿，问她关东平去过厨房没有，她说不记得，在农村没什么讲究，村里人来串门，厨房厅堂住房都是可以随便进出，也没有注意关东平进没进过厨房。刑警走访了周边村民，了解到关东平与陈大兴有过矛盾，陈大兴曾骂过关东平是小偷，散布过关东平偷东西的流言。关东平为此极为怀恨，曾向陈大兴警告过说："你陈大兴不要出口伤人，老子的忍耐是有限度的!"至于"忍耐限度"是什么，没有人知道，会不会由此导致关东平投毒呢？

照常理说，这不过是村民之间闹矛盾的一时气话，再怎么冲突，也没必要因为一句口角而投毒杀人吧。刑警带着一些疑问在关东平家展开调查，居然发现家中存有大量药物，有多种农药，也有毒鼠强。这是案情的一个重要进展，关东平的嫌疑度升高了，刑警决定，传唤关东平。

在刑警大队讯问室，关东平紧张兮兮，掩不住的惶恐从脸上透出来。面对刑警的提问，他强作镇静，一问三不知，两小时下来顶不住了。一连串的问题使他无法回避："平时你与陈大兴不和，为什么还要去他家聊天，为什么一聊就是一个下午，这一下午你与陈大兴的儿媳聊了些什么？你进没进厨房？进厨房干了什么？你说毒鼠强不是你放的，那么你说是谁放的，这一下午，除了你，没有其他外人进过陈大兴的家，你没有投放毒鼠强，难道还是陈大兴家里人投放的？据我们调查，陈大兴家里没有买过毒鼠强，他家根本不存在毒鼠强。毒鼠强是从来哪里来的？你现在必须把问题坦白交代出来……”

关东平精神防线垮了，说：“我是想赚取陈大兴家的一点殡葬费……”他一五一十地说出了作案经过。

案件发生有些荒唐。

关东平是月塘村殡葬组成员，村里只要死了人，都由他负责收殓，而在这收殓中，他可收取收尸费95元。近年来，村里少有人去世，他也就没有了收殓死人的收入。于是，他把主意打到陈大兴身上，想陈大兴曾骂过他，与他发生过口角，如果把陈大兴弄死了，不仅除掉了这个对头，而且可以得一笔收尸费。他越想越觉得这是个好主意。可是，如何把陈大兴弄死呢？用毒鼠强不失为一个好办法。一天，他去了新坡镇集贸市场，这里有一家专门卖老鼠药、农药和种子的店铺，店老板叫陈朝光，关东平是这店里的老客，多次向陈朝光购买过种子、农药。他向陈朝光谎称说：“地里老鼠多，种的玉米被老鼠吃了大半，要买两瓶老鼠药回去灭老鼠。”村民买老鼠药也是常事，陈朝光没有丝毫怀疑，收了关东平三元钱，卖给他两瓶毒鼠强。元月2日，关东平吃过早饭，就窜到陈大兴家中。下午，又跑去陈大兴家，逗留到下午四点多钟才离开。这一天，他通过窥探，了解到陈大兴生活起居，用餐时间，以便伺机投毒。下午6时，他再次溜进陈大兴家，乘陈大兴妻子煮饭时不曾注意，把两瓶毒鼠强一股脑儿全倒进了陈大兴的饭锅里。

剧毒的鼠药导致了陈大兴的死亡。也就在第二天，刑警正在为这起案件在村里忙碌时，蒙在鼓里的陈大兴家人找到了关东平，付了他95元钱，委托他收殓安葬死者。令关东平没有想到的是，他还没来得及消费95元收尸费，便落入了公安机关法网。我从省公安厅开完会回来，闻听案件迅速告破，十分高兴，吩咐政工办把案件材料组织一下，提供给新闻单位报道宣传。

其实，还不等政工办组织材料，新闻单位就闻风上门采访。教育整顿改变了琼山公安机关在新闻媒体中的印象。自11月起，报刊、电视广播对琼山公安机关的宣传密度骤然增加，各大新闻媒体都以正面角度关注琼山公安机关。不到一个月，报道新闻达30多条，琼山市电视台制作了林声运的专题片。省电视台派出一个摄制组全程跟踪采访我们打击非法传销活动。有的新闻单位还不请自来，悄悄对琼山公安工作进行“暗访”。《海南日报》还曾暗访到这样一件事：

一位老太太来到琼山市公安局“上访”，要求局领导帮助寻找一位好心民警。事情原委是：老太太有个疯儿子，病情发作起来，便闯到大街上搬起石头乱砸人，惹了不少祸。老太太屡想送儿子去医院，发愁钱不够。有一次，这疯儿子病情又发作了，把一个人砸伤，文庄派出所民警王海鸿闻讯，连忙带了一名民警赶了去，将疯儿子制伏，送到精神病院，又掏出身上仅有的900元垫付了医疗费。老太太获悉情况后，千恩万谢地要找到送他儿子去医院的民警，但不知民警姓名，于是央求局领导帮她把这个民警找出来……

这件故意投毒致人死亡案，已经成功告破，可留给人们的思考却非常深刻。为了挣95元收殓费而投毒杀人，其人性之恶自不待言，但这也充分体现了其愚昧无知。可见，普法教育刻不容缓。

特别的“年货”

2002年1月26日　星期六　晴

今天又是一个不寻常的日子。

琼山市公安局告别了80年代的旧办公楼，搬进了新办公地址。新办公地点处于府城镇政府大楼，每间办公室都有30多平方米，全局各部门单位全部集中在四至八层楼办公。上到四层楼，迎面一排花篮，正中一块红色屏风，上面12个金灿灿的大字：“自加压力，负重前进，力创国优”。

这12个字是对琼山公安工作的新定位。

关于这12个字，也在民警中引起争议。有人怀疑，“国优”是全国公安机关顶尖的荣誉，想“创”就能得到？何况我局因为林小华案件已搞得声名狼藉，论排名可说是倒数第一，要从倒数第一进入到全省第一，这不是想一步登天？

我说明：“力创”是动力，“国优”是标准，“力创国优”是与时俱进的过程。政委张兆腾则是这样诠释：“奥运是体育赛事，获奖牌固然重要，更重要的是参与。正因为这种参与精神，奥运会成为全球性的体育盛典。公安工作也是如此，要有‘重在参与’、‘勇夺奖牌’的奥运精神，不能满足于工作现状和基本底线。‘力创国优’作为琼山公安工作的新定位，是琼山公安局走出低谷、迈向新起点的新动力。”

春节安保工作是迈向新起点的一次检验。

离春节还有半个月，大街小巷已经充满着节日气氛。府城到处张灯结彩，街头上立起了红色彩楼，步行街摆满了五颜六色的年货，拥挤着置办年货的人们……春节是万家团圆日，也是违法犯罪分子蠢蠢欲动、违法犯罪活动猖獗时期。要让人民群众过个平安年，也需要给违法犯罪分子准备一些“年货”。

“年货”早早就开始准备了。

元旦前，局党委就制订了元旦、春节期间安保工作方案，由局领导分片包干负责，与各派出所长签订治安责任状，把治安防范责任落实到每个局领导、股所队长和民警头上。琼山辖区面积大，一些警用设施“待到用时方恨少”，有的派出所连巡逻的摩托车都不够。我找到有关部门筹措到一些资金，添置了5辆摩托车，开通了350兆差转台，增加了20部对讲机专门用于春节安全保卫。

指挥中心是春节期间治安防范中枢。我抽出时间召集指挥中心民警开了个会，要求元旦春节期间无论出现什么大小案件，务必向我报告。会议开完的第三天，指挥中心就向我报告，东山镇加头村发生一起村民斗殴案件。起因于打麻将。一早起，几个村民凑一块儿玩，麻将桌上少不了要押些“银子”。这一玩就到了晚上，赢钱的要结束，输钱的不情愿，双方由争吵发展到动拳动刀，三个村民被砍伤。案情看起来属治安问题，但我深知农村械斗的严重性。接到报告，我督促刑警大队与东山派出所紧急处置。事态正如预期，打架双方各自集结了一批村民，形成互不相让的对峙局面。被砍伤的一方来了不少亲戚朋友，一个个持刀携棍要讨回“公道”；砍人的一方一副有理走遍天下的架势：“赌博场上无父子，他三人输钱赖账，不流点血看他下回还来不来打麻将。”幸好民警及时赶到，东山派出所先用警车把3名受伤的村民送去了医院急救，刑警大队进行现场调处，抓获了两名砍人的凶手，给群众做思想工作，将聚集的村民疏散开来，一直忙碌到深夜一两点钟，一场因为麻将酿成的流血斗殴风波才平息下来。

今天，又上报有一宗案件，是个令人啼笑皆非的小案件。报案人是个姓姚的小老板，50多岁，一口牙齿被烟熏得焦黄发黑。他说在新南洋酒店门口认识了一个叫阿丽的小姐。阿丽芳龄20，小巧可人，有几分姿色。姚老板禁不住心中痒痒，便约请阿丽喝茶，要与她交朋友。阿丽虽然是个小女孩，却是个老江湖，长年厮混在歌舞风月场中。一个男人要与一个陌生小姐交朋友，她自然明白其“朋友”的含意，欣然接受了姚老板的邀请。

第二天晚上，姚老板在一家茶艺馆定了个包厢，让服务员打开卡拉OK音响，送来几罐啤酒，然后静等阿丽小姐到来。晚上9时，阿丽拎着个小坤包款款而至。在包厢朦胧的灯光下，姚老板只觉眼睛不够用，只见阿丽那青春的脸蛋上薄施粉黛，眼儿水水的，媚媚的，一袭黑色的轻纱衣裙透出她柔若无骨的身姿和丰满高耸的胸脯。香风一袭，姚老板已是酒不醉人人自醉了。他殷勤地把阿丽拉到身旁坐下，一双色迷迷的眼睛只往阿丽低胸开口处瞅去。阿丽欲迎还拒，身子往边上挪了挪，嗲声嗲气地说："姚老板在哪儿发财？像你这样的大老板女朋友一定不少吧？"

"我哪是什么大老板，做点小生意……"姚老板有意无意地把手摸到阿丽身上，却被阿丽轻轻推开了。就在他做进一步试探性动作时，他的手机响了。那是一只乳白色TCL手机，小巧，有些女性化，一个男人用这种手机显得极不协调。姚老板打完电话，阿丽伸出她细白的小手说："姚老板，我呼机响了，借你手机给我回个电话好吗？"

"是你男朋友找你吧？"姚老板有些醋意地说，把手机给了阿丽。

"我哪有男朋友啊？想找，还不知人家会不会要呢。"阿丽向姚老板抛了个媚眼，拿了手机，喂了几声，回头向姚老板说，"包厢里太吵，我出去打个电话就回来。"

她拎起小坤包边打电话边走出包厢。姚老板只好一个人拿起麦克风，唱着卡拉OK，坐等阿丽回来，但左等右等，一首歌唱完了，仍不见阿丽回来。他心里顿生疑惑，哪有打电话这么长时间的？他出门去找，却没了阿丽的身影，再问服务小姐，说看见一个小姐拎着小包下楼走了。姚老板大吃一惊，感觉情况不妙，想自己在商海沉浮多年，却被一个小雏儿把手机骗了。这手机是他花了2100元新买来的，对他这样一个小老板，那也是一笔不小的财产。尤其冤屈的是他连那小姐的荤腥都没闻着，就这样莫名其妙地给耍了。

琼山春节平安祥和

2002年2月19日　星期二　晴

听完姚老板的讲述，我们都乐了。这个姚老板，羊肉没吃到，反惹一身膻。姚老板可怜兮兮地问："案子能破吗？"案子虽小，却不容易破获。阿丽叫什么名字？哪儿人？住哪里？所有这些问题姚老板一个都回答不上来。在海口、琼山茫茫人海中，往哪儿去找这个叫阿丽的小姐？如果真要把阿丽小姐找到，无疑要耗费大量警力物力财力。有的民警说："活该，谁叫这个姚老板色迷心窍。"

姚老板泡妞泡上了骗子固然可悲，但阿丽以女色勾引骗取财物属违法犯罪。我把破案任务交给刑警大队，说："姚老板虽不值得同情，但是群众报案，公安机关有责任破获。"

“这个无头案件从哪儿下手呢?”接受任务的民警颇有些为难。

“姚老板是在新南洋酒店结识阿丽的，说明阿丽可能经常在那一带活动……”按照布置，第二天，刑警大队几个民警带着姚老板埋伏在新南洋酒店附近。晚上8点多钟，果然看见阿丽风摆杨柳地从一条小巷出来。民警迎了上去。看见姚老板与民警在一起，阿丽顿时僵住了，脸色煞白，明白自己东窗事发。

阿丽交代，她是河南人，来海南一年多，与她同伙的还有好几个小姐，租住在出租屋，白天睡觉，一到夜里就出来活动，经常出没于大酒店、歌舞厅前，以交朋友为名，勾引诱骗男人钱财。这个案件警醒我们，要让群众春节安乐祥和，就有必要清扫那些藏污纳垢的地方。

于是，我们重新部署从大年三十至正月初三，全局开展统一清查行动，出动警力700多人次，车辆100多台次，在各路段、各区域内查外堵，日夜守候巡逻，清理可疑窝点，盘查可疑人员，清查出租屋378间，查扣无牌无证车辆20多辆，抓获违法犯罪人员24名。

除夕这天，几个局领导都没在家过年。一大早，我先赶到指挥中心检查，电话铃声不断，民警忙而有序地坚守在各自岗位上。从指挥中心出来，又去了各个重要地段、路口巡查。午饭后，领上几个局领导，往各派出所转了一圈，既表达春节慰问，也督促基层民警坚守工作岗位，确保春节期间平安祥和的治安环境。

除夕夜的团圆年饭是在派出所吃的。这时已是晚上8点多钟，喜庆的灯火把府城照得如同白昼，街上行人少了些，人们都聚集在电视机前，围看春节文艺晚会。此起彼伏的鞭炮声，传递着祥和的节日气氛，一群群孩子在院子里燃放烟花，三三两两的礼花不时窜起，似流星划过夜空……我给远在儋州的老母亲打了个电话，向她老人家拜年，母亲在电话里颇为开心，嘱咐我别太累了，注意休息。刚与母亲通完电话，就接到指挥中心报告，说琼山电视台在公安局等我。这是早就与他们约好的，电视台记者要跟随我们一起，采访公安机关春节期间的一线治安情况，于是我急忙赶回局里，领着电视台记者走访城区派出所和街面巡逻民警。

春节期间治安情况总的来说是好的。全局所有警力、警车部署在街面，进行24小时巡逻；110特警队人不解甲、马不卸鞍，全天24小时待命，随时准备出警。忠介、云露、文庄、龙昆南等几个城区派出所组织联防队深入到小巷、偏僻路段，准备了充足的“年货”，但只有少数几个犯罪嫌疑人领了“年货”。

正月初三下午2点多钟，在府城培龙菜场路口，一位女人买了菜回家，再拐个弯就到家门口了。就在这时，身后突然响起急促的脚步声，不等她回过头，只觉耳朵一阵剧痛。一个20多岁的歹徒从她耳朵上拽下耳环，飞快地往一条小巷里逃去。她本能地捂住耳朵，惊叫起来："有人抢劫——"案情迅速报到忠介派出所，派出所长陈善贵带领民警火急赶了去，将几条小街小巷团团包围堵截。歹徒压根也没想到民警这么快就来了，成了一只关进笼子的老鼠，吓得在小巷里乱窜。不到半小时，歹徒被抓获，送进拘留所里吃"年饭"了。

昨天，一名劫匪还撞到了我们的枪口上。那是晚上10点多钟，云露派出所民警带领联防队在辖区巡逻，至大园路时，忽然听见烟厂门口有人大叫大喊："抢手机，有人抢劫——"喊叫声中，一个黑影仓皇跑进一条小巷。黑影后面，几个群众奋力追赶。民警抄近路钻进了小巷。对自己的辖区，派出所民警太熟悉了，每天都要巡逻好几回，几乎是闭上眼睛也不会走错。仗着地形熟悉的优势，很快把犯罪嫌疑人堵死在小巷中。前有民警，后有追赶的群众，劫匪走投无路，乖乖地束手就擒。民警从他身上查获被抢的摩托罗拉手机一部，当然，也送给他一副手铐作特殊"年货"。

春节追逃行动犹如春节电视晚会的节目好戏连台。初四晚上10时，铁桥派出所开展清查行动，抓获2001年因强奸妇女的批捕网上逃犯朱子建；十字路派出所根据群众举报，抓获2000年因交通肇事致人死亡的批捕网上逃犯冼正太；初八这天，桂林洋派出所通过调查，在府城镇抓获2001年因盗窃摩托车批捕的网上逃犯文兴实；元宵前夕，云龙、文庄派出所联手出击，情报共享，一天抓获因1990年杀人在逃、被省委工作点办的5名犯罪嫌疑人；戒毒所通过对在押的吸毒人员光盘比对，抓获一名海口市公安机关追捕的网上逃犯；新坡派出所把劝说投案自首的工作做深做透，对逃犯心理产生巨大的冲击，连续有两名在逃人员在家属陪同下投案自首。从正月初一截至今天，不到半个月，已有14名网上在逃人员落入法网。

一个春节就这样在紧张中度过了。看到处处灯火辉煌，想到家家团圆其乐融融，我由衷的高兴。作为一线公安民警，每逢节假日，尽管没能与家人团聚，但舍小家，换来无数大家的团聚，值！

警嫂座谈会

2002年2月20日　星期三　晴

今天正月初八，是春节假期后的第一天正式上班。

下午，局里召开了民警家属座谈会。家属问题，有的领导很少想到，是容易忽视的工作。我觉得，民警家属在公安工作中占有极重的分量。民警工作出色，其身后必然有一个贤内助，而有的民警违法违纪，虽然主要是自身原因，倘若局领导多与民警家属沟通，发现不正确的思想苗头，及时帮助教育，至少可以避免民警滑向违法违纪的道路。

在对全局工作进行战略调整和大幅度整改工作中，我认为，局领导与民警家属座谈交流十分必要。

会议极热闹，三个女人一台戏，何况参加会议的有数百名妇女。家属们叽叽喳喳的喧闹声，洋溢着节日的喜庆。有的家属眼里充满好奇，与公安局领导坐在一起开会，局长会对她们作什么训话呢？有的家属感觉新鲜，这是琼山公安局有史以来第一次民警家属座谈会，她们这些婆婆妈妈也成了公安局的贵宾。

座谈会无主题，无中心，无具体内容。桌上搁着鲜花，摆着水果点心，政工办和办公室的民警充当了服务员，为家属斟上一杯杯热茶。

趁着热闹与欢笑，我拉开了开场白："刚才有人议论，新局长在教育整顿中把民警训了一通，现在是不是要对家属训话。我想申明的是，在座的不是民警，我即使想对你们训话也没有资格。你们长期做出默默无闻的奉献，就是你的老公也没有资格对你们训话，倒是你们做老婆的，可以向老公训话，因为他们一个个基本上是不称职的老公。并且，我这人也不喜欢训话，尤其对我们可爱的家属更加不敢训话，否则，这么多伶牙俐齿，我可招架不了。"我的话引起哄堂大笑。我接着说，"今天，你们是公安局请来的客人，任务只有一个，喝茶吃点心。家属十分辛苦，要工作，还要做家务，可以说撑起了公安局的半边天，为公安工作做出了牺牲。借这个座谈会，局党委向家属拜年，对家属长期支持公安工作表示感谢。另外，也想请大家与我们聊聊，谈体会，谈老公在家中的表现，谈对新一届领导班子的想法和建议，发牢骚、提意见都行，自由式座谈，三言两语，长篇大论，随便什么都可以说。"

家属们你望望我，我看看你，一个个大眼瞪小眼，颇不习惯这种由她们唱主角的会议。坐在我旁边的张兆腾笑了笑，说："当好警察家属不容易，老公一年到头在外值班，执勤，巡逻，破案，不分白天黑夜，难得有与家人相聚一起的时候。尤其是'严打'期间，有的民警父亲生病顾不上去看望，有的民警孩子上幼儿园没时间去接送，有的民警追逃、禁毒路过家门口也来不及进家门喝杯水……但我要说的是，民警之所以能够集中精力做好本职工作，一个重要原因就是，我们的民警家属好。民警在一线冲锋陷阵，家属在后方料理家务。有人说家属是民警的后院，如果后院起火，不稳定，那么，民警也就没有良好工作状态去维护社会稳定。从这方面来说，家属是公安工作的重要组成部分。今天请大家来，就是希望家属经常与我们联系，有困难有问题及时反映，有思想疙瘩也来找我们谈。民警家属责任十分重大，不仅要做好民警的后勤部长，还要成为民警思想可能出问题的检查哨卡。”

我说：“政委讲得很对。就拿林小华案件来说，林小华走到持枪杀人犯罪这一步，有一个思想发展过程。早在案发之前，便有了征兆，脾气暴戾，摔盘砸碗打老婆，吓得老婆不敢见他面。如果家属早点把他的情况向组织上反映，或许可以通过组织采取措施制止犯罪升级。再比如前些日子，府城区一个派出所民警在发廊敲诈勒索，年二十九被检举，年三十受党纪、政纪处分，调离公安机关。如果这位民警家属早点与我们通气，把他思想异常的情况告诉我们，我们便能及早发现，防止其违法违纪犯错误。民警违法违纪不但害了自己，而且对家庭、对老婆孩子造成伤害。但我们当领导的，只能管好民警八小时工作内的情况，八小时以外，希望家属与我们一同来做工作。有人说家属是老公的‘纪检书记’，我赞同这个说法，大家也可以就如何做好‘纪检书记’谈谈体会。”

这番话挑开了家属的话匣子。一位家属说：“李局长，我们这种‘纪检书记’不好当呀。当民警的哪有八小时区别，上下班没个准点，我那口子一星期只有三两天落屋，不回家就打一个电话，说是值班执勤或者抓逃犯去了，这一去就是一个通宵。哪知道他是去工作，还是去‘花心’了？想‘纪检’他几回，又逮不住人影。”

我笑着说：“遇上这种情况，你可直接给我打电话证实。”

“你大局长哟，一天到晚忙得不可开交，我们哪好打电话给你添麻烦？”

“这个问题好办。他回家来你检查他身上，有没有可疑的物件和气味。”

那位家属说，“我老公违法违纪的狗胆是没有，但现在这花花世界，灯红酒绿，满街都是靓妞，我就防着老公花心泡妞。局长，你要是发现我老公泡妞可要告诉我，让我来狠狠收拾他。”

我哈哈大笑说：“一定，一定。”

家属发言踊跃起来。有的责怪丈夫是大老爷们，把妻子的话当耳边风，从来不予重视；有的抱怨丈夫是条懒虫，回家往沙发一倒就睡着了；有的说丈夫乱花钱，不懂勤俭持家，搞得家里什么高档用品都没有……可这些埋怨归埋怨，话语里都是充满了对丈夫的爱。要说有责备，也只是一种嗔责。有这样好的家属，我这个局长工作一定能顺风顺水，更上一层楼。也有家属谈起了对新一届班子的印象："新一届班子让我们看到新的气象，不说别的，单是男人们穿警服，以前不知道爱惜，每穿一回，便脏得像抹布似的，现在每天都穿，还都穿得整齐干净，问起来，说是领导管得严，警服没穿好要受批评。这严得好，过去男人像匹野马，以为做了个警察就好了不起，跟人讲话嗓门特别横，火气特别大，现在领导给他套上了紧箍咒，有规有矩的，为人处世都文明礼貌许多……"

座谈会开了一个下午，虽然没有确定主题，没有谁做中心发言，却主题明显，一个目的，就是为了公安工作的进步与提升。局领导与家属融洽地济济一堂，无所不谈，无话不讲，我感受到民警家属可亲可爱，而民警家属也从局领导身上感受到新一届班子的亲和力和感召力。在这家长里短中，消除了领导与被领导关系的隔阂，拉近了局党委与普通民警、家属的距离。

派出所的故事

2002 年 2 月 25 日　星期日　晴

今天领着政工办几个同志去派出所检查工作。

我们早早地来到灵山镇派出所。灵山是琼山重镇，紧邻府城和海口市区，是城郊结合部，全镇有 5 万多人口，18 个村委会、189 个自然村。经过这些年改革开放，展现在人们面前的是一片片开发区，大大小小的度假村和游乐园。海口美兰机场也处在这个辖区。随着海文高速公路通车，灵山又成了海口、琼山至文昌的交通要道。从那一幢幢现代建筑延伸过去，是广阔的原野，是椰风吹绿的广袤乡村。1996 年以前，灵山是全省出名的治安复杂地区，群体斗殴、入室盗窃、持枪抢劫、伤害杀人案件屡有发生。经过这些年从严治理，治安情况虽有明显好转，但街头两抢，以及因为经济、土地纠纷引起的案件与全省相比，仍属发案率较高地区。

所长李会勤是个年轻小伙子，竞争上岗不久。他要我们进办公室听汇报，我说："不进办公室了，上你们警务区去看看。"警务区离派出所只有四五百米，临街，是居委会无偿支援的一间 20 多平方米老房，墙壁上挂有警务公开栏、社区警务图，以及为民服务承诺事项。我一件件看过去，说："设计布置挺好，但要注意实用。譬如警务公开栏还可以把为民服务事项公示详细些。”负责警务区工作的是派出所副所长林道春，他说：“警务公开栏原计划是多设置一些栏目内容，但所里经费太紧张，就这些都花了一万多元。社区警务图还是请朋友帮忙绘制的，没花钱。”

李会勤汇报灵山镇治安情况说：“灵山治安问题主要是土地、经济问题引发的。晋文儒范村由于承包沙场，触及村民利益，村民之间拉帮结派，帮派严重对立。南调、群尚两个村庄也是因为经济利益冲突，村与村之间群体械斗。我们正在做这些工作，责任区民警这几天都驻守在那里，防止冲突发生。”

我说：“这些问题有些是历史形成的，有些是开发建设中产生的，单靠公安机关还不能从根本上解决。要多向镇领导汇报，争取政府部门支持配合，创造群众和开发商的‘双赢’和‘多赢’的解决办法。”

李会勤说：“我们会遵照这条思路来处理问题。”

“说起来容易但做起来不容易。”我提示说，“要创造‘双赢’和‘多赢’，就要有切实可行的解决办法。派出所工作重要的一点是，要创新，要根据实际情况、实际问题去解决。对群众中的矛盾，以至产生的帮派对立斗殴，不能停留在强压服、弹压、平息的工作方法上，要善于做好群众的思想政治工作。治标不治本，终非上上策。这其中，关键一点就是为群众服务好，把工作做细，让群众感受到公安机关是真心实意为群众着想，为群众办事，为群众提供便利，我们讲的话、做的事才能让群众信服。”

从灵山镇出来，我们去了大致坡镇派出所。

大致坡镇处于琼山与文昌交界处，有3万多人口，是个集市繁荣、人气旺盛的乡镇；每天来往车辆川流不息，人口流通频密，仅外来暂住人员常年就有一万多。但这个镇行政区划管辖却比较特殊，全镇从镇中央一分为二，一半归文昌市管辖，另一半归琼山市管辖。

来到大致坡镇临近中午，派出所只有一个值班民警，所长钟民崇一大早就出去办案了。值班民警说：“最近，大致坡摩托车屡屡失窃，群众把摩托车放在街头，上商店买完东西出来，摩托车便不翼而飞，尤其是镇上的农贸市场，近一两个月来，已有15辆摩托车被偷。这几天，钟所长带领民警天天蹲坑在农贸市场守候……”正说着，外面传来喧哗声。我回头，见钟民崇几个人押着一个人进来。“李局长，你来了。”钟民崇兴奋地朝我打个招呼说，“我们守候了好几天，总算把这小子给逮住了。”

被抓获的人叫古其南，灵山镇人，瘦瘦小小，却是惯犯。经审讯，他交代自1月份起，先后在大致坡等地作案19起，盗窃摩托车19辆。我问钟民崇：“怎么抓住的？”

“可不容易了。”钟民崇擦拭满头大汗说，“埋伏守候了好几天，这小子就是不露面。大伙都等急了，怀疑这小子嗅出风声，当缩头乌龟不敢出来作案了。可我总觉得这小子盗窃摩托车屡屡得手，不会就此罢手。今天是集市日，四乡八邻的乡亲都来赶墟，镇上人多车多，最是热闹繁华，我想他应该出来。9 时许，我把全所民警统统拉了出来，埋伏在农贸市场四处，就等他钻口袋。果不其然，适才，在一个摩托车辆停放处，这小子鬼鬼祟祟蹲到一辆摩托车旁，还真有本事，才三两分钟，就撬开了防盗锁，推起摩托车就溜。几个民警立即扑了过去，现场逮了个正着。”

“很好，你这个派出所长不愧为刑警出身。”

钟民崇担任派出所长之前是刑警大队的一名优秀刑警，曾被评为全省破案能手，两次荣立过个人三等功。一个民警说：“上一个集市日，我们还破获了一起入室盗窃案。”

上个集市日是 19 日，这天，韩氏米店生意特别好，老板娘杨春莲忙得晕头转向，只顾着生意的进进出出。12 时许，一个 40 多岁的中年妇女进来，乘店里忙乱，溜到楼上。楼上是杨春莲的居室。这中午妇女一眼盯上一个木箱，其余桌屉、箱子都没有上锁，只有这个木箱锁得严严实实。她估计店老板的收入存放在这里，迅速掏出一把老虎钳，麻利地将锁头扭开，打开箱子，从里面翻出 6300 多元现金，然后不慌不忙地下楼，离开了米店。半小时后，该吃午饭了，买米的顾客也大多离去。杨春莲将上午的收入清点了一下，像往常一样，准备把钱存放到楼上的木箱里。到了楼上，只见木箱大开，原先存放的收入款不翼而飞。老板娘大惊失色，慌慌张张跑来派出所报案。钟民崇正在吃午饭，听了案情，连忙丢下饭碗，带上几个民警去米店，把店内所有人集中起来了解情况。一个买了米正要离开的客人说，十几分钟前，看见过一个女人上楼，在楼上待了一会儿就匆匆走了。钟民崇详细询问那女人的衣着打扮，脑子急速地分析案情：犯罪嫌疑人是趁米店人多生意忙不过来时潜上楼作案，案发时间不会超过半小时。从作案人衣着打扮来看，应该是外来人员，作案后必然搭乘班车离开。事不宜迟，他带上民警，随同那名买米顾客立即赶赴大致坡候车站。这时，一辆开往琼山的中巴车正在上客，那名作案的女人正挤在其中，看见民警过来，慌了，想逃，已经来不及了。在米店顾客的指认下，这名犯罪嫌疑人落入了法网，所盗窃的 6300 元一分不少地被查获，归还米店老板娘。

钟民崇汇报派出所工作说：“从总体来说，大致坡治安还是好的，民事纠纷也不算多，刑事案件虽然有时发生，但我们基本上做到有案必破。

存在的问题是，一些违法犯罪分子混迹于外来人员群体中，来往于文昌与琼山两地，在琼山大致坡作案后逃去文昌大致坡躲藏，或者在文昌作案，潜逃来琼山，给治安管理和打击犯罪带来一定难度。”

“这个问题值得重视。”我想了想说，“要与文昌警方加强联系，建立起一套联手打击、共同协防的治安防范机制。信息方面要互通有无，工作中要多与文昌大致坡方面沟通，两地警方同步进行，就可以压缩违法犯罪活动空间，堵死违法犯罪分子甲地作案、乙地潜逃的漏洞，违法犯罪分子就无处可逃了。”

钟民崇所长认为这是个好办法，表示明天就过去联系。

桂林洋会议

2002 年 3 月 1 日　星期五　晴

桂林洋是琼山市著名的海滨旅游度假胜地。

这里风景十分优美，6 公里长的海岸线宛若一弯新月，把辽阔的大海揽入自己的怀抱。晴日，天空如洗，沙滩泛银光，片片白帆，点缀着蔚蓝的大海。海风吹拂，婀娜多姿的椰林中隐现出一幢幢度假村、小别墅，仿佛童话里白雪公主的宫殿，亦真亦幻。一年四季，桂林洋游人如织，老板喜欢呼朋唤友来看海景，工薪族爱上这里尝海鲜，尤其到了周末，前来休闲的小车、摩托车络绎不绝。

今天，省公安厅在桂林洋召开琼山市公安队伍教育整顿现场会。

这次会议是琼山市公安队伍教育整顿情况的现场总结会，也是全省公安队伍经验交流的一次盛会，是琼山警方新起点的一个标志。

省委、市委、省公安厅对琼山公安队伍教育整顿工作给予了高度评价。2 月 11 日，省委政法委向省委提交了琼山市公安局教育整顿的报告，报告中说：“琼山市公安局整顿工作取得明显成效，查处了一批公安民警为黑恶势力及违法犯罪活动充当‘保护伞’案件；清理了一批不适合做公安工作的人员；处理了一批拖延时间长、处理难度大、群众反映强烈的老大难问题；落实了对林小华案件责任人的党纪处分；协助市委基本完成了市公安局领导班子阶段性调整配备工作……不少民警说，通过教育整顿，使我们树立了争创优秀公安局的信心。”报告还引用了琼山市民吴淑文来信说：“琼山市公安局开展的教育整顿，清除了一批像林小华那样的害群之马，我们又看到了琼山公安队伍的希望。”

当天，省委书记白克明就把报告批示给汪啸风、王广宪、于迅等省委领导。公安部也高度肯定琼山市公安局教育整顿工作。公安部有关领导听取省公安厅汇报后指示：海南省、琼山市两级党委和公安厅对琼山市公安队伍教育整顿工作非常重视，措施到位，力度大，做了大量工作，成效是比较显著的。但对成绩不能估计过高，不能掉以轻心。要清醒地认识到，目前这项工作只是有了良好开端，大量的工作还在后头。中央领导和部党委对琼山市公安队伍整顿很关注，这是我们进一步加强这支队伍建设的很好机遇。要抓住这个机遇，彻底解决琼山公安队伍中的突出问题，不留后患。部党委将就琼山市公安队伍整顿工作向中央领导汇报，并打算召开现场会，抓几个队伍作风建设的典型，希望海南省厅努力抓出成效，总结出抓教育整顿的成功经验。

今天会议的主要内容，便是贯彻执行省委、公安部对琼山公安队伍教育整顿的批示精神。

省委常委、副省长于迅、省政法委秘书长杜斌国等有关领导出席会议，省委工作组以及琼山市委、市政府有关领导参加了会议。省公安厅厅长王和平主持会议。

琼山市委政法委书记易仁生代表市委、市政府发言说：“经过教育整顿，我市公安队伍精神面貌发生深刻变化，鼓实劲、说实话、办实事的风气初步形成，管理工作走向正规，实现了‘清理纯洁公安队伍、优化公安队伍结构、提高公安队伍素质’的目的。今后，我们将以打造优秀公安局为目标，继续深入开展教育整顿，在政治工作方面，为力创优秀公安局打下牢固的思想基础；在队伍建设方面，为创建人民满意的公安队伍打下坚实的组织基础；在公安工作方面，为创造一流业绩打下精湛的业务基础；在执法监督方面，为建设公平公正、廉洁自律、文明守纪的执法环境打下良好的法制基础；在行政工作方面，为打造优秀公安局奠定坚实的物质基础。”

我代表琼山市公安局党委向大会汇报了队伍教育整顿情况。

王和平厅长在会上作了总结，高度肯定了琼山市公安局教育整顿工作，指出，全省各级公安机关要以林小华案件为诫，从严治警，依法治警，在省委、省政府的正确领导下，以“三个代表”重要思想统揽全局，振奋精神，开拓进取，为海南经济繁荣、社会发展创造良好治安环境，树立海南公安良好形象。

3 月 1 日，我记住了今天这个日子。随着桂林洋会议结束，省委工作组撤出琼山市公安局，标志着琼山警方走过暴风雨，迈向更新更高的目标。

省、部的表彰是对我们前阶段工作的充分肯定，但也是给我们增加了无形的压力。不过，有压力才有动力，我们必须继续努力，创造更大成绩，回报社会，回报人民。

警嫂的来信

2002 年 3 月 19 日　星期二　雨

几天前，省公安厅转来的一封群众来信。就是这封信，让我一个晚上辗转反侧，彻夜难眠。

那是一封署名“警嫂们的心声”的群众来信，信中措词尖锐地对我局宿舍楼建设提了批评和请求：“我们的丈夫都在琼山市公安局当人民警察，1998 年 7 月，本着相信领导，相信共产党，还庆幸赶上最后一班车的心情，在没有办任何手续，也没有签订任何有关建房合同情况下，按领导的旨意，把钱存到指定的建设银行。谁知，这一盖就是三年多，仍然是栋框架楼，无人过问，无人关心。听我们丈夫说，也曾有人向领导提过房子这件事，却没有引起领导重视，付钱买房的民警也不敢闹情绪……如此一来，弄得我们这些警嫂只有干着急，又气不过，弄不明白，难道当人民警察就只有义务没有权利可讲吗？作为人民警察，为了社会治安，经常奔忙在外，工作调动频繁，没有固定的家，光搬家会把你累死烦死。在和平年代，难道要我们这些警嫂当永远的游击队员才算是真正的警嫂吗？……一听到要集资建房，深解我们困难的朋友大力相助，不管以后如何还债，总算凑足了六万元（集资）。谁知却盼来一场空，而且还尽力去还那些债。三年多了，我们多么希望能早日住进新家呀……”

信虽然写得有些偏激，但符合事实，说出了民警的心里话。

1998 年 7 月，当时，琼山市公安局领导鉴于民警住房紧张，经请示市政府同意，在三公里和大园路划出两块土地，动员民警每人集资 6 万，拟建设两幢民警宿舍楼。公安局无房的人多，一听这消息，都是兴高采烈，掏出家中所有积蓄，不够的向亲戚朋友筹借。全局民警 100 余人，共集资 600 多万元，很快，宿舍楼破土动工。

但没想到的是，这一动工就是几年。工程建几天，停几天，好不容易看着宿舍楼一层层升高，显现出大楼的框架轮廓。不料，原任局长调走，工程骤然停下。局长的位置空了近一年，宿舍楼便停工一年，经受日晒雨淋，到 1999 年新一任局长上任，宿舍楼到处残垣败瓦，加入了海南烂尾楼行列。民警意见大，要求尽快建设宿舍楼的呼声不断传入局领导耳中。但这一任局长也为难，这是个烫手山芋，也想把宿舍楼建设竣工，可是，建设资金缺口大，巧妇难为无米之炊，没有钱怎么把楼建起来？烂尾楼是上一届班子留下来的，下一届班子显然又想不出什么好的解决办法。

由此，两幢烂尾楼便如同击鼓传花，传到现在，到了我这一任班子手上。

局党委对这两幢烂尾楼进行过讨论，那位警嫂的意见绝不是一个人的想法，而是整个民警的心声。集资多年，钱交了，楼却烂了，搁谁谁都闹心。更何况我们的民警们至今还住着简陋的平房，我们要求民警把工作做好，但不能不考虑他们的实际困难。关心群众生活，历来是我们党工作的重点，所以，建好宿舍楼是件大事，这项工作已是刻不容缓。今年 1 月，局党委决定抽调人员，设立了宿舍楼筹建处，把宿舍楼作为“民警安居工程”，启动宿舍楼工地建设。然而，要完成工程建设，至少还需要 200 万元。资金缺口太大，就会导致宿舍楼工程建设难有进展。

警嫂的这封来信像一条鞭子抽在我的身上。不能怪警嫂埋怨啊！花了 6 万元集资建房，可是三年多过去，房子的事却八字没有一撇，这事搁在谁的头上谁能接受呢？我把这封信提交到党委会上讨论。我说：“宿舍楼绝不能让它‘烂尾’下去，绝不能让民警和警嫂失望。不把宿舍楼盖起来，我们就辜负了民警的信任，辜负了上级领导对我们的期望，我们这些局领导就不能算是好领导。”

可是，钱，200 万元的建设资金缺口如何解决？

政委张兆腾说：“找市委、市政府，多方面，多渠道，软磨硬泡，一定要把民警的心声反映上去，相信上级会重视这个问题的。”

连续几天，我们把手里的工作都放下，找市委、找市政府，专门为民警宿舍楼的资金问题奔走呼吁。局党委的努力受到市领导的高度重视。在市委、市政府大力支持下，200 万元的建房资金终于筹措到位。冷清已久的宿舍大楼立即热火朝天起来，建筑施工队伍开进了工地，清除了烂尾楼积聚多年的垃圾，重新搭起脚手架，从早到晚，混凝土搅拌机轰隆隆地响，电焊机在大楼上播撒电花，随着工程进度，历经三年的烂尾楼在局领导班子的努力下，终于旧貌换新颜，美好家园在望。

今天有些小雨，上午 10 点多钟，我去工地看了看，却见不少民警和家属也来了。一些家属甚至跑到还未成型的大楼里，盘算着搬家时，客厅如何布置，卧室如何装修，规划着新家的蓝图。好些民警围着我七嘴八舌地议论开了：

“烂尾楼经历了三届班子，原以为这是上两届班子留下的烂摊子，这一届班子也不一定会管。不曾想，这一任班子说干就干起来了!”

“领导为民警办实事，我们工作起来也有劲头。”

“烂尾楼变新大楼，关键在领导。领导好，单位也好，领导差，连带单位也受累。”

“见宿舍楼变成烂尾楼，心里痛啊！原以为交上去的6万块集资款打水漂了，可是新领导给咱带来了新希望。”

一名家属也插进来说：“当初集资建宿舍楼，我老公原来不同意，说家里经济不宽裕，6万块的集资款是大数目，要凑齐来只有向亲戚朋友借债。是我坚持要参加集资建房，好不容易东挪西借，交上了集资款。打从那时起，盼星星盼月亮似的盼着宿舍大楼早点盖起来。哪知道这一建就是三年，宿舍大楼成烂尾楼，搞得老公一天到晚地跟我吵架，埋怨新房住不上，还欠了一屁股债，到时6万块钱要打水漂了。总算好了，宿舍楼重新动工建了起来，李局，就冲宿舍楼，我都要叮嘱我老公以后工作要积极，不准偷懒。”

见民警这般兴奋，我也美滋滋的。不过，对于民警的赞誉，我心里惭愧，说：“抓好宿舍楼建设，是局领导的责任。民警的切身利益大事都解决不了，就不能算是合格的领导。但宿舍楼能建起来，主要是市委、市政府支持。否则，我们再怎么有心，也没办法解决建房资金问题。大家搬进宿舍楼，首先要感谢的是市委和市政府。”

第十一章　人民群众保护神

人质安全第一

2002 年 4 月 22 日　星期一　雨

今天，一起突如其来的案件震惊了琼州大地。

这是一起绑架案，发生在海口市某学校，被绑架者是学校王校长。王校长住在学校一套单门独院的住宅里。这天是星期一，他像往常一样，7 点吃过早餐，挟着个公文包，从家里出来，往教学办公楼走去。按惯例，星期一上午 8 点半要开个教学例会，他要向全校教师布置这一星期的教学任务。

这是一所私立学校，经过多年建设，学校环境如同一座花园，洁净的水泥路面，一行行绿色灌木围出一块块花圃，点缀出红黄紫白各种花朵。教学大楼离他家只有几百米远，这时离上班时间还早，学校显得冷清。他绕过一块花圃，快到教学楼时，忽然，冲过一大伙人来，不由分说，七手八脚地把他摁住。他待要叫喊，被人将一团布塞进嘴里。接着，他被捆绑起来，推上了一辆小货车……

110 接到报案是上午 10 时，是王校长家属报的案，说王校长被绑匪拉到府城镇凤翔茶庄，押在茶庄一间包厢内。绑匪诬称王校长欠几万块钱，要家属拿钱去赎人。但绑匪有多少？是什么人？家属都不清楚，家属说是适才接到绑匪电话，威胁不准报警，要她立即把钱送到凤翔茶庄，如不听从，绑匪就要撕票。我们问，能确定王校长被他们绑架吗？家属说，绑匪让王校长与她通了电话，王校长只讲了一句，叫她去交通银行取出存款，电话就被挂断了。也正是这个电话让她报了案，因为他们家从没有在交通银行存款，这是丈夫的暗示，要她向公安机关报案。

我心急如焚，紧急组织 30 多名民警，赶赴凤翔茶庄。

天下着雨，警车疾驶过街道，溅起两道水雾，雨刮不停地清扫洒向驾驶窗前的玻璃雨水，车窗前灰蒙蒙的。凤翔茶庄处于凤翔路，几分钟后，我们抵达茶庄外围。远远见茶庄四周一切如常。街道上，车辆川流不息，人行道上，路人熙熙攘攘，在一棵树荫下，坐着个留有长黑胡须的年轻人，挎个吉他，像个艺术家，却是在向路人讨钱。我不敢大意，把警车停在凤翔茶庄的视线以外，悄悄将凤翔茶庄周围控制起来。茶庄里面，看来没有什么异常，有客人自如进出。这时，有一对像是情侣的年轻人从里面出来，我们把这两人请过来，询问茶庄里面情况。两人诧异地看着我们，说："没啥事啊，里面就只有喝茶聊天的。"我们让这两人走了，商议着对策。有民警叨咕着："这可叫人搞不懂，不像有绑架案件发生啊。"我说，"不要轻易下结论。"我想了想，叫过两名民警，换上便衣进茶庄侦查情况。

两位民警走进茶庄，打量四周，楼下是茶厅的散座，客人稀稀落落，有的在喝茶聊天，有的在打扑克。在吧台一侧，有一道楼梯，那是通往楼上茶庄包厢。民警上楼，找到报案人说的那间包厢。包厢门紧闭，民警怕惊动绑匪，没有敲门，找来茶庄服务小姐了解。服务小姐说里面有好些客人，早上 9 点多钟来的，泡茶后就不让进去。看来，要有问题就可能会在这个包厢。民警退下楼来，继续察看有无可疑情况。在倚窗的一张茶桌边，一个人引起民警注意。那人嘴里叼着支香烟，盯着窗外东张西望，不安神情从脸上表露无遗。他会不会是望风的绑匪？民警装着茶客凑了过去。那人望见民警，感觉不对劲，眼里露出惊恐的神色，嘴里的香烟也抖落到地上，站起来想走。民警挡住了他的去路，一左一右挟住他两只手臂，不动声色地将他带出了茶庄。

这人果然是绑匪，是个小喽啰，叫阿丰，任务是在楼下望风，等待王校长的家属送赎金来。见自己落入法网，阿丰瘫软了，老老实实地把所有一切都交代出来。他们是一个团伙，共有 8 人，老大叫阿奎，最近大家手头紧，便寻思找些钱来花。获悉王校长办学赚有不少钱，便打上了王校长的主意，企图通过绑架王校长勒索钱财。眼下，所有绑匪全部集中在楼上一间包厢内，阿奎正用匕首抵住校长，只等送钱来便放人。

忽然，阿丰的手机响了，是楼上老大打来的，问楼下动静如何。我叫他装着没事，向楼上回话。阿丰战战兢兢地打开手机，回话说："没……啥子事，我看着呢，待送钱人到了，我就带他上去。"

情况已经明朗，下一步该怎么行动？

有民警认为一把匕首威胁不是很大，主张强攻，冲进去将绑匪抓起来。我否决了这个提议，说："救人是第一，抓人是第二，这次抓不了人还有第二次，人质被绑匪杀害就救不回来。必须防止绑匪狗急跳墙，做出伤害人质的事来。要绝对保证人质安全，该出手时就出手。"我把几个骨干集中起来，临时研究了战术，决定兵分两路，一路上楼，将包厢秘密控制起来；另一路由王校长的家属以送钱为名，进行智取。

按照制订的行动方案，民警悄悄上楼，将绑匪所在的包厢团团包围起来。我与几名民警守在包厢外，等待最佳行动时刻。

包厢内，几个绑匪处于歇斯底里的状态。那名叫阿奎的匪徒，用匕首紧紧抵住王校长的咽喉，喝问道："钱怎么还没送来，你老婆是不是报警了？她报警我就马上杀了你。"王校长一脸惊恐。"没有……我老婆不会报警……"他说。事后讲起当时的情景，觉得这是一场噩梦，他不认识这帮绑匪，他们为什么找到他头上。这帮人是不是被人收买作案？他不敢肯定，肯定的只有眼前现实，这是一伙凶残、没有人性的匪徒。即便送了钱给匪徒，他们会放过他吗？报纸上拿钱撕票的案件太多了，想到这里，他不寒而栗。于是，当匪徒要他打电话叫家属送钱来时，他向老婆暗示报警。

时间一分一秒地过去，到10时40分，有人敲门。阿奎神经质地跳起来："是警察？"

"不，是我……"我让阿丰回答，"王校长他家里……送钱来了。"

包厢门开了。我们紧贴在包厢门两侧。门内探出一个绑匪的半个脑袋。绑匪望见眼前只有阿丰领着王校长的家属，便放心地让两人进来。王校长家属手里提的黑包立即吸引了绑匪的所有目光。老大阿奎放开了抵在王校长脖子的匕首，夺过黑包，打开。黑包里是几扎百元人民币，钱使绑匪双眼顿时发亮，甚至有些欢呼雀跃："嘿，老大，咱们成功了，"绑匪七手八脚就准备分钱，把人质王校长晾在一旁。就在绑匪忘乎所以之际，门"砰"的被撞开，几个民警天神般地冲了进来，绑匪一个个目瞪口呆，来不及作任何反应。包厢里立即被10多名民警控制，短短几分钟，8名绑匪全部落网，人质被安全解救出来。

"严打"整治活动

2002年4月28日　星期日　晴

4月，海南就进入了夏季。金灿灿的阳光下，飘荡着女孩五彩缤纷的短裙，奔走着男人们大汗淋漓的身躯。强烈的紫外线把空气射得发烫。袭人的热浪在空中游走，散发出焦灼的气息。街道两旁的椰子树也被晒得蔫头耷脑，垂下它沉重、巨大的羽状树叶。只有到了夜间，风从海上吹来，热气才逐渐散去。海风携着咸湿的凉爽，街边摆满了露天茶座，在明亮的灯光下，人们三三两两地围坐在一起品一杯清茶，洗去白天的疲惫。

也就是在这样的一个夏日，根据省公安厅部署，我们开展了夏季“严打”整治活动攻势。

“打击无牌无证摩托车，打击街头‘两抢’犯罪，打击重特大刑事犯罪”的三个战役在全市同步进行。

昨天夜间 9 时，全局数百号民警整齐列队，在全市各敏感地段、交通要道，以及特种行业进行清查。深夜 12 时，我带领一个检查组，督察清查情况。红城湖路段是交警大队设卡的路段，到这里时，正赶上查扣了一辆摩托车。这是一辆铃木王摩托，有七八成新，车主是个村民模样的中年人，拽住摩托车说：“我认罚，你说罚多少钱？”扣车的交警板着脸说：“罚多少钱都不行。你车无牌无证，没有任何手续，必须扣下。”车主可怜巴巴地乞求说：“这车花了 2000 块钱，才买了不到半个月，别扣车，算我求你们了。”交警不由分说，把车主的手掰开，要将摩托车推上大卡车。

我走过去，制止了交警扣车行为，说：“对群众不要这样的态度，要向他们解释清楚。”他转向车主问，“你车是从哪儿买的？”

“一家摩托车修理店。”

“2000 元买这样一辆七八成新摩托，是不是太便宜了？”

“是，是便宜，太贵了买不起。”

“可是，便宜里面会有陷阱。你买车应该到正规的摩托车商店，或是旧车交易市场，摩托车修理店怎么会有车辆出售？你这辆摩托车没有任何手续，有可能是偷来的，抢来的，如果是赃车，那你买车就是违法，属于销赃……”

“你，你可别吓我。”车主慌了，“修车老板说这车是朋友放他店里委托销售的。”

“你认识这家修理店吗？”

“认识，在三公里那边……”

“你们跟他去一下，把摩托车来历搞清楚。”我对交警交代说。

交警跟随车主到了三公里处的一家比较偏僻的摩托车修理店，将修车老板从床上叫了起来，对店内进行检查，现场缴获还没有卖出的赃车 3 辆。这是一个黑车销赃点，修车老板交代是几个吸毒分子把抢、偷来的摩托车以不到一千元的价格卖给他，然后，他再以翻倍的价格转卖出去。

面对现实，这买车的顿时懵了，过去只为贪图便宜，根本没有想到是赃车。而刚才查车的民警也明白了，做工作还真不能图简单痛快，要耐心细致。我笑着对他说："处处留心皆学问"，公安工作要的就是细心耐心。

清查行动到深夜3点才结束。由于睡得晚，我早上快8点了才醒过来，急忙洗漱毕，在早餐点上买了两个馒头赶到办公室。今天工作挺多，上午要开两个会，一个是局党委会议，一个是股所队长会议，都是研究部署打击街头"两抢"工作。街头"两抢"案件一般由两人组成，骑一辆摩托车，一人在前开车，后座人便对过往行人实行突然袭击，抢手机、抢皮包，以及抢劫妇女戴的项链首饰等各种物件。犯罪人员多是外地流窜来的，来无影，去无踪，突发性强，速度快，整个作案逃逸过程大都在一两分钟，受害人防不胜防。由于少有线索留下，侦破难度极大，颇令刑警头痛。近两个月，光天化日之下，府城街头频频出现"两抢"案件，给人民群众生命财产造成严重威胁。

在局党委会上，我说："目前街头'两抢'案件报案较多，可是，我们破获的案件不多。要改变这种局面，必须调整破案思路。不能坐等群众上门报案，'两抢'案件等到群众上门就晚了，犯罪分子早就逃之夭夭，这极为被动。要化被动为主动，要走出去，抓预防，打现行，要争取在案发第一时间赶到现场，努力把破案工作做在案发之前。我的意见是，从刑警、治安等部门单位抽调精兵强将，组成打击'两抢'专业队，专门负责对街头'两抢'案件的预防和打击。"

我的意见得到局党委成员的一致认可。

在紧接着的股所队长会议上，经过讨论，很快组成了打击街头"两抢"专业队。选定的队长叫梁崇愈，是个敢打敢拼又颇有计谋的民警。他将队员分成两组，一组巡逻，每二人骑辆摩托车，任务是在人口密集地段、街市繁华区巡查，发现和跟踪可疑人员；或接受群众报案，及时打击现行。另一组埋伏在案件多发地段，定点守候，以守株待兔的办法，对"两抢"案件实行现场突袭，擒拿犯罪嫌疑人。

这一策略很快显现出威力。

梁崇愈带领几个队员来到龙昆南路的龙霸王酒店附近。这里发生过好几起路人被抢皮包、项链、手机等"两抢"案件。但被害人说不清歹徒模样。劫匪来时突然，只听见摩托车轰的一声，擦身过去，就把你手上的东西给抢走了，待你回过神来，劫匪已绝尘远去。晚上10时，梁崇愈他们守候已有八九个小时了，然而，没有任何动静，没有发生任何案件。有的队员有些不耐烦了，像这样守株待兔会有成效吗？但没有队长发话，守株待兔也要守下去。

快到晚上11点时，一辆摩托车停到了龙霸王酒店门前。这是辆红色铃木王，没有牌证，开车的是个小伙子，壮实，留个小平头，不像是海南本地人。小平头没有让车熄火，跨骑在车上抽烟，像是在等人，又像是等待载客。这辆摩托引起梁崇愈的怀疑，会不会是“两抢”劫匪？梁崇愈向队员使了个眼色，要大家密切监视。不一会儿，酒店内出来一个小姐，左手挽个小坤包，右手拿着个手机与人通话，漫不经心地沿龙昆南路人行道往南大桥方向走去。这时，坐在摩托车上的小平头按了声喇叭，酒店后边溜出来一个瘦小个子，跨上摩托车后座。小平头一加油门，摩托车嗡的向前一窜，冲着那小姐疾驶而去。与此同时，梁崇愈命令2名队员跟上，他与其他3名队员分别上了两辆摩托车，往铃木王包抄过去。那小姐走到一棵椰子树旁。铃木王疾驶到她身旁，后座上的瘦小个子劈手夺过她的手机，小姐一声惊叫……说时迟，那时快，梁崇愈率领的两辆摩托车一前一后堵住了铃木王，跟踪在小姐身后不远的2名民警向铃木王摩托车上的歹徒猛扑上去，将歹徒的摩托车扑翻了。

这是来自河南的2名犯罪嫌疑人，在龙昆南路一带已经作案10多起，飞车抢夺皮包、手机等价值达一万多元。

两起案件不同后果

2002年5月5日　星期一　晴

我还头一回听说，歹徒居然敢抢劫武警，而且还把武警打成重伤。

案件起始于4月19日夜间，省消防总队战士阿鹏走在府城镇北胜街，突然，黑暗中窜出来一个“烂仔”，冷不防地把他手中正在使用的小灵通抢了。他愤怒无比，向“烂仔”奋起直追，但“烂仔”仗着地熟，钻进一条小巷拐了几个弯就不见了。阿鹏憋不下这口气，估摸“烂仔”住在附近出租屋，于是邀了战友阿让，想找到那“烂仔”，狠狠教训一顿，去了北胜街几次，却没找见人。4月28日夜，阿鹏与阿让再次来到北胜街，守候在一个海南人开的饭店前，企图等待“烂仔”出现，到深夜12点钟，仍没有看见“烂仔”影踪。阿鹏想再守一会儿就回去。也就在这时，突然冲出来十五六人，一个个拿着木棍、砖头，向他俩猛砸猛打。他俩吓坏了，慌忙逃跑。阿鹏跑得快一些，被砖头、木棍打砸了几下，受些轻伤。阿让却被砖头、木棍打中头部，晕倒在凤翔路上，被路人送往省人民医院抢救。

我们是4月29日接到报案的。听说部队同志遭到暴徒伤害，想这事非同小可，立即抽调精干力量成立专案组破案，限期破案。专案组迅速展开侦查：殴打消防战士的都是些什么人？为什么如此凶狠？是不是有预谋的？这些人是不是团伙？是如何组织起来的？一连串的问题需要我们立即解答出来。

专案组民警深入到北胜街，挨家挨户地访问，寻找当时每一位目击者，调查案发时现场情况。有现场目击群众提供了一条重要线索，参与殴打消防兵的有一个叫汪清的湖北人，是个“鸡公”（组织小姐卖淫的男人），住在北胜街132号一家出租屋。民警来到这家出租屋，屋门紧锁，从窗缝看过去，各种日用物品还在，估计汪清可能逃走，躲藏起来了，不排除风头过去还可能回来。专案组随即在北胜街布置监控点，同时对各有关车站、码头、机场实行布控，向有关部门单位发出协查通报，展开对汪清的缉捕行动。

5月1日，北胜街监控点传来消息，犯罪嫌疑人汪清出现在北胜街132号。专案组迅速行动，赶赴北胜街，将汪清逮了个正着。专案组对江清进行讯问，然而，汪清抵死不认。专案组调整讯问策略。汪清终于扛不住了，交代了作案经过：抢劫阿鹏的“烂仔”叫小军，与汪清同属来海南打工的一个湖北帮派。阿鹏被抢劫后前去北胜街想要回手机，被小军发现。小军怕了，把抢劫消防兵的事告诉了汪清。汪清说：“我们这么多人，还怕两个当兵的，把兄弟们叫来，将两个当兵的暴打一顿，看他们还敢不敢来要手机。”于是，4月28日那天夜里，阿鹏和阿让来到北胜街时，汪清、小军他们早作了准备，聚集了10多个湖北人，在北胜街建筑工地上找来木棍、砖头当作武器。当夜12点多钟，夜深人静之时，这个湖北团伙一拥而上，用一顿乱棍、乱砖将阿鹏、阿让打跑了。当即，侦查民警要求汪清把参与打人的小军、张伟兵等人名单列了出来。

事不宜迟，专案组迅速赶赴琼海市等地，将打人凶手一一捉拿归案，拔除了这个严重影响社会治安的湖北帮派毒瘤。

这个案件带给人们的教训是深刻的，如果阿鹏在被抢了手机的当天就报案，不邀请他的战友去“私下教训”烂仔，就不会发生此案。我真切的希望案件发生时，受害人要相信公安机关，在第一时间内报案，让公安机关充当保护神，不要去搞什么“私下教训、私下解决”，避免发生不可预测的意外。

文庄辖区昨天发生的一宗案件，由于及时报案，受害人没有受到损害。

这是发生在一家发廊的案件。发廊有个叫阿英的按摩小姐，年仅20来岁，却是个“老江湖”，吃青春饭的多年经历使她有一套能从人的衣装长相上辨别出这人身份地位的本领。昨晚上7、8点钟，她像往常一样坐在发廊门口，眼睛瞟向街面上的过往行人，寻找着猎物。一个60多岁的老人进入她的视线，那老人个头不高，精神矍铄，穿件T恤衫，潇潇洒洒地向发廊这边走来。阿英盯住了老人鼓鼓囊囊的腰间，被T恤衫遮盖着……阿英判定这是个台湾人，因为只有台湾人才会把皮包、相机之类东西用皮带系在腰间。她热情地向那老人迎过去：“大哥，按个摩吧，才20块钱一个钟……”

老人迟疑地瞅了瞅眼前的小姐。灯光下，小姐身材窈窕，一张圆脸甜蜜蜜的。

这老人还真被阿英看准了，台湾人，来海南多年了，在府城镇做点生意。他刚吃过晚饭，闲着没事儿，便走上街来溜达。阿英挽住老人的胳膊，嗲声嗲气，一口一个大哥地央求：“进去按个摩吧，小妹才来上班一天，关照一下小妹，小妹保证按摩得你舒舒服服的……”老人禁不住阿英半是诱惑、半是拉扯地进了发廊。阿英把老人带到楼上的按摩室，殷勤地侍候他在按摩台上躺下，自然也把老人腰间鼓囊囊的东西解了下来。那是个拴在皮带上的真皮钱包，阿英把钱包搁放在门旁边的矮柜上，端来了一杯水，说：“大哥喝茶么？”“不喝，小姐叫什么呀？”老人说。

“你叫我阿英吧。大哥怎么称呼？”阿英把茶水放在按摩台边的小凳子上，又说，“大哥，稍等，我去端盆水给你擦脸。”她掩上门出去了。

老人闭着眼睛，惬意地躺在按摩台上，静等着按摩小姐的温柔服务。可是，5分钟过去，10分钟过去，小姐没有进来。老人有些困意。又过去了10多分钟，小姐还是没有进来。老人心里犯嘀咕：“这小姐搞什么鬼，打水半天了，怎么还不回来？”欠身往门边矮柜上一看，不好！刚才被小姐搁放在那儿的钱包不见了。他腾地坐了起来，钱包里有他2000元美金。他赶紧出去，遇见人便问：“给我按摩的小姐呢？”却没人知道，他又追问发廊前台的老板娘。老板娘也是一脸茫然：“阿英没有给你按摩？”

老人向文庄派出所报警。

派出所长陈平带领民警迅速赶了过来。老板娘一脸委屈地说：“这个阿英是前天才上我们这里来打工的。叫什么名字，住在哪儿，我也不清楚。”

案件成了无头案。陈平分析案情，这个叫“阿英”的小姐很可能是个胆大心细的作案老手，专门以色相瞄准一些港台老板，以为这种人丢了些钱不会放在心上；阿英或许还没有走远，说不定就在近旁买东西、喝茶。他叫上民警，带着这位台湾老板在辖区的发廊、茶店、商店巡查。不到两小时，果然在一家茶艺馆里，发现阿英在与两个小姐喝茶，正眉飞色舞地吹嘘着刚才骗了个台湾“老板”。

阿英落入了法网，2000 元美金一分不少地归还给了老人。

阅读写作感悟

2002 年 5 月 29 日　星期三　晴

今天收到《特区警官》创刊号，刊登我写的文章《公安民警要善于“忙里偷闲”》。文章谈到自 1983 年“严打”以来，公安民警几乎是“白加黑”、“5 +2”没日没夜，加班加点。一个案件的侦破，需要连续多日的风餐露宿，夜以继日的侦查过程，相当部分民警长期紧张工作，身心疲惫，不知不觉产生了紧张和麻木心态，造成工作方式公式化、手段常规化、成效一般化。要解决这些问题，一是要求民警在工作上抓重点，尽量少参与非警务活动；二是要学会掌握和支配时间；三是少参与不必要的应酬。

多年的读书与写作，既让我生活充实，又让我日有所进。人生幸福是多方面的，写作给我无尽的快乐。老舍先生说过：“熟才能生巧。写过一遍，尽管不像样子，也会带来不少好处。不断写作才会逐渐摸到文艺创作的底。字纸篓子是我的密友，常往它里面扔弃废稿，一定会有成功的那一天。”多年以来，字纸篓子曾承载我多少失败，但是，我坚持下来，持之以恒，水滴石穿。这些年许多文章发表，甚至获奖，说明自己的努力没有白费。

我一定会继续努力的，杜圣有诗曰：“读书破万卷，下笔如有神。”除了工作，我的爱好一定是阅读和写作。

形形色色案件

2002 年 7 月 11 日　星期四　晴

5 月 24 日晚 7 时，夜色刚刚降临，人们才吃过晚饭，家家户户都在享受着生活的温馨。正是这个时候，一个蒙面人悄悄地爬上了石山镇道堂村村民阿光家的屋顶。阿光并不在家，这天一早就出门上澄迈县谈生意去了，家里只有女主人阿美。她洗罢碗筷，躺在卧室看电视。蒙面人从屋顶上缓缓下来，沿着柱子攀爬到二楼，然后蹑手蹑脚地溜进了卧室。阿美吓一大跳，刚要叫喊，蒙面人箭步蹿过来，勒住她脖子，用尖刀抵住她胸口：“不准叫，你敢叫，老子就杀了你！快把值钱东西拿出来！”阿美吓得哆哆嗦嗦：“没……没有……”蒙面人推搡她，在卧室的抽屉、橱柜里乱翻，找到了一条金项链、两个金戒指。也许蒙面人担心有人进来，没有再翻找下去，抓起金项链、金戒指就夺门而逃，前后过程只有10多分钟。

这是一起蒙面入室持刀抢劫案，属重大案件。

刑警大队很快赶到现场。案件没留下什么痕迹，作案人是谁，外地人？还是本地人？石山镇是旅游区，外来流动人员多，极有外来人作案的可能。刑警大队把嫌疑目标集中在外来人员上，研究分析案情好几天，却找不出头绪，破案没有进展。局党委对这起案件非常重视，把刑警大队有关人员找来开会，对案件进行攻关研究。听取了案情汇报，我想了想说：“案情访问材料还少了些，是不是可以扩大调查面？不要先锁定外来人员作案。要深入到道堂村作广泛调查，多找些群众了解，对村里人作详细排摸，了解情况多了，线索就可能浮现出来。”

刑警再次来到石山镇，在道堂村蹲点好几天，一户户地找人问情况。村民阿梅反映，案发那天，她家丢了一把割肉的尖刀和一件T恤衫。事主阿美也回忆起，劫匪是用T恤衫蒙面，对她家情况非常熟悉，在她家卧室乱翻乱找，很快就找出放在抽屉里的金项链和金戒指。这些线索恰似一把钥匙打开了案件的关窍。只有村里人才可能熟悉她家情况，这就说明有可能是村里熟人作案。专案组随即对全村人进行排摸，一个叫阿烈的年轻人进入了侦查的视线。阿烈是个“烂仔”，好逸恶劳，平日里却讲吃讲穿，还经常与一些不三不四的人混在一起，与阿美家来往也多，熟悉阿美家情况。

会不会是阿烈作案？

于是，我们围绕阿烈展开了调查。有村民说案发这天看见过一个黑影从阿美家出来，瞧身影像是阿烈。还有村民反映，这些天，阿烈似乎很有钱的，抽名牌烟，还邀了朋友上酒店喝酒。这一切都说明，阿烈有重大作案嫌疑。刑警大队依法对阿烈刑事拘留。讯问没费什么事，当民警出现在他面前时，他吓得双腿发软。三下五除二，阿烈就交代了作案动机和过程：自己好逸恶劳，平时花销大，却没有经济来源，如何搞到钱呢？他常去阿光家打牌，知道阿光家有钱，有金银首饰，也知道阿光这两天去澄迈了，不在家中，如果要作案，只有乘阿光不在家的这两天。于是，5月24

日晚7时，趁着夜色，他先溜进村民阿梅家中，阿梅家的人都聚在后屋，没有听到脚步声进来。阿烈偷偷地将搁放在厅堂桌上的一把割肉尖刀揣在怀中，又顺手把挂在衣架上的一件T恤衫收了起来。出了阿梅家，便用T恤衫蒙住头脸，沿着一道低矮的围墙，爬上阿光家的平顶楼，蒙面入室抢了阿美的金戒指和金项链。至于他蒙面作案手法，回答却是令人吃惊却又好笑。阿烈说："电影里作案都是这样，凡是蒙面抢劫都成功了，警察抓不到。"

案件形形色色，给我们办案带来了五花八门的难题。通过破解这些疑难，使我们体味了破案成功后的喜悦，但也有些案件破获了，却使我们心情格外感到沉重。比如今天，演丰镇苏民村发生一起重大杀人案件，死1人伤4人，导致这起案件发生的原因却令人不可思议，起因仅仅是因为喝酒——

苏民村有些好喝酒的村民，闲着没事儿，都会凑在一起喝上几盅。上午10点钟起，村民马大全就邀了同村的几个村民喝酒，这一喝就到了中午快1点，每人都灌下了　两斤酒，酒酣耳热之际，便控制不住自己的舌头。村民小冼说马大全一副熊样，喝酒没有他多。马大全立即回应说："老子比你喝得多。"小冼说："狗屁，你那点酒量蒙谁，大伙儿喝酒数你最滑头。"……你一句我一句，谁也不让谁，两人越吵越激烈。小冼牙尖嘴利，说得马大全恼羞成怒，脸色涨成猪肝色。马大全感到自己很没面子，酒壮胆气，盯着小冼越看越怒，心里骤然起了杀机。他跑回家去，拿了一把菜刀，怒冲冲地赶回到酒桌边，举刀就向小冼砍了过去。小冼吓得面如土色，急忙逃跑躲闪。马大全紧追不放，两人一前一后追赶到村边的路上。这里是交通要道，好些村民路过，一个个不明原因，但马大全在酒精刺激下，丧失了理智，逢人就砍，接连将4个猝不及防的村民砍伤。马大全杀红了眼，随后又闯到村民吴玉兰家里，迎面一阵乱刀当场把吴玉兰砍死在地……

早有村民向派出所报案。万分危急之时，演丰镇派出所长王振宇带领民警赶到。只见马大全还在吴玉兰家里，一手持刀，一手拽着吴玉兰的尸体往屋外拖。王振宇命令马大全放下菜刀，但马大全毫不理会，举着菜刀高叫着："谁敢上来老子砍了谁!"

"立刻放下凶器!"王振宇命令，拔枪朝天"砰砰"发了两枪警告。枪声似乎使马大全清醒了些。他愣了一下，撩下尸体，举起刀叫喊："你们……别过来，谁过来我就杀谁!"突然之间，拔腿往一边跑去。民警跟在后面，穷追不舍，却见马大全跑进了他家祖宗祠堂，横起菜刀，就往自己脖子上割去……见凶手要自杀，王振宇急了，一个猛扑，将他菜刀夺了下来，其余民警一拥而上，把马大全摁倒在地逮了起来。

这是一起罕见的凶杀案，我立即向市委作了汇报。市委书记裴成敏大为震惊，与我们几个局领导紧急驱车赶赴演丰镇。抵达案发现场，眼前惨不忍睹，1 人横尸在屋内，另外还有 4 名村民被砍倒在血泊中，鲜血淌了一地。我吩咐民警赶紧送伤者去医院。王振宇说已打过电话，120 急救车马上就到。这时，村委会干部也赶了来。裴成敏把村委会干部叫到一起开会，指示要做好死者善后工作。不一会儿，120 急救车赶到，医生查看了伤者伤势，说有两人伤势严重，有生命危险。裴成敏要求："要尽一切可能，全力抢救，尽快使他们脱离危险，务必保住他们生命！"急救车把伤者送走了，但留在车后的是许多村民乱成一团的叹息声，更有死伤者家属的悲号哭声……

这是一起不该发生的人间悲剧，不由令人扼腕痛惜。社会玉石杂陈，人则形形色色，仅仅因为喝酒多少，便陷入疯狂，陷入歇斯底里，造成无辜生命的丧失。人啊，怎么会这样？复杂的社会，使我们公安工作呈现复杂纷繁的性质。每个公安民警必须练就一双"火眼金睛"，善于发现问题；必须练就"七十二变"，应对各种突发事件。只有这样，我们才能适应时代的发展，以不变应万变，使公安工作永远立于不败之地。

整治活动向纵深发展

2002 年 8 月 5 日　星期一　晴

"严打"风云席卷琼山大地。近两个月，全局先后出动警力 2000 多人次，清查发廊 48 间、旅店 23 间、废品收购站 18 处、修理店 32 间、当铺 21 间、公共娱乐场所 48 间、出租屋 338 间、石场 23 家、半拉子工程 39 处，设卡 78 处（次），查扣无牌无证车辆 677 辆，抓获违法犯罪人员 282 人，侦破各类刑事案件 68 宗。

不过，这中间也遇到一个棘手问题。琼山市与海口市是连体区域，两地公安机关各自为政，形成"铁路警察，各管一段"的局面，以致有的犯罪嫌疑人便钻这个空子，琼山打击，就逃到海口作案；海口打击，又潜回琼山作案。

要解决这个问题，只有加强与海口市公安局的沟通和协调。

可是，琼山是县级市，海口是厅级市，两地行政上不属于同一档次，存在协调上的困难。我把这问题向市委领导作了汇报。在市委、市政府支持下，我登门拜访了海口市公安局领导。第二天下午，海口市公安局领导到琼山回访，在市人大常委会主任、市委副书记张永金陪同下，与琼山市公安局联合召开了“关于联手打击‘两抢’和盗抢机动车犯罪协调会”，达成四点共识：一是加强信息通报，双方指定专人负责，及时沟通，同步行动；二是定期召开联席会议，形成有关制度，及时解决一些两地较突出的治安问题；三是加强基层基础工作合作，及时向对方通报有关重点人员的信息情报；四是共同监控“两劳”释放人员和吸毒人员，共建管理网络，实现资源共享，充分发挥联手打击协调机制，共同维护海口、琼山两地社会治安。

联手打击突显了两地警方共同协防、打击的作用。

一天下午，劫匪申雨亚、龙江岩共骑一辆摩托车溜到新大洲大道伺机作案，在凌云楼前路段，发现一人骑辆女式摩托车，腰间别着个手机。两人便冲了上去，企图趁撞车之际抢夺那人腰间的手机。恰在这时，海口市公安局新华分局民警莫露锋骑摩托车从旁经过看见。他不因为案件不在海口辖区，不属于他的职责范围而袖手旁观，立即奋起追赶，直追至商业学校，将劫匪申雨亚逮住，扭送到琼山铁桥派出所。经审查，申雨亚先后以这种飞车抢夺形式，伙同他人作案多起，抢夺手机多部。

府城高登街是琼山“两抢”案发率较高的地段。自开展“严打”整治活动以来，梁崇愈带领打击“两抢”专业队就一直守候在这里，太阳火辣辣的，水泥地面烤得像烧红的铁锅。民警们一个个汗流浃背，就这样顶着酷热，把时间一分一秒地熬过去。已经守候好几天了，到今天 11 点多钟，总算出现目标。前面不到 10 米远，有 2 名可疑人骑着一辆摩托车来回游逛。凭经验，梁崇愈辨识出，这 2 人可能是伺机作案的嫌疑人。然而，把这两人抓获，一定要有犯罪证据，只有等待嫌疑人作案时才可以出击。梁崇愈他们远远地跟踪、盯梢，严密监视嫌疑人的下一步行动。

2 名嫌疑人显然是在寻找作案下手的时机，在高登街兜了几圈，没有作案目标，便从高登街出来，上了大园路、龙昆南路，仍然没有逮着合适的目标作案。民警只好一路跟踪着，心里也不由地有些着急，希望尽快出现目标，让劫匪罪行败露……嫌疑人过红门大酒店，进入海口市辖区。民警迟疑了，这里由海口市管辖，按规定，抓捕犯罪嫌疑人应该交给海口市公安机关。是放弃还是继续跟踪？梁崇愈把握不准，打电话向我请示。

“继续跟踪！”我说。如果嫌疑人在海口市作案，可由局领导与海口市公安局协调。现在劫匪还没有作案，只有继续跟踪。11 时 45 分，嫌疑人驾车至海口市南航路与万华路交叉路口，有了机会，终于下手了，抢劫了路旁一行人的手机。梁崇愈等的就是这一刻，见歹徒得手，迅速率领他的队员分乘两辆摩托车追了上来。歹徒吓坏了，加大摩托车油门仓皇逃窜。

这是一场警匪追逐的大比拼。劫匪驾车技术颇为高超，一路踩紧油门，没命地飞车狂飙。拐入龙昆南路，弯进红城湖路，又上了朱云路、忠介路、文庄路、新大洲路，风驰电掣地逃亡。梁崇愈他们紧追不舍，死咬不放。歹徒见无法甩掉民警，一狠心，把车速加到80、90公里时速，驶上了东线高速公路。

高速公路开摩托车时速如达80公里，方向就极难控制，随时可能翻车发生交通意外。但为了追捕犯罪嫌疑人，民警奋不顾身也上了高速公路。梁崇愈的摩托车性能较差，渐渐有些力不从心，与犯罪嫌疑人摩托车的距离越拉越远。民警翁海驾驶的是辆新的警用摩托，性能好，他稳稳地开车，紧紧咬住前面劫匪。不时有一辆辆汽车从他身边擦过，汽车带起的风吹刮得摩托车似乎随时可能倾倒。他努力把住车龙头，与犯罪嫌疑人咬得更近了，十米、八米、五米……到了8公里路段，他往后看看，后边没有追尾车辆，右手猛地一拧，把油门加大到最底线。摩托车轰轰地狂吼，向前一个猛冲，“砰”的一声巨响，他的车撞上了劫匪的摩托车。两辆摩托车都翻倒了。劫匪被撞倒在地，翁海也跌倒在高速公路上。疼痛使他一阵晕眩，他很快爬起，只见两名歹徒顾不得脸上、胳膊上流血，正翻过高速公路栏杆，慌不择路往水田里乱窜。翁海忍着疼痛起身，也翻下高速公路，跳进水田。2名劫匪一前一后没命地狂奔，但水田不是赛车道，后面的劫匪一个趔趄，跌倒在水田里。翁海一个猛扑，压倒在劫匪身上，掏出手铐，费力地将这个劫匪锁住……

在“严打”整治活动阶段性总结会上，我提出了四个延伸：“一是时间上延伸，实行24小时全天候巡逻；二是地域上延伸，要把‘严打’重点从城市扩大到广大乡镇农村；三是工作机制延伸，形成打击各种违法犯罪的工作长效机制；四是督察工作延伸，实行从现场督察向案件倒查的延伸。”“四个延伸”的中心是，清理所有遗案，破获所有新案，彻底解决各种案件中的疑点难点问题。

刑警大队长邢跃华提到查办案件中存在的难题时说：“琼山市可能存在几个从乐东县流窜来的犯罪团伙，其作案方法是居所和异地作案两分开。前不久侦破的一个乐东盗窃摩托车团伙就是这样，白天在演丰镇塔市睡觉，到了深夜，便流窜进海口、琼山市区，进行盗窃摩托车作案活动，得手后又连夜返回塔市销赃。还有几个案子是居住在龙泉、龙桥的乐东人，也都是在凌晨3、4时潜入府城盗抢，得手后立刻逃离回到居住地。这些乐东人都是无身份、无住址、无职业的‘三无’人员，常年流窜惯犯，作案的一个共同特点是，故意混淆身份，把籍贯、出生地、生长地和身份证姓名、实际使用姓名混淆不清。即使留下一些蛛丝马迹，也难于查实，由于证据不足，往往造成案件无法及时侦破、结案。”

我把这个情况认真地记在笔记本上说：“这个情况很重要，要把这几个乐东团伙打掉，就必须把这些乐东人的底细查个一清二楚，但查清这些‘三无’身份，需要与乐东县公安机关沟通协调。这个情况必须向市领导汇报。”

昨天，我们几个局领导陪同市人大常委会主任、市委副书记张永金，和市政法委副书记蒋传孟专程去了一趟乐东县，寻求协助。在乐东县公安局大力支持下，很快将乐东“三无”人员资料情况全部摸清楚，整理成档案资料，输入电脑。

掌握了情况，心里就有了数。今天，我迅速调集警力对乐东人集居的演丰、龙桥等乡镇展开清查行动，查获乐东“三无”人员43名，抓获违法犯罪人员17名，破获盗抢摩托车案件31起。在清查中，了解到府城三角池地带，时有一伙乐东籍流窜人员手持斧头、刀剑等凶器守候在路旁，只要发现作案目标，便一拥而上，将受害人打伤、打昏后实施抢劫。“他们守候，我们就埋伏。”我迅速作了布置，抽调数十名精干民警，便衣化装埋伏在三角池附近。当晚，由10多名乐东人组织的犯罪团伙果然又来了。凌晨1时许，见一名中年男子路过，他们立即手持斧头、石砖等凶器冲上前去。就在他们要行凶抢劫作案时，埋伏多时的民警四下包围，将这个犯罪团伙一网打尽。

百日破案竞赛

2002年9月30日　星期一　晴

进入9月底，虽然是秋天，但天气没有凉下来，太阳仍然火辣。酷热的天气烤得人如煎饼似的，从早到晚衣衫都湿漉漉的。10日，召开了前一阶段“严打”整治工作总结会议，局党委发出了动员令：“为进一步把‘严打’整治行动推向深入，决定开展‘百日破案竞赛’活动，希望全局民警积极投身到破案竞赛活动中，要在破案竞赛中，提高严格执法，文明办案，如实立案，规范受案，依法办案的水平；要通过破案实践，多破案，破大案，破重案，切实提高刑事破案的绝对数，遏制案件的发案数。”

百日破案竞赛活动“货真价实”，设立一、二、三等奖项，对表现突出的民警，授予“破案能手”称号，并还将向省公安厅和市政府申请记功。有竞赛就有竞争，奖励无疑给了各股、所、队、室和全局民警以激励和鼓舞。

东山派出所一马当先。

9 月 15 日，接到群众举报，吸毒人员章朋飞有盗窃摩托车嫌疑。派出所长黄正强组织民警对章朋飞突审，了解到定安县的蒋家辉贩毒、盗窃等犯罪线索，随即带领民警赶赴定安县，以毒品交易为名，把蒋家辉引诱出来，当场将他抓获，缴获毒品海洛因 1 克。又深入到定城镇，在有关人员家中搜查，追回被章朋飞盗窃、准备销赃的 2 辆摩托车，抓获销赃犯罪嫌疑人宋海。此时已是晚上 8 时多，参战民警连续作战，挖出了另一辆赃车销往东山镇东巷村的线索。大家匆匆吃个快餐，又连夜赶回东山镇东巷村委会，从一个村民家中追回了被章朋飞盗窃的一辆摩托车。第二天，全所民警深入到东山镇各村委会，开展法制宣传，动员群众将购买的赃车交出来，当天就追回被盗摩托车 8 辆。

之后不久，有群众向值班民警举报：发现吴江发等 6 名网上在逃犯。这 6 人涉及一起重大案件。1989 年，紫罗村的吴江发伙同林紫飞、贺强、刘在连等人制造了一起杀人案，作案后，潜逃在外 13 年，是公安机关长期追捕的重大犯罪嫌疑人。黄正强紧急作了部署。当晚，副所长王明盛乔装外地客商，以买猪为掩护，深入到紫罗村秘密侦查，很快摸清逃犯落脚点，回来与黄正强研究抓捕。黄正强考虑，一次要把 6 人全部抓住，需要出动较多警力，尤其是上半夜，逃犯大都没有睡觉，这样大的行动很容易走漏消息，打草惊蛇。这 6 人只要有一人脱逃，行动就不算成功。要想不使犯罪嫌疑人漏网，只有瓮中捉鳖。下半夜，已是第二天凌晨 3 时，全所 22 名民警、联防队员全部集中，向紫罗村进发。四周黑得伸手不见五指。这几天下雨，路上尽是泥泞，大家一身泥一身水，步行近半小时，到了紫罗村，迅速将村子包围，守住村里各个出口。3 时 40 分，黄正强下达了抓捕命令。他与指导员刘位昌，副所长王明盛、符大武各带一组民警悄悄潜入村中，逐个摸进逃犯家中。这时候，逃犯正在睡梦之中，随着民警一组组进去，逃犯一个个被从被窝里拎了起来。也有个别逃犯企图负隅顽抗，但最终都不得不把双手伸进手铐中。6 时 40 分，天刚拂晓，吴江发、林紫飞、贺强、刘在连、朱十九、苟全 6 名网上逃犯全部被缉拿归案。

这是一场大获全胜的行动。

东山派出所的战果对全局各股所队形成了挑战。各单位、各部门民警，人人比高低，个个下真功，争做破案能手，勇夺“破案状元”，形成“严打”整治竞赛热潮。9 月 16 日，铁桥派出所抓获 1 名故意伤害负案在逃人员；刑警大队在 10 月 13 日至 20 日的一个星期中，破获刑事案件 3 宗，协助破获外地积案 16 宗，抓获犯罪嫌疑人 7 名、网上逃犯 5 名。9 月 14 日，石山派出所抓获盗窃摩托车嫌疑人 1 名；9 月 15 日，演丰派出所破获摩托车盗窃案一宗，抓获犯罪嫌疑人 1 名；9 月 17 日，铁桥派出所又抓获诈骗 38 万元的犯罪嫌疑人 1 名；9 月 18 日，云龙派出所抓获网上批捕在逃犯 1 名；9 月 20 日，忠介派出所抓获批捕在逃犯 1 名；9 月 21 日，云露派出所抓获贩毒犯罪嫌疑人 1 名；9 月 22 日，永兴派出所抓获盗窃犯罪嫌疑人 1 名……

截至今天，天天有捷报，日日有战果，在不到一个月的时间内，全局破获各种案件 141 宗，抓获犯罪嫌疑人 63 名、网上逃犯 13 人，追回被盗抢摩托车 48 辆。

百日破案竞赛活动延伸到垦区公安机关。

去年下半年以来，红明农场机关周围、水果基地，三门坡镇周边，东昌农场水果基地以及大坡、大致坡、咸来、三江等乡镇发生多宗摩托车被盗案。由于被盗的摩托车大都没有办理牌证，犯罪分子作案后又异地销赃，侦查难度大，以至于案件久侦未破。在“百日破案竞赛”中，红明派出所把重点放在这些案件上，主动出击，跟踪侦查，寻找突破口，艰苦鏖战 10 多天，战果辉煌。9 月 25 日上午，在三门坡镇抓获盗窃犯罪嫌疑人 2 名；26 日凌晨，在 25 队茶树园抓获贩毒、抢夺、盗窃团伙主要成员阿利、阿泉、阿进和吸毒人员 1 名；在大致坡镇抓获盗窃摩托车嫌疑人阿涛；在三门坡镇抓获吸毒人员曾家福。先后摧毁 2 个贩毒吸毒和盗窃、抢夺犯罪团伙，破获刑事案件 24 宗，缴获毒品 106 包、摩托车 7 辆，以及一批赃物。

“百日破案竞赛”如同一次大扫除，把地面污水杂物彻底清理个干干净净。

第十二章　“严打”敢啃硬骨头

龙昆南路劫匪案

2002 年 10 月 20 日　星期日　晴

龙昆南处于与海口交界处，很多人因此搞混淆了，尤其是一些外地人初来乍到，往往以为龙昆南是海口市区，遭遇一些案情，直接报案给海口市 110。龙昆大道分为南北两段，北段是海口市辖区，但南段则属琼山管辖。龙昆南派出所是琼山公安局最小的城区派出所，辖区不大，只有 1.5 平方公里，人口更少，常住人口只有 1000 多人，暂住人口也只 4000 多人。然而，地域不大却名气在外。主要原因是海南较高档次的文化娱乐业和饮食业大都集中在这里，沿龙昆南全路段，是一家挨一家的大酒店、娱乐城、歌舞厅，全省最著名的娱乐城中国城便处于龙昆南路中段，每当入夜之后，酒店、娱乐城门前停满高档小车，与夜色同时闪亮的广告灯、霓虹灯交相辉映，令人眼花缭乱。

有人说，龙昆南吃喝玩乐一条街，是海南有钱人的乐园。

有钱人自然成为违法犯罪分子作案的目标，因此龙昆南街面摩托车飞车抢夺、抢劫案件发生频率也较高。虽然经过多次严打，发案率有所下降，但违法犯罪分子又将犯罪手段改变了花样，顶风作案。9 月 30 日晚上 9 时，出租车司机老吴空车行至南海大道路段，从路边椰子树下钻出两个人来。那是两个年轻仔，模样也就二三十岁，年轻仔招了招手。老吴停车，让两人上车，问去哪里，问答说是往前开。

老吴的车进入了龙昆南路，络绎不绝的车流拥挤在龙昆大道上，迎面刺眼的车灯照得他有点睁不开眼睛。老吴一心开车，快到中国城时，忽然，坐在副驾驶位的乘客喝道：“停车!”恶声恶气的叫喊把老吴吓了一跳：“你们在这儿……下?”他踩了刹车，又立刻愣住，只见“乘客”掏出一支枪，说：“把钱交出来!”

老吴四五十岁了，还不曾见过真枪。那是一支黑铮铮的手枪，枪口顶住他的脑门，像一条毒蛇随时可能咬上一口。他正不知所措，又感到腰间一下刺痛，被身后一个锋利的东西顶住了。那是一把匕首。身后的“乘客”把匕首往前送了一下，嘶哑着嗓子叫着：“快把钱交出来!”

“交，我交……你别，别杀我……”老吴知道遇上劫匪了，无可奈何地从身上掏出一天跑出租车赚取的200元钱。

“怎么只有这点钱?”歹徒不甘心。

“出租车生意不好，就只有这些。”老吴可怜巴巴地说。

歹徒不相信，又在他身上、车上搜了个遍，一个铜板也没有找到。“倒霉!”歹徒悻悻地下了车，进入夜色下的龙昆大道，很快消失在熙熙攘攘的人群中。

老吴赶到龙昆南派出所报案。接待的是龙昆南派出所长邱金飞。这是个提拔不久的年轻派出所长。他是海南名人邱浚的第二十二代子孙。丘浚是琼山市府城镇金花村人，明朝中叶著名学者、政治家和经济学家，著有《大学衍义补》等著作。官至户部尚书，史称“海南四大才子”之一，同海瑞被誉为“海南双璧”。我有幸在邱家查阅了邱家家谱，据了解，清朝雍正时期，朝廷反孔丘，为了避讳，于是，丘氏家族把丘姓改为邱姓至今。

邱金飞长得斯斯文文，满脸稚气，一点也不像派出所所长，可透过他那娃娃脸，或许是基因遗传，从眼里眉间还是能看出骨子里的阳刚之气。

邱金飞的办公室正中间挂着一幅邱浚的诗作《五指山》。诗云“五峰如指翠相连，撑起炎荒半壁天。夜盥银河摘星斗，朝探碧落弄云烟。雨余玉笋空中现，月出明珠掌上悬。岂是巨灵伸一臂，遥从海外数中原。”书写这首诗作的是海南书法名家吴东民。吴东民的书法功底深厚，用笔气势纵横，笔起笔落，猛力爽辣，无半点矫揉造作之态，于点画间充满着跌宕起伏的节奏，变化或疾徐、或提顿、或抑扬、或伸缩，通篇书法血脉相通，一气呵成。这幅字从内容到书写都磅礴大气，是一幅上乘作品。

我很喜欢邱浚的《五指山》，也喜欢吴东民的这副书法作品。

听了老吴报案，邱金飞感到重负压肩，这是群众报来的第7起抢劫出租车案件，抢劫手法差不多，7起案件像是同一批人干的。他也曾多次组织民警上街巡逻、埋伏守候，但是，犯罪嫌疑人像是水里的鱼，游荡在街市人流中，如何才能把“鱼”逮住呢?

第二天是国庆节。

在7天国庆长假中，邱金飞没有休息，天天守在派出所，布置警力，加强辖区防范，但陆续又有2起出租车遭抢劫案件发生。节后上班第一天，我来到龙昆南派出所蹲点，指导督查案件侦破工作。邱金飞露出难色说："案子比较难搞，龙昆南范围这么大，犯罪分子作案后就消失了，我们不知从哪里下手？"

我想了想，说："破案要有啃硬骨头精神，要能攻坚，这也是对你这个新上任的派出所长的考验。这几起出租车抢劫案影响大，必须尽快破获。"对此，我提出三点意见，要求他一个月内争取破案，"一是要深入发动群众提供线索，二是要详细调查案件发生当时情况，认真分析受害人提供的每一个细节，努力找出破案头绪；三是要加强治安巡逻工作，增加街面巡逻的密度和范围，加强对社会控制。"

"好吧，"邱金飞说，"有个实际困难能不能解决？我们一直想增加巡逻警力，摩托车却不够用。"

"这不是问题。我现在就批，你去找财务要钱，买两辆摩托车。"我写了张条给他说，"局里经费虽然紧张，但该花的还是一定要花，要抓好治安巡逻工作，人员、设备都要跟上去。"

邱金飞拿着我的批示，为派出所添置了两台巡逻摩托车。

出租车抢劫案侦破工作紧锣密鼓地进行。

连续几天，邱金飞带领全所民警，分成几个巡逻组，骑摩托车沿龙昆南、南海大道等路段来回巡逻，同时深入到辖区，向出租屋主和小区居民广泛调查。案情渐渐有了眉目，有群众提供了一个可疑人员，是个河南人，吸毒，无业，经常在南海大道一带活动，行迹非常可疑。10月18日凌晨3时，邱金飞带领副所长何忠志、民警符沉，埋伏在南海大道路口。天快亮时，只见一个年轻人鬼鬼祟祟地从一条小街上过来，那人与群众所提供的特征相吻合，邱金飞带领民警立即扑了上去。那人还没反应过来，便被民警按倒在地擒获，从他身上搜出匕首一把。

在人证物证面前，穷途末路的犯罪嫌疑人不得不开口，他叫蓝城，因吸毒没有钱，走上了抢劫出租车的犯罪道路，已经连续作案10多起。

"抢劫用的枪呢？藏在哪儿？"邱金飞问。

"枪是唬人的，是假枪……玩具枪，放在吕勇那里。"蓝城供出了另一个犯罪嫌疑人吕勇的下落。民警迅速出击，在月朗新村抓获了犯罪同伙吕勇，缴获了作案用的假手枪。

一件较为棘手的出租车抢劫案成功告破，邱金飞长长地吁了一口气。

龙昆南派出所蹲点了20多天，我先后走访了辖区居委会、居民小区，收集群众对社会治安的意见。今天上午我来到奔龙大厦物业区，有居民反映，近几天，物业区经常有陌生人出入，一来就是十多人，不像是做生意的，更不像是住户的访客，担心是些违法人员，影响小区安全。我打电话给派出所，邱金飞带领民警立即赶了来，找到保安调查。保安闪烁其词。再三追问，保安交代了这些陌生人与奔龙大厦A室有联系。邱金飞心里起了疑端，数十人拥挤在一家住户，既不是搞传销的，又不是集体吸毒，是不是开设地下赌场？当即布置几名民警埋伏起来，对奔龙大厦进行监控。陆续有陌生人进出，从这些人衣着神色来看，七八成是赌棍。下午1时30分，派出所20多民警赶到奔龙大厦，对大厦A室进行突袭。门被撞开，只见里面乌烟瘴气，10多台用于赌博的啤酒机沿房间四周排开，聚集有10多名赌棍……仅用半小时，这个开设七八天的地下赌场被民警成功捣毁了。

其实，公安民警也是人，不是掐指一算的“神”。只是公安民警比常人多一份细心和耐心，在正常情况下能发现常人忽视的细节，并从中找出犯罪分子的蛛丝马迹，许多案件就是这么破获的。

智破积案

2002年10月25日　星期五　晴

政工办给我送来一个好消息，经过近一年努力，已有17宗历史积案告破结案。

这些积案曾是压在我心头的一块巨石。

积案共有47宗，是近10年内遗积下来的，都是人命案，都没有正式填报立案手续。1999年，人大代表在评议公安工作时，这批案件浮出水面，其中有6宗连原始案卷都找不到。在教育整顿工作中，局党委决定，由刑警大队对这47件积案逐一核查，写出案情报告，对为什么会形成积案，说明原因，只要有一线破案希望的，就要竭尽全力破案。后来，刑警大队拿出了《关于47宗命案已破、未破情况的说明》，按照积案序号，将每起积案情况发案时间、案情、未破原因一一列了出来。但排出来的是一连串问号，其中：

1994年6月15日，龙桥镇仁道村青年王秀伟到邻近的儒候村水井洗澡，与该镇韩香村委会的青年发生口角，被韩香村委会青年殴打，王秀伟当场被打死。案件线索不清，难于侦破。

1995 年 2 月 14 日晚，三名蒙面歹徒窜到新坡镇坡咏园村一个小卖店抢劫，店主林兴强奋起反抗，被蒙脸歹徒用“六四”式手枪开枪击中，当场死亡。因为没有查到有价值线索，无法破案。

1995 年，具体作案时间不详，东山镇儒黄村村民周辉与同村妇女阿慧发生矛盾冲突，周辉持刀砍死了阿慧，砍伤其女儿，作案后潜逃，下落不明，数次追捕未果，无法破案。

1995 年底的一天晚上，东山镇道汶村吴琼与几位女伴在房里睡觉。深夜时分，歹徒持刀从窗口跳入房里，当场砍死吴琼。案件发生后，刑警大队即组织警力侦查，因线索不清，案件久侦未破。

1996 年 4 月，永兴镇明利红砖厂工人阿福和阿样的妻子在 8 号宿舍通奸，被阿样发现，阿样持刀入屋将阿福砍死。发案后，阿样携带妻子潜逃，永兴派出所前往追捕多次未果。因凶手与死者均为贵州省人，身份住址不明，未能破案。

看了这份报告，我心头格外沉重，时过境迁，案件一个个都成了极难啃的硬骨头。有的缺少犯罪嫌疑人线索；有的犯罪嫌疑人多年潜逃在外；有的是外地人作案，没有犯罪嫌疑人身份资料；还有的案卷没有一丝半点原始记录。积案尘封 10 多年了，还能破获吗？

难破也得破，我决定迎难而上，坐镇指挥积案侦破工作。

1995 年的一起人命案首先引起我的注意。犯罪嫌疑人海真，琼山市灵山镇玉冯村人，是个不容小觑的人物。虽然只有初中文化，但他凭着跑江湖本事，搞起了建筑装修业，趁改革开放之机火赚了一把。1994 年在中国城开起了花园美食城。1997 年见海南经济退潮，又转移到四川成都经营酒店娱乐业，在成都帝帮国际休闲广场做了董事长。1998 年去了香港定居，摇身一变成了腰缠巨款的港商，来往于香港、海南和成都。然而，就是这样一个所谓的“港商”，却背负一起绑架杀人的特大命案。1995 年，他还在中国城经营花园美食城时，与人结下了仇怨。9 月 13 日晚 10 时，他用 15000 元的价格雇请了 8 名凶手，埋伏在海口市机场东路，把仇家绑架到琼山市铁桥西侧的一个树林里。在海真的指使下，8 名凶手持刀疯狂砍杀，将仇家左手齐腕砍断，上下肢多处刀伤深可见骨，导致受害人大出血休克死亡。对这样一起人命案，海真却泰然无事，长期逍遥法外，甚至放出话来：“老子有钱，再有多大案子也能摆平！”

我不由愤怒了：“王子犯罪，与庶民同罪，何况只是一个有钱的！他再有多少钱，也赎不了他的罪行，务必将他抓捕归案！”去年 11 月 24 日，就任琼山市公安局长一个月整，我通知刑警大队派出追捕组，务必将海真缉拿归案。海真也许自以为神通广大，钱可通神，何况案发许多年仍然逍遥法外，他并没有潜逃，仍在琼山做所谓的生意。刑警大队依法对他迅速实施刑事拘留。经过侦查审讯，在事实清楚、证据确凿的基础上，今年 4 月 22 日，以涉嫌故意伤害罪对海真提请逮捕。

这起沉冤五六年的人命案终于有了令死者瞑目的结果。

此后，破获积案工作正在紧张进行中。

1993 年的一起“5・15”人命积案也很快告破。案件发生在新坡镇，梁沙村与文山村两村村民时常发生械斗。1993 年 5 月 15 日中午 11 时许，梁沙村 19 人乘手扶拖拉机去塘头村喝酒，估计路上会遇见文山村人，出发前，便装满一肥料袋的刀、斧放在车上，如果一旦遇上文山村人，便准备砍他几个。经过变电站时，看见一对青年男女坐在变电站门口聊天。有人指认说：“那小子是文山村的方世全，这回落单了，下去砍他一顿，看他还往哪儿逃？”拖拉机停下，19 个人一个个从肥料袋里取出刀斧，分成两组向方世全追赶过去。方世全吓得撒腿就逃，逃到变电站后面菜园地时，脚下一不留神，“啪”的一声摔倒在地。梁沙村人迅速赶了上来，举刀提斧一顿乱砍，当即将其砍成重伤，见方世全趴在地上不动了，这才罢休，若无其事地扬长而去了。事发后，方世全被人送去医院，经抢救无效死亡。

这是一起恶性故意伤害致死案件，案情并不复杂，复杂的是案件背后有交易。当时案发后，琼山市人大代表、梁沙村党支部书记梁少山积极筹资，出面到琼山市公安局为犯罪嫌疑人活动。于是，琼山市公安局让作案人共同拿出 4 万元，赔偿给受害人家属，抓了 3 名作案人送劳动教养便结案。“5・15”方世全被杀案虽然没有涉案民警，但当时琼山市公安局没有依法办事，让市人大代表、梁沙村党支部书记梁少山牵着鼻子走，导致案件没有得到及时查处，犯罪嫌疑人逍遥法外。而梁少山为犯罪嫌疑人充当保护伞，有着不可推卸的责任。

根据省委工作组和琼山市委决定，我抽调了 35 名民警，前赴新坡镇对案件重新彻查。新坡镇位于琼山西南部，距府城 30 多公里。大家泡在了新坡镇，夜以继日，走文山村，访梁沙村，几天后，掌握了梁少山为犯罪嫌疑人充当保护伞的大量证据。

2001 年 11 月 27 日，市纪委对梁少山实施“双规”。

但是，如何将当年杀人凶手绳之以法呢？参与砍杀方世全的共有 19 人，谁是主谋？谁是主要凶手？案发至今已 9 年，要把所有涉案人员查实清楚，不啻大海捞针，即使查出来了，涉案人员证据如何取证？但是，破案本身就是解决疑问，不管有多少困难，也要把这些疑团一一解开。

对案情再次进行分析研究，19 人是乘坐一辆手扶拖拉机进行作案，拖拉机线索比较单一，决定从手扶拖拉机入手调查，查清梁沙村有多少手扶拖拉机，作案的手扶拖拉机是谁开的？经过大量查证工作，终于，查实手扶拖拉机作案那天是村民梁军文开去的。

立即拘留梁军文。

当晚 11 点，我带领民警赶赴梁沙村。在梁军文家中，民警顺利将梁军文抓获归案。经过突审，梁军文交代了 9 年前参与作案的全部人员情况。但随着梁军文被捕，其余涉案人员如惊弓之鸟，纷纷潜逃，为进一步抓获其余犯罪嫌疑人增加了困难。根据这种情况，专案组决定进驻梁沙村，广泛开展法制宣传，做涉案人员家属工作，动员涉案人员投案自首。那些日子，民警早出晚归，整天泡在梁沙村，挨家挨户地与涉案人员家属做工作。我们召开村民大会，宣传党的政策，展现公安机关破案决心，给涉案人员造成强大的精神压力。努力没有白费，很快有 14 名涉案人员在家属陪同下来到公安局投案自首。

这期间，“3·26”积案也告破。1999 年 3 月 26 日，犯罪嫌疑人符全新等人仗着一帮“哥们”恶势力，闯入粤海铁路工地，强行承包工地材料拉运。工地负责人不同意。符全新恼羞成怒，要给施工人员以“教训”。当晚 11 点多钟，他纠集 10 多名流氓烂仔，每人一把长西瓜刀，用衣服把面庞蒙住，潜入美儒工地工棚，见人就打、砍，见物就砸，将 2 名施工人员砍成重伤。案发后，这帮恶势力团伙成员纷纷落网判刑，但符全新长期潜逃在外。去年 12 月，局里成立追逃小组，在不到一星期内，将符全新抓捕归案。

到今天，近一年了，在全局同志艰辛努力下，拂去时间的灰尘，拨开案件的迷雾，终于有 17 宗案件水落石出，涉案嫌疑人落入法网。

通过对这么多年陈案的侦破，我切实感受到“世上无难事，只要肯登攀”。办法总比困难多，遇事冷静，总是能够想出办法来解决的。

揭开八年疑案真相

2002 年 10 月 28 日　星期一　晴

今天，海南省中级人民法院以故意杀人罪判处程彪死刑，判决顾大和无期徒刑，判决吴雄有期徒刑 6 年。我感到欣慰。阿威的在天之灵可以瞑目了。

程彪、顾大和、吴雄是在半年前抓获的，他们三人涉嫌的也是一起陈年积案。

1994年9月27日凌晨时分，东山镇卜南村的阿威仍没有回家，与女朋友坐在老墟的一口水井旁的石阶上五六个小时了。他与女朋友处于热恋中，每分每秒都是蜜汁般甜，每时每刻都是处于欢乐中。两人絮絮叨叨，情话说个没完没了，巴望这种时光永远持续，不要天亮，不要阳光，不要有明日。元人贯云石《中吕·红绣鞋》中写道：“挨着靠着云窗同坐，看着笑着月枕双歌，听着数着愁着怕着早四更过。四更过情未足，情未足夜如梭。天哪更闰一更儿妨甚么!”是当时这对恋人的真实写照。然而，他俩的幸福被一柄罪恶的斧头戛然中断。阿威没有察觉到危险向他走来，朦胧的月光下，有三个黑影蹑手蹑脚朝他靠近，他还在搂着女友，黑影渐渐逼近，待他发觉时，来不及了。夜色中，他最后一眼看见的是，一柄斧头高高举起，寒光一闪，斧头沉闷地落在他后脑上，鲜血和着脑浆喷溅开来，洒满了女友一身。女友一声惨叫，惊恐地望见三个蒙面人如同恶魔，砸了阿威一斧头后，另外一人还用刀连刺阿威几刀，杀人后迅速消失在黑夜里……

女友报了案，公安机关立案侦查。这一查8年过去，蒙面作案人是谁？为什么要杀死阿威？没有人解开这个谜底。

阿威突遭飞来横祸枉死，家属悲痛欲绝，这些年，不断上访。去年我刚调到琼山市公安局，家属就找到我上访哭诉，要求公安机关找出凶手，为死者申冤报仇。我接下上访申诉材料，心里也犯嘀咕，案件过去8年了，犯罪嫌疑人又是黑夜蒙面作案，这是一起高难度的疑难案件，能查清吗？然而，上访人那撕心裂肺的哭声，迫使我们再有困难，也要让案情大白，把犯罪嫌疑人挖出来。

成立专案组，对案件进行侦查。

任何案件都有动机和原由。阿威被杀是谋财害命？还是报复杀人？从案发情况来看，谋财害命的可能性不大，犯罪嫌疑人作案后就跑了，阿威和女友都没有遭受抢劫。专案组围绕报复杀人的动机展开调查，哪些人与阿威有过纠纷？有过矛盾？民警找到阿威的女友询问。阿威的女友如今已嫁作他人妇，说到当年的惨案，仍是心有余悸，但只是重复当年报案时的陈述，对于案件线索，说不出所以然来。民警又找到阿威家属、生前同学好友，以及曾与阿威有过联系的群众询问，调查访问有关人员100多人。

实践证明，思路是正确的。经过一个多月的排查，一个叫程彪的人浮出了水面。程彪与阿威曾打过架。当时，程彪仅十七八岁，是个中学生，因为这一点矛盾竟然起意杀人？民警对程彪进行了讯问。在讯问中，程彪的嫌疑一点点显露出来。一提到阿威的名字，程彪就惊慌失措，脸色发白，汗珠雨点般下滚，对民警提出的问题支支吾吾，说不清，道不明。在专案组一轮又一轮的心理攻势下，程彪顶不住了，承认伙同顾大和、吴雄两名同学用刀斧砍杀了阿威的犯罪事实，交代了犯罪经过，说作案后三人都害怕极了，生怕被公安机关抓获，当天就逃跑到外地去了，过了半个多月，见没有什么动静才返回家中，原以为案件会成为永久的秘密，没想到案件过去8年，还是没能逃脱。

顾大和与吴雄相继被抓获归案。

但这不表示案件破获。对于这起案件的认定，还停留在犯罪嫌疑人的口供上，一旦翻供，全案瞬间失败。在法治日益健全的今天，必须找到其他旁证，用证人证物证实犯罪嫌疑人的罪行。可是，侦破年代久远的人命案，取证远比抓获犯罪嫌疑人艰难。这起案件取证存在3个难点：8年时间改变了作案地点的地貌；作案工具难于查找；案件证人都会有谁，都在哪儿？

对案发现场进行了勘查。案发现场，当年阿威坐在水井旁的石阶还在，但它沉默无语。8年岁月的侵蚀，已冲刷掉了案发当时任何点滴物证。又开棺对尸体解剖鉴定。尸体虽然腐败，但仍然深深刻下了当年的刀斧痕迹。这一点，证实死者确实死于刀斧之下，验证了阿威女友报案时的案情记录。

最大的难点是搜寻犯罪嫌疑人作案时的凶器。程彪说，作案用的刀斧是从东山墟农械厂一间木板搭建的简易厨房里偷拿的。作案后他们把刀斧扔进多侃村的一口鱼塘。多方打听，找到了东山镇农械厂。不过，那间简易厨房不复存在，案发后的第二年就拆除了，厨房的主人也早已病故。民警挨家挨户访问村民，盼望出现奇迹：有人无意将犯罪嫌疑人扔掉的刀斧捡拾保存起来了。可惜，奇迹没有出现。唯一找到刀斧的可能只剩下多侃村的鱼塘。民警不气馁，抬来抽水机，开足马力抽水，几天几夜，将这口五亩大鱼塘的水抽了个干净。然而，望着干涸的塘底，仍是傻眼，塘底只有厚厚的塘泥、沉积的枯枝朽叶，刀斧仍没有出现。我们想，案发多年，泥土沉积，斧头一定早已埋进塘泥下面。于是，专案组又请来10多名民工，在程彪指认的地方挖土寻找，把塘底翻了个底朝天，但还是没有结果。

民警继续追查刀斧的来龙去脉。

农械厂的一名领导证实，原先拆掉的那间简易厨房的主人梁师傅曾跟他说过，案发当天，厨房用的一把斧头和一把砍柴刀莫名其妙不见了，曾抱怨说，这小偷有神经病，放着厨房能用的炊具不偷，却把不值钱的刀斧偷了。梁师傅的儿子也证实有这么一回事。

杀死阿威的3名犯罪嫌疑人作案时都还是东山镇中学学生，专案组又找到三人就学当年的班主任调查。班主任提供证言：案件发生后，3人就在学校里消失了，半个月后，才重新回到教室。问为什么不来上学，3人都没有合理的解释。这些，与程彪、顾大和、吴雄交代的口供相符。

阿威女友的报案、现场勘查资料、尸体检验刀斧痕迹，以及农械厂领导、梁师傅儿子、犯罪嫌疑人当年班主任的证言，所有这些与作案犯罪过程丝扣相吻，形成一条严密的证据链条，牢牢地锁住了犯罪嫌疑人的罪行。专案组结束了取证工作。案件报送到海南检察分院审查起诉。这是一起侦查圆满的案件，检察分院认为，全案证据环环相扣，互相印证，确凿充分，可以依法起诉。

“法网恢恢，疏而不漏”。我仰望苍天，不由得感慨万分：苍天何曾饶过谁？善恶有报，天理昭昭。人们啊，真要三思而后行。

琼山迈进“无毒市”

2002年11月6日　星期三　晴

琼山市似乎颇受毒品的青睐。2000年，琼山市公安局曾破获全省最大贩毒案，缴获毒品海洛因45公斤，打掉2个特大贩毒团伙，抓获重大贩毒犯罪嫌疑人14人。2001年，仅登记在册的吸毒人员就有2380名。毒品犹如白色瘟疫在琼山的城区、乡村扩散，在出租屋，在破旧工棚等一些藏污纳垢的地方繁殖和扩散；又如肆虐的魔鬼游走在你我他的身旁，吞噬着一些人的灵魂。因为涉毒，不少人因吸毒而走上打架斗殴、盗窃抢劫等违法犯罪道路。

禁毒工作任重道远。

今年年初，局党委战略性地提出“努力建设琼山无毒市”。这个提法一出台，大多人就私下摇头。毒品犯罪呈蔓延扩散之势，不是人为主观就禁得了，能够控制、稳定目前吸毒态势就不错了，要建设琼山无毒市，谈何容易。我理解这种看法，在全局打击毒品犯罪大会上，我说：“建设琼山无毒市不是三五年就可以实现的，要有打硬仗、打大仗、打持久战的准备。近期任务是，创造禁毒社会大环境，动员广大人民群众，拒绝毒品，抵制毒品，广泛开展‘无毒社区’创建工作，以蚕食的办法扩大无毒区域，压缩涉毒犯罪的市场和空间，达到涉毒犯罪案件年下降20%，向创建琼山无毒市的最终目标迈进。”

全民参与的禁毒斗争的大幕在琼山市全境徐徐拉开。

大致坡镇的申东与何群是吸毒2年的瘾君子，一天上午，把家中电视偷出来卖了，购得毒品2小包，刚躲到一个荒山坡地上吸食，还没来得及打开毒品封包，就被群众举报。派出所民警赶了来，没收了毒品，将2人带进了戒毒所。永兴镇的阿侯与阿四是因吸毒走到一起的哥们，因为禁毒风头紧，2人憋了好几天毒瘾，再也忍不住，跑到府城镇一家小旅店开了间房，在凌晨1时偷偷地吸食毒品。就在他俩吞云吐雾之际，清查行动组敲响了房门，文庄派出所长陈平带领民警将2人逮个正着。

新坡镇是个毒品重灾区，镇派出所坚决依靠镇委、镇政府，依靠各村委会、治保会和广大群众，一个月中，抓获吸毒人员20名。文山村毗邻东山镇和定安县，外来人口多，人口流动性大，沾染毒品的人员也较多，全村吸毒人员达15名。严重的吸毒问题影响了全村治安，也给吸毒人员家庭带来了无尽的危机。村民陶义亮因为儿子吸毒，家里东西都被儿子偷去变卖光了，经民警在村里开展禁毒宣传，陶义亮把儿子送到派出所登记戒毒。在他的影响下，全村15名吸毒人员先后进了戒毒所强制戒毒。

6月的一个凌晨，天还是黑沉沉的，灵山派出所的电话突然响起，值班民警抓起电话，传来一个急促的声音：“我们村里有人贩毒，你们快来，晚了他们就跑了！”值班民警急忙问：“贩毒是哪个村……”

“爱群村委会，里拥村，毒贩子叫阿甘……”

这个阿甘是里拥村的一个“能人”，田地的活早就不做了，也没找个工作，一天到晚游手好闲的；却又是村里一个“贵族”，穿名牌，抽高档烟，每天不是上歌舞厅就是去泡妞。能够这般消费的，袋子里没有十万、几十万是不行的。村里人都知道他有钱，但没有人知道他的钱是从哪儿来的。阿甘说是朋友给的，他的朋友也多，隔不了三五天，就有几个陌生“朋友”找上门来。6月17日，他家又来了几个“朋友”，他领着钻进村民齐可欧家。齐可欧是他的一个死党，时常与他在一起喝酒泡“马子”。这次，阿甘与他的“朋友”一个通宵都耗在齐可欧家中，灯光没有熄灭过。周围村民警惕了，阿甘是不是在搞毒品交易？

凌晨4时，齐可欧家中一片鬼影憧憧。阿甘洋洋得意，今晚他又发财了，上他家来的那些“朋友”都是给他套牢的瘾君子，每隔一段时间就不得不求他卖给几包毒品，齐可欧家是他一个贩毒据点。就在他聚精会神给吸毒人员分发毒品之时，一阵“咚咚咚”的敲门声骤然响起。阿甘吓了一跳，深夜里，除了公安还有谁会上门来，连忙叫道：“快！快！快把毒品藏起来……别，别藏，丢到马桶里去冲掉……”他拎起毒品，往洗手间跑去……来不及了，门被“砰”的撞开，灵山派出所长李会勤带领民警冲进来，一脚把阿甘撂倒，将他手里的毒品夺了过去，整整一大袋，搁在阿甘的天平秤上一称，足足30克。

7月的一个星期日，府城一家不起眼的小饭店进来一个年轻客人，叫吴一坤，他是府城镇尚导村人。他要了一间包厢。服务小姐拿来菜单让点菜，他说不急，要等人。谁知道他来的目的不是吃饭，而是贩毒。不久，进来一个瘦削的小伙子，叫黄超，十足的瘾君子。在黄超周围，有一帮吸毒人员。吴一坤与黄超便成了一对贩毒搭档，吴一坤供货，黄超联系买主。黄超一脚把包厢门带上，把手一伸问：“货呢，拿给我看看。”吴一坤瞪他一眼：“急什么，够你那帮兄弟用的。”他把包厢门打开，贼溜溜地瞅瞅四周，招呼服务小姐，就在门口要了几个菜，说：“我们在商量个事，不叫你，你不要进来。”他回到包厢，关上门，从随身提包里拿出一个小纸包来。黄超一把将小纸包抓了过去，拆开，舔了舔，失神的眼睛放出了光，问：“价钱照老规矩？”吴一坤说：“放屁，这粉没掺假，纯海洛因的，一包可分做十来包，少也要300元。”黄超现出一副可怜相：“我哪有那么多钱，少点行不？200元？”……

正在两人谈价之时，包厢门忽然被敲响，是服务小姐的声音：“菜来了，开门……”吴一坤把毒品收回到提包里，开门骂道：“他妈的，不是说了，没叫你不要进来……”服务小姐端着一盘菜说：“菜做好了，待会要凉了。”服务小姐说着，强推开门，跟在服务小姐身后还有几个男人，一拥而入。吴一坤惊慌起来：“你们干……干什么？”其中一人抽枪：“公安，琼山公安局禁毒大队。”来人亮出证件，是禁毒大队副大队长邢跃华。原来，吴一坤早就被禁毒大队控制了。前不久，破获一起盗窃案，有个盗窃团伙在桂林洋农场盗窃一辆摩托车，以400元价格卖给吴一坤，吴一坤又以500元价格转卖给另外一人，但邢跃华没立即抓捕吴一坤，情报显示，吴一坤还有贩毒嫌疑，于是，暂时放他一马，但锁定了他的踪迹。适才，吴一坤还没有进到饭店，便被民警盯上了。估摸他要开始毒品交易，邢跃华这才带领民警出击，来了个瓮中捉鳖，将吴一坤与黄超堵死在包厢内。

邢跃华夺过吴一坤的提包，搜缴出毒资1850元和一大包毒品海洛因，将毒品掂了掂，笑着说：“够分量了。又是一起大案，差不多有50克了。”

吴一坤脸如死灰，说："没……没有50克，只有48.57克……"贩毒分子都知道，达到50克，就够上死刑标准了。

近一阶段打击毒品在全市多点开花。不到半个月内，桂林洋派出所抓获贩毒犯罪嫌疑人2名；东山派出所抓获贩毒犯罪嫌疑人一名，缴获毒品10小包；演丰派出所抓获贩毒犯罪嫌疑人5名、吸毒人员7名；云露派出所抓获贩毒犯罪嫌疑人阿敬、陈小川，缴获毒品19小包和一批吸毒工具；红旗派出所民警假扮吸毒人员，以购买毒品为幌子，将毒贩周立引诱到五公祠，就在双方进行毒品"交易"之时，关门打狗，现场擒获贩毒犯罪嫌疑人周立，缴获毒品57克……

今天快下班时，办公室送来禁毒工作总结。统计资料显示，新一届局班子上任的一年来，全局抓获吸毒人员450名，摧毁吸毒窝点46个，破获贩毒案件15宗，抓获贩毒犯罪嫌疑人32人，缴获毒品海洛因730.2克和146小包。

毒品是全球性的灾难，也是全人类共同的敌人，毒品泛滥，不仅严重危害人们身体健康，而且直接诱发各种犯罪。通过这场扫毒风暴，我深深地感到，禁毒工作任重道远。在这些吸毒人群中，有相当一部分人是知识贫乏，根本不了解毒品的危害；有的是思想空虚，了无寄托；有的是被人引诱不能自拔。情况虽然纷繁复杂，但根本一条就是对毒品危害认识不足。所以，加大对毒品宣传，加强对青少年思想教育是禁毒工作的重点。没有吸毒者，也就少了贩毒者。下一步，我们应该加强这方面的工作了。

不容藏污纳垢

2002年11月20日　星期三　晴

红城湖傍于府城西侧，是琼山较有名的胜景。晴日，湖水清澈，波光粼粼，一行行椰树、棕榈倒映湖中，微风从湖面上飘来，送来了一阵阵清凉和馨香。待到下雨时，又别有一番景致，烟雨朦胧笼罩了湖面，天地浑然一色；雨点淅淅沥沥地敲击在红城大道上，仿佛来自天籁的美妙音乐。宋人苏轼有一首著名的小诗《饮湖上初晴后雨》，描写西湖胜景，晴也罢，雨也罢，都是仪态万千，令人心醉。"水光潋滟晴方好，山色空蒙雨亦奇。欲把西湖比西子，浓妆淡抹总相宜。"以此比喻红城湖的四时美景，甚为恰当。

但就是这块美丽的地方，也曾藏污纳垢，以致远近闻名。挨在红城湖畔有条狭窄、冷清的小街，不知从什么时候起忽然热闹起来。路边开设了许多发廊，一间挨着一间，但不洗头理发，白天关门，到了晚上，才接二连三地亮起明晃晃的红灯。灯光下，坐着一排排妖艳的女郎，见有男人来了，便蜂拥而上，明目张胆地进行卖淫活动。有人便把这里叫做“香港街”。如此严重的卖淫现象引起了省有关领导重视。一个夜里，出动公安和武警，将这里来了一次彻底的“大扫除”。

如果说红城湖这种路边店的卖淫活动属低档次，龙昆南的中国城就是“高档层级”了。每当灯火点亮了夜空，中国城便开始了不眠之夜。这是所谓的“贵族俱乐部”，经营有酒店、茶座、咖啡屋，更有歌厅、舞厅、保龄球、桑拿按摩……尽管费用不菲，但几乎每天都是生意爆满，人气鼎旺。尤其是入夜时，富豪、老板们从四面八方涌来，在那轻歌曼舞中把一天的紧张和疲劳释放出来。富人的钱好赚，在这富人窝中，色情赌博活动尤其肆无忌惮，这种活动已有多年了。

对此，有人不以为然，色情与赌博随着经济发展而滋生和发展的，要把经济搞活，出现那么一些黄赌，没什么大惊小怪。甚至有人说，黄赌是经济润滑剂，海南又是旅游区，没有黄赌，谁来玩哪？有那么一点黄赌，有利于促进经济发展。或许正是个别人的错误认识，琼山受黄赌荼毒比较严重。尤其是一些经营色情行业的不法分子与权力部门人员相勾结，撑起所谓的“保护伞”，疯狂开设地下赌场，聚众赌博，这一切不仅带来了极坏的影响，也对琼山经济发展造成了破坏和阻碍。

对于“黄赌”，我历来持强硬态度。

“琼山，绝不能容忍这些脏东西存在。在我任期内，绝不允许有赌、色情横行泛滥。谁敢涉黄涉赌，就要坚决严肃查处。”我多次这样强调。

“扫黄不留死角，禁赌不留余地”，扫黄禁赌行动地毯式在琼山全境铺开。

春节期间，全局组织了一次大清查，出动警力 3000 多人次，清查出租屋 378 家、发廊 85 家、旅店 36 家，抓获涉黄涉赌人员 60 多人。6 月，全市公安机关以府城高登街、板桥路、北胜街、商业街、龙昆南等路段为重点部位，进行大范围的扫黄禁赌。东山派出所现场查获一家啤酒机赌场，捣毁赌博用电脑 5 部。灵山派出所查获 2 名四川人以招工为名，把 3 名少女骗到灵山镇富灵旅店强迫卖淫。巡警大队在市妇幼保健院附近查获一家牌机赌博暗场，捣毁牌机 7 部。文庄派出所在星光别墅查获一家龙虎豹赌场，抓获涉赌人员 42 名，缴获赌资 7 万多元……

6 月 2 日晚上 8 时，会同省公安厅、海口市公安局联合行动，我局在中国城展开清查。地下室有家叫“统帅”的俱乐部，打着经营保龄球的幌子，暗地里却经营数百台用于赌博的电子游戏机。一楼是一家“科幻大世界”，老板挂羊头卖狗肉，实际开设的是拥有100多台赌博机的地下赌场。四楼丽宫桑拿中心则是一个专门从事卖淫的场所，一大堆小姐排排坐着候在前台，等待客人前来，为之提供“鸳鸯浴”的性服务。黄赌活动触目惊心，这次行动共查获卖淫嫖娼窝点23个，抓获卖淫嫖娼人员113人，捣毁中国城桑拿中心卖淫点，抓获违法人员63人。查封中国城“统帅”俱乐部、科幻大世界、府城“小琼园”等四处地下赌场，查获用于赌博的电子游戏机412台、赌博机180台，抓获涉赌人员129人。

然而，色情赌博一本万利，丰厚利润使违法犯罪分子猪油蒙了心，不惜铤而走险，与公安机关玩起猫抓老鼠游戏。

东门市食品厂处于琼山东郊，一个赌场老板瞅准这里偏僻位置，开设了一家大型赌场。老板特狡猾，采取“赌得赢就赌，赌不赢就跑”的游击战术，公安机关多次清查，都没有找到赌场证据，反被老板抢白一通：“你们公安别欺负人，三番五次地查我，查到没有，我说没有开赌就没有开，怎么不相信?”如何把这个赌场打掉？上个月，接到群众举报，说这家赌场又开张了。这回一定要逮个人赃俱获。我们没有轻易行动，布置警力两天秘密侦查，把赌场地势和出入口摸了个一清二楚。情况已明，围捕法网悄悄铺开。由治安股、江东分局、文庄派出所组成的抓赌专业队开始行动。10时10分，抓赌专业队兵分三路，一路由5名民警组成“先头部队”，悄悄混进赌场，控制所有出入口。另外两路民警前后门两路协攻，将赌场围了个水泄不通。

赌场内，数十人正在牌机、彩球机前狂博滥赌，老板叼着烟卷满面红光，生意如此红火使他沉浸在亢奋中。但他的亢奋很快像泄了气的皮球。随着布置就绪，民警在赌场出现，赌场出现了骚乱，老板目瞪口呆，脸色由红转青，像一条丧家之犬。这一役，大获全胜，抓获涉赌人员42名，赌场老板、赌徒、赌场服务小姐无一漏网。

不少人还记得，20世纪九十年代的房地产热，使海南短期内矗立起无数高楼大厦，但盲目的投资也给海南留下许多包袱。在那整洁的街道旁、林立的楼区内，烂尾楼兀然耸立，令花园般的城市大煞风景。随着时间迁徙，这里像是被人遗忘的角落，也成为藏污纳垢的场所。

大金谷烧烤园后，便有一幢这种半拉子工程，前些天起，忽然有了“人气”，不时悄然停着一辆辆高级小轿车，有西装革履的人进出；尤其到了夜间，从蒙得严严实实的窗户里，透出一丝灯光，隐约听见有人喧哗。

这里被一个姓符的老板“占据”了。符老板原是一个村民，他把目光瞄准了一个“赌”字，几年来，四处开设赌场，非法敛取了不少钱财，由此也越赌胆子越大，越赌胃口越开。

尽管现在是打击赌博高潮期，符老板仍旧顶风作案，把赌场开到半拉子工程里，自以为这里人迹罕至，是死角，公安机关压根就不会来查。他在半拉子工程里挑了一个房间，拉上电，将窗户严严实实地密封好，运来60多台牌机，又把赌客一个个邀来，将半拉子工程变成一个全天候的地下赌场，疯狂地进行赌博。

他没想到的是，这一切尽在公安机关掌控中。昨晚11时，省公安厅、海口市公安局和我局联合行动，上百号民警以突袭方式，将这幢半拉子工程团团包围。这里，四处一片黑暗，只是借着外边的灯光，蒙眬地看见地上散落些建筑垃圾，沿着没有扶手的水泥楼道上去，听见楼上传来牌机的敲击声。民警放轻脚步上到三楼，有几个房间门虚掩着，从里透出通明的灯光。随着各个出口堵死，民警破门而入，但见那赌博用的牌机一排排地陈放，10多个赌客全神贯注地沉迷在赌博活动中。

民警的出现使赌场炸了锅，赌徒们一个个鸡飞狗跳，有的想夺门而逃，但门被民警堵死；有的爬上窗户，企图跳窗逃走，但窗外黑沉沉，离地几层楼高，吓得又从窗口爬了回来。在这场风卷残云般的禁赌行动中，抓获涉赌人员15名，缴获赌博牌机61台、电脑版58块、赌资7万元。

生日礼物

2002年11月24日　星期日　晴

今天周日，我一早就到了办公室，想安静地看点书。办公桌上放着刚送来的《特区警官》杂志，翻开一看，有我的一篇《基层公安民警应具备的协调能力》。很高兴，因为今天是我44周岁生日。杂志算是给我一份特别的生日礼物。

文章强调协调能力对基层民警非常重要，第一要协调好与上级单位、领导关系；第二要协调好与平行主体单位之间关系，如法院、检察院、财政等；第三要协调好与人民群众关系；第四要以协调人的身份协调好人民群众关系，特别是如何妥善处理，有效处理大量的人民内部矛盾和纠纷。

对于写这类文章，同事们总是投来赞许的目光。总是问有什么方法。其实写作无捷径，多读多看多想多写而已。宋人陆游诗云：“汝果欲学诗，功夫在诗外。”只有热爱生活，深入生活，多思考，勤练笔，自然会水到渠成，春至花开。

婚外情凶杀案

2002 年 12 月 25 日　星期三　晴

傍晚一场大雨冲散了沉闷多时的热气。

吃过晚饭，我和张兆腾政委去了胡瑞英家。胡瑞英是位令人敬重的小学教师，她丈夫王录和原是我局一名 30 多年警龄的警察，1991 年因公殉职。丈夫去世后，胡瑞英十分坚强，用微薄的工资收入抚养三个读书的孩子，照顾一个失明的弟弟，把家建设成一个模范警察之家。三个孩子分别从省警校、中国人民公安大学和省政法学校毕业，都当上了人民警察，一个在海口市公安局工作，两个在琼山市公安局工作，工作表现都很好，这个家庭可说是警察中的楷模。每隔一段时间，局领导就要去看看，以示慰问。

我们与胡瑞英聊了半个来小时告辞，晚上 9 点多钟，路过文庄路，见文庄派出所里还灯火通明，顺便进去看看。原来今天文庄辖区发生一起凶杀案。派出所长陈平与刑警队的几个民警正在忙碌，在他们旁边，坐着一位年近四旬的女人。她便是今天凶杀案的报案人，但也是这起凶杀案的犯罪嫌疑人。

女人叫吴海芳，上午 10 时许作案，案发后主动报警。接到 110 指令，陈平所长当即率领刑警、技术人员，与文庄派出所民警赶到现场勘查。现场惨不忍睹，受害人倒在血泊中，血仍在汩汩地流。受害人叫阿凤，因胸部被刺数刀，导致急性开放性血气胸休克死亡。吴海芳也没有逃跑，站在一旁，双眼失神，满不在乎的模样，似乎眼前一切与她无关。陈平所长把她带到派出所审查。她倒挺配合，把案发经过一五一十地说了个明明白白。

这是一起第三者插足、因奸情而酿成的家庭悲剧。

吴海芳说，阿凤是第三者，勾引她的丈夫，破坏了她的家庭，导致她夫妻不和，丈夫有了外心，理应得到惩罚。她丈夫在一家公司当保安，结婚 10 多年了，夫妻俩感情一直很好。去年下半年起，夫妻关系逐渐疏远，两人话也少了，每星期都有那么几夜，丈夫不回家睡觉。吴海芳不由地起了疑心。丈夫怎么会变成这样，是不是有了外遇？但她认为，丈夫比较老实，一向对她很好，如果有外遇，必然是受哪个骚女人勾引哄骗。她追问过丈夫，是不是花心，叫哪个野女人把魂收了，家也不要。但丈夫矢口否认，说单位工作忙，保安工作经常要上夜班，夜里在外极属正常，叫她别疑神疑鬼的。

她权且信了丈夫几回，到今年上半年，丈夫不回家过夜的日子更多了。她再也无法相信丈夫，跑去丈夫单位一打听，单位的人说他们公司保安不上夜班。她这回沉不住气了，质问丈夫，到底是跟哪个女人让你生了外心？丈夫支支吾吾，拒不回答，被她逼急了，顺手给了她一巴掌。打这起，平静日子再也没有了。她与丈夫见面就吵架，她感觉家庭面临破碎。她不甘心，无论如何也要把丈夫的心收回来。可是，勾引丈夫的狐狸精是谁呢？

一定要找到这个狐狸精，好好跟她算算账。

近两个月，她四处“侦察”，找亲戚，托朋友，打听丈夫的行踪，有几回还悄悄地跟踪丈夫，看他究竟上哪儿去了。终于，她有了消息。丈夫经常去一家杂货店，开店的是个女人，叫阿凤。相比之下，阿凤比她年轻，有姿色。她一见到那女人，就绝对相信所有一切都是阿凤惹出来的祸。她觉得阿凤不是人，是妖精，那眼神，亮闪闪的；那嘴唇，肉滚滚的，哪个男人被她瞟一眼、亲一口都会受不了。于是，吴海芳闯到杂货店，明确要阿凤断绝与她丈夫往来。可是，阿凤根本不认账，说她发神经，矢口否认与她丈夫有任何关系，反把她骂了个狗血淋头，说她没有用，自己老公都看不住，还敢跑到店里来寻老公，这样无用的女人不如一头撞墙死了算了。两个女人便这样你来我往，相互开骂，吵了个一塌糊涂。吵了多次，问题始终解决不了，丈夫仍然彻夜不归。吴海芳越想心越气，越想火越大。今天早上8点来钟，她骑上单车又跑到阿凤店中吵开了。吴海芳骂阿凤是鸡婆，专门勾引男人，伶牙俐齿的阿凤毫不示弱，针尖对麦芒：“我是鸡婆？你是什么好货？你儿子从哪里来的？不还是你勾引我老公生出来的！”这句话只把吴海芳气得手脚冰凉，眼前发黑，不由地恶从心头起，怒向胆边生。她急匆匆返身回家，从橱柜里取出一把水果刀，藏在身上，转身又跨上单车，向杂货店冲去。阿凤没有觉察到危险的临近。见吴海芳怒冲冲，心里感到好笑，捋起袖子就迎上去，骂道：“你这个臭娘们，还敢上我这儿来？还嫌没丢够脸？你还有什么招数，全使出……”但她的喝骂声骤然卡住，脸色煞白，眼睛现出惊恐。她见吴海芳从身上抽出一把水果刀扑了过来。阿凤吓傻了，泥塑木雕似的站在原地居然忘了躲闪。刹那间，吴海芳如同一个疯子，高举着水果刀，朝着阿凤胸口上乱扎乱戳，血飞溅出来，阿凤倒在血泊中……

案发到现在，过去了近六七个小时，经过讯问，案情基本清楚了。吴海芳也冷静下来，没有了杀人时的癫狂，像街坊里最常见的妇女一般，脸上挂着生活不幸福带来的憔悴和疲惫，眼里透出无助和无奈。她在讯问笔录上按下了手印，轻轻吐了口气，却说出一句令我们都惊愕的话来："总算完了，我……可以回家去吗?"

"回家?"派出所长陈平不敢相信自己的耳朵，"你还想回家？你知道你犯了什么罪吗？涉嫌故意杀人，要对你刑事拘留。"

"为什么拘留我?"吴海芳的回答令我们啼笑皆非，"我虽然刺死了阿凤，可是，我投案自首了，况且阿凤破坏了我的家庭，她没有道理在先，她死是罪有应得……"

是无知？是法盲？其实是二者兼而有之，面对吴海芳满脸的无辜神态，我们都不知如何回答是好。

面对吴海芳的满脸狐疑，我的心一阵紧缩。唉，又是一个十足的法盲。如果吴海芳知法懂法，就绝对不会这样持刀杀人走向极端，由于她的无知，造成了两个家庭的悲剧，这个教训是极其惨痛的。

历史新开篇

2002 年 12 月 31 日　星期二　晴

明天是 2003 年元旦。

从明天起，海口市和琼山市区划调整，琼山并入海口市，琼山公安局将作为海口市公安局的一个组成部分，以一个新的面貌出现。两个城市合并为一个更大城市，这在海南还没有过先例。海口与琼山都是海南的名城，一个是全省地级市的"老大"，一个是全省县级市的"强市"，算得上是"强强合并"，对海南发展将是一个巨大的推进动力，对省会城市建设将是锦上添花。区划调整后的琼山市改为海口市琼山区，琼山市公安局改为海口市公安局琼山分局。原领导班子也有了调整，政委张兆腾调任海口市国保支队政委，我留在琼山，担任海口市公安局琼山分局局长。

这是琼山公安工作历史新开篇，也是一个新挑战。

与原海口市公安局相比，原琼山市公安局各方面建设都存在一定差距。海口以城市公安工作为主体，琼山以农村公安工作为主体，尤其是原琼山市公安局经济状况与海口无法相比，装备差、警力少、公安经费奇缺。可以这么说，原海口市公安局是“发达公安”，原琼山市公安局则是“公安的第三世界”。省公安厅副厅长、海口市公安局长彭晓敏在分析合并后的治安状况时指出：“原琼山市公安工作基层基础工作相对薄弱，尤其是农村派出所工作，基础差，底子薄，与原海口市派出所相比，无论硬件设施，还是软件建设都有较大差距。海口市警力原来就非常紧张，全国省会城市平均警察是总人口的0.38%，原海口市仅占0.24%，琼山市警力就更少，仅占总人口的0.11%，合并后，我们警察占总人口的比例下降到不足0.18%……”

这种“差距”给琼山公安工作合并到海口市提出了新问题。今天，海口晚报一位记者来到局里，要我就此合并后的公安工作谈点看法，我说：“过去的一年，琼山以林小华案件为前车之鉴，警钟长鸣，坚决查处队伍违法违纪问题，确保了公安工作健康发展。经过教育整顿，琼山公安队伍成为一支政治可靠、战斗力强、人民群众信得过的过硬队伍，各项工作取得长足进步，破获了一大批刑事案件和治安案件，打掉的犯罪团伙就有30多个，抓获违法犯罪嫌疑人5000多人，为琼山经济建设创造了良好的治安环境。”

我分析了琼山的有利形势：“首先，各级领导关心、支持琼山公安工作。省委、省政法委有关领导都来过琼山，省委还专门派出工作组进驻琼山公安局，市委、市政府领导高度重视、大力支持‘严打’整治活动；其次，海口市公安局党委非常重视合并后的琼山公安工作，局长彭晓敏亲自来到琼山考察，全盘掌握情况；第三，琼山公安工作有了良好的政治基础，全局形成争先创优工作氛围。”

对于合并后的琼山公安工作，我表示乐观：“新的海口市不仅是原海口市的海口，而且是琼山人的海口，琼山将作为海口的组成部分，融入到‘保海口一方平安’、‘保海口一方发展’工作中。在海口市公安局党委领导下，我们将与龙华分局、美兰分局、秀英分局并肩战斗。我相信，走过风风雨雨的琼山警方，将迎来一个辉煌灿烂的明天！”

在这新旧交替的日子里，回首往事，我无怨无悔。在琼山的一个个日日夜夜，我与民警同志们“俱怀逸兴壮思飞，欲上青天揽明月”，豪情满怀，不畏艰辛，守卫一方平安。展望未来，我将一如既往与可爱的民警同志们一起，努力奋斗，开创“长风破浪会有时，直挂云帆济沧海”的新局面。

D卷　都市法网

第十三章　为了都市的平安

一元钱凶杀案

2003年1月22日　星期三　晴

区划调整之后，工作纷繁复杂，琼山并入海口市，涉及人事、行政、财务等方方面面，这些天不是开会，就是与海口市方面研究合并工作事宜。上午开会回来，吃过中午饭，下午还要去海口市接着开会，休息了片刻，准备出发，突然接到铁桥派出所紧急报告，说府城镇赵村发生一起杀人案，案情还在发展中。

看了看时间，是14时20分，我不敢耽搁，带领刑警、巡警迅速赶往现场。

赵村很近，属铁桥派出所管辖，位于三公里车辆检测站的公路旁。几分钟后，抵达赵村，远远地看见前面一片混乱。我们把车辆靠边停住，下了车，只见村口人们惊慌失措，议论纷纷，铁桥派出所所长孔汉带着几个民警，向一个汉子喊话："师于标，你先把刀放下，有话好说！"

师于标是铁桥村委会永昌村人，脸上淌血，浑身也尽是血迹，疯子似的举把尖刀大喊大叫。在他旁边不远，躺着个被他刺杀身亡的人。受害人右肋被捅了个大洞，血泉涌般地喷出，把身下的泥地染成了酱紫色。师于标双眼充血，瞪得像斗牛场上的公牛，狂舞着尖刀，声嘶力竭地叫喊："别过来，谁过来我杀死谁！"见民警都到了，原先吓得四处躲避的村民渐渐围拢了过来。七嘴八舌地议论案情的发生：

被师于标刺死的人叫华兴南，是赵村村民。两人并不熟悉。不知什么原因，半小时前，师于标骑辆摩托车忽然闯来赵村，找到华兴南，向华兴南索要一元钱的所谓过路费。华兴南不给，两人便争吵起来，接着相互斗殴。相骂无好话，打架无好拳。两人打斗中，华兴南抄起一个玻璃瓶砸到师于标头上。师于标吃了亏，转身骑上摩托车回去，很快又返回到赵村，但手里多了把一尺多长的锋利尖刀。他杀气腾腾地下了车，手持尖刀就朝华兴南冲过去。华兴南吓傻了，夺路而逃。师于标急起直追，追到华兴南身旁，照着胸前就是一刀，华兴南当即就倒下了。赵村几个村民想过来相劝，但被师于标一脸凶相、叫嚷着杀人给吓坏了。有村民拨打110报警。孔汉接警后，带领铁桥派出所民警先我两分钟赶到现场处置。

现场仍然十分危急。

民警持枪围住师于标，但是，师于标失去理智，手中尖刀冲人乱晃，狂叫着："杀死你！杀死你！"孔汉对师于标举起枪来："放下刀，否则，我开枪了。"我急步抢到孔汉身旁："别开枪。都把枪收起来。"我吩咐民警道，又转向师于标说："我是琼山公安分局局长李传芳，你有什么话、有什么问题可以跟我说。大家别动刀动枪的，好不好？"师于标怔了一下，双手紧紧攥着尖刀，两眼圆睁地看着我，惊恐地叫道："别，别过来……我杀，杀……"

"师于标，"我摊开双手说，"你看，我什么也没有带，没枪，没刀，没有任何武器。你也冷静些，把刀放下，我们可以好好谈谈，舞刀弄枪的，这不好。"我一步步地向他靠近，企图使他从疯狂中平静下来。旁边的民警担心，小声说："李局长，别往前了，这家伙神智失常，很危险。"我摆摆手，示意民警别吭声。我继续向师于标靠近，向他喊话说："你已经刺伤了一个人，放下武器，让我们过去，把受伤的人抬走，现在立即送医院抢救还来得及。"

师于标咆哮地说："华兴南该死，是他先动手。我杀他，他该死。"

"华兴南有千般不对，但罪不至死。你如果将他杀死，你就触犯了刑法，杀人要偿命的。你听我们劝，把刀放下，让我们过去，送华兴南去医院抢救，这样可以减轻你的罪行。"

"不，我不——"师于标挥动着刺刀，仍然狂呼乱叫，"我杀了华兴南，我抵命，我……我不想活了。"

"你年纪轻轻就想死？值得吗？你想过没有？你有父母，有兄弟姊妹，也许还交了女朋友，来日方长，还有很长的生命路程。因为一点小事，就轻率动刀杀人，你不珍惜你的生命，可你的家人会为你悲痛万分，你父母辛辛苦苦把你养大成人，你这么做，对得起你父母的养育之恩吗？对得起还在等待你回家的兄弟姊妹吗？"

这句话触动了师于标的内心，他哇地哭了起来："是华兴南不对，他无端收了我一元钱过路费，还先动手打我……"

“你不要激动，把刀放下，跟我们好好谈谈，把事情说清楚，好吗？”

经过10多分钟的喊话劝说，师于标的情绪渐渐稳定。紧攥着尖刀的手也渐渐垂下。“咣当”一声，刀掉到地上。说时迟，那时快，几个民警一涌而上，将师于标按倒在地，给他戴上了手铐。但是，血泊中的华兴南却被他一刀毙命，没有了任何生命体征。

师于标原是个善良、本分、勤劳的人，平时十分节俭，开了间小茶店，还兼收些废品。令我们十分遗憾和惋惜的是，导致他杀人行凶确实起因于一元钱。下午2时许，师于标租了辆三轮摩托，让摩托车驾驶员把他收来的废铁送去府城三公里的收购站销售，途经赵村路段时，被村民华兴南拦住。华兴南要驾驶员交给他一元钱的所谓“过路费”，否则，就不许他经过。驾驶员没办法，就给了华兴南一元钱。卖了废铁回来，驾驶员气冲冲地将华兴南索要一元钱的过路费之事讲给师于标听。师于标顿时暴怒地跳起来：“他一个村民，凭什么收老子一元钱？”当即，跨上摩托车就去赵村找华兴南“理论”，“理论”升级成凶杀，导致了一起杀死华兴南的凶杀案发生。

毫无疑问，犯罪嫌疑人师于标难逃法律的制裁，但这宗案件的教训是沉重的：一元钱，有必要去理论、斗殴，以至动刀杀人吗？有什么大不了的事，难道不可以坐下来好好说清楚吗？固然，华兴南收取一元钱过路费违法，但完全可以找政府、找派出所解决。因为一元钱，师于标夺了华兴南的生命，同时也将自己毁灭。人们哪，退一步海阔天空，遇事千万要冷静，要时时将法律的准绳系在心头。

新春杂记

2003年2月8日　星期六　晴

又是一年春节。

又是公安机关最为紧张忙碌的时期。我们开展了几次大的行动，一是清查黄赌，由局领导亲自带队，对全区五个片区的出租屋、文化娱乐场所等地段的1188个重点部位开展清查，捣毁各种涉及黄赌活动的场所。二是追捕逃犯，年廿九晚上，有情报显示，涉嫌1993年“5·15”故意伤害方世全案件的8名在逃人员回家过年。当夜11点多钟，我与分管刑侦工作的副局长陈海山带领刑警赶赴梁沙村抓捕，在逃人员没有察觉警察到来，有的在喝酒聊天，有的已经进入梦乡，全部被我们顺利擒获。设卡盘查行动也有了战果，一条“漏网之鱼”浮了上来。这条“鱼”1997 年涉嫌抢劫，长期潜逃在外。初二下午 4 点钟，他撞上设在龙凤酒店的哨卡，三下五除二，被民警盘查现出原形，只好束手就擒。

春节期间治安秩序总的来说是良好的，仅发生刑事案件 8 宗，治安案件 26 宗。

今天是正月初八，是春节长假后正式上班的第一天，工作尤其多。先是召开局长办公会，对春节安全保卫工作进行总结，对下一阶段工作做出安排。随着行政区划调整，我局工作也有了战略性转变，即从以前以农村公安工作为重心，转变为以城市公安工作为主体。琼山作为新海口的一部分，公安工作如何适应这种变化调整？我在会上说出了自己的思路：我在琼中工作时，蚊子好打，每有一个蚊子从面前飞过都清清楚楚，到了陵水，这蚊子就有些捉摸不定，但还看得见，摸得着，而在琼山，蚊子就来无影，去无踪，要打着它就极不容易。我想，这就是农村到城市公安工作的一个特点，农村人口稀少，治安情况呈单线条状，较为明了，好控制掌握，如有违法犯罪活动，比较容易暴露在人民群众眼皮下。而在城市，人口密集，尤其流动人口多，社会治安呈复线放射状态，犯罪分子作案后，容易淹没在人流中。这就对城市公安工作提出了比农村更高的要求，一是要加强政治建警，要确保队伍在灯红酒绿的都市生活中不被腐蚀；二是要加强队伍正规化建设，增强科技含量，不断提高打击犯罪的本领和技能，要把公安队伍建设成一张巨大的都市法网。

开过局长办公会，已 10 点多钟，我赶到海口市公安局，汇报亟待解决的几个问题。琼山合并到海口市，人事必然要有所调整，这给民警思想上产生了不小的波动。一些谣言也散布开来，说“原琼山市公安局民警大部分要下岗；非警人员要失业回家；原来的中层干部不够级别，中层干部将全部由原海口市民警担任”等，一时搅得人心浮动，议论纷纷，尤其是 159 名非警人员忧虑重重，担心自己因此被扫地出门。市公安局领导指示要切实抓好思想政治工作，要求全局民警讲党性，讲大局，讲稳定，不传谣，不信谣，踏实敬业，忠尽职守，要相信市局党委会妥善处理好两市合并中的问题。

当务之急是要稳定人心，杜绝谣言。下午，分局几个领导碰了个头，认为非警人员是重点。根据公安部有关规定，非警人员不具备执法资格，必须调整岗位，也正是由于规定明确，非警人员普遍情绪不稳，产生错误认识，以为离开执法岗位就是失业，等于丢了饭碗。这就要求把工作做细，严格把好思想动态关、请销假关、执勤关、聚集关、枪支弹药管理关和档案、财务物资管理关。我们研究了一下，决定采取分局主要领导、分管领导、中层领导逐级分片承包责任制，层层抓落实，开展“一对一、一帮一”，组织家访，分头做好非警人员思想工作，给他们说清楚，离开执法岗位不等于失业，而是调整岗位，提供更加广阔的就业舞台，有党和政府的关心照顾，他们绝不会失业。

晚上，我领着政工办同志去一名非警人员家访，出来是9点多钟，路过新华书店，见里面灯火通明，便让政工办同志先回去，想进书店看看。

“书犹药也，善读之，可以医愚。”逛书店是我最大嗜好。我酷爱读书、买书。读书能使人明智，增进修养，提升气质，有点空闲我就喜欢抓本书看，以至养成睡觉前不找本书看就难以入眠的不好习惯。于是，书店也成了我外出活动的第一首选。闲下来，要去书店走走，出差岛外，办完公事后的第一件事也是上当地书店看看。面对那浩繁如海的书丛，翻开那一本本带着油墨清香的书本，我便忘乎所以，心里充满了舒坦、愉悦和陶醉。但我读书没有专门偏好，阅读范围广泛，公安书籍固然看，也涉猎政治、经济、文学、历史等各方面的书籍，尤其是历史和人物传记。当然，每次逛书店的结果是手里少不了拿上一两书出来。意外的是，我买书“出名”了，跟我出差过的同志四处传言：“人家出差是买当地土特产品，传芳这人怪，却带几本砖头厚的书回家，又笨又重，也不嫌累。”多年前，我还在琼中买书结识一名书商，今天，那书商还跑到我办公室，拿出他的订书单，让我订购了几套丛书。或许，买书是我可对人炫耀的事。经年积累，家中藏书已有一万多册，这是我最大的物质财富，是我人生不可或缺的精神食粮。

看书选书，不知不觉到了书店打烊时间。我买了一本《邹韬奋研究》和三卷《中国文献史》，回到家中，快到12点，刚脱了衣服准备上床睡觉，忽然接到指挥中心电话，说10分钟前发生一起入室盗窃案。我连忙又重新穿上衣服，通知刑警队派员迅速赶赴案发现场。

出租屋窃贼案

2003年3月12日　星期三　多云

这是一起重大入室盗窃案。

案件发生在文庄辖区，从文庄路的一条小巷拐进去，有一片居民房楼群，房屋大都三四层，一幢挨一幢，似乎是杂乱无章地堆积在一起。这片房屋大都是十几、二十年前私人建设的，房主留用一层，其余几层都作为出租房。由于房屋陈旧，年岁久远，房租都较低，但地段好。因此，这里房屋出租率也较高，是府城出租房最为集中的区域之一。案发地点是一幢四层楼房，报案人是房主，一个建筑包工头，平时，在外搞建筑包工，家里只有妻子带着女儿，管理房屋出租，他一家住在楼的最上层，下面三层全都出租。报案人说，晚上他与朋友在外喝茶，快12点才回家，开门进去，开着灯，却大吃一惊，家里翻得乱七八糟，卧室的抽屉、橱柜全都敞开着，而妻子带着女儿却睡得死死的。把妻子叫醒来一查，家里值钱的东西几乎都不见，共损失现金、首饰等物品价值8万多元。

从现场勘察情况来看，窃贼是从一楼爬上来的，然后用大钢钳剪断窗户防盗网，从窗台爬了进来，潜入到屋内行窃。根据现场痕迹分析判断，窃贼至少两人以上。窃贼是谁呢？我们对租住的房客挨个进行了询问和调查。楼里租住有11名房客，有外来打工人员，有坐台小姐，有刚从内地过来还没找到工作的……从这些人当中，没有找到任何有关线索。但在一楼敲响一间出租屋房门时，敲了老半天，里面就是不开门，这引起我们怀疑。我让刑警队员破门进去，房内扑鼻而来的是一股毒烟气味，两个年轻仔慌慌张张地在藏掖什么东西。经过搜查，没有找到入室盗窃案的有关嫌疑，但意外地抓获了两名吸毒人员。

我要求刑警大队与文庄派出所联合组成专案组，尽快破获案件。

20多天过去，破案没有进展。

3月2日上午，省公安厅副厅长兼海口市委常委、海口市公安局长彭晓敏同志来琼山分局调研，我陪同他走访了文庄、龙塘两个派出所。彭晓敏这次调研目的，一是来看望基层民警，二是了解琼山区基层乡镇的治安问题及公安队伍建设情况。

我和龙塘派出所长、文庄派出所长向彭晓敏同志汇报了治安情况，我重点谈到存在的问题：一是城镇闹市区的“两抢”、盗窃案件仍然比较突出；二是出租屋、流动人口管理还不够规范，存在治安死角；三是吸毒问题严重，因吸毒诱发刑事案件是一大治安隐患；四是乡镇土地纠纷引发的治安案件和群体性事件直接影响社会稳定；五是基层民警工作艰苦，政治待遇和福利待遇有待提高。

彭晓敏同志说，海口琼山两市合并，广大民警都很辛苦，尤其是一线基层民警，坚守在公安工作最前沿，为维护两市社会稳定发挥了重大作用，近期又出色完成了“党的十六大”和“两节”期间的安全保卫工作，市局领导是满意的，希望继续发扬。市局党委已注意到琼山基层民警待遇偏低，将会与海口一视同仁，研究落实从优待警，努力解决这个问题。他表扬了文庄派出所内务工作较好，指出，文庄所辖区是琼山主城区，也是海口市公安局工作的重点，要认真研究一下，一是要做好人口密集区域可防性治安案件工作，文庄人口密度大，犯罪率相对较高，哪一类案件突出，就要作为重点防范与打击；二是要控制好吸毒人员，“两抢”、盗窃等侵财案件有70%是吸毒人员所为，有效控制住吸毒人员，就能有效地减少“两抢”、盗窃案件；三是要抓好流动人口管理，要从出租屋主入手，研究管好流动人口问题。出租屋往往是抢劫、盗窃作案人员的藏身之地，属高危人群聚居地。前年，打击非法传销的成功经验就是清理好出租屋，出租屋要一户一户登记，一片一片地掌握，要建立出租屋管理长效机制，落实好出租屋管理和联防两大任务。

遵照彭晓敏同志指示，在市公安局统一部署下，分局加大城区治安防范力度，从打、清、控、查、收五方面入手，重点整治出租屋、吸毒、法轮功人员、群体纠纷等突出的治安问题，着力构筑面上打，点上控，路上巡、块上守，机关基层联动，警民携手作战，严厉打击街头“两抢”、入室盗窃等多发性违法犯罪活动。

也就是在这一波“严打”整治行动中，入室盗窃建筑包工头家的案件有了突破。

3月8日，全区出租屋进行清理整顿，要求对所有出租屋主和房屋出租情况作全面登记。文庄派出所在作登记时，发现了两名可疑人员，一人姓王，一个姓沈，分别是澄迈县和乐东县人。据房主反映，这两人没有正当职业，但出手阔绰，经常出入于歌舞厅和高档酒店。两人行踪诡秘，经常是昼伏夜出，甚至一个通宵不回来，也不知干啥去了，有时空手出去，回来时却骑辆摩托车，而且摩托车三天两头就换了另一种车型。派出所长陈平觉得这两人可疑，他向我汇报出租屋清理整顿情况时，顺便谈到两人的可疑行迹，我立即联想到前一阵子建筑包工头家里的入室盗窃案，他俩与案件有没有联系？

专案组很快展开行动，在王、沈二人租住的出租屋周围布控，4名民警24小时轮班秘密跟踪、盯守两人行动。白天，王、沈懒猪似的，赖在房里，除了睡就是吃，哪儿也没去，到了晚上，背个挎包，精神抖擞地从出租屋出来。第一天夜里，没发现有什么异常，两人溜进一家舞厅泡到12点多钟，然后吃夜宵，完了，又跑到一个发廊里面鬼混。到天亮时，两人从发廊里出来，吃过早餐，又钻回到出租屋睡觉了。这天，雨一直下个不停，到傍晚时，雨小了些，但仍然淅淅沥沥，地上湿漉漉的，有民警就想，这种天气，王、沈两人或许不会出来。但派出所长陈平不敢放松警惕，与一名刑警队员坚守在岗位上。8时许，王、沈两人又背个挎包出来，这晚没有去舞厅，跑到一家茶楼泡到子夜时分，之后鬼鬼祟祟地溜进了一个居民住宅区，翻墙进入了一个小院子，闪身到一辆铃木王摩托车旁，从挎包里掏出钢钳、老虎钳等作案工具，熟练地撬开了摩托车铁锁，一人悄悄地打开院门，另一人静静地将摩托车推出了院子。也就在两人得手之际，陈平带领埋伏一旁的民警扑了上去，来了个人赃俱获。

经讯问，王、沈二人供认，他们是一个专门盗窃作案的犯罪团伙成员，近年来，先后作案76宗，其中盗窃摩托车案58宗，入室盗窃作案18宗，发生在建筑包工头家中的入室盗窃案也是他们所为。随着这两名犯罪嫌疑人落网，专案组乘胜追击，今天，又抓获盗窃团伙的另外3名成员，追回被盗摩托车和被盗物品价值10多万元。

云露街市“狩猎”

2003年3月26日　星期三　晴

近期来，云露派出所捷报频传。3月12日，派出所民警上门做思想工作，两名网上追逃人员在家属陪同下来到云露派出所投案自首。3月14日，又打掉了一个特大“两抢”犯罪团伙。

这是一个疯狂的抢劫犯罪团伙。

从2月初开始，这个团伙就在府城地区频繁活动。作案对象大都是18岁左右的学生，作案时间一般在下午2至5时的光天化日下，抢劫数额也不大，但作案手法极其恶劣。先是一名歹徒在闹市区把受害人拦截下来，诬赖受害人打了他弟弟，使路人不会想到这是抢劫，都以为是两人发生口角。趁路人围观之时，歹徒将受害人挟持到偏僻小巷，随即凶相毕露，把受害人洗劫一空，然后扬长而去。这些歹徒来无影，去无踪，行动迅捷，熟悉府城地形，待受害人拨打110报警，巡警赶到时，歹徒已逃之夭夭。2月下旬，短短不到十天内，共发生这类案件18起，一时搞得府城地区人心惶惶，甚至学生不敢上学，青少年不敢单独上街。

案件大多发生在云露辖区的草芽巷和香港巷。我去了云露派出所一趟，要求派出所长苏德春把这几起抢劫案件作为重点，集中力量侦破。苏德春是春节前调整到云露担任派出所所长的，新上任不久，工作勤勉，有一股冲劲。他也明显感受到抢劫案件的巨大压力。一天，他领着民警在辖区走访，一位70多岁的老阿婆直向他抱怨："府城镇天天发生抢劫，你们警察却抓不到坏人，弄得我们上街都害怕。我说你们当警察的一天到晚都忙啥了？"老阿婆的话说得苏德春脸上挂不住了。也正是老阿婆这句话，使他有了破釜沉舟的决心。他向我立下军令状："不把这个犯罪团伙打掉，你就免了我派出所长的职务。"

苏德春调阅了近年来发生的"两抢"案件档案，找出这么一个规律性的情况，在"两抢"案件中，外来人口犯罪率占30%，吸毒人员犯罪率占35%。吸毒人员犯罪情况引起他的注意，这些人大部分有多年吸毒史，作案一般选择在白天，2至3人为一个团伙，专门挑选学生和出租车司机为作案对象。苏德春又综合分析了辖区内的报案情况，府城地区"两抢"犯罪团伙至少还有两三个，每个团伙都有自己的势力圈子，作案范围比较广泛，虽然案件大多发生在云露辖区，但忠介、文庄等其他辖区也有过这类案件。

要侦破这些"两抢"案件，最好的办法还是蹲点埋伏守候抓现行。苏德春想通过抓现行带动其他抢劫案的侦破。不过，云露派出所警力有限，全所不到10名民警。要布置多个守候点，依靠这点警力顾不过来。思来想去，考虑到云露辖区保安人员众多，这是一批治安防范的生力军。他挑选了20名保安人员，与派出所民警一起，组成了打击抢劫案件的专案组。

培龙农贸市场距云露派出所不到500米，是云露辖区人口最密集地段，每天从早到晚，人流如潮，也就是在这里，发生过多次"两抢"案件。苏德春把培龙市场作为埋伏守候的一个重点，布设"猎场"，就等猎物撞到枪口上来。

3月14日这天，专案组同志早早就守候在附近，有的化装成卖菜的，有的打扮成闲逛的。上午10时，培龙市场外面过来两个年轻人，都只有20来岁，脸上五官长得似乎不是位置，让人见了觉得别扭。那两人没有进入培龙市场，往专案组同志这边瞅了瞅，进了市场旁边的府光商场。专案组同志刚想跟进去，但很快，只见两人飞快地从商场里跑了出来，擦过专案组同志身边，往忠介路那边跑去。发生抢劫了！专案组同志心里刚闪过这个念头，接着看一个老太太颤巍巍地从府光商场出来，指着两人逃跑方向喊："抢，抢劫——"专案组同志瞬间明白了，适才两个年轻人正是劫匪，把这位老太太的财物抢了。他们拔腿向劫匪追赶过去。劫匪腿脚灵便，拐进一条小巷猛跑，但专案组的几名同志做过多年保安，身体强壮，其中一人还练过功夫。追出小巷，劫匪累得呼呼直喘气，很快往人群密集的街市上逃去。眼看劫匪要往人群里钻时，专案组同志猛冲上去，飞起一腿，将一名劫匪踢翻在地，另一名劫匪还来不及反应，就被两条有力的臂膀紧紧攥住。

两名歹徒被扭送到派出所，被抢的老太太也被请到派出所作证。苏德春主持了突审，两名劫匪一个叫阿遥，一个叫阿居，与另一名叫阿庆的劫匪组成一个专门在街市抢劫的犯罪团伙。适才，阿遥、阿居乘老太太购物掏钱时，冷不防抢了她的钱包，抢得现金70多元。苏德春把被抢的钱交还给了老太太，老太太高兴得不断擦着眼睛说："你们警察，好，好，这些坏人，就是要多抓几个!"

面对警察威严的目光，劫匪熊了，将所犯案情以及作案同伙一五一十地交代出来。根据犯罪嫌疑人交代，苏德春调集全所警力，在府城电影院附近抓获团伙成员阿庆。3月20日，顺藤摸瓜，摧毁了另一个抢劫团伙，抓获涉嫌抢劫的团伙成员阿虎、阿磊、阿凯等3人。今天，又乘胜追击，打掉一个以乐东人为犯罪主体的抢劫犯罪团伙，抓获6名犯罪嫌疑人。

这几个"两抢"犯罪团伙在这里曾经猖獗一时，其中乐东人"两抢"团伙案涉案66宗，抢劫手机、呼机50多部，抢劫现金6万余元，并且都是大白天公然作案。而阿兵、阿力、阿图犯罪团伙，气焰尤其嚣张，一个月内作案数十宗，其中阿兵还是一名抢劫批捕在逃犯，先后伙同他人抢劫作案46宗，并创下了5小时内制造3起劫案的纪录。3月18日中午12时许，阿兵和两名同伙在府城福地后街公厕旁，把一名16岁的琼山中学学生挟持到香港巷抢劫，抢得现金145元；半个小时后，又伙同阿力、阿图在忠介路挟持一名17岁的少年到香港巷，将少年毒打一番后，洗劫现金70元；下午5时，又同另外两名同伙，诬赖一名17岁少年打了他的弟弟，将少年拖到香港巷内抢劫，抢得现金100元。

令人扼腕悲叹的是，这些犯罪嫌疑人都是青春少年，最大的不满25岁，都是因为染上毒品走上了违法犯罪道路。阿兵，21岁，家住府城香港巷粮所，出生不久父亲去世，长大后在社会上鬼混，染上了毒瘾。阿力，23岁，有6年吸毒史，没钱买毒品，便结伙打劫，抢到钱后第一件事就是购买毒品过瘾。阿图，24岁，1996年开始吸毒，8年的毒龄使他失去人性，失去了人间美丑善恶的辨识。罪恶的毒品，把这帮年轻人变成了人渣，变成了危害社会的毒瘤。

"非典"期间人命案

2003年4月18日　星期五　雨

这些日子忙得脚跟打着后脑勺。

“非典”，这个从未听说过的东西现在成了人人谈虎色变的魔鬼，传染率高，或乘飞机，或坐火车，不知不觉就可能感染上；死亡率高，凡是沾上了这病菌，性命就去了五六成。于是，全国从上到下，全民皆兵地投入到这场史无前例的预防、抗击“非典”的战斗中。公安机关必然成了这场危机处置中的一支主力军。近期，分局出动警力 1300 多人次，出动车辆 250 多台次，处置“非典”警情 190 多起。庆幸的是，海南是个健康岛，没有出现任何疑似病例。但我们不敢掉以轻心，按照上级部署，严把预防关，配合医疗防治单位，打好防治“非典”这一仗。

这是一个非常时期，在这场防治“非典”的战斗中，公安机关必须确保社会治安的稳定，随时警惕违法犯罪分子的捣乱和破坏。今天，琼山区三门坡镇发生一起故意伤害案，是一个过路群众拨打 110 报的案。

三门坡派出所长李云带领民警赶去。案件还在持续，三个男人围着地上一人猛烈地殴打，有的脚踢，有的用砖块乱砸，一边打着，还一边叫骂：“看你还凶，看你还狠，看你还敢敲诈不……”警车急鸣着警笛，疾速驶到跟前。听见警笛声，三人有些惊慌，但没有逃跑，只是有些发愣，一人挪了挪身子，还是站住了。民警给三人戴上了手铐，查看被殴打的人，只见那人躺在地上，浑身是血，已昏迷过去。民警紧急送医院，但晚了，因伤势过重，受害人停止了呼吸。

三名嫌疑人被带到派出所，李云主持讯问。三人倒是痛快，竹筒倒豆子般，把案件发生的前后经过说了出来。

打人的三个男子是同胞三兄弟，分别叫代少良、代少和、代少亮，受害人叫巩义文，与代氏三兄弟都是四川老乡。至于三兄弟为什么要殴打巩义文，这还要追溯到许多年前。“我对他有恩，可这小子却以为我好欺负，敲诈勒索到我头上来了。”代少良愤愤地说。

巩义文和代氏三兄弟都是 90 年代初来到海南岛，起先打工谋生。代氏三兄弟朋友多，人也比较活泛，渐渐地发达起来。巩义文孤身一人，虽然有点木工手艺，但只能给人打工做木匠，赚不到大钱，打工收入勉强够自己糊口。1999 年，他们都在琼海市务工，代少良见巩义文贫困潦倒的可怜样，看在老乡情分上，就通过一个朋友，揽到一个木工工程给了巩义文承包。因为这个工程，巩义文摆脱了穷打工仔的命运。工程结束后，巩义文赚到一笔钱，喜滋滋地回了四川老家。孰料，巩义文是个赌棍，手头有了钱，心里又痒痒的，憋不住赌瘾发作，把赚得的钱全部投入了赌场，三下五除二地输了精光。贫寒起盗心，为经济所迫，巩义文走上了偷盗的歪门邪道，一次失手被当地公安机关抓获，判了两年。2001 年，巩义文刑满释放，四川老家待不下去，又跑到海南来，闻听代少良发财了，还是一家公司老板，于是，打上了代少良的主意。但多年没联系，他不知代少良地址。

前不久，从一个四川老乡那里打听到，代少良现住在海口市三门坡镇，他便打电话到代少良家中，说："代老板，你赚大钱了，却把我给坑了。你还记得吗？当年你介绍木工工程给我承包，起初还以为你帮忙，哪知道，却把我给害了。你介绍的工程是别人不愿干的，是亏本买卖，让老子亏了两万多块。现如今，我也不要你多给，亏的两万块钱你总要赔吧。"代少良接到这个电话，气得一时说不出话来，心想，不是我当年介绍工程，你哪有钱回四川老家，工程结束时，谁都知道你赚了好几万。事情过去这么多年，怎么说成亏本两万，你这不是忘恩负义，敲诈讹人吗？他把电话一撂，根本没有理睬巩义文的无理要求。

可这巩义文却不是省油的灯，电话敲诈不成，就犹如阴魂不散地缠了上来，今天上午，搭车来到三门坡镇，找到代少良工地。起先，倒是老朋友似的，一副笑脸，攀肩搭臂，与代少良套近乎。代少良也礼貌性地让他坐下，倒上杯水。话说开来，巩义文直奔主题："代老板，我打开窗户说亮话。你现在有钱，不在乎区区 2 万块，就算我求你施舍，你也该给我，作为你介绍给我做工程的损失赔偿。"虽然话说得硬，口气却近乎乞求。代少良说："你别以为我赚了好多钱，那每一分钱都是拼着血汗一块一毛挣来的。两万块，你说得轻巧，我哪有那么多钱给你？"

巩义文胡搅蛮缠开来，说："我落到今天这步田地，还不是因为你。当初不是你介绍烂工程，我也不会回四川，也不会给公安局逮起来。我坐牢两年，让你拿两万块赔偿，也不算多啊。"代少良恼火了，说："人要讲良心，我好心好意送个工程给你赚钱，你倒诬赖我让你亏本，天下哪有这种理？赚钱，要靠自己本事，想从我这里勒索，门都没有。"一来二去，两人越说越僵，巩义文露出了无赖嘴脸，抛下一句恶狠狠的话来："我今天来，不打算空手回去。老实告诉你，老子找上门来，你给，也得给，不给，也得给。拿不到钱，老子不回去了。老子烂命一条，不是你砍我几刀，就是我砍你几刀，不是你死，就是我亡！"

巩义文这鱼死网破的无赖劲，令代少良怔住了。碰上这种不要命的人，代少良心里发怵，他有妻子儿女，有家业，有稳定生活，拿身家性命与这种泼皮流氓玩未免太不合算。他软了下来，想了想说："这样吧，两万块我拿不出，给你五千元，你今后别再来找我。"巩义文呵呵笑了起来："是嘛，这样才好啦。五千元虽说少了点，但总算没让我空手而归。"他手一伸，"拿五千块钱来，我就不再打扰你了。"

面对这个厚颜无耻的家伙，代少良恨不得狠狠揍他一拳，但还是忍气吞声地说道："我手头哪有现金，五千块也不是小数目，也要等我上银行取去。"巩义文大大咧咧地往靠椅上一倒："好吧，我就在这儿等着，你什么时候拿钱来，我就什么时候走。"代少良想了想说："这样吧，我这就去取钱，你傍晚 6 点钟时，到三门坡幼儿园门口，我交钱给你。"

"行，一言为定。"巩义文喜滋滋地起身，出门又扔过来一句话，"丑话说在前头，你今天不拿钱来，我可是白刀子进，红刀子出。"

送走这个瘟神，代少良长舒一口气，但越想越窝火，就这么平白无故蚀五千块钱？心又不甘愿，打电话与两个弟弟商量。弟弟一听就暴跳起来，"对这种家伙，绝不能服软。他敲诈你一次得了便宜，还会讹你第二次。不给他点颜色瞧瞧，他还以为我们好欺负的。"三兄弟商定，代少和、代少亮事先埋伏在三门坡幼儿园附近，待代少良把钱交到巩义文手里，便狠狠揍他一顿，然后报案，以巩义文手中的五千块钱为物证，告他敲诈勒索，送他吃牢饭去。

傍晚 6 时，按照三兄弟商定的计划，代少良带着五千元钱来到三门坡幼儿园门口。巩义文在幼儿园外走来踱去，焦急地等候。他接过五千块钱，呵呵地笑了笑："谢谢了。"他蘸了口唾沫，忘乎所以地数起了钞票。也就在这时，埋伏在附近的代少和、代少亮两兄弟冲了过来，三人扭住巩义文，拳打脚踢。代少良不解恨，拾起一块砖头，朝巩义文头上砸了下去……

在讯问室，代少良后悔不已："下手狠了些，没想到……会，会把他打死了。可他，他勒索我，也该死……"但后悔，晚了；分辩，无用了。李云看着代少良，摇了摇头，说："巩义文对你敲诈勒索，固然违法犯罪，但罪不至死。你应该报案，要相信法律，相信公安机关会依法处理。而你们私下报复，现在打死人了，你把自己受害人的身份变成将受法律惩处的犯罪嫌疑人了。"

竹林剿毒战

2003 年 5 月 23 日　星期五　晴

进入五月，"非典"折腾的紧张气氛渐渐缓解。电视新闻里，卫生部通报的疑似病例和病例一天比一天减少，小汤山医院每天都有不少"非典"病人康复出院。在全国人民齐心协力抗击下，"非典"这个恶魔已是强弩之末。

海南仍然没有出现任何“非典”疫情，这使公安机关也松了口气。

然而，毒品这个白色瘟疫却是心头挥之不去的梦魇。它远比“非典”顽固，像幽灵一般四处游走，麻醉人的肉体，吞噬人的灵魂，是影响社会稳定、制造各种刑事治安案件的主要源头之一。今天，云龙镇又发现一个贩毒窝点。这是在云龙与美兰交界的一个竹林深处，一间简易的茅草棚。茅棚十分隐蔽，被葱郁的竹林掩盖。从外面看起来，茅棚没有什么异常，外墙用竹子编织，屋顶上覆盖茅草，像是村民在山野做工时临时搭建的。茅棚的主人叫余元辉，平时深居简出，少有人注意。发现这个贩毒窝点的是当地村民老黎。老黎有个16岁的儿子，平日不学好，常与一些不三不四的人来往，还不时把家里东西拿出去变卖。老黎被这个儿子气得不行，几次找上云龙派出所，要民警帮着管教。民警也拿不出太好的办法，虽然教育过几次，但收效甚微。不过，派出所与老黎之间的关系却由此密切。昨天，老黎发现家里的电风扇不见了，怀疑又是儿子拿去卖了，可儿子死不认账。老黎气得没法，今儿一大早，亲自把儿子送到派出所。经民警一再做思想工作，老黎的儿子承认，是他偷卖了电风扇，卖得的钱买了一包毒品吸了。派出所长包昌丰一听，顿时警惕了。在他辖区内出现毒品，这可是大问题。他连忙追问：毒品是哪儿买的？卖毒品的人是谁？老黎的儿子说是朋友卖给他的。

老黎儿子的朋友叫阿山，是个瘾君子。民警把阿山带到派出所，阿山供认竹林中的茅棚是贩毒窝点。

必须打掉这个窝点！

包昌丰没有草率行事。他觉得，这个贩毒窝点搞得这么隐蔽，犯罪嫌疑人一定有较严密的防范措施。如果调集大批民警围捕，也许我们人还没到，就打草惊蛇，把毒贩惊吓跑了。要抓，就要抓个实打实，抓个现场铁证，让毒贩无法抵赖。老包与大伙一商议，决定兵分两路，一路由老包带队侦查，另一路路由指导员李献国带领3名民警包抄围捕。

行动立即开始。

竹林里，绿影婆娑，阳光经密匝的毛竹过滤，碎银满地。包昌丰让李献国这一路人马在竹林外布控，防止有人从竹林里逃窜出来。他领着两名联防队员组成侦查小组，进了竹林。但见竹林寂静，海风穿过，翠竹飒飒作响，显出几分诡秘。一条崎岖的羊肠小道通向茅棚，老包三人猫腰沿着小道往前穿插。小道尽头，茅棚像是一处被遗弃的废墟，荒凉冷落，寂静无声，但有一股香烟味从里面飘出。茅棚里有人！侦查小组在一丛竹子后面隐蔽下来，老包拍了拍联防队员小吴的肩膀，悄悄说：“你装着购买毒品，先进去看看。”小吴长得瘦小，脸色青黑，不认识的人乍一看，还真会把他当作吸毒人员。小吴点了点头，钻出竹丛，大模大样往茅棚走去，推开茅棚竹篾门，里面暗沉沉的。他咳嗽了一声，朦胧中，看见一个黑影从靠墙壁的竹架床上爬了起来。那黑影叼着香烟，“谁?”黑影惊乍地问，香烟啪嗒掉落到地上。

小吴说：“你是余老板吧？我是来买货的。”

那黑影正是余元辉。他捡起地上的香烟又叼到嘴上，下床趿拉着一双拖鞋，走到小吴近前，疑惑地打量这个不速之客：“你怎么知道我这地方?”

“是阿山介绍我来的。”小吴说。

“哦，是阿山——”黑影仍没有消除疑虑，“咋这么早？阿山怎么没跟你一起来?”

小吴打了个哈欠，装成十足的瘾君子，乞求地说：“阿山说他上午有事，下午才来，我断粮有一星期了，等不及。我多给钱，你搞点货给我吧。”

“嘿嘿，”余元辉笑了笑，放心了，走到屋角落里，打开一个小木箱，拿了一个小纸包出来，递给小吴，“这是正宗货，没有掺假。我也不多要你钱，100 元一包。你有朋友就介绍来，都按这个价出货。”

“那是当然，当然。”小吴应承着，接过毒品，掏出一张百元钞票给了余元辉，退到茅棚门边，扬手向外面打了个手势。蹲在竹丛里监视的老包带着另一名联防队员迅速向茅棚冲去。余元辉大惊失色，明白上了警察的当，将小吴一推，想夺路逃跑，但在门口，老包的手枪迎面阻住了去路。余元辉长叹一声：“完了。”瘫软在地上，老老实实被戴上手铐。

在茅棚里，民警搜出毒品海洛因 15 小包，吸毒用的针筒 19 支，烟枪 15 支，毒资 1500 元。老包立即审讯余元辉：“还有没有同伙?”

“没有，就我一人住在这里。”余元辉沮丧地交代，“做生意才两天，没想到就让你们发现了。”

“平时都有哪些人上你这里购买毒品?”

“都是周边村子的吸毒仔，差不多每天有十几人。”

老包有了主意：“你装着没事，继续等人上门。”老包意识到今天有不少收获，于是撒开渔网，等待着购买毒品的“鱼儿”入网来。他给余元辉松开手铐，让余元辉跟平时一样，迎接随时上门来的吸毒人员。这边刚布置好，李献国在竹林外围打来电话说，有两辆摩托车进来了，像是来购买毒品的吸毒人员。果然，不一会儿，茅棚外响起摩托车声音，两名吸毒人员大大咧咧地叫着“余老板”进来，一进到茅棚，不禁目瞪口呆，“余老板”垂头丧气傻站在一旁。两名联防队员麻利地抽出绳索，将两名吸毒人员绑缚了双手。随后，不断有吸毒人员进入了“渔网”，也有几名吸毒人员反应敏捷，在茅棚前发现情况不对，急忙逃跑。但埋伏在竹林外围的李献国把网口袋系得紧紧的。吸毒人员跑不了几步，便被李献国带领着民警逼了回来。

这真是一场剿毒大捷。到下午6点钟，共抓获吸毒人员26名。

街头巷尾擒贼记

2003年6月3日　星期二　晴

6月，海南进入了盛夏。

一大早，太阳就凶狠地直逼下来，强烈的紫外线射得地面都似乎要着火冒烟。海口，这座南国都市，虽有海风穿过椰林，但仍难敌酷暑煎熬。就在这酷暑中，按照市局部署，打击“两抢一盗”的“严打”专项行动在全区范围内展开。

抢劫、抢夺和盗窃犯罪一直是城市犯罪率最高的刑事案件，尤其是我区的龙昆南、龙塘和铁桥三公里地段，抢劫抢夺案件频发，成了群众心头挥之不去的阴影，分局党委下定决心，加大整治力度，务必打掉这些“两抢”犯罪团伙，专门从刑警大队和原府城、江东分局，抽调了21名素质过硬的民警组成一支“严打”专业队。这是一支起突击队作用的“严打”专业队伍，专门处理和应对随时出现的“两抢”案件。另外，重新整合刑警大队警力，设立三个侦破小组，展开小组间的破案竞赛，形成积极主动、重拳出击的“严打”态势。

5月31日是“严打”专业队成立的第5天，就有一个抢劫团伙撞到了枪口上。

这是一个以抢劫“摩的”和“的士”驾驶员为主要对象的抢劫犯罪团伙，先是由一人假装乘客搭乘“摩的”或“的士”，到了“乘客”指定地点，抢劫团伙便涌了出来，持刀抡棍地将“摩的”或“的士”驾驶员的钱财抢个精光。铁桥三公里已发生过多起这种案件。31日上午，“严打”专业队陈雄带领3名民警守候在铁桥三公里处的一条小街上，一辆“摩的”引起他们注意，“摩的”后座搭乘的是个女孩，待摩托要进入一条小巷时，那女孩向巷口边一人招了招手，尽管发生在瞬间，但陈雄警觉起来，他带领队员立即上了巡逻摩托车，尾随过去。前面“摩的”在小巷深处停了下来，这是条僻静的小巷，住有五六户人家，女孩下了车，“摩的”司机刚要朝她要搭车费，忽然从墙拐角处窜出一个歹徒来。歹徒提把砍刀，架在“摩的”司机脖子上。望着明晃晃的砍刀，“摩的”司机吓得说不出话来，连忙掏出身上一天的营业收入——60元钱给了歹徒。就在歹徒接钱之际，队员扑了上去。歹徒大惊失色，把钱往口袋里一塞，拉着女孩就要逃跑。早有一名民警跑到另一头，堵住了歹徒去路。尽管歹徒脸色惨白，五官变形，却还虚张声势，举起砍刀，歇斯底里地叫喊：“别，别过来，你过来……我，我就砍死你！”

陈雄把枪对着他，浓眉倒竖，怒声喝道：“放下刀！你无路可逃了。”

“我，我不……”歹徒仍是疯狂地叫喊，但声音弱了许多，举着砍刀的手在剧烈颤抖。双方僵持着，你瞪着我的眼睛，我紧盯着你的神色。陈雄忽然打雷似地大喝一声：“把刀放下！不然，我开枪了！”歹徒吓得一哆嗦，失声地叫了起来：“别，别开枪……”“呛啷”一声，砍刀掉落到地上，民警扑了上去，将歹徒制伏了。

歹徒叫阿庆，那女孩叫阿晶，是他女朋友。两人被带到了“严打”指挥部。在讯问室，阿庆像是换了个人，从起初癫狂的精神状态一下子变得畏畏缩缩，见着民警都点头哈腰，像是一只摇尾乞怜的哈巴狗。他说，他是河南人，来海南不到一个月，因为寻不着工干，连吃饭钱也没有了，没有办法，才动了抢劫的念头，不曾想第一次作案给逮住。完了，还不断拍民警马屁：“你们海口公安太厉害了，神出鬼没的，还有武功，我要知道你们这么厉害，借我胆子也不敢抢。”陈雄暗暗好笑，但没被阿庆的话迷惑。他干刑警工作多年，具有丰富的侦查经验。从阿庆那闪烁不定的眼神中，他断定，这个阿庆绝不是第一次作案，而是一个惯犯，一定与公安机关打过多次交道，有一套对付讯问的办法，不到最后关头，是不会轻易开口的。他决定，暂时搁置阿庆，把讯问重点集中到阿庆女朋友阿晶身上。

阿晶是个身材丰满、颇有几分姿色的年轻姑娘。走到大街上，谁也不会把她与劫匪联系到一起来。坐在被讯问的靠背椅上，阿晶惊惶失措，六神无主。陈雄告知了有关政策，要她坦白交代所犯罪行和同伙情况。阿晶说，她是抢劫的“托儿”，专门伪装成乘客，假装搭乘“摩的”或“的士”，把“摩的”或“的士”司机哄骗到偏僻地点，然后让抢劫团伙成员围上来抢劫。她跟随阿庆主要在铁桥三公里一带抢劫，先后作案10多次，抢劫得手一千多元现金和3辆载客摩托车。她与阿庆同属一个犯罪团伙，团伙头目是阿庆和一个叫阿雷的。阿雷带领另一帮劫匪主要在府城三角池一带活动。

6月1日晚8时，“严打”专业队民警来到府城三角池，有的化装成普通市民，有的打扮成谈恋爱的青年，陈雄押着阿晶潜伏在一间茶店里，透过玻璃窗监视街道上的动静。一个小时过去，陈雄视线里出现一个瘦高个年轻仔，阿晶指认说：“他就是阿雷。”陈雄发了个信号，几名民警扑了上去，将阿雷制伏在地。没想到，这个阿雷比阿庆还要顽固嘴硬，一口咬定他什么事也没干，反而要告民警乱抓人。陈雄没有理睬，6月2日继续在三角池设伏，又抓获了抢劫犯团伙其他成员阿易、阿洲等7人。

今天，“严打”专业队民警又赶赴甲子镇和旧州镇，追回被抢已销赃的7辆摩托车。经过取证，成功破获抢劫案件28宗。在事实和证据面前，阿庆、阿雷这两个团伙头目傻了眼，无从抵赖，只好低头认罪。

《法制日报》刊登我的文章

2003年6月14日　星期六　晴

上午刚吃完早餐，省厅李智就打我电话，说省厅推荐我获奖论文《“有所不为”才能“有所为”》在《法制日报》上全文刊登了，祝贺我。我表示感谢。我这篇论文主要论述了“有所为”和“有所不为”是哲学上的一对辩证关系。公安工作“有所为”是指公安机关充分发挥职能作用，尽职尽责。“有所不为”则要求在职责范围外，不该做的不要做，不该管的不要管。如不要参与非警务活动，上街做所谓的好事，参与强制拆迁等。这篇论文应该说在理但论述略嫌不周全。我想不到代表政法最高权威的国家级媒体《法制日报》刊登了。

先圣孔子云：“不得中行而与之，必也狂狷乎，狂者进取，狷者有所不为也。”圣人认为，人之处世，对生活应有两种态度，即有些事必须做，这是一个事物的两个方面，是辩证的统一。正因为有所为，才会有所不为，反之，正因为有所不为，才会有所为。正如孟子所云：“人有不为也，而后有所为。”作为公安民警，有所为有所不为，其意义更加重大。有损人民利益的事，当然“有所不为”，有利于人民利益的事，就要求我们“有所为”。为和不为是矛盾的双方，有所不为才能有所为，有所不为才能保证有所为的成功。有所为是目的，有所不为是达到目的的前提条件。这是我们公安民警必须牢记的人生准则。有所为时，应奋勇当先，不顾小我；有所不为时，应心如止水，着眼大我。为与不为，方构成我们精彩的人生。

第十四章　利剑出鞘

从频繁发案到零发案

2003 年 6 月 20 日　星期五　晴

一大早，我便来到“严打”指挥部，想找林道华研究一个积案问题。林道华是刑警副大队长、“严打”指挥部成员之一。这几天，他负责侦破发生在府城、龙塘、龙泉的一系列“两抢”案件。指挥部同志都在紧张忙碌，有的接电话，有的整理材料，颇像战争电影里的场景。我没看到林道华，便给他打了个电话。他说他还在龙塘，正在突破一个抢劫犯罪团伙，已到了关键时刻。

最近，“严打”斗争主力下到各乡镇。以前，以“埋伏守候，打现行，挖积案”的侦破模式，较被动。“两抢”犯罪嫌疑人大多来自附近乡镇，为适应这种打击形势，我决定改变行动策略，变被动为主动，警力前移，下到各乡镇派出所，重点调查经济反常、表现反常的人员，从中寻找犯罪嫌疑人线索，形成“从人到案、主动进攻”的“严打”行动态势。同时，基于琼山合并到海口市，公安局内部人员要进行调整，面临谁上谁下的问题，分局决定以“严打”的表现作为考核依据，一个月为限，工作打不开局面、没有突出业绩的同志必须退位让贤，这样给中层干部树立了“有为方可有位”的压力。

这些日子，战斗在第一线的同志非常辛苦；也不是这几天，任何时候，只要在一线，公安民警都非常辛苦。

林道华带领三个侦破小组已经在府城、龙塘、龙泉等地连续工作了七天七夜，没回过一趟家，吃住都在一线，白天打击“两抢”刑事犯罪，夜间讯问犯罪嫌疑人。刚才我与他通电话时，听出他嗓音都沙哑了。七天来，战绩不断。陈奋的侦破小组成功打掉了一个盗窃团伙，抓获犯罪嫌疑人6名，破获刑事案件25宗。而在这期间，陈奋爱人生病住院，他都顾不上去医院看望、照顾，只打了一个电话询问病情，给爱人以安慰。昨天，梁崇愈的侦破小组也打掉了一个抢劫犯罪团伙，抓获犯罪嫌疑人3人，破获“两抢”案件12宗。在抓捕时，梁崇愈与犯罪嫌疑人搏上命了。那是一帮亡命之徒组成的抢劫犯罪团伙，头目叫阿多，仗着是本地人，如同一只熟门熟路的耗子，一会儿奔进这条小街，一会儿又逃进那条小巷，一会儿又躲进一幢楼房里。梁崇愈穷追不舍，待追到一幢三层楼上时，发现阿多已经从这幢楼房溜出去，逃到了另一幢三层楼顶上，眼瞅着阿多在对面楼上呼呼喘气，却是一副得意洋洋的样子，不由一横心，豁了出去。他退后几米，跟着几步助跑，奋力纵身一跃，宛若一只飞鹰，腾空而起，落到阿多所处的楼顶上。望着民警像武打电影里“大侠”似的飞檐走壁，阿多不由得傻眼了，两幢楼房之间，足足有一丈多远。但这一跳，梁崇愈也重重地摔伤在楼房屋顶上，头脑发晕，一条手臂尽是鲜血，痛得抬不起来。乘梁崇愈还趴在地上，阿多连忙又要下楼逃跑。这回，梁崇愈再没给犯罪嫌疑人机会，忍着剧痛，爬起身，抢步直追，终于将阿多制伏在楼道上。

就在我们把打击主力放到乡镇农村时，今天，府城城区又忽然发生一起盗窃案。

下午3时许，家住府城高登街某单位宿舍楼的周先生报案，说他家存放在保险柜中的3.7万元现金失盗。侦查员赶赴现场勘查，找不到入室盗窃的痕迹，门窗完好无损，保险柜安然无恙，防盗网也没有撬、锯的迹象。虽然周先生夫妻白天上班去了，但还有一个女保姆在家。周先生说发现丢失钱是下午2点钟，他要去上班时，打算取些钱去谈业务，发现保险柜没有锁，保险柜钥匙挂在保险柜门上，里面存放的所有现金不翼而飞了。周先生说，上午保姆带孩子出去玩可能没关家门，窃贼可能是这个时候进来把钱盗走的。然而，保险柜一般都设有密码，窃贼即便进到屋内，盗得钥匙，但不知道密码仍然无法取出保险柜里的钱啊！周先生说，可能是他上回开保险柜时忘了移动密码。

看来，失主周先生是个大大咧咧、极其马虎的人。

从现场勘查情况分析，外来人员入室盗窃可能性不大。这里是生活小区，门口有保安，窃贼要堂而皇之地进到周先生家，很容易被发现。即使当时没有发现，也会留下一些蛛丝马迹。周边熟人作案可能性也不大，现代城市居住条件造成了人们之间相对封闭，邻里之间一般都极少来往，如果不是熟悉周先生家居环境，是不可能顺利从衣柜里盗得保险柜钥匙，从容地打开保险柜获取现金的。窃贼必须具备两个作案条件，一是熟悉家中环境，二是能够在周先生家中自由进出。因此，制造这起案件只有一种人，是家中内部人作案。

疑点渐渐集中到周先生家保姆身上。

保姆叫阿彩，是个30多岁的农村妇女，在周先生家做工一年多，帮周先生带孩子，料理家务。初步接触印象，这是个纯朴善良、热情健谈的女人。侦查员一进到周先生家中，她便请坐倒茶的，嘴里还不断咒骂："哪个缺德没良心的，偷到周先生家来，周先生可是个好人，辛辛苦苦赚到这么些钱，让贼偷了去，好倒霉哟。公安同志，你们可千万要想办法，帮周先生找回这些钱来。"平时，周先生对阿彩为人也给予了肯定，说她听话，勤快，做事主动，他找过好几个保姆，还是觉得这个保姆比较好。按程序，侦查员也找阿彩谈话。可我们问上一句话，阿彩回答都是一箩筐："贼是怎么进来的？我好奇怪哟，上午，我带周先生的孩子下楼玩，也就半个来钟头，贼好厉害，就那么一会儿，摸进来把钱偷了。好几万块呐，我一辈子也赚不到那么多钱……"侦查员不着急，耐心听着保姆唠叨，待她讲完了，便一个个疑问如同一颗颗震撼弹，朝她猛泻而下："你说你带孩子下楼玩了半个多小时，窃贼可能是这期间进来盗窃保险柜的，但据我们调查，这期间没有外来人员进入过小区。既然不存在外来人员作案问题，那么，能够顺利打开保险柜的只有三人，周先生夫妻俩，还有就是你。但是，周先生夫妻不可能自己作案，那是他们自己的钱，需要用可以随时取出。现在，剩下可能盗窃保险柜的只有你一人。你知道周先生钥匙存放地点，你有很好的机会和充足的时间作案。"阿彩眼睛瞪得老大，直直地看着侦查员，忽然哇的一声大哭起来："冤枉啊，你们警察抓不了贼，拿我一个女人顶缸。诬赖我，我不想活了……"阿彩一屁股坐到地上，一把鼻涕一把眼泪，便撒泼赖起来。侦查员拉起她，警告说："你不要以为这样可以侥幸蒙混过关。我们给你一个机会，希望你老实坦白，争取从宽处理。"但是，阿彩声音比民警声音还高："我在周先生家当了一年多保姆，今天还落了个贼名，你说我偷了，你拿出证据来，不拿出证据来，我一头撞死在这里。"说着，挺起身，就要往墙壁上撞去。

阿彩被带到了公安局，仍然又哭又闹，对民警的讯问，要不就问东答西，要不就寻死觅活的，直闹到凌晨。民警拿出了痕检物证说："装疯卖傻，拒不承认，拼死抵赖，以为就拿你没有办法？你错了。保险柜上留有你的指纹印迹，铁证如山地证实，就是你盗窃了保险柜。"这一击让阿彩平静下来，但她仍然狡辩说："我一个当保姆的，每天都要打扫卫生，周先生家到处都会有我指纹。"两位女民警对她展开了心理攻势："你不想想，你才30多岁，有家庭、有老人，有孩子，你家里知道你的所作所为，会怎么想呢？你丈夫希望妻子做小偷吗？孩子愿意母亲是一个贼吗？我们知道，你家里穷，想多赚些钱补贴家用，这是正常的，但钱要来得正道，要靠自己劳动去赚取，花偷盗来的钱，心里能踏实？睡觉能安稳？只要你把问题交代清楚，把保险柜里的钱拿回来，你就能从宽处理……”凌晨3点钟，阿彩终于开口，承认了犯罪事实，并交代，早在4月份，就曾盗窃过周先生400元港币，因见周先生没发觉，于是，胆子更大了，以至起了盗窃保险柜的念头。

3.7万元被盗款如数归还给周先生。

截至目前，分局破获“两抢”和盗窃等刑事案件249宗，抓获犯罪嫌疑人72名，缴获小轿车、摩托车、手机等涉案财物价值人民币27万多元。龙昆南、龙塘、铁桥三公里这些高发案地区连续多日出现零发案记录。今天，《海南日报》以“从频繁发案到零记录”为题报道了琼山“严打”专项行动情况。

斗智斗勇擒劫匪

2003年6月26日　星期四　阵雨

真是“树欲静而风不止”，刚平静了几天，又有一帮歹徒顶风作案。昨天子夜时分，两名女工下夜班回家，行至琼州大道肥皂厂附近，遭遇3名歹徒抢劫，手中小坤包被抢，包内有一个手机和100元现金，经济损失虽然不大，但顶风作案，性质恶劣。这是一伙穷凶极恶的持刀劫匪。遭抢劫的一名女工被劫匪持刀砍伤额头，血流满面，送医院缝了10多针。

昨天上午，我叫上林道华和“严打”专业队侦查二组民警，专门研究这起案情。侦查二组负责琼州大道地段的“严打”工作。组长王振宇说：“这类案件在肥皂厂和耀华别墅附近连续发生过好几起，歹徒像是猎狗，熟悉这一带地形，行动迅捷，来去一阵风，作案几分钟就结束。我们接到报案后3分钟就赶去现场处置，应该算是很快了。但他们比我们还快，等我们赶到，只留下受害人哭诉，劫匪早无影踪。后来，我们埋伏守候，劫匪非常警觉，从来没有进入过设伏圈。”林道华说：“从这几起案件性质来看，这帮劫匪敢于顶风作案，抢劫手法残暴，很可能是一个组织严密、犯罪经验丰富的团伙。”我想了想说：“快速反应、埋伏守候都失效，有必要改变一下侦查手法。是不是这样，从调查入手，重点放在走访受害人和现场目击者，收集犯罪嫌疑人的特征，寻找案件线索。”

说干就干，林道华和王振宇带领侦查二组当即开始行动。

他们赶到医院，向受害女工了解案发情况。受害女工说，因为案发突然，又是夜间，没有看清作案歹徒面貌，印象中，三名歹徒20岁左右，操海南口音，其中两人较矮小，一人瘦高个头，头发染成黄色，作案后往耀华别墅方向逃去。他们又去琼山肥皂厂和耀华别墅附近展开调查，寻访到两名现场目击者，并对被抢的手机进行追踪，发现了一条重要线索，劫匪曾用被抢的手机拨打过一个叫“曾标”的男子电话。王振宇有了主意，把目光盯在侦查组的一名女同志身上。她是省警校学员，来实习的。王振宇说：“你给当一回‘鱼饵’……”他说出了他的主意，女学员咯咯笑了起来：“这算不算是馊主意?”王振宇也笑了：“管他馊不馊的，能管用就是好主意。”两人来到一个公用电话亭旁，女学员拨通了“曾标”的电话，故意嗲声嗲气说：“标哥啊，我是阿芳啊。你不记得我了，我是阿玉的姐妹……”“阿玉”是“曾标”的女朋友，女学员伪装成“曾标”女朋友的姐妹，约“曾标”到府城东菜市场见面。“曾标”不知有诈，爽快答应了。半小时后，“曾标”如期而至，被民警顺利擒获，押到指挥部，王振宇组织突审。“曾标”交代，给他打电话的人叫吴列为，定安县人，住在定安县仙沟镇。

兵贵神速！林道华把侦查二组分成两个小组，A组留在府城，继续在肥皂厂和耀华别墅附近调查监视，B组由王振宇带领，押上“曾标”，前往定安抓捕吴列为。

下午1时，王振宇带领B组来到定安县仙沟镇。不料，这时的“曾标”却死猪般，一会儿说记不清吴列为家住哪儿，一会儿又讲吴列为手机关机了，联系不上。王振宇明白，这个“曾标”与吴列为关系非常铁，想保护吴列为，有意兜圈子，跟民警玩上了。他们把“曾标”带回海口继续羁押，这期间“曾标”交代，吴列为住在定安仙沟镇一条小巷××号民宅。民警押着“曾标”二下定安，但到定安，却是乌龙一场，仙沟镇那条小巷根本不存在××号民宅。无奈，民警只好又把“曾标”带回到海口，到晚上10时、次日凌晨1时，根据“曾标”的口供又连续两次去定安抓捕，仍然无功而返。回到海口，已是凌晨3时。近20个小时的连续作战，民警又累又乏，尤其气恼的是，居然被抓在手上的俘虏领去定安戏耍了四次，一个个怒视着“曾标”，恨不得把他狠狠揍上一顿。但王振宇明白，越是这个时候越要沉住气。

他让民警将“曾标”带进留置室，自己与B组民警一起蜷在指挥部桌凳上打了个盹。刚眯上眼，天就亮了，匆匆洗把脸，吃过早餐，第五次提讯“曾标”。经过几个小时休息，“曾标”更有了精神，漫不经心地在王振宇面前坐下，嘴角边还似乎带着一些笑意。不过，他很快就感到情况不对头。王振宇说：“你以为不过是认识劫匪，是劫匪朋友，但没违法，没犯罪，我们就拿你没办法，就不能关押你，你就可以逍遥法外。你错了，我想问你一下，去年 11 月 24 日，今年 4 月 13 日，你做了什么？”

“曾标”脸色一变：“没，没做什么啊？”

王振宇把桌子一拍喝道：“你敲诈勒索过两名学生。有这事吗？”

“曾标”一个颤抖，却仍然嘴硬：“没有，没有……”

“我们可是有人证物证。”今儿一早，王振宇就派人调查过“曾标”情况，了解到“曾标”是当地一个烂仔，有过违法犯罪行为。他感觉，可以据此击垮“曾标”的心理防线。他严正警告说，“至于你还有哪些违法犯罪事实，我们会一一查实。但是，就凭你敲诈勒索这一件事，就可以对你提请公诉。现在，两条路摆在你的面前，一是继续顽抗，跟我们玩捉迷藏的游戏，不过，你就要去监狱里蹲上几年；还有就是，老实坦白，积极与我们配合，交代吴列为的确切住址，我们将根据你的表现，对你从轻或者减免你的刑事处罚。何去何从，给你半小时考虑。”

不到半小时，“曾标”交代：“吴列为住在耀华别墅旁边的一间出租屋中，具体是哪间，确实不知道。”

B 组迅速赶到耀华别墅附近，与 A 组兵合一路。A 组民警在这里调查监视了一整天，已经找到与抢劫案件犯罪嫌疑人特征相似的三名年轻人线索。这三人住在耀华别墅后面的一幢两层楼房中。26 日凌晨 2 时，侦查二组把这幢楼房包围起来，展开突袭，在一个房间内抓获了 3 名正在吸毒的年轻人，搜出一把 40 公分长、刻有“忍者神刀”的日本长刀。这 3 人一个瘦高，两个矮小，正是受害女工所描述的 3 名劫匪。瘦高个叫吴列为，头发染成黄色；较矮小的两人一个叫齐昭，是劳改释放犯；另一个叫阿生，年仅 16 岁。

王振宇连夜讯问。6 个小时的心理攻势下来，3 名犯罪嫌疑人不仅交代了昨天凌晨持刀抢劫两名女工的犯罪事实，而且供出了这个犯罪团伙的全部情况。

今天上午，王振宇把破案材料送到我的办公桌上，我看了暗暗心惊。这是一个阵营庞大、时聚时散、作案手段极其残忍的抢劫犯罪团伙，共有 15 人，以吴列为为首策划指挥，齐昭充当砍人打手，伙同其他团伙成员，先后在海府地区持刀作案 25 起。尤其是今年 5 月，吴列为伙同 3 名团伙成员在耀华别墅附近，抢劫了一辆载客摩托，摩托车司机反抗，被残忍地砍了 18 刀，身体多处骨折致重伤。

必须将这个团伙彻底剿灭。但王振宇带领侦查二组已经连续作战30 多个小时。望着他那充满血丝的眼睛，我不忍对他再布置工作。王振宇却看出我的心思，若无其事地说："李局长，你放心，我身体好着呐，再熬上三天三夜也没事。"

有这样好的民警，什么话都不用说了。

抓捕嫌疑犯

2003 年 7 月 1 日　星期二　晴

战果持续扩大。

6 月 26 日，根据吴列为交代的线索，王振宇带领民警再赴定安县，抓获抢劫团伙成员阿巍、阿伟，追回 3 部被抢的手机。但在抓捕团伙成员阿力时，王振宇颇费心思。阿力住在谭文镇，性情多疑，像只受惊的兔子，两次抓捕都逃脱了。如何成功抓获？思来想去，忽然想到阿力父亲刚刚去世，王振宇有了主意。28 日，他三次赶赴谭文镇，与侦查员化装成阿力父亲生前所在公司的领导和员工，买了一些"慰问品"来到阿力家，说阿力父亲生前为公司作了贡献，公司了解到他家经济困难，特地前来看望。阿力毫不起疑，喜滋滋地将"公司领导"迎进家中，就在接过"慰问品"的时候，"公司领导"将一副手铐扣在他手腕上。

王振宇把抓捕经过说给我听，我哈哈大笑："你哪来的鬼点子。冒充他父亲公司领导？亏你想得出。"

对吴列为的讯问还在挤牙膏，又挤出了抢劫团伙成员阿牧、阿先、阿居、阿言等几人的下落。今天一早，侦查二组分头出发，展开了对这几名犯罪嫌疑人的又一波抓捕行动。同一时候，我与分局党委成员云海、治安股几个同志也出发了。

我们前去目的地是大坡镇，查办一起破坏生产经营案件。

这起案件复杂，涉及村民个人利益，案发很长时间了。1997 年，琼山乡镇企业经济贸易公司在大坡镇开发建设"大坡西昌水果基地"，这是国家林业部在海南唯一的全国山区综合开发项目，主要种植荔枝、杨桃等热带水果。自开发以来，水果基地屡遭人破坏，经常发生大片果树苗被毁，还有人把果树砍去当柴火烧了；到水果成熟时，更有不法分子闯进基地，哄抢盗摘荔枝、杨桃果实，给水果基地造成100多万元的严重经济损失。省、市领导高度重视，先后批示，必须严惩违法犯罪人员，保护开发商合法权益。原琼山市委还曾8次派出工作组进驻大坡镇调查，但由于种种原因，案件难以彻查下去，以至破坏水果基地生产案件持续发生。

今年6月初，海口市委和琼山区委指示，要求尽快侦破案件，确保琼山经济建设健康发展。我决定抽调精兵强将，组织专案组，由云海和治安股长陈旭带领，进驻大坡镇侦查。一个月来，经过大量调查取证工作，初步掌握阿若、阿嵬、阿非、阿牧、阿民等嫌疑人员的违法犯罪事实。现在，是收网的时候。

赶到大坡镇是早上7点来钟，我们与大坡派出所汇合，研究抓捕犯罪嫌疑人方案。

大坡派出所汇报了案情，提出一个问题：涉案嫌疑人系沙塘村人，沙塘村是个人口众多的大村庄，在阿若、阿嵬、阿非等人煽动下，不少村民都参与过破坏西昌水果基地的违法犯罪活动。如果进村抓捕，涉案嫌疑人造谣生事，鼓动村民与公安机关对立，就可能引发群众不满情绪，而其中一些法制观念薄弱的村民很可能听信挑唆，抗拒执法，导致群体事件发生。一旦群众被挑动起来，不明就里，与我们对峙，问题就严重了。显然，不宜进村！只有等待嫌疑人出村，实施村外抓捕才是最佳办法。

也就在这时，负责监控沙塘村的民警报告，涉案嫌疑人阿非上大坡镇赶墟来了。“墟”是当地人叫法，相当于集贸市场，大坡墟差不多是早上7时左右开始，要购买生产、生活用品，或者出售自产的农副、土特产品的村民便从四乡八邻赶了来。阿非赶墟，这是个抓捕的好时机。我们当即行动，10多名民警全部便衣进入大坡墟。

这时是8点来钟，正是大坡墟高峰，放眼都是人头，路边摆满了卖菜的、卖肉的和各种农产品货摊，整条街上人声鼎沸。我们在人群中挤来挤去，一个村民牵头大水牛过来叫卖，那水牛膨大的身躯从身边擦过，差点把我和云海挤下旁边一条水沟里。要在这到处都晃动的人头中寻找阿非还真不容易，我们都不认识此人，只能依靠当地派出所民警了。好在大坡墟还不算大。半小时后，大坡派出所一个民警发现了阿非，这家伙凑在一个卖肉铺面前讨价还价。民警把他带了出来，出示了刑事拘留证，将他抓获。

剩下的几名嫌疑人怎么办？治安股长陈旭建议在沙塘村路上设伏。我想了想，觉得也只有这个办法比较稳妥。于是，大家分头埋伏在进出沙塘村的两条村路上。9时许，涉案嫌疑人阿若腰间别把柴刀从村口出来，像是要上山砍柴。民警隐藏在路旁灌木丛后，阿若毫无察觉，大大咧咧来到民警面前。治安股长陈旭与一个民警猛扑过去，三下五除二，麻利地将他按倒在地。

在大坡派出所，云海主持讯问。对于破坏西昌水果基地的犯罪事实，阿非、阿若都供认不讳；同时，他们还交代了阿嵬、阿牧两名涉案嫌疑人下落。这两人现不在村中，在胡椒园里干活。民警立即赶到胡椒园，抓获了阿嵬和阿牧。快12点，大坡墟收摊，赶墟的人们陆续散去，还剩下最后一名嫌疑人阿民没有落网。大家聚在派出所正琢磨着，却见两名民警带着一人进来，正是阿民。原来，阿民一早也来赶墟。他认识派出所民警，看见派出所民警都出动到墟上，感觉不大对劲，心里发虚，便躲到一家打铁铺里。刚才散墟，他才溜出打铁铺，想回家去，没走多远，迎面与大坡派出所的两名民警不期而遇。于是，民警把他“请”了过来。

我们带着5名嫌疑人回到分局。这时，王振宇又向我报告好消息，侦查二组兵分两路，分赴海口市、定安县，又抓获了吴列为抢劫团伙的4名成员，追回被抢摩托车10辆、手机15部。

邪恶的非法传销

2003年7月18日　星期一　晴

很难理解那些陷入非法传销的众多痴迷者。

这些人对金钱的渴望到了失去理智的程度，表现为要么弱智，要么精神不正常，明摆着的骗局、陷阱，偏偏要钻进去。当然，这些人并不弱智，也不是精神有问题。我接待过一位深受其害的非法传销者。这是一名湖南籍的女大学生，一时没找到工作，邻居邀上她说：“我叔叔在海南开公司，目前正需要人才，像你这样的大学生一定有发展前途。”于是，她跟着邻居来到海南。现实给她开了个大玩笑，所谓邻居叔叔公司，其实是一家非法传销窝点。在人生地不熟的情况下，她开始了一种从不曾体验过的苦日子。数十人挤在一起，睡的是地板上铺张席子，吃的是白菜汤加一碗饭。失望之时，“公司”组织上培训课，主讲的据说是来自名牌大学的年轻教授、一位靠传销发达的千万富翁，慷慨激昂地说：“我们来到这里做什么？追求事业发展，追求前途光明，追求财富不断累积。要达到目的靠什么？靠机会，靠奋斗，公司提供给我们的就是这种机会，能否抓住机会，实现奋斗目标，就要靠我们自己充分发挥聪明才智。目前生活艰苦，但不吃苦中苦，难为人上人，艰苦生活是对人意志和精神的考验。起初，我跟你们一样，也是一贫如洗，经过两年顽强奋斗，积累了数千万元，有了今天的成就……”在这种煽动性的巧言蛊惑下，在这种建功立业的狂热培训氛围中，她与其他非法传销者一样，迷失了方向，把身上所有的钱掏了出来，购买公司传销商品——长寿保健茶，说喝了这种茶百病不侵，益寿延年。其实是一种普通花茶，市场售价不到一百元，公司却以3000元的价格让他们购买，去发展“下线”，形成传销网络。那些日子，她疯了似的，狂热地写信、打电话给她的亲戚朋友、同学熟人，动员和劝说购买“长寿保健茶”。她仅卖出一盒，日子长了，待明白过来是一场骗局，钱已花了精光。走投无路之际，一天夜里她逃了出来，拨打110报案，帮助我们破获了这个非法传销团伙。

完全可以说，非法传销明显是一种经济邪教。

去年，我们严厉查禁过几次，非法传销一度销声匿迹，但近期，又死灰复燃。根据情报，有大批传销人员从岛外涌入。跟以往传销形式不同的是：干脆不用传销商品，而是以发展“下线”、“拉人头”牟取暴利。传销头目假借开公司，打着“加盟连锁”、“人际网络”等旗号，不断变换手法，变换公司名称，幕后操纵非法传销活动，具有更大的欺骗性。传销活动实质上已演变为纯粹的诈骗犯罪，成了危害社会治安的重大隐患。

在省公安厅部署下，全省各级公安机关展开大规模打击非法传销专项行动。

海口市是这次行动重点，而琼山又是重中之重。我们与工商行政管理部门联合展开行动，三天下来，捣毁传销窝点30多个，清查登记传销人员900多人，抓获传销头目40多人，查封传销账号3个，吊销从事非法传销活动的企业营业执照2个。在这次大规模的打击非法传销行动中，全省捣毁传销窝点390多个，清查登记传销人员2万多人，抓获传销头目160人，留置审查500人，查封传销账号8个，有10800多人自愿离岛返乡，6000多人被政府遣送。

一名非法传销公司的“老总”讲述了组织非法传销的经历，这是颇有传奇色彩的经历，也是令人摇头感叹的经历。

“老总”叫杨迪，湖北人，大学毕业后在当地中学教书，妻子是当地医院的一名护士，有一个2岁大的孩子，家庭环境虽算不上富裕，但也还过得幸福。去年7月，一个朋友找到他家，邀他到海南搞传销。他起初搞不懂什么是传销，朋友详细作了介绍，这是一种高倍利润的行业，传销一年多，赚了30多万元，甚至把存折都给他看了。他心动了，于是跟上这位朋友，来到了海南，做了朋友传销的下线，开始从事非法传销活动，也开始了他所谓的要在海南“打出一片天下”的创业史。

“创业”日子极其艰难，带来的3万块钱花得没剩下多少，但几个月过去，他掌握了传销的诀窍，那就是一个骗字，看谁骗的方法高明，骗的手段狠毒，谁就能成功。他鼓动如簧之舌，骗亲戚，骗朋友，骗熟人，骗所有认为可以骗的人。“骗”的诀窍被他玩得炉火纯青，只要与人勾搭上几句话，这人很容易被他外表的热情、诚恳的语言所迷惑。不经意间，你会被他说服，把他推销的商品购买下来。渐渐地，他积累了十几万元，到今年年初，自己注册了一家贸易公司，成了法人代表，当上了传销老总，从湖北把家里人也接来了，开始了家族式、更大规模的非法传销活动，也即是更大规模的经济诈骗活动。

他让公司进了大量气功机、电热毯、茶具等价格低廉的“三无”商品，以3000元一份的价格进行传销，购买推销了一份商品，便取得加入资格，即成为他公司的实习员工；购买推销了5份以上商品，便成为公司正式员工；购买推销50份以上商品，提升为公司部门经理；购买推销了100份以上商品，提升为公司副总裁……这之中，按照员工推销商品的“业绩”给予30%至50%的高回扣诱惑，促使传销雪球越滚越大。在公司管理上，则如同组织严密的黑社会，上层领导全部由他家族人担任，呈金字塔式组织结构，封闭运行，单线联系。考虑到当地人社会关系复杂，他从不招收当地人，仅聘用外地员工。于是，人们进了他的公司便是掉入陷阱，羊入虎口，身份证一律交由他保管，所有言行受到严格控制。公司没有电视报纸，要打电话必须经过公司上层批准。员工一律集体住宿行动，外出，必须有两人陪同。他还豢养有一班赳赳武夫充当打手，购置有电警棒和枪支，如有人不听话，想离开公司，或对他的诈骗活动提出质疑，便动用打手暴力威胁，传销人员中就曾有多人被他殴打致伤。

杨迪的传销公司实际成了恶势力犯罪团伙。

在看守所，杨迪坦白说：原想搞到几百万元就携款逃跑，或重新注册公司，改头换面进行新的传销诈骗。真是苦了那些参与传销人员，上当受骗，竹篮打水一场空，也只好自认倒霉了。

重拳打击黄赌毒

2003年9月28日　星期日　阴

下午我去了趟龙昆南派出所。7月份，龙昆南派出所推出一个新举措，组建了一支治安巡逻队，在一定程度上解决了长期困扰公安工作的警力紧缺问题。

当然，这个新举措说新也不新。许多地方也都搞过治安巡逻队，只是大多数情况下，是组建起来热热闹闹，过不了几天，偃旗息鼓，流于一种形式而已，起不到很好的作用。究其原因，主要是巡逻队来自于普通群众，属于临时性自发组建的性质，缺乏公安机关领导和指导，也不具执法权限。这样一来，组织松散，时聚时散，没有经费，凭的是一股热情，难于发挥实质的防范效能；更缺乏打击违法犯罪活动的经验和常识，没有必要的防护设备。陵水有个村委会自发组织了一支护村巡逻队，在一次追击入村盗窃分子时，不仅没有抓获歹徒，反而被歹徒打伤了一名队员。

可是，龙昆南的治安巡逻队具有较强的专业特质。队员是从物业小区保安队伍中精心挑选出来的，共 17 人，有的是退伍兵，有的是大学毕业生，有文有武，都具备较好的素质。派出所还为之配备装备，有防弹衣、巡逻用摩托车、警棒、手铐等，每人发给迷彩服、执勤服和执勤袖。上岗前，进行岗前培训，训练队员掌握队列、法律和装备使用基本知识。经费问题也得到解决。根据“谁受益、谁出资”原则，动员辖区的单位和企业每月资助一定费用，专门用于巡逻队日常开支和人员工资补贴，使得巡逻队能够长久生存。在组织上，治安巡逻队归派出所直接领导指挥，正式在编民警担任队长，下设三个分队，每天由一名民警带队出发巡逻。

龙昆南治安巡逻队打一成立，就出手不凡：巡逻网络式布控，闪电式出击，各小组头尾呼应，形成和谐统一的打击体系。不到半个月，抓获犯罪嫌疑人 6 人，破获抢夺案件 2 起，处理打架斗殴事件 8 起 12 人，调解民事纠纷 12 起，追回被抢摩托车 3 辆，为群众提供服务 12 起。以至于近两个月，辖区内未发生一起“两抢一盗”案件。

今天下午，分局召开全区社会治安综合治理工作会议，会上我特别表扬了龙昆南派出所的做法，希望各派出所结合本辖区特点学习借鉴。

开完会出来，已是傍晚 6 点钟。今晚，省公安厅、市公安局和分局将联合行动，对黄赌毒进行专项打击。

晚上 9 时，省、市和分局数百名民警、武警整装待发。警笛长鸣，警灯闪烁，68 辆汽车满载着民警，兵分三路，风驰电掣向府城各个目的地进发。

在府城红城湖路，一路民警包围了一个半拉子工程。地面是 12 层的水泥框架，下面是未曾竣工的地下室，虽然墙角里还堆有水泥和砖块，但眼前情景令人震惊。这是一个名副其实的地下赌场，灯火通明，地上、桌上散落有一沓沓百元大钞，数十个赌徒正处于癫狂状态，聚在牌机前，狂呼乱叫地埋头于赌博活动。民警的到来使赌徒变成无头苍蝇，有的想夺路逃走，有的钻到桌子底下，有的紧贴墙壁一个劲地发抖……这个赌场设在地下室，也把赌徒自己置于绝地。地下室只有进出两个通道，连一个窗户也没有。我们早把出入口堵死，赌徒要想逃跑，除非钻到地底下去，真是插翅难飞，只好束手就擒。这一役大获全胜，缴获赌博牌机 61 台，赌资 6 万多元，在场的 31 名赌徒和 13 名赌场工作人员悉数落网。

在文庄辖区，另一路民警包围了一家休闲中心。这是一个为老人提供娱乐休闲的场所，有茶店、酒吧、咖啡屋、购物商场等，经营的老板却以此为掩护，设立了一个秘密赌场。二楼，一道木板墙壁从中隔开，一边是合法经营的茶店，另一边，却是一排排用于赌博的麻将桌，每天招揽有数十名赌徒，大呼小叫的赌博声音严重影响周边群众正常生活。曾有一个退休老人提过意见，但被老板叫来“马仔”教训一顿，头部也被打伤。去年底，文庄派出所曾查处过这个赌场，没收了赌桌，抓了 20 多名涉赌人员，老板也被拘留罚款。事过半年，又死灰复燃，夜夜开赌。当晚，这个赌场被捣毁，查获赌资 3 万多元，没收麻将机 22 台，抓获赌场老板和涉赌人员 30 多人。

在府城北街，一家游戏机店也被查封。这是以电脑游戏为幌子的赌博场所。在一间不是很大的店内，排列着数十台电脑游戏机，其中，跑马机、苹果机、麻将机和“海底世界”等赌博专用机应有尽有，更有不少青少年参与到赌博活动中……

一个晚上，我们共清查发廊按摩店 86 间，旅店 45 家，出租屋 231 间，以及有关重点店面 103 个，抓获涉赌、涉毒、涉黄等违法人员 146 人，缴获用于赌博电脑设备和牌机 98 部。

重点思想和三个三分之一

2003 年 10 月 28 日　星期二　晴

23 日，《海南特区法制报》法治论坛刊登我的文章《重点思想与三个三分之一——论基层公安机关领导如何驾驭矛盾走活全局》。文章阐述了主要矛盾和次要矛盾的关系，指出基层公安重点工作是关系到全局性的工作，领导经常过问的，社会各界反映强烈的，人民群众关注的，媒体报道的，要下力气重点抓。时间的安排上分为三大块，更好地体现工作中的重点思想：一是用三分之一时间抓队伍和业务建设；二是用三分之一时间抓协调理顺关系；三是用三分之一来学习“流程”。

我想不到文章发表后引起行内热议，省法制处文处长打电话给我说，他们处里开会学习我的这篇文章，同志们反映良好。海南政法学院也打来电话，说全校师生就我这篇文章讨论，反响很大。

不管怎样，我的思想、观点能引起关注就值了。

一直以来，我认为每个人都应该把自己的每一天当成一场自我创作，在这种生活的创作中体现自己；而且，生活是一个万花筒，每天都有不可重复的新内容，所以，有必要把每一天当成不可重复的一天，从中发现新的生活内容，获得新的感悟，并把这些感悟付诸文字，便有了自己人生的足迹。固然，芸芸众生，我只是最普通的一员，但是，我们绝不能妄自菲薄，对自己要充满自信。还是牢记我的“名言”——“蜗牛也会有足迹”。

终结十年潜逃案

2003 年 11 月 5 日　星期三　雨

阿洛终于落网了。

阿洛涉嫌十年前的一起故意杀人案。1993 年 11 月 23 日下午，甲子镇上昌村仍如往常一样平静，阿洛领着几个小兄弟随意地在村头闲逛。他们几个是村里有名的“烂仔”，都只有 20 多岁，一个个不成器，读了三两年书就辍学，文不成，武不就，又养成好吃懒做的习惯，干农活，不愿意，找工作，没人要。如果只是这么一两个人，便不会引人注意，但凑在一起，就招眼了，久而久之，臭味相投，就自然形成了一股邪恶的力量。每日里闲极无聊，他们走东街，逛西巷，瞧谁不顺眼，就围了上去一顿拳脚，隔不了三五天，就招惹点事儿来，成了周边四邻人见人怕的“鬼见愁”，谁撞见谁就要倒霉。

今天，轮到北美村的阿陵倒霉。因为在上昌村有个朋友，这天他去朋友家玩，到了村口，迎头遇上阿洛这帮“烂仔”。阿洛拦住他，斜着眼问：“哪来的？干啥来着？”阿陵不理睬，绕过他身旁往村里走去。阿洛一把扯住：“急着走干吗？老子问你话哪，你给老子说清楚啊。”阿陵甩开他手，没好气地说：“我找我朋友，关你什么事？”还就这一句话，把阿洛惹恼了。“咋不关我事，你挨着我就关我事了。”迎头一拳就打到阿陵脸上。阿陵还不曾见过这样蛮不讲理的人，回手也给了阿洛一拳，拔腿就跑。但被阿洛的小兄弟拦住了，转眼间，拳头、腿脚雨点般袭来。阿陵连忙护住头脸，想躲避。忽然，只觉腹部一阵刺痛，他惨叫一声，倒了下去。原来，这是阿洛一刀捅过来的。阿洛还从没遇上有人敢还手的，竟然被阿陵打了一拳，顿时愤怒得脸都紫了，也不管三七二十一，从口袋中摸出一把锋利的水果刀，捅了过去。

阿陵倒在血泊中，当场死亡。

案件报到派出所，很快立案侦查。但是，阿洛当天就逃得没了影踪。派出所也曾多次组织力量抓捕均未果。案件就这样一拖十年。死者家属不断上访到各级公安机关，引起省公安厅重视，将上访材料转到我这里，并责成厅里李朝志处长督办。9 月间，我接待了上访人，是死者阿陵的父亲。老人老泪纵横，说："我儿子死了十年，是光天化日下被杀死的。凶手至今逍遥法外，我没有得到任何赔偿，希望公安机关给我一个说法。"

保护人民群众生命财产安全，是公安机关职责，不仅要给受害人以说法，而且要主持公平正义，使杀人者受到法律制裁。虽然这是一起积案，但我绝没有理由让积案久久地沉积在尘封的岁月中。

我和副局长叶明福亲自去了甲子镇，与专案组同志一道调查犯罪嫌疑人行踪。村民反映，阿洛偶尔也回来过，但来去匆匆，逗留不到几小时就又跑了。这说明阿洛与家中没有脱离联系，时不时会回来看看。他既然回来一次，一定还有二次、三次。我们在村中作了部署，要求派出所发挥治安信息员和治保会作用，加强对犯罪嫌疑人家中的监控，只要犯罪嫌疑人露头，就及时向派出所报告。我再三要求甲子派出所长苏耿伟，如果犯罪嫌疑人回家，派出所没有及早发现，错失抓捕时机，要承担全部责任。

说也奇怪，就在我们布置后，阿洛却一直没有在村中出现。只有耐心等待。

9 月 28 日，派出所接获群众报告，有人看见阿洛在澄迈瑞溪镇打工。苏耿伟带领专案组立即驱车赶去。甲子镇离瑞溪镇只有两小时车程，然而，反馈的消息令人遗憾，专案组刚赶到瑞溪，犯罪嫌疑人已溜走。阿洛经过十来年的潜逃生涯，已对公安机关抓捕行动形成了一种快速反应的逃窜经验，任何风吹草动，都可能警觉，快速躲藏起来。10 月 23 日，又有群众举报，阿洛潜逃到三亚，有人看见他在三亚一家海鲜排档附近出现过。专案组迅速赶赴三亚，在那家海鲜排档附近蹲坑守候，四个多小时过去，期盼的阿洛并没有现身。

两个月来，专案组先后到三亚、澄迈、文昌、定安等市县，行程上千公里，开展了 15 次抓捕行动，都徒劳而返。我也焦虑了，吃饭时，想着省公安厅督办案件的压力，睡觉时，上访人的哭诉进入我的梦乡。什么时候才能将犯罪嫌疑人抓获归案呢？继续跟着他的足迹走，疲于奔命？还是调整抓捕方案。鉴于他有可能回到家中，我想，还是守株待兔，在上昌村抓捕为宜。专案组加强了对甲子镇的监控，在上昌村、在他家附近密布暗哨，同时准备了两套抓捕方案，围绕他可能出没的地方撒下了一张天罗地网，就等着这只狡猾的“狐狸”自投罗网。

决断是正确的。今天，有村民在甲子墟附近看见阿洛，他与以前的一个小兄弟接触过。民警兴奋了。苏耿伟启动第一套抓捕方案，带领民警潜入阿洛家中，埋伏在他家门后，要求他家人只许进不许出，将他家秘密控制起来。只要阿洛踏进家门，势必俯首就擒。不过，两小时过去，预期的情况没有发生。或许察觉到追捕风声紧，阿洛一直在镇上溜达，压根就没有回家来过，只好把民警撤了出来。

专案组随即按第二套方案展开抓捕行动。

上午10时，天空飘着细雨，甲子镇上的土路泥泞湿滑缠脚。正当墟日，沿路摆满了各色摊贩，村民熙熙攘攘。专案组10多名民警身着便衣，不动声色地进了一家茶店。因为根据可靠情报，这茶店内的小伙计有一个就是阿洛的小兄弟。民警们有的化装成茶客，坐在茶店喝茶；有的化装成村民，在茶店周围徘徊。不久，阿洛在一条小街上出现，他瞟了瞟四周，老鼠似的溜进了茶店。茶店内有他一个小兄弟，他要和小兄弟接头。小兄弟拉他坐下，叫来了壶茶，他又突然起身说：“我去方便一下。”这小子十分敏感，发现旁边坐着的几人都是陌生面孔，心头一阵发虚，涌上一个不好的感觉，立刻向茶店后门溜去，企图逃跑。这回，他是来得去不得，民警哪还容许他跑？苏耿伟率先虎扑上去，另外几名民警前后堵截。跟着，苏耿伟扭住他胳膊，将他按倒在地，一副铮亮的手铐“咔嚓”一声，落到了他手腕上。

阿洛的归案，使得十年前一桩杀人陈案终于画上圆满的句号。

愚笨绑匪荒唐案

2003年12月22日　星期一　阵雨

下半年，少有重大案件发生，以致上个月，红旗派出所破获一起一般的耕牛被盗案也当作重大成果，兴冲冲地跑来向我汇报。

11月19日上午8时，派出所接到报案，说村民林鸿鹄饲养在家的耕牛被盗。耕牛是村民仅次于房屋的重大财产。所长袁伟不敢怠慢，带领民警赶赴美涯湖村破案。现场勘查，调查访问都没有任何头绪，到了9点多钟，民警寻访到距美涯湖村几里远的昆上村，乍然看见一根电线杆上拴有一头耕牛。叫来失主辨认，正是被盗的耕牛。牛是找到了，但犯罪嫌疑人是谁？袁伟没有即刻牵走耕牛，想以耕牛为诱饵，等待犯罪嫌疑人自动上门来。他带了两个民警化装成农民在田边干活，过了两个来小时，一位20多岁、背个背包的姑娘过来了。袁伟怀疑她是盗牛人，但姑娘四处张望，停留一会儿就走了。民警继续守候，至下午1时30分，那位姑娘又出现了。这回，她没有犹豫，走到电线杆边，解开牛绳就要把耕牛牵走。她被民警拦住了。她叫阿霞，美涯湖村人，对盗窃耕牛的事实供认不讳。

袁伟绘声绘色地讲述破案经过，我笑着说："袁所长，为群众找回耕牛，虽然值得表扬，不过，没有你吹得这般传奇吧。"

袁伟挠了挠头，嘿嘿笑着说："上半年'严打'后，辖区治安确实很好，找不着惊天动地的案子来说事。"

"不要大意。任何时候都可能会有突发情况发生。"

就在袁伟走后不久，真还有一个突发情况。忠介派出所接待了一个叫张娟的女报案人。张娟是河北永年县西阳城乡永代村人。她说，她丈夫李海林在河北做吊车生意，今年4月来海口，8月20日，忽然失去了联系，电话、手机、写信，什么通讯工具都用过了，就是没有丈夫回音。她又查了丈夫走时携带的存折，发现里面数万元钱也被取空。张娟急了，找到丈夫以前在河北的合伙人石某，石某帮她联系了在海口、曾是她丈夫的生意合伙人吴开江，但吴开江也说不清楚李海林去向。张娟心急如焚，9月1日，再也沉不住气了，千里迢迢赶到海口寻夫，两三个月过去，找遍了海口各个角落，找遍了丈夫失踪前居住的宾馆旅社，仍然没有任何音讯。无奈，她找到忠介派出所报案，怀疑丈夫遇害，请求立案查处。

这可能是一起人命案，我要求刑警大队组织精干警力侦查。

查案困难重重，仅凭张娟一条报案线索，侦查工作从哪儿入手？李海林一个外乡人，与哪些单位做过生意？与海口哪些人有过联系，没有人说得清楚，他究竟是生是死，还是发生了其他什么意外，也没有任何知情人。假定李海林遇害，但没有尸体，案情又该如何查呢？半个多月过去，案情陷入僵局。昨天晚上，我正在召集侦查员研究案情，忽然，龙昆南派出所来电话报告，说他们辖区发生一起绑架案，绑匪打来电话，勒索2万元赎金放人。

我连忙中断李海林失踪案的会议，带上刑警队员，紧急赶到龙昆南派出所。报案人还在，是被绑架人的亲属和朋友。其中一个叫阿于的把案情说了一遍：被绑架的人质叫阿柯，是海口海浪网络公司副总。下午6时许，阿柯受他公司廖总邀请，去茶艺馆喝茶，刚进到茶艺馆，突然窜出五六个人来，不由分说就将他绑架了。随后，绑匪给亲属打来电话，要求准备2万元现金，晚上9至10时这段时间内赶到海口宾馆交钱，收到钱后，就会释放人质。

我看了看时间，已是晚上8时40分，临近绑匪约定的交易时间。这时不能作过多考虑，必须尽快行动。我提出两个原则，一是要确保人质生命安全，防止歹徒狗急跳墙撕票；二是尽快摸清绑匪情况，只有掌握犯罪嫌疑人基本情况，才能查明绑架案的内情。经简短商议后，决定兵分两路：一路是刑警大队侦查一组民警，立即出发，紧急赶往海口宾馆便衣埋伏，侦查绑匪情况；另一路是突击主力，带上阿于他们，赶去海口宾馆交纳赎金，与绑匪进行“交易”。我们分乘三辆汽车，第一辆是地方牌的面包车，由刑警大队长邢跃华带领，与阿于他们一起去与绑架者接头，我和10多名侦查员分乘两辆汽车，跟在后边，根据现场情况伺机向绑架者发起突袭。

车子极速向海口宾馆驶去，半道上，邢跃华用手机向我报告，说阿于刚才接到绑架者的电话，改变了人质交易地点，要亲属赶去文华大酒店交易。我们别无选择，掉转车头，驶向滨海大道的文华大酒店。赶到文华大酒店是晚上9点半。不料，在这里等候了两个多小时，一直过了12点，绑匪始终没有露面。文华大酒店门前静悄悄的，没有任何异常。显然，绑匪临时取消了“交易”，玩起了欲擒故纵的游戏。

我们遇上了极其狡猾的绑匪。

好在另一路人马有所收获。刑警大队侦查一组同志赶到海口宾馆侦查，有几个人引起他们注意，其中一人姓余，澄迈人，是刑满释放人员，与刑警大队打过交道，算得上是“老熟人”了。与余某同在一起的，还有另外两人，行踪鬼鬼祟祟。刑警判断，这几人有可能是绑匪。不过，其中没有人质。没有找到人质，即便确定这三人是绑匪，在人质解救前，也不能对绑匪采取措施。民警只有尾随跟踪。9时，余某这帮人上了一辆出租车，赶去了文华大酒店，隐藏在文华大酒店旁的一幢楼房后边，观察四周动静。待我们赶到文华大酒店，阿于他们从面包车里出来时，绑匪起了疑心，感觉阿于可能报案了，怀疑面包车内有警察。于是，临时中止了交易。

人质在哪儿呢？

显然，绑匪把人质当作手中的王牌，与人质亲属交易，却不把人质带来。或许，绑匪想通过控制人质，诈取尽可能多的钱财；或许，绑匪压根就不想交出人质，企图利用人质，与警方对抗，使警方不敢贸然行动。只有找到人质，才能打开案件的突破口。我们决定，敲山震虎，迫使绑匪乱了方寸，让人质现身。当晚，分局在绑匪可能藏身的地方展开清查行动，这一着棋，还果然见效。

今天上午 9 时 30 分，定安县公安局领导跟我联系，说琼山绑架案的人质已逃了出来，两名绑匪也被他们抓获了。我兴奋不已，派了几名刑警驱车迅速赶赴定安。

原来，昨晚清查行动搞得绑匪惊惶失措。他们生怕人质被查获，不断转移，先是跑到海口港，在一家茶艺馆休息了一会儿，之后又挟持人质到秀英港，想在一家旅店里过夜，但还是不放心，又租了一辆车，连夜把人质转移到定安县，在定安一家宾馆住了一晚。今天早上，仍然感觉不安全。吃过早饭，三名绑匪带上人质阿柯，分乘两辆风采车，想把人质转移到下面乡镇。而人质阿柯自遭绑架后，被看守得紧紧的，连大小便都被押进押出。但他非常机警，一直都在寻找逃脱的机会。当绑匪把他押上风采车，他觉得机会来了，出了定安县城，便奋不顾身从疾驶的风采车上跳了下来，扭头就向定安县城跑去。绑匪掉头想追，却不敢。很凑巧，这时，定安县特警中队执勤巡逻从县城出来。绑匪远远地看见阿柯与特警说话，随后，特警中队护送阿柯进了定安县城。但是，绑匪不死心，尾随在后面，见特警中队把阿柯带进了县城派出所。余某和同伙一合计，决定守在派出所外边，等候阿柯从派出所出来时，再次对他进行绑架。等了好一会儿，阿柯仍没出来，余某耐不住，叫上一名绑匪，想进派出所打探消息。两人在派出所门口刚一探头，却与阿柯的目光相撞。两人急忙想退，来不及了。送上门的货，哪有退的理？派出所民警三下五除二将两人制伏擒获。而守候在派出所外面的另一名绑匪，等候了半个多小时，仍没有同伙消息，正焦急，想离开派出所。然而，却被我们派去、及时赶到县城派出所的琼山刑警发现。这正是：踏破铁鞋无觅处，得来全不费工夫。三名绑匪全部落网。

阿柯作为人证，随同押送三名绑匪的琼山刑警一起回到海口市。对绑匪如此落网，我颇是好笑，也感诧异。说绑匪是个笨贼吧，绑架案件却计划周密，对人质看守也非常严密；说绑匪狡猾吧，却荒唐地走进派出所，自投罗网。我觉得，这三名绑匪可能是台前马仔，绑架案后面一定还有主谋。

经审讯，绑匪交代了案件的前因后果：

案件的主谋是阿柯的上司——海口海浪网络公司廖总。去年，海浪网络公司与海口一家KTV公司签订了一个项目合同，按合同，项目必须12月12日完工。但是，海浪网络公司缺少资金，项目无法按期进行，由此造成违约，导致合同终止。阿柯为合同终止感到可惜，12月16日，便将这个项目介绍给了他熟悉的海口另外一家网络公司，由这家网络公司接手继续完成项目。廖总了解这个情况后，极为恼火，想我们公司虽然做不了，但肥水不流外人田，你阿柯好歹也是我公司副总，却把自己公司得来的项目介绍给外单位。他怀疑阿柯从介绍项目中得到了好处。于是，廖总精心策划了这起绑架案，一是惩罚报复阿柯，二是企图通过绑架勒索，迫使阿柯把介绍项目得到的好处吐出来。昨天下午，他打电话给阿柯，请来茶艺馆喝茶。阿柯毫不提防，如约而至。一进到茶艺馆，事先埋伏的5名绑匪便围了上来，将阿柯推进一间包厢，开始上演这起愚笨、荒唐的人质绑架案……

案件到此真相大白。刑警大队立即出动，追捕主要犯罪嫌疑人廖某和另两名绑匪！

第十五章　力破命案

畸形的恋情

2004 年 1 月 2 日　星期一　晴

廖某和另两名绑匪在第二天抓获归案，等待他们的将是法律的惩处。

然而，令人头疼的是，李海林失踪案仍然没有进展。转眼进入 2004 年，年头岁尾，工作特别多，天天有会议，有汇报，有文件，要总结表彰上一年度工作，研究下一年工作计划安排。时下，元旦春节接踵而至，节日安全保卫工作又千头万绪……真是“怎”一个‘忙’字了得，所以，对于李海林失踪案，我暂且顾不上过问，但责成刑警大队抓紧侦办。没料想的是，李海林失踪案谜团没有解开，今天，新年元旦刚过，又发生一起重大案件。

昨夜，睡梦中我又被一阵急促的电话铃声惊醒。抄起电话，是龙昆南派出所打来的，说红城湖商业街 9 号铺面发生杀人案。我急忙起床，通知分管刑侦工作的副局长陈海山，调集刑警大队精干力量，紧急赶赴案发现场。鉴于案情重大，我顾不得领导正在休息，马上打电话向海口市委常委、政法委书记、市公安局长彭晓敏作了汇报。彭晓敏同志高度重视，当即指出这是 2004 年海口市第一宗命案，要求组织精干力量侦查，尽快破案。

抵达红城湖商业街是凌晨 1 时。案发现场处于商业街 9 号铺面二楼，是一套用木板隔开的二室一厅居室。死者是女性，姓名罗玉，37 岁，死在一间小卧室里。尸体头南脚北地俯卧在一张铁床上，上身只穿件内衣，下身穿条黑色健美裤；嘴上缠有封口胶，颈部有大量血迹；手脚被一件白色睡衣串联地反绑，赤裸的脚丫拖带到床边的纸盒箱上，床底下积有一摊摊暗黑色的血液。死者是被人用凶器杀死的，面部有三处刺杀的创痕，右腹部有三处刀伤，颈后也有一处创伤，深达颈椎，造成椎骨断裂，这是导致受害人死亡的致命伤。经过法医对尸体进行检验，认定死亡时间在12小时内。

从死者受害情况来看，凶手极其残忍。

发现罗玉被害并报案的是其哥哥罗俊。他曾与妹妹罗玉长期在屯昌县做生意。2002年，妹妹一人来到海口，在府城商业街租房开了间店面，经辛勤经营，生意越做越红火。元旦下午，他拨妹妹电话，要她发一批货到屯昌。可是，妹妹手机关机，店里电话没有人接，这是从未有过的事，一种不祥感笼罩在他心头。吃过晚饭，罗俊再也沉不住气，与亲戚连夜开车来到海口，到了妹妹的住处，出现在他眼前的却是这样一幅惨景。他急忙报案。

派出所民警把他带到我们面前，这是一个中年男子。妹妹的惨死使他十分激动，他哭喊着说："民警同志，是祁阳，是这个狗养的杀了我妹妹！你们要把他给毙了，给我妹妹报仇啊！"

祁阳是罗玉的雇工。派出所民警汇报了有关祁阳的情况：一个小伙子，澄迈县瑞溪镇人，从罗玉来海口开店时起，祁阳就一直在她店里打工。没想到，他爱上了老板娘，而罗玉也喜欢他，两人很快打得火热，坠入了情网。显然，这是一场方方面面不对称的恋情。罗玉是个有两个孩子的半老徐娘，而祁阳比罗玉小12岁。两人的恋情引起人们种种猜测和议论，有人说祁阳有恋母情结，要不，这样青春年少的"帅哥"怎么会爱上一个可以当他阿姨的女人？也有人说祁阳是贪图罗玉的财富，爱上罗玉是别有用心。但爱河中的男女并不在乎他人说些什么，两人很快同居在一起，不久，又提出结婚，这引起了双方父母的强烈反对，尤其是罗玉的父母，说两人太不般配，坚决反对。无奈，两人只好把婚事耽搁下来，但仍在一起同居，直至案发前。

祁阳被带来。他打个赤膊，趿着拖鞋，一副气急败坏的模样，见到我们就大喊大叫起来："罗俊，你他妈的混蛋，你凭什么关我，你这是犯法！"原来，罗俊发现妹妹被杀后，立即想到祁阳，断定是祁阳作案，随即冲到祁阳的宿舍，把他看管起来，一直等到派出所民警赶到才将他交给民警。祁阳满脸委屈、拖着哭腔说："罗俊诬赖我杀了罗玉，这是天大冤枉，我与罗玉的关系大家都知道，她是我最心爱的人，是我的心肝宝贝。若不是她家里人反对，她都成了我的老婆。我怎么会杀她？公安同志，请你们一定要想办法破案，抓住杀死罗玉的凶手……"

罗俊指控祁阳是凶手虽然有些道理，但没有任何证据，只好让祁阳回去。

凌晨3时许，海口市公安局副局长邵立鹏来到现场，指挥案件侦办工作。我们召开了案情分析会。首先是案件定性问题，是报复杀人？谋财害命？还是因情杀人？因为这直接影响破案方向。大家议论开了，报复杀人很快被排除，罗玉性格开朗，不曾与人结仇，在商业街开店快两年了，也没有听说她有过什么仇人。大家倾向谋财害命的可能性。从现场情况来看，保险柜门被撬，里面空空无物，说明柜中财物被作案人洗劫了。不过，刑警大队侦查二组组长蔡林提出不同意见，说："不排除保险柜被盗是作案人有意制造的假象。我总觉得祁阳与罗玉的恋情太过离奇，不说两人年龄相差太大，就两人的社会地位、经济基础都是天壤之别，祁阳为什么爱上罗玉？难道真像他所说的，因为爱情？世界上没有无缘无故的爱，要破获这起案件，必须解开两人为什么相爱这个疑问。"

我觉得蔡林分析有道理，说："你认为是情杀？是祁阳杀害了罗玉？"

"有这个可能。"蔡林侃侃而谈，"罗玉经商多年积累不少财产，祁阳一个打工仔，一穷二白。他爱上罗玉，不排除看上罗玉的财产，企图通过结婚，达到享有罗玉财产的目的。但由于罗玉父母坚决反对，使他结婚的企图落空，结不了婚，祁阳就无法得到罗玉的财产。眼看费了许多心机可能得到的财产落空，他不甘心，满腔愤恨无处排解、宣泄，以至走上极端，有可能起了'我得不到的，也不能让别人得到'的杀人念头，酿致了这宗杀人案。"

不过，大多侦查员不赞成蔡林的推论。

一位侦查员说："追究一个人为什么要爱一个人，这个难题千古以来无人能解。爱情是感情的魔方，有一首歌还唱过：'这就是爱，糊里又糊涂。'男女相遇就会碰撞出爱情火花，仅凭年龄差距大就怀疑祁阳与罗玉的爱情不纯洁，这说不过去，国外不是还有 20 岁的小伙子爱上 80 多岁的老太太吗？即便追究祁阳为什么爱上罗玉，也不排除这个可能，祁阳在罗玉店里打工，孤男寡女，干柴烈火，你关心我，我爱护你，久而久之，这种爱情便水到渠成了。"

另一位侦查员说："即便怀疑祁阳爱上罗玉有功利因素，但也不能认定祁阳杀害了罗玉。毕竟，祁阳与罗玉有过同居关系，他这个打工仔受到老板娘特别关怀，两人虽然结不了婚，爱情不在，但罗玉对祁阳还有恩情啊。据此认定祁阳杀害罗玉，似乎有些勉强。"

又一位侦查员说："我也不认为这是情杀。现场谋财害命的迹象比较明显，从常规来分析，罗玉这个店老板娘有钱，很多人都知道，树大招风。说不准罗玉早就让人盯上了，她被谋财害命，或许只是早晚的问题。"

意见争执不下，大家把眼光集中到我脸上，期待我一锤定音。我沉思了一会儿，脑海中掠过祁阳那气急败坏的样子。我说："目前，我们以情杀的方向展开侦查工作，把嫌疑重点放在祁阳身上，争取从他这里打开突破口。”

6时30分，天已亮，黎明的曙色透进窗户，映白了天花板。我请邵立鹏副局长作指示。邵副局长说：“大家在破案思路上各抒己见，这很好。我看，破案关键是证据。要多作调查，多想办法，尽最大可能地搜集破案线索和证据，通过证据，挖出案件事实真相。这是新的一年全市发生的第一宗重大案件，彭晓敏同志非常重视。专案组就请李局长担任组长，调集精兵强将，群策群力，争取在最短时间内把案破了。”

爱到极处便是恨

2004年1月7日　星期三　阴

我觉得，祁阳的疑点太多了。

他与罗玉关系那么亲密，罗玉被害，他怎么没有任何察觉？罗俊与罗玉失去联系是从下午2点钟开始，这也是罗玉可能遇害的时间，待罗俊晚上赶到海口，发现罗玉被杀，有10多个小时，祁阳干什么去了？如果祁阳深爱罗玉，那么，他应该最早发现罗玉失踪，然而，从中午到晚上罗俊报案，罗玉这么长的时间没有消息，祁阳为什么毫无反应？罗玉遇害仅穿睡衣，作案人绑缚她用的就是她的睡衣，说明罗玉可能是中午休息时遇害的，可以在她午休时顺利进到她房里，只有她非常熟悉、毫无戒备的人，而具备这种条件的只有祁阳。在调查中，我们还发现一个重要情况，罗玉早在去年10月就提出了分手，她与祁阳相爱也并不专一，在外面还另有男友，会不会是这些情况导致祁阳起了杀心，欲致罗玉于死地呢？

我决定对祁阳进行刑事拘留。

祁阳气焰十分嚣张，口口声声地大叫冤枉，反复申辩说他是罗玉的恋人，他深爱罗玉，怀疑他杀害罗玉毫无道理。一天、两天、三天……祁阳坚持他的说法，矢口否认与凶杀案有任何关系，并且反问讯问民警：“如果我是作案凶手，为什么我不逃跑？难道我是傻瓜？等在这里让你们来抓？”案件陷入僵局。但魔高一尺，道高一丈。在这期间，我们紧张忙碌地开展调查取证工作，调查周围群众，访问20多名关系人，走遍了与案件有关的每一个角落，掌握了30多条线索和信息：有人说祁阳案发前神色不定，鬼鬼祟祟；有人看见祁阳案发当天下午进出过罗玉的房间；有人还发现，案发后祁阳海吃海喝，花钱阔绰，不符合他平时的节俭习惯，他哪来那么多钱？……这所有线索和信息都指向祁阳。他，应该就是杀害罗玉的犯罪嫌疑人！

最后决定通过讯问分析祁阳的口供，研究他的心理，寻找其中的矛盾和破绽。蔡林把重点放在突破祁阳的心理防线上，亲自将饭菜送到拘留室，与祁阳促膝长谈，问他家中情况，跟他聊起人生、理想和爱情。又是两天两夜过去，专案组民警有的眼睛熬出了黑圈，有的累得坐在椅子上就能睡着。但大家精神都十分振奋，感觉破案就在眼前。祁阳虽然仍没有开口，不过，平静许多，再没有喊冤叫屈，有时默默地呆坐老半天。民警给他送来吃的喝的，他还点头哈腰，不断地说谢谢。

今天是案发后第7天，再次提讯祁阳：

"你案发那天上午穿的是一件T恤衫，下午却换了一件衬衣，为什么要换衣服？你能把那件T恤衫拿出来给我们看一下吗？你说你那天哪也没去，但我们掌握的情况是，你挟了一包东西出去了，你去哪里？干什么？挟的那包东西放在哪儿？"

"案发当天上午，你在罗玉房门前转来转去，为什么滞留在她门前？中午，你进入罗玉房间。因此，从下午到晚上，你否认知道罗玉任何情况。你给罗玉打工，凭你深爱她的感情，却对罗玉大半天的情况毫不知情，这于情于理说得过去吗？"

问题如同一道道利剑，刺中了祁阳的要害。豆大的汗珠从他脑门上滚落。他抬头看看讯问的民警，又把头低下了，双手交叉着不停地搓动，两腿微微地颤抖。蔡林走过去递给一支烟，他点燃香烟，狠狠吸了一口，"我招了。"他长叹一声说，"我作案时，你们就像在现场清清楚楚看着似的……"他把杀害罗玉的前因后果一五一十地吐了出来：

"起初，我并没有爱上罗玉，只是想巴结她，讨好她。我是个穷鬼，罗玉却是有钱的老板，这世界上没钱就是龟孙子。我来到罗玉店里打工，要想赚钱，有个好前途，必须争得老板的信任和好感。但后来，我真心喜欢上她了。我可以对天发誓，我对罗玉的爱没有掺假，我是全心全意地爱她，不仅爱她的钱，也爱她这个人。她待我太好了，像母亲、姐姐那样照顾我，也像爱人那样关怀我，给我温暖，给我各种满足。那些日子，尽管亲戚朋友笑我，许多人议论我，说我一个童男，居然爱上半老徐娘，是不是脑子出了毛病，吃错了药了？我不管这些，我爱罗玉是我的事，不需要旁人说三道四。我沉浸在爱情的幸福中，我幻想，和她结合成一个小家庭，她给我生孩子，我帮她打理生意上的事。她是老板娘，我是店里真正的老板。

“我们相爱了半年，可惜，风云突变，好景不长。去年10月，我提出结婚，她同意了。我家里却不同意，说我瞎了眼，罗玉除了有钱，没有一处配得上我。而罗玉的父母更是坚决反对，说罗玉年龄大我太多，少夫老妻的婚姻不会长久，要不了几年，我一定会变心把她甩了。她父母的意见使她转变了态度，觉得她一个临近中年的妇女与我这样一个年轻人结婚实在不太适宜。渐渐地，她与我疏远了，而且和另外一个男人好上了。眼看煮熟的鸭子要飞了，心爱的女人不属于自己，我再也受不了，更咽不下这口气。我太爱罗玉，我不能这样失去她，无奈的是，她提出和我分手。爱到极处便是恨，她要离我而去，这使我心中充满了仇恨。我想，我得不到的，也不能让别人得到。

“我起了杀心，决定趁她将和我分手之际把她杀了。去年11月，我开始着手准备，购买了作案用的尖刀、铁锤、封口胶带等作案凶器和用品。今年元旦上午，我溜到她房前想进去下手，但这是生意高峰时候，住她隔壁的邻居都是生意人，进货出货的，来来往往，众目睽睽之下，我没办法下手。吃过午饭，大家都午睡了，整条商业街静悄悄的，我想再不动手就没有机会了。于是，我潜入她的房间。她正在睡觉，我冲到她床前，举刀就朝她脸上扎了下去。她惊醒了，刚叫一声，我吓坏了，连忙掏出封口胶贴在她嘴巴上。她拼命挣扎，我就撕下她身上的睡衣，先将她双手反绑起来，然后又连着把她双脚捆绑好，在她身上胡乱刺了几刀，她还没断气。最后我拿出铁锤，狠狠地砸在她后颈上，这才不动了。杀死她后，我撬开保险柜，把钱都取了出来，伪造了一个抢劫杀人的场面。完了，我回到宿舍，换上干净的衣服，把杀人溅上血的衣服鞋袜打成一个包裹，匆匆来到南渡江边，将作案工具和包裹扔进了防潮堤下的水塘里……”

民警押着祁阳来到了南渡江边。天空阴沉，远远望见南渡江水静静地流淌，波涛拍岸，冲上来一阵阵寒气。这是农历12月，正是海南一年中最冷的季节。蔡林他们顾不得许多，跳进防潮堤下水塘里，在齐腰深、寒冷侵骨的浑水中掏摸了2个多小时，终于将祁阳丢弃的尖刀、铁锤，和打成一包的衣服鞋袜等作案物证悉数打捞上来。

除夕前夜大抓捕

2004年1月20日　星期一　晴

一上班，办公室就把一份文件放在我的桌上，是海口市委常委、公安局长彭晓敏关于李海林失踪案的一个批示，要求琼山分局组织专门力量，尽快侦破此案。由于李海林失踪案侦破工作迟迟没有进展，引起他家属张娟不满，上访到上级领导机关。我心情十分沉重，愧对张娟对公安机关的信任和期望。有必要调整侦查力量，可是，让谁来主办这个案子合适呢？我想到蔡林，这个同志机敏灵活，对问题分析判断往往有独到见解，尤其在吴凡被杀案的侦破工作中表现突出。下午，我来到刑警大队，与陈海山副局长商量了一下，决定重组专案组，由我担任组长，蔡林担任副组长，责成蔡林带领刑侦二组主办李海林失踪案。我把蔡林叫来问："这是块硬骨头，啃得动吗？"

蔡林说："试试看吧。"

我不满意，说出我的担忧："李海林失踪半年了，估计已被杀害，是一起命案。你要尽可能把这个案子搞个水落石出。要抓紧，这个案件拖太久了，家属很不满意，已多次上访。我们对不起他们。"

"李局长，你放心，我不吃年夜饭，不和家人过团圆年，也要把这个案件办得明明白白、漂漂亮亮。"

我摆摆手："年夜饭还是要吃的，团圆年还是要过的。否则，你老婆儿子会找我算账，说我这个公安局长不通情理，连过年也不让民警回家。"

话虽这么说，但今年的年夜饭我也没办法吃。

今天是农历十二月廿八，离除夕还有两天。接获情报，网上在逃人员蒙先文、蒙先兵、彭光、赵甫、崔超、崔童、刘学道等人回旧州镇美顶村过年。他们涉嫌十年前的一宗杀人积案。犯罪嫌疑人要过团圆年，被害人家属要过的却是伤心年。绝不能让这些在逃人员过好年。

这是发生在1993年5月30日上午的一桩命案。是日原琼山市云龙镇后坡村的肖成开一辆手扶拖拉机到旧州镇仁让村的石场拉运石头，返程经过美顶村时，突然路旁跳出几个人来，为首的是美顶村村民蒙先文。他们把手扶拖拉机拦下，指着肖成，蛮横无理地说："这条路是我们村里的，不交钱，别想从这里经过。"肖成愣了，光天化日之下，这伙人居然敢像山贼一样，明火持杖地打劫。他脱口就骂："路是国家的，是政府的，人人走得。你他妈的穷疯了，想从我这里诈钱，做梦去吧！"蒙先文恼羞成怒，照着肖成就是几耳光。肖成想还手，蒙先文的几个同伙窜了过来，一阵围殴，揍得肖成抱头就跑。

回到家里，肖成越想越窝心。下午因事去了太乙村妻弟刘志家，顺便把这事给刘志说了。刘志惊诧不已："还有这种事？这个蒙先文没有王法了？我找他理论去。"第二天，刘志叫上几个好友，去美顶村想找蒙先文说理，但没有人告诉他蒙先文住在哪里，于是又去了石场，以为蒙先文可能在石场。他却不知道，蒙先文就在村里，刚睡醒起床，听说刘志带人找上门来，哼哼冷笑：“胆子真大，我不找他，他还敢来找我？”当即纠集村民蒙先兵、彭光、赵甫、崔超、崔童、刘学道等10多个人，抄刀持棍，要把刘志这伙人教训一顿。他们直奔石场，半道上，正遇见刘志几人从石场出来，蒙先文大喊一声：“打！”率领10多人就围了上去，抄刀的，挥刀乱砍；抡棍的，举棍乱打。刘志压根也没想到会发生这种情况，他们毫无防备，手上什么器械也没有，剩下只有挨打的份。

这场斗殴后果严重，刘志等5人有4人被打伤，一人被当场打死。

案发后，原琼山市公安局曾组织警力侦查，就这样一起案情并不复杂的案子，却一拖再拖，到后来查得没有下文。正义得不到伸张，罪恶得不到惩罚，以至被害人家属气愤不平，连续十年上访，诉冤叫屈。我到任琼山后，受害人家属又找到我哭诉。局党委就这起案件专门作了研究，决定以刑警大队为主力，旧州派出所全力配合，重新组成“9·3”旧州命案专案组，由我直接指挥，对这起积案进行侦查。案情清楚明白，问题是抓捕比较困难。犯罪嫌疑人长期潜逃在外，四处流窜，行踪不定。我们一方面派出警力追踪侦查搜寻，另一方面安排旧州派出所、当地治安人员对美顶村长期监控。终于，这帮犯罪嫌疑人露面了。

专案组研究了抓捕方案，分析可能遇到的情况和问题：犯罪嫌疑人已是惊弓之鸟，任何风吹草动，都可能促使他们迅速逃走；居住地分散，7人分别处于7个不同地点，抓捕行动必须同步进行，要防备抓住一人，惊跑了其他人员；而且他们都是土生土长的当地人，熟悉地理环境，必须将各个路口堵死。如果抓捕过程中出现任何缺漏和疏失，他们都有可能从我们眼皮底下溜掉。

抓捕行动于子夜开始。

夜色浓重，星光闪烁，山岗田野村庄都在沉睡中，公路在朦胧的月光下往前延伸。15辆警车载着120多名民警驶出府城，挟着一路夜风向云龙派出所呼啸而去。云龙派出所是这次抓捕行动的指挥部。半小时后，抵达云龙。在云龙镇政府会议室，我宣布了抓捕行动方案，作了战前部署，全部警力分成10个行动小组，分别扑向各自的抓捕目标。这次行动要旨是，奇兵突袭，拉网包围，于不动声色间将在逃人员全部擒获。凌晨2时10分，我们出了云龙镇，全线铺开。为不使在逃人员惊觉，警车停在距美顶村2公里处的一个山坡下，民警下车悄悄步行。路面崎岖不平，借着熹微的星光，大家深一脚、浅一脚地向美顶村摸去。有同志摔倒了，来不及哼一声，悄无声息地爬起来继续前进。不久，美顶村出现在面前。村庄沉寂，溪水静流，一两只青蛙不知藏在哪个旮旯，呱呱直叫。几棵椰树屹立在村头，那摇曳的身影疑惑地打量着我们这些不速之客。美顶村是个人口众多、范围较广的大村庄。10个行动小组兵分十路，迅速潜入村中，各就各位，将在逃人员窝点团团包围。但是，尽管极其小心，村庄还是被我们惊醒了，几只狗不安地狂吠起来。这里是琼剧之乡，连狗的叫唤都有琼剧高腔的味儿。紧张之前的一个放松，就像开幕之前的片刻宁静，接下来是紧锣密鼓，好戏就要开场了。

也就在这时，我的抓捕命令通过对讲机传到各个小组，民警如闪电般扑向各自抓捕目标。蒙先文被民警从被窝里拖出来；崔超躲到床底下，被民警掀起床板擒获；蒙先兵起床小解，在厕所门口被民警扑翻在地，吓得把一泡尿撒在裤裆里；刘学道闻听狗吠声，感觉情况不妙，光着身子翻窗逃跑，被窗外守候的民警逮个正着……

不到30分钟，7名潜逃10年的犯罪嫌疑人全部落网。令我意外的是，有的犯罪嫌疑人以为潜逃时间长了，公安机关就不会追究，以至彭光被抓获时，他的家属居然问抓捕民警，案件都过10多年了还抓人吗？

好民警的故事

2004年2月19日　星期四　晴

蔡林除夕夜真的没有在家吃团圆饭。

李海林失踪案侦破难度太大，除了家属一个报案材料，没有任何线索。说李海林死了，但死不见尸，说他没死，半年多没有他一丝半点音讯。蔡林顾不上过年了，整个身心都扑在案件中，寻找与李海林有过接触的关系，走访李海林所有活动过的场所，把李海林案收集到的材料字字句句研读了好几遍。从材料中获悉李海林曾去过屯昌县和保亭县后，大年三十这天，他带上民警沈荣标、陈必伟赶去屯昌、保亭。连续几天，在李海林住过的旅店调查，寻访李海林的蛛丝马迹。初三这天，他回到海口，一身风尘地向我汇报了几天来的侦查情况："李海林是去年4月从河北来海南的，做旧吊车生意，到处探询哪里有旧吊车卖，在海口、琼山、屯昌、保亭都逗留过，与他有过联系和接触的相关人员共40多人。目前，我们正在对这些人员进行排查，但没有找到李海林失踪的直接线索，案件仍没有突破。"

蔡林声音有些嘶哑，看来这些天累得够呛。我详细询问了排查情况，说：“要重点排查两个时间点，一个李海林刚来海南的那几天，哪些人和他有过接触？有过生意上的往来？二是张娟与丈夫失去联系是8月20日，这可能是李海林失踪的日子，20日左右几天，有哪些人见过李海林？通过排查访问这两个时间段与李海林接触过的人，我估计，侦破工作就可能有大的进展。”

蔡林打了个哈欠，说：“我们正在抓紧做这项工作，也有了些眉目，其中一个姓孔的广东人列入重点排查对象。”

见他哈欠连连，十分疲惫，我说：“案件不是一天两天就可以破获的，现在还是春节假期，家人都等着你团聚呢。先回家好好休息一下，养精蓄锐，我相信案一定会破的。”

蔡林回家与家人补吃了一顿团圆饭，又紧张地投入了李海林失踪案的侦查。

截至今天，蔡林带领的专案组工作快一个月了，案情仍没有重大突破。我很焦急，但我知道，他们已尽了最大努力。我每次去专案组，总想加一把火，要求加快破案进度，但瞧见他们一个个累瘦的面庞，乌黑的眼圈，我所有的话都是多余的。我们的民警太好了，在打击违法犯罪斗争中，他们不怕艰苦，不怕牺牲，敢于直面生死的考验；在人民群众面前，他们满腔热情，寄予无限的同情和爱心。

今天，铁桥派出所民警就将一对轻生母子从菜刀下救了出来。

晚上7点多钟，新大洲大道昌华加油站后面的工棚里，围着一些群众惊叫着，圈子里，一位40来岁的中年妇女抱着个孩子，撕心裂肺地哭喊着：“让我死了，我不要活，不要活——”与一个男人撕扯，要抢夺那男人手中的菜刀，而她怀里的孩子已吓得哭哑了嗓子。铁桥派出所民警符达贵和丁成仁闻讯紧急赶过去。那男子忙把菜刀递给民警，那妇女却要上前抢夺，符达贵赶紧把那中年妇女隔开，细问事情缘故。那男人叹了口气，“可怜啊——”说了开来——

这是一个令人心酸的人生悲剧：

那妇女叫周红英，湖北人，37岁，多年前与一个男子同居，生下了一个孩子，就是她怀中这个6岁的男孩。前几天，与她同居的男子忽然不辞而别，将她母子抛弃了。这一下，周红英觉得天塌地陷了。她一个弱女子，带着孩子，又没有什么文化，工作找不着，生计成了问题。这两天，她母子吃的都是住在工棚里的群众送的。眼看生活没着落，周红英不禁绝望了。适才，她拿起菜刀，要把孩子杀了，然后自己自杀。是工棚里的群众听见动静，急忙赶了过来阻止，有人拨打了110报警。

那男人说："我夺下她的菜刀，她还寻死觅活地要抢了回去，要不是你们民警赶来，就怕要闹出人命来。"而一旁的周红英蜷在工棚角落里，仍在歇斯底里地哭泣："让我死吧，一刀了了，省得在这世上活受罪。"符达贵蹲到她身边，将孩子从她怀中抱了过来，见那孩子已受了伤。显然，周红英在杀孩子时下不了手，刀锋只从孩子脸上、颈上轻轻带过，留下两条渗出鲜血的刀痕。符达贵轻轻拍着着孩子，对周红英说："你再怎么想不开，可也不能杀孩子啊！孩子虽是你生的，但他是一条生命，你杀了他，就是犯罪。"

周红英哇地又哭起来："我自己的孩子，我哪舍得杀死？可我……自己都活不下去，留下孩子在世上吃苦，最终也是死路一条。"

丁成仁蹲到她身旁说："你的遭遇很不幸，但千万不要想不开，更不要自杀寻短见。你有困难，有问题，可以找政府，党和政府不会不管的，我们会尽力帮你的。"

"你们怎么解决？"周红英摇摇头，"能帮我找回老公，能叫我老公回心转意？"

符达贵说："你老公到哪儿去了，能知道吗？只要知道你老公下落，我们一定帮你找了回来。"

"我要知道老公上哪儿去了，我也不会想死。我那死老公，撇下我们母子，这可叫我们怎么活啊——"周红英说着，又呼天抢地大哭起来。

符达贵与丁成仁对望一眼，颇有些无奈。周红英轻生的症结是因为老公，显然，与她同居的"老公"是个极不负责的人。现在她"老公"不知所踪，就没有谁能解开她心头自杀的症结。旁边的群众也说："她就是因为老公不见了才寻死，她老公回不来，只怕你们一走，她又要自杀寻死啦。"

必须把她的思想从她老公身上转移开来。符达贵瞅着怀里的孩子说："你这孩长得挺讨人喜欢的，今年6岁，明年就可以送他上学了。"丁成仁接过话头开导周红英说："孩子小，生活难熬些，但你要看到前途，瞧你这孩子眉清目秀的，十分聪明，今后一定很会读书。孩子以后读书熬出头了，你的好日子也就来了。"

民警的这番话让周红英止住了哭声，她嘴角边露出凄惨的一丝笑意："一日三餐都是问题，我哪能供养儿子读书？"说着又恸哭起来。

目前，迫切需要解决周红英现实生活中的实际困难，但这如何解决呢？符达贵和丁成仁都没有这方面的经验，但又必须现在解决。丁成仁拨通了110指挥中心，把周红英的情况说明清楚，希望指挥中心提供帮助。

接电话的是值班民警杨光和李平华，两人平时接处警遇上的情况可谓千奇百怪，有民工没钱回家要求赞助路费的，有流浪儿在街头乞讨遭人欺负的，有精神病患者闹事群众报警求助的……两人一商议，有了主意，告诉丁成仁说，建议把周红英安排到海南省救助管理站。救助管理站是专门为生活无助、流落街头的人提供帮助的。可现在已经晚上 9 点多钟了，还能联系上救助管理站吗？还有，周红英愿意接受救助管理站帮助吗？

符达贵去买了两瓶矿泉水，给了周红英母子，与她商量说："省救助管理站是政府救助单位，我们把你母子俩送到那里去，你看好吗？"周红英沉默了一会儿，摇了摇头说："不劳你们费心，我们就在这里吧……"看周红英的神情，轻生意志还颇为坚决。符达贵和丁成仁犯了难，但他俩态度也很坚决："就让我们俩陪着你母子吧。"两人索性搬来几张凳子，陪坐在周红英身旁，不停地开导和劝说，询问她家乡情况，跟她唠叨海南生活，更多话题是聊她的孩子，要她为孩子将来多作打算……

精诚所至，金石为开。至 11 点多钟，两位民警的良苦用心终于感动了周红英，答应去省救助管理站看看。而指挥中心那边，杨光和李平华也辗转联系上了救助管理站。在围观群众一片送行的掌声中，符达贵和丁成仁开车把周红英母子送到救助管理站。周红英在救助管理站受到热情欢迎和良好接待。当符达贵和丁成仁向她告别时，她哇地又哭了，眼里满含着眼泪，对着他俩深深地鞠一躬："你们，真是好民警啊……"

李海林失踪案

2004 年 2 月 27 日　星期五　晴

压在我心头的李海林失踪案终于破获了。

案件是 25 日出现转机的。经过一个多月侦查，专案组锁定一个姓高的广东人。昨天晚上 8 点多钟，办案民警将他传唤到刑警大队。一进到讯问室，姓高的神情立刻紧张起来，面部肌肉抽搐着，低眉垂目，眼光始终不敢与讯问民警对视。蔡林问他："你认识李海林吗？"

"不，不认识。"

"你说谎。你与李海林在一起喝过酒。"

"没，没有……"姓高的尖声惊叫起来，但他快速的否认，反而暴露出他心中有鬼。

"可有人见过你和李海林在一起，你是去年 8 月 18 日与李海林认识的，当天跟他在一起喝酒。你能不承认?”

“我……”姓高的惶恐地瞥了我们一眼，低下头，不说话了。

“在你认识李海林后的第四天，也就是8月20日，李海林失踪了。你说，李海林会去哪呢?”

“我……不知道。”

“根据我们掌握的情况，你要如实交代跟李海林的交往过程，把你做的、说的、看到的、听到的等情况一五一十坦白出来。”

“我，我不敢说……”姓高的嘴唇颤抖着，汗珠黄豆似的从他脑门上滚落下来，“我说了，我会没命……有人会杀了我!”

“谁会杀你呢?”

“我……”姓高的欲言又止，张了张嘴，又沉默了。

“你以为你不说就能过关?你不说就能逃过法律追究?只有配合公安机关，把所知道的一切如实交代出来，厘清案情，还原李海林失踪的真相，法律将根据你涉案的程度和所扮演的角色，依法减轻或免除你的刑事责任。”

姓高的仍然不肯开口，内心的紧张和恐惧，使他的身子在椅子上不停地挪来挪去，两个眼睛像受惊的兔子闪烁不定。看得出，这是个胆小怕事的人，似乎没有胆量谋害李海林，但其游离惊慌的目光却告诉我们，他一定知悉李海林失踪的内情，必须打消他的顾虑，给他讲法律，讲政策，讲张娟为了寻找失踪的丈夫，千里迢迢来到海南……讯问持续到凌晨4时，姓高的开口了：“我没有杀害李海林，也没有看见李海林被杀害，但我知道，李海林失踪一定与倪大成、诸其江有关。”

倪大成是保亭县一个农场的职工，但常年没在农场工作，租住在海口市秀英区东方洋路的一间民房中，游手好闲，不是寻一帮人闹事，就是进赌场赌博。8月17日，倪大成找到姓高的，邀他喝酒，说给他介绍几个新朋友。当天晚上，在一个大排档，倪大成给姓高的介绍认识了一个叫诸其江的某部队上尉。倪大成问他，有桩生意干不干?所谓的生意就是，他探听到李海林存折上有40万元，把李海林杀了，三个人可分得这40万元。听到要杀人，姓高的吓坏了，不敢应承，但倪大成非要拉他下水。18日晚，诸其江请李海林上他家吃饭，倪大成带上他去陪客，将李海林灌醉了。倪大成要他下手杀死李海林，他吓得手脚打哆嗦。第二天，倪大成又邀请他去假日海滩游泳。到了假日海滩，他发现诸其江、李海林也来游泳了。这次，倪大成要他乘李海林游泳时下手，将李海林淹死在海水中，他仍不敢干，当时就走了。他感到了害怕，连着几天，不敢与倪大成、诸其江来往。8 月 22 日，他遇见倪大成，问起李海林情况。倪大成说，李海林没怎么样，已经送回河北老家了。他意识到，李海林可能被倪大成、诸其江两人谋害了，他见两人这么心狠手辣，十分惊恐，有关李海林的事半句也不敢吐露，担心倪大成、诸其江会把他也“做”了。

倪大成、诸其江有杀害李海林的重大嫌疑。

不过，诸其江是现役军人，没有确凿证据，暂时不宜对他实施抓捕。我们决定，先拘留倪大成。专案组同志顾不上一夜没合眼，由副局长陈海山带领办案民警，立即赶往秀英区。姓高的并不清楚倪大成具体住在哪儿。民警只好埋伏在东方洋路守候等待。中午 12 时 30 分，倪大成懒散地从一个院子走了出来，进入了民警的视线，陈海山一声令下，民警扑上去，当即将倪大成擒获。

不料，倪大成却是茅坑的石头，又臭又硬，任凭民警磨烂嘴皮，咬紧牙关不松口。9 个小时过去，已是晚上 10 点钟了，倪大成除了“不认识，不清楚，不知道”几个词，拒不回答任何问题。如何突破倪大成的心理防线呢？我们没有泄气，随便地与他聊起家人情况。对这个话题，倪大成并不回避，袒露他的家庭状况：他是个“孤家寡人”，自幼父母双亡，因为赌博，妻子离他而去，只留下一个孩子与他相依为命。他十分疼爱他的孩子，叹气说他被抓到公安局来，不知儿子怎样，也不知吃上晚饭没有？我们心头一震，父亲犯罪，儿子却是无辜的。倪大成的儿子叫倪伟，只有 10 来岁，这样一个小孩子，父亲被抓了，他可怎么生活呢？我们都急了，我派几个民警，叫他们务必把孩子找到，接到公安局来。

这时已是深夜 2 点，民警赶去倪大成家，房门紧锁，没有人！民警叫醒隔壁邻居，询问是否看到小倪伟回过家。邻居说没留意，但有一点是肯定的，这孩子在外边流浪。深更半夜的，他会流浪去哪儿呢，不禁叫人担心起他的安危来。一定要把孩子找到！民警都不认识这孩子。还好，邻居乐意帮忙，领着民警来到外边寻找，转了好半天，终于在拐到一条小街时，远远看见一个小小的人影在路灯下晃来晃去。邻居叫了一声：“倪伟！”那小人影哇地哭了，民警赶紧奔过去，拉住小倪伟的手：“别哭，别哭，有民警叔叔呐。”民警把小倪伟带到刑警大队，安排他吃饭、洗澡、换衣服，然后领着去见倪大成。

看见儿子一身干净、挺有精神地站在面前，倪大成一直木讷表情的面孔瞬间激动起来，眼里噙着泪花，紧紧地抱着孩子。我们告诉他：“你儿子的事尽管放心，晚上就睡在民警值班室，我们派有专人照顾，他生活起居会得到很好安排。”倪大成扑通一声在我们面前跪了下来：“谢谢你们，我儿子能得到照顾，我死也放心了。”不待我们开口，他主动把李海林失踪案的情况说了出来。

李海林经营旧吊车生意有好些年了，算得上是这方面的行家里手，但来到海口却翻了船。按他的经验，做旧吊车生意一要朋友多，二要信息广。来到海口，他便广交朋友，企图通过朋友，最大限度地获得旧吊车出售的信息。他尤其希望多交一些部队里的朋友，他觉得部队的人豪爽，实在，讲义气，交上朋友都比较铁。并且，部队做的工程也多，多有旧吊车出售。7 月，他辗转认识了诸其江。他做梦都没有想到，他会死在诸其江手上。

恶到头终有报

2004 年 3 月 9 日　星期二　晴

诸其江虽是一名上尉军官，却是个嗜赌如命的赌棍。李海林几次请吃后，认为诸其江已经成了他的铁哥们，托他打听部队里是否有旧吊车出售，并许以丰厚的酬劳。“在海口没有我诸其江办不成的事，你要买报废吊车，小事一桩，完全没问题。”诸其江满口应承地说，“不过，这年头，不管部队还是地方上，办事少不了要花钱的。”李海林见他说得这样肯定，毫不迟疑就给了他 2 万元。当晚，诸其江进了赌场，2 万元钱全部扔给啤酒机吃了。对于部队是否有旧吊车出售，他也去问了，回答简单明确：没有。

第二天，李海林又请他吃饭，不等询问，他先编了一套说辞：“巧得很，我们部队有两台吊车报废，正要处理。”李海林喜出望外：“那……可以卖给我?”诸其江却摇了摇头说：“管这事的是后勤处长，说另有一家公司要收购。后来，我把你 2 万块钱都给了他，他才改了口，说研究研究。这事，有希望，不过，你知道，就怕他研究研究，研究时间太长……”李海林明白了，说：“只要能把这两台旧吊车买下来，下点本钱值。”他又付给了诸其江 2 万元。

第三天，诸其江告诉李海林：“处长基本同意了，旧吊车可以卖给你，但要预付定金。”

这样，前后几次，诸其江从李海林那里共计骗走 8 万元。但所有的钱都被诸其江送给赌场啤酒机了。李海林左等右等，旧吊车的买卖始终只听楼梯响，不见人下楼，感觉不对头，要求诸其江：“旧吊车影都没有一个，算了，我不买了，你把钱还给我吧。”诸其江哪有钱还，只好又编一套谎话来拖：“你不知道，部队的事不像你地方上做生意，见钱就交货，部队里的财产出售，要这个领导签字，那个部门批准。你不要急嘛。”李海林只好再等。他不怕诸其江不还钱，诸其江穿军装，是部队的人，有单位，有组织，跑得了和尚跑不了庙。当初他爽快付钱给诸其江也是基于这个原因。

李海林又等了一天、两天、三天……诸其江仍是以各种借口拖延敷衍。李海林再也沉不住气了，对诸其江提出了警告：“再不还钱，我找到你部队上，向你领导反映。”这句话果然镇住了诸其江。诸其江吓坏了，这事真要让部队知道了，轻则，他被开除军籍、党籍，一撸到底；重则，可能要送上法庭，进号子吃几年牢饭。怎么办呢？他思来想去，要想不让这事被部队知道，只有杀人灭口，把李海林干了。

他想李海林一个外地人，死了就死了，不会有谁去追究。但一定要做得干净利落，神不知鬼不觉，最好是借刀杀人，让他人动手。他想到了倪大成，这是他在赌场上结识的朋友，这家伙贪财，只要有利益诱惑，一定能让他上钩。于是，他找到倪大成说：“有个河北凯子老板，存折上有40万元，把他干了，40万元平分，做不做？”倪大成在赌场早就输得红了眼，听说有这么大的款子，二话不说就同意了。

倪大成也不愿自己动手，又找来姓高的广东人，想借助姓高的手杀人，但姓高的迟迟下不了狠心，耽误过两次杀死李海林的机会。他俩失望了，只好自己动手。两人先到长流镇海村后边的西海岸踩点，这里有片防风林，荒僻，沙地，是个杀人埋尸的理想地点。20日晚，诸其江吩咐倪大成买来5粒安定片，放入开水中，企图让李海林喝了之后，趁他昏睡将他杀了。但是，5粒药片剂量太小，李海林喝了没有反应。21日上午，诸其江亲自去药店又买了15片安定片，放入李海林的饮用水中。这回达到了效果，李海林喝了之后很快不知人事。13时许，他俩用摩托车将昏睡的李海林驮载到西海岸防风林中，先用尼龙绳勒死，又用铁锹就地挖了一个坑，将尸体掩埋起来。随后，他俩潜入李海林的住处，找出李海林的存折，将存折中19000元全部取出，诸其江分得1万元，倪大成分得9千元。

交代完了杀人犯罪过程，我们把倪大成押到西海岸防风林中。在这里，我们找到李海林完全腐败了的尸体，提取到诸其江、倪大成杀人作案用的尼龙绳、铁锹等物证。随后，诸其江也被抓获归案。

我们把破案结果通知了李海林的妻子张娟。张娟专程赶到分局，送上一面“领导指挥有方，命案必破”的锦旗。对着办案民警，她泪流满面，说："谢谢你们为我丈夫申了冤，报了仇。"见她伤心，我们安慰说："你丈夫的死我们也很难过，但人死不能复生，可以告慰的是，作恶到头终有报。杀害你丈夫的凶手将被绳之以法，得到应有的惩罚。"

违法犯罪分子给善良人们带去了厄运，也给自己的家庭带来了不幸。

今天，给小倪伟收拾了行李，照料他吃过早餐，理过发，然后送他去见倪大成。我们告诉倪大成："这半个月来，你儿子生活很好。民警给他买了衣服和生活用品。这孩子也听话懂事，见了民警，一口一个叔叔阿姨，叫得非常亲热，知道要与我们分别，还依依不舍的。但是，我们不可能把他长留在公安局，由于你没有亲戚接收抚养，我们打算送他去孤儿院。你同意吗？"

"好，好。"倪大成频频点头说，紧紧抱住儿子，放声痛哭起来。

见父子俩哭得一塌糊涂，我们不由也感辛酸。我说："孤儿院是政府办的福利单位，你孩子在那里会得到健康成长。倪伟去孤儿院后，我们也会去关心看望，这点请你放心。"

"我知道，我放心。"倪大成擦了擦泪水，仔细端详儿子的脸蛋，说，"儿子，别学你爸爸，要好好听话，好好做人。"他拉着儿子，忽然跪到地上，向我们连连磕头，说："我悔，我好后悔，我实在不该杀人啊——"

是啊，他如果不杀人作案，小倪伟就不会成为孤儿了。可是，醒悟已太晚。

党委会被迫中止

2004 年 3 月 10 日　星期三　雨

2 月，中央政法委召开电视电话会议，要求全国各级政法单位开展集中处理涉法上访问题专项行动。接待上访，在我已经是家常便饭。或许历史上遗留问题多，时有群众来分局上访。每次接待上访群众，我心里都涌起一阵酸楚感，因为上访群众大都因为有关部门工作失误过错，造成了不公，都有不同程度的痛苦和不幸。无论是谁，只要看见上访群众那乞求的眼神、那无助的哭声，你便不由得心情沉重。

当然，我们也遇到过情绪激愤、极不理智的上访群众。

3 月 1 日那天上午，分局党委在五楼会议室开会，研究部署打击近期发生的街头"两抢"案件。10 时，我正在向辖区派出所布置任务，门外走廊忽然传来嘈杂声。谁在外边吵闹？办公室的同志起身要去看看，门忽然被撞开，一男一女冲了进来，身后，一名值班民警追过来想拉都拉不住。那两人喊道："你们谁是局长，我要找局长上访。"值班民警说："在开党委会，你们在外边等一会儿好不好?"试图把两人劝离出去。但两人不依不饶，仍是大叫大嚷。转眼间，那女的从挎包里取出一块白布条横幅举了起来。横幅上有几个歪歪扭扭的墨笔大字："还我公道，杀人者偿命!"

看样子，两人是上访群众，有什么冤情要搞得如此激烈呢?

我走到上访者跟前，说："我是分局局长，有什么事到我办公室谈吧。"党委会议被迫中止。我与政委黄海平把两人带到我的办公室，倒上茶水，我说："不要激动，坐下慢慢说。"

见我如此心平气和，两人也平静下来，说了上访原由。两人来自湖南新邵县，都是农民，女的叫余送莲，男的叫周应清，是为他们亲属周望清来上访的。1997 年 1 月 22 日，周望清在琼山市铁桥镇华侨商业学校工地被人殴打致死，公安机关至今没有处理。

这是一起积案。但是，案情如果像上访人所说那就严重了，殴打致人死亡，当时公安机关没有处理?我心里泛起一丝疑问。但这需要调查，我不能偏信上访人一面之辞，要将案情核查清楚才能做出正确判断。我说："你们现在回去，我们立即开展调查，案情如是你们说的那样，我们会努力还你们一个公道的。"

"别想三两句话就打发我们出门。"余送莲对我们显然极不信任，火辣辣地朝我开炮，说："你想推卸责任，我明告诉你，不怕你是局长，你不给解决，我们准备好了，明天就离开海南，上访到北京去，上访到中央、国务院去。我不信，政府就不管老百姓死活!"

竟然要去北京上访?看这两人脾性，完全有这可能，必须立即稳定他俩情绪，打消上北京的念头。我说："你别冲动啊。我向你保证，一定帮你们解决，但是，这要调查，要搞清楚事情来龙去脉，需要点时间……"

"时间，时间，"余送莲不等我说完，又激愤起来，"还要拖多久时间才能解决?我们从湖南来，住在旅馆里，一天要花好几十块，现在没钱了，旅馆都要赶我们出来。我们经不起拖，你别拿调查、研究来敷衍塞责。"

这倒是实际问题。他俩都是农民，出门在外一天开销确实是个沉重负担。我征求黄海平意见："考虑他俩从湖南远道而来，特殊情况照顾一下，由分局补贴给 1000 元，暂时解决他们生活问题。"黄海平点点头，同意我的意见。

看到我们这样安排，余送莲和周应清露出满意的神色。我又说："你们如果相信我们，就安心在琼山住下来，耐心等待处理结果。如果你们坚持要去北京上访，我们也不反对，那是你们的权利，但是，不管你上访到哪儿，归根结底，最后都要回到琼山公安分局来解决。”

总算解开了他俩心头的锁结，余送莲说：“局长，那我就相信你了。”余送莲倒是痛快人，扯下周应清背的挎包，从里面掏出好几块白布横幅，都是准备赴京上访时申冤用的。我估计，这些东西可能是背后有人给出的主意。她把横幅交给我说：“北京我不去了，我就坐在旅馆里等你给我结果。”

他俩去财务处领了1000元，离开了分局。

我当即责成刑警大队迅速调查周望清死亡案件。案情很快查清，当年的案卷还在档案柜里。案情也不复杂，但与上访人所说的情况大相径庭。1997年1月22日，周望清伙同他人溜进琼山华侨商业学校工地行窃，偷走衣服和2000元现金。但偷窃行为被发现。有人认出周望清。24日晚，华侨商业学校工地上的几个工人开车赶到桂林洋工地，找到周望清，要他去派出所自首。周望清吓坏了，乘人不备，从工地三楼跳楼逃跑，不幸严重摔伤，左坐骨骨折，右肢骨折。那几名工人万万没想到他会跳楼，眼见摔伤了人，也慌了，连忙送他去医院治疗。12月2日，周望清在伤势未痊愈的情况下就出院了。第二天，他的两名老乡送他回湖南老家。12月5日，不知什么原因，他在家中死亡。经调解，1998年9月，琼山华侨商业学校工地王老板与周望清家人达成协议，一次性赔偿4万元。1999年11月，周望清的家人先后两次共收到2.5万元赔偿，但还剩余1.5万元，王老板至今仍未赔付。

余送莲、周应清上访的主要目的是，要求王老板兑现协议承诺，付清赔偿款。

这个要求是合理的。然而，事隔多年，王老板拖欠赔偿款又是什么原因呢？只有找到王老板才能解开答案。办案民警多方打听，查到王老板的下落，人不在琼山，而是去了琼海市工作。第二天，民警赶到琼海，果然，对于赔偿给周望清家人的款项，王老板哼哼唧唧，十分不情愿。当初，他签订赔偿是经公安机关做工作、说服好久才同意的，但事后，他越想越不服气，想这个周望清是跑到他工地上偷东西，自己跳楼逃跑摔成重伤，那是活该，工人把他送去医院治疗已经很对得起他了，而周望清伤势未好就出院回老家，最后死在自己家中，这跟他工地没有任何关系，他没必要负责任，无奈公安机关说情，从人道主义考虑，最终同意赔偿协议。但他心里憋气，付了2.5万元以后，就不肯再付了。

办案民警只好一再做工作："死者偷窃是违法行为，为此搭上一条性命，虽说是咎由自取，但毕竟与工人追赶有一定关联。你当年同意公安机关调解，签订了赔偿协议，既然承诺了，就要兑现。我们了解你的想法，你不是在乎这几万元钱，而是心里委屈，觉得这个赔偿太冤了。但我们也要站在死者家属立场上来想想，就算是小偷，一个活生生的人就没了。这份代价对于家属来说是太痛苦，太沉重。死者家属上访来了，闹得社会不稳定，我想你心里也不安吧。为了顾全大局，我们意见是，你还是将剩余的1.5万元都付清了。这点钱对于农村人来说，是沉甸甸的，是巨大财富……"

办案民警守在琼海市，与王老板整整谈了7天。经苦口婆心劝说，今天，王老板终于取出1.5万元交给民警。下午6时，办案民警冒雨赶回海口，把钱送到余送莲、周应清手上，两人激动不已，这回是感谢的激动，紧紧握着民警的手："谢谢，谢谢，太感谢你们了。"

民警笑问："还去北京上访吗?"

"不去了，保证不去了。"两人诅咒发誓，"我们还找政府麻烦，那还算是人吗?"

让我挠头的买买提

2004年4月1日　星期四　雨

买买提也是上访群众，来过多次，每次都搞得很紧张。据民警说，以前，门卫想阻挡他进办公楼，但他大手一挥，把门卫推开老远，大吵大嚷就闯了进来。谁若再要阻拦，他便卷袖捋拳，摆出一副要跟你玩命的架势。大家都没辙，每见他来，办公室主任就领几位民警紧跟着，盯着他的一举一动，怕他把局长办公室砸了。的确，今天他闯进我办公室也是火药味十足，携家带口，一共8人，妻子哭，小儿叫。他大大咧咧的，直冲到人面前，紧绷着脸，大鼻子呼呼出气，深邃的眼窝里仿佛有那么一两颗火星，随时会点燃爆炸。

说实话，接待买买提真让我有些挠头。

买买提上访有11年了，是个上访专业户。省、市、区政府和政法单位部门都闯过，还曾大闹过省公安厅。不过，他上访的理由实在拿不上台面。他是新疆拜城县人，全名托呼提·买买提。90年代初，他与新疆老乡艾尼玩儿牙库甫、艾可拜来到海南，在府城做烤羊肉串生意。1993年9月

11 日下午，他们三人违规把烤羊肉串摊点摆到琼山旅社附近，影响市容。原琼山县城管人员上前劝阻，要他们挪个地方摆摊。不料，这三人非但不服从管理，还抽出刀、拿出匕首、扬起铁锤追打，吓得城管人员四散逃跑。原琼山县公安局接到报警后，迅速赶来制止。三人气焰极为嚣张，与民警对抗起来，以至有民警遭到艾尼玩儿牙库甫等人砍伤。事发当时处于闹市，来往群众多。为避免民警和在场群众受到更大伤害，民警多次鸣枪警告，三人仍不理会。在警告无效的情况下，民警被迫开枪，击毙了艾尼玩儿牙库甫，击伤了买买提。事发后，原琼山县成立了公检法三家联合调查组，对事件进行调查，结果认定艾尼玩儿牙库甫和买买提的行为构成妨碍公务和故意伤害罪，理应追究刑事责任；民警使用枪支属正当履行职责行为，是合法的，受法律保护的；考虑到艾尼玩儿牙库甫、买买提两嫌犯一死一伤，又是少数民族同胞，原琼山县公安局经研究决定不予追究刑事责任，出于人道考虑，拿出 5 万元帮助解决其生活困难，并采取积极措施做好善后工作。

然而，买买提对这个处理结果不服。死者艾尼玩儿牙库甫的家属又不知听信谁的谣言，认为买买提独吞了原琼山县公安局赔偿款 40 万元，于是侵占了买买提在新疆的房屋。买买提失去住所，便走上流浪他乡的上访之路，11 年间，频繁上访有关部门，提出无理诉求：一是追究开枪民警刑事责任；二是赔偿给他 60 万元和艾尼玩儿牙库甫一切费用；三是做好劝服工作，敦促死者家属退出他的被占房屋。去年，买买提还以“豁出去”的姿态，扬言“若得不到答复，将赴京上访，甚至采取爆炸行为实施报复”。

如何解决这个问题呢？总不能让他无休无止地闹下去。但要解决这个问题太难了。上访问题跨时太长，诉求无理，想好言劝服他结束上访、回新疆老家是不可能的，处理稍有不慎，他豁了出去，上访去北京，搞上那么一次爆炸，后果不堪设想。如果满足买买提的诉求，一是我们拿不出 60 万元给他，二是即便有 60 万元，给他也不合理，不合法。怎么处理呢？我也为难。

我把买买提上访列为这次专项行动中首要解决的问题，向省、市二级政法委和公安部门作了汇报。3 月 10 日，省委政法委牵头，召集省市有关单位部门协调，经过反复慎重研究，一致认为：原琼山县公检法联合调查组的调查结论是客观的，处理是恰当的，当事人上访申诉是无理的，此案不再做进一步处理。

省委政法委的决定使我心中有了底。

为了顺利解决买买提上访问题，预防可能发生的爆炸报复偏激行为，分局党委决定从纪检组、治安股、文庄派出所抽调精干民警组成专案组，由政委黄海平任组长，研究制订了一整套解决方案：一是防患于未然，治安股加强社会上爆炸物品管理，切断上访人可能获得爆炸物品的途径；二是控制上访人可能铤而走险的行为，文庄派出所对买买提一家在府城的居住地进行严密监视，及时掌握上访人全天行动情况；三是疏导教育，解除上访人心结，纪检组同志坚持每日与上访人见面谈心，耐心给他讲法律，讲政策，在说服教育上狠下功夫。

政委黄海平、副局长陈海山也多次主动约见买买提，认真听取他的意见和诉求。晓之以理，明之以法，动之以情，经苦口婆心的说服教育，买买提的上访态度渐渐软化，消除了一些疑虑和误解。

前天，我专门把他约到我办公室来，与他谈了整整一个下午。我劈头就问："有人说你想搞爆炸。"他不吭声，我接着说，"我不信这种说法。因为你是个大男人，不可能这么蠢。你真要搞爆炸，你就完蛋了，你一家八口也完蛋了，老的老，小的小，他们生活依靠谁？又有人说你要赴京上访，这是你的权利。不过，你即便得到北京有关部门接待，但问题还是要回到案情所在地解决，而你上北京的路费却是一笔不小的开支，你生活本来就困难，把这些钱拿到北京去打水漂合算吗？"

就买买提的无理诉求，我逐条逐款地解析说："你是平民百姓，上访说来说去，还是为了解决生活问题。但是，我们对于案件的裁决必须要有法律依据，不是你狮子大开口，要上 60 万、100 万我们就满足解决。再说，你上访 11 年，颠沛流离，无家可归，这本身是你们不懂法、暴力抗法导致的结果。你也要站在我的角度想想，如果你是公安局长，对你这种情况的上访又会作何处理呢？毫无疑问，你也不会支持这种上访。当然，我们也要从你的角度为你设想。一家八口，流落到海南来，生活艰难，我们是同情的。我们将在法律许可范围想办法解决你的实际生活困难，经局党委讨论决定，拿出 12850 元给你，作为你回新疆的路费和短期生活安置费用。关于你新疆老家房屋被艾尼玩儿牙库甫的家属侵占，我们也与拜城县公安局联系了，他们答应，帮你追回房屋，关于你独吞 40 万元赔偿款的谣言，政府也会给予澄清。希望你回家去，带着一家人好好过日子，不要再上访胡闹了。"

今天一早，买买提来到我办公室，送来了一封感谢信和一份保证书，感谢信是对公安机关教育表示诚挚感谢，保证书是保证今后不再上访。他明天要回新疆了，特意来向我们辞行。我握着他的手笑着说："你上访这么久，我们也成了老熟人、老朋友了。就感情来说，我该送送你，但我工作实在脱不开身，这样吧，让民警代表我送你一程。”

我派了辆车，叫了两名民警，把买买提一家八口送到湛江车站，看着他们登上了回家的火车。

上访工作，我认为从两个方面着手：一是宜疏不宜堵，譬如江河，堵则壅塞成灾，疏则上下畅通；其二是动之以情，晓之以理。情、理二者不可偏废，灵活运用，从而达到“直指人心”的目的。只有这样，信访工作中的一切问题才能得到及时而妥善的解决。

第十六章　穷寇也要追

北胜街的陌生面孔

2004 年 4 月 10 日　星期六　阵雨

海南 4 月天气，也与内地的春季一样，是孩儿脸，一日三变。适才还晴空万里，转眼间就乌云密布，雨水瓢泼般兜头泻下。不到半小时，大雨又像关了水龙头似的，戛然而止。这北胜街的治安状况也颇像这天气，一些违法犯罪分子骤然间出现，待群众报警，民警赶去，他们又烟消云散般的逃遁无踪难找寻。北胜街属忠介派出所管辖，不能说派出所打击防范不力。每天有治安巡逻队沿街巡逻，民警出警也极为迅速，报警后一般都不超过 5 分钟赶到现场。然而，违法犯罪分子为什么总能在民警来临之前逃之夭夭呢？大家七嘴八舌，倒是忠介派出所民警一语中的，说，都是些"熟贼"，常年与我们打交道，摸透我们行动规律，派出所民警都成了他们的熟面孔，他们都认识我们，我们在明处，他们在暗处，于是，"你进我退，你退我进"，"熟贼"就像泥鳅一样，很容易从我们眼皮底下溜掉。

北胜街是府城最繁华的一条商业街道，每天人群熙攘，车辆川流不息。绝对不能任由违法犯罪活动骚扰破坏。如何对付呢？认真研究，决定组建一支便衣专项整治行动小组，成员从其他派出所和消防单位抽调，都是不曾在府城街头出现过的陌生面孔。4 月 7 日，由大坡派出所指导员谢敦诏为组长，谢武、林武、黄光强、丘祖誉等民警组成的便衣行动小组正式成立，根据重点部位、案件多发时间段等情况，对违法犯罪行动频频出击。

便衣行动小组真是了不起，犹如一把锋利的尖刀，直指违法犯罪分子心窝。

很少有人知道便衣行动小组行踪，更不要说那些违法犯罪分子。小组成员有时是游客，有时是打工仔，有时是周边居民，有时是社会闲散人员……如同一个个千面人，随时可能出现在违法犯罪人员的四周。

8日，贩毒嫌疑人阿来钻入北胜街的一条小巷。这是毒品交易的一个接头点，阿来手头有两包毒品。不久，过来两个年轻人，瘦削的面庞，双眼无精打采，像是好几天没睡觉。凭阿来的经验，这两人应该是瘾君子。两人走过来，熟门熟路地问："有货吗？"阿来说："有，100元一包。"两人掏出两张百元钞，他接过钞票，弯腰翻开脚下一块石板，从石板下取出两小包毒品，递了过去。就在两人接过毒品的时候，一双手铐咔嚓锁住他的手腕。他惊叫起来："你们……"两人举着手中缴获的毒品，眼睛炯炯有神："警察！"这两人正是便衣行动小组民警。

又一天，北胜街的一家超市里，一个30多岁的男子晃晃荡荡走了进来。他叫阿基，身躯粗横，如同一扇门板，看似笨拙，却是个扒窃老手，十个粗短的手指异常灵活，钱包、手机藏在贴身的内衣口袋里，要掏，如囊中取物。他作案有七八年了，从不曾失过手。也是忠介派出所的重点打击目标，民警与他交手多次，却一直拿他没办法。捉贼要捉赃，他手脚太快，虽然几次被抓住，但从他身上找不出任何偷盗来的物证，也只好放他走。一来二去，他与派出所民警还都混熟了。他也知趣，每遇上他们，都递上一支好烟，倒像朋友似的拉起家常来。

他这天进超市来仍是想搞点钱花。超市挤满购物客人，他很快瞄上了一个目标，那是个挽着"小蜜"的胖老板，挟着一个鼓鼓囊囊的黑公文包。他琢磨着公文包里应该有他要的东西。他跟了上去。"小蜜"挑中了一件连衣裙，胖老板高声叫来售货员买单。也就在这瞬间，阿基贴近胖老板，右手拇指与食指夹着锋利的刀片，搭在左手下，轻轻一划，神不知鬼不觉地将胖老板腋下的公文包拉开了一道口子，接着，食指和中指伸进了公文包，轻巧地将公文包里一个钱夹子摸了出来，落进他左手衣袖里，这一过程仅用了几秒钟。而这时，售货员还没有给胖老板写完售货发票。

阿基颇为得意，嘴里哼着"路边的野花，你不要采……"歌声突然在他嘴里噎住，身边不知什么时候多了两个陌生面孔，他的双手被紧紧地攥住，"干……啥？"他惊愕，面前的人是警察？不对，府城几个派出所的民警他都认识。是黑吃黑的？那他就不怕，他也有哥们朋友……他刚想还手，陌生面孔掏出警官证："跟我们走一趟。"他糊涂了，这些陌生面孔警察打哪儿来的呢？但有一点他很清楚，这一回，栽了。

便衣行动小组逐渐为广大市民知晓。

个体户刘老板对便衣行动小组简直佩服得五体投地。他是开杂货店的，4 月 11 日，带了 3 万块钱去进货，从家里出来，刚上北胜街，站在路旁准备打的。突然之间，一辆摩托车疾驶过来，坐在摩托后座上的人一把抢过他的皮包，摩托车一轰油门，加速就跑。皮包有背带，背挂在肩上。随着皮包被抢，他被背带拽倒，身子也被摩托车拖得差点飞了起来。跟着，噗的一声，劫匪割断背带，他重重地摔倒在地。刘老板满脸是血，从地上爬起，呼天抢地哭喊："完了，完了，天杀的劫匪啊——"他做的是小本经营，被劫匪抢去的 3 万元，少也要几个月才赚得回来。忽然他止住了哭喊。因为他看见，劫匪摩托车后边，另有两辆摩托车紧追不舍。他估计是路人见义勇为，这年头，有这样的好人不容易。他顾不得伤痛，跟着追赶过去。

三辆摩托车很快在他视线中消失。

他沿着北胜街继续往前跑，一直跑到街尾，看见路中央围了好些人。他挤进去，一看就高兴了。有两辆摩托车摔倒在街面上，其中一辆是劫匪的。两个劫匪被另外三人按倒在地，那三人已有一个挂彩，一人额头上拉出长长一道血痕。围观群众告诉他，是这三人把劫匪的摩托车撞翻了才抓住劫匪的。三人中的一人把皮包交到刘老板手里说："你打开包看看，没少什么吗?"

"不，不会少的……"他激动得不知说什么好，拉住那人的手说，"多谢你们见义勇为，我订个包厢，晚上我请客。"

那人笑了："我们是警察，便衣行动小组。"

便衣行动小组成了各种违法犯罪活动的克星。

从事色情赌博活动的违法犯罪分子从来就没有过金盆洗手念头。只是由于查得紧，打得厉害，有时才不得不暂时偃旗息鼓。为了躲避打击，便以更隐秘的手法进行活动。散布府城街头巷尾的出租屋多，一些违法犯罪人员便利用出租屋，开展地下色情活动。如果有民警清查，这些出租屋与其他地方没什么不同，但民警一离开，卖淫女便出现在门口，向过往路人招揽生意。北胜街一间出租屋便是个淫窟，屋主是人称汪姨的中年妇女，容留有两名小姐住宿卖淫。每天，两位小姐坐在出租屋厅堂候客。汪姨就站到房门口，每有人过往，便扯开喉咙喊："进来玩一下子啦，里面小姐好好漂亮哟。"

这天，汪姨如平时一样，守在门口候客。晚上 9 时许，过来两位衣冠楚楚的男子，汪姨迎上去拉住说："老板，进来玩一玩啦。"两位男子迟疑着，似乎极不习惯。两位小姐从里面跑出来，莺声燕语："先生，进去啦，我姐妹好多花样呐，包你玩得满意。"又拉又拽地将二人接到出租屋里。

这是一幢两层楼，小姐把他俩带到楼上，上面有几个独立的小单间。进了房间，小姐很快就脱得只剩下一条小裤衩，见客人纹丝不动，连忙催促："你也快点脱啦。只收80元，别耗时间啦，这一晚上我不能只做你一个人生意。"按她们这行规矩，客人进了门，少不了要付钱。因此，每接到一个客人，就巴不得赶快做，完了好接下一个。但这时，她俩感觉客人异常。两位先生都铁青着脸，没有脱衣服的意思，而其中一人还掏出手机打电话："我们现在北胜街三巷×号。你们可以过来了，我们在这里等着。"小姐惊讶不已，客人搞什么名堂？

小姐做梦也没有想到的是，她们做"生意"居然做到便衣行动小组民警身上。几分钟后，忠介派出所所长陈善贵领着民警赶到，与便衣一起，将汪姨和两名卖淫小姐带走，等待她们的当然是法律的严惩。

民警四处出击

2004年4月13日　星期二　晴

或许耐不住沉寂，或许以为警方松懈，4月间，违法犯罪分子又蠢蠢欲动，多次在府城地区作案活动。但是，他们没有能够得逞，反而给可爱的民警们"提供"了不少立功机会。

文庄派出所在刑警大队支援下，半个月内，抓获犯罪嫌疑人6名，破获刑事案件30起，查处治安案件16起。4月5日，有群众报案，在府城三角公园附近，一个"独脚大盗"时常夜晚9时出现，对路人实施抢劫。所长陈平带领民警侦查，很快掌握"独脚大盗"行踪，当晚11时，在府城夜港茶楼附近将他抓获。查破类似抢劫案16起。4月6日，该派出所辖区发生一起伤害致死案件，派出所与刑警大队联手侦查，抓获来自河北的一名犯罪嫌疑人。4月7日，一名女子开车至府城南桥时，因为接打手机，便把车停下，忽然间，窜过来两名劫匪，将她手中的手机抢跑。派出所民警快速出警，当场将两名嫌疑人抓获。这样的抢劫案共查获8起。

在云露派出所辖区，一个抢劫团伙流窜而来，被称为"乐东帮"，因为成员都是乐东县人。去年冬季"严打"被打散后，喘口气又集结到一起，手持西瓜刀作案，有多名受害人被砍伤。我与陈海山专门赶到云露派出所研究案情。当天，派出一个便衣小组，侦查"乐东帮"活动规律。4月2日，10多名民警埋伏在琼台师范学校附近。晚上10时，劫匪出现在路灯下，拦住一个路人要下手作案。当民警要扑过去时，不料劫匪经验丰富，嗅觉异常敏感。一名劫匪察觉中了警察埋伏，狂叫一声，刹那间，劫匪四散逃跑，借着夜色，迅速隐没在各条小巷中，现场上只遗弃下4把明晃晃的西瓜刀。行动受挫，民警并不气馁，发动群众，很快又找到劫匪行踪。第二天，云露、文庄派出所联手行动，在府城鼓楼一间出租屋内，将4名团伙成员全部抓获。

4月1日，侦查民警听到群众闲聊，说新大洲大道六合市场旁边的一间破屋中，有人鬼鬼祟祟地出没。这句“闲话”被汇报到铁桥派出所所长孔汉那里。他马上派出民警前去查看。民警去后发现，这是一间荒废的破旧民宅，乱石成堆，野草丛生，屋内除了几件破烂家私，空荡荡的，似是长期无人居住。孔汉并没就此放过，要求民警继续蹲守。果然，傍晚时分，一个年轻人溜了进来，优哉游哉地躲在破屋里吸毒。民警迅速将其抓获。孔汉估计破屋是一个吸贩毒窝点，要求实行24小时监控。果然，第二天上午，又有两名吸毒人员在破屋中落网。到下午，一名贩毒嫌疑人自投罗网。不过，这名毒贩不甘就擒，居然操起一根木棍与民警对抗。当然对抗是徒劳的，“蚍蜉撼大树，可笑不自量”，三五下，他就很快被制伏。从他身上搜缴出毒品4小包，毒资150元，以及吸毒人员欠他毒资用以抵押的身份证3张、驾驶证2张。经进一步侦查，民警顺藤摸瓜，又抓获吸毒人员5人，以此为契机，破获贩毒案3起。

龙昆南路也发现涉毒案件。4月7日，派出所接到举报，说金花村一名戒毒人员又吸上毒品了。所长邱金飞疑惑，金花村戒毒力度是比较大的，怎么会有毒品？毒品从哪儿来的呢？他带领民警赶去调查，了解到有外来贩毒人员活动。他有了主意，布置民警埋伏在村外一口水井旁，安排吸毒人员以购买毒品为钓饵。半小时后，毒贩阿强上钩，兴冲冲地进入了民警埋伏圈。民警从他身上搜缴出毒品海洛因18小包，毒资400多元。随后民警根据线索紧急赶赴朱云路海瑞故居前，抓获另一名贩毒嫌疑人阿柳，缴获毒品3小包、毒资3000多元。晚上6时，民警继续深挖，在美兰区蓝天路旁的一条小街上抓获贩毒嫌疑人阿淳，缴获毒品5克，毒资2000多元，用于贩毒的手机2部、摩托车2辆。通过抓获3名毒贩，拔出萝卜带出泥，民警先后又将5名吸毒人员收入网中，一揽子破获贩毒案31宗。

在忠介辖区，便衣行动小组战况持续扩大。

今天下午，便衣行动小组召开工作会议，我也赶来参加。小组5位民警刚从外面进来，一个个汗流浃背，面庞晒得陶器似的油黑发亮。我问谢武：“你脚伤怎样了？”上午，他们在上丹村抓捕一名劫匪，谢武急于追赶，没留神被脚下水草地里藤蔓绊倒，一块锋利的片石顿时在他右腿肚上割开一道长长的伤口，但他忍着剧痛，拖着淌血的伤腿，与组长谢敦诏一起，将劫匪抓获。谢武说：“伤口包扎了，没事。”我关切地说：“注意别感染了，不行的话，还是休息一两天。”谢武憨厚地笑了笑：“不碍事。不会影响工作。”

在会议室，派出所长陈善贵主持会议。他通报“便衣小组成立仅一个星期，便取得了很好战绩，抓获犯罪嫌疑人 23 名，破获各种案件 17 起，缴获作案用的太子摩托车一辆，手机 3 部，毒品 8.9 克，毒资 1800 多元，赌博牌机 14 台。便衣行动这一招，对于打击违法犯罪活动，可说是起到了出奇制胜的作用，群众反响强烈，说便衣行动小组像是武工队，神兵天降。这两天，违法犯罪活动明显减少，以至于北胜街偷盗案件一时绝迹。”

我说：“便衣小组同志非常辛苦，忍受着太阳暴晒、风吹雨淋，不怕艰苦，走街串巷，奋不顾身，连续作战，维护了忠介辖区治安稳定。分局党委感谢你们，希望你们再接再厉，取得更好战绩。”

“好!”一声齐刷刷响亮的回答，让我放心，更让我感动，民警们个个都是好样的!

黑夜里的蒙面罪恶

2004 年 5 月 11 日　星期二　阵雨

龙塘镇凡是认识阿贵、阿珍的，都会说这是一对金童玉女，小伙子潇洒，女孩子漂亮。两人经济条件也不错，阿贵帮父亲开店，虽然小本经营，每月也有上万元收入；阿珍在一家公司做会计，月薪二千多，算得上是白领阶层。两人是经人介绍相识的，一见面，就再也分不开，郎情妹意，很快就热恋上了。一时半会儿没有见面，就像丢了魂似的。恋爱中的男女最不愿意的就是眼前出现第三者，即便父亲母亲也是多余的，只巴不得天地间是一个两人世界，卿卿我我，时间永恒。不过，海口这个都市处处高楼大厦，放眼声色犬马，要找个无人的僻静处还真不容易。

阿贵找到一个谈恋爱的好地方，是龙塘镇西侧陶瓷厂后面长满椰林和灌木的小山坡，坡下有一条通往陶瓷厂后门的小路，少有人过往。每天晚上，阿贵就用摩托车载上阿珍，来到小山坡，坐在树丛中的青草地上。两人数着天上的星星，说着永远说不完的悄悄话，只觉得这世界太美好了。5 月 6 日是他俩在这里约会的第三天，这晚快 11 点了，两人仍依偎在一起，不愿回家。就在这个时候，五六个人影向他俩移过来。两人一惊，站了起来。那几人黑布蒙面，形成包围圈走近。一个蒙面人凑到近前，用手电照了照阿珍，嘻嘻地淫笑起来：“哥们，这妞儿挺漂亮的，今儿运气不错。”

阿贵紧紧拉住阿珍，惊恐地问：“你们想干什么？”四下里，蒙面人团团围住了他俩。

“你看我们想干什么？抢钱，抢人，识相就老实点！”一个蒙面人凶神恶煞地说着，抽出一把尖刀，比画在阿贵脖子上；另两名蒙面人一左一右，伸手到他身上，将他的钱包掏出来，包里有800多元钱。眼睁睁地看着歹徒把钱抢了，但他不敢反抗，内心充满了恐惧，只巴望这时有人经过，有许多许多人过来。但是，这里白天都少有人迹，何况现在夜深人静。他只有听天由命。这是一场噩运。突然，阿珍尖声惊喊起来：“放了我，放过我吧——”女友的惊喊没有任何人听见。两个蒙面人把阿珍拖到一边，撕掉了她的衣服，接着，其余蒙面人轮流扑到她身上……阿贵闭上眼睛，眼泪流了出来。他捂住了耳朵，可是，阿珍撕心裂肺的惨叫和哭喊声不断传了来，把他的心也撕碎了……

上面的过程是破案后犯罪嫌疑人供述的。当时，有关这个蒙面犯罪团伙，没有任何举报，更不曾有被害人报案。黑夜里的蒙面罪恶一直埋藏在那个小山坡上。龙塘派出所虽然进行了多次“严打”整治，但由于从来没有人报过案，所以对这个蒙面犯罪团伙也是一无所知，还是因为后来一个匿名电话才引起注意。

匿名电话是5月3日打到龙塘派出所来的，只讲了一句话，说一对情侣在龙塘陶瓷厂后边遭遇抢劫。至于受害人是谁，具体案情如何，还没等细问，电话就挂上了。龙塘派出所长彭秀邦把匿名电话汇报给我。我隐隐感觉，这不是小案子，指示刑警大队抽调得力人员进驻龙塘，与龙塘派出所合作，务必将匿名电话中的案情彻查清楚。

连续几天，刑警便衣在那片小山坡侦查，没有发现端倪，也无任何异常。会不会有人利用匿名电话搞恶作剧？但对匿名电话分析，觉得没有这个必要，应该是侦查工作没有到家。刑警大队重新调整侦查方向。是夜，一男一女两名侦查员装扮成一对恋人，相携来到陶瓷厂后的小山坡上，沿着那条荒僻的小路来回地走……夜色朦胧，四野寂静，星光点点，海风从暗黑里吹来，树影摇曳哗啦啦响，令人毛骨悚然。半小时过去，除了有三五个路过的行人，没有其他动静。

两人在路旁草地上坐了下来……这时，山坡下传来摩托车声音。摩托车停了，有两个黑影走过来。好半天才听见人的声音，侦查员心头一喜，但又失望了，来的是一对真正的情侣。女的说："你怎么带来这个地方，一个人也没有，会不会碰上坏人……"男的说："看你胆小的，哪会有什么坏人。瞧，那不也有人谈恋爱?"男的指了指两名侦查员，拉着女的钻进了一片树丛里……又过了一个多小时，那对情侣从树丛里出来，女的整理身上衣服，嘻嘻地笑，由男的抱上了摩托车。随着摩托车声响，那对情侣离去，一切又归于寂静。

已是11点钟，两人有些不耐烦。这是第三天便衣侦查，难道今夜又是一次扑空。正自心焦，近旁传来脚步声，几个人影不知从哪儿冒了出来。侦查员顿时握紧口袋中的手枪。眼前共有5人，一个个黑布蒙面，手里持有一把长柄尖刀，5人把他俩包围起来。这，显然是他俩等候已久的目标。女侦查员悄悄掏出手机，迅速拨了一个号码，这是来之前约定的发现警情的信号。她刚按了确定键，手机就被一个蒙面人夺了过去："他妈的，想打电话报警?"另一名蒙面人用手电照了照他俩，说："算你们倒霉，跑到我们地盘上来谈情说爱，识相的，赶快拿钱出来!"

"行，行，给你钱。"掏出来的却是一把手枪，男侦查员讽刺地说，"你们搞错了，这里可是我们警察的地盘。"

"公安?"一个蒙面人惊叫起来。为头的蒙面人却猖狂："怕什么，他就两个人，我们是5个。"一个蒙面人抄起一根木棍冲上来，想打掉侦查员的手枪。女侦查员也把枪掏出来，朝天"砰"地开了一枪。蒙面人被镇住了，想逃跑。逃不了啦！四下里，骤然亮起10多支手电筒，是埋伏在近处的民警接到警情信号，迅速包围上来，5名蒙面歹徒全部束手就擒。

这个蒙面抢劫轮奸团伙被一举端掉。

犯罪嫌疑人供述了犯罪事实，团伙共有7人，都是吸毒人员，在这一带活动快两年，先后抢劫作案23起，轮奸妇女7人。如此重大、恶性的犯罪团伙，居然让他们活动了这么长时间。我感到愧疚，要求刑警大队迅速成立专案组，缉捕另两名团伙成员，务必将这个团伙一网打尽；全面搜集团伙犯罪事实和证据，要办成铁案，绝不让犯罪嫌疑人逃脱审判。

只是，我们有那么多的受害人，由于所谓的隐私，竟然都选择了沉默。如果不是那个匿名电话，如果不是民警勇闯龙潭，真不知道这个罪恶的团伙还要肆虐多久。对待犯罪，我们不只是要警惕，更应该学会觉醒。

勇追穷寇

2004年5月26日　星期三　晴

取证工作困难大。

原因很明显，遭遇抢劫的大都是情侣。女的被轮奸，一来觉得这是羞耻之事，不愿声张；二来受害时，歹徒蒙面，使受害人难以辨认。从作案特点来看，受害人大多集中在龙塘周边辖区，专案组在这一带展开密集调查，寻访受害人，向群众宣传，确保受害人隐私，动员站出来举报蒙面犯罪团伙罪行。我们公布了派出所报案电话，我还专门请来记者，在《海南日报》和《海口晚报》上发表了带着广告性质的破案文章：《蒙面人劫情侣轮奸女青年受害者别沉默速速来报案》。

报纸宣传有些效果，有2名受害人悄悄来到专案组，举报在小山坡遭遇抢劫，指认蒙面人作案，但矢口否认受到轮奸。有关蒙面犯罪团伙性侵害罪行仍没有突破。

专案组工作艰难地向前推进……

今天上午，我到龙塘派出所和专案组研究蒙面抢劫强奸案件侦查工作，回到分局已是下午2点多钟。我急忙赶到会议室主持召开开展治安治理专项行动汇报会。这项工作是今年4月份部署的，下午分局党委听取工作进展情况汇报。

在汇报中，打击毒品工作谈得较多。

4月29日，府城勋亭路有人贩卖毒品，忠介派出所迅速出击，在茂兴茶店将贩毒嫌疑人阿晨抓获，缴获毒品16小包，不久又抓获前来购买毒品的吸毒人员13人，破获涉毒案件8宗。5月19日，文庄派出所接获建新旅社有人贩毒的线索，所长陈平巧计用兵，派出民警化装成买毒人员，直入毒窝，当场将贩毒犯罪嫌疑人阿浦抓获，缴获毒品21吸管和4小包；随后守株待兔，埋伏在旅社周围，将前来购买毒品的13名吸毒人收入网中；根据贩毒嫌疑人交代，当晚又马不停蹄，直扑绿岛花园，将另一名贩毒嫌疑人抓获，缴获毒品19吸管，破获贩毒案件13起。5月21日，龙昆南派出所通过治安积极分子，掌握道客村有贩毒人员的线索；当晚7时，所长邱金飞率领民警，将涉毒犯罪嫌疑人打了个措手不及，分别在道客村、面前坡村，破获贩毒案件3起，捣毁了吸贩毒窝点2个，抓获4名贩毒嫌疑人和4名吸毒人员，现场缴获毒品18小包、毒资2000元。

从汇报中，我意识到，虽然打击毒品违法犯罪战绩尚可，但禁毒形势十分严峻，毒品屡剿不绝，涉毒人员抓个没完没了，任重道远。然而，禁毒大队的汇报令我颇不满意，因为禁毒大队作为禁毒职能部门，近几个月仅破获了6起案件。

我批评说："今年禁毒工作起步快，抓得也早，但成绩不佳，这是为什么呢？刚才，副局长陈海山同志说，存在等待观望思想，民警积极性没有得到发挥，敬业精神不强。我看还有，一是领导问题，包括我本人，重视不够，工作没有抓到实处，存在失误；二是大队每个同志要反省一下，以前，曾经破获了全省最大贩毒案件，缴获数十公斤毒品，声名显赫，现在却连小鱼小虾的毒贩都没抓上几条，是不是以为禁毒大功告成，涉毒犯罪分子只是几个穷寇？就可以高枕无忧了？情况并非如此。在分局破获的刑事案件中，有80%是吸毒人员所为。即便是穷寇，也要'宜将剩勇追穷寇'，禁毒工作抓不上去，琼山治安就好不了。"

我接着说："要通过各种形式，把民警思想统一起来，真抓实干加巧干，出成效，出实绩，确保禁毒斗争获得胜利。从现在开始，以一个月为限，如工作无起色，禁毒大队将全部换人马，所有同志安排到基层派出所工作，然后从派出所抽调民警，充实禁毒队伍。工作是否有起色，看三个指标，一是一个月内要完成全年任务四分之一，即破案11宗；二是指导好派出所禁毒工作，府城五个派出所和龙塘派出所要完成破获一宗以上的贩毒案件任务；三是要尽快摧毁文庄古楼街和云露草芽巷的两个贩毒窝点。"

随后，谭文、旧州派出所和治安股汇报：

5月15日，谭文派出所破获一起诈骗案件，抓获犯罪嫌疑人2名。这是两名从大陆过来的男子，利用伪造的工作证，冒充地质人员，潜入到谭文礼村、文来洋村、大风洋村等几个村庄行骗，骗得4000元钱。谭文派出所长汇报实事求是，说这案件算不上是他们破获，而是村民识破骗局报案，派出所赶去抓获了犯罪嫌疑人。他说，近期，派出所工作重点是抓好治安防范，培养和发展治安积极分子，健全群防群治网络，群众积极性也比较高，这为辖区治安稳定提供了较好保障。

旧州派出所和治安股汇报了"9·16"案件。这是又一起破坏生产经营案件。去年9月16日，旧州镇永太村数十名村民将镇农场庄园4460棵荔枝树砍了精光，经济损失近5万元。案发当时混乱，案件一直未能侦破。上个月，我两次去了旧州，与区委政法委、镇委领导一起，召开了工作会议，分析研究案情，决定从治安股和旧州派出所抽调人员成立专案组，由云海副局长负责，对案件重新梳理和侦查。这个月13日至18日，3名犯罪嫌疑人被抓获归案；接着，民警逐家逐户，向群众开展法制宣传教育，动员犯罪嫌疑人投案自首。昨天，有24名涉案嫌疑人向派出所投案自首；目前，仅剩一名骨干分子潜逃，追捕工作还在进行中。

江东分局云海副局长谈了侦查这起案件的体会，说：“‘9·16’破坏生产经营案缘于土地纠纷。在部分乡镇，土地纠纷问题突出，成为影响农村治安稳定的一个重要因素。尤其是旧州镇，4月10日至14日的五天中，就发生了3起因土地纠纷引发的群体事件。土地纠纷看起来似乎是小事，处理不当，就会酿成群体械斗、群体上访等大事件，甚至引发刑事命案。必须妥善处理，把纠纷解决在萌芽状态。从维护农村稳定这个大局出发，必须切实抓好这几项工作：一是加强信息的收集、上报，为当地政府和上级机关及时、准确决策提供第一手可靠的情报资料；二是处置农村土地纠纷要讲究方式方法，部署要周密，行动要稳妥；三是要发挥派出所在维护农村治安工作中的中流砥柱作用，派出所长要守土有责，服从指挥，处置问题果断坚决，防止出现缺位和失误。”

“哥们儿”的下场

2004年6月11日　星期五　晴

阿友有帮小兄弟，一伙子共9个，除了阿友是新坡镇人，其余都是龙塘镇人。他们几个以前也不认识，阿友、阿辉、阿放、阿胜、阿若都在社会上混，阿祥、阿鲁、阿志还在学校读书，但他们交朋友，只要所谓哥们儿义气相投，就自然聚一起了。阿友是“老大”，19岁，够义气，小兄弟有什么事，打个招呼，他两肋插刀就上了。他为自己成为“老大”很是感到荣幸和自豪。他常看港台电影，崇敬电影中“古惑仔”的潇洒和威风。

6月6日是阿若18岁生日，阿友自然放在心上，与阿辉几个小兄弟商量，要好好给阿若过个生日。可是，过生日要花钱，哥们儿都没钱。阿辉出了个主意，说琼山二中有个叫阿林的同学，那小子手上有部“星王牌”手机，如果抢来卖了，可换得几百块钱。阿友觉得这主意好，5日晚上10点多钟，与阿辉、阿放、阿胜、阿若几个人骑上摩托车，赶到了琼山二中校园。在宿舍没找着阿林，一问，说到校外一家网吧上网去了。行动计划临时作了调整。阿祥指使同学阿乐说：“你去网吧，告诉阿林，就说有人找他，叫他马上回宿舍来。”阿乐只有15岁，以为这几人都是阿林朋友，便一颠一颠地去了。

哥们儿几个也出了校园。阿友、阿辉、阿若 3 人在进校园必经之处埋伏起来。阿样、阿鲁、阿志由于都是阿林的同学，怕阿林认出来，都散开躲藏在暗处。不久，阿林被骗出网吧，跟着阿乐往校园走去。走到一个僻静处，阿友、阿辉、阿若三人跳了出来，拦住去路。阿友说："你昨天打我弟弟，我今天要打还你。"阿林诧异地问："谁是你弟弟，我什么时候打了?"不等分说，三人拉手扯脚，把阿林和阿乐打了一顿，又搜身检查，阿乐啥都没有，但在阿林口袋里果然找到手机。三人夺了手机，乘着夜色，与阿样、阿鲁、阿志汇合。第二天，阿样、阿鲁、阿志把手机拿到府城一个寄卖行，当得 200 元钱。当晚，他们跑到一个娱乐场所花掉了这笔钱，为阿若庆祝生日。

人生关键往往只是一两步，这一两步迈错了，将是终生的遗憾。这几个"哥们儿"没有意识到这一步正向着罪恶泥潭走去。初次顺利得手，带给的是刺激，是胜利，就是这场通宵庆祝哥们儿生日的欢乐，在哥们儿义气挟持下，让他们昏头昏脑地又迈出了罪恶的第二步……

罪恶的"第二步"是阿志提出来的。

阿志只有 15 岁，在校上初中，一天告诉阿友，说有个叫阿欢的同学欺负他，要求帮他报仇出气。自己兄弟，居然受人欺负？阿友当然义愤填膺。昨天凌晨 1 点多钟，阿样、阿鲁、阿志发现了阿欢，见阿欢与 4 个同伴在龙塘中心小学闲聊，阿样让阿鲁去通知阿友立即赶来。不一会儿，阿鲁领着阿友、阿辉来了。阿友带来一捆西瓜刀，发给每人一把，然后守候在校园门口，待阿欢与同伴从校园出来时，阿友率领哥们高举西瓜刀就冲了上去。眼见刀光闪闪，阿欢几人惊呆了，吓得掉头就跑。阿欢跑慢了一步，被阿友、阿辉、阿志拦截下来，3 人围住他一顿拳打脚踢。当然，"战斗"必须要有点战利品，阿友从阿欢身上搜得一部手机。上午，阿友、阿辉、阿样、阿志把手机拿到府城寄卖行，当得 150 元，下午就去了一家网吧，上网、玩电子游戏，一下子便把这 150 元全花了。

这几个哥们儿计划的"第二步"也把自己送进了法网。

龙塘派出所民警是凌晨 1 时 20 分接到报案的，赶到现场显然迟了一步，阿友一伙已逃之夭夭。民警处理案件很到位，对受害人做了详细调查，根据受害人提供的线索，锁定阿友这帮小青年，旋即在全镇展开摸排。下午 4 时，在龙塘镇一间电子游戏室内，阿友被抓获。在派出所，他交代了伙同阿辉、阿样、阿志、阿鲁等人持刀抢劫、殴打他人的犯罪事实。阿友的落网让他的小兄弟头一次感到恐慌。阿辉、阿样、阿志、阿鲁惶惶不安，想到派出所抓了阿友，会不会来抓他们啊？也不敢回家了，几个人一商量，跑到南渡江畔一条船上躲了起来。今天凌晨4点钟时，他们忽然被一阵摇晃惊醒了，睁眼一看，民警已钻进船舱。阿辉等5人被抓获。

5人被带到了派出所。面对民警的讯问，这几个“哥们儿”像听话的小学生，老老实实地回答了所有问题，交代了两次作案经过。讯问持续一上午，午饭时分，阿鲁问：“我们都讲完了，可以回家吃饭吧？”

民警好气又好笑，说：“吃饭问题我们会解决，不过，你们回家是不行的。”

阿鲁不依，说：“我要回家。我昨一天都没回家，家里还有活要等我干。”

阿志说：“是啊，我还要回学校上课，旷课会挨老师批评。”

这是一群无知的孩子，民警只好搬出有关法律条文，给他们上起了法制课，告诉他们：“你们持刀抢劫已构成犯罪，触犯了国家法律，要负相应的刑事责任。”

阿鲁眼里流露出惊恐：“我们……要坐牢？”话音刚落，这帮哥们儿哇的一声，都大哭起来：“我们不坐牢，我们要回家，民警叔叔，让我们回家去吧，我们再不敢了……”

几个民警相互看看，又看了看孩子，不由得长长地叹了口气。

不该发生的命案

2004年8月18日　星期日　晴

这是一件所有人都不愿意看到的惨案。

5月29日晚上9时，省司法厅下属的美兰监狱宿舍发生一起杀人案。四监区民警周然用菜刀将妻子文玉平砍死，接着又砍伤与他同住一起的岳母、小姨子的5岁女儿，然后砍断自己手臂动脉自杀身亡。经过现场勘验，案情很快搞清楚。周然现年41岁，1984年参加工作。其妻子文玉平现年31岁，也是一名民警，在省第二劳教所工作。周然所在单位的领导说，两人2000年结婚，婚前双方交往时间不长，相互不了解，以至婚姻基础薄弱，结婚后，经常因为一些家庭琐事发生矛盾，吵闹和撕扯。单位同事领导虽然多次劝解，但对于家庭矛盾，外人终难着力，难以有效化解。加上两人都情绪化，缺乏冷静、理性的沟通，积怨日深，酿成一场夫妻一同命赴黄泉的惨案。所幸的是，被周然砍伤的岳母和他小姨子的女儿经抢救脱离了危险。

案发那天，我去现场看了，惨状久久萦绕在我心头挥之不去。

这是一起不该发生的案件，不存在谋财、报复、情杀因素，仅仅因为家庭琐事矛盾解不开而怨恨、情绪冲动发展成生死冤家。我暗暗叹惜，人与人之间，多一些忍让，多一些理解，多一些包容，许多矛盾冲突都是可以化解的，许多刑事案件也是可以避免的。作为一名民警，周然为什么想不开呢？

一个家庭，难免会发生一些小摩擦，关键是我们该怎样去处理。互相宽容、体谅，这是化解家庭矛盾的关键所在。男女双方，既不要对一些细微小事耿耿于怀，但又不能忽视这些细节。要知道，稻草是微不足道的，但最后一根稻草却能把庞大的骆驼压垮。老子云："天下难事必作于易，天下大事必作于细。"诚哉斯言，我们必须警醒。

面对这起因琐事而引起的惨案，让我又想到了去年发生于海南政法学校的一起凶杀案。

去年3月25日下午1时许，一名学生被杀死在2号学生宿舍楼。现场是一间学生公寓，一个单间，有两张上下铺的单人床合拼在一起，上铺放些杂物，下铺有一床被褥，一侧是卫生间，另一侧有一个阳台。我带领民警赶到现场时，受害人已被送往省人民医院抢救，现场没有搏斗痕迹，只有通往卫生间的过道上，留有一摊摊血迹。勘查完现场，我们赶到省人民医院。受害人终因抢救无效死亡，尸体停放在太平间中。对尸体解剖检验，受害人是被单刃利器刺通胸部，导致失血性休克，最终因开放性血气胸死亡。

被害人叫蓝卫东。杀害他的犯罪嫌疑人是他同班同学，叫况小勇，年仅20周岁。有同学说，两人没有什么大过节，只是案发当天上午，吵过一次架。况小勇上课时，有一个纸团落到他头上，他认定是蓝卫东丢的；下课后，就与蓝卫东争执起来，后来，同学把他俩拉开。当时，况小勇气愤不平。吃过午饭，有人看见况小勇进了蓝卫东房间，听见两人争吵。不久，有同学发现况小勇就从房间里出来了。

仅因为丢了个纸团、发生点口角，况小勇就持刀将蓝卫东杀死？真令人匪夷所思。但几个同学坚持说，事情的发生就是这么简单。

在海南，还是第一次发生这种校园命案。省公安厅、海口市公安局领导高度重视，将此案列为省市督办案件。案发当天，分局成立了专案组，组织抓捕。然而，况小勇杀人后，再没人见过他。找遍了校园，况小勇影踪全无；又前往况小勇的家、他的亲朋好友家及他可能藏身各个地方搜捕，仍然没有他的下落。况小勇畏罪潜逃了。

犯罪嫌疑人没有捉拿归案，案件就无法侦结。

尽管张贴通缉令，发出协查通知，组织多次搜捕，可是，况小勇仿佛人间蒸发，再没有他的消息。不知不觉间，案件拖延到现在已是一年，犯罪嫌疑人仍然逍遥法外。被害人家属心焦，多次找到我办公室来，向我讨说法。话说得很不客气，说连一个小青年都抓不到，是不是有意放纵。我耐心解释说，我们一直都在努力，但茫茫人海，不是说找就找得到的。请家属放心，一定会将犯罪嫌疑人绳之以法。但是，我说再多都是白费口舌，要平息被害人家属怨气的唯一办法就是尽快抓获犯罪嫌疑人。对这起案件，我心里其实比家属还焦急。今年年初，分局重新调整了破案力量，由蔡林负责专案组。我向蔡林交代说："你放下手头一切工作，集中力量侦办这起校园命案。给你一个限期，8 月底以前，务必抓获犯罪嫌疑人。有困难，有问题都不要讲了。你要人给人，要钱给钱，局领导全力支持。"

话讲到这个份上，蔡林只有无条件接受任务。他也深知案件关键是抓获况小勇，可是，这家伙究竟逃到哪里去了呢？

况小勇逃亡一年多，如同一只丧家之犬，惶惶不可终日。一到了夜里，有点儿风吹草动，就吓得像一只受惊的老鼠，爬起身来四处乱窜，不知往哪里藏身是好。但他也是一个生存能力强的人，起初，潜逃到大山里，有时栖身在大树底下，有时在草窝里过夜，有时又潜入无人草寮里蜷缩一晚。渴了喝一口山泉水，饿了就摘山里的野果吃，过着茹毛饮血的野人生活。几个月过去，他以为时间冲淡了案件，抓捕风声或许松了，便潜下山来，改名换姓，有时溜到农场里帮人割胶种菜，有时跑到建筑工地上打工糊口……惶恐不安中，他也想过刺杀蓝卫东的情景。一切都是那个纸团引起的。纸团一定是蓝卫东丢的，他到现在还是这么肯定。纸团丢到他头上是对他的极大侮辱，他不能咽下这口气，当然要找蓝卫东理论。如果蓝卫东当即承认，向他道歉，这事也就罢了。可是，蓝卫东为什么不承认，为什么不向他道歉呢？这迫使他不得不讨还"公道"？他越想越气，吃过午饭，就把刀子揣在口袋里，上了学生宿舍楼，进了蓝卫东的房间。蓝卫东仍不认错，他火了，顾不上多想，掏出刀子就朝蓝卫东刺了过去。他连刺了两刀，瞅见蓝卫东倒在血泊中，心里忽然发虚，涌起无边的恐惧。他把蓝卫东杀死了？他本能地逃离杀人现场，逃离了学校……现在他懊悔不及。为了一个纸团就杀了班上同学，怎么会那么冲动呢？那么愚蠢呢？他自己也想不透，自己也找不到答案。大错已铸下，悔之晚矣。他想过投案自首，但迈出一两步，又把脚收了回来。自己犯的是杀人死罪，即便投案自首，能得到死者家属宽宥？得到政府从轻发落吗？

这个时候的他真拿不定主意。

为抓获况小勇，蔡林可谓绞尽脑汁，带领专案组民警顶烈日，冒酷暑，披星戴月，餐风沐雨，连续几个月奔行在追捕一线，行程上万公里，走访定安、屯昌、保亭、澄迈等县市30多个村庄，访问群众100多人，不放过任何蛛丝马迹。8月7日，终于获得一条线索，有人举报说况小勇在定安县黄竹镇一个家庭农场出现过。蔡林带队迅速赶赴黄竹镇，当晚，与定安警方联合行动，将那个家庭农场包围起来。遗憾的是，当地一名民警没有按计划行动，打草惊蛇，况小勇借着夜色和地形熟悉，从民警的包围圈中溜掉了。眼看到手的猎物从眼皮底下跑掉了，蔡林气得跳脚，但埋怨没有用，只得重打锣鼓新开张，另寻抓获况小勇的机会。

离破案限期的8月底没剩多少天，蔡林食不甘味，睡不落枕。省公安厅也派出人马支援，对况小勇可能潜逃的去向再次进行研究。大家分析，况小勇既然露面了，可能会和家人联系。8月18日上午10时，专案组民警找到况小勇父亲，向他交代法律政策，足足做了3个多小时的思想工作，好说歹劝，终于表示愿意配合公安机关的工作：在澄迈县文儒乡的亲戚，可能知道他儿子的下落。当天下午，专案组民警随况小勇的父亲赶到澄迈县文儒乡坡尾村其亲戚家，获悉况小勇现在澄迈县西达农场打工。

今天下午5时，况小勇在西达农场落网。

蔡林擦着满头大汗站在我面前，说："离限期还差13天，海南政法学校的命案告破。"

"很好。"我说，倒了杯水端到他手上，"大家辛苦了。现在的任务是，回家洗个澡，吃饱喝足，好好休息几天。"

耳光凶杀案

2004年8月24日　星期二　晴

不过，蔡林这班刑警没有休息几天。在公安工作中，刑警工作最繁重，最辛苦，随时发生的案情就是命令，随时要赶赴案发现场破案。这不，就在今天，龙昆南辖区的道客村发生了一起杀人案。

这是一起老乡杀老乡的案件，与美兰监狱宿舍丈夫杀妻子、海南政法学校同学杀同学的案件可以说是如出一辙。

案件是几个耳光打出来的。

案件当事人马东平和黄政源都是四川省南江县人。上半年，两人来到昌江县某建筑公司工作，马东平当管工，相当于工头、监工之类，派驻在工地监管工人干活。黄政源在公司坐办公室，不时要上工地看看，了解工程进度和数据。由于是老乡，两人平时相处都不错，抽烟喝酒不分家。工地上四川人也多，他俩算得上是这帮四川老乡中有身份地位的人。7 月初的一天，黄政源上工地来，先与工人聊了一会儿，但不知什么原因，忽然与马东平争吵起来，你骂我的娘，我咒你的爹，像斗眼鸡似的，相互比赛谁的脸红脖子粗，谁的嗓门大。两人越吵越凶。渐渐地，黄政源落了下风。马东平年轻，牙尖嘴利。黄政源嗓门粗，只能把四川当地最骂人的几句土话颠来倒去，其滔滔不绝的辩才、骂才，比马东平要差了许多。于是他的脸上挂不住了，冲到马东平面前，几巴掌就甩了上去。马东平被这突如其来的耳光打愣了，捂着脸颊说："你他妈的讲不讲理，怎么打人？"

黄政源身子往前一挺，说："老子就打你，怎么着？老子想打你，什么时候都可以打！看你还敢不敢跟老子强辩？"

黄政源这句话让马东平下不了台。周围都是他管辖的工人，黄政源这几耳光算是把他的威信彻底打掉了。以后，工人还听他的话吗？他想上前打回来，可是，黄政源人高马大，身板壮实，论打，他不是对手。继续与他开骂？他也不敢。黄政源这混蛋不要脸，骂不赢就打人，好汉不吃眼前亏，他只有忍气吞声作罢。

经过这次吵架，马东平感觉大失面子，在人前矮了许多，安排工人干活，声音不像以前响亮；吆喝工人别偷懒，不如以前理直气壮。他咽不下这口气，寻思着无论如何要把这个"面子"找回来。可是，骂，解决不了问题；打，自己不是对手。怎么办呢？想来想去，要解除这个心头大恨，只有冷不防地把他杀了。他为此去了昌江县城，走进一家杂货店。柜台里陈列有柴刀、镰刀、大锤、杀猪刀等各种器具，他花 15 元钱买了一把杀猪刀。这是一把长 25 公分、宽 6 公分的单刃木柄尖刀。他让店家把刀磨得雪亮，揣在怀里，准备用这把刀找黄政源讨回"面子"。可在公司里找不到黄政源，有员工说他辞职去海口了。

马东平又赶到海口，通过老乡，到处打听黄政源的下落。

今天，有老乡说，黄政源住在道客村。马东平随即赶到道客村，却不知黄政源具体住哪儿。他在道客村四处转悠，寻找黄政源，伺机作案。晚 7 时 30 分，他突然发现，黄政源坐在一家茶店里，兴致勃勃地与几个朋友喝茶聊天。马东平悄悄靠近，走到黄政源身后，毫不犹豫地抽出杀猪刀，"唰"的一声，猛地把刀捅进了黄政源左颈肩下位置。黄政源猝不及防，喉头间"哦"地发了一个声音，鲜血顿时泉涌似的喷了出来……案件发生于突然之间，茶店里乱作一团，喝茶的客人一个个惊恐万分，有的退缩到店角落里，有的跑到店外拨打 110 报警，也有的试图劝阻，但见马东平面目狰狞，陷入癫狂状态，挥着尖刀张牙舞爪，又吓得不敢上前……

19 时 45 分，指挥中心接到报案，当即命令龙昆南派出所出警。值班副所长郑荣贵紧急电话通知了正在街面巡逻的巡逻队员，指挥他们兵分两路，一路封锁、阻截犯罪嫌疑人可能逃跑的路线；另一路赶赴现场，捉拿犯罪嫌疑人，保护现场。与此同时，郑荣贵率领所内民警上了警车，向现场疾驶而去。

现场茶店里，黄政源倒在了血泊中。

看见“大仇”得报，马东平鼻子“哼哼”两声，也不知是因为讨回了“面子”而感到高兴，还是因为“仇人”禁不起一刀就倒下而蔑视。他最后瞅了地上的黄政源一眼，不慌不忙地向店外走去。店门外，围观的群众一片沉寂，纷纷给他让道。突然间，有人惊叫：“杀人啦，有人被杀了——”茶店里顿时闹哄哄起来。他吃了一惊，似乎这时才意识到是他杀人了。几乎是本能的，他三步并作两步，拔腿就往外逃去。茶店前只有一条路，一边通往道客村里，一边通往龙昆南大道，他急速往龙昆南方向跑，还没有迈开几步，迎面几个人冲上来，是巡逻队员。巡逻队员迅速控制了现场，夺下了他手中的尖刀，将他当场擒获。三两分钟后，郑荣贵率领民警也赶到了茶店，叫来了 120 急救车，将受害人送去医院急救。

我叫上分管刑侦工作的副局长陈敏，带领刑警大队副大队长林道华，刑侦二组蔡林、陈奋，以及刑警技术中队民警也很快赶到现场。侦查工作有条不紊地展开。由于报案及时，出警及时，案件不到 2 小时便告破获。但案件后果是严重的，被刺杀的黄政源送到医院后，由于左锁骨下的动脉、静脉被割断，失血过多，经抢救无效死亡。

在刑警大队，民警连夜讯问马东平，其对所犯罪行供认不讳，一五一十交代了杀人过程和原因。不过，因为几耳光夺去一条人命，他却没有任何愧疚和忏悔，回答还颇为理直气壮：“谁叫他打我耳光？他不打我，我就不会杀他。”讯问民警无言以对，只能为马东平的无知感到悲哀。

又是一起由“面子”引起的凶杀案。马东平对“面子”却是一窍不通。为了争“面子”，可以打架，乃至行凶杀人，这样的“面子”是什么？是愚昧无知，是法盲，轻者贻笑大方，重则害人害己。马东平的“面子”，真是可笑又可悲。等待他的将是法律的严惩。

盘点2004

2004 年 12 月 25 日　星期四　晴

又是一年的12 月了，每天打开窗户，都有几片落叶从窗前飘过。不知不觉间，2004 年很快要从手指间流走。这两天，市区两级人大代表在区人大常委会陈少华、李育湘两位副主任带领下，前来分局视察工作。这既是人大对公安工作的关怀、重视和支持，也是对分局今年工作的盘点和检查。我没有要求各基层单位做什么准备，我想，把实实在在的情况摆在人大代表面前，对于促进我们今后工作更有帮助。不过，或许机缘巧合，国兴派出所还是很好地秀了一把。

国兴派出所是琼山合并到海口后、调整给琼山分局管辖的，就在这些天，成了全区的派出所“明星”。最近，分局开展清扫“收戒”行动，国兴派出所侦查到一条重要贩毒线索：府城高登街一个公厕旁有人贩毒。全所民警迅速出击，现场抓获2 名贩毒嫌疑人，随后，又在宝友宾馆埋伏守候，抓获吸毒人员共17 人。昨天下午，国兴派出所还协助省公安厅抓获一名新疆杀人逃犯。这名逃犯落网可说是自投罗网，情形实为罕见。是公安厅刑侦处接获新疆公安机关协查，追捕一名新疆杀人逃犯，追踪到辖区内海南经济学院的一名女生身上。于是，刑侦处民警把这名女学生请到国兴派出所询问。不曾想，女学生把男朋友也带来了。“男朋友”身高1. 8 米，长得帅气，但其形迹可疑，一见民警就神色惊慌。这引起派出所民警警觉。随着与女学生谈话时间越长，“男朋友”越来越坐立不安。17 时 30 分，“男朋友”说要上卫生间方便，民警暗随其后，不一会儿，听见卫生间“砰”的一响，卫生间后窗玻璃被打破，“男朋友”翻越后窗逃跑。恰巧，民警卢伟正守候在卫生间后墙下，一个猛扑，压在“男朋友”身上，将他逮住。一讯问，“男朋友”竟是刑侦处民警协助新疆警方追捕的命案逃犯。5 天前，其在新疆吐鲁番市杀死一人后潜逃到海口。真是“踏破铁鞋无觅处，得来全不费工夫”。不过，话虽这么说，也要有我们民警的火眼金睛。

20 日，国兴派出所又破获一起重大盗窃案。只是案件破获前，派出所民警颇受委屈。案件发生在16 日，新时代玻璃厂老板报案，说他商行价值2 万多元的四箱玻璃被盗。两天过去，玻璃仍无下落。老板是个急性子，就跑到分局纪检部门投诉，举报国兴派出所不作为。尽管这举报不实，但事已至此，我不得不找派出所长谈话。经了解，却是误会，派出所民警早已展开侦查，掌握到有关线索，正在组织警力查找犯罪嫌疑人。连续多天，民警先后到屯昌等地的8家玻璃经销商追赃，22日，四箱玻璃悉数追回。老板又是后悔，又是道歉，又是感动地说："我这人犯混，错怪了派出所，实在对不起……"当然，我们谁会计较这些呢。

今天，我和政委黄海平等几个分局领导陪同人大代表视察分局机关、办证中心，汇报今年以来的公安工作。陈敏副局长汇报了刑事侦查、打击犯罪和处理涉法上访案件情况。截止10月，全区破获刑事案件369起，其中贩毒案件130起，完成市局下达破案任务的104%；抓获违法犯罪嫌疑人2316人；办结涉法上访案件4起、陈年积案13起，点办案件完成率100%，解决实际问题5起，教育疏导2起，将处理结果回告上访人13起，说服4名上访老户停访息诉。公安部对分局处理涉法上访工作给予肯定，在《全国公安信访举报积压案件集中清理简报》中，编发了两篇琼山分局处置上访案例，一篇是新疆买买提上访11年得到圆满处理，另一篇犯罪嫌疑人许可峰家属上访得到高额赔偿。

关于许可峰案件的汇报，却让我不大自在起来。

分局高额赔偿了许可峰的家属，虽然公安部赞同，但对这种赔偿，我到现在都觉得窝囊。许可峰外号"臭猫"，是一个涉嫌多起故意伤害、抢劫、勒索等严重暴力犯罪的嫌疑人，民愤极大。1994年底，他以借钱为名，向高某勒索2万元，遭拒绝，便持枪窜到高某家中，企图杀害高某。幸好，高某外出躲过一劫。几天后，他又带上炸药包窜到高某家中，将高某妻儿炸成重伤。1996年2月17日，原琼山市公安局组织抓捕，许可峰拒捕逃跑，民警在群众协助下将他抓获。但是，群众对他恨之入骨，群情激愤中，乱拳围殴，将他打成重伤。民警把他押回公安局讯问，第二天，却发现不行了，紧急送他到医院，因伤势过重，抢救无效死亡。法医鉴定，许可峰系钝性暴力作用胸背、上下肢及头面部，造成广泛性皮肤锉擦伤、严重皮下出血，导致失血性休克死亡。死者父亲却认为儿子之死是因为办案民警刑讯逼供，数年来，不断向中央、省市有关部门申诉控告，要求刑事赔偿，追究办案人员责任。今年5月，我也接待了许可峰父亲的上访，时过境迁，许可峰究竟是群众围殴致死还是民警刑讯逼供致死？要探寻答案已无可能。为了法律的尊严，为了社会稳定，经检察院协调，分局与上访人达成协议，依照国家赔偿法规定，给予许可峰家属27万元。上访人虽然满意了，但是，留给我们的教训太深刻了。抓获许可峰的当时，如果看守得严密一些，如果阻止群众围殴，如果及时把他送去医院……

只要有其中一个如果成为事实，许可峰都不至于死亡。许可峰的父亲也不至于上访，国家也不至于付出27万元的赔偿。固然，许可峰罪大恶极，但他的命运应该由法院依法作出判决，而公安机关是维护法律尊严的机关，不能任由群众私刑泄愤，以致形成公安机关工作缺失、国家“买单”的后果。

许可峰案的教训是深刻的，我们每一个公安民警都应反省自己，如何尽职尽责做好本职工作，唯其如此，才不愧对这头顶上庄严的国徽。

人大代表重点过问分局队伍建设情况。黄海平政委汇报：2004年是琼山公安队伍建设取得重大进步的一年，抓纪律抓业务能力建设，队伍整体素质上了一个新台阶。

我汇报：分局公安工作正在实现从县级市公安局向省会城市公安机关转变，从农村向城市转变，从低水平管理向高水平管理转变，逐步适应两市合并后的工作体系。各部门单位工作都有亮点，但还存在不少困难和问题：中层领导急需配齐配强，非警人员安排亟待解决；土地纠纷、机构改革等引发治安案件及群众上访事件突出；涉毒犯罪等社会治安问题没有从根本上得到遏制；府城地区“两抢一盗”案件时有反弹，治安形势不容乐观；公安办案经费严重不足，装备严重落后，制约了公安工作顺利发展。

区人大常委会陈少华副主任对分局工作给予充分肯定，他说经过两天视察活动，所见、所闻、所听，代表们深受感动。琼山公安队伍曾经有过这样那样的问题，近两年来，在新的领导班子带领下，克服了体制不顺等诸多困难，充分发挥职能作用，维护社会治安稳定，作出了积极贡献，改变了多年来群众偏见。群众从埋怨、不理解，到理解，积极支持，公安机关以实际行动进一步密切了警民关系，重振了警威，树立了新的良好形象。

日子过得真快，转瞬间又是一年。时间，对于任何人都是公平的，但是，勤奋的人却可以把时间拉长。公安公安，一方平安。我们进了公安队伍，就必须与时间结缘，珍惜时间，把每件事情干好，提升生命质量；另一方面，又可以放弃休息，挤出时间，把生命的长度拉长。旧年将过，新的一年即将来临，在这辞旧迎新之际，想要说的话很多，但最终我仅抄下了清人蒲松龄撰写的一副自勉联：

有志者事竟成，破釜沉舟百二秦关终属楚；
苦心人天不负，卧薪尝胆三千越甲可吞吴。

E卷　警察宗旨

第十七章　执法为民体现在每个细节

新春街头巡视

2005 年 2 月 11 日　星期五　晴

2005 鸡年春节，府城成了欢乐的海洋。尤其是红城湖一带，流光溢彩，火树银花。充气彩楼如一道道彩虹，横架上空；马路两旁，棕王在彩色气球和大红灯笼的装扮下，摇身一变成为一棵棵巨大的圣诞树。整个天地间充盈着喜庆、祥和。大街上，人流、车流如海涛般，一波退去，一波又涌了上来。为确保春节治安平稳，分局没有放假，尤其机关民警比平时更为忙碌，因街面警力不足，全部派上街增援街头巡逻警。

今天是大年初三，我和政委黄海平、刑警大队长陈庆武及两名民警在府城巡逻。

我们首先来到五公祠。这里是府城的交通中枢，每天车辆川流不息，尤其是高峰时期，堵车现象严重。虽然有红绿灯和电子警察，仍有人不管不顾地违章通行。我们在路旁停留还不到半小时，就有一辆别克小车从红城湖方向直闯过来，整个车子如同喝醉酒一般，在机动车道里扭起了秧歌；到五公祠路口，别克车无视红灯，仍往海府路上拐，还没等交警上前去阻止，就听得“嘣”的一声，别克车撞上一辆出租车，把出租车腰身顶得凹了进去，别克车也被撞得前盖掀了起来。顿时，两辆车阻在了路中央，出租车司机下车，冲到别克车旁，一个劲地呵斥叫骂：

“你他妈的，喝多了？瞎眼了？怎么开的车？”

不待我们靠近，交警已经跑了过来，拉开别克车门，只见驾驶员胖嘟嘟的，穿件白短袖衫，系着领带，喝得确实不少，脸膛赤红，眼睛眯缝着，满嘴都是酒味。衣服、领带上沾有呕吐物。这是明显的违章醉酒开车。出租车司机气呼呼地要把别克车司机拖下来，交警把他拉在一旁，说："冷静些，这事由我们处理。"交警拍拍别克车司机，要他下车，交出驾驶证。这位老兄仍然没有清醒："到……到哪里？我，没醉，再来一瓶……都行。车怎么……开不动……你们，帮我推，推一下车……"显然，这司机已经醉得一塌糊涂。这时，路面交通已经瘫痪，后面车辆排成长龙。我见司机仍然纠缠不止，吩咐交警："先疏通道路，事故有关人员带去交警队处理。"又过来两名交警，把别克车司机架下了车。很快，交通事故处理车和清障车赶了来，对事故现场进行拍照和勘验，把当事人带走，拖离了肇事车辆。

三两分钟，交通恢复畅通。

离开五公祠来到大路街。这里是忠介派出所辖区，是府城一条重要商业街，从早到晚人流络绎不绝。春节期间，尤其热闹，每家店铺前都张灯结彩，人头攒动，人声鼎沸。但这一带也曾是"两抢一盗"案件高发地段，民众反映强烈。去年 11 月 27 日《南国都市报》有一篇报道："下午 6 时许，天还没有黑，廖女士挎一个背包走在大路街上，突然从后面上来一辆没有车牌号的旧摩托车，上面坐着 3 个约 20 岁左右的年轻男子。由于路比较窄，廖女士避到路旁想让过摩托车。不料，车上一名男子猛扯她背包。幸亏她死死拉住包，才没有被抢走。廖女士还告诉记者，早上去医药公司取药的时候，医药公司的一个工作人员也告诉她，前段日子，该公司也有一个职工大白天在大路街被抢。廖女士说，大路街太乱了，希望通过《南国都市报》报道此事，以引起有关部门的重视，还市民一个安全的环境。"

这篇报道引起分局党委高度重视，组织了几次大的清查打击行动，至 12 月，大路街治安有所好转，"两抢一盗"案件再没有发生。不过，不能掉以轻心。因为作案人员大多是有吸毒史、前科劣迹的亡命之徒，只要稍有松懈，就随时可能出来作案。今年春节期间，分局把大路街列为重要治安防范地段，抽调了 10 多名机关民警和忠介派出所民警一起，24 小时轮班巡逻。

在大路街口，我们遇见忠介派出所 5 名民警整齐列队走来。这几天，他们都这样巡逻。有全副武装的民警震慑，相信违法犯罪分子不敢轻举妄动。不过我仍叮嘱："不能放松警惕，心细眼明，随时注意突发情况。"

这时，刑警中队侦查中队民警潘海鹏骑着摩托车在陈庆武身边停下。他报告一个重要案件线索：有一个盗窃团伙居住在大致坡，专门盗窃摩托车、手扶拖拉机。我问："你从哪儿搞来的这个情报？"

潘海鹏说："阿易提供的。"

“阿易是谁？”

陈庆武说：“以前抓获的一名涉嫌盗窃人员，因为认罪悔过态度好，盗窃数额也达不到追究刑事责任，就释放了。之后，阿易提供了好几条盗窃案线索，协助抓获过好几名犯罪嫌疑人。”

潘海鹏说了这条线索情况。

刚才，阿易与几个哥们相邀在一家茶店喝茶。这几个哥们都是他以前的朋友，大多有前科。聚在一起，就天南海北地聊开了，其中一人丢出一包中华烟。大伙议论开来：“你小子发财了，抽这么好的烟。”这人说：“狗屁，是阿四给我的，前天遇上他，他送了几包中华给我。我原来叫他也来喝茶，他说他忙得很。”

阿易有心了，他见过这个阿四一面，是广西人，没有正当职业，还曾吸过毒。阿四为什么突然阔气了？他清楚，阿四不做违法勾当，不可能有钱抽中华烟的。阿易问：“阿四在做什么生意？”

“不还是老本行，没本买卖。跟他一起好几个人，专门搞摩托车、手扶拖拉机。”

阿易立即溜到茶店外，用手机向潘海鹏报告了这个信息。

我联想到最近海府地区发生过摩托车、手扶拖拉机被盗案件，说：“这个线索很重要。陈队长，你下午就带人去，把情况搞清楚。”

下午，陈庆武带领大队人马赶去了大致坡镇。我和政委黄海平仍在府城地区巡视。14 点时，走进云露派出所。所长苏德春端来凳子，要汇报几天来的安保工作情况。坐下还不到一杯茶工夫，两名民警领着一位老太太进来。瘦弱的身子，佝偻着腰，脸上皱纹像一层层麻绳绞在一起，浑黄的眼睛里显出呆滞神色。她拄根拐杖，一步一个趔趄，似乎风一吹都要倒。民警说是在街上遇见的。他们巡逻至农贸市场旁，见这老太太坐在路边哭，就过去问。老太太哼哼叽叽。老半天，民警才听懂了，她说饿，有 90 多岁。至于她怎么来的？家在哪儿？却无法从她嘴里得知。民警觉得老人像是有点痴呆症，于是买了碗面条，把她带到派出所。

黄海平表扬了民警救助老太太的行为，说：“所谓‘人民公安为人民’，就是时刻把人民群众的安危冷暖放在心上，人民群众有困难，有问题，需要我们帮助解决，我们就及时出现在人民群众面前。”至于如何把老太太送回家去，黄海平想了想，说，“老太太腿脚跑不了远路。你们是在农贸市场发现她的，说明她家可能就在附近。去农贸市场附近打听一下，估计老太太应该住在这一带。”

政委判断很准确，民警在农贸市场附近找到了老太太的家人。

平凡小事见真情

2005年2月19日　星期六　晴

17日，《南国都市报》头版刊登一篇报道，表扬办证中心的服务便民利民，是该报记者的所见所闻。春节假期结束、正式上班的第二天，记者来到分局办证中心办理有关证件。而这时，办证中心民警早早就把柜台收拾得整整齐齐，干干净净，准8点，窗口民警就开始正常工作，受理市民递交的办证业务，服务热情，礼貌文明。记者颇为赞叹，认为这种工作态度、作风在一些单位还不多见，即写成报道加以赞扬。而今天，海口市公安局下发的《关于2005年春节期间现场督察情况的通报》却对忠介派出所民警的精神状态和办公环境提出批评。昨晚上，市局有关领导来到忠介派出所督察，认为民警衣不整，人不精神，办公室地面有垃圾，而且派出所门口没彩旗，没标语，没有欢度春节的气氛。

这两件都是平凡小事，引出一正一反的不同观感和印象，说明“小事”里面，透视的是为人民服务宗旨，公安工作的每一个方面、每一个环节是否真正体现人民的愿望、满足人民的需要、维护人民的利益；也说明我们的工作，一言一行，一举一动，上级机关时时都在关注，人民群众时时看在眼里，记在心里。表现好，给予表扬和鼓励，相反，任何差池、任何不检点行为都直接影响和破坏公安机关形象，所谓“细节决定成败”，诚不谬也。

去年底，分局党委经过研究，提出了“2005年为琼山公安分局创建形象年，争创省优、国优”的奋斗目标，要求广大民警要以“三个代表”重要思想统领公安工作，深入贯彻落实党的十六届四中全会精神和《中共中央关于进一步加强和改进公安工作的决定》，贯彻落实公安部“二十公”、省“三公”会议精神，以开展保持共产党员先进性活动为动力，紧紧围绕全面建设小康社会、服务经济建设这个中心，坚持与时俱进，执法为民，大力推进公安队伍正规化建设，全面提升公安工作的水平和公安队伍的战斗力，切实担负起维护国家长治久安、保障人民安居乐业的重大政治和社会责任，努力创造海口和谐、文明、稳定的社会环境。

要完成今年的工作目标任务，除了侦破大案要案，也要把“小事”做好。

形象是通过工作中无数的小事、细节塑造而成的。

国兴派出所从小处着手，提供便民服务。在繁华路口，设派出所指路标牌；公布报警电话；办公室里，窗明几净；群众上门办事，主动问候；对群众大事小事，不计其繁，都是热情接待积极解决，获得群众“忠于职守，高效廉洁”的评价和赞誉。他们的工作也由此得到群众的理解和支持。

1月2日，府城商业街有一行人手机被抢，国兴派出所蹲点民警扑上去抓捕。但这名劫匪极为彪悍，推开民警，借着熟悉地形，往小巷中逃，眼看就要脱逃，几名群众自发追赶，迎头堵住。警民合围，劫匪无路可逃，只好俯首就擒。1月16日凌晨2时，有群众电话举报，道客村有一个吸食K粉的窝点。此时，派出所副所长林斌正在熟睡，闻讯赶紧起床，调集警力赶赴道客村。吸毒窝点是一间卡拉OK舞厅的地下室，极为隐蔽，如不是获知内情的群众举报，根本无从发现。林斌部署警力将窝点包围，将出口堵死，突击清查，现场共抓获吸毒人员23名。

今天，陈庆武向我报告，阿龙、阿华、阿全、阿玮等人在家属陪同下投案自首了。这4人涉嫌一起故意伤害致死案。除夕前夜，一帮小青年在三门坡镇打架斗殴，一人被打伤致死。刑警迅速查明阿龙、阿华、阿全、阿玮等人涉嫌参与斗殴，赶赴村中抓捕时，所有嫌疑人都躲藏起来了。我了解情况后决定和陈敏亲自上门去做投案自首工作。有人说，案件已破，犯罪嫌疑人已确定，剩下的就是抓获归案，这些小事，何劳分局领导出马?

就刑侦工作而言，这的确是一桩小事。但我想，涉案人员都是20岁左右的青少年，有的还是未成年人，根源主要是缺少教养、没有法制观念。这起打架斗殴由争执引发，如果领导出面做家属思想工作，在某种程度上比出动大队人马去抓捕要好，不仅节省侦查成本，而且可能收效更大。除夕，我和陈敏带着几名办案民警去了三门坡镇，挨家挨户走访涉案犯罪嫌疑人家庭。见警察来了，家属都害怕，以为来抓人了。我说：“叫你儿子回来吧，全家过个团圆年，过年后，你们当父母的带着他来投案。孩子年轻，不懂事，这样逃跑在外不是办法，吃没吃的，睡没睡的，在外边流浪，这不好。长久下去，不仅会把身体搞坏，更重要的是很有可能又重新犯罪。再说，逃也逃不掉，到时被抓住，刑罚会更重。让他投案自首，依法会从轻、减轻处理。”

家属打消了顾虑。在逃人员一一都回了家，过完年，在我们预定的时间内投案自首。这个做法赢得了犯罪嫌疑人家属好感，阿华的父亲亲自带着儿子来到刑警大队说：“阿华常在外面闯祸，交给你们管教，我更放心。"

大致坡的侦查行动

2005 年 3 月 1 日　星期二　雨

从初四那天起，陈庆武就带领刑警队员在大致坡镇就摩托车、拖拉机被盗系列案开展侦查。他把人员分成三组，一组开展秘密侦查，一组摸排犯罪嫌疑人销赃渠道，还有一组化装成当地收购瓜菜的农民，负责侦查犯罪嫌疑人落脚点。

侦查难度不小。

只掌握"阿雄、广西人，有盗窃嫌疑"这样一条简单线索，至于阿雄具体住哪里？和他一起有哪些人？一无所知。摸排销赃渠道小组在大致坡镇侦查了三天，把镇上废品收购店、摩托车修理铺、汽车拖拉机修理厂挨家查遍，都没有查获有价值的线索。秘密侦查小组工作进展也不大。3 名侦查员在镇上和周边 4 个村庄走访了 100 多名群众，有两个村民反映丢失过摩托车。这两辆摩托车失窃蹊跷，一个村民的摩托车是放在自己家的院子里被盗的，晚上 11 点钟，他骑摩托车回家后，用保险锁锁在院子里，院门也是拴上的。夜里也没有听到动静，第二天早上起床，摩托车不翼而飞。另一个村民的摩托车是在大致坡镇上丢失的，村民说，他上午骑摩托车赶墟，把摩托车停放在一个肉铺旁，然后进了离肉铺七八米远的铁器店选购菜刀。仅 5 分钟，他买菜刀出来，摩托车就不见了。问肉铺老板，说是一个年轻人用车钥匙开走了。然而，摩托车钥匙没有丢失，车子怎么会被人开走了呢？

还好，另一组侦查员小有收获。

2 月 28 日，下着小雨，两名侦查员一身便装，搭乘班车来到大致坡镇，去了一个瓜菜基地。这里也是大致坡瓜菜主要交易地。侦查员装成远道来的瓜菜收购商，主动找其他瓜菜商了解瓜菜行情。其中一名是大致坡镇上的瓜菜商，姓冼。冼先生说："生意好做啊，可就是命里不带财。这两年，我搞瓜菜生意也赚得十几万，运气不好。先是家里人得了场大病做手术，花了五六万，初四那天夜里，又丢了一车瓜菜，搞得血本无归。"

侦查员问："丢了一车瓜菜？怎么会丢了？"

"我家住在镇政府旁边的街头上，头夜里将瓜菜装运上车，停放在家门口，第二天一早，准备运瓜菜去海口。哪知道，打开门，门前空荡荡，连车带瓜菜被偷了。你看我现在搞瓜菜运输，是租用人家的车。”

“你应该报案呀。”

“哪有不报案的?”冼先生唉声叹气地说，“当即就报了案。派出所也很快立案侦查。可是，这种无头案，来无影，去无踪。派出所民警清查了镇上的出租屋和暂住人口，抓了几个可疑人员，但审来问去，审不出结果。派出所手头无证据，找不到什么线索，无可奈何，也只好将人放了，我也只好自认倒霉。”

“被盗的是什么车?”

“手扶拖拉机，金鹿牌，才买不到半年。”

侦查员赶到大致坡派出所了解案情。派出所民警说：“接到报案后，当即对现场进行了勘查。那天下雨，车辙印迹比较清晰，我们跟踪车辙追踪，发现拖拉机在大致坡镇一间废旧工棚前停留过。但当时，工棚里没有任何人。我们对工棚进行监控，当天夜间，又在全镇开展清查行动。其中有 8 个人溜进这间工棚玩麻将赌博，带他们到派出所审查，虽然也怀疑这几人有盗窃拖拉机嫌疑，但他们一口咬定不知道，只好以涉赌为名处罚教育释放了。”

侦查员问：“抓获的这些人中有没有广西人?”

“好像有一个。这伙人成分复杂，有河南、湖北、湖南，还有海南文昌、定安、澄迈的，有的住在大致坡镇，有的住在琼山府城。那个广西人是叫……阿雄，租住在镇上一间民房。不过，这家伙行踪不定。据房东讲，他时常带一伙人进来。后来房东不让他随便带人同住，此后，他就三天两头不落屋。”

陈庆武把阿雄列为重要对象，带领一个侦查小组驻扎大致坡，与派出所民警一起开展侦查工作。连续两天，阿雄都没有在镇上出现。到第三天下午，这阿雄不知上哪儿喝酒，醉醺醺地回来了。侦查民警以检查暂住人口为名，来到阿雄的住所。房门敞开，阿雄像条死猪摊在床上，吐了一地。民警叫他起来问话，他磕磕巴巴，颠三倒四的，查问了老半天，也没问出什么名堂。没办法，只好留下一名民警监控。

第二天，阿雄哪儿也没去，邀几个人在家打牌。今天，阿雄出门去了府城，晚上 11 点钟，伙同一青年男子回到大致坡，但没过多久，又背个挎包，匆匆出门。陈庆武估计，这两人可能是要去作案。他带领侦查组民警远远地跟了上去。

这时夜深人静，大致坡街面上空荡荡的。下了一天雨，路面湿滑。昏暗的路灯下，阿雄和同伙不慌不忙地往前走，过镇政府大院，拐进一条小巷。两人轻车熟路地来到一户人家门前。显然，这两人早踩好点，对这附近情况非常熟悉。阿雄前后左右瞟了瞟，四下无人，便踩着同伙肩膀，抓住墙角，如同一只狸猫，轻松地爬了进去。陈庆武他们远远地盯梢，待两人都爬进院子里，他挥了挥手。一名侦查员也悄悄地爬上了墙头，俯身往下看，见两人进了屋廊，蹲在一辆摩托车前。那辆摩托车挂着一把防盗大锁，另外还有一根铁链把摩托车捆锁在屋廊柱子上。阿雄从挎包里取出铁钳、扳手之类作案工具，也不知怎么弄的，没听见什么动静，那铁链条就从柱子上解散开来。接着，“咔嚓”一个轻响，沉重的摩托车防盗大锁被他打开了。整个过程花了不到5分钟。

两人快速把工具收拾进挎包，放进摩托车后备箱中，将摩托车推走。到庭院门前，阿雄开门，先走出来。就在这一刹那，埋伏在大门两旁的民警扑上去，将阿雄压倒在地上。与此同时，趴在墙上的民警也跳进院子，去擒拿另一名同伙。阿雄的同伙用力把摩托车一推，摩托车倒在民警身上。民警要扶住摩托车，一时腾不出身子。陈庆武带领其他民警冲进去，该犯罪嫌疑人往院子里面逃跑。陈庆武想这是个院子，还能逃到哪儿？他带领民警急起直追，穿过屋廊还有一个后院，有一道后门。该犯罪嫌疑人抽开门栓，跑出了院子。陈庆武跟着追出，却傻了眼，后院是一幢幢民宅，不到两米宽的小路挨着民宅七岔八拐。陈庆武与民警追查了几条小路，但连人影也没有。夜色黑沉沉的，天知道阿雄的同伙往那条小路上逃了。

眼瞅着到手的猎物溜掉，陈庆武有些懊恼。还好，阿雄这回是人赃俱获。追捕盗贼的行动惊醒了屋主，一家老老少少都跑了出来，见摩托车被推到院门口，不由得目瞪口呆：“放在自家院里，还加了两把大锁也能盗走。这以后不知把摩托车放哪里才会安全？”当然，主人很是庆幸摩托车没被盗走，拉着民警的手称谢不已。

拖拉机失而复得

2005年3月18日　星期五　阴

经对阿雄进行讯问，他交代：逃跑的同伙叫阿陆，与他同属一个盗窃犯罪团伙。这个团伙共有5人，有的住在大致坡镇，有的住在府城，有的住在云龙镇，时聚时散，专门盗窃摩托车和手扶拖拉机，先后在海府地区、文昌市、定安县等地疯狂作案10多起。

陈庆武派出三个追捕小组，分别前往三地，对这个犯罪团伙的其他成员实施抓捕。

可是，追捕组民警都无功而返。因为阿陆脱逃后，立即将公安抓捕的消息通知了其余同伙，待民警赶到其家里时，已是人去屋空。如何将他们抓获归案？于是再次对阿雄进行讯问："你们是怎么联系的？"

"没有固定方式，"阿雄说，"各人分别踩点，发现有好下手的目标就打电话通知。"

"平时聚在一起吗？"

"会的，谁搞到钱谁就做东，邀大家到一起玩上一次。"

"都玩些什么？"

"有时上舞厅唱卡拉 OK，有时上发廊泡小姐，大多时间是找个地方玩牌。"

"你把最近几次聚会活动情况说个清楚，由谁领头？玩了多久？都玩了些什么？具体到哪儿玩？"

"这个……也要说啊？"阿雄不解地望了望民警，说，"我邀大家打牌。阿庆喜欢唱歌，他有了钱就请大家上舞厅去唱卡拉 OK。阿城爱吃，他会请大家去大排档吃喝一顿。阿陆长得帅，讨小妞喜欢，镇上有家发廊的两个小妹跟他要好。他会请我们去发廊泡妞……"

"跟阿陆要好的发廊女叫什么？"

"一个叫阿珍，还有一个叫阿晶。"

3 月 4 日上午，陈庆武带上侦查组民警再次来到大致坡，在发廊里找到阿珍和阿晶。这两位发廊女说，昨晚阿陆来过，玩过后就走了，没说去哪儿。但透露了一个重要信息，说大致坡镇上有一间废弃的工棚，今晚上，他们可能会聚到工棚里打牌。而这间工棚，就是瓜菜商被盗手扶拖拉机曾经停留过的地方。晚上 9 时，陈庆武调集民警悄悄往工棚靠近。但见工棚里面透出暗淡的灯光，传出"一筒、三条"的打牌声，民警迅速将工棚包围。随着陈庆武一声令下，民警冲了进去，正埋头打牌中的 4 名犯罪嫌疑人一个个抱头鼠窜，恨不得有个地缝好钻了进去。阿陆腿快，起身就跑，刚迈出工棚，就被民警一个扫堂腿绊倒抓住。4 人无一漏网。

经取证，这个盗窃团伙先后作案 33 起，盗得摩托车和手扶拖拉机数十辆。冼姓瓜菜商的金鹿牌手扶拖拉机也是他们偷的。春节前，阿陆就盯上了这辆手扶拖拉机，但拖拉机笨重，不如摩托车偷起来简便。平时，冼先生将拖拉机停放在自家院子里，发动机声音一响，必然惊动屋内车主。他们一直没有找到偷盗的时机，初四晚，冼先生将拖拉机装满了瓜菜停放在院外，他们觉得机会来了。凌晨3时许，阿陆、阿雄他们带上作案工具，趁冼先生一家熟睡的时候，撬开拖拉机大锁，点火发动，顺利地将拖拉机连带一车瓜菜偷开出来。他们先将拖拉机停放在工棚旁边，卸了几十个西瓜留着大伙打牌享用，然后，把瓜菜拖到琼山水果批发市场销售，完了又将手扶拖拉机卖给文昌市的一个村民。

民警投入紧张的追赃行动。陈庆武带领刑警队员赴文昌，走定安，跑府城，不到一星期，追回被盗摩托车17辆、手扶拖拉机2辆。在追缴冼姓瓜菜商的手扶拖拉机时，遇到些麻烦，购买这辆赃车的村民花了5千元，这是他一年的收入，眼看着买了不久的拖拉机要被收缴，5千元打了水漂，任凭民警怎么说服教育，就是不肯把拖拉机交出来，并且摆出一副拼命三郎架势，举着一把菜刀，威胁说如果收缴拖拉机，他就不活了。他的家属也趴在拖拉机上，呼天抢地，寻死觅活的。虽然这位村民涉嫌销赃，民警却还不便处罚，村民只是没有法制观念，贪图便宜，购买了赃物。如果强行收缴，闹出人命来，问题就严重了。想来想去，陈庆武只好从收缴盗窃团伙的赃款中，取出5千元，算是还给那村民购车款，这才把拖拉机缴了回来。

陈庆武打电话通知冼先生，让他来领回被盗的手扶拖拉机。见到拖拉机失而复得，冼先生激动得不知说什么好，拉着陈庆武的手不放说："晚上我请客，把大家都叫上，上龙凤大酒店……"

当然，民警没有上龙凤大酒店。

几天后，我们投入了又一场战斗。接到群众举报：琼山与定安县交界的仙沟镇有家铺面，有人以押大小方式设立赌局。这个赌场我早有所闻，老板姓汤，定安县人，异常狡猾，赌场开开停停。民警去清查时，他就关门大吉，民警一走，又把赌场开了起来。并且，赌场又是设在琼山与定安交界处，琼山抓赌，老板迈腿就躲进了定安县境；定安抓赌，老板转身又藏入琼山辖区。

这次，分局没有轻易出击。3月11日起，治安股长陈旭带了几个民警便衣赶到仙沟镇，有的装成看热闹的闲人，有的打扮成客商。连续五六天的侦查，渐渐摸清了这个赌场情况。老板设赌没有定期，每要开赌，都是事先约定好几个人，赌局一开，往往就是一个通宵，甚至几天几夜。

善恶有报，时候已到。今天，彻底清算这个赌场的时候终于到了。为防止赌场老板再玩抓东躲西的游戏，今天一早，我给定安县公安符关秀局长打了电话，希望他派出警力与琼山联手打掉这个赌窝。我刚说了个话头，符局长就哈哈大笑，说："你琼山民警跑到我地盘上办案来了，来而不往非礼也，我定安民警不上你琼山做点事说不过去吧。”上午 11 时，琼山派出 20 名民警，定安方面也派出 20 名民警，双方联手，将赌场铺面团团围住。赌场内，不大的一个厅堂，摆放着十多张牌桌，赌徒们正赌得得意忘形，吆三喝四地吵成一团。瞬间，见到神兵天降，赌徒又乱成一团。有的爬窗逃跑，有的慌不择路，甚至顾首不顾腚，躲藏到桌子底下去。面对突如其来的民警，赌场汤老板哭丧着脸，还以为只是作罚款处理，狡辩说：“我们只是几个朋友在一起聚聚，偶尔玩玩。你们……就，就少罚点吧。”

民警对他亮出了刑事拘留证说：“这回别想蒙混过关了。”汤老板傻了眼，一个大男人，忽然坐倒在地上，哇的号啕大哭起来。民警把他拽了起来，戴上了手铐。其他 16 名涉赌人员一个也没有跑掉，全被依法拘留。

私彩杀姐抛尸案

2005 年 3 月 27 日　星期日　雨

赌博已成了影响社会治安的严重隐患。今年以来，我们抓获涉赌人员 60 多人，治安拘留 12 人，缴获赌资 4 万多元，对赌博打击不可谓不力。然而，赌博如同吸毒一样，一旦上瘾，便极难金盆洗手。就在我们端掉与定安交界处的赌窝那天，因为赌博发生的一起凶案尤其令人警醒和震惊。这是一起弟弟杀死姐姐的抛尸案。

案件是作案人投案自首暴露出来的。

犯罪嫌疑人叫洪有财，34 岁，红明农场晨光管区人。叫“有财”，偏偏无财，母亲早已去世，家中有妻儿、年迈的父亲和一个妹妹，全家就靠他在府城开载客摩托为生。每日里，他起早摸黑，骑上“摩的”，大街小巷拉客，一天有时跑上几十里地，但拉一个客也才两三元，一天仅赚得上几十元。手头紧巴巴的，洪有财恨不得一分钱掰成两分花，睡梦里都想着发财。在朋友感染下，他玩上了彩票。

他玩的彩票不是国家发行的福利彩票和体育彩票，而是一种“私彩”；由私人老板经营，印制成编有号码的地下彩票，然后以二块钱一个号，私下兜售，诱使那些存有一夜暴富心理的人们购买。买中号码兑奖的，所花的二块钱就可能得到两千元、乃至二万元。一般情况下，中奖概率极低，买彩票者花出去的钱往往是肉包子打狗，有去无归。私彩老板也正是通过这种非法手段敛取不义之财。这种“私彩”实际是一种赌博活动，利用人们潜意识中的投机取巧、不劳而获的赌徒心理，诱使人们上当受骗。公安机关曾进行过多次打击，但是侥幸发财的大有人在，尤其是一些人陷进去，便进入了赌博的怪圈。有的是抱着这样的念头：“这次中不了奖，下次就一定中。”还有痴迷私彩者以大网捕鱼办法，一次买上数千上万元彩票，企图通过中奖成为百万富翁。

私彩也因此屡禁不绝。

洪有财起初买码打私彩，偶然还中过三五十元的小奖。有了这点刺激，他对私彩更有兴趣了，将自己辛苦拉客挣来的钱大都用在买码猜奖上。一年前，姐姐离婚，他见姐姐孤单一人怪可怜的，就收留到家中。吃饭人多了，这使他生活越加困难。尽管如此，一家大小相安无事。无奈辛苦一天回到家中，见到姐姐无所事事，闲得发慌，他想该让姐姐做点事赚些钱好补贴家用。可是，让姐姐做什么呢？重活，姐姐干不了，找点轻松活让姐姐打工，却应聘不上。他鬼迷心窍了，半年前，他把姐姐也拉进了私彩陷坑里；但这一进去，便是有进无退，深陷泥淖，不能自拔。

这时的他已由买彩票的彩民变成卖私彩的小老板。

姐弟俩经营的是替上线卖彩票，在民警少有光顾的地方摆起销售“私彩”的摊子。起初，两人赚了点小钱，但也就此饮鸩止渴般患上了彩瘾，成了一个“私彩”迷，有空就琢磨着彩票，巴望贩卖私彩发财。但两人时运太差，没过多久，卖出的彩票屡屡被人打中了二等奖和三等奖，兑现要付出一万多元。他拿不出钱，只好东挪西借，背了一屁股债才算把奖兑给了彩民。卖彩票连连亏本，家庭经济也更陷困境，姐弟俩整日里唉声叹气，怨天尤人，也因此口角起来。弟弟指责姐姐不会卖彩票，姐姐埋怨弟弟搞来一些尽可以中奖的彩票号码。但赌徒心理是，越输越赌，不扳回本来不罢休。尽管兑奖兑得牙咬肉痛，洪有财却发誓，一定要把输了的钱赢回来！屋漏偏逢连夜雨，前不久，他俩卖出的彩票再次被人打中了一个一等奖，一等奖是一万元，他必须拿出一万元付给中奖的彩民。这一万元如同一根闷棍，打得姐弟俩傻了眼，从哪儿凑一万元给人家？

3 月 18 日，洪有财的妻子带着儿子去娘家借钱，他也出外找朋友借钱，忙了一天，一分钱也没有借到。晚上 9 点多钟，他空手回到家中，父亲和妹妹已睡去了，只有姐姐一人安安静静地趴在桌旁，仍旧在认真填写彩码，心想，家里欠了这么多债，你倒还像没事人似的。一肚子闷气不禁爆发开来，向姐姐喝骂道：“笨猪！废物！你怎么不去死？还有闲心坐在这里!”

姐姐愕然说：“我不做彩票做什么?”

“谁知道你做什么？你这只丧门星，走进家来，家就败了。”

“你不要乱骂人，”姐姐也生气了，指责洪有财说，“要说起来，还不都是你，是你叫我卖私彩，现在亏了，怎么怪起我来了？”

这句话说得洪有财恼羞成怒，无名火直蹿脑门。他抄起门后的顶门棍，照着姐姐头上一阵乱打，姐姐抱着脑袋只叫了几声就倒在地上不动了。他把棍子一丢，哼了一声：“看你以后还敢跟我顶嘴。”拉开房门，气咻咻地出门去了。门外，下着雨，他让雨水一浇，心头的那股火气熄了，脑子也渐渐冷静下来。他沮丧地回到家里，见姐姐仍倒在地上，身下是一摊鲜血，不由慌了，凑上前去一摸，姐姐全身冰凉，死了。他心里一空，完了，怎么把姐姐打死了？不由得惊惶失措，怎么办？怎么办？杀人要偿命的，这让人发现怎么是好？他盯着姐姐的尸体呆坐了好一阵，这时是深夜快12点了，思来想去，还是尽快处理尸体要紧。尸体藏哪里呢？放家中，不行，父亲、妻子、妹妹知道了不得了，要闹翻天的。他想到红明农场，那一带他熟悉，记得农场长坡村是一片荒野，有口水井，尸体放到那里不会被人发现。他赶忙扯过一条毛巾，把姐姐的头包好，再用件雨衣包裹住她全身，然后放上摩托车后座，用绑带固定住，趁着夜色骑上摩托车，疾驶到数十里外的红明农场长坡村。他把姐姐的尸体抛进了水井里，完了，匆匆地返回海口。途经南渡江大桥，他把裹尸体的毛巾和雨衣扔进了南渡江中。深夜1点多钟，才赶了回家，地上还遗留有姐姐大摊血迹，他赶忙又用水把血迹冲洗得干干净净。忙完这一切，这才冲了个凉，躺到了床上。

这一夜，他睡得极不安稳。一会儿梦见姐姐满头鲜血，手中挥舞着彩票追赶；一会儿又梦见姐姐在水井里探出手来，一把将他抓住，拖进水井中……凌晨4点钟，他从噩梦中醒来，吓出一身虚汗，再也睡不着了。第二天，妻子带着儿子从娘家回来，见姐姐不在，问姐姐上哪儿去了。他脸色煞白，故作镇静地说，姐姐上朋友家去了，可能不回来住。他骗过了妻子，哄过了父亲、妹妹和亲戚朋友，但哄不过自己。自这以后，他整日里陷入紧张、焦虑、惊恐和悔恨中，一闭上眼，就看见姐姐披头散发向他追讨性命，一夜睡不了三五个小时就吓醒了。这种日子使他无法忍受下去。昨天晚上，他在妻子陪同下，来到分局投案，坦白交代了杀死姐姐的罪行。

这是一条人命案，我们不敢怠慢。副局长陈敏带领刑警连夜赶往洪有财家中、南渡江大桥和红明农场抛尸地点调查取证。包裹尸体的雨衣和毛巾找不到了，抛尸当晚，这些作案工具随着江水的流逝早已无影无踪。经洪有财指认，刑警找到了抛尸的水井，花了一个通宵，才将尸体打捞上来，面对姐姐湿淋淋的身躯、死不瞑目的双眼，洪有财扑通跪倒在地上，在蒙蒙的细雨中，他号啕大哭起来："姐姐，我该死，我对不起你啊——"

人们常说，利令智昏。一旦财迷心窍，人性便会严重歪曲，什么伤天害理的事都能够做出来。洪有才的杀人案留给人们有太多的思考。

三角公园私彩大扫荡

2005 年 3 月 28 日　星期一　晴

洪有财杀姐抛尸案经媒体披露，在社会上引起巨大震动和反响，成了人们街头巷尾热议的话题。人们无不为之摇头叹息，因为私彩，一个善良的人变成了杀人凶手，一个好好的家就这么毁了。尽管教训惨痛，但"私彩"并不因此让人生畏，它是一条化成美女的毒蛇，是一个伪装成天使的魔鬼，吞噬人的灵魂，吸干人的血肉。在府城、各乡镇，仍有人兜售私彩，还有人公然开起"私彩"课堂，给私彩传经授道，鼓动群众加入私彩买卖，以至一些生活在贫困线的市民群众，禁不起诱惑与煽动，企望通过私彩中奖致富，于是，节衣缩食购买私彩……

私彩，撕裂社会的稳定和谐，给人民群众带来了极大祸害，必须狠狠打击。

上午，分局召开打击整治私彩活动专项行动动员会议。这是对"私彩"大围剿的战前动员。分局党委全部成员以及治安大队、刑警大队和府城 6 个派出所全体民警参加了会议。我特别要求注意两点，一是要跟踪追查私彩窝点，连根拔起，以绝后患。二是要切实做好保密工作，防止行动消息泄露，否则，还不等我们出击，私彩活动便转移得无影无踪。分管治安的副局长柯廷雄作了警力部署，将警力分成六组，分进合击，务求将私彩窝点一锅端掉。

上午 9 时 30 分，民警向三角公园进发。三角公园处于区政府门前，原是人们休闲纳凉、锻炼身体的地方。近期来，私彩活动猖獗，有的私彩老板在这里摆摊设点，更有彩迷在这里举办私彩讲座，给彩民传经送宝，借机兜售非法印刷的《私彩信息》《私彩如何中奖》等私彩宣传品。一个休闲的文化体育活动场所被私彩搞得乌烟獐气。

刑警便衣人员先行进入公园，摸底侦查园内"私彩"活动情况。在进园的一个入口处，就有一个私彩摊点，一名中年妇女提着个竹篮，里面摆放有各种私彩宣传品。侦查员阿雄装成彩民，凑了过去，该女立即兜售开来："先生，买我的彩书去看看，好些人都是看了我的彩书中奖的，才 10 块钱一本……"

阿雄翻了翻竹篮内的彩书，有 20 多本。他问："买的人多吗?"

"多咧，我拿来了一百多本，现在就剩下这些了。先生，你买啦。"

"你彩书种类太少，我到前面看看去。"阿雄说着，摆脱纠缠，往园内走去。公园里面，绿草茵茵，树木苍翠，花香袭人，这美丽的去处现在却被私彩所占领，叫卖私彩的吆喝声此起彼伏，一片喧嚣、混乱。兜售的私彩宣传品名目繁多，五花八门，有私彩奖纸、私彩规律表，以及《私彩如何中奖》《私彩北方信息》《私彩号码中奖计算》《彩票中奖规律》等各种非法印制的书籍。树荫下，人群簇拥，老远就听见有人"授课"，一名所谓的"私彩专家"竟然拿着扬声器，高高地站在石凳上宣讲；讲的人声嘶力竭，唾沫横飞；听的人如痴如醉，神情激奋。侦查员数了一下，这种公开煽动购买私彩的讲彩点居然有 14 个之多。

获悉了公园内私彩情况，民警开始出击。

150 多名民警兵分六路，堵住了园内所有出入口。"私彩专家"惊惶失措，有的把私彩宣传品往公园铁栅栏外面塞，有的攀爬铁栅栏想逃出抓捕……但这里已形成了一道严密的封锁线，内有便衣侦查员监控，外有制服民警包围。那些"私彩专家"和兜售私彩书籍、彩票的违法人员无一漏网地被抓获。企图翻越栏杆逃跑的，刚把脚伸了出去，就被公园外的民警警告，吓得又缩了回来。一名"私彩专家"扔掉手中的扬声器，装着看热闹的群众，企图蒙混过去，但立刻被便衣侦查员认了出来。

当然，行动也遇到阻碍。

一名贩卖私彩的中年妇女装疯要泼，不仅拒捕，还扯住一个民警又撕又咬。虽然这位民警身躯高大，只要轻轻一推，她就会承受不了，但职责在身，纪律在身，民警不能还手，只好忍痛让她在自己手臂上狠狠咬了一口。柯廷雄副局长紧急调来两名女民警，这才把那位妇女架开并制服。

也有彩民对行动极不理解，竟然围攻阻挠民警执法。一群人看我像是领导，把我围了起来。一个妇女指着我质问："'私彩'又不是吸毒赌博，又不是盗窃抢劫，凭什么抓人?"一个男子站在外圈高声叫道："私彩没有违法，国家也发行彩票，私人搞彩票为什么不行?"我向他们解释说："私彩是违法活动，国家关于彩票管理有明确法律规定，私人禁止发行销售彩票。公安机关禁止、打击私彩也是为了群众的利益，避免大家上当受骗……"但我的声音被乱哄哄的吵骂声淹没，几乎没有人听得进去。

彩民受私彩毒害匪浅，对他们只有耐心说服教育。分局几个领导紧急商议，当即决定，临时在公园里开办私彩危害学习班。由治安大队负责，把彩民集中到一个草坪上，政委黄海平充当宣传员，用收缴来的扬声器，向彩民宣讲国家关于彩票管理的法律法规，宣讲“私彩”危害性和欺骗性。他列举了昨天发生的弟弟杀死姐姐的案例：“私彩害得洪有财丧失理智杀害自己的姐姐，搞得家破人亡。打击私彩、禁绝私彩，是公安机关责无旁贷的执法工作。大家是私彩的受害者，希望支持、配合我们执法。横加阻挠、制造事端，这是违法行为……”一个多小时的宣讲，彩民渐渐平复了情绪。一位退休工人模样的彩民说：“我打彩票花了一万多元，只中过不到一百元的小奖，来这里原想听听私彩讲课，以为可以学到些中奖经验。哪知道，他们讲的也是瞎蒙。还是政委说得好，要想发财，只有脚踏实地，靠自己本事，想投机取巧，通过私彩发财，真会把家底子都输光。”

广大群众对打击私彩予以大力支持。下午，有群众主动向文庄派出所举报：位于府城一幢废旧别墅里有家私彩印刷加工窝点。派出所所长陈平带领民警作了实地调查，证实情报可靠，决定晚上行动。23 时，文庄派出所与治安大队联手，袭击府城星星别墅 11 幢。尽管夜色深沉，别墅里仍然传出轰隆隆的印刷声。民警冲进别墅，但见几个房间里都摆放有小型印刷机械，大量彩图印刷品堆放在一旁，10 多名工人紧张忙碌着印刷切割，装订打捆，见警察进来，一个个都吓得慌了手脚。逃？窗户装有防盗网，大门一关，别墅成了铁笼子，可谓插翅难飞。

民警当场查获印制私彩用的印刷机、切割机、装订机，收缴非法印刷品 2 万多册，抓获 6 名涉案人员。这是一家姓王的内蒙古人开办的私彩印刷窝点。两年前，这位王老板抱着发财愿望来到海南，财却始终发不起来。今年 2 月，他投入所有家当，购买印刷设备，搞起了“私彩”非法印刷，原指望这笔“生意”给他带来财运，到头来却是“偷鸡不成蚀把米”，不但成本没了，人还得进拘留所。

府城街头犯罪团伙覆灭记

2005 年 5 月 16 日　星期一　晴

府城是东线高速公路的起点。每年 4 月，分局都要承担博鳌亚洲论坛安保工作。今年博鳌亚洲论坛是 4 月 21 日至 23 日举行，分局党委对安全保卫工作作了周密部署，几个分局领导一天 24 小时轮班带领民警上路巡逻，确保安全保卫万无一失。但就在 22 日，博鳌亚洲论坛年会召开的第二天，我们接待了来自广东汕头的几位民警。汕头警方来抓捕一名全国通缉的在逃杀人犯沙睛聪。其涉嫌7年前的一起杀人碎尸案，同案三名犯罪嫌疑人都已被抓获，只有沙睛聪潜逃至今。目前，沙睛聪流窜到海南，可能在府城，请求协助抓捕。

这使我紧张。在博鳌亚洲论坛会议期间，居然跑来一个杀人犯罪嫌疑人。

根据汕头警方提供的资料，我立即指示在府城地区进行拉网式排查。铁桥派出所民警找到沙睛聪的相关线索：当地一位水果商王老板与沙睛聪有业务往来。民警把王老板请来询问。王老板说，沙睛聪也是做水果批发生意的，年轻精明，生意搞得挺红火。当民警告诉他，与他打交道的沙睛聪是个杀人在逃人员时，王老板惊讶得眼珠子都要掉了出来，全盘托出了沙睛聪的情况：晚上，沙睛聪有一批水果要出货，可能经由哪几条路线。

晚上，铁桥派出所民警与汕头警方联合行动，在沙睛聪可能经过的几条道路上布控。子夜零时，一辆满载水果箱的大卡车缓缓行驶到民警哨卡前，沙睛聪坐在副驾驶位置，望见民警，双腿发抖了……

沙睛聪落网，我如释重负。不过，还有一个重大隐患等待立即清除。

还在3月份，刑警大队就了解到一个重要情况，有一个20多人的“乐东帮”“两抢一盗”团伙潜入海府地区活动，成员多是乐东籍人，作案手法残暴，先是暴力袭击，然后实施抢劫。多次在三角公园、五公祠一带作案，时聚时散，行踪不定，流动性大。我极为担心他们在博鳌亚洲论坛会议期间出来作案。试想，中央领导和国际政要莅临海南，这帮犯罪分子如果闹出点事来，影响就大了。于是，分局全体民警全部上街，严盯死守每个街口路段。还好，博鳌亚洲论坛会议期间，琼山没有发生任何案件和意外事件，安全保卫工作顺利圆满结束。当然，这是由于我们防范严密，犯罪分子找不着下手作案机会。果然，随着博鳌亚洲论坛胜利闭幕，大批警力从街面撤下来，街头又开始出现“两抢”案件。

5月3日晚8时，某公司陈女士与同事在酒店吃完饭，独自一人回家，走到府城中巴车站附近时，忽然窜出一名男子，猛扑上来勒住她脖子，要抢她手中提包。她拼命叫喊，脖子却透不过气，她死抓着提包不放，那男子拾起地上土块，猛砸她的头部。疼痛中，她的手松开了。那男子抢得提包，迅速往另一条路逃去。这一切发生在瞬间，待她报案，民警赶去，只见陈女士站在路旁哭泣，问她劫匪长得什么模样，她摇了摇头。歹徒从背后偷袭，抢劫得手就没了人影，并且又是夜晚，她无法辨识歹徒模样。

说起这起案件，实在令人震惊。

从作案手法来看，很可能是“乐东帮”所为。刑警大队一直没有放松对这个团伙的追踪，但一个多月过去，仍没有找到犯罪窝点。分局几个领导倍感压力，茫茫人海，这些犯罪嫌疑人会躲在哪儿呢？又会在哪儿突然冒出来作案呢？侦查民警调阅了近期所有“两抢一盗”案件档案，陈敏副局长还亲自上街，查看作案现场，实地调研。思来想去，最好办法还是加强防范，警力摆到街面上，调集刑警大队、治安大队警力，在可能作案的地段蹲点守候和巡逻，以“逮现场，打现行”战术攻坚。

刑警大队是主力，大队长陈庆武、教导员吕勇、副大队长张彪带领打击“两抢”专业队24名民警，分成7个小组，布控在府城三角公园、五公祠、道客村、高登街等重要地段。纳闷的是，一个星期过去，街面没有发生任何“两抢”案件，难道犯罪分子嗅出了我们的味道？民警没有丝毫麻痹。郑荣贵、李云、李献国、吴雄等几名侦查小组长有的胃病发作，有的中暑发热，有的腹泻拉肚子，但仍坚持在街头守候；赵英光、符纪元、沈荣标等几名老刑警队员，不顾年纪大，身体弱，仍然与年轻人一样，行走在破案第一线……

功夫不负有心人，机会终于来了。

11日14时，一名女子从商店买完东西出来，走到琼山第三小学附近时，突然窜出3名男子，一人勒住她脖子，把她往一条小巷里拖，另外两人动手抢她手上的皮包。该女子死死抓住皮包不松手。勒脖子的歹徒喊：“捡石头砸她！”一个歹徒要去找石头，大街上光溜溜的，哪有石头？便继续拖着她往小巷方向去，连拖带拽20多米，眼看就要进入小巷。危急关头，一名民警正领着联防队员巡逻到二横路，三步并作两步地飞奔过来。3名歹徒吓得一哄而散，分成三个方向逃跑。这给民警出了难题，要同时抓住三人是不可能了，但只要逮住一个其他的也跑不了。两人几乎是不约而同地瞅准紧勒女子脖子的歹徒，分两边包围。歹徒慌不择路，一不留神，被人行道上的石阶绊了一下，脚下一个踉跄，行动不由得迟缓下来。就在这一瞬间，民警和联防队员一个箭步，一左一右挟住歹徒手臂，麻利地将这名歹徒擒获。

歹徒叫韦福永。陈庆武主持了对他的讯问。

在刑警大队，韦福永像是一只丧家犬，早没了抢劫时的凶恶与嚣张。他供认，参与“两抢一盗”案件30多起，也交代了犯罪团伙内部组织情况。

这是一个人数众多的“乐东帮”犯罪团伙，组织严密，等级分明。团伙内又分成三个小团伙，三个小团伙相对独立，又相互照应，并立有帮规，规定所有抢劫来的赃物不得私吞，必须如数上交；刚入伙成员抢劫的赃物不能过夜，必须立即上交；老成员抢劫的赃物可以隔天上交，但不得私藏隐瞒，否则也要受到处罚。他们主要活动在府城一带，三角公园和五公祠的街心公园是其汇合、商议行动的地点。每天早上，团伙成员都要在这里集中，汇报情况，然后就三三两两分开寻找对象下手作案。韦福永是一个小团伙头目。在他这个小团伙中，得力干将是苟冲、绪世才两人，类似武侠小说中“长老”角色，所有成员抢劫来的财物必须全部交到苟冲手中，经清点后交给绪世才管理，由绪世才负责团伙成员的吃住和日常开销。

陈庆武立即组织 40 多名民警，兵分两路，向三角公园和五公祠疾驰而去。

太阳坠入了地平线，天边彩霞艳丽，暮色笼罩了城市。正是下班时间，上班族从区委大院里涌出，没有谁注意到大院对面的三角公园里，有五个年轻男子在闲逛。他们是韦福永团伙成员，为头的正是绪世才、苟冲二位“长老”。今天，五人一整天都候在公园里伺机作案，因不时有民警来回巡逻，始终没有找到下手机会。现在，民警好像也下班了。五人把眼光盯住过往行人，想逮住这个空当捞上一笔。很快，他们瞄中了一个目标。公园外的人行道上，走来一个胖胖的、挟着个公文包的男子。五人相互递了个眼色，从公园里出来，散开把该男子围住。该男子瞥他们一眼，停住脚步。五人正要冲上去抢包，忽然，大街上两辆警车长鸣警笛开了过来。五人胆怯了，绪世才打了个手势，示意停止行动，想等警车走了再动手。然而，感觉不对劲。警车呼啸着停在他们身旁，车门打开，一大群民警跳了下来。绪世才吓得大叫一声：“完了，快逃!”五人散开逃跑。迎面，刚挟公文包的男子挡住绪世才的去路，也不知从哪里又跑出几个便衣，将他们团团围住。迅雷不及掩耳，5 人分别被按倒在地，戴上手铐，推上了警车。他们蒙了，眼前，那位男子和民警在一起，这究竟是怎么回事呢?

与此同时，另一路民警赶赴五公祠，与早先留守在这里的便衣民警汇合，包围了五公祠对面的一家大排档。这里是“乐东帮”的定点餐馆，聚有 11 名团伙成员。他们刚坐下，点好了酒菜，准备吃晚饭，就在拿起筷子的当儿，数十名民警冲了进来，将他们围坐的两张桌子围了个水泄不通……

民警们欢欣鼓舞，一天抓获 16 名抢劫犯罪嫌疑人，这可是今年以来的最好战绩。陈庆武让人打电话叫快餐店送来了几十份快餐，吃完晚饭，又挑灯夜战。经进一步侦查，这个团伙成员共涉嫌作案 151 起，其中抢劫抢夺88起，盗窃摩托车53起，其他刑事案件10起。

陈庆武把情况向我和陈敏作了汇报，我很高兴：“很好，再接再厉，继续扩大战果，把这个团伙连根端掉!”用不着我吩咐，13日，根据办案民警掌握的线索，在三角公园旁的一间快餐店又抓获5名团伙成员。14日，通过跟踪布控，再次在三角公园内抓获一名团伙成员。

至此，府城的大街小巷又恢复了往日的平静。

第十八章　大接访

大接访的第一天

2005 年 5 月 18 日　星期三　晴

人民群众来信来访很正常，但不容否认的是，有少数同志不这样认为，而是把接待来信来访当作一件麻烦事，甚至认为上访的都是刁民，故对上访人唯恐避之不及，将群众拒之门外。月初，公安部和省厅先后召开会议，要求把做好人民群众来信来访工作作为一项硬任务来完成，决定在全省公安机关开展“大接访”活动。这些天，分局几个领导都在忙碌于迎接“大接访”：在四楼腾出“大接访”专门办公室；通过多种方式向在全区广而告之“大接访”活动。

今天是“大接访”的第一天。

还不到 8 点，我就来到了办公楼。刚上到四楼，见好几位陌生人站在办公室门外。不用说，这一定是上访群众。我连忙开门，让进去坐下，打开空调，倒上茶水。这时，政委黄海平、分局其他领导和法制科民警也都陆续进来。也许看见我坐在局长的位置上，上访群众都涌到我面前争说上访事项。我笑着说：“大家别挤。我保证，人人得到局长接待，事事得到依法处理，先作个登记，按顺序来。”

法制科民警给上访群众发放登记表，编列了序号，大家很快都安静下来了。

我接访的第一位上访人是来自龙塘镇的农村妇女许慧兰。她尚未开口，泪水就流了出来。我请她坐下，慢慢说。许慧兰因其丈夫 9 年前被伤害致残得不到处理而上访。1996 年 8 月 6 日下午 2 时，她和丈夫朱学旭在家中午休时，朱学旭堂兄弟朱学明、朱学晓、朱学映 3 人持刀斧忽然窜进来，不由分说，对着她夫妻俩就是一顿乱砍。她吓得蜷缩在床上发抖，她丈夫被砍成重伤，鲜血溅满床。见她夫妻没有动静了，三人才扬长离开。在邻居帮助下，她把丈夫送去了医院，但因伤筋断骨，丈夫残废了。案发后，她报了案，但没有人理会，凶手至今逍遥法外。她请求为她做主，追究凶手法律责任，赔偿医疗费、因伤致残等各种费用。

我心头感到发痛，这起案件并不复杂，加害人和被害人明明白白，案发当时就应该处理了。我问："你以前向公安机关反映过吗?"

许慧兰说："前几年找过派出所，当面答复会很快解决。但每次都是这样，说要解决却一直没有解决。有人说要送礼，送了礼就会解决，但我们乡下人，无权无势，哪有钱，找过几次，就心灰意冷了。这些天，听人说公安局长要接待上访，我就来试试看。局长，你说，我这个案子能处理吗?"

"只要说的这些属实，我们一定会处理。"

"属实，属实。"许慧兰急切地说。

我转向问分管刑侦工作的陈敏副局长："这是一起刑事案件，可交由刑警大队查办，你看由谁来承办?"

"交给许进伟、陈天河吧。这两位民警较有经验，责任心强。"陈敏说。

"行。你回头给他俩交代一下任务，限期一个月内办结案件，同时让纪检督办小组跟进督办。要核查清楚这么几个问题：案发当时派出所是否立案？案件发生这么多年，为什么没有结果？如果有客观原因，要具体说明，如果是派出所不作为，要追究当时所领导的责任。"

我问许慧兰："这样处理你满意吗?"

许慧兰点了点头，但眼里仍带有些疑问。我看出她的顾虑，她担心当面答应解决，事后不了了之。我把我的名片给了她，说："这上面有我的电话号码，如果一个月内你的案件还没有处理，你就直接打电话告诉我，也可以直接来找我。"

许慧兰这才脸上露出笑意，佝偻着身子站起来："局长，那就谢谢你啦，我就……回去等消息了。"

"你可以回去了。"我说，再次向她保证，"你放心，你的案子我们一定会查办。"

接下来，我接待了三名上访人，其中一人是海南烟厂工人，因被他人殴打致伤医疗费得不到足额赔付。上个月他被一卢姓男子打了，光住院就花了医疗费5000多元，但只得到1500元的赔付，要求公安机关帮他追缴剩余的3000多元，并追究打人者的法律责任。据了解，云露派出所已对此作过处理，打人者患有精神分裂症，他家人赔付1500元后，就不愿再支付了。我建议他，要讨回全部医疗费可向法院提请诉讼。另一个上访人是某公司职工，也是被人打了，要求打人者道歉，并赔偿医疗费。上访人属国兴派出所辖区，我当即打电话给国兴派出所所长，要求他处理好此事。第三上访人是府城镇金花二村村民，说选举生产队长时，他被同村一人用火药枪击伤，忠介派出所已立案侦查，时间过去几个月，案件仍无进展，要求尽快抓获伤人者，赔偿医疗费4000元。我当即将案件批示给忠介派出所，要求一个月内办结案件，依法赔给受害人医疗费。

送走这几名上访人员后，坐到我面前的是个四川人，在府城打工。他上访的事由是：妻子因为生产，他把妻子送进一家私人诊所，不料，诊所孙医生接生操作不当，致使婴儿死亡。他要求公安机关把孙医生抓起来，严厉处罚，为他讨回公道。

我问："你说的这家私人诊所有行医执照吗？"

"有，孙医生就是诊所法人代表。"四川人十分激动地说，"诊所倒是合法的，真要是黑诊所，我也不会把老婆送去生孩子。可问题是那个孙医生技术太臭了。女人十月怀胎，不容易啊。孙医生瞎搞，把我一个儿子给害死了。那是一条人命啊，李局长，不把孙医生抓起来，还不知他会害多少人。"

对这位四川人的要求，我不敢苟同了。从他反映的情况来看，最多算是一起医疗事故。我说："如果这家诊所无照经营，属非法行医，我们可以把问题反映给卫生和工商管理部门，取缔这家诊所。但据你说来，诊所是因为医疗技术原因致使婴儿死亡。这里面情况就非常复杂。如果是医疗技术水平差，接生中操作不当，这属于医疗事故，属于卫生部门管理，建议你向卫生管理部门反映。我们是公安机关，只对人身伤害、打架斗殴、杀人等各种刑事案件才有权处置。"

我详细给他解释了公安机关管辖的案件范围。不过，这位四川人听不进去，呼哧呼哧地喘气，大声地嚷叫说："我的孩子明明是孙医生害死的！你们不管还算不算公安机关？还算不算是人民公安？"

这位老兄有些难缠，按照他的逻辑，只有他才算是人民，我们满足了他的要求才算是"人民公安"。我笑着说："你的心情我理解，但请你冷静一些。你是来上访的，不是来跟我们争吵的。争吵解决不了问题，只有心平气和地讲道理，才能把问题说清楚，把道理讲明白。"见他纸杯里的矿泉水喝完了，我又给他倒上一杯，继续耐心解释，"你认为婴儿是孙医生害死的，这要有证据，他是怎么害的？是用刀杀的，还是手掐的？这些都不是吧。再说，你与孙医生无冤无仇，他也不存在害死你婴儿的故意，因此，你要我们帮你抓人，这不是帮不帮的问题，而是因为我们是执法机关，必须依法办事，否则，我们就是违法，犯法。”

“我的案子不受理？那我白上访了？”四川人又激动起来，“难道我孩子的死孙医生就没有责任？”

“有没有责任不是公安机关说了算。这要有医学部门的专业鉴定，建议你找有关医疗管理部门，请医学权威对你婴儿的死做出鉴定。你如果对鉴定不满意，对卫生管理部门处理结果不服，还可以去法院起诉，请求法院给予判决。公安、法院、卫生各部门各有职责范围，不能逾越各自权限。”

我费尽口舌，与这位四川人说了一个多小时，已过了 12 点钟，是下班时候，但还有好几位群众等待接访。我吩咐民警买了几十份快餐进来，发给上访群众每人一份。我拿过两份快餐，将一份递到四川人手里。他接过快餐，似乎有些意外：“我们上访，你们还请吃饭？”

“算不上请。”我一边吃一边说，“讲了这么老半天，不能饿肚子啊。大家一块吃，吃饱喝足了，再接着说。”

四川人的情绪渐渐平复。在我们不厌其烦、苦口婆心的诚意面前，他不好意思固执下去。他端着饭盒，筷子迟迟没动，好半天，蹦出一句话来：“我这趟上访没有白来，你们虽然没有受理我的案件，但让我相信你们公安了。回头，我去找卫生管理部门。”

接访工作“六怕”

2005 年 5 月 28 日　星期六　晴

把上访群众接待好，我觉得有两点很重要，一是要增进上访群众的信任感。在很多时候，我主动提起：“我父亲是‘文革’中受迫害致死的，也是一条命案，因此，我对上访的心情是理解和同情的……”这句话拉近了情感距离，使上访人感到亲切，不是打“官腔”。二是要有以民为本思想。设身处地为上访人着想，快受快办上访案件，能当场解决的，当即拍板解决；不能当场解决的，要启动解决程序，抓紧解决，不能拖着不办。虽然接待过大量上访人员，我仍然有“六怕”：怕伤害群众感情；怕群众不满意；怕群众不信任；怕群众有冤无处申；怕群众闹情绪；怕群众对公安工作不理解。尤其是这次“大接访”，上访人员众多，上访问题集中。

每天早早赶到“大接访”办公室，门口都坐有上访群众等候，平均一天有10多人上访。他们大多是有冤情、有委屈来上访的，有的甚至放弃家中的生产，抛下家中老小，上访多年，成了上访专业户。

接访解决一个问题，就给社会减少一个矛盾和事故隐患，这是接待上访的意义之所在。

甲子镇乌岭村的阿光就曾是一名上访专业户。5年前，有个村民被乌岭村的村民打死，阿光向公安机关提供了破案线索，犯罪人员被绳之以法。但因此他经常怀疑遭报复。今年，他家耕牛死亡、房屋毁坏、菜地胡椒被砍、家用饮水和照明用电被切断。他怀疑是举报对象家属干的，曾到市、区、镇政府上访。有关部门也调查过，认为他多疑，不存在报复问题，但没有拿出有力事证解除他心头的疑惑。于是，他上访不断，并扬言，你这级政府不管，我就上访到省里、中央去。在这次大接访中，他理所当然地成了一名重点上访群众。从他上访情况来看，我感觉，这是一名帮助过公安机关破案的群众，他的忧虑有一定道理。虽然没有他遭受报复的确切证据，但他心头的结解不开，始终认为他的问题没有得到足够重视。要他停访息诉，必须对他家牛死房毁等一系列问题进行认真查勘，找出确切答案，令他信服。所谓“解铃还须系铃人”，也只有这样，这一个“上访”的问题才能彻底解决。我经与叶明福副局长商量，决定由叶副局长带领一个调查组前往调查此事。

调查组由刑警、纪检等部门以及甲子派出所共10多名民警组成。甲子镇领导也因此重视起来，分管政法工作的副镇长冯书成亲自陪同调查组来到乌岭村。见调查队伍这么庞大，阿光心里踏实了，表态说：“我的上访得到领导这么重视，不管调查结果是什么，我都认了。”

调查结果同以前没有太大差别。关于耕牛死亡，刑警勘验了现场，找村民了解耕牛死亡状况，答案确是正常死亡。饮水、用电中断是因为没有与供电、供水部门协调好，没有缴纳水费、电费，是水电管理部门中断了他用水用电，不存在人为报复。关于他家房屋损坏，是因为房屋过于老旧。胡椒被毁可能是牛或者其他动物践踏，没有遭人破坏的证据。考虑到阿光曾因举报得罪了村中一些人，为了防止可能遭人报复，调查组通过镇委镇政府召开了村民大会，给群众上了一场公民遵纪守法的法制课。会后，又专门走访因阿光举报被判刑的5名犯人家属，要求长辈教育和约束家庭成员，不得对阿光有任何不利行为。否则，触犯法律会后悔莫及。甲子派出所还布置治安信息员留意阿光周围人员情况，如果查出有意破坏阿光正常生活的行为人，将严肃处理。鉴于阿光生活困难，派出所又拿出

500元，帮他缴纳了水电费。

阿光压根也没有想到，他的上访得到如此圆满解决，十分欢喜，逢人就说："还是政府靠得住，什么都给我考虑周全了。"村里人逗他："还去上访不?"他眼一瞪，说："领导对我这么好，我还上访，那不是给政府抹黑吗?"

常季平也是我接访中印象深刻的一位上访人。他是红明农场职工，去年1月，他在农场中学工地做工，住在中学宿舍楼。30日晚上9点半，看见一人在工棚旁撒尿，便上前去呵斥，不准随地小便，不料捅了马蜂窝。撒尿的人叫邓民基，是个火爆性子的"烂仔"。邓民基十分恼恨，当晚纠集9个同伙，手持砍刀闯进宿舍楼，不由分说地一顿乱砍乱打，当即把常季平4个手指砍掉，多处部位重伤。案发后，常季平被送往医院，但邓民基这伙人却逃之夭夭。由于没有把邓民基抓获归案，常季平得不到赔偿，住院治疗困难，生活拮据，愤愤不平，情绪激烈，公开指责"公安局连个虾米也抓不到"。此后开始上访，也曾闯到我的办公室，我劝慰他，要他回去，公安机关正在侦查破案，犯罪嫌疑人不会等着抓捕，会躲藏起来，抓获需要时间。我给他讲了有的案件犯罪嫌疑人潜逃数年才被抓获的案例，请他相信，一定会将邓民基抓获归案。但常季平很不冷静，反而出言不逊。一年来，先后到省市多个部门单位上访，扬言要走极端。

我理解常季平。他的言行虽然有些过火。但要使上访人情绪得到平复，唯一办法是尽快解决问题。

分局把常季平伤害案列为一号案件。一方面派出民警去常季平家，给他精神上抚慰，解决他生活中的困难；另一方面，加大案件侦查力度，调集大批警力，重兵压阵，向涉案人员家属交代政策，敦促投案自首，争取从宽处理才是最好出路。一次无效再次，再次不行三次……民警不厌其烦，一趟又一趟，对几名重点涉案人员家庭，有的去了五、六十次，动之以情，晓之以理，要求家属认清形势，以至有的涉案人员家属说"我家的门槛都被民警踏破了"。公安机关的决心和意志起了作用，有村民提供犯罪嫌疑人藏身线索，涉案人员家属也意识到，逃，终不是办法。这几天，家长陆续带着儿子投案自首。邓民基也在父亲陪同下，来到刑警大队，表示愿意承担伤害常季平的法律责任，赔偿受害人各种损失。

一件棘手的案子得到彻底解决，也更坚定了我们做好上访工作的信心。

游戏人生

2005 年 5 月 31 日　星期二　晴

这是一起既触目惊心又不可思议的案件。

案件发生在琼山木材公司宿舍，29 日下午，两名小女孩在家中玩耍，被人用刀杀死。经侦查，案情很快查明，犯罪嫌疑人是其中一个被害女孩的表哥，叫白正如，19 岁，三门坡镇人。分局迅速调集警力，拉开大网追捕。今天凌晨，白正如在走投无路的情况下，投案自首了。

他所交代的杀人动机和杀人经过实在令人震惊。

他说他从小就学习不好，成绩差，初中毕业后辍学在家。父母是下岗职工，或许因为儿子整日无所事事，闲在家中，父母看不惯，对他不理不睬，眼中好像就没有他这个人，当他不存在似的。他还有外婆。外婆也不喜欢他，经常呵斥、责骂。家里所有人都疼爱表妹，一个只有 10 岁的小女孩，不但学习优秀，而且天真活泼，聪明伶俐，天使般的笑容讨人喜爱。他恨自己，为什么不是表妹？为什么讨人嫌弃？他觉得在这个世界上，他是一个孤独的影子，到处是歧视的目光，到处是冷漠的面孔，充满着敌意。每见表妹在外婆、在他父母面前撒娇，他便被一种强烈的妒忌撕咬着，心中充满了愤懑和仇恨。他觉得，自己要是像网络游戏里的英雄那般，该多好。

他十六七岁时迷恋上了网络游戏。虽然学习成绩差得要命，网络游戏却玩得烂熟。网络游戏似乎是专门为他设计，一接触就不可救药地喜欢上了。手指触动鼠标，他就忘记了一切，那刀光剑影的场面，那“砰，砰，砰”的游戏枪声，强烈地刺激他的神经。在网络游戏中，他是英雄。他可以挥剑，刀光闪烁处，虚拟的敌人一个个血光四溅；他可以操枪，或连击，或横扫，摧枯拉朽，所向披靡，强悍的敌人在他的枪下一败涂地。他尤其钟爱《反恐精英》《流星蝴蝶剑》，那种血腥、暴力的场景让他沉醉于其中，享受到一种巨大的刺激和快感。他幻想自己就是《反恐精英》中杀人不眨眼的精英，是《流星蝴蝶剑》中以杀人寻求乐趣的剑客。他给自己取了个自认为非常了不起的网名：“杀几个人后再自杀”。

遗憾的是，网吧有打烊的时候。他回到家中，一切仍旧那么灰暗，父母的冷眼、外婆的责骂、表妹受到的宠爱，强烈地刺激他的神经。而这一切，又如网络游戏中的那些“敌人”，处处阻碍他前进，要想过关斩将，胜利前进，只有像游戏里的杀手一般，杀他个鲜血淋漓，杀他个人仰马翻。随着时间的推移，他脑海中渐渐将虚拟网络与现实世界混合在一起。他决定做杀手，做“英雄”，把阻拦在面前的“敌人”统统杀死！怎么杀呢？最好是枪，把枪一举，砰砰砰，一连串子弹发出，敌人就倒了，爽！可惜，商店里只有玩具枪，买不到真家伙。他想用炸药搞爆炸，炸药一响，惊天动地，也痛快！然而，他跑去府城三公里，找了几个地方，也没买到炸药。剩下的办法只有用刀了，刀的威力虽然小些，但也过瘾，一刀下去见红，犹如网络游戏里敌人的血，多一滴血就给游戏加一分。从网络游戏里，他早就学会了致命的杀人方法，一是猝不及防地刺中心脏，二是干净利落地割断咽喉，他利用这两种方法在网络杀敌，赢得一万多的游戏高分。

他购买了4把刀，两长两短，锋利无比。他决定杀掉3个人，第一个人是住他楼下的小子，与他年龄相仿，每次他开音响听歌、唱卡拉OK，那小子都要敲墙抗议。还有两人是表妹和外婆。这三人都是他极为讨厌的“敌人”。

29日，他玩开了杀人的现实游戏。

他首先是找住在楼下的小子。等了一上午，那小子却不见人影，也不知道去哪了。下午3时45分，他把刀藏到身上，去了琼山木材公司职工宿舍六楼，敲开表妹家的门。家中只有表妹和另一个与表妹一般大的小女孩，可能是表妹的玩伴，这是意外多出来的一个“敌人”。但是，他没有看见外婆，他问外婆上哪儿去了？表妹白他一眼，也不理睬，只顾与另一个女孩玩。他像网络游戏中的杀手一样，极为冷峻，不动声色，身手灵敏，抽出刀，两道寒光一闪，就把表妹和另一个女孩杀死在血泊中，表妹被刺中心脏，另一个女孩被割断喉咙，如他在网络游戏中杀人一般精准。看着两具小尸体，他很平静，但心中充满了胜利的快感。他站在尸体旁边等待外婆。一个小时过去了，外婆还没有回来，血腥味在空间飘散。楼下传来了沉重的脚步声，这不是外婆，会不会是警察？他身子一震，如同灵魂又回到他的身体。意识到，自己杀人了，必须赶快逃跑。他三步并作两步地跑下楼，大街依如平常，阳光耀眼，椰影摇曳，车流不断，人群熙攘。这是现实的生活，是现实的世界。他却似乎感觉如同坠入无边的黑夜里，被无边的恐惧笼罩着。他不敢回家，跟着感觉往前走去。到了五公祠，见一辆公共汽车过来，他上了车，在海口公园下车。太阳不知什么时候消失了，天黑了下来，四处灯光恰似警灯闪烁，他哪儿也不敢去，蜷缩在公园的长条凳上，迷迷糊糊地过了一夜。第二天早上被风吹醒，肚子感到饿，才想起从昨晚到现在都没吃东西，想到公园外买点吃的，却发现，身上没有一分钱。

他在公园里游来逛去，徘徊到中午，肚子咕噜直叫。他从来没有这么饿过。怎么才能搞到吃的呢？他瞥见公园里有个便民警务室，坐着个联防队员。他饿得实在不行了，硬着头皮，胆战心惊地走过去，说："我是从三门坡来找朋友的，没找到人，没有钱买饭吃，你能不能给我点钱买吃……"联防队员望他一眼，却也好说话，掏出两元钱，叫他坐车去秀英，那里有个救助站，会帮助他这种人。他于是去了秀英救助站。救助站的工作人员用疑虑的眼神打量他，他不是外地来的流浪人，既然家在三门坡，为什么不回家去？临近中午，还是给他吃了午餐。从救助站出来，他顺着滨海大道垂头丧气地走去，进了万绿园。公园里人不少，但没有警察过来，他在这里感觉安全些。他觉得自己已经成了一只过街老鼠，害怕见人，见阳光。时间过得特别慢，又似乎特别快。他在万绿园中徘徊了一个下午，不知不觉又到了晚上，肚子又开始叫唤了，但他只好硬挺着。他知道再去救助站将会引起疑心。他摸了摸口袋中的刀，要想填饱肚子，只有杀人抢劫，看了看周边有几个游客，成双结队的，他没有把握能够对付。只好瘪着肚子躺在草地上。半夜时分，饿醒了。他想，这样下去自己会死掉，做个饿死鬼就太不合算……"唉！"他沉重地叹了口气，出了万绿园，沿着滨海大道溜达。凌晨3时20分，他看见街旁有个报警亭，里面有两个值班的巡警。他走进去说："我是杀死表妹的杀手……"

巡警审查了白正如的证件，把他押送到忠介派出所处理。我很快赶去忠介派出所。当白正如站到我面前时，我不敢相信这是个一口气杀死两个小女孩的杀人凶手。从外表看，他与社会上的普通青少年没有什么大的区别，文静，还略带些羞涩，嘴上淡淡的茸毛，是个乳臭未干的毛孩子。他接受讯问的第一句话更加让我吃了一惊："给我重判吧。我活得太难受了，周围的人包括父母家人都看我不顺眼，我不想活了。"

这个案件又让我陷入沉思。

由于学习成绩不好，家长失望，白正如得不到父母的关爱和家庭的温暖，过早地混迹社会，又无一技之长，整日无所事事，精神空虚。接触网络后，受网络中不良文化影响，人格变异，心灵扭曲，跌入杀人犯罪的深渊。每个人都需要健康的成长环境，尤其是身体和心理都处于生长发育中的孩子，认知、情感、意志、性格都不成熟，更加需要父母的帮助教育。在日常生活中，如果父母平日多给孩子一些关爱，多与孩子交流沟通，培养和鼓励孩子形成积极向上的性格，我相信，白正如不会走到今天这一步。

青少年痴迷于网络游戏已成了一个严重的社会问题，如果说诱发白正如犯罪潜在内因是家庭教育问题，那么，网络中的暴力游戏则是他杀人犯罪的重要外部因素。如何加强网吧管理、防止未成年人进入网吧，有效剔除和隔离网络中的色情暴力和不健康网页，让色情暴力远离未成年人，给青少年成长提供一个健康良好的文化娱乐环境，仍然是摆在政府有关部门和公安机关面前的一项艰巨任务。

白正如辍学无业，像他这样的青少年社会上还有很多，他们被家庭漠视，社会应该为此尽什么责任呢？显然，不能任其随波逐流，自生自灭，而是要给予积极的人生引导，为他们提供职业培训和就业机会，但这些，又应该怎么来实现呢？

人来到世界上，是白纸一张，给这张白纸描绘什么色彩，画什么蓝图，取决于家庭教育、学校教育和他所接触的社会环境。

和谐主题

2005 年 6 月 1 日　星期三　晴

今天是“大接访”的第 15 天。

上午，一起来了 3 名上访人，叫冯月兰、周经发、冯经斌，来自冯白驹将军的故乡云龙镇长泰村，都是普通村民，要求解决的问题是：村里有一帮人为了牟取暴利，非法开采石场，盗砍集体防风林，周经发出面制止反而遭到这帮人殴打，希望公安机关查处。这半个月来的上访，还是第一次有人不是因为自己个人利益而上访的。我表示热烈欢迎，说：“在上访的群众中，你们唯一不是有关自己利益上访的，这种行为是非常值得赞赏的，不仅是支持公安工作，也是对社会公共利益的维护。”我立即责成云龙派出所查处，对非法开采石场、盗砍集体防风林的违法行为，一定要依法处置，要还冯白驹故乡一片净土。我把我的名片分发给他们，再次对他们的上访表示感谢说：“只要是造福乡里、有利于社会公共利益的事，随时欢迎你们上访，我们一定及时解决处理。”

接待这次上访使我心情特别愉快。

不过，来上访的大都是不让人愉快的麻烦事。至今，我们已接待上访群众 143 人次，受理上访案件 61 起，上访问题可说是五花八门。有的是多年前的积案；有的是最近发生的纠纷；有的是已解决好的事件，当事人却认为处理不公，仍不满意；还有的不属于我们处理范围，但上访群众把接访办公室当作出气筒，发泄不满和怨气；甚至还有个别人没有上访问题，报假案，说假话，无理取闹……工作量大，事务繁杂，多数时候要忍受群众的怨气、怒气，但我们必须耐心倾听，平和答复。因为，只有满腔热情，以理服人，以情感人，用一个“情”字，才能解开上访人的思想疙瘩，达到“警民大和谐、政群大和谐、社会大和谐”。

5 月 19 日，我接待了龙塘镇村民魏正址上访。这是个直性汉子，一进来，情绪极为激动，闯到我面前，直通通地问：“你就是局长？你有权，你完全能够解决我的问题。”我觉得这人挺有意思，叫民警端了个椅子，让他坐在我面前，笑了笑说：“不要着急，慢慢讲，试试看我‘有权’能不能解决你的问题。你告诉我，你有什么问题？”他反映的问题是：前不久，他与村民候正国闹土地纠纷，被候正国拿刀砍了，要求公安机关将候正国捉拿归案，重重判上几年徒刑。

“被刀砍了？”我吃了一惊，忙问，“砍得怎么样，伤势重不重，到医院看了吗？”

见我这般关心他的伤势，魏正址却有些不好意思了，情绪立即平复下来，说：“伤得倒没什么，也没怎么砍到。”

“给我看看，伤都好了吗？”

“没事，没事。”他倒有些躲闪。

伤势没有大碍，这让我也放了心，问他：“案发当时报案没有？”

“报了案，派出所处理了，可是，派出所又把候正国放了，这不公平。”

既然派出所对案情作过处理，魏正址还来上访，这其中就有蹊跷。我详细询问了案发经过，又打电话向龙塘派出所所长了解情况。所长说这是一起治安案件，已经依法作了处理。我清楚了事情原委，说：“老魏，候正国拿刀砍你，明显不对。幸好没有发生严重后果，你受的是轻微伤，还不能构成刑事案件。你要我们抓捕候正国，法律上不允许，我没有这个权。你与候正国的矛盾是人民内部矛盾，牙齿与嘴唇也会相碰，邻里之间，村民与村民之间，少不了会发生矛盾纠纷。大家同住一个村，抬头不见低头见，退一步海阔天空，以和为贵，和气生财，和睦相处多好？非要争执长短，闹成个生死冤家，冤冤相报何时了？”

魏正址说：“不把候正国抓起来，我家的土地问题一辈子也得不到解决。”

说到底，他与候正国的矛盾是因为一块土地。经过了解，这块土地历史上没有明确归属，纠纷也就由来已久，他俩因此多次发生争吵。但解决这个问题涉及多家部门单位，不是公安一家能说了算的。我说：“你说我有权，这个问题却无权单方面处理。这样吧，我现在联系一下。”我拨通区政法委副书记黄善才的电话，请求区政法委协调国土局、龙塘镇政府、公安机关共同处理这个问题。我说：“你这个问题分局只能办到这个程度，具体土地归属，要等待几个部门单位共同研究处理。你看行吗?”

或许是我们诚心实意为他着想的工作态度，魏正址服了，挺爽快地说：“行，行，你们当场答复，也是尽其所能。哪怕不能解决问题，我也理解了。”

半个月来，就是这样，婆婆妈妈，不厌其烦，耐心疏导，好言劝解，我们当场办结上访案件23起。

在接访工作中，也有一些群众是缺少法律知识，上访找错了部门的。5月25日，一名姓马的市民上访，说2001年8月，他亲属阿凤被一个叫阿波的人驾驶摩托车撞伤致死，法院判定阿波赔偿医疗和安葬费用近2万元，但几年过去，他没得到任何赔偿，连阿波人也找不到了。他要求派出所查找阿波，追回赔偿款。这是法院判决的执行问题。我翻出相关法律条款，详细给他解释，告诉他说，案件既然法院已作出判决，依法应由法院负责执行，你只有去找原来判决的法院，申请强制执行，才得到赔偿，而不是找公安局。他恍然大悟，满意地离去。

5月20日，美兰区灵山镇一名老太太上访，说曾将一块土地借给妹妹和妹夫使用，后来，妹妹一家却伪造她的签名，利用欺诈手段，把这块土地侵占了，她告到法院，法院终审判决土地使用权归她所有。可是，她妹夫强占土地，法院执行不下来，要求公安机关追究她妹妹和妹夫的诈骗行为。根据属地管辖规定，这起案件发生的美兰区，不归琼山区管辖；根据案件管辖权限，这起案件是执行问题，只有法院才有权处置。我给她详细介绍了案件症结所在，老太太明白过来，脸上露出愁容说：“那么，我去美兰区……唉，只好再跑一趟了。”老太太有七八十岁了，这么年迈跑来琼山分局上访极不容易。见她失望的神情，我说：“琼山分局无权处理你的案情，这样吧，我把你反映的意见转给美兰区法院，好吗?”老太太松开了眉头，频频点头说：“那就好，那就好，你们帮我转过去，就省事多了。我这条老命经不起这样跑来跑去折腾。”

说到底，接待群众上访，一条根本的原则是，把群众当亲人，设身处地为他们考虑，绝大部分群众是能理解的。

主动下访

2005 年 6 月 3 日　星期五　晴

上午接访了几名上访群众，吃过午饭，我叫上司机，开车去一趟三门坡镇文蛟村。

文蛟村是个历史悠久、民风淳朴的村子，但村里封建迷信也十分盛行，尤其是清明时分，祈神拜鬼的花招层出不穷。我去文蛟村是要找村民沈义。5 月 18 日，沈义曾到分局“大接访”办公室上访，反映他儿子被歹徒打死，要求我们尽快破案。看见沈义上访，我倒意外了。我早就想去找他，没想到他不请自来。他上访的案件已经立案侦查。由于检察、法院、公安组成的会诊小组对尸检死因有不同看法，只有开棺验尸才能定性。可是，沈义不同意法医开棺，以至无法定性，造成案件久拖不决。我请沈义坐下，给他倒了杯水，跟他聊了起来：“分局已经对你儿子的死立了案，这你是知道的。不过，我听说你好像并不支持破案。”

沈义一听，沉不住气了，脸红脖子粗地说：“哪有这种事？我不支持破案，还上访干什么？我来上访，就是要催促你们抓紧办案，案子一直拖拖拉拉搁在那儿，打死我儿子的凶手不抓起来，我儿子不就白死了？”

“那么，你支持我们办案？”

“当然……支持，”沈义意识到我要说什么，开始吞吞吐吐起来，“不过，破案也不一定要开棺的……有的死人案件不开棺不是也破了？”

我说：“公安机关侦查案件，必须依靠事实证据定案。你儿子被人打死，不开棺验尸，我们怎么查出伤势情况？他是被什么凶器打的？打在哪些部位？有多少处伤口？伤势程度如何？哪处伤是致命的？这些问题不搞清楚，就好像看病，病人不去看医生，不让医生检查，你叫医生怎么开药方，怎么治病呢？”

“可是……人死了入土为安。开棺验尸是缺德事，我们村里人会骂，最恶毒的骂人就是骂你家挖坟倒灶。你不晓得，死人入土后，千万动不得。死人给惊动了，就不得超生，祖宗八代都会跟着倒运的。我们这一带乡下还从没有死人埋葬后再挖出来检查的，要是让人开棺，我一家人就没脸在村里活了。”

“你要信这些封建迷信，公安机关就没办法查破案件。我们侦查办案，是讲科学，讲法律，你把封建迷信胡搅到里面来，这就不仅是不支持办案，而是阻挠办案。我相信，你儿子地下有知，也不会同意你的做法，要让你儿子案情大白，解开案件的谜团，必须让法医验尸，通过对伤口的检验，来证实你儿子是被打死的，这样我们才能把案件办成事实清楚、证据确凿的铁案，犯罪嫌疑人才不至于逍遥法外。”

沈义迟疑了：“依你说来，不开棺验尸不行？”

“不行，”我说得坚决肯定，“要想破案，就一定要验尸。你来上访，目的与公安机关一样，都希望尽快破案，为了使你儿子死得明白，死得瞑目，将犯罪嫌疑人绳之以法，那么，你就应该放弃那些封建迷信，协助我们，否则，你不同意开棺验尸，再上访多少次，案件都破不了。”

“好……吧，那你们就去开棺吧。”沈义终于同意开棺验尸了。

不过，看他走出办公室神情沮丧、疑惑不定的样子，我估计，他临时被我说服了，回去后，会不会变卦呢？正如我担心的，沈义回去后，我派了专案组赶去文蛟村要开棺验尸时，又被许多村民阻拦，不仅有沈义一家，而且还是村支部书记卢大森带头。10多天过去，无论民警怎么说服动员，卢大森和沈义一家仍然阻拦在受害人坟头前，不让破土开坟。

我必须亲自去一趟文蛟村。

下午3时，我来到文蛟村沈义家。沈义看见我，局促不安想回避。我问沈义到底怎么回事，不是答应了开棺，为什么又反悔？沈义支支吾吾，半天憋不出一句话，追问老半天，他反而犟了起来，说：“卢书记讲开不得棺，死人的坟千万动不得。”

我明白了，根子在村支部书记那里。

我找到卢大森，劈头就问：“是你不同意法医开棺验尸？”

“是啊，是我不同意。”卢大森毫不讳言，说，“李局长，你不晓得农村习俗，宁可毁田拆屋，不可挖坟掘墓。公安机关破案就破案，干吗要挖坟开棺？做这种断子绝孙的事？”

不敢相信这种话居然出自一个受党教育多年的村支部书记之口，我不客气地说：“胡闹，这是封建迷信，是落后的风俗习惯，你怎么会相信这一套？作为村支部书记，你应该带头批判封建迷信，革除陋习。而你，不仅不予制止，反而把这些乌七八糟的东西拿出来作挡箭牌，阻挠公安机关办案，你还是共产党员吗？”

卢大森心虚了，说：“这不是我一个看法，村里好些人都这样讲，我们农村几百年来都是这样……”

“你别强辩了。”我严厉地指出，“你不是普通村民，而是文蛟村的带头人。村支部书记首先要带头遵守法律，尊重科学，而不是跟在落后群众后面，宣传和散布封建迷信思想。沈义儿子案件是人命案，人命关天，公安机关在全力侦破，村干部应该大力支持，帮助说服死者家属配合。你如果继续利用封建迷信，在背后煽动，横加干涉，不让我们开棺验尸，阻挠执法办案，就要为你的违法行为承担法律责任！”

卢大森终于同意开棺，但他又提出两个条件：一是要选个“吉日”开棺；二是要开棺照相时，死者父母要躺在死者身边，防备有人调包作假。对于第一个条件，考虑到农村习俗和村民的心理感受，我还能接受，但第二个条件使我恼火了，愤怒地斥责说：“你这个人，简直没有党性，没有人性！为防备有人调包作假，竟然要让生人与埋葬长时间的死人躺在一起，何况生人还是死者的父母。你这第二个条件，不仅是对公安机关办案的怀疑，而且是对生者的侮辱，是对死者父母的亵渎和精神折磨！就你这样一个法盲，还配做基层党支部书记吗？基于你这种态度，我立刻建议三门坡镇委撤换你的职务！”

也许“撤换职务”的话起到了震慑作用，卢大森慌了：“别，别，李局长，我只是随便说说，你别当真。我这就去找沈义，让他同意开棺验尸。”

立下“军令”查命案

2005 年 6 月 14 日　星期二　晴

昨天下午，在全省公安机关“大接访”情况通报会上，我向省公安厅表态：“在公安机关‘大接访’活动中，如果琼山分局新发现的陈年命案破案率达不到 80%，我将主动辞去分局局长的职务。”没想到，这一句话成了几家报刊媒体的新闻消息，说我立下军令状。我觉得这太夸张了。在“大接访”活动中，侦查历史上遗留的命案迟迟不查处是上访重点，而指挥侦破这些案件我责无旁贷！

琼山的历史遗留命案是个大问题。

三年来，分局共侦破陈年命案 28 起。没想到在“大接访”活动中，又新发现 9 起未立或未破陈年命案。这 9 起命案有的是受害人亲属来分局上访反映的，有的是省市有关部门批转来的，每个案件如同一个个大问号敲打着我。局党委召开了专门会议，对这些积案一一梳理，逐案排队，先易后难，按照“一个案子、一名领导、一套人马、一个方案、一抓到底”原则，调集刑警力量，组成多个专案组，采取“包案到单位，包案到人，限期办结”办法，层层落实破案责任。

我意识到：如果这9宗命案处理不好，甚至可以说这次“大接访”不成功。

任务前所未有的艰巨。

积压命案时间跨度长，少则五六年，多则十五六年。要把沉淀在历史中的案件翻出来重新侦查，寻找涉案人员、证人、证物极为困难；并且，又是限期破案，逾期未破，责任人必须拿出未能破案的充分理由；每个办案民警都感受到空前的压力。也有个别民警在我背后抱怨，说：“积案都是以前局长留下来的，案件未破也不是你这届班子责任，你李局长翻出这些陈年旧案来，自找麻烦，自讨苦吃也就罢了，还把我们民警搞得跟着你受累。”这些话传到我耳朵里，我不由地有些动情，在民警大会上，我说：“陈年旧案不是我翻出来的，而是上访群众找上门来要求我们破案。侦查破案是人民警察的天职。如果认为查破这些历史旧案不是我们职责范围，那么就到‘大接访’办公室来，听听上访群众的哭声和骂声，有谁敢说我们有权不去侦查这些历史旧案?”

绝大多数民警都是好样的。

这是一场破案竞赛，根据案件难易，每个案件都限定破案时间，短则一月，长则三月，要在限期内破案，办案人员必须抢时间，争速度。否则，限期内未能破案，不仅影响民警的升职和年终评比，而且面子上也挂不住，显示自己无能。没有人愿意落后。

在侦查1992年史亘林、姚在敏等人持枪打死两人，打伤一人的案件中，办案民警驻守到演丰村，废寝忘食，夜以继日地工作在侦查一线，放弃双休日，放弃假日，十天半月不回家，翻档案，查线索，寻证据，访证人。有的民警家人病了，只是打个电话问候；有的民警每天要接送孩子上幼儿园，只好说服家人接送；甚至还有的民警原定了婚礼日期，但为了侦查办案，毅然把日子推延。

在侦查1999年曹城九、孟锻荣被伤害致死一案中，专案组民警不辞辛苦，日夜奔波。有时为了追查一条线索，一天走访20多名群众。在炎炎烈日下，身上的警服湿了干，干了又湿。有一天要去走访一个知情人，正是台风季节，民警顶着狂风暴雨出发。临近村庄时，洪水暴涨，原来的小溪变成了河流，他们趟着湍急、过膝盖的河水。到了村口，又是一阵狂风吹来，一棵百年古树轰然倒下，差点砸中两位民警。

在侦查1992年方学全被枪杀一案中，办案民警遇到了极大的困难。这是一起无头案件，除了尸体残留有大片铁沙子，证实是被火药枪打死的，其他没有任何线索。是谁作案？案件如何发生？是仇杀？情杀？还是谋财害命？没有目击者，没有知情人。办案民警并不气馁，在调查受害人的亲朋好友和邻居熟人近百人仍没能解开谜团后，迅速调整侦查方案，对持有火药枪的村民进行摸排，终于有一个疑点浮出水面。这是一个火药枪好手，曾用火药枪打过野猪，与受害人有过多次接触。民警传唤他到公安局盘查，对他发起强大的心理攻势，在政策法律的威慑下，犯罪嫌疑人全盘托出了犯罪事实。

在侦查夏雄来被枪杀案时，办案民警起初以为这个案件不难侦破。因为案情清楚明白，犯罪嫌疑人叫薛庆福，丁村人，只要把薛庆福抓起来，案件就告破了。不料，民警赶去丁村抓捕时，才发现这个案件并不好办。自被害人被打死后，薛庆福就长期潜逃在外，像是人间蒸发了，再没有人看见过。办案民警找到他家，家人说过年过节他都没有回来；民警又调查与薛庆福曾经来往密切的朋友，有人说他在乐东打工，有人说他在定安帮人看渔场，各种说法莫衷一是。民警不放过任何线索，一方面发通缉令，展开网上追逃；一方面下定安，上乐东，走澄迈，赴万宁，在全省进行搜捕……

9宗人命积案侦破工作艰难地向前推进。向前推进的力量是民警们的使命感和责任心。

如何当好派出所所长

2005年6月16日　星期四　晴

今天上午收到海口市公安局政治部印发的《海口市公安局2005年派出所所长培训班——经验交流材料汇编》，书中有我的讲课稿《如何当好派出所所长》。这是海口市公安局举办的2005年度基层派出所所长培训班上，我脱稿讲的，后由政治部根据录音整理而成。今天看到文字稿我感到非常亲切。

为备忘，现录如下。

培训班的各位学员：

今天，我非常高兴有这么一个机会，与大家一起交流、共同探讨如何当好派出所所长。刚才听了几位派出所所长的发言，很受启发；也听了龙华、秀英分局局长的发言，很有收获。借此机会，就自己从事公安工作的亲身经历，谈谈当好所长的体会，愿与大家共勉。下面我讲三个问题：

一、当所长、当局长的感受

我1982年开始从事公安工作，1985年任儋州兰洋派出所所长。此后一直在所长、局长的岗位上干了20年，感触很多。不久前，在接受《公安专刊》记者采访时，我非常感慨地说出了这样的一副对联“喜怒哀乐乐太少，酸甜苦辣苦最多”。多年来的公安领导岗位工作，总结为“三多三少”，即责任大，权利小；风险大，报酬少；压力大，理解少。总感觉到参加公安工作的时间越长，就像驾驶员开车一样，越是开车久了，越是感到害怕。表面上，当所长、局长很风光，但个中甘苦局外人是很难体会的。我在公安基层领导岗位上，概括起来有六怕：一怕上级限期破案和要求案件每年都要稳中有降。大家都知道，有些案件不是说破就能马上破的。发案是一个社会普遍现象，是经济发展到一定历史时期社会矛盾的另一种凸现，它不以人的意志为转移，应该与每年8%的经济增长成正比。按美国一权威调查机构的理论认为，人均收入达到3000美元时，是案件的多发期。当前我国正处于这样一个历史时期。这是一个规律，难以人为控制。二怕三更半夜电话响。深夜有电话，对我们来说，那必定有重大案件发生，特别是命案，要求所长、局长必须第一时间赶到案发现场。三怕过年。逢年过节，民警累了一年，不给民警发点年终奖金，于情于理都说不过去，还有人因为加油修理费等欠账而被上门追债的。四怕说情。在说情风盛行的今天，要善于应付，既要坚持原则，又要尽量少得罪人。五怕应酬。我始终认为，人家请客不是请李传芳，而是请李所长、李局长，饭局是有条件的。“两根树枝相接近，蜘蛛就要挂网”，这是钱钟书小说《围城》中的一句经典的话。是的，有些饭局，看似不影响公务，实际上是“鸿门宴”。我最近发现一个规律，凡是有领导请客的，在座的肯定有一个买单的，而这个买单的往往是有事要求我的。六怕媒体。这些年来我有一个体会，许多工作的好坏，形象的好坏，相当部分与媒体有关，所谓“成也媒体，败也媒体”。

总的来说，任何事物都有双重性，这是辩证的统一关系。当一名所长、局长，既不像外界所说的风光无限，但也不只是一个苦差事。只要我们把握得好，对社会、对家庭、对自己都有益。

干公安，还是一个有很多人羡慕的好职业，并不比其他行业差，要充满自信心和自豪感，这就是我的感受。

二、如何当好派出所所长

如今，我当了局长，才体会到派出所所长怎样才能当好的。正如俗话说的：人到50岁才懂得49岁前的是与非，这大概也是孔夫子所说的“五十知天命”之故吧。

从理论上说，作为派出所的所长，要做好工作，就必须先给自己正确的定位。在新形势下派出所所长的定位应为：一是维护社会治安的“责任人”；二是经济建设的“服务人”；三是党政领导的“参谋人”；四是队伍建设的“管家人”。定好位后，对于做好派出所本职工作就不言而喻了。由于时间的关系，这些理论上的观点就不一一展开阐述。

这里，根据我工作实践和经验，要当好一名派出所所长，就要把握好以下几点：

（一）梳理重点思想与三个三分之一。基层派出所所长要善于驾驭矛盾，走活全局。一个人的时间和精力是有限的，不能胡子眉毛一把抓，只有抓住主要矛盾，科学合理安排时间，才能做好工作。主要矛盾是指在许多复杂的矛盾体系中居支配地位、起主导作用的矛盾，他的存在与发展直接影响着次要矛盾的存在和发展。从公安工作的角度看，主要矛盾是指最重要的问题，具体来讲就是关系到全局性的工作，领导经常过问的、社会各界反映强烈的、人民群众关注的热点等。我们明确了工作的重点后，还要善于安排工作时间，我们不妨把所长的工作分为三大块：一是用三分之一的时间抓队伍建设和业务工作。队伍建设是公安工作的基础，业务工作是“主业”。建设一支政治坚定、业务精通、作风优良、执法公正的公安队伍，是做好公安工作的基础和组织保障，通过抓队伍建设来促进业务工作。二是用三分之一的时间抓协调理顺关系。现行公安机关实行的是条块结合、以块为主的管理模式，要善于理顺协调方方面面的关系，工作才能搞得有声有色。在工作中，要善于协调好与地方党委政府的关系；协调好与上级机关的关系；协调好与平行主要单位的关系；协调好与社会各界的关系等。三是用三分之一的时间来学习“充电”。新形势下，社会治安出现许多新动向、新特点，要在繁忙的工作中挤出时间学习

“充电”，不断加厚、提升、丰富自己的政治理论和业务知识。俗话说，艺高胆大。只有熟悉掌握法律、经济等相关知识，才能更好地迎接新时期公安工作的挑战。

（二）正确把握“有所为”和“有所不为”。公安工作“有所为”是指公安机关充分发挥职能作用，尽职尽责，有所作为；“有所不为”是要求在职责范围外不该做的不要做，不该管的不要管。管了，就会“吃力不讨好”。当前“有所为”的重中之重是要“巩固共产党的执政地位，维护国家的长治久安，保障人民群众的安居乐业”，要做到、做好、做足“有所为”的保障。实现“有所不为”就必须弄明白哪些属于公安机关所不能为的，要引起领导的高度重视，明令禁止，明确规定。基层派出所所长要把握好“有所为”和“有所不为”，雷厉风行，令行禁止。

（三）学会统筹兼顾，善于忙里偷闲。基层公安工作千头万绪，公安民警长年累月超负荷运行，就是铁打的身子也会搞垮。因此，我们要劳逸结合，善于忙里偷闲，保持良好的身体状态，才能更好地担负起繁重的公安工作。要学会五指弹琴，在有限的时间里挤出空隙，放松自己，以便始终保持饱满的精神和昂扬的斗志，随时应对突如其来的战斗。寸金难买寸光阴，时间一去不复返。鲁迅先生曾经说过：世上没有天才，他是把别人喝咖啡的工夫都用在了工作上了。那么，在时间的使用上，我们要把握好分分秒秒，不让光阴白白流走，可以用人们喝茶、聊天的时间来休息！

三、公安局长心目中的好所长

当派出所所长，为了社会的平安殚精竭虑、含辛茹苦，承受着多方面的压力，默默无闻地奉献，实在可圈可点，可歌可泣。而在实际的工作中，有的所长不求有功，但求无过；有的所长平平淡淡，因循守旧；有的所长开拓创新，鞠躬尽瘁，屡立战功……我认为，当一名好的派出所所长，就应该具备几方面的素质：

（一）靠得住，有本事。派出所所长要政治可靠，有事业心，有敬业和奉献精神，要树立牢固的理想信念。同时，要有过硬的本领，掌握丰富的法律知识，具有综合运筹的思维能力和较强的组织指挥能力。在纷繁复杂的工作中抓住主要矛盾，把握好全局性、关键性的问题，合理安排警力，有组织、有计划、有针对性地开展工作。加强“四个能力”建设，即切实提高维护国家安全的能力，切实提高驾驭社会治安局势的能力，切实提高处置突发事件的能力，切实提高为经济社会发展服务的能力。

（二）有思想，有个性。派出所所长不能唯唯诺诺，要敢于说“不”字。相信真理有时会掌握在少数人的手里，“婆婆妈妈”干不了大事，也不可能把公安工作做好。

（三）敢担当，敢说话。作为一所之长，必须有权威，才能带队伍，才能保一方平安。而“权威”是什么？“权”就是组织给你的乌纱帽；“威”就要靠自己去树立。一般来说，威信要靠自己学会推功揽过。人无完人，任何事物都是有双重性的，有高山，必有深谷；优点突出的人，往往缺点也突出。

（四）有正气，有魄力。要以正气立身，无欲则刚。有了正气，工作上就有了魄力，这种魄力体现在平时人们所说的“霸气”、“匪气”上。当派出所所长斯斯文文，干什么事，处理什么问题，都不痛不痒，没有菱角，是什么事都做不好的。

（五）爱学习，爱思考。我有一个体会：一个所长，在任一方，每天处理的事是否妥善？领导是否欣赏？同事是否佩服？群众是否满意？主要是看他的整体素质。一个人的素质高，那么应该讲方方面面都体现出能力强。人的整体素质与喜欢学习、善于思考是成正比的。一个成功的所长就是一个喜欢学习、善于思考的人。

古人云：“善弈者谋势，不善弈者谋事。”任何事必须在大局下思考、谋划、部署、行动，不能唱“独角戏”。要讲究“大合唱”、“大协调”，整合各方力量，就会势如破竹，事半功倍，甚至“四两拨千斤”。如若偏离“轨道”，独自“走棋”，有再精彩的业绩也没有人喝彩。公安工作也应如此。

以上我所谈的，没有各位领导的有创意、有深度，但这些都是我从警20多年的深刻体会，肺腑之言，真话，实话。如果能给大家一点帮助，我就感到非常满足了。

是见义勇为还是触犯法律？

2005年6月22日　星期一　晴

省公安厅转来一个上访案件的批件，要求我们对发生在2003年的一起人命案进行复查。上访人是死者阿江的外公，说是2003年2月23日晚上9时，应红明农场职工阿涛相邀，阿江骑上摩托车去了红明农场，就在当晚，被农场职工阿俊、阿秋两兄弟以“阿江勒索钱财”为借口，将他活活打死。上访人说，阿俊、阿秋两兄弟是有预谋的，有意将阿江骗去杀害的。

对于这起案件，我还是有较深印象。

案发的第二天就立案了。民警对现场和尸体进行了勘验，又对案发现场的目击者和周边群众作了调查询问，案情很快有了结论。阿江是23日晚上11点钟骑摩托车到红明农场的，他闯进职工阿涛家中，向阿涛勒索200元钱。阿涛不肯给，阿江就把阿涛拖到院子里拳打脚踢，一边打还一边叫喊：“今晚你不给钱就打死你！”动静闹得很大。周边群众听到后赶来，有的上前劝阻，叫他有话好好说，不要打人。但阿江毫无顾忌，气焰仍然十分嚣张，还向群众威胁说：“你们不要多管闲事，老子不是好惹的，谁上来就打死谁！”说着又把手伸进外套口袋里，做出要掏凶器的动作。这引起了围观群众愤怒，许多人围了上来，有的用木棍，有的捡石头，劈头盖脸就朝阿江打去。众怒之下，阿江当场被人一顿乱棍打死了。但殴打阿江的有哪些人？主要参与打人的又是谁？黑夜中一片混乱，要认定谁打了一棍，谁踢了一脚，问到谁，谁都不认账。由于阿江作案在先，群众施暴在后，没有确切证据证明是谁动手打人，又是谁将阿江打死，案件也就这么暂时冻结在那里。

死者家属极为不满，阿江的外公来到分局上访，我亲自接待了。这是位年近六旬的老人，但身体壮实，声大嗓门高，火旺气盛地说：“你们公安局乱判案，诬赖好人。阿江是我看着长大的，不是歹徒，绝对不会做敲诈勒索的事，是红明农场的人陷害，设好圈套把我外孙叫去打死的。”他咬定打死他外孙的是阿俊和阿秋两兄弟，是一次有预谋的行凶。

显然，老人对阿江这个外孙极为疼爱。他说着说着，眼圈红了，泪水夺眶而出，哭喊着：“局长，公安机关要给我做主啊，我一个好好的外孙，不能就这么白白死了。你们要把打人凶手抓起来，要他们给我外孙偿命。”

见老人老泪纵横，我不禁疑惑了。难道刑警大队办案有误？难道阿江与红明农场的人有恩怨？但从刑警大队历次破案情况来看，一般都依照法律程序，不偏不倚，公正执法，不至于有什么大的差错。我想了想，告诉老人说："公安机关不会冤枉一个好人，也不会放过一个坏人，即便阿江涉嫌敲诈勒索，但从情节来看，也罪不当死。我们将对案件进行复查，严格依法办事，公正执法。"我请老人放心，公安机关会尽一切努力，彻查案件，查清究竟是谁应该对阿江的死负有责任。

老人在我耐心劝说下离去了，但老人的离去并不等于案件了结，反而催促我们认真核查处理这起案件。

我把任务交给刑警大队的高罗和红明农场派出所的周正美，要求务必查清案件来龙去脉，给上访人一个清楚明晰的交代。高罗和周正美带领几名民警再次在红明农场展开调查，复原案件发生时的场景和每个环节，访问了现场每名围观群众，对各种调查都一一作了详细笔录。然而，调查结果仍旧难于推翻原来的案情结论。

所有证言都证实案件是因为阿江敲诈勒索阿涛引发的。

案发时，现场围观群众有 19 人，这 19 人的证言大都一致。在群众混乱的殴打中，阿江被打死在阿涛的庭院里。后来，农场职工阿明、阿胜、阿光、阿多等人将尸体搬移到阿涛家外边、收胶站旁的土路上。高罗对案件复查后，将情况向我作了汇报，说阿江以前也有过敲诈勒索的劣迹，敲诈勒索的事实是毋庸置疑的。阿江当时极其凶狠，引发红明农场职工公愤，蜂拥而上对阿江实施殴打，但不存在有人组织或预谋的情况，更不存在上访人所说的"阿江被阿俊和阿秋两兄弟打死"的问题。办案民警的处理意见是："群众殴打阿江存在过错，但主因是看不惯他敲诈勒索、行为嚣张，他们最初是为达到制止阿江继续作恶的目的，是正当防卫，由于事发当时人多，又是夜晚，视线不好，导致殴打行为失控，防卫过当，造成阿江意外被殴打致死。"

了解案情全部情况，我默然。阿江外公的面容浮现在我面前，阿江是老人的心肝宝贝，外孙的死无疑给他巨大的打击。我同情和理解老人的心情，但对阿江的死，不值得同情，年纪轻轻不学好，走上违法犯罪的道路，咎由自取。

或许因为这种情感因素，我轻视了这个案件。

令我意想不到的是，阿江的家属对"意外伤害死亡"的结论仍然不服。两年来，绕开分局，持续上访到省市政法机关和政府有关部门。半个月前，接到省公安厅复查案件的批示，这引起我高度重视。我调出案件档案重新梳理，近几天，又带领刑警大队赶赴红明农场复查，核实案件每一个情节，甄别案件每一疑点，尤其是对参与殴打阿江的人员进行深入调查。案件复查结果与原来侦查情况没有太大差别，围观群众大都参与殴打阿江。其中，把尸体转移到收胶站旁的阿明、阿胜、阿光、阿多4人承认殴打阿江。但原先对案件的处理结论，我觉得有商榷之处。为慎重起见，我们请区政法委牵头，组织公、检、法三家，以及省农垦公安局召开了案件协调会，并邀请省公安厅督导组到会指导。

关于这个案件的是非，协调会产生激烈的争论。有同志说阿江敲诈勒索，属违法犯罪行为，是公安机关的打击对象，死了活该；有同志认为制止阿江敲诈勒索，是应提倡的见义勇为行为，虽然将阿江殴打致死，有违法之嫌，但情有可原，可对其批评教育；有同志觉得，群众殴打阿江固然是违法行为，但其动机、出发点是好的，如果追究群众殴打违法犯罪分子的法律责任，将打击了人们主动制止违法犯罪的积极性，有负面影响；还有同志说，殴打阿江是在一种混乱的情况下产生的，参与打人者不在少数，所谓法不责众，法律具有一定弹性，主张对殴打阿江的群众从宽处理，不予追究法律责任；但也有不少同志提出意见：阿江敲诈勒索固然是违法犯罪行为，群众出面制止无可厚非，但应扭送公安机关处理，进行群殴，乱棍将他打死触犯法律，系犯罪行为，应予绳之以法。

协调会研究讨论了一整天，案情越辩越明，法理越说越清，与会人员逐渐形成共识：在加强法制建设的今天，必须依法办事，公正执法，制止敲诈勒索虽然有理，但殴打行为超越法律范围，打人致死就应追究法律责任。最终决定以涉嫌过失致人死亡罪对主要参与打人和转移尸体的阿明、阿胜、阿光、阿多提请检察院批捕。

今天，我把案件处理结果通知了阿江的家属。阿江的外公神色黯然地说："政府这样处理，阿江可以闭眼了。我没意见，不再上访。"他长叹一口气，"阿江这孩子，从小就被宠坏了，任性暴躁，他也不缺钱花，为什么要敲诈勒索人家呢？"

阿江一案对我颇有启发，要正确处理一个案件，必须遵循"以事实为依据，以法律为准绳"的原则。诚然，这是一句众人都知晓的话，谁都会说，但要真正做好却并不容易。有些时候，细节容易隐藏真相，感情容易取代理性。作为公安局长，要做到"知行合一"真还不是件易事。

第十九章　换位思考破大案

校园深夜抢劫案

2005 年 6 月 25 日　星期六　晴

“大接访”活动仍在持续，较之初期，上访群众明显少了许多。从这点来看，我们对上访案件的处理是及时有效的。

这些天工作较多。在道客村召开了流动人口和出租屋管理工作现场会，就派出所与居委会相互协助，资源共享，齐抓共管，加强流动人口和出租屋管理工作进行部署；打击“两抢一盗”和毒品犯罪专项行动仍在持续进行，已破获“两抢一盗”案件 123 起、毒品案件 69 起。前两天，市委副书记高锦全在市政法委副书记邢建良、琼山区委钟万荣、林道本、黄茂兴、蒋传孟等领导陪同下，专门来到分局开展打击“两抢一盗”和毒品犯罪调研活动。高锦全同志对此给予充分肯定：“你们动手早、投入多、动真格、效果好”。琼山区委书记钟万荣同志也充分肯定分局所取得的阶段性成效：命案侦破率达 100%，“两抢”、毒品案件破案绝对数上升，发案量下降，5 月份只发生“两抢”案件 35 起，环比下降 65%。

治安形势虽然看好，但我清楚，犯罪因素处处潜藏，随时可能升级，在意想不到的地方爆发出来。21 日，琼山二中，这个平静的校园就发生了一起恶性抢劫案。

凌晨 2 时许，夜色深沉，万籁俱静，人们早已沉入梦乡。就在这时，两个黑影摸进了琼山二中。歹徒似乎对这一带非常熟悉，很快来到男生宿舍。宿舍过道空荡荡的，由于天热，有的房间门敞开着，从里面传出学生熟睡打鼾的声音。两歹徒走进 7 号宿舍，屋里漆黑，只有窗外的月光透了进来，影影绰绰看见几张两层床铺。捺亮手电，接连搜了两件衣服，一无所有，待搜到第三件衣服，才找到一个皮夹子，有 20 元钱。歹徒丢弃了皮夹子，把钱揣进了身上，也就在这时，窸窸窣窣的动静把一个学生惊醒了。学生一声大叫：“有贼！有贼啊——”几个学生都醒了，有的爬起床，有的手忙脚乱。歹徒有些慌张，但并不逃跑，各自掏出一把水果刀，朝靠上来的学生低声喝道：“叫什么？再叫老子捅死你！”另一个歹徒扬起水果刀威吓说：“把值钱的东西都拿出来！”

水果刀在手电光的映照下，阴冷嗖嗖。住校的都是初中生，最大的也仅有十四五岁，哪里经历过这种场面？不由地都被镇住了，谁也没有说话，谁也没有动作，宿舍里一片死寂。歹徒又说：“快把钱拿出来！”一个学生吓得哇地哭了起来：“我，我没钱……”这哭声倒让歹徒一惊。歹徒搜了身旁两个学生，黑暗中，一时难找到学生搁钱的地方。歹徒急匆匆地，又先后闯进8号、9号男生宿舍。学生们都惊醒了，睡意蒙眬里，见眼前晃着水果刀，都吓得噤若寒蝉，不知所措，没有谁敢出头反抗。歹徒在这两间宿舍共抢得了两条银项链和一百多元钱。

学生们在惊慌中挨到天亮，没有谁想到打110报案。吃过早饭，看到老师，才有学生哭哭啼啼、七嘴八舌地向一个蒋老师告诉凌晨案发情况。蒋老师急忙向校领导报告。校领导吓了一跳，居然有歹徒抢劫，这在二中还从来没有过，连忙叫蒋老师带领遭受抢劫的10多名学生赶到龙昆南派出所报案。

这时已是9时，值班民警作了报案记录，所长陈旭正在街面巡逻，闻听案情，迅速指派一名副所长带领值班民警先行赶赴琼山二中保护案发现场，等待刑警大队技术人员前来勘查。随后，他调集全所民警赶去了琼山二中。刑警大队的打击“两抢”专业队民警也很快赶到现场。

被抢财物数额不是很大，最贵重的是两条银项链，价值也只有数百元，但案件性质严重。校园是个平静读书学习的地方，竟然有人闯进来抢劫，危及学校师生生命财产安全；并且，歹徒公然持刀抢劫，受害学生都是未成年人，这会给孩子们的心里留下难于消除的阴影。

两个歹徒是什么人？但不管是什么人，就算挖地三尺，也要把他找出来。

对于歹徒外貌特征，学生们无法说得清楚。黑夜里，只有手电筒刺眼的光亮，人脸模糊，歹徒身高大约170公分，年轻，比这些初中生大不了几岁。一个学生忽然说：好像在电子游戏室见过其中一名歹徒，但拿不准是不是。从案情分析来看，学生没有独立经济能力，社会上的犯罪分子一般不会到学校作案。作案人熟悉校园情况，喜爱玩电子游戏机，有可能是原在校学生，后来离校了。陈旭经与打“两抢”专业队民警研究，决定兵分两路，一路由陈旭带领，在校园周边排查，重点排查校园附近的电子游戏室；另一路由刑警一组组长郑荣贵带领，对可能涉案的几名离校学生进行调查。

吃过午饭，陈旭带领派出所民警开始排查，一间间电子游戏室查过去，都是些私人经营的电子游戏室，进来玩的大多是学生和社会青年，至18时，仍没有查出任何可疑目标。民警匆匆吃过快餐，继续排查，直到各家电子游戏室打烊，仍然没有收获。郑荣贵那边，打“两抢”专业队跑了五六个村庄，查找可能涉案的离校学生，基本扑空，有的家长说孩子大了，管不了；有的家长说孩子长期在外，好几个月都没有回家。虽然找到几个离校学生，经过审查，与校园劫案没有关系。

第二天，排查工作继续进行。14时许，陈旭领着2名民警排查到琼山第四小学后门处的一间电子游戏室。这是一间规模很小的电子游戏室，无招牌，无店名，显然是无照经营。里面玩的人也少，只有十几个学生和社会青年。其中一个年轻人引起陈旭注意。那人十八九岁，差不多170公分的个头。琼山二中校警指认，此人曾在二中上过学，是离校学生。综合相关线索，犯罪嫌疑人的特征指向此人，陈旭将他带到派出所盘查，几番盘问下来，这名年轻人惊惶失措，交代了昨天凌晨作案的事实，也说出了另一名同伙的下落。民警马不停蹄，立刻展开对另一名犯罪嫌疑人的抓捕行动，很快，在府城中学将另一名犯罪嫌疑人抓获，并缴获作案用的水果刀。在一个收购点，收缴了才销赃一天的银项链。

一天办结上访六年的信访案

2005年7月14日　星期四　晴

校园劫案虽然迅速破获，但其中存在的治安防范漏洞不容忽视。学生在案发后的第一时间不懂得拨打110及时报案，毫无安全防范保护意识；学生在熟睡中，歹徒竟然可以肆无忌惮地闯进去作案，说明校园安全保护措施严重不足；校园周边的网吧、电子游戏室泛滥，无照经营、脱序营业现象严重，是校园治安环境的犯罪隐患和诱因。

这个月初，以这一案件为契机，分局再次发起对校园周边治安环境的治理整顿行动。

以治安大队为主体，全区各派出所配合，至9日，清理整顿出租屋80多家，网吧、电子游戏室40多家；处罚1家电子游戏室，责令整改11家网吧。这次治理整顿重点是加强学校内部管理和治安防范机制。民警深入到各个学校，与校方一起，整合学校内部人防、物防和技防资源。分局领导、民警还分别兼任学校的法制副校长和法制辅导员，我也担任了一所学校法制副校长，到海南中学、琼山二中等学校给学生们上法制教育课。不曾想，校外人员进入学校作案的情况没有了，校内矛盾纠纷又有了。上星期，海南机电学校同学间因一点口角发生争吵后，演变成两方同学对立。一方是临高县籍学生，另一方是万宁市籍学生，双方分别纠集了200多名学生，相互对峙，一场大械斗就在眼前。校方领导连忙打电话报警。

我闻讯也吓了一跳，学校本应是社会最平静的地方，怎么发生类似农村宗族械斗的情况？我连忙带领治安大队、派出所民警赶到机电学校，但见双方学生剑拔弩张，有的持棍挟棒，有的捡地上石块，械斗一触即发。民警迅速排成一字队形，穿插到双方械斗中间，将两边学生隔离开来。我站到中间一个高台上喊话："同学们，学校是读书学习的地方，不是打架斗殴的场所，父母花钱送你们上学，是让你们来打架的吗？希望大家立即回到教室上课，继续留在现场打架斗殴的，将以扰乱学校正常秩序论，对于不听劝阻，带头闹事的人员，将实行刑事拘留，依法惩处……"

幸好及时赶到，经紧急劝导，一场校园流血械斗得以迅速平息。

这些天，上访案件仍在抓紧办理。

今天上午，我赶去红明农场处理一个上访案件。是新发现9宗人命积案之一，案件发生在1999年11月7日，红明农场64队来了两名年轻人，两人的行踪引起职工怀疑。当时，红明农场对社会治安综合治理工作抓得紧，职工参与治安防范积极性高，只要哪里有陌生人或形迹可疑之人，很快就会被职工盯住盘问。64队职工立即注意上了这两名年轻人，这两人是谁？干吗来的？找谁？夜色里，也不知是谁说："不是来盗窃就是来抢劫的，反正不是好人。"就在这样混乱的语境下，农场职工把两名陌生的年轻人当作犯罪嫌疑人给打死了。案发后，这个案件被红明农场作为群防群治中的案件处理，把打死的两名被害人当作涉案犯罪嫌疑人上报。

这些年来，被害人家属不断上访。在"大接访"的第一天，我就接待过，听了案件陈述：那天，被害人只是闲着没事跑到红明农场去玩，没想到竟然被64队职工打死，还让死者背了个贼名。被害人家属强烈要求复查案情。由于案发地属桂林洋农垦辖区，我把上访材料批转给桂林洋农垦公安分局，要求迅速查明案情。

由于案件发生在六年前，案发时间长，对案件的侦查和定性都存在一定困难。到现在一个多月了，案件查处仍没有进展。省公安厅和市局领导对这个案件也十分关注，先后作过批示。我觉得不能再这么拖下去。分局党委决定，请区政法委牵头在红明农场召开案件讨论会，邀请省公安厅信访处，召集琼山区检察院、桂林洋公安分局、红明农场等单位的领导参加，尽快对这个案子处理情况做出结论。

会议在上午9点钟召开，桂林洋农垦公安分局局长林志平介绍了案情，汇报了侦办情况。问题的症结是对案件如何定性。与会人员争论激烈，红明农场的同志认为，这是群众在维护治安工作中发生的，群众自觉参与治安防范，为了维护农场正常生产秩序和农场治安稳定，失手打死人，属工作中的失误。参与打人者众多，如果将打人者抓起来，将影响群防群治工作积极性。如果对打人的群众进行处罚，以后治安防范工作就不好做了。我和省公安厅信访处长李朝志、区检察院的一名科长不同意这种意见，认为这是一起伤害致死案件。农场职工说死者涉嫌盗窃犯罪，但缺少事实证据，不能认定死者涉嫌犯罪，应该追究打人者的法律责任。

经过讨论，区政法委副书记黄善才将与会人员的意见归纳为几点共识：同意把“11·7”案件定性为故意伤害致死；以原侦查的案卷材料为基础，从现场笔录到法医鉴定理出侦查方向和重点责任人员；打击面不宜过大，考虑1999年的执法理念和现在执法要求差别，以及发案时间长、涉及人员多、取证困难和影响群众参与社会治安综合治理的积极因素，只宜追究主要责任人的责任；检察院在公安机关报捕后，要尽快审查批捕；检察院向法院提起公诉时，要请法院考虑量刑问题。

这是一起拖延六年的上访案件，目前，案情已基本清楚，桂林洋农垦公安分局也查出了主要涉案人员，现在任务是抓捕。该是体现我们办理上访案件办事效率的时候，我提议，要在最短时间内结案，抓获主要涉案人员，给上访群众一个合理的答复。

下午，我和副局长陈敏带领15名刑警队员赶到红明农场，与桂林洋农垦公安分局、红明农场派出所对抓捕行动进行了研究部署。涉嫌伤害致死的主要嫌疑人有两名，白天在外劳动，傍晚才会回家。为了避免走漏消息，我们会同农垦警方，20多名民警直扑红明农场64队，对抓捕对象的家展开布控。晚8时，民警将两名主要涉案嫌疑人居住地团团包围，经过搜捕，顺利将两人抓获。

这起上访六年的案件经过一天的现场会议研究、现场行动部署、现场抓获涉案人员，终于落下了结案的帷幕。

公安工作几点思考

2005 年 8 月 23 日　星期二　晴

看过晚上 9 点钟的凤凰卫视新闻，准备洗个澡，但见书橱下堆有几大叠旧书旧报，便想把这些书报收拾整理一下。因为总是忙得一塌糊涂，也忘了这些书报是什么时候堆积起来的，上面沾有一些灰尘，我一张张、一本本地清理出来。一份报纸跃入我的眼帘，是 1998 年 1 月 23 日的《南方周末》，上面有篇文章：《文湘莉在 1997 年最后三天》。标题有些悬念，吸引我的好奇心。我把报纸摊到台灯下仔细阅读。

读完这篇文章，心头如同压上一块沉重的大石头，我有一种透不过气来的感觉。文章说的是普通女工文湘莉的故事：儿子郭震被当地刑警强行带走，仅两天时间，身体高大壮实的儿子就死亡了。儿子的死给这一家带来毁灭性的打击。文湘莉原是一个胆小、懦弱、怕出头露面、连厂里学交际舞都不敢去的人，为了给儿子的死讨个说法，上访到市、省，甚至北京，一年多四处奔波，充满了辛酸和无奈。文湘莉的丈夫因此精神失常，女儿陪同母亲上访因此丢了工作。落得家破人亡的结局。这是一个不应该发生的人间悲剧。我们姑且不去追究刑警在执法过程中是否存在刑讯逼供行为，但无论如何，郭震没有从刑警队活着出来，足以说明当地公安机关难辞其咎。

这个事实再次证明，民警执法行为稍有不慎，哪怕是一个偶然的疏忽，都可能给一个好端端的家庭带来灭顶之灾。

这篇文章让我想起前几天阅读的另一篇文章，是某省政法委书记于 8 月 4 日在《人民日报》“开门大接访”专栏的谈话中说：“作为一名领导干部，对人民群众充满感情，不是恻隐之心，而是政治责任；不是策略安排，而是价值取向；不是权宜之计，而是根本要求。我们是人民的政府，是人民的公安，时刻不能忘记民心这个根本。”

今年“5·18”公安机关开展“大接访”以来，我作为一名基层公安局长，接待了许多上访群众，督促办结了上访案件 86 宗，上百名群众息诉罢访，得到了上级领导的充分肯定，自己也感觉良好，觉得问心无愧。但读了《南方周末》这篇文章，我不由得重新审视这一切，我在接访工作中是为了完成任务，获得上级好评，还是带着深厚的感情、真正站在老百姓立场上着想，切实为他们解决实际问题呢？扪心自问，恐怕前者的因素略多一些。

我无从得知文湘莉上访最终结果如何，但清楚她儿子的死亡不仅是她一家的悲剧，也是有关部门乃至社会的悲剧。要避免这类悲剧发生，我们必须多问几个为什么。老百姓是弱势群体，他们大都是因为我们工作的失误和过错，造成冤假错案，得不到公正处理而上访、要讨说法。他们的哭声、骂声，以及对我们的指责，我们理应坦然承受下来。他们提出的问题我们理应给予解决。如果还对他们冷漠、敷衍，不仅愧对人民赋予我们的权力，也是明显的失职、渎职行为。良心、道德应为此受到谴责。

在公安工作中，一定要学会换位思考。

所谓换位思考，即是要站在上访人、站在弱势群体、站在执法对象的立场上考虑问题，多问几个为什么，为什么要这么做？换位思考不仅能使我们工作思维更缜密，处理方法更周全，避免产生过错和缺失，有时还能收到意想不到的效果。

李海林失踪案的破获便是一个很好的例证。抓获犯罪嫌疑人后，办案民警暂时放下审讯工作，把从小与犯罪嫌疑人相依为命、因父亲被抓获而在外流浪的年幼儿了找回来，悉心照顾，妥善安置，以人性化关怀使犯罪嫌疑人深受感动，迅速改变了起初抗拒态度，转而积极配合，向办案民警鞠躬致谢，主动交代出谋财害命的犯罪事实，让案件得以顺利破获。如果办案民警不站在犯罪嫌疑人立场上考虑他的利益、考虑他是父亲、考虑他有年幼儿子，不帮他找来儿子，案件就不可能顺利侦查终结。基于换位思考的认识，在办理每起案件时，我都如履薄冰，诚惶诚恐，生怕放纵了一个犯罪嫌疑人或者冤枉了一个好人。庆幸的是，在长达十年的公安局长生涯中，所带的队伍没有发生郭震那样的悲剧。

换位思考的根本出发点是把心与人民群众紧贴在一起。

正如胡锦涛同志所说的："各级干部都要牢固树立全心全意为人民服务的思想和真心实意对人民负责的精神，做到心里装着群众，凡事想着群众，工作依靠群众，一切为了群众。要坚持权为民所用，情为民所系，利为民所谋，为群众诚心诚意办实事，尽心竭力解难事，坚持不懈做好事。"而不是像《人民日报》一篇文章中所批评的："交通条件越来越好了，但离群众越来越远了；通讯条件越来越便捷了，但越来越听不见群众的声音了；办公条件越来越优越了，但群众越来越见不着干部的身影了；整体文化水平越来越高了，但讲的话群众越来越听不懂了。"

人民警察宗旨是为人民服务，就要真正树立执法为民思想。"凡是得民心、顺民意的事情，都要竭尽全力去做；凡是失民心、背民意的问题，都要雷厉风行去改。”市委常委、政法委书记、公安局长彭晓敏同志给公安干部上党课时也指出，人民警察执法就要公正文明执法，要恪尽职守，在维护社会安定，保障人民安居乐业的同时要避免因工作失误而导致悲剧发生，要把做警察当成一个事业，倾注感情，把老百姓当作自己的亲人来对待。

换位思考的核心是时刻想着群众，投入全部爱心，融入全部感情，用“彻底还账”的诚心来解决群众要求解决的问题。还感情账不怕丢面子，还经济账不怕受损失，还执法账不怕担责任。要勇于放下“官架子”，乐于与群众“零接触”，用真心体会群众的感受，用真情倾听群众的心声，让老百姓看到我们维护群众合法权益、愿意和乐意帮助群众解决问题的决心和信心。

“刘备借荆州”的骗术

2005 年 9 月 8 日　星期二　晴

进入 9 月，似乎有些凉意，早上起来，有时还要披件长袖衣服。所以，某公司谢总的办公室空调也开得少了。但这些天，秋高气爽的天气并没有让他心情好起来。这几个月，谢总烦得要命，他不知用什么办法才能把那辆福美来轿车要回来。

那是辆新车，花 16 万买来才一年多，7 月份，车子被人借去。借车的人叫阿云，谢总一想到这个人就头痛。

其实，谢总与阿云并不怎么熟。今年年初，他一个要好的朋友把阿云带来，说阿云买了一片土地，手头钱都花光了，没钱办土地证，希望谢总帮忙借些钱给阿云。谢总是澄迈人，前几年开了一家公司，搞房地产，搞贸易，在商海摸爬滚打，经过多年努力，公司规模逐步扩大，积累渐丰，资金虽说比不上大企业老板，却也颇具实力。他是生意人，深知做生意缺钱的难处。又有要好朋友一再周旋，阿云也一再保证借钱只是临时救急，过几天就还，于是，谢总当即就借了 7 万元给阿云。不料，这 7 万元借出，却成了“刘备借荆州”，有借无还。每次向阿云要钱，阿云都是满脸的对不起，说手头确实太紧，要求缓些日子。这一缓，半年过去，还钱仍是遥遥无期。

7 月 13 日下午，阿云忽然主动来电话，邀他上红城湖路的众星楼喝茶。他以为阿云要还钱给他，开上自己的福美来轿车，兴冲冲就去了。到了众星楼，阿云却提出另外一个要求，说儋州洋浦开发区有家银行准备给他贷款，他要去洋浦办理贷款手续，贷款到手，马上就还谢总 7 万元。希望谢总把福美来轿车借他用一天，待从洋浦贷款回来，他就连车带 7 万元欠款一并还给谢总。谢总信以为真，便将车借给了阿云。哪知道，这车借走之后，也是黄鹤一去不复还。催促还车，阿云一会儿说车坏了，修好了就还给他，一会儿说车又让其他人借走了，要么就干脆躲起来不见面。7 月 18 日，谢总找上门来，把阿云堵在家门口要他还车。见躲不过去，阿云说："我不是不想还车，车确实不在我手上。不信，你在我家搜去，搜出来我赔你两台车。"

谢总在阿云家四处找了一遍，还真没发现车："车呢？你把车藏哪儿去了？"

"跟你说实话吧。我把车给抵押了 7 万块钱。"

"我的车你怎么可以拿去抵押？"谢总怒不可遏，"你这混蛋，把车还给我！"

"你骂我打我也没有用。"阿云却是一副死猪不怕开水烫的神情，"手头没钱，只好把车拿去抵押了 7 万块钱开销。但你放心，我少不了还你车的，过几天，我有一批货到，待货出手了，就把车赎回来还你。"

谢总没辙了："那你……什么时候还车给我？"

"少则半月，最多一个月，一个月内没还你车，我砍头给你。"

谢总只好就此作罢，耐心等候阿云一个月内还车给他。可是，一个月过去了，阿云没有任何动静，打电话催促，回答是"快了快了，货还没处理完，待货处理完了就会有钱拿给你"。又是十天过去，福美来车和 7 万元借款仍杳无音讯。9 月 5 日上午，谢总再一次找到阿云家中，阿云这回板起脸孔，反而指着谢总斥责起来："你这人怎么不讲道理？车不在我手中我怎么还车给你？我讲了，车给抵押了，没有钱怎么能拿回来？"

谢总气懵了，欠债的人反而像个理直气壮的债主，一时瞠目结舌，不知说什么才好。

阿云冷冷地说："你要车也行。这样，你也不用花太多的钱，给我账户存进 5.3 万元。然后，我再去帮你把车赎回来。否则，我没钱去赎车，到时候车让人拍卖了，我可不能保证。"

谢总只觉得眼前发黑，差点儿没晕过去。他还头一次遇上这种人，这哪是人，完全是一个骗子、无赖！他再也无法忍受，当即向忠介派出所报案。

案情反馈到我这里，我认为这是一起极为恶劣的诈骗案。下午赶到忠介派出所，见谢总还留在派出所，十分气愤，絮絮叨叨地向民警介绍被骗的情况。尽管民警告诉他，派出所已经立案侦查了，他仍是再三要求，务必治治阿云这个骗子，千万帮他把轿车要回来。待谢总走后，所教导员王世文给我详细介绍了具体案情，接待谢总报案的值班民警说：“这个谢总有点烦人，上午跑了一趟，下午又来，把他的案子重三复四，讲了一遍又一遍，对我们很不信任，生怕我们不会查办。”我说：“这就要求我们换位思考。谢总让阿云骗了一次又一次，骗怕了。站在他的角度想，就不敢再相信人了。要让他相信我们，就要用事实来说话，这个事实就是尽快破案，抓获诈骗嫌疑人，追回被骗的轿车。”

案情不复杂，只要把阿云抓获到案，与谢总对质，就可以核实犯罪事实。

派出所成立了专案组，由教导员王世文担任组长，带了几个民警开始行动。先打电话把谢总找来，让他做向导，带领民警去了阿云的家，却扑空一场，没有找到人。谢总说，估计是怕他找上门要钱，阿云有意躲避。王世文想了想，有了主意，说：“谢总，阿云不是还想骗你 5 万块钱吗？这样，用钓鱼办法把他钓出来……”

按照王世文的“钓鱼”之计，第二天，谢总给阿云打通了电话说：“阿云啊，你要借五万三千元，我一时拿不出这么多，先借给你 8000 元，行吗？……可以？那这样，下午三四点钟，你赶到永和缘茶艺馆二楼来，我准备好钱给你。不过，我的车你要尽快赎回来……没问题？好，那我们下午见。”

这时的阿云满脸乐开了花，没想到这个谢总这么好骗，老子“借”你的，那是刘备借荆州。已经借了 7 万元、借了一台车没给你，老子这一开口，你还借给我 8000 元，天底下还没见过你这么一个好骗的冤大头。

贪婪导致了阿云的愚蠢，他没有料到自己会钻进民警布设的口袋中。

15 时 50 分，阿云兴冲冲地来到海府路永和缘茶艺馆二楼，瞥见谢总坐在一张茶桌旁等候。他走过去，在谢总对面坐下，谢总从皮包中取出 8000 元搁到桌上，说：“你写张借条给我。”阿云急匆匆地从衣服口袋中掏出早准备好的纸笔，心想，只要你有钱给我，这种借条写上一千张一万张老子都乐意。他爽快地写好“借条”，递给谢总。也就在这时，从周围茶桌上走过来几个人，是王世文和忠介派出所便衣民警。王世文夺过阿云手中的“借条”。阿云一愣，还没回过神来，他的手就被民警扭到背后锁上了手铐。阿云傻了眼，一旁的谢总已将 8000 元放回皮包，忍了许久的怒火爆发出来，他冲上去，照着阿云就是一拳，流着眼泪喊：“你这个骗子，还我车来！还我 7 万块钱来！”

根据阿云的交代，民警赶到大同路，在一家医院附近起获谢总的福美来轿车。“借”去的轿车终于回到自己手中，谢总拿着久违的车钥匙，紧紧握住王世文的手，激动得说不出话来……

群众利益无小事

2005 年 9 月 21 日　星期三　阴

忠介派出所这次行动让我感到欣慰。

今年一季度，忠介辖区屡出问题，板桥路开有赌场，北胜街卖淫女公然拉客，一位老干部还寄来一封《为什么一个派出所让我感动，一个派出所叫我失望》的来信，对忠介派出所提出尖锐批评。这一系列问题引起市局、分局高度重视，迅速调整了派出所领导班子，严肃处理了有关责任民警，对派出所存在的问题进行专题剖析和整改。市局副局长侯亨浪指出，忠介派出所问题是对待人民群众的态度问题，其根源是没有把人民群众利益放在心中。分局党委针对忠介派出所问题，在全分局深入开展党员先进性教育活动。

这半年来，忠介派出所工作渐渐有了起色。

昨天下午，一起治安案件又给忠介派出所出了个考题。14 时，忠介路上很不平静，位于路中段的肯德基店门前忽然涌来大批新疆人，分成两个阵营，双方怒目圆瞪，你冲着我的脸吵，我指着你的鼻子骂……围观的人群越来越多，把不宽阔的路面挤得水泄不通。派出所长李斌带领 9 名民警赶到现场处置。眼前矛盾一触即发，虽然都是深目高鼻的新疆人，这时却一个个像吃了枪药，摩拳擦掌，有的还抄起家伙。几个新疆人已经撕扯在一起，拳来脚往，打个不亦乐乎。李斌带领民警强行穿插到人群中间，高声喊话：“聚众闹事，当街械斗，堵塞交通，将构成扰乱社会治安秩序的违法行为。希望大家立即冷静，停止一切违法行为，听从民警指挥，配合我们执法行动!”

喧哗的声音小了下来。民警迅速隔离对立的人群。

这些新疆人都是做生意的，矛盾也始发于生意上。今年，一个在府城经营多年的新疆老板做起了新疆葡萄干的销售业务，原与一伙新疆喀什人约定，不管喀什人从新疆运来多少葡萄干，都以每斤 4.5 元的价格收购。这两天，喀什人把 80 吨葡萄干运抵海口后，新疆老板却毁约变卦了，要求喀什人降低葡萄干价格，否则就不收购，运回新疆去。喀什人急了，收购方不明摆着是压价讹人吗？80 吨葡萄干价值数百万元，万里迢迢从新疆运来，别说没办法运回新疆，单是储放在仓库里，一天就要花上几千元钱；若不收购，他们不仅是亏本，而是连血本都没了。喀什人与新疆老板交涉许久，新疆老板毫不让步。这把喀什人惹火了，他们这一伙有 30 多人，一商量，决定找新疆老板算账。吃过午饭，在肯德基店门口把新疆老板堵住了，而新疆老板也不是吃素的，一个电话便叫来数十名新疆人。于是，两方拉开阵势，一场新疆人之间的大火拼一触即发。

双方都是为了经济上的利益。李斌明白了事情原委，这种纠纷只有调解，照顾到各自利益。他要求双方各推荐一名代表，由派出所主持，现在谈判解决问题。代表很快选派出来，民警把双方代表领到附近福馨楼咖啡厅，但忠介路上，新疆人仍然群情激动。李斌留下部分民警控制现场，严防斗殴，他带了 2 名民警主持了双方谈判。围绕葡萄干问题，双方仍是针尖对麦芒，你来我往，吵成一团。李斌说："这样吵下去能解决问题吗？和气生财嘛，何况你们都是做生意的，这点道理都不懂？"他批评喀什人代表说："经济上的问题只有坐下来谈判解决，仗着人多势众，蜂拥而上打群架就行？要是伤了一两个，闹出人命来，你这些葡萄干再赚上几百万都不够赔。"他又指责新疆老板一方代表说："做生意要公平，讲信用，毁约压价，这就不好了，这是一槌子买卖。你头一次占了便宜，但失去信誉，下次谁还敢跟你做生意？"

谈判持续到下午近 4 点时，双方终于握手言和，就葡萄干收购价格相互让步妥协。留在忠介路的新疆人也在民警劝导下，陆续离去。

18 时许，我下班经过忠介路，这时路面已恢复正常秩序，顺道拐进忠介派出所。李斌正与人谈话，见我来了连忙起身。我问："下午忙坏了吧。"李斌说："忙倒没什么，就担心处理不当，这坏影响就传到新疆去了。"我说："经济纠纷是最难调处的。你照顾到各方利益，调和了矛盾，平息了械斗，是个典型案例。你晚上再辛苦一下，整理出个材料，明天打印发给各派出所。"李斌有些不大愿意动笔，说："有这必要吗？"我说："群众利益无小事，处理得好，大事化小，处理不好，小事也会酿成大祸。你成功处置了新疆人纠纷，这个案例对于基层派出所今后处理此类事件有示范意义。"

似乎印证了这句话，今天，一袋稻谷让旧州派出所忙得一塌糊涂。

看起来真还是件小事。

17 时 25 分，旧州派出所接到光明西瓜基地员工林春富报警：一小时前，他开一辆农夫车从旧州镇南度洋运载 4 袋稻谷到西瓜基地，回到西瓜基地时发现少了一袋，估计是路上颠簸，稻谷从车上掉下去了，希望派出所帮助寻找。所长冯永学细问丢失情况后，吓了一跳，丢失的稻谷有毒，浸过毒老鼠的敌鼠钠盐药液，毒性强烈。如果被鸡禽啄食，鸡禽三两分钟就会双腿伸直，一命呜呼。如果被村民捡去碾米食用，后果更是不堪设想。

无论如何也要把这袋有毒稻谷找回来。

运载有毒稻谷的农夫车经过光明村委会、池连村委会等地段，有 10 多公里长，公路旁散落有 10 多个自然村。全所 4 名民警一齐出动，冯永学将地段分成几块，每块都有指定的责任民警，同时发动附近群众一起参加搜寻。天渐渐黑了下来，公路上已看不清，这给搜寻稻谷增加了难度。但有再大困难，有毒稻谷不找回来，谁的心里都不安。冯永学他们在日渐暗下来的路段，一丈一丈地寻找、排除。到了晚上 8 点钟，有毒稻谷仍没有着落。冯永学感觉麻烦大了，打电话向我作了情况汇报。因为要处理一批上访信件，我这时还在办公室，听了冯永学报告，我头皮发麻，有毒稻谷要是没找回来，那就是人命关天的大事。心里埋怨冯永学没有早点报告，否则，可以调集分局更多民警帮着一块去搜寻，但现在说这些没用了。我想了想，说："你马上向旧州镇委书记报告，发动当地干部群众挨家挨户查找，务必把有毒稻谷找出来。我在办公室等着，随时给我打电话通报情况。"

旧州镇委书记获悉情况，也慌了，立即组织镇委、镇政府 9 名干部；19 个村委会、经济社的村干部，全部投入搜寻有毒稻谷行动中。我也没心思批阅上访信件了，紧张地等候冯永学那边的消息。时间一分一秒地过去，我不时询问冯永学搜寻工作进展情况，电话那头的答复一次又一次地让我失望。唯一给我安慰的是：由于镇党委的广泛发动，参加搜寻工作的群众很多，现在是挨家挨户、地毯式地搜找，相信一定会找到有毒稻谷。

我只有耐心地等候。凌晨 1 时 40 分，从冯永学率民警开始搜寻毒稻谷起，已过去 8 个小时，旧州镇委书记给我打来了电话，说终于找到了那袋有毒稻谷了，是光明村委会一个村民捡了去。书记说："谢谢你们派出所啊，他们非常辛苦，一个个都累得脚瘸手拐的。若不是有他们，有毒稻谷找不回来，闹出几条人命，旧州镇的天就塌了。"

街头镇邪恶

2005 年 10 月 14 日　星期五　雨

国庆节期间治安情况总体良好。

分局几个领导轮值带班，我的轮值日是10月1日。那天我倒比较清闲，上午领着几个民警在府城街头巡视一圈，指示派出所处理了几个治安问题，其余时间基本上待在办公室，趁空把各种文件都看完了。

10月4日是副局长梁安全轮值，白天也还平静。到了晚上，云露派出所接到南国宾馆服务员报警，说一伙人在宾馆闹事，要求民警赶去处理。派出所教导员丁明按日常出警规程，向梁安全和分局指挥中心作了汇报，随后叫上4位民警赶去南国宾馆。他原以为只是一般的治安问题，或许三两个人喝多了酒，与宾馆方面起了冲突，民警一出现，很快就能解决。但到了现场，却吃了一惊。只见南国宾馆门前，嘈杂声震耳，聚集有数百人，把街面、人行道都挤满了，整条道路被堵塞，更分不清哪些人是闹事者，哪些人是围观群众。他感觉事态严重，连忙给指挥中心打电话，要求增派民警支援。

少数几个警察显然对混乱中的人群没有威慑力。丁明带领民警推开人群，好不容易才挤到南国宾馆门口。这里已吵得一塌糊涂。一群人围着几个宾馆管理人员，挥拳捋袖，脸红脖子粗地叫骂。看见民警过来，一个宾馆保安像看见救星，拉住丁明，指着一个高个头的年轻人说："是他，就是他!"还没等丁明开口说话，那高个头居然无视民警在场，冲了过去，揪住保安，凶神恶煞地说："我怎么啦，怎么啦，你欠扁了?"丁明把身体阻挡在保安面前，对那高个头喝道："不许太放肆，有话不可以好好说吗?"说话间，高个头的十来个同伙又涌上来，竟然将民警围了起来。

丁明急于要搞清楚闹事原由，不理睬高个头那帮人，把保安拉到另一旁，保安这才有机会说开事情原委：下午，高个头在他们这里开房，把摩托车停放在宾馆门前，忽然在大堂里闹了起来，说他摩托车丢了。大堂经理说，摩托车丢了就报警啊，要他去派出所报案。失主蛮不讲理，要求宾馆赔他摩托车。宾馆不肯赔，他就带了数十名同伙闯来，威胁说不赔摩托车，就把宾馆砸了。

高个头是这次闹事的头儿。丁明走到他面前说："你丢了摩托车，找我们报案啊，跑到宾馆胡闹些什么。"

高个头反问道："我不找宾馆找谁？找你派出所？你会赔我摩托车?"

丁明被他呛得一愣，说："我们会立案侦查……"

"查个屁，查不出来我的摩托车就白丢了?"

丁明气坏了，在民警执法行动中，还少见这种胆大妄为的人。他严正警告说："你这样当街闹事，聚众扰乱社会秩序，触犯治安管理条例，我们会依法查办。"

“你敢？谁抓人就打谁！”高个头毫无惧色。

“将他带走！”丁明吩咐民警，要依法对高个头采取强制措施。两个民警一左一右抓住高个头手臂，要把他带离现场。然而，带走他却困难重重。高个头的同伙涌了上来，将民警团团围住。高个头兴风作浪地大叫：“打人啊，警察打人啊！”那些人乘势推推搡搡，混乱中，一个民警的警帽也不知被谁打飞了。民警紧揪住高个头艰难地往宾馆外挪动……

这时，副局长梁安全带着刑警、治安大队，以及文庄、忠介、铁桥派出所数十名民警赶到增援。面前的情况非常棘手，数百群众聚集在街面上，把南国宾馆大门口围得水泄不通。警车鸣响警笛，有少数人避开了，大批围观群众还是原地不动。梁安全吩咐派出所民警在外围控制，他领着刑警、治安警挤进人群，向群众喊话：“请大家尽快散去，不要聚集围观！”但效果不大，处于外围的群众走了一部分，内圈仍簇拥有数百人。梁安全挤向南国宾馆方向，打算与丁明汇合，却被人群推挤得寸步难行。一片哄闹声中，又有人大叫大喊：“打起来了，警察打人啦——”冷不防，梁安全背脊也挨了两拳。他感到事态严重，不采取断然措施，面前局势很难收拾。他当机立断，双手奋力一推，把周边儿人挤开，跳上一个高台，大喊道：“我是琼山公安分局副局长，我命令大家全部散开，对于聚众闹事，危害社会秩序的人，我们立刻依法采取措施！”

丁明他们已把高个头带到宾馆门口，但高个头的同伙气焰十分嚣张，仗着人多势众，有意制造事端。有人扳开民警的手，试图把高个头从民警手里夺回来；有的趁着混乱，冷不丁地一拳一脚打了过来，待民警要追查是谁动手的，打人的又缩往后面去了。面对歹徒如此疯狂，丁明几个民警拔出枪来，朝天“砰砰”开了五六枪，枪声把歹徒镇住了，瞅着这个空当，丁明迅速把高个头推进警车。刑警与治安警也已展开行动了，两三人一组，瞅着闹得最凶的歹徒，一一抓获，押进了警车。

至晚上11时，民警完全控制了局面，围观群众也都陆续散去，以高个头为首的6名闹事人员被带到分局留置中心处理。我是在事后接到梁副局长电话获悉情况的，我感觉这起事件不是那么简单，一起极为寻常的丢失摩托车案件，失主居然可以在短时间把许多人纠集到一起闹事，后面会不会有黑恶势力背景？我要求刑警大队对抓获的闹事分子仔细审查，如构成黑恶势力团伙，要坚决打掉。

刑警大队这些日子极为忙碌，9起新发现的人命积案破获了3起，还有6起处于紧张的攻坚阶段，而10月10日又有一起人命案发生。案件是“夜班族”引发的。海口地区有不少这种“夜班族”，都是无业青少年，昼伏夜行，白天睡到下午四五点起床，晚上七八点钟便出来活动。他们游手好闲，漫无目标的，有时上歌舞厅闲逛，有时一整夜踩马路，闲极无聊之中，便喜欢生些事出来，街头吵架、斗殴等治安小问题大多是这帮“夜班族”搞出来的。民警对此也头痛，抓，他们没违法犯罪；放任不管，他们却又经常惹是生非，处在违法犯罪边缘地带。

阿才和阿宇就是这样的“夜班族”。

10日凌晨2时许，两人闲逛到府城洗马桥路望河休闲广场，与另一帮“夜班族”相遇，这是5人一伙的“夜班族”，叫阿游、阿德、阿明、阿书、阿标。都是夜间同路人，两人就与他们搭讪上了。7人围成一圈，坐在广场上天南海北地就侃大山，从吃、穿、玩，一直说到女人。阿才说胖一点的女人漂亮，阿游讲瘦一点的女人美丽，就因为这一个话题，两人争执起来，越争越凶，两人脸红脖子粗地比赛嗓门。争吵很快升级。阿才嘴皮子快捷，讲了两三句，阿游一句话也还没讲完。阿游恼羞成怒，嘴上功夫不行，手头功夫却麻利，一拳头就朝阿才打了过来。阿才迎面一拳头打过去。于是，两人拳来脚往，厮打成一团。

就在两人打得分不出高下之际，阿游的同伙涌了上来。两人的斗殴很快演变成群殴。阿游、阿德等5人围着阿才、阿宇两个，有的拳脚相加，有的捡地上泥块、石头乱砸，打得他俩在地上乱滚，痛得一个劲地哭爹叫妈。阿游似乎还不解恨，伙同阿德从广场草地上找到两根生锈的铁制桌子脚，当作棍子往阿才身上猛抽。阿游一棍砸到阿才后脑上，阿才来不及哼一声，鲜红液体从他脑颅上喷溅出来。阿才身子微微一个抽搐就再也不动了。“死了，打死人了！快逃！”也不知谁喊了一声，阿游、阿德、阿明、阿书、阿标五人一哄而散。

阿宇从地上爬起来，他挨的是拳脚，受了点轻伤。望着打死在地上的阿才，吓得哇的一声哭了起来，跑到附近的报警亭报了案。

刑警迅速抵达望河休闲广场，勘查了案发现场，检验了受害人尸体，又把阿宇带到刑警大队作了询问。随即展开对犯罪嫌疑人的抓捕。不过，这些“夜班族”夜里根本不在家，见打死了人，一个个都作鸟兽散，四处逃跑。民警分别对涉案人员家人亲戚逐一走访调查，寻找涉案人员逃亡窝点。这个季节，时时有阵雨瓢泼而下，民警咬紧每条可能的线索，不辞辛苦，顶风冒雨，踩着泥泞，前往澄迈、定安、文昌、临高等地追捕，直到今天，才在澄迈县永发镇新吴墟将犯罪嫌疑人阿游抓获归案。

出租屋凶杀案

2005 年 10 月 27 日　星期四　晴

道客村是琼山区治安防范重点地区之一。

道客村处于龙昆南路西侧，由国兴派出所管辖。说是村，并不是农村，而是府城一个人口密集地带。道客村出租屋多，房租低廉，外来暂住人口已超过常住人口，其中大多是进城务工人员、公司职员、个体户、求职者、无业游民等各种人员。丁小姐来道客村还是第一次。她是江西上饶人，23 岁，去年从江西财经管理学院毕业。还在学校时，她就被海南美丽的阳光、海水、沙滩所吸引。海南成了她心神向往的地方，大学毕业后，毫不犹豫地选择来到海南。但来到海南后却颇为失望。原以为海南是全国最大经济特区，收入高，工作也好找。现实与她的理想落差很大，拿着毕业文凭跑了十多个单位，总算被一家电器城聘用，当家电促销员，不仅与自己所学专业不对口，待遇也低，月工资才五六百元。

丁小姐对眼下的处境很不满意。她一边工作，一边不断地寻找新的工作单位。将近一年了，仍没有找到更好的去处。前不久，她偶然认识了一个新朋友，给她带来了找到好工作的希望。

那位新朋友叫阿南，是她乘公共汽车时认识的。那天，她下班走出电器城，在海口东湖三角池站乘公交车回住处。当时车内比较拥挤，她抓着扶杆被挤得摇来晃去。忽然，有人拍了她一下肩膀，她回头一看，是个陌生男青年，那人理个平头，五官端正，身材修长，有几分帅气。“小姐，你坐吧。”那人指着他让出来的座位。男青年的举止立刻赢得她的好感，于是与他攀谈起来，知道他叫阿南，在海口生活长大，现住在道客村。她也介绍了她的情况，也谈到对现在工作不满意，期待能找到更好的工作。阿南极为热情，说：“要找工作？这容易，我好些朋友是公司老板，这事包在我身上。”

这给正在寻找好工作的丁小姐极大鼓励。

之后，两人接触过几次，她对阿南总的印象不错，为人热情，能言善道。就有一点让她心里不舒服，两人还不是太熟，就开口朝她借钱。她本来就没赚到什么钱，也就没有同意阿南的借钱要求。不过，阿南仍把她找工作的事放在心上。16 日晚上，阿南打电话给她，说有家公司需要一个财务主管，月薪 2000 元，问她愿不愿意去。她有些狐疑，问他是真的假的。

阿南诅咒发誓说骗她就不得好死。见阿南说得这么肯定，她当然满口答应。阿南介绍的工作不仅工资远比她做家电促销员高，而且工作性质也好，正对上她所学的财务管理专业。阿南叫她第二天上午先到他家去，再领她去见老板面试。她高兴得一个晚上没睡好觉。17日9时，她兴冲冲地来到道客村阿南住处。这是一间出租屋，简单的行李，简陋的家私，房内散发出烟熏火燎的气味。看来，这是阿南临时租住的地方。两人寒暄了几句，丁小姐就催促阿南带她去面试。阿南却毫无起身的意思，磨磨蹭蹭好久，说："我给你帮忙，你也该给我帮点忙啦。"

丁小姐一愣，问："我能给你帮什么忙？"

阿南说："我帮你找工作也是要花钱的。"

说了半天，还是要钱。她为难地说："我真没什么钱……"

阿南的脸色沉了下来："你一点钱都拿不出来，我怎么帮你找工作？我给你介绍做财务主管，那是费了天大的面子人家才答应的。"

对于丁小姐来说，能做上财务主管的诱惑太大了。"我借钱给你，你真能介绍这个工作……"

"我做事从来一是一，二是二。你相信我，就拿钱来，不相信就算了。"

丁小姐咬了咬牙："你要借多少钱？"

阿南伸出两个手指头："两千块。"丁小姐犯难了。来海南一年，她省吃俭用也存不到两千元。阿南又催促说："你快些拿钱来，否则，过了这个面试机会就没有了。"

"可我确实没有那么多钱，这样……"她想到坤包里的手机，这是她唯一值钱的东西，价值两千多元。如果把手机拿去典当了，再凑上一点，差不多能有两千元借给阿南。不过，手机是一个老乡送的，要典当手机，需要征求一下老乡的意见。她给老乡打了个电话，老乡不在意是否典当手机，但提醒她别上当受骗。老乡的话使她又改变了主意，她说："阿南，我拿不出那么多钱，找工作的事就算了吧。"她拿起坤包，准备离开，突然见阿南暴怒起来："你这个臭鸡婆，怎么是个穷鬼！"丁小姐害怕了，急忙后退，想夺门走路。但是，阿南追上前去，一把将她拖了回来，双手紧紧掐住她的咽喉，疯子似的狂乱叫喊："你怎么这么穷？怎么这么穷？老子没钱用，等你送钱来，你为什么不送钱来！"在阿南的癫狂状态中，丁小姐的身体如同小鸡般地挣扎了几下，悄无声息地瘫软了，最后从阿南的手上滑落到地上……

房屋出租人报了案。我和副局长陈敏带领刑警赶到现场时，出租屋已是人去楼空，只有丁小姐的尸体冰冷地躺在地上，身上穿的还是电器促销员工作服，脖子上有一道深紫掐痕，证明是被人活活掐死的。对案件的侦查也同时进行。房屋出租人说，吃午饭时，他见阿南的房门大开，进去，发现丁小姐已经死亡。丁小姐的老乡说，10 时许，接到丁小姐电话说要典当手机，之后，再拨丁小姐电话就没人接，从此失去了联系。经过现场勘验，确定杀害丁小姐的犯罪嫌疑人是租房人阿南。这是个吸毒人员，今年34 岁，祖籍河南郑州，自小在海口长大，结过婚，染上毒瘾后，老婆与他离了婚。阿南原来也有工作，同样因为吸毒，被单位辞退，成了无业游民。为了搞钱吸毒，他四处勾搭交“朋友”，然后向“朋友”借钱。认识丁小姐后，同样便以帮她找工作为名，企图骗得她的钱财，骗术落空后，他恶念顿起，一怒之下将丁小姐杀害了。

追缉阿南的行动迅速在全岛展开。为防止他逃窜出岛，民警兵分几路，在新港码头、秀英码头和各长途汽车站布控，对他可能落脚的窝点进行搜捕，同时在网上发出协查通报。几天过去，阿南却像蒸发了似的，找不到他存在的蛛丝马迹。

看来，阿南已经逃往岛外了。

阿南在河南、东北还有亲戚。我们把重点锁在河南郑州和黑龙江佳木斯两个地方，请求郑州和佳木斯警方帮助查缉。不出所料，案发后，阿南仓皇如丧家之犬，简单收拾了行李，拿走丁小姐的手机，当天就潜逃出海南。先是逃到上海，然后乘火车逃往佳木斯，躲藏在他亲戚家中。接到我们的协查通报，佳木斯市公安局积极配合，在阿南亲戚家中找到了阿南，迅速将他监控起来。今天，是案发后的第 10 天，分局派出民警飞往佳木斯，将阿南押回海口。

讨债绑架人质案

2005 年 12 月 31 日　星期六　小雨

今年以来的禁毒工作成绩不小。截止 11 月，分局共破获毒品案件 228 起，完成全年任务的 200%；抓获涉毒犯罪嫌疑人 88 人，完成全年任务的 126%；强制戒毒 644 人，完成全年任务的 167%。海口市禁毒委为此专门编发简报。不过，我却高兴不起来，这固然说明琼山分局民警在禁毒工作中付出了艰辛的努力，但也说明禁毒形势颇为严峻。毒品打不胜打，就像暗夜的魔爪，什么时候才能凭利剑彻底斩尽？

刑事破案工作也是如此。

今年，市公安局下达给琼山分局的破案任务是450起。11月15日，刑警大队经过一年多锲而不舍的跟踪摸排，侦查到去年“8·24”伤害致死人命案——省公安厅悬赏缉拿的命案犯罪嫌疑人黄洪已从广州市潜回文昌市，立即派出重案中队民警赶赴文昌市昌洒镇宝兔村布控，在村中一个养鸡场将黄洪抓获。这是今年侦破的第702起刑事案件。到现在，已完成市局下达破案任务的162%。然而，破案仍然跟不上发案的速度。

在这辞旧迎新之际，12月25日，龙昆南路又发生一起恶性案件。

吃过午饭，龚老板如同往常一样坐在他的办公桌前。他在龙昆南路经营网吧已有好些年，网吧名称叫“龙易”，开业以来，生意还算可以，已收回了当年投资，每月有数千元利润。但他觉得这点收入远远不够，每年要赚上十万、数十万元心里才踏实，因他背有沉重的债务。那是10年前，他才20来岁，还在广东高州老家。20岁正是年轻人血气方刚、满脑子幻想时期，眼瞅着周边人一个个都赚了大钱，他也想一锄挖出一个金娃娃。于是找到他的一个远房舅舅，好说歹说借到了30万元。他把钱全部投入到一个项目中，不料，项目失败，30万元打了水漂，他被打蒙了。从此30万元债务如同附骨之蛆，紧紧咬住他。每年，舅舅都找上门来要债，他恨不得有个地缝好钻进去躲起来。他来到海口，原以为在这里可以暂时避开债务的纠缠，然而，他仍然无法逃避。

下午，他接到一个陌生电话，那是海南本地的电话号码，但一听到电话里的声音，他不由得心惊肉跳。是舅舅的声音。也不知舅舅怎么打听到他的电话号码。他硬着头皮叫了一声舅舅。舅舅声音温和，说：“快过年了，你欠的30万元也有十多个年头了，这样拖着总不是办法。这些年来，你舅舅也因此日子不好过，欠下别人好些钱，要过年了，我专程来到海口，是不是见个面，你给我一个说法?”

躲不过去了。他说了网吧地址，让舅舅过来见面。

他站在网吧门口等候。不久，一辆出租车在他面前停下，舅舅领着几个人从车里出来。他挤出一些笑容上前迎接，就在他跟舅舅握手的一刹那，跟在舅舅旁边几人朝他围了过来。不等他有所反应，那几人有的抓手，有的扭胳膊，强行将他推进了出租车。接着，车门砰地关上，出租车往前疾驶而去，瞬间就把龙易网吧抛到后面。“舅舅，你这是干什么?”他惊慌地问，舅舅没有回答，脸色铁青，伸手在他身上摸索，搜去了他的手机。恐惧从他心底升了起来，舅舅这回跟他玩狠的，把他绑架了，他不知道舅舅会把他怎样。

出租车掠过龙昆路，上了滨海大道，往西海岸方向驶去，越往前离市区越远，最后在一处偏僻无人的海边停下。舅舅把他推下车，跟随舅舅的那几人将他围住。他听出，那几人是他广东老家口音。显然，这是舅舅专门从广东带来绑架他的打手。舅舅劈头就问：“我这回来，是专程要你还债的。30 万元，10 多年的利息，你该还我 40 万元。今天，你不拿出 40 万元，我不会回去。”

他苦愁着脸说：“舅舅，我确实拿不出许多钱来。要有钱，能不还你吗?”

“你拿不出钱，不会朝你老爸要?你家里那么富裕，他妈的有钱不还。”舅舅把搜去的电话塞到他手上，“现在就给你老爸打电话，叫他准备 40 万赎金，拿钱来就放人，没有钱，你就别想脱身。”

他只好拨通了父亲的电话，说：“爸，我被绑架了，舅舅要我给他 40 万元……”他还没说完，电话被舅舅夺了过去。舅舅对他父亲威胁说：“老龚，你儿子现在我手上，你不拿来 40 万元，我就不能保证你儿子的安全，少则，打断他一条腿，多则，你就等着给儿子收尸吧。”

电话那头，龚老板父亲吓得打哆嗦：“老……老马，你别，别……害我儿子，我，我答应你，我这……这就筹钱……啊，你……千万别，别害我儿子……”

龚老板父亲人在广东高州家中，他从高州打来长途电话向我们报警，请求解救他儿子。不久，龚老板的网吧也打来报警电话，说 14 时许，龚老板被几个陌生人带上出租车到现在还没回来，手机关机，可能遭遇绑架。陈庆武带领刑警队员赶到龙易网吧，对案件进行调查，但毫无头绪。网吧员工说，当时情况很突然，出租车在网吧门口只停留了一两分钟，只看见出租车是辆红色捷达，没有人留意车牌号码。海口红色捷达出租车太多了，没有车牌号，参与绑架的出租车就无从查找。员工唯一证实的是绑架者是龚老板的熟人，因龚老板在网吧门口等候，还与绑架者握手。这个证实没有意义，龚老板父亲已经说明绑架者身份，是龚老板的舅舅，姓马。

现在的问题是，龚老板被他舅舅绑架到哪了?在得不到赎金的情况下，他舅舅会不会将他杀害?我们急需龚老板父亲提供线索破案。龚老板父亲也是心急如焚，第二天就飞到海口。刑警大队成立了专案组，积极开展营救人质行动。

龚老板父亲介绍了“老马”的有关情况，但是，人质在哪儿?策划绑架的老马在哪儿?老马手下的绑匪有多少?都是哪里人?有没有武器?他们下一步会采取什么行动?这些我们一无所知。案件虽然陷入僵局，但专案组民警有信心破案，解救人质。

雁过留声，人过留名。犯罪嫌疑人也是如此，他要作案，就必然留下活动轨迹。

老马不断地给龚老板父亲打来电话，索取40万元赎金。专案组要求龚老板父亲想办法拖，以“拖”迫使作案人焦虑不安，活动频繁，从而暴露出更多的线索。于是，龚老板父亲继续和绑匪保持电话联系：“我还在广东筹钱”，“刚才从银行取出6万”，“今天跟人借到5万”，“老马，你能不能少点，我一下子确实拿不出40万”……

绑匪却不容讨价还价，咬定非要40万元不可，没有40万元绝不放人。

也就在讨价还价的拖延中，专案组民警在全市开展搜索。对各种可疑人员、可疑地段、可疑车辆，以及可疑宾馆酒店进行检查。检查数百人次、车辆数百台。26日，获得了一个重要情报，绑匪在海府一横路附近出现过。专案组把目标锁定在海府一横路。刑警大队数十名民警身着便衣，带上龚老板父亲，在这一带蹲点和埋伏守候。这是艰苦的守株待兔，一天、两天、三天过去了，“兔子”并没有出现。

今天是2005年的最后一天，也是刑警在海府一横路埋伏守候的第六天。这时是海南冬季，虽然没有大陆的冰天雪地，但阴雨连绵，冷风嗖嗖，挡不住侵骨寒风瑟瑟袭来。海府一横路是海府大道与白龙路交叉的路段，人多车多，稍一疏忽，犯罪嫌疑人就可能从眼皮底下溜走。大家努力睁大眼睛，注视面前一切动静。又是一上午过去了，期盼的绑匪依旧杳无消息。根据情报，绑匪确曾在这条街上现身，为什么这六天来绝迹？难道转移了地点？“兔子”并不在民警狩猎的范围内？就在大家焦虑之时，下午4点多钟，“兔子”终于出现了。专案组民警与龚老板父亲坐在一辆越野车里，透过车窗，看见蒙蒙细雨中，有两人东张西望后向一家工商银行走去。其中一人回过头来，民警将这人指点给龚老板父亲。龚老板父亲证实，这人正是制造这起绑架案件的犯罪嫌疑人——龚老板的舅舅老马。埋伏在四周的刑警迅速扑了上去，在工商银行门口，将两名犯罪嫌疑人按倒在地，推进了越野车内。

老马供出了绑架龚老板的犯罪事实，交代了龚老板的下落：被他们关押在旁边的景安宾馆。刑警押着老马下车，进了景安宾馆，敲开803号房门，将另一名参与绑架的犯罪嫌疑人抓获，成功解救龚老板。

民警以涉嫌绑架罪向老马宣布对其刑事拘留时，他拿出龚老板写给他的欠条哭了：“我外甥欠我30万元，10年不还。为要回这些钱，我年年催，月月问，我这是走投无路，没有办法才想用绑架威胁他还钱。”老马的境遇是有可谅之处，现在欠钱的是大爷，要债的是孙子。在这起绑架案中，还有一个老吴同样堪怜。老马欠了老吴一万元，便动员他也参与绑架，说只要龚老板还了30万元，立刻还清欠他的一万元。

不论是可谅的，还是堪怜的，法律是无情的。任何人触犯法律，都要受到法律制裁。

第二十章　永不结束的战斗

2006 年开年第一大案

2006 年 1 月 1 日　星期日　晴

如果有人问我最大的愿望是什么，我会回答说，希望公安机关可以从人们视野中消失，社会平安稳定，人民安居乐业，这个世界永远不会有违法犯罪案件发生。但我清楚，这个愿望永远不会实现。有人类，有社会，就有了好坏是非，就有了违法犯罪，政府必须设立公安机构，来打击和制止各种违法犯罪，捍卫正义和公平。公安机关打击违法犯罪是一场永远不会结束的战斗。

昨天才破获龚老板绑架案，今天——2006 年的第一天凌晨 3 时 30 分，我又被一阵急促的电话铃声惊醒。分局指挥中心报告，龙昆南路的一幢公寓楼发生一起杀人案。作为分局一把手，必须在第一时间赶到人命案现场。我迅速起床，用冷水冲了冲头，让脑袋清醒，又叫了副局长陈敏，带着刑警立即赶赴龙昆南路。

案件发生在公寓楼 A 座 1703 房。

房门开着，是个一室一厅的小套间。客厅地上坐着一男一女两个年轻人，男的额头上淌血，女的脸上挂彩，两人都是极疲惫模样，相互说着些什么。杀人现场是在卧室，被杀的是个 40 多岁的女人，倒在地板上，脖子、脸上有多处刀痕，整个房间到处是血，弥漫着浓浓的血腥味。我们问那一男一女受伤的年轻人："怎么回事?"那小伙子略有迟疑，顿了一顿，说："来……来了一帮人抢劫，把我干妈杀了。"

我问："死者是你干妈?"

"是，"小伙子指着旁边的姑娘说，"她是我干姐姐。"

姑娘没有吭声，神情有些呆滞。民警核实了这两人身份。小伙子叫贾卓林，22 岁，新疆喀什地区巴楚县人，是大学生，2004 年来到海口，正在海口一所大学读体育专业。姑娘姓杨，25 岁，是死者的女儿，湖南人。与母亲、贾卓林共住在这个小套间。

“有什么财物被抢劫了？”

“这……不清楚……”

“是怎么抢劫的？有多少人？从哪儿进来？”

“可能三五……人，开门进来。”

在问话的过程中，杨姑娘一直没有吭声。刑警勘查了现场，房内简朴，卧室有一张床，客厅里铺有一个床，有必用的几件简单家私，没有什么值钱物品。在我们一再追问下，贾卓林仍然说不出有哪些财物被抢了。这深更半夜，主人应该是反扣房门睡觉，如果抢劫，只有撬门入室才能进到房内，但房门完好无损，没有被撬痕迹，这使我们对贾卓林的说辞有了怀疑。我与陈敏副局长商量了一下，让技术人员留下继续勘查现场，把贾卓林和杨姑娘带到分局，对案情作进一步了解。

在案件现场，杨姑娘始终如同一个木偶，对眼前的一切漠不关心。但到分局，把她与贾卓林分开后，还不等民警提问，她就哇的哭了起来：“是贾卓林把我妈杀了。”她泪如雨下，后悔不及地说，“贾卓林是条狼，我们引狼入室，让他进来住……”她讲开了案发事情经过。

她和母亲将近凌晨 2 时才从外面回到家中，贾卓林也还没睡，在玩他的双节棍。她先去了卫生间洗澡，完了出来见贾卓林坐在客厅床边，她问：“我妈睡了吗？”贾卓林说：“睡了。”她往卧室走去，准备睡觉。贾卓林忽然过来把她拦住：“等等，干姐，我有话跟你说。”她觉得奇怪，这么晚了，天天见面的人有什么话说。她问：“什么事？”贾卓林站在她面前，说：“我喜欢你。”她吃了一惊，半夜三更讲这种话，发神经了？她好言劝说：“我妈在屋里，让她听见了不好。”贾卓林说：“不会的，干妈被我打昏了，至少要过几小时才会醒。”

“你打我妈？你把我妈怎么啦？”她心内感到一阵恐惧，向卧室奔去。但贾卓林一把将她抓住：“我真的好喜欢你，从我第一天看见你，我就喜欢上你了。我现在就把我的‘第一次’献给你。”说着，将她紧紧搂住。她拼命挣扎，刚叫了一声，贾卓林却把手指伸进她嘴里，卡得她说不出话来。她咬了一口，痛得贾卓林一声叫唤，手指松出了嘴巴，但贾卓林又把嘴贴了上来。她的嘴唇被贾卓林的牙齿咬住了。接着，她被贾卓林掐住脖子，摔倒在地上。不等她爬起，贾卓林又扑了上来，搂住她，将她抱到床上强奸了她。

发泄完兽欲，贾卓林并不就此罢手，又掐住她的脖子，把她拖到厨房，拿起一把菜刀，用刀背在她脖子上拖擦，疯疯癫癫地说："你知道吗？我好喜欢你，我对你那么好，你要什么，我都舍得给你。现在，你家经济条件好了，用不着我了，你要抛弃我，在外面找男朋友，过河拆桥，把我耍了。你跟你妈无情无义，也别怪我心狠，我今天要你死在这里……"就在贾卓林絮絮叨叨之际，她出于生存本能，突然夺过他手中菜刀，朝他乱砍乱劈。贾卓林猝不及防，额头和左腹部被菜刀各划了一下，连忙退后。她紧紧握住菜刀，盯着贾卓林，渐渐明白事情起因：这半年来，她与母亲对他不像早先热情，母亲还有几次要赶他出去，不让他与她家合租在同一个屋檐下。这可能积蓄了他的怨气，但没想到，他竟然这么凶狠，要对她母女下杀手。她担心母亲，不知母亲现在怎么样了，但顾不上了，现在是生死关头，必须稳住贾卓林，尽快逃离。她哭诉着说："我身子被你占有了，我男朋友也不会要我了。已经是这样子，我去跟男朋友讲分手，和你好。不过，你要对我和我妈负责，一家人将来好好过日子。"

这话让贾卓林有些相信。就在他犹豫之间，杨小姐的脚步移到厨房门边。她打开门，外面是阳台，与隔壁邻居的阳台近在咫尺。借着微弱的灯光，她冒险爬上阳台，探出脚步，身子紧贴墙壁，移到隔壁阳台围栏上。忽然咣当一声，攀爬时手里菜刀松脱，掉到楼下。但她终于进到隔壁阳台。她慌张地敲开了隔壁家的房门，说："贾卓林疯了，他要杀我，要杀我妈……"邻居吓了一跳，赶紧让她进来："你妈怎样了？"

"不知道，贾卓林说把我妈打昏了，"

"赶快叫救护车！"邻居帮忙拨打了120。这时，贾卓林也爬过阳台追了过来，扯着她的手，强行把她拉回到房内。邻居以为这是家庭纠纷，劝了几句，就让贾卓林带她回去。不一会儿，楼下传来一阵响声，120急救车来了，几名医护人员上来，贾卓林终于让医护人员进到卧室，但杨女士早没气了。医生说："这是人命案，你们赶快打110报警啊。"乘这空当，杨小姐跟着医护人员下楼，用手机拨打了110报警。身后，贾卓林又追了出来，在楼下捡起杨小姐爬楼时掉下的菜刀，把她重新带回到楼上。

与狼共舞

2006年1月2日　星期一　阴

贾卓林最终承认是他杀死了杨母。

他于2004年9月30日来海南上大学，没有经过正规高考，是违规接收进校的。学校院系个别领导未经主管部门审批，私自对外招生，贾卓林在这种情况下，通过非法中介，交钱后进了大学，吃住都在学校里。不久，校方发现问题，调整了违规招生的院系领导工作，对违规入校的学生给予清退。贾卓林被清退，但好不容易来到海南上大学，不甘心就这么回去。他选择留了下来，跟着其他学生正常上课，成了大学的旁听生。但他不能继续住校，便和另外三位同学搬到了这幢公寓楼，合租了一间房。

在这期间，贾卓林认识了杨氏母女。

杨母早年丧夫，2004年带着女儿来到海口打工，租住了公寓楼的小套间，起初日子非常艰难，长时间找不到工作。2005年初，贾卓林与杨氏母女在楼下小卖铺相遇，由于同住一幢楼，三人便闲聊起来，或许是“投缘”，聊得十分热络。之后，贾卓林隔三差五上杨女士家来串门，这时杨氏母女生活十分窘迫，仅租住这个小套间房费就不少，便提议贾卓林搬过来与她合租，让贾卓林分摊部分房租。贾卓林十分高兴地答应了。这样，杨氏母女住卧室，贾卓林架了张床睡在客厅。

三人住到一起，关系也越来越融洽。贾卓林认杨母为干妈，认杨姑娘为干姐姐。对待干妈干姐姐，贾卓林可说是好得不得了。他体贴杨氏母女俩生活困难，每到交房租时，不仅积极主动把他那份房租交到杨女士手上，还利用课余时间打工赚钱补贴杨母家用。杨氏母女对这个“干儿子”、“干弟弟”也是十分友好，做好饭菜，要等他一起来吃；要出去游玩，母女也拉上他同行。三人可说是亲如一家。

但杨氏母女对贾卓林并不了解。

贾卓林是个性格偏执的人，出身于一个破碎家庭。6岁时，父母离异，他跟随父亲生活。父亲白天要上班，没有太多时间照顾儿子，就早早把他送进学校读书。他在班上是最小的学生，因此也常受欺负，学习成绩一直不好，老师反感，同学瞧不起他，处处遭受白眼和冷漠。这样，他多次失学转学，学习成绩越来越差，完全失去了学习的信心，草草地从小学毕业。他没有要好的同学，没有贴心的哥们，他仿佛是生活在人群中的外星人，感受到莫名的孤独与自卑。他渐渐迷恋武术与体育，他觉得，有了一身好武功，有一个健壮的体魄，就不怕人欺负。他幻想，自己以后成为一个武功超群的大侠，像武侠电影一样，飞檐走壁，行走江湖，看谁不顺眼，就拔剑而出……父亲成全了他，其他孩子上初中时，他上了一所体校。在体校读了三年，父亲又把他送到山西运城一所武术学校。他酷爱上体育和武术，尤其是拳击，稍微闲着，就对着沙包砰砰砰地打个没完没了。他的最大愿望是期盼把拳击练出名，到 2008 年能参加奥运会拳击比赛。

体育和武术使他有了一个强壮的身体，过一米七的个头，大块的肌肉。但他心灵仍是不健全的，孤僻，怪异，忧郁，狂躁，不合群。他觉得这世界除了父亲，没有人对他好，他认为他对别人好，但别人对他却是以怨报德。他就像一头孤独的狼，总是以怀疑和敌视的目光看待周围一切。

杨氏母女的热情使他感受到了温暖。他这辈子，还没有人对他这么关注，对他这么轻柔、热情地说话，还把他请来一起住宿。他十分感动，也实心眼地对干妈、干姐姐好。他尤其喜欢干姐姐，那充满青春女性气息的身体使他很难把目光转移到别处去。他暗恋上了干姐姐。随着他与杨氏母女住在一起时间渐长，他感觉，他就是这个“家庭”中的一员，他是这个家庭中的男子汉，干姐姐归他所有，是他的“人”了。他要想办法撑起这个“家”，于是，他努力在经济上帮助这个“家庭”，虽然帮助不多，但他觉得已经帮太多了。

然而，他只是生活在自己的幻觉中。

2005 年 6 月，杨姑娘交上了男朋友。眼瞅着心爱的女人把别的男人带到“家”来，他只觉得天都要塌了。每见到她男朋友进门，他脸色就阴沉下来，眼里要冒火似的。他与杨氏母女渐渐有了龃龉。而这时，杨氏母女经济条件也有了好转。杨母找到一份家政工作，杨姑娘在一家房地产公司做售楼小姐。母女俩不稀罕贾卓林那份房租了。双方矛盾开始显现，杨姑娘讨厌他在客厅里练拳击，一听见他打沙包的声音，就又叫又喊，说这声音太恐怖了，要求他上学校练去。杨母更不像早先般热情，经常用防贼的眼光盯着他，尤其他找机会与杨姑娘接近时，杨母总要找借口把女儿打发离开。终于有一天，杨母要求他搬出去住。他说：“搬就搬，谁稀罕了。”杨母说：“要搬就早搬，别在这里碍眼！”这句话把他气炸了。但他没有回应，他笨嘴拙舌，不善于言语上的辩说。他也没有搬。他想，你不仁，莫怪我不义。

他决定报复。

12 月 31 日是 2005 年的最后一天，吃过晚饭，他守岁似的，孤坐在客厅里等待杨氏母女。子夜 12 时过去了，凌晨 2 时许，杨氏母女才回来，乘杨姑娘进卫生间洗澡的时候，他拿上平时练功夫的双节棍走进卧室，说要打电话，要求杨母把手机借给他用一下。杨母毫无戒心，弯腰去取手机。他突然窜到她身后，将双节棍一晃，用棍上的铁链套住杨母脖子。他双手握住双节棍两端，交叉到杨女士颈后使劲勒紧。杨母来不及叫唤一声，便被勒翻了白眼，晕了过去。他接着又把双节棍扣到杨母咽喉下继续用力，因用力过猛，双节棍一端的木柄与铁链连接处扯断了。铁链松了开来。他伸手探了探杨母鼻息，还没断气。他便一手托住杨母后脑，一手捂紧杨母嘴巴，用力一扭，企图将她颈子扭断，仍唯恐不死，又操起双节棍木柄，照着杨母太阳穴上砸了三四下……杨母终于躺在血泊中一动也不动了。

他扯过床上的被子盖住了杨女士的头脸和上身，关上电灯和房门，回到客厅，坐到自己床边，等待干姐姐从卫生间出来。

紧急解救人质

2006 年 1 月 8 日　星期日　雨

令人悲哀的是，讯问贾卓林时，他丝毫没有意识到罪行严重，居然用交代犯罪经过作为交换条件，荒唐地要求政府给他改过自新的机会，帮助他保留高校学籍，他在交代完案情后要继续回校读书。后来，可能意识到杀人要判刑坐牢，又要求警方提供平台，由他组织监狱中的罪犯习武竞技，获奖者予以减刑，出狱后他要好好照顾干姐姐，给干姐姐加倍报答。

也许，待贾卓林走上刑场时，可能还没意识到自己犯下的是杀人死罪。

贾卓林强奸杀人案很快结案，但打击犯罪永远没有结束。今天下午，分局党委开会研究 2006 年春节安全保卫工作，忽然云露派出所打来电话，报告辖区发生一起绑架案。我猛吃一惊，这又是一起恶性案件。现在春节前夕，公安工作尤其繁重，但悠悠万事，破案为大。我要求刑警大队立即派员赶赴云露派出所，与派出所联手侦办，紧急解救人质。

报案人是被绑架者的妻子叶女士，她说丈夫姓杨，经营一家装修公司。中午 12 时，杨先生驾驶本田小轿车出门，要去和一个老乡商谈装修业务，但这一去就没有回家。15 时，叶女士忽然接到一个陌生电话，声称杨先生已被绑架，要她送来 5 万元钱赎人，如不送钱来，就要她等着为丈夫收尸。这个电话犹如一个晴天霹雳，把叶女士砸懵了，眼看就要过年，突然间闹出这样一场大祸来，这春节还能平安吗？叶女士吓得六神无主，一个劲地追问民警："你们看怎么办？怎么办？能把我丈夫救出来吗？"

"你别急，我们会想一切办法解救你丈夫。"刑警大队长陈庆武安慰她，让她详细介绍丈夫出门时的细节，问，"绑匪要你什么时候交钱？"

叶女士说："没具体谈，我答应想办法筹钱。"

“绑匪的主要目的是为了钱，如果是这样，你老公暂时不会有危险。”陈庆武想了想说，“你答应给钱不要太爽快，绑匪如果再来电话，你就说目前只筹集到五千元，要他们指定交钱地点，你送钱过去。看他怎么回答。只要他敢来取钱，我们就教他插翅难逃。”

正说着，叶女士的手机响了。她一看电话，惊慌地说：“是绑匪……”她望了望陈庆武，陈庆武点了点头，她迟疑地接通电话。手机传出冷冰冰的声音：“五万元准备好了吗？”

叶女士拖着哭腔说：“我手头只有五千元……我老公怎么样，千万别伤害我老公。”

绑匪说：“你他妈的，才五千块？打发叫花子呢？你老公可不是叫花子，他是个大老板，连五万块钱都拿不出来，谁信？”

叶女士说：“钱都在我老公公司账上，没有他签字，钱取不出来。”

“没有五万元，你别想要回你老公。”绑匪恶狠狠地撩下一句话，把电话挂了。叶女士急得回拨绑匪电话，但是，对方是一个公用电话。她哇的哭起来，泪眼蒙眬地问：“陈队长，你看怎么办，怎么办啊？”陈庆武说：“绑匪没拿到钱，不会就此罢休，稍等等，绑匪一定还会来电话。”陈庆武也在担心，绑匪要求没有得到满足，会不会撕票？杨先生现在安全吗？

陈庆武正忐忑不安，十几分钟后，叶女士的手机又响了，果然是绑匪打来的，仍旧是那句话：“五万块钱准备好了吗？”

叶女士说：“你容我缓些时间，我正在找人借，可一下子哪筹得了五万块？你先拿着这五千块钱，回头我再想法凑齐五万。行吗？我求求你。”

“那……好吧，你先送五千元来吧。”绑匪答应了。

“钱……送到哪儿？你在哪儿？我怎么交给你？”叶女士紧张了。

“半小时后，4点整，你把钱送到凤翔路……”绑匪说的交钱地点是凤翔路某集团公司酒店门前。绑匪又交代：“你到酒店门口，我会跟你联系。”

陈庆武感觉时机来了，只要绑匪敢来拿钱，就有办法将他抓获。不过，绑匪是谁？有多少人？要在人群熙攘的凤翔路上发现并找到绑匪，难度非常大。从绑匪与叶女士对话情况判断，绑匪可能是杨先生的熟人，认识叶女士，也许去过杨先生的装修公司，甚至可能在他公司里打过工。但叶女士说，她并不熟悉电话里的声音。陈庆武随即作了紧急布置，与派出所民警共10多人换上便衣，先去了杨先生的装修公司，叫上公司两名员工，与民警一起早早赶到凤翔路埋伏。4时整，叶女士带上五千元，来到凤翔路指定酒店门口，眼巴巴地等了许久，却没有任何动静。快5点钟，绑匪忽然又打来电话，对交钱地点作了改变，要她前去和平酒店。

显然，绑匪不是笨家伙，深恐叶女士报警，中了警方的埋伏。但这个时候只有听从绑匪的指挥。陈庆武率领民警紧急驱车，转移到和平酒店附近，在周围再次作了埋伏。然而，6 点钟过去了，绑匪还是没有出现。陈庆武心焦了，时间拖得越久，对受害人就越不利，受害人的危险也就增大。绑匪为什么还不来取钱呢？连五千元钱也要，说明绑匪极为缺钱，迫切希望拿到钱，这说明他应该会来取钱。也许，他就藏在附近观察叶女士的动静，等待合适时机与叶女士接近，收取赎金。陈庆武吩咐那两名公司员工留神查看，叶女士周围是否有面熟的人出现。快到晚上 9 时，一个可疑人员进入了民警视线。

那是个中年男子，40 岁出头模样，久久徘徊在离叶女士约 300 米的一棵椰子树旁，眼光不时向叶女士掠去。陈庆武不动声色地注意他 10 多分钟了，见那男子向叶女士走近几步，又缩了回去，显然，这人在犹豫彷徨。陈庆武基本确定，这个中年男子就是绑匪！事不宜迟，他向民警一挥手，发出了行动的指令。五六个民警装成过路行人慢慢向那中年男子靠近，那男子注意力全部在叶女士身上，没有察觉自己被“过路行人”包围。就在他犹豫不定的时候，民警以迅雷不及掩耳之势将他挟持住，那男子试图挣扎，但民警一用力把他手反扭到背后，一副手铐“咔嚓”套住了他的双手。“你，你们……是谁？干……干什么？”那男子惊恐地叫着。“公安。”陈庆武出示了证件，对他进行搜身检查，搜出了一条铁链、一把门钥匙和 8000 元钱。陈庆武把叶女士叫过来，让她辨认，叶女士并不认识这名男子，但从这男子话音里，叶女士听出，正是这个声音打电话向她勒索赎金。

男子姓徐，承认是他与两名同伙绑架了杨先生，铁链是绑架作案用的，钥匙是关押杨先生的房门钥匙，8000 元钱是绑架杨先生后，从杨先生身上抢得的。

杨先生被绑匪关押在和平酒店后面的一栋普通民宅里，房门紧锁。但听见里面有动静。民警用绑匪身上搜来的钥匙打开了房门，只见杨先生嘴巴里塞了布团，双手双脚被绑得严严实实，如同一个包裹的粽子，丢弃在地上。屋角落里，还留有一把作案用的斧头。看见民警与叶女士进来，杨先生眼泪夺眶而出，陈庆武刚把他嘴里的布团掏出来，他就一迭连声地说：“民警同志，谢谢你们，谢谢你们救了我……”

从屋后的一个大草堆里，民警找出了杨先生被抢去的本田雅阁轿车。遗憾的是，参与绑架的两名同伙察觉风声不对，在民警到来之前逃之夭夭，不知去向。

俗话说，老乡见老乡，两眼泪汪汪。杨先生没有想到，策划和主谋绑架他的居然是他熟悉的老乡。犯罪嫌疑人徐某与杨先生同是浙江人，徐某在浙江曾因犯诈骗罪被判处有期徒刑13年，半年前刑满释放，来到海南谋生，但身无一技之长，一天到晚无所事事，只能瞎混度日。后来，他找到杨先生，因为都是老乡，杨先生把他当作朋友来往，有时还请他吃饭。然而，杨先生的富有使徐某起了歹念。眼看春节将至，他却一贫如洗，连过年的钱也不知道在哪儿？如何搞钱呢？他打上杨先生的主意，纠集了两名海南人，策划这起绑架杨先生勒索钱财的案件。1月8日上午，他带上两名海南人，穿得人模狗样的，邀约杨先生说，春节快到了，想介绍一笔装修工程给他做。杨先生毫无戒心，开着小车就来了。徐某三人一上车，就七手八脚将他绑了起来，拉到和平酒店后面，将他关进早准备好的民宅里，扣了他的小车，搜走他身上的8000元钱，又逼他写了一张五万元的借条，然后开始打电话向叶女士勒索。徐某也曾担心叶女士报案，但金钱的诱惑促使他铤而走险，以赌一把的心理前来收取赎金。

这起案件能够在7小时内迅速破获，一个主要因素是叶女士信任公安机关，没有因为担心丈夫安全而向绑匪屈服，及时报了案。为公安机关迅速出警、研究案情、制订破案策略提供了时间。因此，有新闻媒体前来采访时，我一再拜托记者提醒市民，凡是遇到此类绑架案件，不论绑匪提出什么样的勒索要求，都要及时向警方报案，交纳赎金不仅难于解救被害人，反而助长绑匪嚣张气焰，甚至导致绑匪穷凶极恶、收取赎金后撕票灭口的严重后果。

中国城电话恐吓案

2006年1月14日　星期六　阴

自从美国“9·11”事件之后，这个世界似乎被恐怖阴云所笼罩。电视新闻里，隔三岔五就有哪里发生自杀性恐怖袭击，或者有哪个机场、商店发现可疑爆炸物品。说实话，我总觉得这类事件离我们遥远，在我们国家，发生恐怖事件概率极小，我甚至曾向人断言，没有任何恐怖分子敢于踏足我们国家。

但在昨晚，一个报警电话给我思想上敲响了警钟。

昨晚8时35分，分局指挥中心接到中国城报案，他们收到一个恐吓电话，有人声称在中国城内放置了炸弹，要求中国城给他20万元，否则，他随时引爆炸弹。这可是惊天大案。中国城是海口著名的娱乐休闲场所之一。有人说，这里的设施，是海口最豪华的；这里灯光，是海口最明亮的；这里的小姐，是海口最漂亮的。于是，这里成了有钱人的云集之地，天天轻歌曼舞，夜夜纸醉金迷，几乎每晚都有数千人娱乐。还有人甚至把中国城作为海口经济发展状况的一个指标，说，海口经济是否繁荣，就看中国城生意是否好。生意好，老板多，海口经济就好；生意不好，老板都跑了，海口经济就差了。春节将至，如果中国城发生爆炸，后果不堪设想，不仅人民群众生命财产要遭受重大损失，而且因此造成的严重影响也是难于估量的。当然，我这个公安分局局长是吃不了要兜着走。

我紧急向市局领导汇报了案情。

在第一时间，我和分局副局长陈敏带领刑警大队、治安大队、国保大队赶到现场。市局尤其重视，差不多同时，市局副局长张敏、邵立鹏带领技侦人员也到达现场。大家迅速行动，一边找中国城工作人员对案情作进一步了解，一边开始疏散群众。

中国城内灯光辉煌，仍不断有客人进出。从一楼到四楼，歌厅、舞厅、酒吧、茶店几乎都人满为患，还有几间较大型歌舞厅在举办不知从哪儿请来的大腕明星演唱会。初步估算，这个娱乐场所容纳了至少有两三千人。但出入处，仅有大厅中央一部自动扶梯。如果爆炸物的消息走漏，这上千人无疑会产生恐慌，一下子涌向电梯逃生，肯定会引发混乱，导致人挤人、人踩人事件。

疏散工作必须有条不紊，逐步进行。

民警先守住了大门，客人只许出不许进。治安大队、国保大队、龙昆南派出所民警分头行动，率中国城工作人员上到各个楼层，引导客人分批撤离。酒吧、茶店的人还好说服，民警找到经营老板，说有意外情况，要他打烊撤离。老板虽然不解，却都还能听从。但劝退那些歌厅舞厅的人就没那么容易了。我们以扫黄禁赌名义要求终止营业，有的似乎闻出异常味道，遵从撤离安排；有的却不干："歌舞演唱，哪有黄赌？才9点不到，就要关门，一晚上几万元营业损失你们赔啊？"还有人跟民警吵了起来："你们这是胡乱执法，莫名其妙要中断营业，我要告你们去！"更有客人骂骂咧咧："公安局搞什么鬼？好端端的不让玩，又来扫什么黄啊赌的，这哪是扫黄？是扫兴！"面对群众的不解，我们只好装着没有听见，但耐心、坚定、持续劝说，把一批批人员送上电梯下楼，离开了中国城。

领导在紧张地关注案情。隔上一小时、半小时，市委常委、市公安局长彭晓敏同志就打电话过来询问。

撤离工作还算顺利。民警先后报告：二楼清空，三楼清空，四楼清空……至深夜12时，群众基本疏散完毕。

这时进入第二天凌晨零时，我们展开全面清查爆炸物品工作。清查范围大，中国城内面积达数万平方米，有大厅、大堂、包厢数百间，爆炸物品可能隐藏在沙发、茶几、座椅、吧台等任何角落。只要疏忽了其中任何一个地方，都可能酿成一场灾难。谁也不敢掉以轻心。数百民警散布中国城各个楼层，在中国城工作人员配合下，开展地毯式清查。省公安厅和市局防爆支队、刑侦支队民警牵来7条防爆犬，排查每个可疑物件，搜索每个可疑地点。防爆技术人员尤其紧张，在一个包厢里，发现一个手提包，里面透出一个电线头，小心翼翼地打了开来，那电线头却是手机的耳机电线，手提包可能是客人撤离时遗落下来的；在一张沙发下，发现一个包裹，将包裹拿到外边拆解，里面却是一包点心，可能是客人观赏歌舞时随手丢弃的……

时间一分一秒过去，这每分每秒令人煎熬，使人焦灼。一小时，两小时……渐渐地，东方泛白，朝霞映红了中国城的落地玻璃窗，娱乐场的灯光也接二连三熄灭了。已是清晨6点，民警一个个都疲惫不堪，但是，所谓的爆炸物仍没有找到。是我们遗漏了？还是有更隐秘的地方没有发现？案情太重大了，为保万无一失，上午9时，分局刑警大队民警率同中国城保安再次对中国城内进行检查，几个小时过去，仍然一无所获。

如此大规模的细密搜索，即便一只苍蝇也别想蒙混过关。爆炸物会放在哪儿呢？我们对案情进行了研究，判断中国城并没有爆炸物品，是犯罪嫌疑人为了向中国城敲诈勒索钱财，有意放出的虚假信息。这个可恶的犯罪嫌疑人是谁？他在哪儿？

务必将他抓获归案！

在搜查爆炸物的同时，刑警大队就成立了专案组，派出精干警力摸排犯罪嫌疑人。线索只有一条，犯罪嫌疑人给中国城打来的勒索恐吓电话。凭此要找到犯罪嫌疑人不啻大海捞针，其难度不亚于在中国城内搜查爆炸物品。但民警忘记疲劳，连续作战，排除万难，寻找了一个又一个地段，排查了一个又一个目标，又是10多个小时的紧张工作，范围渐渐缩小，犯罪嫌疑人的线索逐渐浮现。至晚上11时20分，专案组锁定了犯罪嫌疑人，一个姓牟的年轻人，住在海南垦区一所中专学校。民警立即出动，向犯罪嫌疑人所在的学校直扑过去，鸣响的警笛，掠过海口市区的繁华夜市，闪烁的警灯，映亮了垦区的夜空。犯罪嫌疑人压根没想到他如此隐秘的作案会被查获。在证据面前，他向专案组供认了传播虚假恐怖信息、企图向中国城敲诈勒索钱财的犯罪事实。

十六年前的命案

2006年3月7日　星期二　雨

不知不觉，狗年春节过去一个多月了。今天，我有一种如释重负的感觉，把手上这份材料送去市局信访办后，新发现的9宗人命积案就全部办结了。这份材料记载的是这9宗人命积案中的最后一宗案件，发生于十六年前，案件中的死者家属因此坚持上访了十六年，我也曾接待过多次。不过，围绕这起案件应该如何定性，却纷纷扰扰了多年。

1990年，琼山还是县建制时期，11月3日11时40分，海口市坡博村一个姓萧的村民赶到琼山县红旗派出所报案：上午10点多钟，有两名小青年跑到琼山县谭兴水库，向他儿子萧中会勒索钱财，开口就要7000元，其儿子拿不出钱给他，双方就打了起来。前来勒索的两名小青年被打死了。一起案件死亡两人，这可是一起特大案件。当时，省公安厅刑侦处与原琼山县刑警队民警赶赴现场，对尸体死因进行鉴定，又会同红旗派出所民警对案件作进一步侦查。

案件从两名死者说起，一个叫阿天，一个叫阿生，都是被海南人称为“烂仔”的小青年，有过劣迹。阿天曾纠集一伙人窜进一幢大厦骚扰，殴打、威胁大厦工作人员和保安，曾被文庄派出所罚款处理；阿生因涉盗窃被海口市人民检察院批捕，是批捕在逃犯。1990年10月19日15时许，两人闲得无聊，跑去琼山县红旗镇打鸟，路过谭兴水库鱼塘时，却惹是生非，不去打鸟朝着鱼塘乱放枪，把好些鱼打得翻起了肚皮。鱼塘是海口市坡博村村民萧中会几兄弟承包的，塘内的鱼都是当年放养的。这时，工棚里的萧中会与雇用工人梁大清听到枪声出来，见来了两个外地小青年平白无故地把养的鱼打死了，便上前制止，说这是私人承包的养鱼塘，不许随便打鱼。阿天、阿生并不理会，大大咧咧地说：“打两只鱼也大惊小怪，又少不了什么。”萧中会来气了，训斥说：“讲了这里不能打鱼，叫你们回去不知道吗?”阿天、阿生狠狠瞪了萧中会一眼，悻悻然地走了。

这本是一件小事，但阿天、阿生这两人却是唯恐天下不乱的人，闲着没事都要找人生事。让萧中会训斥了一回，两人咽不下这口气，琢磨着不能白吃这个亏，要去狠狠“教训”一番，给萧中会一点颜色瞧瞧。第三天下午，两人纠集了七八个小兄弟，又来到水库鱼塘，远远看见萧中会和另外三人聚在鱼塘边闲聊。阿生想，报仇的时机来了。他瞥见鱼塘边有一把斧头，操起斧头，冲到萧中会身边，喝道："不许动！"萧中会一怔，认出是前天打鱼闹事的人，但瞅着这一大帮人凶神恶煞，感觉不妙，吓得拔腿就逃。另外三人小麦、小陈、小袁是萧中会的朋友，见这个阵势，也吓坏了，跟着萧中会后面逃跑。惊慌失措中，小麦、小袁失足掉进鱼塘里，费力爬上岸来，被赶过来的阿天、阿生这帮人逮住，喝令跪下。随后，小麦被拖到工棚里，要他交出身份证来。小麦说没有身份证。阿天、阿生这时认出小麦、小袁不是他们报复的对象："不关你们的事，滚吧！"将小麦、小袁两人放走了。他们在工棚里放肆搜查起来。这工棚是萧中会看守鱼塘的临时住所，只有萧氏三兄弟的暂住证和一些换洗的衣服，没有什么值钱东西。阿天、阿生把三本暂住证揣进了口袋，顺手又把晾在衣架上的四件衣服、衬衣收了，这才扬长而去。

侥幸让萧中会逃脱，阿天、阿生实不甘心。10 月 29 日，他俩带上木棍，再次来到鱼塘，这回，遇上萧中会和梁大清。萧中会被堵在鱼塘边上，想反抗，但又想这两个"烂仔"有不少小兄弟，要是三天两头跑来寻衅滋事，他就别想养鱼了，还是委曲求全，让对方得点便宜吧。于是，阿天、阿生要他跪下，他就跪下。阿生用木棍敲击萧中会的脑袋，不无得意地说："你那天会逃跑是不？算你跑得快，否则，那天就把你打死了。你还逃呀，除非逃到阴曹地府去？警告你，要想活着过太平日子，就准备 7000 块钱，我们随时来取。你不想给也行，就等着皮开肉绽吧。我们会随时包车来这里，或者追到你家里去打。"后在萧中会身上搜得 20 元钱，阿生把钱揣进自己的口袋，将上次搜走的三本暂住证扔还萧中会，威胁说："不准报案。你即使报案，我们被抓了，还有朋友来找你算账！"

阿天、阿生走后，萧中会和梁大清还是赶去红旗派出所报了案。但两人报案没有引起派出所及时重视，以至案件继续发展。

11 月 3 日上午，萧中会的父亲来到谭兴水库鱼塘，给儿子送生活费和买鱼饲料的钱共 1500 元。10 时许，萧中会的弟弟萧中文带着同村的萧中标骑摩托车也来到鱼塘。萧中会的父亲领着萧中文、萧中标两人下鱼塘喂鱼，留下萧中会和梁大清两人看守鱼塘，两人守到 11 时许，忽然发现阿天、阿生又来了。这两个太岁可是他鱼塘的"煞星"啊，萧中会有了怯意，递过香烟，赔着笑脸请两人坐下。阿生劈头就问："我们是来拿钱的。7000 元钱准备好了吗？"

萧中会心里一惊，脱口而出说："哪有那么多？我爹才给我送来一千多块，是给我的生活费和买鱼饲料的。"他下意识地捂紧身上的口袋。哪知道，阿天、阿生还看不上一千块，说："你今天拿不出七千，少也要拿出五千来。"萧中会哭丧着脸说："我哪有这么多钱?"阿天露出了凶态："看来，你今天不挨一顿揍是不会拿出钱来!"说着一拳打在萧中会的前胸，又伸手准备抢他身上的一千多块钱。萧中会吓得高声向鱼塘中叫喊："爹，有人来抢钱!"一旁的梁大清试图劝阻阿天搜身，说："大哥，有话慢慢讲，不要动手动脚。"阿生看见工棚边有把砍柴刀，顺手就捡起来，吓得梁大清一把将阿生紧紧抱住……

这时，远处的萧中文与萧中标跑了上来。突然见萧中会有援兵，阿天吃了一惊，急忙从地上捡起一根木棍。见自己人多，萧中会也胆壮了，原先的胆怯顿时化作狂怒，与萧中文、萧中标各自捡了根木棍。双方很快陷入一场混战。阿生已从梁大清手中挣脱出来，挥刀向萧氏兄弟冲去。萧中会迎面拦住，一木棍将刀打飞。阿生随即拾起地上一根木棍，与萧中会、梁大清两人对打起来。以一敌二，阿天、阿生不是对手。先是阿天落败，手中的木棍被萧中文和萧中标打落。他拿起身旁一张长凳当武器，但长凳笨重，越打越不顺手，只好且战且退，向阿生这边靠拢。渐渐地，阿天、阿生被萧中会等4人围困，只有招架之功，无还手之力。但两人十分强悍，发疯似的用木棍、长凳乱打乱劈。毕竟人单势孤，木棍又不长眼睛。乱棍下，阿天、阿生相继被打倒在地，不动弹了。望着两人倒在血泊中，萧中会等人住了手，一个个吓得目瞪口呆，赶去红旗派出所投案自首。

当天，阿天、阿生因伤势过重不治身亡。

经过侦查，省公安厅与琼山县公安局联合做出处理：阿天、阿生曾3次闯到红旗镇谭兴水库打鱼闹事，殴打鱼塘管理人员，勒索、抢劫鱼塘管理人员财物，其行为构成犯罪。两人被打死是由于在实施犯罪过程中、鱼塘管理人员被迫自卫还击的结果。水库管理人员的正当防卫行为略有过当，但案发后能主动投案交代问题，根据法律有关规定，免于追究刑事责任。对阿天的死，鱼塘管理人员应负一定经济责任；阿生系批捕在逃犯，鱼塘管理人员不负任何责任。

死者家属不服，阿天的父母多次找省公安厅申诉，省公安厅派出大案科科长再次调查，但是，对于萧中会等四人殴打阿天、阿生的行为仍未能找到足以认定犯罪的证据。死者家属继续上访，2001年，死者家属向派驻琼山市公安局的省委工作组申诉。省委工作组指示将这起案件列为重要案件办理。在省公安厅刑侦处配合下，琼山市公安局刑警大队多次勘验调查，没有找到新证据，仍旧维持了原先的案件结论。

在今年"大接访"活动中，阿天母亲锲而不舍，又先后上访到分局、市局、省公安厅和检察机关。我接待了阿天母亲，她先后上访十六年，十六年前还是中年妇女的她现已是老太太，沧桑岁月在她脸上雕刻出一道道深深的皱纹，失子之痛给她心头留下无法抚平的哀伤。我对她的遭遇表示了同情，但也指出，她儿子的死主因是他自己违法犯罪造成的。我答应再次对案件进行复查。

这起十六年前的积案应该如何定性？

我调来案件材料，仔细阅读一遍又一遍。阿天屡次闯入鱼塘违法犯罪，毋庸置疑，萧中会、萧中文、萧中标、梁大清四人用木棍殴打阿天、阿生系被迫还击，其行为是合理的。但我的目光落在卷宗上的“略有防卫过当”几个字上面，这几个字是否应承担法律责任？我拿不准。本着对法律负责的精神，必须对上访人的诉求慎之又慎。分局党委与检察院联合召开了案情研究会，经过充分讨论，大家意见渐趋统一，认为萧中会、萧中文、萧中标、梁大清在防卫过程中，确略有过当，决定将这4人移送琼山区检察院审查逮捕。

至于“略有防卫过当”应该承担什么法律责任，我相信，审判机关会依法作出公正判决。

恶势力犯罪团伙覆灭记

2006年4月28日　星期五　晴

到收网的时候了。

这个“网”是要将号称“新坡110”的黑恶势力犯罪团伙一网打尽。侦查这个犯罪团伙有很长时间了。去年底，府城地区几个派出所都接到店面被砸、报案人被打的报案。信息反馈到我这里，我要求刑警大队将这些案件统一调查。结果令我们吃惊，在这些案件的后面，竟然隐藏着一个气焰嚣张的犯罪团伙。团伙成员有40多名，都是龙华区新坡镇人，起先只有少数几个人。缺钱花，是他们犯罪的主要动因。为首的阿凯等人家庭都比较贫困，为了搞到钱，便凑到一起，自2004年底开始，在府城地区进行抢劫、敲诈勒索、打架斗殴、寻衅滋事等犯罪活动。到2005年，纠集了原先被打散了的“32军”、“新城弟”等黑恶势力犯罪团伙残余人员，在这些惯犯的“指导”下，犯罪手段升级，团伙发展壮大起来，形成心狠手辣的黑恶势力犯罪团伙。在一些酒店、文化娱乐场所，他们强行免单消费。把一些地段划为“地盘”收取保护费，如有不从，便砸店砍人，以穷凶极恶的手段迫使对方就范。只要付钱，他们就会帮人暴力讨债，“摆平”纠纷，甚至处置交通事故。尤其胆大妄为的是，这帮歹徒居然冒用公安机关出警代号110，号称是“社会上的110”，将抢劫来的摩托车编成团队和车队，仿照公安110行动机制，设有“指挥中心”，接到所谓“险情报警电话”，“指挥中心”便电话通知团伙成员以最快的速度集结，带上砍刀、铁棍等作案工具，骑上摩托车迅速赶往“案发现场”，来时雷鸣电闪，去时风消云散。之所以自诩为“110”，还有一个疯狂原因是，要与警方110比试快速反应的速度。可谓是假李逵要与真李逵比高下。

这是犯罪分子公然向公安机关挑战。

今年年初，分局召开了“打黑除恶”专项行动动员大会，对社会上的黑恶势力犯罪活动发起总攻。我担任专案组组长，副局长陈敏、刑警大队长陈庆武担任副组长，把“新坡110”等犯罪团伙作为这次“打黑除恶”专项行动的打击重点。经过几个月的侦查，有关“新坡110”的犯罪事实和线索逐渐浮出水面。

忠介路上发廊不少，阿勇在一家发廊包养了一个“妈咪”。为了照顾“妈咪”发廊生意，阿勇召集来“新坡110”成员，把这条路列为他们的地盘，每家发廊每月要交纳200元保护费。一个湖北妹发廊不肯交，阿勇撩下狠话：“不交保护费，就别想在这条街上混！”当晚，他带着10多名团伙成员，骑上摩托车，轰隆隆地停到湖北妹发廊前，不由分说就把店砸了。第二天，他又上门来收取保护费，并且提高价码，要老板娘交纳500元，说多交的300元是不听话的罚款。老板娘仍不妥协。晚上，阿勇又带了人再次把发廊店给砸了。第三天，阿勇又耀武扬威地上门来，把保护费提到1500元，居然还提出荒诞的理由，比昨天多交的1000元是前两天拒交的滞纳金。老板娘怕了，只好如数交了“保护费”。

今年1月19日，阿凯、阿勇等人在府城宗恒楼消费。当他们带着酒水大摇大摆地准备入内时，被保安拦在门外，理由是酒楼有规定，前来消费的人不能自带酒水。阿凯觉得很没面子，怒冲冲走到一边打了个电话。不一会儿，20辆摩托车冲到宗恒楼对面一字排开，每辆摩托车旁有两名成员。阿凯走上前，喊了一声“脱！”40名团伙成员齐刷刷地脱去上衣执刀待命。阿凯又喊一声“上！”这些歹徒便高举砍刀冲进宗恒楼打杀，一个保安被砍成重伤，一名员工被打成轻伤。待公安机关接到报警赶去，现场只留下一片狼藉与血迹，这帮歹徒已作鸟兽散，没了踪影。

今年2月，阿凯把目标盯上一家宾馆的娱乐场所，找到宾馆老板，要求收取保护费。老板以为只是少数歹徒闹事，并不理会，叫保安轰了出来。阿凯恼羞成怒，第二天，指使一个成员先去喝酒闹事。一番蓄意挑衅后，阿凯招呼所有团伙成员，骑摩托车赶到酒店门口。按照事先约定的信号，数十人齐刷刷脱掉上衣，光着上身，手持一尺多长的砍刀，大声叫嚣着冲进酒店，见人就砍，见东西就砸，见摩托车就抢。酒店的保安出来试图制止，也被打被砍，其中一个保安的手几乎被砍断。事后，老板怕再来骚扰，不仅付给 5000 元了结，还不敢报警。

今年 3 月，一个叫阿萍的女子与人打麻将，由于牌技差，输了，欠下 1000 多元债务，却不甘心给付。债主为了要到钱，一个电话找上“新坡 110”，要求帮忙“摆平”。“新坡 110”满口答应，迅速“出匪”，几个歹徒找到阿萍家中，二话不说，举刀就砍，阿萍举手抵挡，挨了好几刀，仓皇夺门逃跑。事后，知道是“新坡 110”追债，她吓得惊魂失魄，赶紧付了 1000 元钱，另外还奉送 700 元茶水费给砍她的几名歹徒，但求“新坡 110”放过她，不要再来找她麻烦。一位张姓个体老板也遭受过这样的“待遇”。张老板与一人有经济纠纷，对方向“新坡 110”求助。这个犯罪团伙马上出动 10 多人，把张老板的高档轿车砸了。第二天，张老板将汽车送到修理厂修好开了回来，停车不到半小时，又被闻讯赶来的“新坡 110”歹徒砸了。张老板感到了恐惧，担心遭到更厉害的报复，也不敢报案，忍气吞声地再次修好轿车，选择了逃离海口。

与一些组织严密的犯罪团伙不同的是，“新坡 110”作案没有策划，没有方案，没有准备，是一种心血来潮、随心所欲、暴发性的犯罪活动。阿勇想带女朋友回家，没有合意的摩托车，便带上 8 个同伙，骑上摩托车，拿着砍刀，一路寻找目标，在龙昆北路新时代广场附近，瞄准一辆崭新的本田摩托，便将这辆摩托车拦截下来，举刀就朝车主砍去，吓得车主弃车逃命。一个周末，团伙头目阿凯突然想回家，没有交通工具，也是叫来一帮同伙，手持砍刀，将一个路人的摩托车抢劫到手。有些时候，这个犯罪团伙的犯罪行为毫无动机和原因。去年 8 月的一天，从北方来到海口的周先生在一家商店购物，走出商店时突然遭遇“新坡 110”歹徒围攻。周先生慌忙闪避，质问说：“你们是什么人？我哪儿得罪你们了？”歹徒仍然大打出手，但搬出一个匪夷所思的理由：“谁让你长这么丑？长得丑就是你的错，碍眼就打你！”就这样，周先生一只眼睛被歹徒打瞎。“新坡 110”犯罪团伙恶名昭著，尤其是在新坡镇，老百姓避之唯恐不及。当地一位村民摩托车被抢，向公安机关报案，后来获悉抢他车的是“新坡 110”，吓坏了，又急忙跑回到公安机关要求撤案。民警不同意，他居然跪下来哭求说不撤案他会被人害。

“新坡110”的罪行可说是罄竹难书。但邪不胜正，犯罪分子对公安机关的挑战必然遭到毁灭性的打击。

这个犯罪团伙骨干成员阿凯率先落入法网。

3月的一天，交警正在街上设卡检查违规车辆，阿凯骑摩托车冲卡，摔倒在地昏迷不醒。交警从其摔坏的摩托车后备箱里搜出砍刀等凶器，判断此人可能是违法犯罪人员，迅速将他送往医院，待他苏醒过来后移交给刑警大队处理。经讯问，他交代了“新坡110”的犯罪活动和重要线索。根据阿凯的供述，结合几个月来的侦查情况，我们全盘掌握了“新坡110”的犯罪活动信息。

4月25日，摧毁“新坡110”的法网悄悄拉开。

由于团伙中个别成员带有枪支，为避免造成市民伤害，我们计划实施突袭和秘密抓捕。60多名民警一律便装，守候在忠介路上，这里是他们经常活动地带。蹊跷的是，连续三天，这里并没有出现他们的影踪。难道嗅出风声？经过分析，不存在这个可能。我们持续埋伏守候。忠介派出所四楼一间办公室是行动指挥部，也是观察哨，从办公室窗台上望去，忠介路上动静尽收眼底。今天，“新坡110”犯罪团伙成员终于现身。我和副局长陈敏、刑警大队长陈庆武站在窗边注视着忠介路情况，近8时，听见轰隆隆的马达声响，一长列摩托车从忠介路尽头开过来，阿勇率领10多名团伙成员在一间茶店前停下后鱼贯而入。便衣民警迅速将茶店周围秘密控制起来。如何抓捕呢？如果冲入茶店，歹徒可能会砸毁茶店内的财物，给茶店带来损失；如果在街面抓捕，又由于团伙成员众多，形成歹徒与民警对峙搏斗，可能导致街面混乱给群众带来恐慌。我们决定将民警分成两组，一组监视茶店内的动静，一组随时准备，待其从茶店出来，实施分批抓捕。

不久，阿勇领着3名成员先出茶店，我向抓捕小组发出了行动指令。孰料这个曾经不可一世的团伙头目不堪一击，他身材瘦小，民警轻轻一拎就提了起来。这4人被轻松抓获。但仍在茶店喝茶的其他成员却喝个没完没了。一直等到晚上近12点，夜深人静，灯火阑珊，忠介路上少有行人，这些歹徒才晃晃悠悠地从茶店出来。正是抓捕好时机。民警迅速围了上去，有的发出惊恐的叫声，有的想发动摩托车逃跑，有的想取出砍刀反抗，还有一人伸手进口袋，似乎想掏枪。民警急了，组长张辉朝天鸣枪。枪声把歹徒震慑住了，除了少数几人还试图与民警厮打，大部分都蹲到地上投降。

10多名团伙骨干成员悉数落网。

第二十一章　又是新起点

人民冷暖挂心上

2006 年 5 月 12 日　星期五　晴

今天收到河南郑州市民殷勤芳的一封来信，信中说："因为有了你们，老百姓才能安居乐业，平安生活。通过这件事情，我们对海口警察有了新的认识，为海口有冯晖这样的好民警感到欣慰，对于他们的热情帮助表示深切的感激……"

信中说的冯晖是龙昆南派出所的民警。

今年 3 月 9 日，冯晖接到 110 出警通知，有一群郑州女孩被骗到海口打工已两个多月，没拿到一分钱工资，想回家，却无法凑足返乡路费。女孩们打工的公司位于龙昆南派出所辖区，要求龙昆南派出所派员处理。

这个出警通知是源于殷勤芳的求助。1 月份，殷勤芳的女儿随同 10 多个女孩子被人以招工名义带到海口，两个多月过去了，她忽然接到女儿长途电话。女儿在电话中哭诉："妈妈，我们在这里打工好苦啊，每天都要干到晚上十一二点钟，累得腰都直不起来，好想回家，可老板不发工资，我们连回家车票都买不了。妈妈，你快些寄钱来，快些接我们回家。"女儿的哭声撕碎了妈妈的心。殷勤芳急了，也愤怒了，感觉女儿去海口打工是被人骗了，于是抱着试试看的想法，打电话给海口 110，请求公安机关提供帮助。

殷勤芳求助的问题是一起劳资纠纷，可以说不是公安机关"分内事"，但龙昆南派出所揽下了这件"分外事"，冯晖和王浩等民警立即赶去殷勤芳女儿打工的那家公司。公司老板果然十分狡诈，推说这是劳资纠纷，用不着公安机关插手。但在民警义正词严的驳斥下，不得不承认了错误，如数付给了 10 多名女孩子工资。民警还将这群女孩子送上归程。在返乡途中，冯晖和王浩还多次和她们联系，直至她们安全抵达郑州的家中。

对于公安机关，这看起来似乎是分外的小事，但对这些女孩来说，却是天大的事。如果我们把这个问题推给劳动仲裁部门，那将可能是一场旷日持久的“讨债官司”，导致劳资双方矛盾激化，引起冲突，而这群女孩中的一些人因为生活窘迫，有家难回，将可能在海口这陌生地方沦落于不堪境地。

去年8月18日傍晚，天下着大雨，铁桥派出所副所长吴斌领着几名民警在值班留守。7时许，忽然从外面闯进一人。那是个热心群众，叫符宁。符宁告诉吴斌说，他从东线高速公路过来，看见一个女孩独自站在路口处哭泣，情绪极不稳定，希望民警去看看。吴斌随即叫上民警何运清、陈光和符宁一道驱车往高速公路赶去。天色漆黑，雨水密集地打在车身上。临近高速公路口，朦胧的车灯前，滂沱的大雨中，果然看见一个女孩子孤零零地站在路中央，民警把车停到她跟前，打开车门赶紧把她拉上车。此女孩只有十几岁，一身衣服已被雨水淋得透湿，冷得簌簌发抖。吴斌脱下警服披在她身上，亲切询问她的情况。这女孩神色忧郁，表情淡漠，对民警的关心和询问，沉默以对。

民警把女孩带到派出所。吴斌叫来女民警，帮女孩换上干衣服，估计她还没吃晚饭，又买来一份快餐给她吃了。民警的嘘寒问暖和耐心开导，使女孩终于开了口。她说她叫孙霞，四川省巴中市人，15岁，随小姨来到海南，在小姨经营的饭店里打工，做了几个月，她觉得工作太累了，饭店环境又脏，吃过午饭后便偷偷溜了出来，企图碰碰运气找份好些的工作做。不曾想，出来后转了几条街就不认识路了，来到高速公路口，不知往哪去才好。

看来这只是个迷路女孩。吴斌说：“你小姨的饭店在哪儿？我们送你回去。”孙霞却不肯，说：“我不回去，回去小姨会骂我。”吴斌笑了：“哪会呢？你出来这么久，小姨一定非常着急，怕你丢失了。”孙霞仍不肯回去，问她不回去要上哪儿去？她又是一言不发。吴斌估摸着，女孩在小姨家可能少有温暖，因此不愿在小姨饭店打工，担心回去受到小姨责骂。这令吴斌为难了，这该怎么办？这女孩有些任性，也有些懵懂，放任不管，不行，她还属于未成年人，身无分文，也不够法定工作年龄，哪能随她四处乱闯。在海口，只有她小姨是她监护人，只能把她送回到小姨那里去。吴斌只好耐心说服：“有民警开车送你回去，你小姨绝不会骂你。她如果骂你，我们帮你好不好？你想想，海口只有小姨是你亲人。你一个小女孩在外边瞎跑，要是碰上坏人怎么办？会有危险的，要是真出了事，不仅你本人会受到伤害，你小姨也会伤心……”吴斌好说歹说，与她聊了一个多小时，总算说服她同意回小姨家。不过，问她小姨的饭店在哪儿？她却又不记得了，只知道小姨的饭店叫四川饭店，至于在哪条街，哪个路段，都是一问摇头三不知。

海口的“四川饭店”有数十家，分布在全市好几个派出所辖区，还就是铁桥派出所辖区没有所谓的四川饭店。怎么找到女孩回家的路呢？吴斌打电话向我作了汇报。我说，首先要悉心照顾好女孩，同时和各派出所联系，要求其他派出所帮助查找四川饭店。这一下，忠介、文庄、云露、龙昆南、国兴、白龙等各个派出所全部忙碌起来，打电话，查电脑，翻档案，在各自辖区的路段上查找四川饭店，直忙到快12点钟，白龙派出所民警传来好消息，他们与孙霞的小姨联系上了。

深夜，在滂沱大雨中，吴斌开车把孙霞送到了白龙辖区的青年路四川饭店。见外甥女被民警安全地送回家中，孙霞的小姨、姨夫激动得不知说什么好，只是一个劲地说：“谢谢，谢谢民警同志。”吴斌却摆摆手说：“不用谢。你要谢的应该是那个叫符宁的小伙子，要不是他报告情况，我们也不知道孙霞迷路。还有，以后要多关心爱护孙霞，别再让她出走了。”

利剑斩妖

2006年5月15日　星期一　晴

海南好些地方的称呼都很有诗情画意，像天涯海角、亚龙湾、月亮湾、东郊椰林等，听起来有一种特殊的韵味。海口也有不少这类地名，例如美兰、西海岸、海甸岛、红树林等。再比如，旧州镇的雅蔡村地名也不错，听起来儒雅，有文化气息。雅蔡村离府城20多公里，村民大都姓蔡，由于地理位置较偏，经济发展比较缓慢，村民大多从事农业，有能力办企业、搞副业的人不多。

村里的阿罗、阿伟、阿风、阿游、阿若，人称“蔡氏五虎”。这5个年轻男子，精力旺盛，但好逸恶劳，一天到晚除了东游西逛，就是偷鸡摸狗，谁家要是丢了东西，猜都不用猜，准是他们干的。出行时有一帮“马仔”前呼后拥。近年来成了人见人怕的角色。后来他们发展到也不再做那些偷鸡摸狗的事了，想要些什么东西，就光天化日下明火执杖去要，你若不给，操起木棍，或者亮出明晃晃的砍刀，跟你玩命。

老刘在旧州镇办了一个废品回收站，没想到这个垃圾站被“蔡氏五虎”盯上了。今年1月的一天，老刘忙着清理收购来的废品，猛抬头，只见七个年轻男子晃晃悠悠地走来，这是“蔡氏五虎”带着两个马仔。“刘老板，你的废品收购站很红火啊。”阿罗先和他打招呼说。老刘有些发憷，他虽然与这些人不熟，但也久闻其恶名。“蔡氏五虎”闯到他这里，无疑是夜猫子进宅不安好心。他苦笑着说：“我一个捡垃圾的，算得上哪门子老板？托乡里乡亲帮衬，马马虎虎，勉强还过得去。”

“哼哼，”阿罗冷笑一声，“别瞒我们啦，旧州镇谁不知道，你这废品收购站发大财了。”

老刘明白，他们是敲诈来的。他心内一阵惶恐，想拿点钱将这帮丧门星打发走，但又心痛不舍，自己长年钻在这臭烘烘的废品里面，起早贪黑，累死累活，一年熬到头也赚不了几个钱，想说些狠话将他们赶走，却又不敢，只好赔着笑脸：“大兄弟，这些日子手头太紧，要不，过些日子，我请你们喝酒？”

“瞧你说的，把我们当作要饭的？”阿罗满脸不高兴地说，“刘老板，我们琢磨着想跟你合伙办这个废品收购站，你看怎么样？”

“大兄弟，你是说笑话吧。没出息的人才捡垃圾，你们都是干大事、发大财、做大老板的人……”老刘与他们软磨硬泡，说尽好话，赔尽笑脸。阿罗不耐烦了，临走时丢下一句话：“不识抬举，给脸不要脸，到时有你好看的。”

老刘惶恐不安地将他们送走，不料几天后，这帮人又来了，二话不说，将带来的几瓶汽油浇在几个废品堆上，点着火，顿时，大火熊熊燃烧，把他花了半个多月辛辛苦苦回收来的废品烧个精光。他想去报案，转眼又想，只是烧了几堆垃圾，公安机关大不了抓去治安拘留几天，放出来后，肯定会对他进行更大报复。这是一群地痞流氓，也是一帮亡命之徒，他们可以在旧州镇上肆无忌惮胡闹，而自己却要在这块土地上讨生活，惹不起啊。他思来想去，还是忍下了这口气，托人给“蔡氏五虎”送去了2500元。

“蔡氏五虎”的魔爪也伸向了在旧州镇让塘坡搞香蕉种植的黄老板。

5月1日，黄老板至凌晨1时才上床睡觉，刚要入睡，却被外面一阵喧哗声惊醒。他担心香蕉园出事，连忙起来，打开门一看，突然间，一把明晃晃的钢刀架在他脖子上。面前围着5个黑影，借着屋内透出的灯光，他认出，这是“蔡氏五虎”。以前也曾来他香蕉园骚扰过，当时为了消灾免祸，他花了几百元将他们打发走，没想到，他们又找上门来了。“你们……想怎么着？”他战战兢兢地问。

“交9000块钱来，不交，就别想活命！”

“夜半三更的，我上哪儿找钱给你们？”

“你白天给也行，把钱转到我们账上。”阿罗给了黄老板一个邮政储蓄账号，威胁说，“你要是不给钱，就死在这里，想逃，逃得了和尚逃不了庙，老子会把你这一片香蕉园全部砍光！”另一个歹徒也向他警告：“你要是去报案，我们不怕，公安只抓得了我们三两人，我们还有几十号人会把你搞死！”

黄先生不敢违抗，顺从地往阿罗的邮政储蓄账号上存入9000元。虽然给了钱，但他心里仍然惶恐不安。他不知道这笔钱能否让他们满足，要是一而再，再而三地敲诈，那如何是好？思前想后，第二天，他悄悄向公安机关报了案。

刑警大队迅速立案，分析了案情，定性为恶势力团伙犯罪。陈庆武牵头成立了专案组，展开案件侦查工作。随着侦查深入，这个恶势力犯罪团伙的情况越来越多地浮出水面。这是一个快速发展的犯罪团伙，共有25人，阿罗是其中的头目，“蔡氏五虎”是团伙重要骨干，其唯一目的是抢钱劫财，抢来就花，花完又去抢，是旧州镇上的魔头。谁家商店赚钱，就去敲诈；谁的生意红火，就去抢劫；在旧州、云龙、新坡几个乡镇以及定安县作案数十起。

务必尽快将这个团伙彻底打掉。

但是，这个团伙成员都是流浪汉，行踪不定，虽然有家，却少有落屋。找到他们家中，回答是偶尔回家，一晃就走。他们如同一群野狼，有时三五个，有时十几人，聚集一起，四处流窜。作案时，手段残忍，刀光剑影地一顿砍杀，完了，就很快消失；不作案时，有时找个地方打个三两天牌，有时钻到一个黑旅馆里嫖娼，有时又耀武扬威地在旧州、府城街头出现。

经过半个月的侦查，民警终于掌握了阿罗团伙的行踪。今天上午10点多钟，有情报反馈过来，这个团伙正在定安县城某酒店集会。这是抓捕的好时机。陈庆武带领专案组立即驱车赶往定安县城，到了某酒店，却有些犯愁。民警只是6人，对方却有14人，力量对比悬殊。酒店内，人员混杂，要把这14人无一漏网地抓获归案，必须行动周密。庆幸的是，这14人都围挤在一张餐桌上，这有利于民警抓捕。专案组作了行动前部署，6名民警换上便衣，装成酒店客人，不动声色地将餐桌包围起来。在他们觥筹交错、喝得面红耳热之际，陈庆武一声令下，民警们拔出了枪，在黑亮的枪口下，一桌人顿时傻了眼。

“蔡氏五虎”等14人全部被押上警车，这个犯罪团伙就此覆灭。

彻查上访积案

2006 年 6 月 21 日　星期三　晴

我总担心不知什么时候又会蹦出一个积案出来。

说实话，我对办理积案有些发憷。新发案件只要出警迅速，一般都能找到案发的线索、证据，破获案件、追捕犯罪嫌疑人相对容易。而积案都是许多年前遗留下来的，随着岁月流逝，案发时的证据要么湮灭，要么就物是人非，无从查找。因此，破获一起积案往往要比侦破新发案件难上数倍，乃至数十倍。并且，侦查积案的压力尤其大。积案大都来源于群众上访举报，上访人因为案件多年石沉大海，得不到彻查，憋在心中的怨气越积越多。不把案件查清，给出一个明白交代，积案很容易转化成为上访人对政府、对公安机关的愤怒。

“大接访”活动以来，原以为经过密集接访，积案处理得差不多了，不曾想去年 11 月份，仍有上访积案。仅上访材料的标题就触目惊心：“杀人凶手逍遥法外不立案侦查，渎职民警不处理”。上访人叫何铭德，是云龙镇的村民。他一进入我办公室就眼泪汪汪，情绪十分激动，还不等我看材料，就极为冲动地指责公安机关，说了一大堆“官官相护，不为老百姓主持公道”之类的情绪化语言。

何铭德说的是 15 年前的一起人命案。

命案由一块宅基地归属权纠纷引发。这类问题在农村比较普遍，土地是农民的命根子，所以土地纠纷在农村最为常见。1991 年底，云龙镇玉仙村村民王思荣认为同村的周黎明占了他的宅基地，周黎明说这块地原来就是他所有。围绕这块宅基地，公说公有理，婆说婆有理，唇枪舌剑，双方互不相让，越吵越激烈。逐渐地，口舌之争升级为拳脚之战。在混乱的互殴中，周黎明吃了亏，他母亲的鼻子被王思荣打伤。周黎明哪肯吃这个亏，要求对方赔偿其母受伤的医疗费，但他清楚，要王思荣掏医疗费不容易。农村解决问题往往凭着人多势众，他的亲戚朋友虽然不少，可都不在本村。在玉仙村，他人单势孤，而王思荣在村里亲戚族人多。要靠个人力量迫使王思荣赔偿，无疑是拿鸡蛋往石头上碰，他必须向亲戚朋友求援。

几天后，周黎明去了云龙镇，邀上他的亲戚朋友何铭弟、陆正亚等五六人，乘车来到玉仙村，堵在王思荣家讨要医疗费。王思荣见势不妙，赶紧叫人去请帮手。就在双方争执不休之时，王思荣的大批援兵到了，有的持木棍，有的拿扁担，反将周黎明这帮人包围起来。看这阵势，周黎明知道打不过对方，想撤，但已经来不及了。双方很快陷入混乱的械斗中。王思荣这边的亲戚朋友有备而来，一个个下手都狠，其中况全学、柏先合尤其疯了似的，不分青红皂白，一个抡起木棍猛打，一个捡起石头狠砸，周黎明这边人喊话说："我们是来说理，不是来打架的！"但况全学、柏先合打红了眼，根本听不进去。

斗殴成了惨剧，何铭弟、陆正亚两人当场被殴打致死。案发后，有村民赶去公安机关报案，接到报案，也有民警来现场看了，但再无下文。至今，凶手仍然逍遥法外。

前来上访的何铭德是死者何铭弟的家人。我听他讲完案发情况，疑惑地问："你说的这些情况属实吗？"

"属实，绝对属实，"何铭德急得面红耳赤，"有一句假话天打雷劈！"

"那么，这十多年，你有没有向有关部门反映？"

"反映有屁用，你们官官相护。"何铭德又激动起来，说他曾向镇领导、原琼山县公安局领导反映过，结果都是石沉大海。我感到这个案件问题严重，一次斗殴，打死两人，如果案情如何铭德所说，那么，办案民警不及时侦办就是渎职，这是严重的不作为。我请何铭德先回去，向他保证，一定彻查，给他一个满意答复。

虽然给了何铭德承诺，但对这起15年前的案子能否查清楚，我心里没有底。

事实证明，我的担忧不是多余的。案件交给刑警大队后，很快立案，邢诒成、谢武两名民警没日没夜地蹲点在云龙镇调查，却久久没有进展。我和副局长陈敏也带领民警前赴玉仙村调查，案件仍没有取得突破。案情并不复杂，问题是15年过去，现场物证早已荡然无存，询问案发当事人，有的说不记得，有的说不清楚，还有的干脆"有权保持沉默"。何铭德又来找过我两次，可以说是向我发了两次火，质问我"官官相护，为什么还不把杀人凶手抓起来？"我颇为尴尬，想向他解释办案要依法，要有证据，但我知道，讲这些都是多余，唯一办法就是尽快把案件查个水落石出。

时间一天天过去。就这起案件，我和陈敏多次在刑警大队召开专题研究会，邢诒成、谢武两名办案民警尤其辛苦，他俩跑云龙镇不下20趟，走访有关群众不下百人。我们都知道破案的关键所在：证物虽然消失了，但证人还在。然而，这些证人又都明白，他们的证言事关况全学、柏先合判刑坐牢，都是同村人，如果作证很可能遭到报复。只有打消证人的思想顾虑，才能将15年前的犯罪嫌疑人绳之以法。办案民警长驻到玉仙村，集中对几名证人做思想工作，直到今年5月初，民警凭智慧、耐心和毅力终于把这起案件破了，获取多名证人证言，证实何铭德所说不假，何铭弟、陆正亚确系被况全学、柏先合打砸致死。分局以涉嫌故意伤害（致死）罪对况全学、柏先合提请逮捕，5月19日，琼山区人民检察院批准逮捕。

办案民警又开始了艰辛的追逃工作。还在案件侦查始初，犯罪嫌疑人况全学、柏先合就预感不好出逃了。天网恢恢，疏而不漏。逃过初一，逃不过十五。围绕犯罪嫌疑人的社会关系，刑警大队追捕了一个多月，今天，将况全学、柏先合逮捕归案。

15年前经办这起案件的两名民警由于渎职和不作为，分局给予了党纪、政纪处分。

“娃娃兵”犯罪团伙

2006年7月4日　星期四　晴

打击“两抢一盗”仍然是公安工作的重中之重。在去年的刑事立案中，“两抢一盗”案件占了其中绝大部分。今年以来的发案率虽然同比下降了11.4%，但是近半月来，“两抢一盗”案件又有反弹，连续发生多起3人以上持刀抢劫案件。彭晓敏同志作出批示，要求尽快破获这一系列抢劫案。

这类案件的发案特性却制约了案件的侦破。

其案发突然，猝不及防；发案时间短，一两分钟内就完成抢劫过程；犯罪嫌疑人逃离迅速，作案后瞬间消失。对付这类案件只有两个办法，一是加强街面巡逻，把警力投放到街面和案件多发地带，以强大的警力对劫匪产生威慑和遏阻作用。二是攻其一点，突破其余，通过抓现行，顺藤摸瓜，破获相关联案件。

我们进一步加强巡逻警力，构筑更严密的防范网络。一是精简机关，把机关精简出来的警力充实到基层，扩充府城5个派出所的巡逻队伍，由民警带领联防队员组成巡逻队每小时在辖区内进行循环式巡逻；二是发挥刑警大队打击“两抢一盗”专业队的突击作用，专业队分三班全天候便衣上街，在案件多发地段蹲点守候，应对突发性抢劫；三是增加110警车布防网点，增加110警车的出行密度，警车每半小时巡逻一次，接警后能在两三分钟内赶到案发现场。我们几个分局领导同时亲临一线，靠前指挥，现场督战。

这些举措把案件压了下来。

今天上午，刑警中队长陈伯秋带班在文庄辖区巡逻，巡逻至培龙市场附近时提高了警惕。这里有一个不知什么时候形成的二手手机市场，每天上午，都有人三三两两集聚在街旁，倒腾旧手机的买卖。这么多旧手机是从哪来的？为什么会有这么多人经营旧手机生意？陈伯秋心里一直存在这个疑问。他们凑了过去，留意手机买卖人的对话。两个十六七的少年引起陈伯秋注意。少年是卖手机的，手里有好几个旧手机，正在与一个要买手机的人讨价还价。陈伯秋装着也要买，向少年要了个旧手机看看。奇怪的事情发生了，这个旧手机上居然还有网卡。富有刑侦经验的陈伯秋顺势就要拨叫手机储存的电话号码，少年一惊，慌忙把手机夺了回去。少年的举动使陈伯秋断定，手机是抢劫来的！陈伯秋当即决定，将两个少年带走盘问。少年也察觉到面前的人是警察，想溜，没门。几个便衣民警一拥而上，将两人带进了文庄派出所。

这一审查，问题出来了。

很快查实了手机主人。陈伯秋拨通了手机中储存的电话号码，查出手机主人是海南省技工学校的一名在校学生，昨天晚上，在大园路被3名男子持刀抢劫，将手机抢了。两个少年坐在民警面前，虽紧张得豆大的汗珠从脑门上滚下，却紧闭嘴不开口。两个小时过去，民警只问出了姓名、年龄，两人都未满17岁，脸上还挂着一些稚气。到了中午，民警给他俩买来快餐，轻言细语地与他俩拉起了家常，问两人家住哪儿？父母在哪儿工作？家中还有什么人？平时喜欢玩些什么？喜欢看什么电影？崇拜哪个明星？……足足“泡”了两个多小时，两人说了实话：手机是抢劫来的，他俩参与了一个抢劫团伙，团伙有十来个人；这两天，团伙分成两组分头活动，其中一组人住在中山南水果市场旁边的一家旅馆。

刑警大队找到那家旅馆，抓获了这个抢劫团伙的5名成员。

令人吃惊的是，这是一个少年犯罪团伙。团伙成员来自于秀英区东山镇、龙华区新坡镇、美兰区灵山镇等乡镇，最大的19岁，其余大都只有十五六岁，其中两个还是“娃娃兵”，年仅10岁。但就是这帮孩子，半个月来居然连续在府城大园路、美舍河边、凤翔路、一小、明珠天桥，以及红城湖绿化带附近持刀抢劫15起。

不能不对这个少年犯罪团伙高度重视。晚上，我去看了他们。那两个参与抢劫的“娃娃兵”都长得瘦小孱弱。一个孩子像是哭过，稚嫩的脸上挂着几滴泪珠，也许是因为进了公安机关感到了害怕。我暗暗叹了口气，像他俩这个年龄，应该在小学三年级的课堂上课，这么幼小怎么会走上抢劫犯罪的道路？我问：“你俩家在哪儿？”

“我……住东山。”一个孩子迟滞地回答。另一个孩子怯怯地瞅我一眼，不吭声。

“爸爸妈妈呢？”我又问。

“在家。我只有爸爸，妈妈早死了。”

“上学没有？”

“他还在上学。”还是那孩子说，“我读过一年书，没钱，爸爸就没让我上学了。”

“谁带你们出来的？”

“我哥们。”孩子说的哥们就是年龄比他大上几岁的同伙。

“你俩也参与了抢劫？”

那孩子点了点头：“我跟在哥们后边，也拿刀……”

“抢劫是犯罪，你们懂吗？”

起先不说话的孩子突然号啕大哭起来：“叔叔，我们不敢了。你放我们出去吧，我们不会再抢……”

“会放你们的，明天，民警叔叔会叫你们家大人来。不过，在这里要好好听民警叔叔的话，把你们所做过的、所知道的事都告诉民警叔叔，好吗？”

我嘱咐民警，对这两个孩子要特别照顾好。探望“娃娃兵”出来，心情格外沉重。犯罪分子居然把魔爪伸向了这么年幼的孩子，我不知道这两个孩子今后的人生往哪里走。若干年后，他们长大成人，是好人还是坏人？没有谁能回答。但这两个孩子的抢劫事实警示我们：打击各种犯罪活动的斗争是艰巨的，繁重的，而且是长期、没有尽头的。

侦查金店抢劫案

2006 年 7 月 16 日　星期日　晴

7 月 10 日，我由琼山区调至海口市公安局龙华区分局任党委书记兼局长。在琼山区工作将近 5 年，一下子要离开，心里还真有点舍不得。5 年，于人生而言，并不短暂。这 5 年我熟悉了琼山的一草一木，知道琼山民警想些什么，要做些什么。现在转任到龙华区，面对的不仅是一个生疏的工作环境，而且，还有一件并不友好、难啃的见面礼。

人未到任，就有一起公安部督办的特大抢劫案的抓逃任务在等着我。

案件发生在今年的1月26日深夜12时，5名蒙面人戴着手套，手持凶器，冲入龙华区博爱路爱旅业二楼漳湖首饰店内，控制住看店的老太太，随后举斧头的、握钢管的、拿西瓜刀的，朝着玻璃柜台一顿乱砸，将柜台内的黄金首饰抢空。被抢金首饰有7公斤，价值达87万元。这是近年来海口市发生的第一起特大抢劫金铺案，其作案手段极其疯狂，性质十分恶劣，在社会上造成了极坏的影响，成为海南省2006年唯一被公安部列为督办的案件。

案发后，彭晓敏同志亲自来到龙华分局主持了案情分析会，成立了"1·26"专案组。分局刑警大队主力几乎都投入到专案组中，对案件展开全力侦查。但这是一起经过精心策划准备的案件，侦查难度极大。犯罪嫌疑人作案时都蒙面戴手套，作案时间短，没有留下任何有价值的破案线索。办案人员对受害人作了详细询问；刑技人员在现场进行了仔细勘验，对每一件物证都作了提取和检验；刑警围绕在距案发现场一公里的范围内进行地毯式摸排，查找犯罪嫌疑人踪迹；侦查人员深入到大街小巷，清查大小金店、宾馆酒店、美容按摩院、出租屋、文化娱乐等公共场所1000多家，调查走访群众3000多人。半年过去，案情仍无进展。一些线索总是在刚刚露出苗头时就又断了，案件侦查陷入了僵局。

专案组调整侦查策略，把大规模的调查访问改为长线拉网式暗访，将调查重点放在吸毒和刑满释放人员身上。6月27日，案情出现转机。下午，金宇派出所民警符壮在查处一起吸毒案件时，接触到一个吸毒人员。经符壮旁敲侧击，教育疏导，这名吸毒人员说出了这么一件事：在省公安厅戒毒所戒毒期间，他认识了一起戒毒的吸毒人员阿成，听阿成说过，他一个叫阿文的朋友"有种"，居然敢打劫金铺。这条线索迅速反馈到专案组，6月28日，专案组民警赶到省公安厅戒毒所，提审了阿成，追问阿文情况。阿成说，阿文暂住在海口市面前坡村银龙公寓123室，也是吸毒人员，目前也在戒毒所戒毒，是他和其他吸毒人员闲聊时，把自己作大案当资本炫耀，吹嘘说曾伙同他人打劫金店。

这可是踏破铁鞋无觅处，得来全不费工夫。

6月29日，民警在戒毒所找到阿文，把他带到分局审查。显然，阿文对于自己敢于抢劫的"夸口"后悔不已，交代了案件的全部过程：

策划这起案件的是一个叫"阿龙"的人。去年底，阿龙与同伙阿冰、阿牧商量，说要发大财，只有抢金店。阿冰、阿牧都赞成，但觉得就他们三人，未免人手不够；于是，又邀来阿飞、阿晃和阿文入伙。作案前，6人进行了精心准备，先后数次赶到漳湖首饰店踩点，熟悉地形，查看好逃跑路线，又准备了钢管、西瓜刀、斧头、头套、手套、仿真塑料枪等作案工具。为防止受害人反抗，还准备了捆绑受害人用的绳索、胶带等物件。26日夜，6人在秀英区乡贤酒店会合后，分成两组，每三人骑上一辆摩托车，疾驶到博爱路，在漳湖首饰店楼下停住。这时是深夜12点钟，6人围绕首饰店，作了最后一次踩点行动。一切如常，博爱路上空旷无人，路灯把这几人的影子拖得老长。6人再次碰头，决定行动。按照事先计划，阿飞在楼下望风，阿龙、阿冰、阿牧、阿文、阿晃5人手持钢管、西瓜刀、斧头等凶器上楼。店内只有一个老太太留守，没费什么力气，老太太便被控制住。阿龙、阿冰用绳索把老太太绑好，把胶带贴在老太太嘴巴上。另一边，阿牧、阿文、阿晃抡起钢管、斧头、西瓜刀，朝着玻璃柜台一顿猛砸，将柜台内的金项链、金戒指、金耳环、金如意等各种金首饰一股脑儿扒了出来。短短几分钟，他们将金店洗劫一空。下楼出来，6人骑上摩托车，带着得手的赃物，分两路返回乡贤酒店。

赃物如何瓜分处理？这倒让6人颇费脑筋。这起案件明天肯定会惊动全海口市，公安机关准会撒开大网抓捕他们，显然，金首饰不能在海口出手，他们也不能在海口待了，要尽快逃离出岛，待风声平静些再返回来。6人商议了一番，决定让阿冰留守在海口观察动静，其余5人把赃物带出岛去福州销售。当夜，阿冰把赃物带去他的修理厂藏匿，第二天一早，阿冰把赃物拿回来交给阿龙，然后由阿龙、阿牧、阿飞、阿晃、阿文5人乘船过海前往福州，共获得赃款24万元。6名劫匪每人分得3.8万元。

案情是搞清楚了，然而，抓捕工作陷入了困境。这6名劫匪平常来往并不密切，互相之间甚至不是很熟悉，仅为抢劫金店临时拼凑到一起。瓜分赃款后，6人就此各奔东西，再没有联系。而这个阿文，只是临时入伙作案，并不是案件核心人物。对于其余5人，阿文仅能描述他们模糊的外貌特征，问及他们去向时，却是一连串的“但是、可能”。根据阿文说的“可能”去向，专案组追寻了10多地方，仍是一无所获。

破案又卡壳了。

其余5名犯罪嫌疑人没有抓获，案件就不能算破。

摆在我面前的压力不小，在前任局长领导下，专案组抓获了一名犯罪嫌疑人，案件现出端倪。现在，我担任了分局领导，必须在此基础上，继续“1·26”案件侦查工作。如果不能将其余5名犯罪嫌疑人抓获归案，对于新任领导来说，将是一个耻辱。来到分局第二天，我主持召开了专案组工作会议，听取了案情侦查工作汇报，大家集思广益，就抓捕阿龙、阿牧、阿飞、阿晃、阿冰5名犯罪嫌疑人进行多方面研究。我要求，要坚定信心，持之以恒，加大侦查力度，采取多种手段，扩大排查范围，围绕这5人的亲戚朋友等各种社会关系，深入细致地进行明查暗访，不放过任何一个细微疑点和可能线索，即便躲到天边，藏到海角，也要把犯罪嫌疑人挖出来。

专案组一直没有停止抓捕行动。阿龙是第一号抓捕对象。在刑警大队中队长田乐民带领下，民警化装成便衣，贴近与阿龙有过来往的人员，进行秘密跟踪侦查。在犯罪嫌疑人可能出现的大排档、烧烤园、夜宵店等地方，民警蹲点守候，有时顶着烈日酷暑，有时忍受蚊叮虫咬，一熬就是几天几夜。

可是，一直没有发现抓捕目标，这5名歹徒躲藏到哪儿了？

金店抢劫案告破

2006年9月18日　星期一　晴

侦查破案类似农民种田，只要播种，就有希望；只要撒下汗水，花气力，就会有收成。在省公安厅、市局领导高度重视下，经分局广大民警共同努力，7月17日，犯罪嫌疑人阿龙浮出了水面。民警在一家烧烤园蹲点守候，锁定了一个与阿龙来往密切的人员，获取了阿龙的重要联络信息。7月18日下午4时，市局技侦部门传来情报，阿龙出现在海甸岛沿江四路西段。这个情报如催征的号角，拉动了抓捕的快速反应机制。田乐民带领7位民警迅速向海甸岛扑去。

在沿江四路，阿龙进入了田乐民他们监控范围。现在，阿龙成了水缸中的鱼，民警随时可以把他捞出来。但田乐民没有急于抓捕，心里犯起了嘀咕：阿龙在这里干啥？会不会有同伙，如果来了同伙，将这5个犯罪嫌疑人一锅端掉就省事多了。但阿龙并没有同伙，他对民警的监控无所察觉。似乎闲得无聊，独自一人骑着摩托车，悠然自得地四处闲逛。先溜进沿江五路，接着上了世纪大桥，又钻进万绿园逗留了一会儿，随后穿入义龙路。从义龙路出来，他拐到机场路上。这时是晚上6时，他在机场路旁的万华酒店停住，过来四男一女，他与这5人汇合到一起，说说笑笑地进万华酒店吃饭去了。

田乐民想：这5人中会不会有阿龙的犯罪同伙？该不该实施抓捕呢？他把现场情况向我作了汇报。我想了想，现在抓捕有一定难度，在场民警有8人，对方是6人，力量比较对等。因阿龙及其同伙都身负大案，为不使其中有人漏网，我指示刑警大队增援。刑警大队副大队长王少云、郑义武迅速带上大批刑警赶赴机场路。19 时许，阿龙这帮人吃完饭，出了酒店，又骑上了摩托车，行至南天路一条小巷时，随着王少云一声令下，民警如一道闪电，将阿龙等人制伏。但经过审查，其中只有阿龙一人是我们要抓捕的对象。

我与政委周德兴坐镇指挥，组织对阿龙讯问。

这是一场比智力、比耐力的讯问。阿龙自知抢劫金店罪行重大，于是咬紧牙关，百般抵赖。通过用一个个证据戳穿他的谎言，用一件件事实扒开他的伪装，几小时下来，他的心理防线彻底崩溃，如实承认了策划、组织“1·26”抢劫金店案件的事实，并交代了阿冰、阿牧、阿晃 3 名同伙下落。19 日，20 多名民警连续作战，先后于夜间 9 时、11 时、凌晨 2 时，在面前坡、21 世纪烧烤园、007 酒吧将 3 名犯罪嫌疑人抓获。“1·26”案件进入了结案的尾声，对最后一名犯罪嫌疑人阿飞的追捕，以及赃物的追查工作持续进行。

不知不觉，来到龙华工作两个多月了。经广大民警打拼，分局又连续破获了“6·13”故意伤害致死案、“7·20”故意杀人案、“8·7”故意伤害致死案、“8·26”故意杀人案、“9·16”故意杀人案等多起人命案件，每一起案件的侦破，都是龙华民警大智大勇的英雄篇章，是龙华民警维护社会稳定、打击违法犯罪的传奇故事。

在破获“6·13”故意伤害致死案时，刑警大队长邓斌带领专案组二赴贵州，在技术侦察不能发挥作用的情况下，他们灵活运用传统侦查手段，充分发挥个人智慧，以大海捞针的决心和意志，从茫茫人海中锁定作案人，将犯罪嫌疑人“浪子”带回到海口归案。

在破获“9·16”故意杀人案件时，查出犯罪嫌疑人已登上前往广州的客轮。而客轮已经起航，驶离秀英码头。眼看犯罪嫌疑人就要逃出海南岛，政委周德兴、刑警大队长邓斌当机立断，火速赶往码头，乘上快艇，向客轮直追过去，在风急浪高的大海上，赶上客轮，爬上仍在航行中的轮船，将杀人犯罪嫌疑人抓获，演出了一幕“驾艇乘风破浪，大海追缉元凶”的海上追匪记。

在破获“8·7”故意伤害致死案件时，办案民警坐到犯罪嫌疑人家中，不怕家属冷眼，不计送过来的是“冷板凳”，仍是满带笑容，苦口婆心，一遍又一遍解释有关政策，讲解有关法律规定，用温情，用人性感动家属；用道理，用事实说服家属，促使嫌疑人家属下定决心，把儿子送到公安机关投案自首。

在破获“7·20”故意杀人案件时，110巡警不辱使命，充分展现快速反应机制，以迅雷不及掩耳之势，神速赶到案发现场，及时堵住了犯罪嫌疑人逃跑路线，现场抓获犯罪嫌疑人。

新一天从这里开始

2006年9月23日　星期六　晴

龙华区位于海口市中心，处处高楼林立，满目车水马龙。入夜时，更是灯海一片，流光溢彩，极尽繁华。但是，在那鳞次栉比的商厦、超市、宾馆、舞厅阴影下，也掩映着曲里拐弯的小街小巷，高低不平的民房和出租屋，有人把这些地方叫作“城中村”。这也确实是“村”，海口不少“城中村”名称还保留建省之前的村名，如玉沙村、龙昆村、坡博村、滨濂村、仁里村、八灶村等。在这些“城中村”中，居民多是以前的村民，海口发展起来后，成了城市居民，捷足先登地盖起了二三层的简易楼房，以房屋出租为生。

在这许多出租屋中，居住着大量外来流动人口，其中鱼龙混杂，泥沙俱下，有打工的、求职的、做小生意的，也有传销的、吸毒的、卖淫的，甚至还潜藏有作案犯科的犯罪嫌疑人。有人把“城中村”称作海口的灰色地带，也成了藏污纳垢、诱发违法犯罪的温床。公安机关也多次组织过治理整顿，但“城中村”里地形复杂，大街穿小巷，小巷通出口，民警一进去，有过违法犯罪的嫌疑人员便与民警玩起了“躲猫猫”，你在东边出现，他往西边躲藏；你从南边过来，他朝北边溜走。

“城中村”的治安也就成了城市治安管理中的一个老大难。

国庆、中秋假期将近，必须确保节假日期间的治安稳定，不能让“城中村”给海口这座美丽的城市抹黑。9月21日，分局党委决定，对治安复杂的“城中村”逐个开展净化行动，首先在玉沙村开展一次统一清查。行动方案报到市局，得到市局领导的批准和重视，派出特警、交警和巡警支援。9月22日晚，500多名警力和社区工作人员集合在国贸广场，作了行动前的部署后，全部人员分成六组向玉沙村挺进。

玉沙村是“城中村”的典型，街巷纵横交错如棋盘，弯道多，出口多。以前，民警打击“两抢一盗”犯罪活动，追捕嫌疑人到了玉沙村就麻烦了。嫌疑人借助村中“路路通”的复杂地形，很容易逃离民警的视线。但这次行动不同，村里若有违法犯罪人员，那是插翅难飞。这是一次部署周密、地毯式的公开清查行动，500 多名警力布下了一张天罗地网，将玉沙村围得水泄不通。各个路口，有民警设卡驻守；各条小巷，有民警沿路盘查。这次清查重点是涤荡藏污纳垢的死角，扫除娱乐场所涉毒、休闲场所涉黄、茶艺馆涉赌问题，查缉隐藏在逃犯罪人员，消除“城中村”犯罪温床。

23 时 30 分，清查行动全面铺开。

一青年男子骑一辆摩托车从玉沙村中出来，在路口被拦截下来。民警上前立正敬礼说：“您好，我们是龙华公安分局民警。现在执行查车任务，请您靠边停车接受检查。”小伙子慌张了，磨磨蹭蹭，因为他的摩托车没有牌证。民警检查了车子的发动机号，发现号码也被有意刮磨了。这可能是一辆“黑车”。在飞车抢夺案件中，犯罪嫌疑人骑的往往都是这类无牌黑车。民警将此男子连人带车一起带走审查。

在玉沙村一里西片区。民警敲响一户人家的房门说：“我们是龙华公安分局民警，现在执行查夜任务，请您开门接受检查。”屋内传出一阵杂乱的响声，又听见有人说：“是贼，来骗我们开门，大家都起床，准备家伙防贼。”民警愕然，里面人怎么会误以为是贼？换了一个女民警前去叫门。女人的声音打消了屋内人的顾虑。门开了，户主见门口站着的都是警察，不禁笑了：“前两天，我们院子的铁栅门锁让人撬了，隔壁邻居放在门口的摩托车也让人偷了，因此生怕又是贼来骗开门抢劫。”户主对民警的到来非常欢迎，说：“玉沙村时有小偷出没，你们要经常来巡逻看看，小偷怕了，我们也就安全了。”

出租屋是清查的重点，因为里面住了不少不上学、不打工、不经商、不务农的“四不”暂住人员，以及无合法身份证明、无固定居住场所、无稳定经济来源的“三无”人员。对这些人员，民警一一仔细检查，持有合法证件，但没有办理暂住证的，当场给办理了暂住证。对一些可疑人员，便把指纹输入电脑比对，看其中有无在逃犯罪人员。在一间出租屋，一名嫌疑人被民警查了出来。这是一名参与飞车抢夺的犯罪嫌疑人，曾驾驶摩托车多次在国贸、城西一带作案，利用驾车技术过硬的本领，多次逃脱了民警的追捕。但这回，在指纹比对的确认下，他认“栽”了。

刑警大队担负的是巡查任务。子夜 1 时许，刑警巡查到一条小巷时，一个慌慌张张的黑影在巷尾闪过，刑警前后夹击，迅速追了上去，将他抓住。此男子来自黑龙江省，民警问：“深更半夜跑哪儿去?”男子支支吾吾回答不出。“你住哪儿?”年轻人指了指近处一幢出租屋，那里，正有一个清查小组在检查。年轻人显然是为了躲避清查跑出来的。刑警将他带到分局审查，他叫阿吉，是一个故意伤害案的在逃犯罪嫌疑人。案件发生在7月18日深夜，玉沙村一间酒吧有几个客人在喝酒聊天，忽然，阿吉领着几个人闯了进来，不分青红皂白，举刀就向客人乱砍，砍伤3个客人。案发后，阿吉东躲西藏，在这次清查行动中无处躲藏，落入了法网。

清查行动持续到23日凌晨5时，共清查出租屋、网吧、发廊、舞厅、影院、茶艺馆、洗车场、废品收购站等场所423家，盘查登记“三无”人员1450多人，现场办理暂住证358人，设卡检查车辆100多辆，查扣无牌无证摩托车31辆，暂扣证件11件，带回审查可疑人员96人，抓获贩毒、吸毒、两抢一盗、销赃等各类违法犯罪人员17名。

拂晓时分，行动结束。街边椰树染上一抹淡红的晨曦，旭日徐徐从东边升起，沉睡一夜的海口重新喧闹起来。早餐店里，面包早点飘出喷香；立交桥上，汽车喇叭报送平安；公园草地上，晨练的人们舞拳弄腿，悠闲地打着太极……这是新的一天，这是新一天的新生活。愿我们的人民永远这样，送走每一天的如意，迎来新一天的吉祥。

小学生失踪案

2006年11月9日　星期一　晴

一个报案震惊了海口。

7日，海口市第十一小学的女学生刘诗雨中午放学后没有回家吃饭。家长疑惑了，女儿只有9岁，每到吃饭时，她便蹦蹦跳跳地回来坐到餐桌边。是不是因为学习问题被老师留在学校了？赶去学校，学校离家很近，只有200米，但学校教室空空如也，一个人也没有。会不会女儿贪玩，上同学家去了？马不停蹄地找老师，问同学，都说不知道，都说没看见过。但有一个学生说：中午11多点钟，看见刘诗雨从学校出来后，一个穿黑衣服的年轻男子试图拉住诗雨的手。诗雨吓了一跳，摔开手就跑了，过斑马线后不知去哪了。小诗雨回家是不需经过斑马线的，这个消息令诗雨父母更加揪心。

从7日中午到8日晚上，诗雨的父母发动亲朋好友10多个人拿着女儿的照片，找遍了住家附近，找遍了学校周围，找遍了大街小巷，甚至还去了车站、码头等地寻找。海南各报纸、广播、电视台、网络等各种传媒也接受小诗雨家人的求助，刊登了寻人启事，甚至广告栏、菜市场、电线杆等地方也都贴上了小诗雨的寻人启事，希望广大市民能提供小诗雨去向的线索。我们接到报案后，有关派出所也派出警力帮助寻找。然而，小诗雨像是人间蒸发，杳无音讯，再也没有任何人看见过小诗雨。

这么一个天真无邪的小女孩，会上哪里去了呢？

我在《南国都市报》上看过小诗雨的照片：胖乎乎的小脸，挂着童稚的笑容，坐在一棵树丫上，左手扬起，做出 V 形手势。这是一个有些淘气、令人疼爱的小女孩，竟然在大白天的闹市上忽然失踪，太蹊跷了。难道小诗雨遭遇不测？如果遭遇不测，这只罪恶的魔爪又是从哪里伸出来的呢？没有人说得清楚，这一切似乎成谜。

就在小诗雨失踪后，海口市又传出两个女孩子失踪，一个姓蹇的先生报案说他 14 岁的女儿也不见了。女儿放学回家后像往常一样做晚饭，饭还没做完就忽然对弟弟说要出去帮同学买书，自此失去音讯。蹇先生说女儿之前也曾有过三两次放学不归家的经历，但都是上同学家玩，最后也会给家里打电话，从来没有过这种突然离家而且不跟家里联系的情况。

失踪孩子的家庭陷入了痛苦中，小诗雨的妈妈因伤心病倒了，躺在病床上以泪洗面地呼喊："孩子，你在哪儿？回来吧，妈妈想死你了。"蹇先生百思不得其解说："我夫妻俩骑摩托车从白天找到天亮，跑遍了海口的大街小巷，但活不见人，死不见尸，竟然没有任何人看见过我孩子，也没有任何异常情况，真不知孩子发生了什么事？"

现代化的互联网拉近了人与人之间的距离，世界已变成了地球村。不管发生了什么事，瞬间可以传遍大街小巷。各种媒体的报道在海口市引起巨大反响，女孩接连失踪的案件引起了广大市民广泛关注。人们对失踪的女孩寄予了同情，不管是认识或不认识，纷纷打电话到失踪女孩的家中表示问候，祈祷女孩早日平安回家，甚至还有一些市民专程赶去失踪女孩家，送上鲜花水果慰问。在海南的网络上，一时间出现许多帖子，网友热心地出谋划策帮助寻找，祈盼失踪儿童奇迹般出现。但同时，由于个别不负责任媒体的猎奇炒作，一些谣言也在社会上流传和散布开来。有的说失踪儿童被贩卖儿童的犯罪团伙拐卖出岛了；有的说是强奸杀人案，凶手是个有野地生存经验、反侦查能力极强的变态杀人恶魔；有的说是绑架勒索案，凶手看准失踪儿童家中有钱，勒索不成撕票了；还有的说是连环残杀儿童案，这几起女孩失踪案或许是刚刚开始，以后可能还会有更多儿童失踪被害。那个在小诗雨失踪前、曾拉过她手的黑衣男子成为这些谣言的中心，说这黑衣男子是国际贩卖人体器官组织成员，专门捕捉杀害儿童，获取儿童的人体器官拿到国际市场上贩卖；更有说得活灵活现的："有人看见孩子尸体，眼睛鼻子被挖出来了，内脏掏空了，肠肚流了一地……"

谣言似恐怖的幽灵在海口市游荡，给人们带来了极大的不安。

现在家庭大多是独生子女，每个孩子都是掌上明珠，心肝宝贝，谁都害怕自己的孩子遭此不幸。谣言成了人们心头抹不去的阴影，许多人不敢让孩子独自行动，在海口市各中小学，接送孩子的家长骤然增多，尤其是小诗雨所在的第十一小学，每天放学时候，等待孩子的家长把校门口挤得水泄不通，连交通都堵塞了。

孩子的安全是头等大事。海口市教育局迅速加强中小学校的安全管理：要求学校、幼儿园实行封闭式管理，强化安全教育；保安24小时值班，严防校外不法人员进入校区；建立家长接送学生的交接制度，尤其是小学低年级学生必须由家长亲自接离学校，没有家长接送的学生实行编队，由老师护送到安全的回家路段，严禁把孩子交予无关人员……这一系列措施固然反映了教育部门对学生的关心爱护，但也反映了一个严重的社会问题，海口市的社会治安堪忧。作为维护社会治安的公安机关，我们必须尽快解开儿童失踪的谜团，如果失踪孩子遇害，必须在最短时间内破案，抓获犯罪嫌疑人，解除笼罩在人们心头的恐惧，扫除弥漫在社会上的阴霾。

凶手是谁?

2006年11月16日　星期四　阴

对失踪儿童的调查在全市范围内展开。

分局派出大批警力到学校、到小区、到失踪儿童家中、到失踪儿童所有可能去的任何地方访问查找，发出协查通报，要求各警种、各部门全力帮助查访。连续几晚，又展开专项行动，集中大批警力，对全市出租屋、中低档宾馆旅店、公共娱乐场所、建筑工地、半拉子工程进行了清查。但持续多日的工作，并未获得进展。

13日，是刘诗雨失踪的第6天，终于有了消息，刘诗雨被发现了，然而是一个噩耗。

发现小诗雨的地点是位于大同路的西湖商业广场，这里正在进行装修。13日上午8点多钟，工地一名姓涂的经理来到西湖商业广场地下室一楼检查消防通道，在楼梯口的拐角处，一股极难闻的臭味扑鼻而来。他奇怪这里怎么会有这么呛鼻的臭味，便循着臭味寻找，发现臭味是从一只铁油桶里发出来的。这是一个死角，光线暗淡，隐约看见铁桶上盖有一块方形玻璃，那铁桶是工人装修时用来浸泡红地砖的。他疑惑，铁桶为什么盖上这样一块玻璃？揭开玻璃，桶内黑乎乎的，便掏出打火机打着火低头一看，立刻惊出一身冷汗，一条小女孩的腿跃入眼帘……是一个小女孩的尸体，小女孩头下脚上地倒在铁桶内。他意识到，这很可能就是失踪多日、多方寻找不果的刘诗雨。刘诗雨的家就在商业广场后面的一幢居民楼中，他吩咐工地上的工人马上向公安机关报案，随即跑去刘诗雨家中报信。

在第一时间，我们赶到西湖商业广场，拉开警戒线，刑警对案发现场进行勘查，法医进行鉴定。现场遗留有一个断头布娃娃和一双男式黑色皮鞋。尸体已经腐烂，经鉴定，死者被害已有多日，因机械性窒息死亡。也就是说，是被人捂住口鼻闷死的。就在民警紧张工作之时，小诗雨的爸妈跌跌撞撞地来到西湖商业广场，下到地下室一楼的拐角处，凑近一看，两人如五雷轰顶，眼前一黑，瘫倒在地……那可怜的小尸体，正是自己的宝贝女儿！小诗雨的奶奶在亲友的搀扶下也来到现场，民警顾虑老人的身体经受不住打击，把她劝阻在警戒线外。这位60多岁、早已哭干眼泪的阿婆又一次号啕大哭："老天爷啊，你怎么让我乖孙女儿走在我前面啊……"小诗雨是奶奶一手抱大的，就在小诗雨失踪的前一夜，还和奶奶睡在一起。案发现场笼罩在一片悲戚之中，人们情不自禁地为小诗雨的遭遇流下了伤心的泪水。

小诗雨的死引起了广大市民的悲愤和同情。

在小诗雨就读的第十一小学，全班同学全哭了。小诗雨的班主任王老师噙着眼泪，沉痛地说："刘诗雨很聪明，成绩好，与同学合得来，大家都很喜欢她。可老天不长眼，让罪恶夺去了她幼小的生命。"曾刊登寻人启事的各家媒体纷纷接到读者打来的新闻热线电话。一位姓吴的读者说："小诗雨小小年纪就被坏人害了，我们都很痛心，愿意为她的父母捐款。"一位姓朱的读者说："我女儿和小诗雨同岁，看到小诗雨失踪的消息，自己的心都紧了，将心比心，她的父母一定是伤心透了。我们很愿意帮助他们。"在南海网、海南在线等网站，众多网友通过帖子表达了对小诗雨的哀悼和对凶手的痛恨："小诗雨走了，去了没有坏人的天堂。""罪犯该千刀万剐。""让人伤心的消息，我们为小诗雨祈祷。"网友还自发地发起了悼念小诗雨的烛光追思会。14 日晚上，100 多人从四面八方汇聚到海口椰树门广场，有的捧着鲜花，有的抱着小熊，有的执着蜡烛，其中有老人，有孩子，不管是相识或不相识的，他们点燃烛光，为小诗雨祈祷。一位来自浙江、怀有四个月身孕的张女士带着弟弟，买了两朵白玫瑰，给小诗雨留下了这样的悼词："今晚的鲜花不送亲人，不送朋友，送给步入天堂的小天使……"

刘诗雨被害案件引起各级领导的高度重视，中央、省委有关领导带领民警亲自赶到小诗雨的家中看望慰问，明确表示，警方一定会破案，一定会将杀害小诗雨的凶手绳之以法。

上级领导的重视，人民群众的呼声，成了无形的破案压力压在我们身上。可是，这个丧尽天良的凶手是谁？为什么要对这样一个小女孩下毒手？

海口市公安局成立了由局长彭晓敏亲任总指挥、副局长刘韶东任副总指挥的专案指挥部，从市局和龙华分局的刑侦队伍中抽调精兵强将，联合组成了 90 名警力的专案组，迅速投入侦查工作。

围绕案发现场，专案组夜以继日地展开摸排。专案指挥部成了刑警临时的家，饿了就买份快餐，困了就蜷躺在办公室地面上睡一会儿，一天 24 小时奋战在破案一线。大家只有一个心愿，务必尽早将犯罪嫌疑人抓获归案，让海口市民放心，让小诗雨在天国得到安息。侦查工作难度不小，要从茫茫人海中挖出犯罪嫌疑人的线索，不啻大海捞针。但我们民警都是好样的，没有人有畏难情绪，每天按照领导部署，分头行动，有的走访群众，有的在案发现场周边排查……不放过任何可疑线索，不漏掉任何可疑地段。几天来，专案组调查现场周边公司 6 家，住户 278 家，走访群众 700 多人，审查有关人员 580 人，清查现场建筑物一万多平方米。

侦查工作取得了重大进展。

在排查西湖商业广场装修工人情况中，侦查员发现了可疑人员，一个叫胡占明的民工引起民警的注意。胡占明是湖北恩施州宣恩县万寨乡千师营村人，1994 年来海口打工，做泥瓦匠，受雇于一家建筑装修公司。这家公司承揽了几个工程，西湖商业广场装修是其中之一。11 月 1 日至 5 日，胡占明在西湖商业广场的装修工地干工，从事室内外墙壁涂料粉刷。6 日，因为海甸岛工地人手不够，公司临时调他去了海甸岛工地。但公司的打工上班记录显示，刘诗雨失踪的当天，即 11 月 7 日那天，胡占明并没有上班，没有人知道他去了哪里。第二天上午，胡占明在海甸岛工地上了半天班，中午 1 点，赶到西湖商业广场，找到负责监理工作的经理，要求结算打工的工作量，准备以此向老板结算工资，要结算的工钱共有一万多块。

胡占明为什么急于结算工钱，会不会是他杀害了小诗雨，企图拿到工钱后逃跑？与胡占明同一天要求结算工资的还有一名姓邢的民工。专案组决定把胡占明和那名邢姓民工作为重点调查对象，吩咐公司领导打电话给这两人，要求两人过来配合警方对案情进行调查。邢姓民工一叫就来了，配合民警顺利完成了有关笔录。然而，胡占明却推三阻四，经理多次打电话，问他在什么地方，他支支吾吾，避而不答，要么就干脆挂上电话。待到发现小诗雨尸体后，胡占明仍没有现身。专案组判断，这个胡占明很有可能就是杀害小诗雨的犯罪嫌疑人，立即决定对他实施抓捕。

刘诗雨被害案

2006 年 11 月 24 日　星期五　晴

从与胡占明相识的民工嘴里，我们得知胡占明一些基本情况。这是个身材矮小的年轻人，34 岁，孤身一人，未婚，也无女友，现居住在商业广场附近的出租屋；为人孤僻内向，温吞水性子，做事拖拖沓沓，有个外号叫“小古董”；平日也还本分，老板交代的工作，也能基本完成。每月收入有两千来块钱，就海口生活水平来说，一个人过日子没问题，但他却一贫如洗，无任何积蓄；虽然在外打工 14 年，仅在去年老家修建房屋才给寄了 1000 元钱。有一回，他母亲来海南，要回家时，他竟然连母亲回家的路费都拿不出来，最后是老乡凑钱救急。民工说，他嗜酒，酒量惊人，每天中晚餐不灌上半斤白酒便不吃饭，赚得的钱几乎都喝酒了。

或许是由于没有拿到工钱，11 月 8 日至 13 日，胡占明还没有离开海口。就在发现小诗雨尸体的 13 日上午，还有民工看到胡占明在海秀路南庄酒店附近的一个工地上干活。但在发现小诗雨之后，胡占明便失去了影踪，没有人知道他去了哪里。他居住的出租屋人去楼空，仅留有他的几件衣物，房东说他来过一趟取些东西就匆匆走了。专案组展开紧急搜捕行动，但找遍了工地、旅馆、汽车站、火车站、码头等地方，以及胡占明可能潜藏的任何地方，就是没有发现胡占明的踪影。17 日，有人证实，胡占明于 15 日离开了海南，去向不明。

显然，胡占明已逃离了海南。他可能逃去了哪里呢？湖北是他老家，但在湖南、浙江等地，也有他的亲戚朋友，专案指挥部迅速向有关方面发出协查通报，同时调集警力兵分几路，奔赴广东、浙江、湖南、湖北等地追捕，累计行程 2 万多里。

湖北宣恩是追捕的重点。

17 日，湖北警方接到海南的通报后，在恩施州公安局的统一指挥下，投入了一百多名警力，配合海南警方的追捕行动。胡占明老家所在地的万寨乡派出所派出民警，配合海口追捕小组在胡占明老家附近布控。胡占明没有在家中。胡占明的父亲也矢口否认见过儿子，并一头雾水地说，儿子

1992年外出打工后就很少回家，就连近年来家中安装了电话，也极少和家人联系，他在外做了什么，家人和亲友一点都不了解。还说今年上半年，胡占明曾突然打电话回家，称自己谈了一个女朋友，想把女朋友带回来看看，但6月份他返家的时候仍然是孑然一身。然而，种种迹象却显示，胡占明逃回了宣恩。11月19日，根据综合信息，追捕民警判断，胡占明极有可能乘车外逃，恩施州公安局命令318国道沿线的恩施市、建始县、巴东县三县民警设置封锁线，逐一盘查可疑车辆人员，要求务必将嫌疑犯堵在恩施州境内。

在318国道，设卡民警加大了盘查力度。

下午2时许，一辆从宣恩开往武汉的长途大客车进入布控点。民警把车拦了下来，上车检查，面对满满的全车数十名乘客，却犯了难，手中没有胡占明的照片，虽然查验了所有乘客，却很难认定谁是胡占明。下了车，想放行，心里不踏实，觉得这样检查，不排除犯罪嫌疑人蒙混过关的可能。海口、宣恩两地警方经商议，决定把车带去派出所再作仔细检查。司机把车开到高坪派出所院子里，民警再次上车，对每位乘客逐一询问，核对身份证件。一个矮小个头的年轻人引起民警注意，他脸上露出惊慌的神色，问他要身份证，却说没带在身上。民警对他进行搜身检查，从他身上找到了身份证，上面赫然写着：胡占明，湖北恩施州宣恩县万寨乡千师营村人……

胡占明落网了，民警一齐欢呼。追捕小组顾不得连日来的疲惫，将胡占明押上了警车，马不停蹄踏上了回海口的路程。

胡占明交代了杀害小诗雨的罪行和作案经过。

刘诗雨的家在西湖商业广场后面，每天放学回家她都要穿过商业广场。她喜爱乘电梯玩，放学路过时，常从商业广场消防通道的一楼跑到楼上，然后转乘电梯下来。7日那天快11点半钟时，她放学回家又经过商业广场。商业广场的装修工程已近结束，大楼静悄悄，也没有工人。她蹦蹦跳跳地从一楼往楼上跑去。在二楼，她突然遇见下楼来的胡占明。胡占明这天没有上班，他也不认识这个小女孩。他说当时鬼迷心窍，忽然就抓住她的小手，小诗雨一声惊叫，眼前是个陌生人，为什么抓她？小诗雨一边叫，一边用力地想甩脱抓住她的大手。刘诗雨的惊叫声在空荡的商业广场大楼里显得格外凄惨。胡占明害怕了，大巴掌赶忙用力捂住她的口鼻。小诗雨不叫了，渐渐地，也不会挣扎了。胡占明罪恶的大手将小诗雨活活地闷死，造成了刘诗雨因机械性窒息死亡。

短短的几分钟，胡占明掐碎了一支娇嫩的花朵。

发觉刘诗雨死了，他惊恐万分，慌忙抱她到楼下，看见楼道口的铁桶，便将尸体塞进到铁桶里，扯过旁边一个编织袋遮住，又拿了一块玻璃盖在铁桶上，随后逃之夭夭。

21 日，海口市公安局召开了新闻发布会，向记者通报了刘诗雨被害案已告破获。副局长刘韶东介绍了破案经过，告诉大家：刘诗雨被害案是偶发性的个案。另外两起所谓的女孩失踪案也已水落石出，蹇先生的女儿离家出走，现已在湛江找到了；另一名女孩是随朋友外出，这两个女孩都安然无恙。他强调说，刘诗雨的人体器官被盗取的猜测是毫无根据的，也不存在系列杀人案，市民完全不必惊慌。

省公安厅厅长贾东军在分析全省治安形势时，也专门谈到了刘诗雨被害案，指出，今年全省治安案件同比下降 14.8%，刑事案件同比去年下降 3.2%；真正的恶性刑事案件较少，刘诗雨被害案就属于典型的恶性刑事案件，在全省引起震动和强烈反响。海口市公安局已经在一周内破案，犯罪嫌疑人对犯罪事实供认不讳。目前，全省各级公安机关正积极推进“平安岛”建设，坚决打击和遏止威胁人民生命财产安全的犯罪活动。

今天，海口又是一个好天气，天空湛蓝，晴空万里。海口市公安局接待了两批群众，一批是海口两家企业的员工，送来一万元钱，说公司员工非常关注小诗雨案件，深知警方破案的压力和艰辛，因此自发捐款 1 万元，作为奖励破案有功人员的奖金；还有一批是小诗雨生前所在的学校——海口市第十一小学的师生，学校的总辅导员感慨地说：“当听到杀害小诗雨的凶手落网后，学校老师和家长悬着的心终于落下来了，都松了一口气，这是一个让人拍手称快的消息。”小诗雨生前所在班级的两名同学代表学校赠送了一面锦旗，上面绣有“椰城好民警　市民守护神”10 个大字，市局党委副书记侯享浪接过锦旗高兴地说：“广大市民的支持是我们最大的动力。海口警方将不负大家期望，进一步把工作做好，充分发挥公安机关职能作用，创造良好治安环境，让人民安居乐业，安心生产，放心生活。”

跋

人生的完美交代

刘晓林

琼州的七月，温婉明丽。就是在这清新澄爽的秋日，有幸拜读了李传芳先生的大作《公安局长日记》。

翻开这本厚厚的带着墨香的书稿，顷刻间就为这些文字所深深吸引，竟然有了欲罢不能、爱不释手的阅读冲动。前贤所说“闭门即是深山，读书随处净土”，盖吾今日读此书之境界也。作为一个数十年坚持阅读的我，由衷地感到这是一本好书。

据有关资料显示，每年全国正式出版的书籍达数百万种。然而，新著如沙，可读者寡！盖大多为应时应景之作，无病呻吟，文字堆砌，几成垃圾，是故吾于课堂之上，常常教戒诸生，喜读书应善择书，“有书癖而无剪裁，徒号书厨”也。而今得李传芳先生大作，耳目心神为之一振，仅半月之余，读完了这部四十万字左右的作品。因为有阅读的愉快，故这些天来，真是“心无机事，案有好书，饱食晏眠，时清体健”，又做了一番“上界真人”。

李传芳先生不是专业作家，和他的书法一样，写作只是他的一个业余爱好。他的身份是一名老公安民警，几十年战斗在公安第一线，长期担任琼中、陵水、琼山、龙华等市、县、区公安局局长，后来又担任海口市司法局局长，现任海南省监狱管理局副局长。他既是一名勇敢刚毅的警察，又是一位胸藏锦绣的文人，而且还是一位温文尔雅的儒将。他广闻博识，熟读诗书，既能使枪，又善用笔。他不仅写散文、小说，而且书法颇有造诣。也正是他这种复杂的经历，构成了他传奇的人生，于是也就有了这部

《公安局长日记》的大作。

书名曰“日记”，可见是一部纪实性的文学作品。相对于其他文学体裁，纪实文学有两个最难突破的瓶颈：或是注重其“实录”而缺乏文采，使之成为一本琐碎的流水账；或是注重其“文学性”而随心臆造生活中固有的“实”，从而使作品失去了生活的真实，成为一支瓶插的纸花。读李传芳先生大作，殊觉此书对文学与生活、真实与艺术的处理甚是恰当，既是真实的生活，又是创作的艺术，源于生活，高于生活，是一部不可多得的纪实文学佳作，更是公安同类题材作品之翘楚。

读罢是书，心有所感。怎样去评价这部作品，概而言之，是书之妙处，在于“真、善、美”三字而已。“真善美”是文学批评中检验作品的社会意义与艺术价位的美学标准，甚至可以说是唯一的标准，又是最高的标准。所谓“真”，即艺术的真实性，指作品是否正确地反映了生活的本质，以及作者对所反映的生活有无正确的感受和认识。而“善”则指艺术的倾向性，也就是作品所描绘的形象对于社会具有什么意义和影响。最后，“美”即艺术的完美性，指作品的形式与内容是否和谐统一，是否有艺术个性，是否有创新和发展。真、善、美的世界，是一切文艺、学问的最高理想，一切人类活动的终极指向。爱因斯坦说：“照亮我的道路，并且不断给我新的勇气去愉快地去正视生活的理想，是善、美和真。”李传芳正是这样一个生活的勇者。崭新的时代，伟大的国家，生活中处处充满了真、善、美，正是社会上无数真、善、美的人和事感动着他，激励着他，让他能几十年如一日，努力工作，刻苦读书，认真写作。生活成就了李传芳的事业与文学的双重丰收。

一、真：“我手写我口，古岂能拘牵。”

文学源于生活，这是马克思文艺理论的基本原理，但源于生活不完全等同于生活。文学是经过作者头脑改造后的社会生活，故“源于生活，高于生活”一直是文学创作的基本要求。所以，我们说艺术的真实通常有两个层面的含义，其一是生活真实，是现实社会客观存在的人和事；二是艺术真实，是作家在生活的基础上，通过艺术创作力所反映的高于原始生活的艺术真实。

毫无疑问，《公安局长日记》是一部优秀的纪实文学作品。由于作者良好的道德修养和深厚的文学素养，此书不是呆板的流水账，不是简单的照相机，而是在原有真实生活的基础上，确定取舍，写出了艺术的真实。

我们说此书具备艺术的真实，首先表现在事之真，其次表现在情之真。几十年的公安民警生涯，尤其是作为基层市县的公安局局长，成年累月战斗在公安的第一线，在他的生活中，无时不有惊心动魄的传奇故事，即使是平常小事，因为涉及社会安全与社会矛盾，也多是情节曲折，引人入胜。

在作者的笔下，无论是突发案件的及时处置，还是积年陈案的艰难排查；无论是邻里纠纷的家长里短，抑或是家庭矛盾的清官难断，都在书中作了真实的记叙，这种原汁原味的生活场景，是作品真实性的坚实基础。但值得肯定的是，作者并非照搬生活，而是有自己的取舍，更有艺术的加工。几十年的公安工作，作者的日记何止这些内容，其中就有作者对材料的艺术选择。文学的真实，强调的是源于现实必须高于现实，作品不仅要贴近我们的生活，更重要的还需要触及我们内心深处的灵魂，表现我们的理想。否则，文学便不成其为艺术，只是我们的一份“作业”。读此书，数以百计的生活场景，无不是贴近生活，忠于生活，但在叙述这些生活之中，又充满了作者美好的理想和执着的追求。在这里，我们看到的不只是公安战士刀光剑影的工作与生活，更让人们看到了公安战士的美好理想与高尚情操！读之让人们感动，让我们对公安战士充满了崇敬和景仰，这就是此书的艺术魅力之所在。

其次，此书的真实，表现在作者的情真。事真情真，是此书最大特色，也是最大的艺术成就。鲁迅有诗云：“无情未必真豪杰，怜子如何不丈夫。”公安战士的心里充满了大爱。爱与恨本来是生活的统一体，因为生活是复杂的，一如狄更斯《游美札记》所说的：“大量的善和大量的恶，总是混合在一起，交互错综着的。”公安民警对祖国、对人民有一种无法割舍的大爱，所以对社会的邪恶、犯罪才会挺身而出，怒目相对，这就是公安战士特有的爱恨情仇。

在此书中，作者的情真意切，表现在对祖国、对事业、对同事、对亲人，甚至对罪犯，无不充满了深沉的爱。最值得称道的是，作者情真，真在世俗目光之外。一个最为生动的例子，就是他作为一个公安局长，除了勇担惩治犯罪、维护治安的大责之外，还特别关心公安民警的生活，从办公楼的修建到宿舍楼的集资，从办公设备的添置到青年民警的婚恋，无不是他这个局长深思熟虑、夙夜操劳的大事。当职工宿舍楼建成之后，一位普通的民警说，要是早有家属楼，他的父亲就不会因为上公共厕所而不幸摔入坑中致死。一个生活细节，写出了局长兴建宿舍楼的决策伟大。生活本是出自平凡，无数平凡成就着伟大。李传芳只是一个普通的公安局长，却时刻都在做着伟大的事业。

诗人黄遵宪《杂感》有句云："我手写我口，古岂能拘牵"。黄氏是清末"诗界革命"的领军人物，这是他提出诗界革命的重要理论之一。真正的写作，只能是"我手写我口"，写出内心世界的真情实感，而不必受任何干扰与牵制。李传芳先生的这部作品也正是以我手写我心的优秀作品，唯其如此，才能经受起历史的考验，真正成为不朽。

二、善："行凶既有人诛戮，心善岂无天保持。"

李传芳先生的这部作品，其善必矣。因为书中反映的是公安民警的生活，公安民警是保一方平安的人民卫士，惩恶扬善乃其本职之所在。惩恶扬善作为一种道德规范同时也是文化价值取向，在我国可谓历史悠久，源远流长。在伦理学上，善就是在人与人的差异中表现出来对他人、对社会有利，具有价值的行为；而恶则与之相反，是对他人、社会有害，产生负价值的行为。此书，"善"则贯穿其始终。公安民警的一个重要职责就是惩恶，但惩恶的目的便是扬善，而扬善的终极指归是教人们远离"恶"，不作"恶"。宋人邵雍有"行凶既有人诛戮，心善岂无天保持"之句，以之说此书之善，甚为的当。只要社会上有任何"恶"事"恶"人，李传芳笔下的公安战士无不是全力以赴，奋勇向前，将恶消灭于瞬间，以之保一方平安，保人民的安居乐业，恶之既除，善必存焉。现在，我们每天都生活在安全和谐之中，谁都会觉得这生活太平凡与普通，可是当你读了《公安局长日记》之后，才深深地感到，在宁静的夜晚，在热闹的商场，随处都有魑魅魍魉肆意横行。只是因为有无数公安战士废寝忘食默默无闻地守护着这片土地，与邪恶不断斗智斗勇，我们才在平静中享受着生活的幸福。幸福对我们而言似乎极为平常，但在公安战士那里都是充满了惊心动魄、刀光剑影。读此书，真是给了我们心灵强烈的震撼。

此书之善，特别令人感动的是作者这位普通公安局长的大善。在整个作品中，作者的笔墨始终在战友身上。他饱含热情，描写刻画了一大批公而忘私、英勇无畏的公安战士，却唯独没有去写自己。应该说，长期的公安工作，这几个县、市所取得的每一点成绩，单就他主政的几个公安局，都是由后进变先进，落后典型成为先进典型，这与他这位局长有着密切的关系。可是，在作者的笔下，所有的成绩都是他的同事或部下努力的结果，倒是工作中的失误，作者总是主动担责，是局长的工作疏失。这是一种难为可贵的高风亮节，从中足以反映出作者高尚的道德情操。唐人韩愈《原毁》曰："古之君子，其责已也重以周，其待人也轻以约"，李传芳真古君子之风也。大凡世人修身处世的通病，多在于"不以众人待其身，而以圣人望于人”，而本书作者，不显己，不隐人，苛责于己，宽待以人。这样的公安局长自然会有崇高威信，所辖部下一定会奋力向前，做好工作。想作者曾多次荣获全国优秀公安局长的光荣称号，他所主政的公安局屡创省优国优，这都不是偶然的事情。所谓水滴石穿，功夫不负有心人；所谓水到渠成，功夫自是在诗外。日本著名学者黑田鹏信曾经说：“知识欲的目的是真；道德欲的目的是善；美欲的目的是美。真善美，即人间理想。”本书作者，大抵如是，读其书，知其人矣。

三、美：“天籁自鸣天趣足，好诗不过近人情”

一部《公安局长日记》，内容真，价值指向为善，如是，美则自在其中矣。此书之美，一是作者具有美的胸襟，有一双发现美的眼睛。法国雕塑家罗丹说：“生活中不是缺少美，而是缺少发现美的眼睛。”在常人看来，公安民警们的追捕缉查，喜怒哀乐，平常事也；但作者都能从普通人、平常事中发现生活的亮点，能挖掘出普通战士心灵的光辉。作者每去一个县市公安局任职，甚至在每一次办案过程之中，他都能发现迷人的景色、旖旎的风光，这只有一个无限热爱生活的人，才会有这种美的胸襟。

此书之美，还体现在文字之美。作品语言简洁，文字精练，这也许是作者长期从事公安工作养成的风格。公安工作作风务必要干净利落，容不得半点马虎与疏忽，故此书之为文，清新自然，有如元好问的《论诗》：“一语天然万古新，豪华落尽见真淳”。古人论写作，“欲造平淡难”，简约为文，能出真意，“清水出芙蓉，天然去雕饰”，以之谓此书之语言风格，颇为的当。而这种成功，善作者长期的文字修养深厚之故也。

尤其要指出的是，此书中许多细节，最能见人心，明心性。常是以少胜多，以简胜繁，亦足见作者驾驭文字的功底。比如作者对父母情之至深，父亲于“文化大革命”中受迫害致死，英年早逝；母亲茹辛饮苦，抚养子女。作者写父亲，只是写小时为了买荔枝吃，去父亲单位宿舍收取牙膏皮，父亲的一顿暴打。这样的一个细节，充分体现了一位老革命者对子女深切的爱。只有爱子心切，才会严加管教，促其成材。而父亲早逝，家中艰苦困境自不待言，作者小时候下河捕鱼虾，上山捡柴火，讨粮票，卖杂粮，生活的一切艰辛，让他们对母亲充满了无尽的敬意。而这种对母亲的爱，作者也只描写了一个细节。一年的春节，作为公安局长的他，不能回家与母亲过年，到了初四，他匆匆从琼中赶到儋州，想陪母亲吃个饭，可菜未上桌，局里电话急催，又发大案，亟须返回，作者无可奈何，只能告别母亲。当他走出家门，回头看到母亲满头白发，凝视的目光关爱地望着儿子。那一刹那，作者泪水夺眶而出，他急忙关上门，满怀着内疚与遗憾走了。两个细节，就足以反映儿子对父母深刻思念之情。俗话说，有声有色皆因水，我们可以肯定的是，没有这样的严父慈母，也就不可能有这样英雄的儿子。

清人张问陶《论诗绝句》云：“天籁自鸣天趣足，好诗不过近人情。”天籁之音，自然之美；人情之美，天地生辉。作者一片忠勇，恒怀赤子之心，下笔为文，情文并茂。此书之不朽，盖在乎此。

作者在后记中谈到此书写作之缘起，说是给自己人生一个交代，实在是要言妙语，切中肯綮。人生在世，各有自己的人生轨迹，七十二行，每一种职业都有其特点，但不管怎样，或官或民，或农或商，无论做过什么工作，总要对社会有一个交代。大凡碌碌无为，苟且偷生，平生了无业绩，则无所交代。若要对社会有所交代，必须要努力奋斗，砥砺前行，做出成绩，作出贡献。作者其人，几十年的公安工作，曾获全国优秀人民警察、全国人民满意的公务员等殊荣，对于事业，作者对社会对人民已有了最完美的交代。而厚积薄发写出了《公安局长日记》这本厚厚的书，则是于文学上对自己的人生又有一个满意的交代。戎马生涯，笔墨生涯，两种完全不同的人生境界在作者身上得到了完美的统一，让他整个人生有了完美的交代，这不得不让人肃然起敬了。

如要论及此书的不足，主要是在叙述过程中，当然主要是对案件侦破过程，常常有言不周详的现象，这就给读者带来不满足的阅读遗憾。但这不是作者的疏忽，而是作品内容独特性而决定的。因为此书写的是公安工作，书中大部分的内容是侦破案件、缉拿罪犯，其中一些侦破细节、破案手段是绝对不能公开的秘密，这样一来，就使书中许多情节出现了叙述不周详的现象。但这一点，相信读者都能正确理解的。

（本序作者系湖南衡东人，教授；1954 年出生于一个中医世家，曾习医业医凡十数余年；后入高校任教；公开出版学术专著《中医文化与古典文学》《明清小说与中医文化》《诗境侈谈》《宋词婉约十二家》等十六种，发表学术论文七十余篇，出版散文随笔集《五味集》《闲人闲语》《半是斋闲谈》《落叶无痕》《十万龙孙绕凤池》《书声庭院翠叶碧》《芰苗集》等七部。）

后记

李传芳

有一次朋友聚会时，一位老朋友说：“你在海南当了五个市县（区）公安局长，一定有许多精彩的侦查故事，你为什么不写成书让大家一起分享?”当时，我只是一笑，并不很在意，但我记住了这句话。

前几年搬办公室，我整理分类一万多册藏书和几十本工作日记。当我翻开这些纸面发黄的日记本，一件件熟悉的案件、一个个熟悉的人物像电影的镜头一幕幕地展现在我的眼前。我想起那位朋友对我说的话，我决定写一本纪实文学书。

开始写作时很顺手，没多久就发现问题来了。日记本里有些记得很细，有些寥寥几笔，有些还没记时间、地点，有些案件只记发生、没记侦查过程和结果。为了保证反映案件侦查过程的真实性，我没有推理和想当然，而是通过打电话等方式一个一个地找到当时侦办案件的当事人，从时间、地点、案情细节等进行核对。如我写红城湖畔的命案，由于时隔多年整个案情都模糊，我找了当时主办侦查员蔡林了解三天三夜。这种工作量，不亚于一名记者采访一件突发事件的整个过程。

我看过一些描写警察题材的文艺作品，老实说，大多数感到不真实。特别是一些电视剧，感觉到是作家、导演闭门造车，天马行空编造出来的，情节离奇曲折，警察像穿上盔甲的侠客，一身是胆，除暴安良，案件扑朔迷离，警察神奇侦破，而现实中警察工作办案真不是那么回事。公安部门是在当地党委、政府领导下，维护社会稳定，保一方平安的政府机关。民警来自人民群众，与普通人一样，酸甜苦辣，五味杂陈，有欲望、有需求。要工作、要学习、开会，要顾家庭、要做杂碎的平凡小事，有时工作不顺，要挨批评，受处分；有时因为案件没有及时破获，受到当事人谴责和辱骂。个中甘苦，局外人是很难体会的。本书最后一宗案件是我荣升海口市司法局长前侦破的。当时，媒体、网上对市公安局长和我这个龙华公安分局长责问和谴责满天飞，“小诗雨案破不了，市局局长、分局局长要下课”，我们当时是顶着多大的压力啊。试想当时如果破不了该案，我个人走的路会是怎样？写到这里，我不由自主地想起美国国立气象台前立着一座碑，碑文是：“当我们对了，没有人记住我们；当我们错了，没有人忘记我们”。公安工作何尝不是如此。

警察这碗饭不好吃，与其他职业比较，人民警察更为艰苦，更具风险。警察一年的工作量等于其他职业十年的工作量。为完成一个任务，经常几天几夜，通宵达旦地加班加点，经常风餐露宿，吃在臭不可闻的尸体旁，睡在满地山蚂蟥的山坡上。乃至与犯罪嫌疑人进行殊死搏斗，有的民警还献出了年轻的生命。这部书来源于我工作一线的人和事，力图把普通民警的真实工作生活展现给读者。

书中涉及公安工作各个领域，有打击刑事犯罪、打击毒品犯罪、调解治安纠纷，有平息上访，有为群众做好事，也有公安思想政治工作、队伍建设等，但全书以破案为主线，写了大量侦查破案故事，有奇案、怪案、重特大案件，以及沉积十多年的疑难案件。其中有很多案件是靠走群众路线破的案，也有一些是靠技术手段破的案，有些案件或事件是比较敏感的，如在陵水工作时遇到的中美撞机事件。所以触及到技侦手段和敏感案件，我一律不写入本书，所有涉案人员一律化名。

岁月无情，转眼年近六旬。清代叶玉屏在《六事箴言》中曾说过：“做官想到去之日，做人想到死之日，便当留一二好事于人间。”从警三十多年，退休之际，把公安工作期间的普通生活付诸文字，芟削成册，交付出版，对他人是一种借鉴，对我人生也是一个交代。惟其如此，今生足矣。

《公安局长日记》得以顺利出版，可以说是集体智慧的结晶。每一个故事的过程、细节，我几乎都与参战的民警回忆、交流，在此，我感谢他们！感谢古广祥、黄宏地、刘晓林拨冗作序，感谢孙书南、冷夏、韩少功、何泽富、张兆腾、柯廷雄、林冬丽、潘江妹、王朝伟、方木丰等人在本书编辑过程中给予法律、文字等方面的把关和关心帮助，在此一并致以谢意。

2017 年 10 月 6 日于椰城

作者在 1985 年

在琼中县公安局期间参加三月三欢乐节安保工作

在琼中县公安局期间参加警官公寓落成典礼

在陵水县公安局期间，严打动员会上

在陵水县公安局期间，台风后抢修蔬菜绿色通道

在陵水县公安局期间，参加办公大楼落成挂牌仪式

在琼山市公安局期间，慰问孤寡老人

在陵水县公安局和琼山市公安局期间，
荣获“全国人民满意的公务员”及“全国优秀人民警察”称号

在龙华区公安分局期间，到办证中心检查工作

在龙华区公安分局期间，到边防派出所调研

在龙华区公安分局期间，赴香港访问时与香港警察合影

在海口参加海南欢乐节主会场安保工作

作者在办公室

作者在与神探李昌钰博士交流

作者在为居民写春联